KB180426

한국 현대문학의 향연

저자 소개(논문 게재 순)

이승원 서울여자대학교 국어국문학과 교수
박민영 성신여자대학교 교양학부 교수
엄경희 숭실대학교 국어국문학과 교수
유성호 한양대학교 국어국문학과 교수
송성헌 성공자치연구소 교수
이동석 한국교원대학교 국어교육과 교수
박상준 포스텍 인문사회학부 교수
김인경 한성대학교 크리에이티브 인문학부 교수
서세림 서울대학교 국어국문학과 강사
김대중 강원대학교 영어교육과 교수
정진석 강원대학교 국어교육과 교수
주현식 강원대학교 기초교육원 강사
김인환 고려대학교 국어국문학과 명예교수
김용찬 순천대학교 국어교육과 교수
권도경 성결대학교 파이데이아학부 교수
현순영 전북대학교 국어교육과 강사

한국 현대문학의 향연

초판 인쇄 2017년 8월 20일
초판 발행 2017년 8월 31일

저 자 이승원 · 박민영 · 엄경희 · 유성호 · 송성헌 · 이동석 · 박상준 · 김인경 서세림 · 김대중 · 정진석 · 주현식 · 김인환 · 김용찬 · 권도경 · 현순영
펴낸이 이대현
편 집 박윤정
디자인 홍성권

펴낸곳 도서출판 역락
주 소 서울 서초구 반포4동 577-25 문창빌딩 2층
전 화 02-3409-2058, 2060
팩 스 02-3409-2059
등 록 1999년 4월 19일 제303-2002-000014호
이메일 youkrack@hanmail.net

ISBN 979-11-5686-956-6 93810

* 책값은 표지에 있습니다.
* 파본은 구입처에서 교환해 드립니다.

* 이 도서의 국립중앙도서관 출판예정도서목록(CIP)은 서지정보유통지원시스템 홈페이지(http://seoji.nl.go.kr)와 국가자료공동목록시스템(http://www.nl.go.kr/kolisnet)에서 이용하실 수 있습니다.(CIP제어번호: CIP2017020232)

한국 현대문학의 향연

이숭원 · 박민영 · 엄경희 · 유성호 · 송성헌 · 이동석 · 박상준 · 김인경
서세림 · 김대중 · 정진석 · 주현식 · 김인환 · 김용찬 · 권도경 · 현순영

역락

책머리에

이 책은 강원대학교 사범대학에 재직한 서준섭 선생님의 업적을 기리기 위해 강원대학교 국어교육과의 주관으로 학계의 동료 학자, 학과의 교수, 동문이 참여하여 펴냈다.

서준섭 선생님은 서울대학교에서 "1930년대 한국 모더니즘 문학 연구"로 문학박사를 받은 이래로 한국시학회, 한국비평문학회, 한중인문학회 등의 임원과 한국현대문학회의 회장을 역임하면서 『감각의 뒤편』, 『문학 극장』, 『창조적 상상력』, 『현대문학과 사회문화적 상상력』 등의 다양한 논문과 저서를 집필하며 한국 모더니즘 문학을 포함한 한국 현대 문학의 연구 지평을 넓히는 데 공헌하였다. 또한 1990년부터 강원대학교 강원문화연구소의 소장을 맡으며 『강원 문화의 이해』, 『문화의 세기와 강원문화』, 『강원 문화 산책』을 집필하는 등 강원 문화를 이해하고 소개하는 강원문화론의 정립에도 힘썼다. 강원도의 중등 교육에 기여한 바도 적지 않다. 1980년에 강원대학교에 부임한 후 교육대학원 교학과장을 역임하는 등 37년 동안 사범 교육에 매진하면서 강원도 중등 국어 교육을 담당하는 우수한 국어 교사를 양성하는 일에 일조하였다.

이처럼 서준섭 선생님은 지난 40여 년간 현대 문학 연구와 교원 양성 양편에서 기념할 만한 업적을 쌓았고 이를 발전시키는 것은 후배 연구자와 교육자의 과업이다. 이 책의 출간은 그러한 기념과 발전의 기약을 의미한다. 현대 문학 연구자를 비롯하여 고전문학, 국어학, 문학교육 연구자가 뜻을 모아 글을 보냈고 이를 현대시, 현대소설, 문학 일반 등으로 묶었다. 다양한 분야의 애정 어린 시각이 한국 문학의 과거를 기억하고 미래를 전망하여 오늘을 이야기하고 있다. 즐거운 향연이다.

원고를 청탁하는 서신을 학계 제현에 올렸을 때 인연의 다양한 실타래를 따라 여러 선생님들께서 선뜻 수락의 답신을 보내주셨다. 그 인연에는 말을 주고받은 적은 없지만 함께 학문의 세계에 헌신했다는 소속감부터 글로서 배움을 주고받은 학계 동료의 신의, 사제지간의 사의, 오랜 지기의 우정까지 다양하다. 보내주신 따뜻한 관심과 격려에 감사드린다. 어려운 출판 상황에서도 흔쾌히 출판을 맡은 도서출판 역락의 이대현 사장님과 짧은 시간에 여러 원고를 품격을 갖춘 책으로 편집한 박윤정 과장님께도 감사를 드린다.

2017년 8월

저자 일동

차례

제1부 현대시

제2부 현대소설 및 드라마

제 3 부 문학 일반

제1부 현대시

순결한 영혼의 불꽃, 윤동주*

이숭원**

1. 일기로서의 시

윤동주의 시에는 어려운 시대를 살아간 한 섬세하고 민감한 자아의 번민과 고뇌가 암시적 어법으로 형상화되어 있다. 그 번민과 고뇌가 죽음을 연상시킬 정도로 절박할 경우에도 시의 언어나 형태가 파탄을 일으키는 법은 없다. 감정의 파란 속에서도 시의 내용과 형태가 상호 긴장 속에 균형을 취하는 드문 예를 보여준다. 이러한 특성은 시가 무엇이고 시를 쓴다는 일이 어떤 의미를 지닌 것인가에 대한 뚜렷한 자각과 각성에서 온 것으로 보인다. 시에 대한 그의 탐구와 사색은 언제나 삶에 대한 진지한 자세와 연결되어

---

* 이 글은 필자가 발표한 「윤동주 시에 나타난 자아의 변화 양상」(『국어국문학』 107, 1992. 5)과 「윤동주 시와 숭결한 영혼의 불꽃」(『한국 현대시 감상론』, 집문당, 1998)의 내용을 종합하여 재구성한 것이다. 『탄생 100주년 기념논집—윤동주 시인을 기리며』(창작산맥사, 2017. 8)에도 수록될 예정이다.

** 서울여자대학교 국어국문학과

있다. 그에게 시와 삶은 동질적 차원에서 수용되고 추구되었다. 세상을 진지하게 사는 것과 시를 진실하게 쓰는 일이 그에게는 동질적인 것이었다. 그래서인지 윤동주는 시를 쓰면 탈고한 날짜를 작품 끝에 적어 두었다. 이것은 그에게 시가 자신의 사색과 행동의 기록이라는 사실을 드러내는 징표다.

시인이 시를 쓴 날짜를 명기하는 이유는 무엇일까? 자신이 그 시를 썼을 때 어떠한 상황에 있었고 어떠한 심정을 가졌는가를 알리고 싶을 때, 혹은 시간이 흘러서 그 스스로 과거의 심정을 확인하고 싶을 때 날짜를 기록할 것이다. 그런 의미에서 그의 시는 일기와 같은 것이다. 그의 시는 어떤 상황에서 자신의 삶을 반성하면서 현재의 삶을 정리하고 앞으로의 방향을 모색하는 도정에서 창조된 것이다. 그의 시는 필연적으로 또 숙명적으로 그의 삶과 연결되어 있다. 이런 사실 때문에 윤동주의 시를 창작 시점에 의해 배열해 놓고 순서대로 읽어 가면 사유의 궤적과 태도의 변화가 자연스럽게 드러나게 된다. 그런 점에서 송우혜의 『윤동주 평전』은 윤동주의 성장에 따른 사색의 변화 양상과 구체적인 사건에 촉발된 시의 창작 과정을 여러 가지 자료를 통해 섬세하게 복원해 내는 데 큰 성과를 거두었다.

흔히 윤동주를 저항시인이라고 하는데 그것은 그의 옥사에 근거를 둔 판단이다. 그가 일본 유학 중 경찰에 체포되어 재판을 받고 옥고를 치르다 옥사하게 된 과정은 『윤동주 평전』에 소상히 밝혀져 있다. 그러나 윤동주의 시에 저항의식을 직접적으로 드러낸 작품은 거의 없다. 앞에서 말한 대로 그의 시는 일제 강점하의 상황 속에서 정당하지 못한 현실의 억압에 괴로워하며 불의한 시대에 순결한 영혼을 지키는 길이 무엇인가를 모색한 내성적 지식인의 고뇌를 보여준다. 그의 시에는 분명 당시의 상황을 부정하는 정신과 정당한 방향으로 나아가야 한다는 신념이 내재해 있었고 그것을 상징적인 어구로 표현했다. 정신을 행동으로 표출하지 못하는 자신의 나약함을 부끄러워하며 그 부끄러움의 심정을 정직하게 시로 표현했다. 그런 의미에서 그는 행동으로 저항한 것이 아니라 자신의 고뇌하는 순결한 영혼으로 불의(不義)한 시대에 저항한 것이다.

이 글에서는 그의 시 몇 편을 중심으로 윤동주라는 자아가 외부의 자극과 충격에 어떤 방식으로 대응하면서 자신의 정신을 성장시키고 역사와 민족이라는 심각한 국면에 어떻게 접근해 갔는가를 검토해 보려 한다. 고뇌하는 내성적 지식인의 자리에서 역사 앞에 떳떳한 현실적 행동인의 자리로 전환될 수 있었는지, 그 전환의 시점은 어느 지점인지를 시를 통해 추적해 보고자 한다. 윤동주의 내면의 변화를 알려주는 자료가 시밖에 없으므로 시를 뗏목으로 삼아 정신의 탐색을 시도해 보는 것이다.

2. 자아와 세계의 만남

많은 사람들이 지적한 바대로 윤동주의 시에서 자아 성찰의 자세가 비교적 뚜렷이 모습을 드러낸 작품은 「자화상」(1939. 9)이다. 시인은 우물에 비친 자신의 모습을 '한 사나이'로 대상화하고 자신에 대한 미움과 가엾음, 그리움의 감정을 교차시켰다. 그러한 감정의 교차는 자아의 고뇌가 반복되고 있고 따라서 자신에 대한 명확한 인식이 정립되지 않았음을 반증한다. 이 시에서 분명히 지각되는 것은 자아의 고독이다. '산모퉁이를 돌아' 논가 '외딴' 우물을 '홀로' 찾아가서 '가만히'들여다보았을 때 '한' 사나이가 나타난다고 했다. 마지막 시행에서는 그 사나이가 '추억처럼' 있다고 했다. 현재의 생동하는 형상이 아니라 과거의 정태적 형상으로 고정되어 있는 것이다. 이 상황 설정에서 우리가 파악하게 되는 것은 내밀한 상황에 자리 잡은 고독한 자아의 모습이다. 시인은 자신의 고독한 모습을 설정해 놓고 그 고독한 자아에 미움, 가엾음, 그리움의 감정을 투영해 본 것이다. 여기에는 외부 세계가 전혀 개입하지 않고 있다. 세계로부터 절연된 우물 속의 밀폐된 자아의 모습이 나타날 뿐이다.

윤동주의 자아가 세계의 기미를 감지하여 자아의 세계의 갈등에 기반을 둔 고민을 표현한 단서는 「무서운 시간」(1941. 2. 7)에서 발견된다. 이 시기는 연희전문 3학년을 마치고 4학년 진급을 앞둔 시점이다. 이 시를 제대로 이해하기 위해서는 이 작품보다 두 달 전에 쓴 「팔복」, 「위로」, 「병원」 등의 작품을 읽어보는 일이 필요하다. 이 작품들은 하나같이 자아의 비탄, 고뇌, 시련 등을 나타내고 있다. 자신을 슬퍼하는 자로 규정하고 그 슬픔이 영원히 지속될 것으로 나타낸다든가, 아픔의 근원을 모른 채 고통에 시달리는 모습을 드러낸다든가, 나미가 거미의 그물에 걸려 잡아먹히는 장면을 보며 괴로워한다든가 하는 것이 이 시편들의 내용이다. 이러한 내용은 그 시대의 고통스러운 상황을 암시하고 있고 그 속에 자아는 병든 존재로 설정되어 있다.

거 나를 부르는 것이 누구요,
가랑잎 이파리 푸르러 나오는 그늘인데,
나 아직 여기 호흡이 남아 있소.

한번도 손들어 보지 못한 나를
손들어 표할 하늘도 없는 나를

어디에 내 한 몸 둘 하늘이 있어
나를 부르는 것이오.

일을 마치고 내 죽는 날 아침에는
서럽지도 않은 가랑잎이 떨어질 텐데……

나를 부르지 마오.

—「무서운 시간」 전문[1)]

1) 시의 인용은 내가 교정한 현대어 정본 형태로 한다.

윤동주의 병든 자아의식이 이 시에서 “나 아직 여기 호흡이 남아 있소”, “어디 내 한 몸 둘 하늘이 있어”, “내 죽는 날 아침” 같은 극단적 시행을 유도해 냈을 것이다. 이 시에서 “나를 부르는 것”의 정체는 무엇인가? 자아는 「자화상」에서처럼 고독의 공간에 유폐되어 있고 소극적이고 무력한 상태로 위축되어 있다. 죽음에 임박한 쇠약한 상태로 약간의 호흡이 남아 있을 뿐이다. 이 무력한 나를 누군가가 부르고 있는 것이다. 시인은 외부의 소리에 귀를 막으려 하지만 시인을 부르는 외부의 목소리는 집요하다. 모든 행동을 포기하고 간신히 호흡만 유지하고 있는 나를 외부 세계로 불러내려는 ‘무서운 소리’ 앞에 시인은 전율하고 있다. 그러나 그는 끝내 허무주의의 분위기를 풍기며 “나를 부르지 마오”라고 단언한다.

간단히 말하면 이 시는 외부적 행동의 요구에 무력하게 대처할 수밖에 없는 자신의 나약한 모습을 솔직하게 드러낸 작품이다. 그러나 「자화상」과 구분되는 측면이 있다. 세계의 요구 앞에 자아가 당당히 자신의 위상을 드러낸 것은 아니지만 우물 속에 ‘추억처럼’ 유폐되었던 자아가 비로소 외부 세계의 목소리와 만나게 된 것은 큰 변화다. 우리는 여기서 시대와 상황의 변화 속에서 절망하고 고뇌하고 반발하는 살아 있는 자아의 모습을 뚜렷이 확인할 수 있다. 이제 윤동주라는 자아는 고립의 처소에서 벗어나 세계의 요구와 만나게 된 것이다.

3. 자아의 갈등과 분열

세계가 자아에게 손을 내밀어 어떤 형식으로든 자아가 세계를 만난 이상, 자아가 세계에서 눈을 돌리려 해도 세계와의 접촉은 피할 수 없는 사실이 되고 그런 과정에서 자아의 갈등이 일어나지 않을 수 없다. 「무서운 시간」

보다 넉 달 뒤에 쓴 「바람이 불어」(1941. 6. 2)에 그러한 자아의 내적 갈등이 표현되어 있다.

바람이 어디로부터 불어 와
어디로 불려 가는 것일까

바람이 부는데
내 괴로움에는 이유가 없다.

내 괴로움에는 이유가 없을까

단 한 여자를 사랑한 일도 없다.
시대를 슬퍼한 일도 없다.

바람이 자꾸 부는데
내 발이 반석 위에 섰다.

강물이 자꾸 흐르는데
내 발이 언덕 위에 섰다.

—「바람이 불어」 전문

시인의 마음에 동요를 일으키던 외부의 목소리가 이 시에서는 '시대'라는 이름으로 명시된다. 앞의 시에서 "한 번도 손들어 보지 못했다"고 썼듯 여기서는 "시대를 슬퍼한 일이 없다"고 했다. 시대를 슬퍼한 일이 없는데 자아는 왜 괴로워하는 것일까? 시인도 지금 그것을 의아해 하고 있다. 그 괴로움의 이유는 이 시 5연과 6연에 용해되어 있다. 바람이 불고 강물이 흐르는데 나는 반석과 언덕 위에 고정되어 있는 것이다. 외부 세계는 계속 동요하며 변화해 가는데 나는 고립의 자리에 붙박여 움직이지 않으려 한다. 그래도 바람은 끝없이 불고 강물은 쉬지 않고 흐른다. 역사와 시대의 흐름은 이렇게 엄연하고 지속적이다. 시대의 흐름에 부딪치며 사느냐, 자신의 처소에 칩거해 버리는가, 이것이 시인의 고민이다. 시대를 슬퍼한 일이 없어서 괴롭지 않은 것이 아니라, 시대를 슬퍼하지 않고 산다는 사실이 괴로운 것이다. 윤동주의 고민은 바로 여기에 있었다. 시인은 고립의 자리에서 벗어나 시대의 소명에 호응하는 것이 옳은 일인 줄 알면서도 선뜻 행동인의 자리로 옮겨가지 못하는 자신의 소극성을 자책하고 있다. 이때 윤동주의 나이 스물넷. 졸업을 반년 앞둔 시점에 있었다.

이 시와 비슷한 시기에 쓴 작품이 「십자가」(1941. 5. 31)다. 이 시에는 앞의 내적 갈등과는 또 다른 모습이 나타나 있어 우리를 놀라게 한다. 이 시는 윤동주의 기독교적 신앙의 자세를 잘 보여주는, 가장 윤동주다운 작품의 하나로 꼽힐 것이다. 윤동주는 가족 모두가 기독교인이었으며 그의 고향인 북간도 명동촌이 일종의 기독교 신앙 부락처럼 신앙의 힘으로 단합되어 있었고 그가 다닌 학교도 전부 기독교계의 학교였다. 따라서 그의 사유 방식이라든가 상상력의 움직임에 기독교와 관련된 양상이 드러나는 것은 당연한 일이다. 기독교적 신앙의 배경이 있다 하더라도 민족 현실에 대한 고민이 없으면 이러한 시는 나올 수 없고, 민족 현실에 대한 고민이 있다 하더라도 기독교적 배경이 없으면 역시 이러한 시는 나올 수 없다. 이 두 측면이 하나로 결합된 시적 성취는 오직 윤동주의 시뿐이다. 그런 점에서도 윤동주의 시는 한국시의 북극으로 빛난다.

쫓아오던 햇빛인데
지금 교회당 꼭대기
십자가에 걸리었습니다.

첨탑이 저렇게도 높은데
어떻게 올라갈 수 있을까요.

종소리도 들려오지 않는데
휘파람이나 불며 서성거리다가,

괴로웠던 사나이,
행복한 예수 그리스도에게
처럼
십자가가 허락된다면

모가지를 드리우고
꽃처럼 피어나는 피를
어두워 가는 하늘 밑에
조용히 흘리겠습니다.

—「십자가」 전문

시인은 자신을 쫓아오던 햇빛이 교회당 꼭대기 십자가에 걸려 움직이지 않음을 보고 첨탑이 저렇게 높은데 내가 어떻게 올라가서 저 햇빛을 만날 수 있겠느냐고 자문한다. 햇빛이 십자가에 걸린 것은 나에게 십자가의 의미를 다시 일깨우기 위함이라고 윤동주는 생각했을 것이다. 그러나 십자가의 그 숭고하고 심오한 의미를 어떻게 쉽게 파악할 수 있을까? 높은 십자가의 뜻을 어떻게 제대로 파악하고 그것을 실천에 옮길 수 있을까? 윤동주는 이러한 자신의 고민, 나약함, 망설임을 솔직히 드러냈다. 망설이는 자아의 휘파람이나 불며 서성거리는 모습으로 제시되었다. 뚜렷한 방향을 찾지 못하고 망설이는 자아의 태도를 드러낸 것이다.

그 다음 4연과 5연은 상당히 비약적인 시상을 전개했다. 예수 그리스도에게처럼 십자가가 허락된다면 자신도 의연한 자기희생의 모습을 보여주겠다는 생각인데, 휘파람이나 불며 서성거리던 자아가 어떻게 이런 생각을 하게 되었는지 그 중간 단계가 제시되지 않아서 변화의 계기를 파악할 수 없다. 여하튼 스스로에게 십자가가 허락된다면 그는 "모가지를 드리우고/꽃처럼 피어나는 피를/어두워가는 하늘 밑에/조용히 흘리겠습니다"라고 노래하였다. 그는 자기희생의 장면을 어두운 하강의 심상으로 제시했다. 모처럼 상승한 피의 의미가 왜 다시 하강의 형상으로 끝나고 마는 것일까? 여기에는 십자가를 향해 올라가지 못하고 서성이던 나약한 자아의 모습이 투영되어 있다. 스스로 택한 죽음이 꽃처럼 피어나기를 바라는 것은 윤동주의 소망이지만 현실적 차원에서는 어두워가는 하늘 밑에 조용히 피를 흘리는 결과밖에 되지 않으리라는 불안감이 표현된 것이다.

그도 예수처럼 십자가에 못 박혀 많은 사람을 구원하는 자리에 설 수 있다면 행복한 사나이가 될 수 있었겠지만 적수공권赤手空拳의 식민지 지식인에 불과한 그에게는 그런 능력도 자격도 없었다. 윤동주 한 사람 희생된다고 해서 거대한 일본 군국주의가 막을 내릴 것도 아니고 우리 민족이 당장 해방되는 것도 아니다. 예수 그리스도에게 허락되었던 인류 구원의 십자가가 그에게는 주어질 수 없었던 것이다. 윤동주 한 사람이 희생된다고 해서 민족의 구원은 보장되지 않는 것이다. 이러한 현실적 조건을 잘 파악하고 있었기에 그의 마지막 시행은 그렇게 불길한 음영을 띄게 되었을 것이다. 그럼에도 불구하고 그는 시적인 상상 속에서나마 예수처럼 자기 한 몸을 희생하여 민족의 구원이 올 수는 없을까 염원해 본 것이다. 이러한 상상을 한 것 자체가 윤동주의 내적 갈등을 선명하게 드러내는 일이기도 하다.

이런 시를 쓴 다음 여름방학을 맞게 되고 윤동주는 고향의 본가에 돌아온다. 졸업을 앞둔 마지막 방학이기에 여러 가지 상념이 많았을 것이다. 방학을 끝낸 다음 그가 쓴 시가 「또 다른 고향」(1941. 9)이다.

고향에 돌아온 날 밤에
내 백골이 따라와 한 방에 누웠다.

어둔 방은 우주로 통하고
하늘에선가 소리처럼 바람이 불어온다.

어둠 속에 곱게 풍화작용하는
백골을 들여다보며
눈물짓는 것이 내가 우는 것이냐

백골이 우는 것이냐
아름다운 혼이 우는 것이냐

지조 높은 개는
밤을 새워 어둠을 짖는다.

어둠을 짖는 개는
나를 쫓는 것일 게다.

가자 가자
쫓기우는 사람처럼 가자
백골 몰래
아름다운 또 다른 고향에 가자.

—「또 다른 고향」 전문

이 시의 첫 행에 나오는 "고향에 돌아온 날 밤"은 방학을 맞아 실제로 고향에 돌아온 사실을, 끝 행의 "또 다른 고향에 가자"는 고향에서 떠나는 것을 암시한 것으로 볼 수 있다. 시인은 자신이 누운 방이 우주와 통하며 하늘에서 바람이 불어온다고 말했다. '바람'은 앞의 「바람이 불어」에서 본 대로 격리된 자아를 외부 세계와 연결해 주는 매개체이다. 화자는 밀폐된 방 안에 누워 있지만 바람을 통해 세계와 연결되기에 '어둔 방은 우주로 통한다' 고 말한다. 그러나 역사와 민족을 향해 나아가는 자신의 태도가 아직 완전히 정립된 것은 아니다. 역시 그의 내부에는 행동과 실천에 대한 망설임과 번민이 도사리고 있다. 그것이 이 시에서는 자아의 분열 양태로 나타난다.

이 시에서 '백골' 과 '아름다운 혼'은 의미상 대립관계에 있다. 백골은 외부의 자극에 눈을 감은 채 어둠 속에 누워 있는 소심한 자아의 모습을 상징하고, 아름다운 혼은 역사의식과 민족의식을 자각하고 실천의 대열로 나아가려는 자아에 해당한다. 무력하게 풍화되어 가는 소심한 자신의 모습을 보며 눈물짓는 것은 자신의 내부에 숨어 있는 '아름다운 혼'(진정한 자아)의 반응이다. 시인은 백골의 자리에서 아름다운 혼의 자리로 나아가려고 하지만 현재의 상황에 안주하고 싶어 하는 내심의 욕구가 그러한 자아의 전환을 쉽사리 허락하지 않는다. 이러한 망설임과 번민 속에 들려오는 개 짖는 소리는 자아의 결단을 재촉하는 자극제의 역할을 한다. 시인은 개 짖는 소리를 듣고 그 개를 지조 높은 개라고 상상한다. 지조 높은 개가 시대의 어둠을 몰아내려 밤새 짖듯이 그것은 자폐적이고 소심한 나를 일깨워 역사의 전면에 서도록 요청하는 것이라고 시인은 생각한 것이다.

개 짖는 소리에 촉발되어 나는 '백골'의 자리에서 '아름다운 혼'의 자리로 나아간다. '아름다운 혼'이 깃들 곳이 바로 '아름다운 또 다른 고향'이다. '백골'과 '아름다운 혼' 사이에서 갈등을 일으키던 '나'는 비로소 현실에 안주하려는 일상적 자아의 손길을 물리치고 실천적인 역사적 자아의 자리로 이행해 가려고 한다. 그러나 그 이행을 위한 결단이 아직은 전적으로 자발적이고 능동적인 것은 아니기에 "백골 몰래" "쫓기우는 사람처럼 가자"라고 표현했다. 이런 표현의 세부에서도 윤동주의 섬세하고 정직한 품성이 드러난다.

4. 자아의 합일에 이른 길

윤동주가 자아의 갈등 속에서 이상적 자아의 자리로 상승하려고 했으나 그 위험한 전환이 그렇게 쉽게 이루어지는 것은 아니다. 세계 속에 자신의 위상을 어떻게 정초할 것인가에 대한 고민을 계속하며 윤동주의 방황은 이어진 것 같다. 그 고민과 방황의 궤적이 「간」(1941. 11. 29)과 「참회록」(1942. 1. 24)에 담겨 있다. 이 두 작품은 자아의 태도에서 앞에서 본 「바람이 불어」

와 「십자가」만큼 상당한 차이를 드러내고 있다.

바닷가 햇빛 바른 바위 위에
습한 간肝을 펴서 말리우자.

코카서스 산중에서 도망해 온 토끼처럼
둘러리를 빙빙 돌며 간을 지키자.

내가 오래 기르던 여윈 독수리야!
와서 뜯어먹어라, 시름없이

너는 살찌고
나는 여위어야지, 그러나,

거북이야!
다시는 용궁의 유혹에 안 떨어진다.

프로메테우스 불쌍한 프로메테우스
불 도적한 죄로 목에 맷돌을 달고
끝없이 침전하는 프로메테우스.

―「간」 전문

「간」에는 「십자가」처럼 시대에 맞서서 자신의 지조를 지키겠다는 자아의 뚜렷한 태도가 선명하게 제시되어 있다. 1941년 후반기는 한민족에게 최악의 시련기였다. 1941년 3월 총독부는 조선어 사용을 전면 금지했으며 사상범 예비구속령, 국방보안법 등의 악법을 공포하여 살벌한 전시 통치 체제를 강화해 나갔다. 윤동주는 일제의 폭거를 목도하며 민족적 저항의식을 전보다 강하게 품었을 것이다. 이 시는 윤동주의 저항적 태도와 결연한 의지를 보인다는 점에서 분명 이채를 띠는 작품이다.

이 시의 중심 모티프를 이루는 것은 토끼전과 프로메테우스 설화다. 토끼는 거북이의 유혹에 넘어가 간을 빼길 처지에 빠졌으나 기지를 발휘해 죽음의 위기에서 벗어났다. 토끼는 자기의 간을 지키며 '햇빛 바른' 바위 위에 '습한' 간을 '펴서' 말린다는 구절에서 다시는 그릇된 유혹에 넘어가지 않고 정도를 지키겠다는 결의가 드러난다. 그렇게 지혜 있는 토끼로 자신의 모습을 상정해 보아도 식민지 지식인으로서의 자신의 위상은 비극적으로 비칠 수밖에 없다. 그 비극적 자기 인식이 프로메테우스 설화를 이끌어 들였다.

윤동주는 프로메테우스를 끝없는 비극에 시달리는 비극적 존재의 전형으로 받아들였다. 목에 맷돌을 달고 끝없이 침전하는 프로메테우스의 형상은 고독한 자아의 희생을 연상시킨다. 일제 강점기 전시체제 속에서 자신의 올바른 자리를 지키는 것은 결국 고독한 침전, 고독한 소멸로 종결되는 자기 희생의 길임을 직관으로 깨달은 것이다. 그러나 고통과 시련 속에서도 끝까지 자신의 정도를 지키고 용궁의 유혹을 거부하겠다는 의지를 시에 담아 놓았다. 간을 뜯기는 고통 속에 스스로 여위어 가면서도 "독수리야! 와서 뜯어 먹어라"라고 자신 있게 말하며, 자신을 유혹했던 거북이에게는 "거북이야! 다시는 용궁의 유혹에 안 떨어진다."라고 단호히 외친다.

거북이와 독수리는 나의 올바른 삶을 방해하거나 위협하는 부정적 존재다. 부정적 존재와 대립된 자리에 놓인 시인의 분신이 토끼와 프로메테우스다. 토끼는 자신의 기지로 위기를 모면하고 간을 지키는 존재이고, 프로메테우스는 인간에게 불을 가져다 준 죄 때문에 간을 뜯기는 벌을 받는 존재다. 엄밀히 말하면 이 둘은 억압에 저항하는 존재는 아니다. 그렇다 하더라도 세계의 횡포에 직면한 연약한 자아가 유혹이나 강압에 흔들리지 않고 올바른 자리를 지키겠다는 의지는 선명하게 밝힌 것이다. 마지막 연의 비극적 형상도 그러한 비극적 운명을 담담히 감수하겠다는 뜻으로 읽힌다.

파란 녹이 낀 구리거울 속에
내 얼굴이 남아 있는 것은

어느 왕조의 유물이기에
이다지도 욕될까.
나는 나의 참회의 글을 한 줄에 줄이자.
—만 이십사 년 일 개월을
　무슨 기쁨을 바라 살아 왔던가.

내일이나 모레나 그 어느 즐거운 날에
나는 또 한 줄의 참회록을 써야 한다.
—그때 그 젊은 나이에
　왜 그런 부끄런 고백을 했던가.

밤이면 밤마다 나의 거울을
손바닥으로 발바닥으로 닦아 보자.

그러면 어느 운석 밑으로 홀로 걸어가는
슬픈 사람의 뒷모양이
거울 속에 나타나온다.

—「참회록」 전문

비극적 존재로서의 자신의 위상을 분명히 하고 한계상황 속에 자신의 결의를 분명히 드러내던 시인이 두 달 뒤에 쓴 「참회록」에서는 스스로의 초라함을 인식하며 부끄럽고 욕된 존재로 드러내고 있다. 여기에는 일본 유학 때문에 창씨개명을 한 윤동주의 굴욕감이 개재해 있다. 당시 창씨개명 제도에 의해 자신의 이름을 일본식 이름으로 바꾸어야 현해탄을 건널 수 있는 허가서를 발급해 주었다. 이러한 사정은 송우혜의 『윤동주평전』에 상세히 밝혀져 있다. 윤동주가 연희전문에 일본식으로 개명한 이름을 제출한 날짜가 1942년 1월 29일로 되어 있으니 이 시를 쓴 닷새 후다.

시인은 자신의 얼굴이 '파란 녹이 낀 구리 거울' 속에 남아 있다고 말했다. 이것은 두 가지 의미를 담고 있다. '왕조의 유물'이라는 말과 관련지어 보면, 나라 잃은 백성으로 살아가는 당시의 무력한 처지를 나타낸 것으로 보인다. 조선왕조가 무너진 것이 1910년이니까 이 시를 쓰는 시점은 30년 이상의 세월이 흐른 다음이다. 나라가 망한 지 30년이 넘는데도 윤동주라는 이름으로 남아 있는 자신의 모습을 어느 왕조의 욕된 유물로 파악한 것이다. 또 하나는 시대의 어둠 때문에 자신의 올바른 모습을 제대로 파악할 수 없다는 의미가 담긴 것으로 보인다. 자신이 어떤 존재인지, 어떻게 살아가야 옳은 것인지 참모습을 알 수 없다는 의미가 이 말에 담겨 있을 것이다.

시인은 자신이 살아온 24년 1개월 동안 아무런 기쁨도 없이 살아왔다고 고백했다. 그것은 일제 강점기 자신의 삶이 욕되고 부끄러운 삶이었음을 간접적으로 토로한 것이다. 그 다음에 시인은 미래의 어느 즐거운 날 또 한 줄의 참회록을 써야 한다고 시인은 말했다. 이 대목은 윤동주의 정직성을 극명하게 드러내 준다. 일제의 억압에서 벗어난 해방 공간에서 진정한 참회록을 쓴 사람이 누가 있었던가. 민족을 배신하고 친일 활동을 한 사람도 뻔뻔스런 자기변명을 늘어놓지 않았던가. 그런데 윤동주는, 그 어느 즐거운 날에, 춤추며 환호하는 것이 아니라, 또 한 줄의 참회록을 써야 한다고 말했다. 자신에게 희생의 십자가가 주어진다면 피를 흘리며 죽을 수 있다고 생각한 이 정직한 젊은이가 무슨 잘못을 했기에 민족 반역자도 안 쓴 참회록을 쓴단 말인가. 우리는 윤동주의 이 순결한 영혼 앞에 저마다 머리 숙이고 옷깃 여며야 할 것이다.

시인은 자신의 본모습을 파악하기 위한 노력을 전심으로 벌이겠다고 했다. 그러나 안타깝게도 거울에 나타난 자신의 모습은 상당히 우울하고 적막하다. 그는 자신의 모습을 운석 밑으로 홀로 걸어가는 슬픈 사람의 뒷모양으로 예견했다. 그는 이미 자신의 미래를 내다보고 있었던 것 같다. 자신이 바라던 일본 유학을 위해 굴욕적인 개명을 한 25세의 젊은이는 청운의 꿈을 그린 것이 아니라 오히려 자신의 고립과 죽음의 영상을 새겨 넣었다. 자기가 택한 길이 오히려 욕된 길이며 스스로를 끝없는 나락으로 침전시키는 것이 아닌가 하는 회의와 절망이 강하게 솟아오른 것이다. 그 시점이 1942

년 1월 24일. 윤동주는 뼈에 새기듯 자신의 번민을 한편의 시로 완성해 놓은 것이다.

역설적이게도 우리는 윤동주의 괴로움이 가득 담긴 이 시에서 그의 정직함을 보고 그것을 통해 말할 수 없는 위안을 느낀다. 이리 승냥이가 날뛰는 그 험악한 세상에서 자신의 작은 잘못에도 몸 둘 바 몰라 하는 이러한 젊은이가 존재했고 그 심정을 시로 새겨 후세에 전했다는 사실만으로도 우리는 너무도 자랑스럽고 가슴 벅차지 아니한가? 어느 시대이건 불의(不義)한 자는 많았고 의인은 적었으니 의인이 목숨을 잃은 것을 어찌 안타깝다고 하겠는가. 그러한 의인으로 인해 민족사의 불길이 꺼지지 않고 이어진 것이다. 어둠을 밝힌 윤동주의 동력은 순결한 영혼의 불꽃이었다. 우리는 그 불꽃을 동경의 작은 하숙방에서 다시 만난다.

창밖에 밤비가 속살거려
육첩방은 남의 나라,

시인이란 슬픈 천명인 줄 알면서도
한 줄 시를 적어 볼까.

땀내와 사랑내 포근히 품긴
보내주신 학비 봉투를 받아

대학 노-트를 끼고
늙은 교수의 강의 들으러 간다.

생각해 보면 어린 때 동무를
하나, 둘, 죄다 잃어버리고

나는 무얼 바라
나는 다만, 홀로 침전하는 것일까?

인생은 살기 어렵다는데
시가 이렇게 쉽게 씌어지는 것은
부끄러운 일이다.
육첩방은 남의 나라
창 에 밤비가 속살거리는데,

등불을 밝혀 어둠을 조금 내몰고,
시대처럼 올 아침을 기다리는 최후의 나,

나는 나에게 작은 손을 내밀어
눈물과 위안으로 잡는 최초의 악수.

—「쉽게 씌어진 시」 전문

시인이 동경 릿교대학 영문과에 다니고 있던 1학기의 초여름 비오는 밤 「쉽게 씌어진 시」(1942. 6. 3)를 썼다. 이 시는 우리가 읽을 수 있는 그의 마지막 작품이다. 이 시의 첫 연에 나오는 "육첩방은 남의 나라"라는 말은 매우 심각한 의미를 담고 있다. 이때 일본은 태평양전쟁의 중심에서 살벌한 전시체제로 돌입하여 성전의 승리를 최상의 목표로 내세우고 있었다. 그런 상황에서 군국주의 식민통치국 일본의 수도 한 하숙방에서 조선청년에 의해 발성된 이 말은, 겉으로는 지극히 평범한 사실을 지칭한 것 같지만, 그 속에는 이 땅이 절대로 내 나라가 될 수 없다는 확고한 의지를 표명한 것이다. 대동아공영권을 내세우고 내선일체를 부르짖으며 성전에의 참여를 독려하던 당시 상황에서 이 말은 혁명적인 발언이다. 이 혁명적 발언이 "창밖에 밤비가 속살거려" 라는 서정적 진술 속에 담겨져 있음이 이 시의 매력이다.

시인은 그 다음에 일상적 사실들을 자상한 어조로 열거해 갔다, 시인으로서의 한계의식을 절감하면서도 한줄 시를 쓰고 부모의 사랑 어린 학비에 감사하고 늙은 교수의 강의를 듣는 윤동주의 모습이 그대로 그려진다. 이렇게 고향을 떠나 남의 나라에서 공부하는 자신의 모습을 홀로 침전해 간다고 표현했다. 그러한 침울한 자기 인식은 반성과 부끄러움으로 이어지면서 다시 "육첩방은 남의 나라"라는 단언이 되풀이된다. 이 시행의 반복은 윤동주라는 자아의 내적 도약을 위한 예비적 에너지로 작동한다. 다시 한 번 자신이 처한 상황과 자아의 위상을 분명히 드러낸 시인은 9연과 10연에서 자신이 추구해야 할 미래의 지표를 제시한다. 그것은 현재의 자아의 고립과 분열을 넘어서서 자아의 합일로 나아가려는 노력이다.

그의 시의 자아는 합일되지 못하고 분열의 양상을 보여 왔다. 우물 속의 자기 자신을 들여다보며 그것을 미워하고 가엾어하고 그리워하다가 다시 미워하는 모습(「자화상」), 십자가로 오르지 못하고 휘파람이나 불며 서성이던 자아와 십자가 허락된다면 피를 흘리고 희생하겠다는 자아의 분열(「십자가」), 자신의 나약한 분신으로 백골을 상정하고 풍화되는 백골을 보며 눈물짓던 아름다운 혼과 백골 사이의 갈등(「또 다른 고향」), 거울에 비친 자신의 모습을 어느 왕조의 욕된 유물로 보며 자신의 고독한 위상을 떠올리는 내적 갈등(「참회록」) 등은 모두 일상적 자아와 이상적 자아, 현실과 관념이 하나로 합치되지 못한 분열의 양태들이다. 이렇게 분열과 갈등을 일으키던 두 개의 나가 여기서 비로소 화합을 이루게 된다. 시인은 이 장면을 "눈물과 위안으로 나누는 최초의 악수"라고 표현하였다. 이 표현 속에는 자아의 갈등과 분열 속에 보낸 숱한 고뇌의 나날들이 응결되어 있다. 화합을 이룩한 자신의 모습을 '어둠을 조금 내몰고 아침을 기다리는 최후의 나'로 표현하였다. 역사와 민족의 의미를 자각하고 세계의 요구를 정면으로 수용한 나의 모습은 결국 시인이 도달해야 할 마지막 단계에 속하는 것이기에 '최후의 나'라고 시인은 말한 것이다.

일제 강점기 시련의 시기에 윤동주가 도달한 최후의 나의 모습은 바로 어둠을 짖는 지조 높은 개요, 어둠을 내몰고 아침을 기다리는 선지자의 형상이다. 이것은 스스로의 자각과 인식에 의해 획득된 것이기에 자아의 갈등을 유발하지 않는다. 백골과 아름다운 혼의 분리가 일어나지 않는 것이다.

갈등을 일으키던 두 개의 자아가 하나가 되면서 윤동주는 오롯한 한 사람의 민족 시인으로 서게 된 것이다. 이로써 그는 민족 시인으로서의 역사적 사명을 완성한 것이며 자신의 죽음을 예비한 것이다.

이 시를 쓴 때로부터 2년 8개월 후인 1945년 2월 16일 윤동주는 일본 후쿠오카형무소에서 세상을 떠났다. 그가 예감한 대로 그의 죽음은 누구의 구원도 되지 못했다. 그의 가족을 제외한 대부분의 사람들은 그가 죽었다는 사실조차 모르고 세월을 보냈다. 조국은 국제 역학관계에 의해 그로부터 몇 달 후 해방되었고 1948년 1월 그의 시집 『하늘과 바람과 별과 시』가 간행되었다. 그 이후 그의 시편은 많은 사람들의 입에 회자되었고 비로소 그의 시의 가치와 죽음의 의미에 관심이 기울여지게 되었다. 그리하여 그 암흑의 시대에 쓴 그의 시가, 그리고 그의 죽음이 민족사의 어둠을 밝힌 구원의 불꽃임을 뒤늦게 깨닫게 되었다. 원래 광야를 울리는 선지자의 목소리는 선지자가 사라진 다음에야 참된 가치를 드러내는 법. 윤동주는 죽었으나 그가 지핀 순결한 영혼의 불꽃은 오늘을 사는 우리들에게 선지자의 아이콘으로 생생한 빛을 발하고 있다. 그리하여 윤동주는 한국시사에 십자가에 피 흘린 예수의 상징성을 지닌 시인으로 남게 된 것이다.

참 고 문 헌

김용직, 『한국 근대문학의 사적 이해』, 삼영사, 1977.
김윤식, 「윤동주론의 향방」, 『심상』, 1975. 2.
김응교, 『처럼-시로 만나는 윤동주』, 문학동네, 2016.
김의수, 「윤동주 시의 해체론적 연구」, 서울대 대학원 석사논문, 1991.
김재홍, 「자기극복과 초인의 길」, 『현대시』 1, 1984. 5.
류양선 편, 『윤동주 시인을 기억하며』, 다시올, 2015.
마광수, 『윤동주 연구』, 정음사, 1984.
송우혜, 『윤동주 평전』, 열음사, 1989.
왕신영 외 편, 『사진판 윤동주 자필 시고전집』, 민음사, 1999.
유종호, 『서정적 진실을 찾아서』, 민음사, 2001.
윤동주, 『하늘과 바람과 별과 시-원본 대조 윤동주 전집』, 연세대학교 출판부, 2006.
이숭원, 「윤동주 시에 나타난 자아의 변화 양상」, 『국어국문학』 제107호, 1992. 5.
이숭원, 『한국 현대시 감상론』, 집문당, 1998.
이숭원, 『교과서 시 정본 해설』, 휴먼앤북스, 2008.
홍장학, 『정본 윤동주 전집 원전 연구』, 문학과지성사, 2004.

김광균 시와 '한국적 모더니즘'

박민영*

1. '형태의 사상성'과 이미지의 조형 양식

지금까지 김광균 시에 대한 논의는 주로 모더니즘과 관련되어 이뤄졌다. 널리 알려졌듯이, 김광균은 T. E. 흄, E. 파운드, T. S. 엘리엇 등 영국 주지주의 시운동을 소개한 김기림의 이론과 시작품에 영향을 받아 회화성을 강조하는 시를 썼다. 김광균에 대한 평가는 김기림의 "소리조차를 모양으로 번역하는 기이한 재주"를 가졌다는 찬사 이후,[1] 모더니즘 이론을 시작(詩作)으로써 실천했다는 긍정적인 입장과, 그와 반대로 실패한 모더니스트로 간주하는 부정적인 입장으로 나뉜다.

부정적인 입장은 김광균이 이른바 '진정한 모더니스트'로서의 면모를 갖추지 못했다는 것에서 비롯되는데, 주된 이유로 그의 시에 주조를 이루는

* 성신여자대학교 교양학부, 문학평론가

1) 김기림, 「삼십년대 도미(掉尾)의 시단동태」, 『김기림 전집 2』, 심설당, 1988, 69면.

감상성을 들고 있다. 즉, 감상을 배격해야 할 모더니즘 시인이 바로 그 감상성에 경도됐다는 것이다. 이 말은 김광균 시에 대한 부정적인 평가가 시 자체의 완성도나 미학적 개성에서 나왔다기보다는, 모더니즘 시인으로서의 부적합성에 초점이 맞춰졌다는 사실을 방증한다.

모더니즘 시인이라는 정의 하에 김광균의 시적 성과는 분명 부정적인 측면이 강조될 수 있다. 그러나 김광균은 김기림의 영향을 받아 회화성이 강조된 시를 썼지만, 정작 그 자신은 스스로를 모더니즘 시인이라 생각하지 않았으며,[2] 본격적인 모더니즘 시론을 피력하지도 않았다. 그를 모더니즘 시인이라는 울타리에 가둔 것은 당대의 비평가와, 그의 관점을 계승한 후대의 연구자들이다.

이 연구는 김광균이 이른바 '진정한 모더니즘 시인'이 아니라는 것에서 출발한다. 따라서 그의 시에 빈번히 등장하는 상실감과 감상성은 실패한 모더니스트로서의 부정적인 양상이 아니라, 오히려 김광균 시의 미학적 개성으로 간주될 수 있다. 이것을 굳이 모더니즘이라는 용어를 다시 빌려 설명한다면 '감상적 모더니즘', 혹은 '한국적 모더니즘'이라고 부를 수 있을 것이다. 정통 모더니즘 시가 아닌, 한국적 모더니즘 시로서 김광균 시작품의 개성을 찾는 것이 이 연구의 목적이다.[3]

그러면 한국적 모더니스트로서의 김광균은 시에 대해 어떠한 생각을 가지고 있었을까. 김광균은 소박하게나마 자신의 시론을 피력한 바 있다. 1940년 『인문평론』에 발표한 「서정시의 문제」라는 글에서인데, 이것은 본격적인 시론이라기보다는 당시의 문단을 비판하며 시에 대한 자신의 견해

2) "나는 모더니스트가 아니다. 굳이 모더니즘이라는 것을 의식하고 시작(詩作)을 한 적은 없다. 물론 나의 시에는 시각적 회화적인 이미지가 많이 나타나고 있는 것은 사실이다. 그러나 그것은 내가 오랫동안 서울에 거주했기 때문인지도 모르겠다." 김광균, 「작가의 고향-꿈속에 가보는 선죽교」, 『월간조선』, 1988. 3, 494면.

3) 동일 주제의 연구로는 拙稿, 「김광균 시 연구」, 『돈암어문학』 제23호(2010.12)가 있다. 본 논문은 이 글을 수정한 것이다.

를 밝힌 정도의 글이다.

이 글의 핵심어는 '형태의 사상성(思想性)'이다. 다소 의미가 모호한 이 핵심어에 대해, 조동민은 형태의 사상성이란 "문학의 내용과 형식을 분리하여 그 형태의 중요성을 강조한 것"이라고 말하면서, 여기서 형태란 단순히 form만을 가리키지 않고, genre, style, nuance 등 다의적인 의미를 포괄하고 있으며, 나아가 그 시대의 사상을 대변하고 상징할 수 있는 양식이라고 했다. 또한 그는 형태의 사상성을 이미지의 상징성과 연계해 엘리어트가 말한 객관적 상관물과 같은 뜻이라고 해석했다.[4]

조용훈은 "김광균이 언급한 '형태'란 형식적 차원에서 정신을 담은 단순한 생태학적 형태가 아니고, 인간 고유의 정신이 요청하고 그것이 형성한 양식적 개념"이라고 했다.[5]

박현수는 형태의 사상성이란 형태를 형식과 동일한 것으로 간주하는 태도라고 하면서, '사상성'이라는 어휘를 덧붙인 것은 형태의 지위를 강화하기 위한 전략의 일환이라고 보았다. 즉, 형태의 사상성은 그동안 내용에 주어졌던 사상의 가치를 형식 및 방법론에 부여하고자 하는 의도라고 해석하면서, "현대에 알맞은 시 형식 속에 시대성이 담겨져야 한다는 주장"이라고 했다.[6]

여기서 한 단계 나아간 논의가 한영옥의 연구다. 그는 형태의 사상성을 "형식과 내용이라는 이분법을 극복하는 기제"라고 전제한 후,[7] 김광균의 「서정시의 문제」에서 다음과 같은 구절을 인용한다.

> 새로운 시가 자연의 풍경에서 노래할 것을 발견하지 못하고 정신의 풍경 속에서 대상을 구했고, 거기 사용된 언어도 목가적인 고전에 속하는 것보다는 도시생활에 관련된 언어인 것도 사실이다. 오늘에 와서 현대시의 형태가 조형

---

4) 조동민, 「김광균 시의 모더니티」, 구상 · 정한모 편, 『삼십년대의 모더니즘』, 범양출판부, 1987, 134-135면.
5) 조용훈, 「새로운 감수성과 조형적 언어」, 『김광균 연구』, 국학자료원, 2002, 262면.
6) 박현수, 「형태의 사상성과 이미지즘의 수사학」, 『한국 모더니즘 시학』, 신구문화사, 2007, 55면.
7) 한영옥, 「김광균론—차단-한 등불의 감각」, 『한국 이미지스트 시인 연구』, 푸른사상, 2010, 77면.

> 으로 나타나고 발달된다는 사실은 석유나 지등(紙燈)을 켜든 사람에게 전등의 발명이 '등불'에 대한 개념에 중요한 변화를 주듯이 형태의 사상성을 통하여 조형(造型) 그 자체가 하나의 사상성을 대변하고 나아가 그 문학에도 어느 정도의 변화를 일으키는 데까지 갈 것도 생각할 수 있다.[8)]

한영옥은 인용한 글의 분석을 통해, 형태의 사상성이 비교적인 관점에서 추론되고 있다고 했다. 즉, 자연의 풍경이 아니라 정신의 풍경, 목가적인 것보다는 도시 생활, 노래가 아니라 조형으로서의 시를 언급하고 있다는 것인데, 실제로 김광균의 시편들은 정신의 풍경, 도시적 언어, 시각적 이미지의 조형성을 통해 해명될 수 있다고 했다.[9)]

한영옥이 읽은 바와 같이, 정신의 풍경을 그리고, 도시생활에 관련된 언어를 사용하고, 시각적 이미지의 조형으로 만들어진 새로운 시는 김광균 자신의 시와 연결된다.

필자는 이와 같은 선행 연구를 바탕으로, 김광균이 피력한 형태의 사상성, 즉 이미지의 조형으로써 표현된 정신의 풍경과 도시적 삶의 모습을 살펴보고자 한다. 이러한 시도는 한국적 모더니즘 시인으로서 김광균 시의 개성을 시작 기법이라는 측면에서 가늠하고자 한다는 점에서 의미 있는 작업이 될 것이다.

2. 「추일서정」: 비유의 구성 원리

상상력은 비유를 통해 이미지로 나타난다. 비유는 일종의 비교로서, 이질적인 두 사물을 유사성으로 연결시키는 결합 양식이다.[10)] 김광균은 대부분

8) 김광균, 「서정시의 문제」, 김학동 · 이민우 편, 『김광균 전집』, 국학자료원, 2002, 14면.
9) 한영옥, 앞의 글, 78면 참조.

의 시에서 은유와 직유 같은 비유를 사용하고 있다. 비유는 김광균 시의 대표적인 조형 양식이거니와, 이 장에서는 시 「추일서정(秋日抒情)」을 중심으로 비유의 구성 원리와, 비유를 통해 이미지로서 재구성된 정신의 풍경에 대해 살펴보겠다.

시 「추일서정」은 1940년 7월 『인문평론』 제10호에 발표된 시로, 김광균 시의 경향을 잘 나타내 보이는 작품이다. 한국문단에는 1930년대 중반부터 모더니즘적인 경향을 지닌 시인들이 등장했다. 주지파(主知派)라고도 불리는 이들은 낭만적이며, 주정적(主情的)인 20년대의 시풍을 거부하고 지적인 태도로 시를 쓰고자 했는데, 특히 음악성을 중시하는 시문학파의 시작 태도를 거부하고 도시 감각과 현대 문명을 시각적 이미지로써 형상화하려고 노력했다. 최재서는 영·미 주지시 이론을 소개했고, 김기림은 모더니즘 이론을 확립했으며, 김광균은 시의 회화성을 강조한 시를 씀으로써 당시 주지주의 운동에 동참했다. 그러나 앞에서도 말했듯이, 모더니즘 운동의 일환으로서 김광균의 시적 성과는 독특하다. 시 「추일서정」에서처럼 시인은 자신의 관념이나 정서를 전달하기 위한 도구로서 서구적인 이미지를 사용했다.

시인은 자신이 느끼는 가을의 정서를 낙엽과 길, 구름과 같은 이미지를 통해 드러내고, 각각의 이미지들을 다시 지폐·넥타이·셀로판지와 같은 서구적인 이미지에 비유한다. 즉, 시인은 자신의 관념을 보다 효과적으로 표현하기 위해 당시로는 낯설고, 그만큼 신선한 문명의 이미지를 빌려 온 셈인데, 이러한 시인의 시작 태도는 관념과 정서의 대립개념으로 발생한 서구 모더니즘과는 거리가 있다. 이러한 양상은 모더니즘 시로서 김광균 작품의 한계이자, 1930년대에 전개된 우리나라 모더니즘 시운동을 특징짓는 한 경향이다.

그러면 서구의 이미지를 빌려 나타내고자 한 시인의 정서는 무엇이었을

10) 김준오, 『시론』, 삼지원, 1997, 174-175면.

까. 필자는 이 시를 비유의 구성 원리를 중심으로 읽음으로써 시인의 상상력의 세계를 가늠해보고자 한다.

落葉은 폴-란드 亡命政府의 紙幣
砲火에 이즈러진
도룬市의 가을 하늘을 생각케 한다.
길은 한줄기 구겨진 넥타이처럼 풀어져
日光의 폭포 속으로 사라지고
조그만 담배 연기를 내어 뿜으며
새로 두시의 急行車가 들을 달린다.

포플라나무의 筋骨 사이로
工場의 지붕은 흰 이빨을 드러내인채
한가닥 꾸부러진 鐵柵이 바람에 나부끼고
그 우에 세로팡紙로 만든 구름이 하나.
자욱-한 풀벌레 소리 발길로 차며
호을로 荒凉한 생각 버릴 곳 없어
허공에 띄우는 돌팔매 하나.
기울어진 風景의 帳幕 저쪽에
고독한 半圓을 긋고 잠기어간다.

—「秋日抒情」[11] 전문

인용시는 '추일서정'이라는 제목이 말해주듯이 가을날의 서정을 그리고 있다. 이 시는 전체적으로 시적 화자의 생각(1-3행), 풍경묘사(4-11행), 화자의 행동(12-16행) 세 부분으로 나뉜다. 이를 편의상 a, b, c로 부르기로 한다.

먼저 a에서 시적 화자는 낙엽을 폴란드 망명정부의 지폐에 비유한다. 망명정부의 지폐가 그렇듯이, 낙엽이 갖고 있는 가치 없음을 강조한 것이다. 폴란드 망명정부는 제2차 세계대전이 일어나면서 독일과 소련에 의해 분할

11) 김학동 · 이민호 편, 『김광균 전집』, 국학자료원, 2002. 이후의 김광균 시는 이 책에서 인용하기로 한다.

점령된 직후인 1939년 9월 프랑스 파리에 세워졌다. 이 망명정부는 파리와 런던을 전전하며 10만 명이나 되는 군대를 조직해 나치 독일과 맞서 싸웠다. 그러나 1944년 소련의 공작으로 폴란드에 공산당 임시정부가 수립되면서 소멸되고 만다.

낙엽을 폴란드 망명정부의 지폐에 비유한 상상력의 근저에는 이 시가 쓰였을 당시인 1940년 일제강점기의 절망적인 상황이 자리하고 있다. 즉, '낙엽=망명정부의 지폐'라는 비유 속에는 우리나라:일본=폴란드:독일이라는 비유의 축이 숨어있다.

우리나라가 일본에 의해 그랬던 것처럼, 폴란드는 독일에 의해 강제 점령당한다. 그 모습을 시인은 "포화에 이즈러진 도룬 시의 가을 하늘"이라고 묘사하는데, 여기서 도룬 시는 바르샤바 북쪽에 있는 폴란드의 아름다운 고도(古都) 토룬(Torun)을 말한다. 독일과의 접경지대에 위치한 토룬은 제2차 세계대전 시 독일의 침공을 받아 폐허가 됐다. 이 시의 화자는 일제강점기 어느 가을날, 낙엽과 하늘을 보면서 독일에게 침공당한 폴란드의 슬픈 운명을 떠올리며 동병상련의 정서를 느끼고 있는 것이다.

이러한 망국의 슬픈 정서는 가을의 이미지를 빌려 나타나며, 시적 대상들은 제 모습을 잃은 훼손된 모습으로 변형된다. 떨어진 낙엽은 가치를 상실한 망명정부의 지폐에 비유된다. 가을 하늘도 포화에 훼손되어 맑고 푸름을 상실한 모습이다. 낙엽과 하늘같은 전통적인 이미지들이 폴란드 망명정부의 지폐와 토룬의 하늘같은 서구적인 이미지에 비유되었지만, 그것은 문명에 대한 비판이라기보다는 심화된 상실의 정서로 읽힌다.

상실과 하강을 공통분모로 한 물질문명에 대한 비유는 b에서 '길=넥타이'로 반복된다. 길은 쭉 뻗어있는 것이 아니라, 구겨진 넥타이처럼 풀어져 있으며 쏟아지는 햇빛 속으로 사라진다. 잘 뻗은 길이 일반적으로 미래지향적인 희망을 상징함을 고려할 때, 구겨진 넥타이처럼 풀어진 길이란 길 본래의 모습이 훼손된 암울한 미래를 상징한다고 볼 수 있다.

들을 달리는 급행차는 길고, 연기를 내뿜는다는 점에서 담배에 비유된다. 원경의 묘사임을 감안하더라도 크고 육중한 열차가 작고 가는 담배에 비유된 것 역시 본래의 크기와 무게를 상실한 모습이다.

포플러 나무는 앙상하게 근골(筋骨)을 드러내고 있다. 나무의 근골이 보인다는 것은 잎을 상실했기 때문이다. 1행의 폴란드 망명지폐와 같은 낙엽은 이 나무에서 떨어졌을 것이다. 그리고 나뭇가지 사이로 공장의 지붕과 철책이 보인다. 지붕 역시 낡아서 나무의 근골에 해당하는 골조(骨組)를 '흰 이빨'처럼 드러낸다. 한 가닥 철책도 구부러져, 쇠의 중량과 경도를 상실한 채 실오라기처럼 바람에 나부낀다. 황폐하고 황량한, 제 모습을 잃고 심하게 훼손된 모습들이다.

다음의 비유는 '구름=셀로팡지'다. 시인은 셀로판지라는 지극히 얇고 투명한, 당시로서는 새로운 사물에 구름을 비유하고 있다. 이것은 일반적으로 양떼나 새털에 비유되는 구름 고유의 부피와 질감을 상실한 모습이다. 이러한 제 모습을 잃은 사물들은 후에 "기울어진 풍경의 장막"으로 통합된다.

a와 b에서 쓰인 비유의 특징은 전통적이거나 자연적인 원관념을 서구적이거나 물질적인 보조관념으로 치환했다는 것이다. 김광균은 시작품에서 달을 양철조각에 비유하거나(「성호부근」), 눈을 아스피린 분말에(「눈 오는 밤의 시」), 눈 내리는 모양을 영화관의 낡은 필름에 비유하기도 한다(「장곡천정에 오는 눈」). 이것은 익숙한 대상을 새롭게 인식하는 일종의 '낯설게 하기'의 기법으로 이해할 수 있다.

c에서는 시적 화자의 행동이 나타난다. 그는 풀벌레 소리를 듣고 있는데, 소리를 '자욱하다'고 시각의 감각을 빌려 표현한다. 화자의 답답한 감정을 이입한 것으로, 공감각적 표현에 해당한다. 공감각에 대해서는 다음 장에서 다시 살펴보겠다.

시적 화자는 자욱한 풀벌레 소리를 돌멩이처럼 차고 있다. 이것은 두 가지 사실을 시사한다. 소리의 하강과, 하강한 그 소리가 응결되어 돌처럼 딱

딱해졌다는 것이다. 시각적 이미지로 표현된 소리가, 다시 촉각적 이미지로 전환됐다. 소리를 찬다는 것은 듣기를 거부하는 행동이다. 이것은 다음에 나오는 허공에 띄우는 돌팔매와도 연결된다.

화자는 "호을로 황량한 생각 버릴 곳 없어" 돌팔매를 하나 띄운다고 한다. 즉, 돌팔매는 황량한 생각을 벗어나고자 하는 의지를 상징한다. 혹은 정반대로 돌팔매질 자체가 갖고 있는 속성으로 미루어 화자의 이 행동은 이미 추락을 예견한 덧없는 몸짓일 수도 있다. 어쨌거나 돌팔매는 기울어진 풍경의 장막 저쪽에 "고독한 반원(半圓)을 긋고" 잠긴다. 낙엽이나 일광(日光), 풀벌레 소리와 마찬가지로 시적 화자의 의지 또한 가을의 풍경 저편으로 추락하고 마는 것이다.

여기서 '기울어진 풍경'은 포화에 이지러지고 낡은 공장의 지붕과 구부러진 철책이 보이는, 그러니까 시적 화자의 황량한 정신세계가 투영된 훼손된 풍경을 의미한다. 이러한 풍경이 장막처럼 드리워져 있다는 데서 화자는 사실상 그 속에 감금되어 있었음을 알 수 있다.

황량함과 고독함. 시적 화자는 작품의 말미에 이르러 직설적으로 자신의 정서를 드러낸다. 가을날의 일그러진 풍경은 화자의 외로운 정신세계가 투영됐기 때문이었으며, 그는 스스로 만든 마음의 장막에 갇혀 있었다.

이렇게 「추일서정」은 김광균 시인의 감상적 모더니스트로서의 면모를 확인할 수 있는 작품이다. 망국의 설움과 가을날의 고독이라는 정신의 풍경을 시인은 이미지의 조형을 통해 자연의 풍경에 투사하고 있다. 여기에 사용된 비유는 원관념인 자연을 보조관념인 도시적 사물과 연결함으로써 한층 자신의 정신세계를 효과적으로 표현하는 역할을 하고 있다.

3. 「해바라기 감상」 「와사등」: 감각의 재현

김광균 시에 나타난 특징 중에 하나가 공감각적 표현이다. 공감각(共感覺)이란 시각 · 청각 · 후각 · 촉각 · 미각의 다섯 가지 감각 중 두 개 이상의 감각이 결합한 형태로, 대상과 접해 촉발된 한 감각이 다른 감각으로 전이되는 것을 의미한다.[12] 소리를 들으면 빛깔이 느껴진다거나 하는 것인데, 예술에서 공감각은 창조적 영감의 원천이 된다.

가령, 칸딘스키는 색채를 각종 악기의 소리로 전환시켰다. 빨간색은 튜바, 혹은 강하게 두들긴 북소리에, 파란색은 명도에 따라 플루트 · 첼로 · 콘트라베이스의 소리에, 주황색은 교회의 종소리나 비올라 소리에, 보라색은 잉글리시 호른이나 갈대피리의 음향에 비유했다.[13]

랭보 역시 소리와 색채를 연결시켰다. 그의 시 「모음(Voyelles)」을 보면 "검은 A, 흰 E, 붉은 I, 푸른 U, 파란 O"[14] 같이 각각의 알파벳 모음은 색채로 표현된다.

이러한 공감각적 표현은 우리나라에서 1930년대 모더니즘 시인들이 적극적으로 시작에 응용했으며, 그 중 김광균의 시적 성과는 주목할 만하다. 공감각을 설명할 때면 예외 없이 예문으로 등장하는 "분수처럼 흩어지는 푸른 종소리"는 그의 시 「외인촌(外人村)」의 마지막 구절이다. 공감각적 표현은 김광균 시의 감각을 보다 풍요롭게 재현한다.

그러면 공감각적인 표현과 같은 감각의 재현을 통해 김광균이 나타내고자 한 것은 무엇이었을까. 이 장에서는 시 「해바라기 감상(感傷)」과 「와사등(瓦斯燈)」을 중심으로 김광균 시의 감각의 재현 양상과 원리에 대해 알아보겠다.

---

12) 김준오, 앞의 책, 171면 참조.
13) 칸딘스키, 『예술에 있어서 정신적인 것에 대하여』, 권영필 역, 열화당, 1979, 78-91면 참조.
14) "A noir, E blanc, I rouge, U vert, O bleu : voyelles," 랭보, 「모음(Voyelles)」, 『지옥에서 보낸 한 철』, 김현 역, 민음사, 2000.

해바라기의 하-얀 꽃잎 속엔
退色한 작은 마을이 있고
마을 길가의 낡은 집에서 늙은 어머니는 물레를 돌리고
보랏빛 들길 위에 黃昏이 굴러내리면
시냇가에 늘어선 갈대밭은
머리를 헤뜨리고 느껴울었다.

아버지의 무덤 위에 등불을 키려
나는 밤마다 눈멀은 누나의 손목을 이끌고
달빛이 파-란 산길을 넘고.

—「해바라기 感傷」 전문

인용시 「해바라기 감상」은 1935년 9월 『조선중앙일보』에 발표된 작품이며, 정서의 시각화라는 김광균 시의 특징을 잘 보여주고 있다. 하얀 해바라기로 대표되는 일련의 시각적 이미지들은 늙은 어머니와 죽은 아버지, 그리고 눈 먼 누나라는 불행한 가족의 모습과, 그로인해 상처받은 화자의 마음을 나타낸다. 앞에서 살펴본 「추일서정」의 가을 풍경이 황량하고 고독한 시인의 정신세계를 표현하고 있는 것과 동일하다. 다만, 「추일서정」이 비유라는 이질적인 두 사물의 결합 양식에 의해 새로운 이미지를 만들고 있다면, 인용시 「해바라기 감상」은 사물 고유의 색채를 변형시킴으로써 시인의 정서를 효과적으로 드러낸다.

1연에서 시인은 "해바라기의 하-얀 꽃잎"이라는 매개물을 통해 과거의 시간과 공간으로 들어간다. 해바라기는 원래 황금빛으로, 찬란하게 빛나는 태양을 상징한다. 그러나 이 시에서 해바라기는 하얀색이다. 노란빛이 탈색된 이 해바라기는 색채와 함께 꽃 고유의 역동적인 에너지마저 상실한 것처럼 보인다. 탈색된 해바라기는 다음 행의 '퇴색'이라는 시어와 만나면서 고향의 풍경과 연계된다. 그것은 하나같이 낡거나 늙은 모습들이다.

2연은 고향 들길의 모습이다. 황혼녘의 들길은 붉은 빛이 아닌 보랏빛으로 물들어 있다. 그리고 들길의 갈대는 "머리를 헤뜨리고 느껴 울었다."라고 표현된다. 화자의 비통한 정서가 투사된 것이다.

3연은 이 시의 애상적인 정조가 아버지의 죽음과 눈 먼 누나로부터 기인됨을 보여주고 있다. 저녁의 시간을 지나 밤이 된 이 연에서, 고향은 달빛이 파랗게 내린 공간으로 다시 한 번 변모된다.

「해바라기 감상」의 공간은 실제의 공간이 아닌 회상을 통해 이끌어낸 내면의 공간이다. 이 내면의 풍경은 낮→저녁→밤이라는 시간의 흐름에 따라 흰빛→보랏빛→푸른빛으로 채색된다. 기억 속의 풍경이 감상(感傷)이라는 렌즈를 통과하면서 마치 흑백 사진처럼 창백한 색으로 인화되고 있다.

김광균이 시에서 흰색과 푸른색을 즐겨 사용한다는 것은 잘 알려진 사실이다.[15] 김광균 시의 흰색과 푸른색은 사물 고유의 색인 경우와, 시 「해바라기 감상」에서와 같이 본래의 색이 탈색되거나 변색된 것으로 나눌 수 있으며, 후자의 경우 대부분이 시인의 상처 입은 마음을 대변한다. 또한 김광균은 사물이라는 매개 없이 관념 그 자체를 흰색과 푸른색으로 시각화시키기도 하는데, 이 역시 내면 풍경을 시각적인 감각으로 재현한 결과다.

> 여윈 두 손을 들어 창을 내리면
> 하이얀 追憶의 벽 위엔 별빛이 하나
> 눈을 감으면 내 가슴엔 처량한 파도 소리뿐.
>
> ―「午後의 構圖」 부분

> 午後
> 하이얀 들가의 외줄기 좁은 길을 찾아나간다
>
> ―「蒼白한 산보」 부분

15) 양왕용은 김광균 시집 『와사등』에 수록된 23편의 시에서 73개의 색채 감각어를 찾았다. 이 중 흰색이 36개, 파란색이 18개로, 김광균 시에는 흰빛과 푸른빛이 압도적으로 많이 쓰였다. 양왕용, 「30년대의 한국시의 연구」, 『어문학』 제26호, 1972, 26-27면 참조.

하이한 暮色속에 피어 있는
山峽村의 고독한 그림 속으로
파-란 驛燈을 달은 마차가 한 대 잠기어 가고
(…중략…)
退色한 教會堂의 지붕 위에선
噴水처럼 흩어지는 푸른 종소리

—「外人村」 부분

낯설은 흰 장갑에 푸른 장미를 고이 바치며
초라한 街燈 아래 홀로 거닐면

—「밤비」 부분

푸른 옷을 입은 송아지가 한 마리
조그만 그림자를 바람에 나부끼며
서글픈 얼굴을 하고 논둑 위에 서 있다.

—「星湖附近」 부분

인용시 「오후의 구도」에서 하얀색으로 시각화된 추억은 화자의 처량한 마음과 연계된다. 인용시 「창백한 산보」 역시 서러운 옛 생각에 잠겨 산책을 하는 화자의 마음을 하얀 들길로 표현했다. 시 「외인촌」의 저녁 풍경 또한 하얀색으로 탈색되어 있으며, 이 흰빛을 배경으로 종소리는 푸른빛으로 흩어진다. 여기서 푸른 종소리는 희망과 긍정을 표상한다기보다는, 앞의 행에 나오는 "퇴색한 교회당 지붕"을 배경으로 울려 퍼지는 차갑고 우울한 소리를 나타낸다고 볼 수 있다. 시 「밤비」에서의 푸른 장미와 시 「성호부근」의 푸른 송아지는 화자의 초라하고 서글픈 마음을 대변하기 위해 원래의 색을 변색시킨 경우이다.

이렇게 김광균은 애상이라는 정서를 사물에 투사하면서 사물 고유의 색채를 탈색시키거나 변색시킨다. 이것은 김광균 시에 재현된 시각적 감각을 해석하는 중요한 원리다. 정통 모더니스트들이 감정의 세계를 벗어나 주지주의적 태도를 견지했던 것에 비해, 김광균은 시각적 이미지를 감정 표현의 도구로 사용했음이 다시 한 번 드러난다.

김광균 시에는 시각 이미지뿐만 아니라 촉각 이미지도 등장한다. 촉각 이미지는 시각 이미지만큼 다양하게 나타나지는 않는다. 주로 쓰인 것이 차가운 감각이다. 이 차가운 감각은 시각이나 청각과 융합되어 공감각적으로 재현된다. 김광균의 대표시 「와사등」은 등불이라는 시각 이미지를 차가운 촉각 이미지로 묘사하면서, 도시 문명 속에서 소외된 화자의 슬픈 마음을 나타낸다.

> 차단-한 등불이 하나 비인 하늘에 걸려 있다.
> 내 호을로 어딜 가라는 슬픈 信號냐.
>
> 긴-여름해 황망히 나래를 접고
> 늘어선 高層 창백한 墓石같이 황혼에 젖어
> 찬란한 夜景 무성한 雜草인양 헝클어진채
> 思念 벙어리되어 입을 다물다.
>
> 皮膚의 바깥에 스미는 어둠
> 낯설은 거리의 아우성 소리
> 까닭도 없이 눈물겹고나
>
> 공허한 군상의 행렬에 섞이어
> 내 어디서 그리 무거운 悲哀를 지니고 왔기에
> 길-게 늘인 그림자 이다지 어두워
>
> 내 어디로 어떻게 가라는 슬픈 信號기
> 차단-한 등불이 하나 비인 하늘에 걸리어 있다.
>
> ―「瓦斯燈」 전문

인용시 「와사등」은 1938년 『조선일보』에 발표된 작품이다. 이 시에서 중심 이미지는 제목과 같은 '와사등'이다. 화자는 여름날 밤 도시의 한복판에서 와사등을 바라본다. 그것은 "비인 하늘에 걸려 있다."라는 말에서 알 수 있듯이 멀리 아련하게 보이는 빛이다. 화자는 와사등의 빛을 마치 신호등처럼 인식하고 있다. 차들이 신호등의 지시에 따라 망설임 없이 움직이듯이, 화자 역시 와사등의 불빛이 정해주는 대로 가고 싶다고 말한다. 이것은 군중의 행렬 속에서 갈 길을 정하지 못하고 홀로 방황하는 화자의 절박한 마음을 역설적으로 드러낸다.

군중 속에서의 외로움은 화려한 도시 풍경을 쓸쓸한 시골 풍경으로 바꿔놓는다. 늘어선 고층 빌딩은 창백한 묘석이 되고, 찬란한 야경은 무성한 잡초가 된다. 한마디로 도시는 무덤처럼 인식되고 있다. 도시가 무덤으로 변하는, 당시로는 매우 획기적이었을 이 극단을 넘나드는 상상력은 무더운 여름밤을 밝히는 와사등을 '차갑다'고 인식하는 데서 비롯됐다.[16)]

시각이 원거리 감각이라면, 촉각은 주체와 대상과의 거리가 밀착되는 근거리 감각이다. 여름 하늘에 멀리 걸려있는 와사등의 불빛을 차갑게 느낀다는 것은 지금까지 풍경으로서 사물을 대하면서, 시적 대상에 화자의 개입을 최대한 절제한 것처럼 보였던 김광균의 시작 태도를 다르게 해석할 수 있는 여지를 마련한다. 그는 시에서 회화성을 강조하면서 멀리 있는 풍경을 객관적으로 묘사한 것처럼 보이지만, 사실상 시를 통해 드러난 것은 주관적 내면의 풍경이다. 시 「와사등」에서 볼 수 있는 것처럼, 그는 멀리 켜져 있는 등불을 근거리 감각인 촉각으로 인식한다. 그리고 그 촉각은 뜨거움이 아닌 차가움으로, 지극히 주관적으로 인식된다. 김광균은 시각적 이미지인 여름밤의 와사등을 근거리 감각인 촉각을 사용해 주관적 이미지로 재현했다.

그러면 와사등의 존재에 대해 살펴보기로 하자. 와사(瓦斯)는 가스(gas)를 지칭하는 일본어 ガス를 음차해서 만든 단어로, 와사등은 곧 가스등을 이른다. 그런데 이 시가 쓰인 1930년대 말 서울의 길거리에는 가스등이 설치되

16) "차단-한"은 김광균 시에 자주 나오는 시어로, 차갑다는 의미로 해석된다.

어 있지 않았다.[17] 와사등은 원래 유럽에서 흔하게 사용되었으며, 일본에서는 1859년 개항 이후 도입되어 메이지 시대에 빠르게 전파됐다.[18] 와사등은 문명의 상징물이자, 유럽이나 일본을 연상시키는 이국적인 풍물이다.

이 시에서 화자가 실제로 보는 것은 와사등이 아니라 전등이다. 김광균은 이 시에 대해 "1938년 5월 어느 날, 용산역에서 전차를 타고 다동(茶洞)의 하숙방으로 가던 중 전차가 남대문을 돌아 설 무렵 차창 밖 빌딩 사이에 홀로 서 있는 가로등을 보고 떠올린 시상을 정리한 것"이라고 말한 바 있다.[19] 그러나 와사등이 전등이라는 그 사실보다 중요한 것은, 와사등이 없는 거리에서 와사등을 보고 있는 시적 화자의 시선이다.

이 시에서 와사등이 켜진 거리는 김광균이 살았던 1930년대 말 조선의 거리가 아니라, 그 거리에서 상상하는 이국의 거리, 즉 '내면에 존재하는 공간'이다.[20] 김광균은 이 시에서 자신이 실제로 살고 있는 도시의 풍경이 아닌, 마음속의 풍경을 그린 것이며, 그는 외롭고 슬픈 마음을 와사등이 켜진 이국의 거리에서 방황하는 화자의 모습으로 형상화했다. 따라서 저 하늘 멀리 켜져 있는 와사등은 사실 김광균의 마음속에서 빛나는 등불이었으며, 그 불빛은 화자의 쓸쓸한 내면풍경을 차갑게 밝혀주고 있다.

---

17) 김유중은 당시 서울의 길거리에 와사등이 설치되어 있지 않았다는 점을 고려할 때, 이 시에서 말하는 와사등이란 결국 전등을 뜻하는 것으로 보았다. 그러나 김광균이 전등을 와사등이라고 쓴 이유에 대해서는 설명하지 않았다. 김유중, 『김광균』, 건대출판부, 2000, 130면 참조.

18) 일본은 메이지시대(1868-1912)부터 서구문물을 적극적으로 수용했다. 가스등도 그 중 하나인데, 당시 긴자거리에는 벽돌로 지은 서양식 건물이 들어서고, 그 거리의 가스등과 인력거는 도쿄의 명물이 됐다고 한다. 최관, 『우리가 모르는 일본인』, 고려대학교출판부, 2007, 303면 참조.

19) 김광균, 「작가의 고향-꿈속에 가보는 선죽교」, 494면.

20) 도시의 한복판에서 이국의 거리를 상상하는 김광균의 공간의식은 시 「눈오는 밤의 시」에서도 동일하게 나타난다. 이 시에 대해서는 다음 장에서 살펴보겠다.

4. 「눈오는 밤의 시」: 대상과의 거리

주체와 대상 사이에는 언제나 거리가 존재한다. 시에서 이것은 시적 화자와 대상과의 거리로 나타나는데, 이 거리가 멀어질수록 시는 그림으로 말하면 풍경화가 된다. 필자는 앞에서 시 「와사등」에 나타난 감각의 재현 양상을 살펴보면서, 주체와 대상과의 거리에 대해 언급했다. 이 장에서는 시에서 회화성을 강조하면서 주로 원거리적 태도를 취했다고 알려진 김광균의 시를 시적 대상과의 거리라는 측면에서 보다 상세히 살펴보겠다.

서울의 어느 어두운 뒷거리에서
이 밤 내 조그만 그림자 우에 눈이 나린다.
눈은 정다운 옛이야기
남몰래 호젓한 소리를 내고
좁은 길에 흩어져
아스피린 粉末이 되어 곱-게 빛나고

나타-샤 같은 계집애가 우산을 쓰고
그 우를 지나간다.
눈은 추억의 날개 때묻은 꽃다발
고독한 都市의 이마를 적시고
公園의 銅像 우에
동무의 하숙 지붕 우에
캬스파처럼 서러운 등불 위에
밤새 쌓인다.

—「눈오는 밤의 詩」 전문

인용시 「눈 오는 밤의 시」는 시 「추일서정」과 같은 해인 1940년 『여성』에 발표한 작품이다. 이 시는 특히 회화성이 강조된 시로, 눈 오는 밤의 풍경이 마치 한 폭의 그림처럼 펼쳐져 있다.

김광균은 이 시에서 눈 내리는 밤의 서정을 이국적 이미지를 써서 묘사하고 있다. 눈은 아스피린 분말이 되고, 등불은 캬스파처럼 서럽고, 우산을 쓴 계집애는 나타샤라는 러시아식 이름으로 불린다. 이는 앞에서도 말한 '낯설게 하기'의 시작법으로 이해할 수 있다. 이 이미지들은 「추일서정」에서와 마찬가지로 시인의 애상적인 관념을 표출하는 도구로서 사용되며, 궁극적으로 고독함이나 서러움과 같은 시인의 정서를 표출한다. 이 시 역시 한국적 모더니즘 시로서의 특징을 고스란히 내보이고 있는 셈이다.

시 「눈 오는 밤의 시」는 시적 대상과 그것을 바라보는 화자의 거리에 따라 세 부분으로 나눌 수 있다. 화자가 자신의 그림자를 바라보는 근경(1-2행)과 저만치 걸어가는 소녀를 바라보는 중경(3-8행), 그리고 도시 전체를 묘사하는 원경(9-14행)인데, 이것을 각각 a, b, c로 부르기로 한다. 이 시에서 화자의 시선은 a→b→c 순으로, 즉 근경에서 중경으로, 다시 원경으로 확산되고 있다.

a에서 시적 화자는 눈 내리는 밤 서울의 어두운 뒷거리에 있다. 대낮의 밝은 대로변과는 달리, 도시의 어두운 뒷거리라는 공간은 무의식이 드러나는 공간이라고 볼 수 있다. 그곳에서 화자는 자신의 그림자를 발견한다. 그림자는 인간의 마음속에 잠재된 어두운 부분을 상징한다. 그는 이것을 '조그만'이라고 표현함으로써 거대한 도시 속에 왜소한 존재에 불과하다는 쓸쓸한 자기인식 태도를 나타낸다.

그 위에 눈이 내리는데, 화자는 이것을 "눈이 나린다."라고 표현한다. '나린다'는 '날다'를 연상시킨다는 점에서 '내린다'보다 어감이 가벼우며, 뒤에 나오는 "추억의 날개"에 연결된다.

b에서 눈은 '정다운 옛이야기'가 된다. 현재의 눈은 과거의 추억을 이끌어낸다. 그러나 그것은 정답지만 '호젓한 소리'로 인식된다. 조용하고 쓸쓸한 소리인 것이다. 결국 추억은 번잡하고 시끄러운 도시의 일상과 대조되는 소리 없는 소리로 존재한다.

다음은 눈을 아스피린 분말에 비유한 그 유명한 구절이다. 아스피린이 해열제임을 상기할 때, 눈은 도시의 열기를 가라앉혀주는 역할을 하고 있음을 알 수 있다. 그리고 아스피린 분말에 비유된 눈이 '곱게 빛난다'는 긍정적인 서술어에 미루어, 열기에 들떠있었던 도시가 부정적인 상황이었음을 짐작할 수 있다. 이렇게 눈은 정다운 추억에 비유되고, 정다운 추억은 부정적인 현재의 상황을 치유한다. 그러면서 서울의 좁은 뒷골목은 몽환적이며 낯선 거리로 변모하고, 눈 위를 지나가는 계집아이는 나타샤라는 러시아식 이름을 가진 이국의 소녀가 된다.

그런데 나타샤 같은 계집아이는 눈을 맞지 않으려고 우산을 쓰고 있다. 우산은 눈을 피하고 싶어 하는 소녀의 마음을 나타낸다. 여기서 눈의 이중성이 드러난다. 눈은 옛이야기처럼 정답기도 하지만, 그렇다고 마냥 즐길 수도 없는 것이기도 하다.

이것은 c에서 '추억의 날개'와 '때 묻은 꽃다발'이라는 등가적인, 그러나 상반된 의미의 비유로 발전한다. 추억은 아름답지만, 언젠가는 버려야 할 것이기도 하다. 한때 아름다웠던 꽃다발이 지금은 먼지를 뒤집어쓰고 말라 있는 것처럼 말이다. 이렇게 추억에 대한 이중적 인식은 고독과 서러움이라는 정서를 환기한다.

아스피린 같은 눈은 열에 들뜬 도시의 이마를 적신다. 그리고 마치 영화에서 카메라 앵글을 통해 도시 구석구석을 내려다보는 것처럼, 이 시의 화자는 공원의 동상과 동무의 하숙 지붕과 캬스파처럼 서러운 등불 위에 쌓이는 눈의 모습을 바라본다.

그런데 "캬스파처럼 서러운 등불"에서 캬스파란 무엇일까. 캬스파는 원어로 Casbah(카스바)인데, 북아프리카나 에스파냐에서 볼 수 있는 중세 및 근세에 만들어진 태수(太守)·수장(首長)의 성채를 말한다. 알제리·튀니지 등의 카스바가 좋은 예다.[21]

카스바하면 떠오르는 영화가 <망향(望鄕, 원제 *Pépé le Moko*)>이다. 카스바는 영화 <망향>속의 남자 주인공이 범죄를 저지르고 쫓기는 몸이 되어 알제리로 갔을 때 머물렀던 곳이다. 서준섭은 "김광균의 시에는 영화의 이미지를 수용한 것, 영화에서 착상한 것이 적지 않다."라고 하면서, 「눈오는 밤의 시」에서의 이 '캬스파'를 예로 들었다.[22]

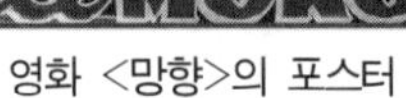
영화 <망향>의 포스터

카스바를 내려다보고 있는 페페(장 가방 분)

영화 <망향>은 줄리앙 듀비비에르 감독의 프랑스 영화로 1937년에 제작되었으며, 우리나라에서는 1939년 2월에 상영되었다. 프랑스에서 은행 강도를 하다가 쫓겨 온 남자 주인공 페페는 당시 식민지였던 알제리의 한 카스바에 숨는다. 카스바의 주민들은 페페를 숨겨주고 도망치게 해준다. 영화 속에서 알제리의 형사 슬리만은 카스바에 대해 이렇게 말한다.

> 슬리만: 어둡고 좁은 골목길과 계단이 개미굴처럼 엉켜있어서 한 번 발을 들여놓으면 쉽게 빠져나오기 힘든 악취와 오물이 뒤범벅인 그런 곳, 각종 인종들, 세계 각지의 범죄자들이 숨어사는 곳, 매춘부가 호객하고 장사꾼이 들끓어 경찰의 힘이 미치지 않는 무법지대에 페페는 왕자로 군림하고 있소….
>
> —뒤비비에르, <망향>

21) 김학동·이민호 편, 앞의 책, 75면, 편자 주해 참조.
22) 서준섭, 『한국 모더니즘 문학연구』, 일지사, 1999, 155면.

이 골목에서 영웅처럼 군림하던 페페는 갸비라는 아름다운 프랑스 여인을 만나 이루어질 수 없는 사랑에 빠지고 결국 자살한다. 페페가 쓰러진 부둣가에 뱃고동 소리만 길게 울려 퍼지는 영화의 라스트 신은 유명하다.

이 영화에서 카스바는 빈민굴처럼 그려져 있으나, 그럼에도 불구하고 알제리 사람들에게는 자랑스러운 곳이다. 제2차 세계대전이 끝난 후 프랑스의 지배를 벗어나고자 반란이 일어났던 대표적인 곳이 바로 이 카스바이며, 당시 독립운동의 지도자들은 카스바에 숨어 조직을 결성했다고 한다. 영화 <망향>은 카스바를 중심으로 한 알제리의 독립을 마치 예언한듯하다.

김광균 시인은 이 시를 쓸 때, 서울의 어두운 뒷거리에서 카스바의 골목길을 떠올리고 있었음이 분명하다. 프랑스에 강제점령당한 알제리 카스바의 주민들이나, 망국의 설움을 가슴 깊이 묻어둔 식민지 경성의 시민들이나 다를 바 없기 때문이다.

카스바처럼 서러운 등불은 비극적으로 죽은 영화 속 주인공 페페와 겹쳐지면서, 더 이상 원거리의 풍경이 될 수 없다. 그것은 화자의 마음이 투사된 내면의 풍경으로 전환된다. 주체와 대상이 가장 멀리 떨어진 순간, 김광균은 원거리 풍경에 고독과 서러움이라는 정서를 담음으로써 그 거리를 소멸시킨다. 객관적인 풍경에서 주관적인 풍경으로 전환되는 것이다. 이것은 앞 장에서 살펴본 와사등이 켜진 거리가 실제의 거리가 아닌 마음속의 풍경이었다는 사실과 동일한 맥락에서 이해될 수 있다. 김광균은 자신의 정서를 대상 속에 투사함으로써 주체와 대상과의 거리를 소멸시키고 있으며, 이는 한국적 모더니즘 시인으로서의 김광균의 시적 개성으로 간주될 수 있을 것이다.

5. '한국적 모더니즘'의 시

김광균이 「서정시의 문제」에서 말한 '형태의 사상성'은 자신의 시론을 함축하는 핵심어로서 이미지의 조형 양식과 연관 지어 이해할 수 있다. 필자는 이미지의 조형을 통해 표현된 정신의 풍경과 도시적 삶의 모습을 '비유의 구성 원리', '감각의 재현', '대상과의 거리'라는 시작 기법으로 나누어 살펴보았다.

비유는 김광균 시에 나타난 이미지의 대표적인 조형 양식이다. 시 「추일서정」에서와 같이, 시인은 원관념인 자연을 보조관념인 도시적 사물과 연결함으로써 자신의 정서를 효과적으로 전달하고 있다.

감각의 재현은 주로 정서의 시각화로 나타난다. 김광균은 시 「해바라기 감상」에서와 같이 사물 고유의 색채를 변화시킴으로써 자신의 내면세계를 드러낸다. 이때 나타나는 흰빛과 푸른빛은 본래의 색이 탈색되거나 변색된 것으로, 시인의 상처 입은 마음을 대변한다. 촉각 이미지는 시각이나 청각 이미지와 융합되어 공감각적으로 재현된다. 시 「와사등」에서의 "차단-한 불빛"이 그것이다.

시적 대상과 거리는 시 「눈오는 밤의 시」를 중심으로 살펴보았다. 이 시에서 화자의 시선은 근경에서 중경으로, 다시 원경으로 확산되고 있으나, 원거리 풍경에 화자의 마음이 투사되면서 그것은 내면의 풍경으로 전환된다. 김광균은 자신의 정서를 대상에 투사함으로써 주체와 대상과의 거리를 소멸시킨다.

이렇게 김광균은 자신의 정서와 감성을 전달하는 도구로서 이미지를 사용하고 있다. 그는 비유를 사용하고, 공감각적 표현을 통해 감각을 재현하고, 주체와 대상과의 거리를 소멸시킴으로써 이미지 속에 자신의 애상적인 정서와 상실감을 보다 효과적으로 담아냈다. 이러한 특성으로 김광균 시는 관념과 정서의 대립 개념으로 발생한 서구 모더니즘 시와 구별된다. 그러나 김광균이 모더니즘 시인으로서 가진 한계는 1930년대 한국 모더니즘의 한계이기도 하다.

김광균은 서구적인 의미에서 정통 모더니즘 시인은 될 수 없었지만, 이미지를 조형하는 작업으로써 소박하게나마 자신의 시론인 '형태의 사상성'을 실천하고자 했다. 감상과 애상의 정서를 이미지의 조형을 통해 표현하고자 한 점은 이른바 '한국적 모더니즘 시'로서 김광균 시작품만이 가진 시적 개성으로 평가되어야 할 것이다.

참 고 문 헌

1. 기본자료

김광균, 「작가의 고향-꿈속에 가보는 선죽교」, 『월간조선』 1988.3.

김학동 · 이민호 편, 『김광균 전집』, 국학자료원, 2002.

듀비비에르, <望鄕(*Pépé le Moko*)>, 1937.

2. 저서 및 논문

구상 · 정한모 편, 『30년대의 모더니즘』, 범양출판부, 1987.

김기림, 「삼십년대 도미(掉尾)의 시단동태」, 『김기림 전집 2』, 심설당, 1988.

김유중, 『김광균』, 건대출판부, 2000.

김준오, 『시론』, 삼지원, 1997.

김학동 외, 『김광균 연구』, 국학자료원, 2002.

김현자, 『한국시의 감각과 미적 거리』, 문학과 지성사, 1995.

랭보, 『지옥에서 보낸 한 철』, 김현 역, 민음사, 2000.

박민영, 「김광균 시 연구」, 『돈암어문학』 제23호, 2010.

박현수, 『한국 모더니즘 시학』, 신구문화사, 2007.

서준섭, 『한국 모더니즘 문학연구』, 일지사, 1999.

양왕용, 「30년대의 한국시의 연구」, 『어문학』 제26호, 1972.

최관, 『우리가 모르는 일본인』, 고려대학교출판부, 2007.

칸딘스키, 『예술에 있어서 정신적인 것에 대하여』, 권영필 역, 열화당, 1979.

한영옥, 『한국 현대 이미지스트 시인 연구』, 푸른사상, 2010.

장정일 시에 나타난 추(醜)의 미학과 윤리의 상관성*

엄 경 희**

1. 문제제기

세계와 실존의 불협화음, 형식과 내용의 부조화로 발현되는 추(醜)의 양상은 현대예술의 가장 주요한 특징 가운데 하나이다. 일반적으로 사람들은 추를 더럽고, 지저분하고, 흉한 언행과 형색의 의미로 받아들인다. 이러한 인식은 추를 사회에서 배제시키거나 경계해야 할 '악'으로 간주하면서 '미의 우위성'을 강조하는 편향된 경향(Ideologie)을 낳는다. 현대의 미학은 '미의 유효성'이 무엇인지를 묻기보다는 '추의 유효성'이 무엇인지를 묻는 데서 출발해야 한다. 현대사회의 부조리가 미(선)의 논리만으로는 설명할 수 없는 복합적 성격을 지니기 때문이다. 그러나 추의 논리만으로 세계의 부조리가 해명되는 것은 아니다. 무분별하게 표출된 '역겨움과 난삽함'을 예술의 영

* 이 글은 「국어국문학」 176호(『국어국문학회』, 2016.9)에 수록한 것임.
** 숭실대학교 국어국문학과

역으로 편입시키는 것은 추의 미학적 기능을 왜곡시키는 것이며, 세계의 혼란을 가중시키는 것이다. 세계와 자아에 대한 윤리적 자각이 전제되지 않는다면 추의 미학은 단순히 흥미를 유발하는 스펙터클이 되거나 추 자체에 대한 애호증을 증폭시키는 위험성을 갖게 된다.

본 논문은 로젠크란츠(Johann Karl Friedrich Rosenkranz, 1805~1879)와 아도르노(Theodor Wiesengrund Adorno, 1903~1969)의 추의 미학, 그리고 '허물', '죄', '흠'의 개념을 통해 인간의 내면적 윤리 문제를 깊이 사유했던 프랑스 철학자 리쾨르(Paul Ricoeur, 1913~2005)의 이론을 바탕으로 장정일의 시에 나타난 추와 윤리의 상관성을 밝힘으로써 장정일 시에 내포된 그의 세계인식과 자기이해의 문제를 해명하고자 한다. 추와 윤리의 상관성이 장정일의 시 의식을 이루는 핵심적 기반이라 판단되기 때문이다. 그간 장정일 시에 대한 선행 연구들은 주로 '해체시' 담론[1)]이나 '탈근대성'의 시각[2)]을 바탕으로 그의 시적 형상화 방식이나 현실인식[3)], 파편화된 심리현상에 주안점을 두고 있다. 이와 같은 선행 논의들은 '추의 미학'과 직·간접적으로 관련 있는 것으로 파악된다. 이 글은 선행 논의들을 염두에 두면서 그 초점을 시인의 '자기인식'이라는 내면성의 문제에 두고자 한다. 이는 '추의 미학'이 근본적으로 세계와 자아에 대한 회의론적 인식을 기저로 한 내면적 사태와

---

1) 이윤택, 「60년産 세대의 외설, 혹은 불경스런 詩的 징후－장정일의 詩」, 『햄버거에 대한 명상』, 민음사, 1987, 160~173쪽; 장석주, 「한 해체주의자의 시읽기; 장정일론」, 『현대시세계』 14호, 청하, 1992, 93~110쪽; 권명아, 「장정일 특집: <햄버거>에서 <거짓말>까지 작품론1: 진지한 놀이와 지워지는 이야기」, 『작가세계』 27권, 세계사, 1997, 55~73쪽; 이형권, 「80년대 해체시와 아버지 살해 욕망: 황지우, 박남철, 장정일의 시를 중심으로」, 『國文研究』 제43권, 국문연구회, 2003, 581~608쪽 참조.

2) 김주연, 「몸 속에서 열리는 세상: 장정일론」, 『동서문학』 221호, 동서문학사, 1996, 262~277쪽; 김준오, 「장정일 특집: <햄버거>에서 <거짓말>까지 작품론2: 타락한 글쓰기, 시인의 모순－장정일의 시세계」, 『작가세계』 27권, 세계사, 1997, 74~90쪽; 문흥술, 「장정일 특집: <햄버거>에서 <거짓말>까지 주제비평1: 순수한 성, 탈출구, 그리고 분열증세」, 『작가세계』 27권, 세계사, 1997, 103~117쪽; 박기수, 「장정일 시의 서술 특성 연구」, 『한국언어문화』 제18집, 한국언어문화학회, 2000, 197~217쪽.

3) 엄경희, 「장정일 詩에 나타난 사디즘(Sadism)으로서의 現實認識」, 『어문연구』 33(4), 한국어문교육연구회, 2005.12, 283~307쪽.

관련한다는 생각에서이다.

우리 시의 흐름 가운데 '추의 미학'으로써 시적 세계를 형상화했던 시인은 비단 장정일만이 아닐 것이다. 그로테스크의 원천이라 해도 무방한 이상으로부터 1960년대의 김수영, 1980년대에 등장한 일군의 해체시에 이르기까지 그 스펙트럼은 넓고 다양하다. 그럼에도 이 논의에서 장정일의 시에 집중하는 까닭은 그의 시에 드러난 '추의 미학'이 여타의 시인들과는 다른 체험을 기반으로 하기 때문이다. 장정일은 특히 죄와 징벌, 감시의 억압을 경험했던 독특한 이력[4]의 소유자라는 점, 아울러 제도적 지평을 벗어나 아웃사이더의 위치에서 자신의 예술 세계를 구축했다는 특이성을 지닌다. 그의 이력 가운데 청소년기에 겪었던 죄와 징벌, 감시의 경험은 곧 그가 '추'의 세계에 심각하게 노출되었음을 의미한다. 여기에는 죄의식과 수치심, 삶에 대한 모멸감, 그로부터 자신의 자존감을 스스로 구제하지 않으면 안 되는 소명의식이 뒤엉켜 있다. 이는 그의 시가 '추'와 '윤리'의 문제에 깊이 관여되어 있음을 시사한다. 따라서 본 연구는 장정일 시를 추동해가는 의식의 기저를 보다 명확하게 규명하기 위해 그가 짧은 시업을 통해 이룩해놓은 추의 미학과 그에 동반된 윤리적 고뇌를 추적하고자 한다. 이러한 작업은 '추의 미학'이 지닌 가치와 유효성에 대한 기준을 세우는 작업으로 이어질 수 있을 것이다.

4) 장정일은 19세 때 폭력 사건에 연루되어 대구교도소 미결수 방을 거쳐 대구소년원과 김해소년원에서 1년 6개월 간 수감 생활을 한 적이 있다. 이후 김해소년원에서의 생활은 그의 일곱 편의 연작시 「김해사」로 씌어져 시집 『상복을 입은 시집』(그루, 1988)에 실렸다. 그는 감옥이란 법을 집행하는 공간임에도 불구하고 실상은 그렇지 않음을 목도하면서 "거기서 처음으로 나는 부조리라는 것을 느꼈고, 기도로 죽일 수 없는 조직 혹은 제도라는 또 다른 아버지의 모습을 보았다."라고 술회한다. 장정일, 「개인기록」, 『작가세계』, 1997, 132쪽 참조.

2. 연구의 토대로서 로젠크란츠와 아도르노의 추의 미학

미학과 윤리학은 관계의 체험을 기반으로 한다. 윤리학은 신과 인간, 인간과 인간의 대립과 마주침에서 발생하는 제반의 문제를 선과 악의 영역으로 수렴한다. 미학은 윤리학에 의해 구축된 선·악의 개념과 실체를 '미와 추'라는 범주로 구별한다. 플라톤 이후 낭만주의 시대까지의 미학은 '미'의 절대 우위를 강조하는 경향을 보였다. 아름다운 것은 '선(조화)'이고 추한 것은 '악(부조화)'이라는 이분법적 도식은 서구의 윤리와 미학을 지탱하는 중심적 담론이다.[5] 이 같이 미의 절대 우위성을 강조하는 경향에 문제를 제기하면서 '추'의 예술적 가치와 기능을 미학의 영역에 적극 도입한 사람이 로젠크란츠와 아도르노다. 로젠크란츠는 추란 비록 불행한 형태들이지만 "내면의 표현을 통해서 생명력을 가질 수 있고 그 매력은 우리가 저항할 수 없을 정도로 빠져들게 만든다."[6]고 하였으며, 아도르노는 저주받은 것으로 취급되어왔던 추를 소환해서 "예술이 모방하고 재생산하는 세계를 그러한 추를 통해 탄핵"[7]하는 것이 현대예술의 과제임을 강조한다. 추의 의미와 유효성에 대한 두 사람의 핵심논지를 살펴보면 다음과 같다.

---

5) '추'를 '미'의 대립개념으로 인식하는 인식의 근저에는 도덕과 윤리의 보편성을 절대화하는 이데올로기가 자리 잡고 있다. 아름다운 것은 '선'이고 추한 것은 '악'이라는 이분법적 도식은 근대 이전 서구의 사상사를 지배한 중심적인 담론이다. 선과 악, 신과 악마와 같은 대립적 실체가 자연을 동등하게 지배하고 있다는 인류 초기의 '이원론적 자연관'은 문명의 발달과 함께 '단일성의 원리(the principle of Unity)'라는 사고가 작용하면서 선한 것만을 유일신으로 삼고 악한 것을 비도덕적이며 파괴적인 것으로 규정하여 배제하는 서구 특유의 '이원론적 세계관'을 성립시켰다.(폴 카루스, 『악마의 탄생』, 이지현 옮김, 청년정신, 2015, 13~14쪽 참조.) 세계문학에서 공통적으로 드러나는 낙원상실의 모티프는 일원론적 자연관에서 이원론적 세계관으로의 이동과 함께 시작된다. 신(자연)과 인간의 관계가 균질성에 의해 조화를 이루던 상태에서 부조화의 관계로 전환됨에 따라 '낙원 추방'과 '원죄'의 문제가 선과 악에 대한 판단의 윤리적 준거가 되었다. 이러한 점은 '추'의 발생 자체가 종교적이고 윤리적인 문제와 밀접한 관련이 있다는 점을 시사한다.

6) 로젠크란츠, 『추의 미학』, 조경식 옮김, 나남, 2010, 47쪽.

7) 아도르노, 『미학 이론』, 홍승용 옮김, 문학과지성사, 1984, 86쪽.

> 추는 미의 개념에서 분리될 수 없다. 왜냐하면 미는 그 자신이 전개될 때 종종 약간의 과다(過多)나 과소(過小)로 인해 빠져들 수 있는 그런 혼란으로서의 추를 항상 가지고 있기 때문이다. 모든 미학은 미에 대한 긍정적 규정을 기술함으로써 추라고 하는 부정적 규정도 어떤 방식으로든 기술하지 않을 수 없다. (중략) 물론 추에 힘을 쏟는 것보다 흠 없는 미를 표현하는 것이 예술가에게는 항상 보다 교육적일 것이다. (중략) 그러나 예술가는 추를 피해갈 수 없다. 그가 생각을 형상으로 만들 때, 심지어는 종종 추를 통과점으로, 포장으로 필요하게 된다. 결국 코믹한 것을 만들어내는 예술가는 추를 전혀 피해갈 수 없다.(중략) 미는 신적이고 근원적인 이념이며, 그의 부정적인 추는 바로 그러한 것으로서 기껏해야 부차적 존재성을 가질 뿐이다. 추는 미에 기대어 미로부터 형성된다. 미가 존재함으로써 미가 추하게 될 수 있다는 말이 아니라, 미의 필연성을 이루는 동일한 규정들이 정반대의 것으로 뒤집어지는 경우에 의해서다. 그렇기 때문에 미와 미의 자기파괴적인 추가 갖고 있는 이러한 내적 관계는 다시금 추가 스스로를 지양하고 부정적 미로 존재하면서 미에 대한 반항을 다시금 해소하면서 미와 하나가 되는 가능성도 근거 짓는다. 미는 이 과정에서 추의 저항을 다시 자신의 지배에 예속시키는 힘으로 드러난다. 이 화해에서 우리로 하여금 웃고 미소 짓게 만드는 무한한 명랑함이 생성된다. 추는 이 운동에서 자기중심적이고 잡종교배적인 본성에서 해방된다. 추는 자신의 무기력함을 인정하고 코믹하게 된다.[8)]

헤겔의 제자 로젠크란츠는 추를 미의 '과다(過多)'나 '과소(過小)'로 정의한다. 이는 미의 과잉이나 결여가 곧 추라는 입장인 바, 그 저변에는 미의 우위성을 강조하는 보수적 태도가 자리 잡고 있다. 미와 추는 대립되는 것이지만 예술가가 자신이 원하는 형상(코믹)을 만들어내기 위해서는 추를 '통과점'이나 '포장'으로 반드시 사용해야 한다는 것이 로젠크란츠의 입장이다. 로젠크란츠는 추의 자립성을 인정하기보다는 미의 긍정적 규정을 위한 보조적(매개적) 수단으로 인식한다. 신적이고 근원적인 이념으로서의 미는 그 자체 내에 자기파괴적인 요소로서의 추를 포함하고 있으며, 그 추가 부정의 단계를 거쳐 미에 대한 저항을 멈추고 다시 미의 지배 아래 하나가 되는

8) 로젠크란츠, 앞의 책, 2010, 22~24쪽.

화해의 과정을 통해 추는 명랑성을 얻게 된다는 것이 로젠크란츠의 설명이다. 이는 미와 추의 관계를 변증법적 과정을 통해 설명하는 것이며, 궁극적으로는 미라는 절대이념(正)이 그의 내적 결여인 추(反)를 매개적인 요소로 삼아 추의 부정적이고 잡종교배적인 본성을 지양해서 '코믹'(合)이라는 명랑성을 회복해가는 과정을 설명하는 것이다. 미라는 절대이념이 자기 결여(추)를 극복하고 미의 긍정적 규정을 확보한 것이 코믹이다. 결국 추는 미와 코믹 사이에 위치한 매개적 수단이지 자립성을 가진 이념이 아니라는 것이 로젠크란츠의 입장이다.[9] 로젠크란츠의 미학이론은 추를 자립적 요소로 파악하지 않고 단순히 미의 내적 결여로만 이해하게 함으로써 한계를 갖지만, 추의 특징을 1)형태 없음, 2)부정확성, 3)형태의 파괴 혹은 기형화라는 세 측면에서 심도 있게 고찰하였다는 점에서 '추의 미학'이라는 범주를 체계적으로 정립하였다는 의의를 갖는다.[10] 특히 숭고함과 유쾌함의 사이에 존재하는 추의 도덕적이고 윤리적인 특징으로서의 '천박함', '역겨움', '캐리커처'의 기능과 의미를 상술하고 있는 '3)형태의 파괴'에 관한 내용은 로젠크란츠의 추의 미학의 본령이라 할 수 있다.

로젠크란츠가 추를 미의 매개적 계기로 보았다면 아도르노는 추를 미로부터 독립시켜 현대예술의 중요한 경향으로 파악한다. 추에 대한 아도르노의 견해는 미학의 형식주의적인 탐구보다는 추가 지니고 있는 사회학적 의미와 역할에 강조점을 둔다는 점에서 로젠크란츠의 입장과 구별된다.

---

9) 이는 로젠크란츠가 『추의 미학』 서문에서 "나는 노력을 기울여 미의 개념과 코믹의 개념 사이의 한 가운데에 위치하는 추의 개념을 그 최초의 시작단계로부터 사탄의 형상으로 나타나는 완벽한 형태에 이르기까지 전개시켰다."고 한 언급을 통해 확인할 수 있다.

10) 1)에서는 '무형(無形)', '비대칭', '부조화'를, 2)에서는 '보편적 의미에서의 부정확성', '특수한 양식에서의 부정확성', '개별예술에서의 부정확성'을, 3)에서는 '천박함', '역겨움', '캐리커처'를 세부항목으로 다루고 있다. 김은정은 1)과 2)는 형식적인 추와 상응하며, 3)은 도덕적·윤리적 영향력을 지닌 감정적인 추와 일치한다고 설명한다. 김은정, 「추의 미적 현대성에 대한 철학적 담론-로젠크란츠의 『추의 미학』」, 『독일문학』 88, 한국독어독문학회, 2003, 225쪽 참조.

> 현대예술에서는 조화를 이상으로 여기는 관점에서 추를 보는 일은 통용될 수 없다. 추가 질적으로 새로운 의미를 지니게 되었기 때문이다. (중략) 예술은 추한 것으로서 저주받는 요인들을 자신의 문제로 삼아야 한다. 이는 그와 같은 것들을 통하여 온건하게 만들거나 혹은 역겹기 짝이 없는 유머를 이용하여 그것의 존재와 화해하기 위해서가 아니라, 예술이 모방하고 재생산하는 세계를 그러한 추를 통해 탄핵하기 위해서다. (중략) 새로운 예술이 육체적으로 불쾌하고 역겨운 것들을 추구하는 경향에 대해 기존 질서를 옹호하는 자들은 기존 질서가 이미 충분히 추하므로 예술은 그저 공허한 미를 추구하면 될 뿐이라고 주장하는 게 고작이다. 그러나 현대예술의 그러한 경향 속에서 예술은 그 자율적 형태를 통해, 정신적 원칙으로까지 승화되어 있는 지배 관계를 탄핵하며, 또한 축출되고 거부되는 요인들을 옹호한다. 이로써 비판적 유물론의 한 가지 모티프가 관철된다. 그러한 예술의 형태 속에서 그것의 피안에 위치하였던 것들이 여전히 가상으로 남아 있다. 사회적인 추로부터 강력한 미적 가치가 발산되어 나오는 것이다.[11]

아도르노는 "예술에 관한 한 이제는 아무것도 자명한 것이 없다는 사실이 자명해졌다."[12]라고 그의 『미학 이론』에서 선언한다. "그가 말하는 자명성의 와해는 재료(언어, 색, 음)의 일탈, 형식의 무정형성, 조화(화해)의 불가능성으로부터 기인한다. 말하자면 이것이 현대예술의 뚜렷한 경향성이라고 그는 말하는 것이다. 이러한 경향성을 한 마디로 요약하면 추라 할 수 있다."[13] 위에 인용한 내용의 핵심을 요약하자면, "추한 것으로서 저주 받는 요인들"을 문제로 삼아 세계를 탄핵하는 것이 현대예술의 과제라는 것이다. 이러한 주장의 근거는 현대예술에서는 더 이상 조화의 관점이 통용될 수 없다는 점에 있다.[14] 아도르노가 말하는 세계의 탄핵이란 정신의 원칙으로

11) 아도르노, 앞의 책, 1984, 83~87쪽.

12) 위의 책, 11쪽.

13) 엄경희, 「추(醜)의 유효성을 묻다」, 『경남문학』, 2015.12, 17쪽.

14) 이와 같은 아도르노의 입장에 대해 필자는 다음과 같은 고민을 제기한 바 있다. "미에 대한 오랜 전통 속에서 아도르노의 이러한 요구를 수긍하기란 결코 쉬운 일이 아니다. 우리는 무엇을 기준으로 부조화의 미를 평가할 수 있는가? 개별 작품에 드러난 부조화의 미 즉 추의 미학이 지닌 수준의 차이를 가늠하는 잣대는 무엇인가? 전통이라는 거울을 제거한 채 척도를 세우는 것이 가능한가? 이때 "질적으로 새로운 의미"라는 아도르노의 추상적 발언에 기

까지 승화된 지배 이데올로기의 비판을 의미하며, 그 이면에는 현대사회의 지배와 피지배 관계 자체가 조화의 관점으로 해결될 수 없을 만큼 모순에 가득 차 있다는 인식이 내재해 있다. 그러한 모순의 적대적 구조에서 추의 역동성과 자율성을 간과한 채 세계와 화해하려는 현대예술의 무기력하고 공허한 제스처를 비판하는 것이 아도르노의 입장이다.

로젠크란츠가 추를 미에 대한 부정 혹은 미의 부수적 요인으로 본 반면 아도르노는 추를 미와 독립된 것으로 파악하고자 했다는 점에서 이들의 입장은 서로 차이를 갖는다. 이는 '추의 미학'의 문제를 예술의 영역 안에 한정할 것인가 아니면 현실의 영역으로 확대할 것인가와 관련한다. 로젠크란츠와 아도르노의 입장 차이에도 불구하고 이 둘의 견해를 동시에 수용하는 것은 결코 모순이 아니다. 작품이 환기하는 추의 내재적 미학과 그 내용물이 지시하는 현실의 부조리함을 총체적으로 드러내기 위해서는 양자의 입장이 모두 필요하다. 추의 시적 형상화로써 현실의 추악을 탄핵하고자 했던 장정일의 '추의 미학'에 대한 면밀한 분석 또한 이러한 추의 인식론이 바탕이 될 때 가능한 것으로 여겨진다. 이와 더불어 장정일의 추의 미학을 보다 심도 있게 뒷받침해줄 리쾨르의 '허물', '죄', '흠'의 윤리학에 대해서는 반복 설명을 피하기 위해 본론 4장에서 설명하고자 한다.

3. 추의 편재성으로서 '냄새'와 '추문'

추의 인식은 일차적으로 감각을 통해 전달된다. 장정일은 세계의 추함을 냄새를 통해 감지한다. 그의 시에 나타나는 후각은 세계를 탐지하는 의식의

대어 볼 수밖에 없을 듯하다. 그러므로 모든 새로운 것 가운데 질적으로 새로운 것을 가려내는 일이 중요하게 여겨진다.", 위의 글, 17쪽.

촉수이며, 타락한 세계가 생산해내는 '추문'의 실체를 도드라지게 하는 윤곽의 역할을 한다. 윤곽과 촉수로 기능하는 냄새는 세계의 실체를 부각시키는 효과적인 배경장치다. 윤곽은 일종의 이중적 교환이 일어나는, 이 방향에서 저 방향으로 무언가가 통과하는 '물의 막'[15]과 같은 것이다. 장정일은 세계와 실존이 마주치는 윤곽(표피)과 거기에 담긴 서사를 냄새를 통해 진단한다.

> 대구시 지정 벽보판 앞에
> 꼼짝않고 멈추어 선 아주머니
> 물컹한 보따리를 가슴에 안은 모습과
> 초록색 포대기에 고개 처박고 늘어지게 자는 아이가
> 거칠고도 사실적인 빈곤의 냄새를 풍기고 있다
>
> 모든 것이 불려 왔다
> 가로수와 부서진 벽돌담, 담배꽁초
> 그리고 멀리 보이는 앞산마저
> 이 벽보판이 호명해 온 것 같다
> 한번 불리워 온 것은 움직이지 않는다
> 태양도 벽보판 앞에 불려와 움직이지 못한다
> 날카로운 바늘이 모든 이름의 등을 찌르고
> 채집상자 속의 곤충처럼
> 이 앞에 모아 놓았다. 여기서는 냄새가
> 난다 세계가 썩는 냄새가
>
> 끈질기고 집요하게 벽보판은 보여준다
> 엎드리고
> 벌려대고
> 나신으로 말을 탄 채 달리는
> 여배우를 그리고

15) 질 들뢰즈, 『감각의 논리』, 하태환 옮김, 민음사, 2008, 23쪽.

(중략)

벽보는 안 움직인다. 미동도
하지 않는다. 짜증스레 나는
살아 있다

—「안 움직인다」 부분

시인은 "영화 포스터가 덕지덕지 붙은 대구시 지정 벽보판" 앞에 초록색 포대기에 아이를 업은 채 돌처럼 서있는 아주머니의 모습을 묘사하면서 그 풍경에서 "거칠고도 사실적인 빈곤의 냄새"가 난다고 진술한다. 아주머니의 모습에서 풍겨지는 빈곤의 냄새는 "세계가 썩는 냄새"로 확장된다. '벽보판'은 사람은 물론 풍경까지 그 앞에 모이게 하는 강력한 힘을 발산한다. 벽보판 앞에 호명되어 온 '모든 것'은 움직이지 못한다. 그 앞에서 풍경과 사람은 "채집상자 속의 곤충"처럼 활력을 상실하고 부동의 자세로 서 있다. 벽보판은 사람들을 불러들이는 '유혹'의 중심인 것이다. 그 주변에 포진된 군상들은 "엎드리고/벌려대고/나신으로 말을 탄 채 달리는/여배우"로 도배된 벽보판의 유혹적 스토리에 현혹되어 자신의 등에 바늘이 꽂히는 것도 망각한 채 돌처럼 서있다. 이때 벽보판과 군상 사이를 부유하는 것은 냄새다. 벽보판에 붙은 여배우의 나신은 시각적인 이미지로 드러나 있지만 그 이면에는 욕망의 진득한 냄새들이 묻어있는 것이다. 시각화된 냄새와 그 냄새에 취해 자기정체성을 상실해가는 군상들의 모습에서 화자는 "세계가 썩는 냄새"를 맡는다. 그리고 마지막 연에서 "짜증스레 나는 살아있다."라고 외친다.

그렇다면 장정일은 추로 물든 세계상을 왜 '냄새'로 환기하는 것일까? 공기적 이미지를 환기하는 '냄새'는 로젠크란츠의 말대로 형태 없는 것이며 부정확한 것이라 할 수 있다. 확실한 실체로 드러나지 않는 이 같은 '냄새'는 그것이 쉽게 각인될 수 없음을 암시한다. 세상에 편재한 추는 그 편재성 때문에 오히려 자각하기 어려운 것이라고 시인은 암시하는 것이다. 장정일이 대면하는 세계는 "인간들은 더럽군 죽어 이렇게 고약한/냄새를 뿜다니?"(「파」), "재털이엔 필터만 남은 캔트 꽁초가 있고 씹다버린 셀렘이 있고"(「하숙」), "학벌 자랑/돈 자랑/마이카 자랑하는 것들은/다 똥이지/아니/똥보다 못하다."(「샴푸」)와 같은 일련의 표현에서 볼 수 있듯이 악취를 풍기는 추의 편재(遍在)로 이루어져 있다. 이와 같은 세계 속에 아이를 업은 아주머니가 클로즈업되어 있음을 발견하게 된다. 그 풍경을 시인은 "거칠고도 사실적인 빈곤의 냄새"로 요약한다. 벌거벗은 여배우의 현란한 포스터와 초라한 아주머니를 몽타주한 이 장면은 장정일의 세계 인식을 극명하게 드러낸다는 점에서 매우 의미심장한 면을 지닌다. 아이를 업은 아주머니는 벽보판 앞에 있는 군상 가운데 하나일 뿐이다. 그런데 중요한 것은 이 이미지에 '어머니'의 모습이 담겨 있다는 점이다. 이로부터 성스러운 모성과 추의 세계가 분리되지 않는다는 사실을 발견하게 된다. 이 같은 인식은 「안 움직인다」보다 앞선 시기에 쓴 시 「냄새」에 더욱 극명하게 드러난다.

> 시궁창 냄새. 월경의 피
> 냄새. 똥 냄새, 몹시 더러운
> 부패의 냄새가 천연색 사진 속의 여인에게서
> 난다. 한 밤의 천장을 보고 누워도
> 벌거벗은 여인의 잡다한 냄새. 살
> 냄새. 정액 냄새, 돈
> 냄새가 내 코를 끌어 당긴다.
> 놓아주지 않는다.
>
> (중략)
>
> 나는 맡는다.
> 평범하고 당연한 누드로부터
> 달싹한 분 냄새.

어머니의 젖 냄새.
다시 바꿀 수 없이 향그러운 꽃
냄새를. 그리고 말하겠다. 당신의 방법에서는
삶의 진한 냄새가 난다고, 감히 말하겠다.
네 입술에서는 성유의 냄새
예수님의 발 냄새가 난다고.

—「냄새」 부분

이 시에 등장한 '천연색 사진 속의 여인'은 시 「안 움직인다」에 등장하는 영화포스터의 여배우와 동류라 할 수 있다. 잡지 속의 누드모델에게서도 부패의 냄새가 나며, 그 냄새는 시적 화자의 코를 유혹하여 놓아주지 않는다. 그런데 시적 화자는 "시궁창 냄새. 월경의 피/냄새. 똥 냄새" 등으로 열거된 누드의 냄새 속에서 '달싹한 분 냄새', '어머니의 젖 냄새', '향그러운 꽃 냄새'를 맡는다. 그리고 "당신의 방법"에서는 '삶의 진한 냄새'와 '성유(聖油)의 냄새', '예수님의 발 냄새'가 난다고 말한다. 이같이 추와 미가 하나로 혼재되는 모순감각의 세계를 원죄의식으로 귀결시키는 것은 무리한 해석일까? 세계의 기원인 어머니가 저 도색 잡지 속 여인과 동일성을 이룬다는 것은 어머니 안에 이미 "벌거벗은 여인의 잡다한 냄새"가 내재해 있음을 뜻한다. 따라서 '나'는 창녀와도 같은 어머니로부터 태생했다는 점에서 추와 무관할 수 없는 존재이다. '어머니의 젖 냄새'가 '예수님의 발 냄새'로까지 비약되는 이유는 어머니의 내부에 성(聖)스러움과 추함이 공존해 있기 때문이다. 이러한 모순의 공존은 자연스럽게 원죄의식과 속죄의 문제를 떠올리게 한다.

인간의 삶이 성스러운 것과 멀어질 때 모종의 위협감을 느끼게 되고, 그 위협감은 '죄'의 고백으로 드러나며, 그 고백은 종교적이고 윤리적인 메시지를 담게 된다. 정액 냄새, 돈 냄새와 같은 세속의 타락한 냄새 속에서 분 냄새, 젖 냄새, 꽃 냄새를 맡으려는 시적 화자의 노력은 '추'의 세계에서 '미'의 실체를 확인하려는 윤리적(종교적) 인간의 모습으로 해석 가능하다. 이러한 노력을 통해 화자가 보상받고자 하는 궁극의 가치는 '성스러움'의 회복이다. 이는 뱀(사탄)의 유혹에 넘어간 아담과 이브가 낙원에서 추방되는 '실락(失樂)'의 모티브와 죄의 고백과 회개를 통해 다시 낙원으로 돌아가고자 하는 '복락(復樂)'의 모티브로 구성된 기독교적인 구원의 서사와 유사하며, 장정일의 시 전체를 관통하는 의식지향의 핵심적인 틀로 작용한다. 이 부분에 관해서는 4장 "추의 내면화와 비극적 존재로서 자기이해"에서 보다 자세히 설명하고자 한다.

독일의 극작가 겸 비평가 레싱(Gotthold Ephraim Lessing, 1729~1781)은 "추함이 시인의 묘사에서는 육체적 불완전성의 덜 혐오스러운 현상이 되고 그 효과 측면에서는 말하자면 추함이기를 멈춘다는 바로 그 이유 때문에 추함은 시인에게 유용해지는 것이다. 그리고 시인은 그 자체로서는 이용할 수 없는 것을 일정한 혼합감정을 불러일으키고 강화하기 위해 한 성분으로 이용한다. 순수한 쾌감이 없을 때 시인은 그런 혼합감정으로 우리를 즐겁게 해야 한다. 이 혼합 감정은 우스꽝스러움과 끔찍함이다."[16]라는 언급을 통해 '추의 기능'이 무엇인지를 밝히고 있다. 예술적 형상화를 통해 추의 실체를 덜 혐오스럽게 만드는 것, 추 그 자체만으로는 사용될 수 없지만 '혼합감정'을 불러일으키기 위한 수단으로 추를 사용하는 것이 추의 기능적 가치라는 레싱의 주장은 '추'의 예술적 유용성이 무엇인지를 설명한다. 장정일은 냄새로 감지된 추를 통해 추함의 감각을 부각시키는 것이 아니라 추와 미의 '혼합감정'을 구축한다. 성(聖)도 아니고 속(俗)도 아닌, 둘의 섞임으로 야기되는 혼합의 정서가 장정일의 시에서는 이중으로 착종된 냄새의 이미지를 통해 표출되는 것이다.

장정일의 시에서 '냄새'와 더불어 추의 편재성을 드러내는 또 하나의 감각은 청각이라 할 수 있는데 이는 구체적으로 '추문(소문)'이라는 시어로 표현되곤 한다. 타락한 세계에서 풍기는 부패와 악취는 '추문(scandal)'이 되어

16) 레싱, 『라오콘』, 윤도중 옮김, 나남, 2008, 198쪽.

세계의 곳곳을 유령처럼 누빈다. 진실이 모호해지고 소문과 추문이 환영처럼 세계와 실존의 주변을 에워쌀 때 일상은 필요 이상으로 과장된다. 장정일은 숭고함과 유쾌함이 상실된 스캔들의 세계를 천박함과 역겨움의 모습으로 캐리커처(caricature)한다.[17] 현실의 한 단면을 극단적으로 과장해서 현실의 부정성을 희화(戱畵)시키는 캐리커처의 기법과 목적은 레싱이 '혼합감정'을 통해 설명했던 우스꽝스러움이나 끔찍함과 일맥상통한다. 장정일의 시들은 추문을 통해 천박함, 역겨움, 우스꽝스러움, 끔찍함의 세계를 지속적으로 변형·확대시킨다는 특징을 보인다.

> ①나는 그곳에서 얼마나 부끄러우랴?/후회의 뼈들이 바위틈 열고 나와/가로등 아래 불안스런 그림자를 서성이고/알만한 새들이 자꾸 날아와 소문과 멸시로 얼룩진/잡풀 속 내 비석을 뜯어 먹으리
>
> —「지하인간」 부분

> ②만리장성을 쌓은 충남 당진여자와의 사랑은/지저분한 한편의 시가 되어 사람들의 심심거리로 떠돌고/천지간에 떠돌다가 소문은 어느 날 당진여자 솜털 보송한/귀에도 들어가서 그 당진여자 피식 웃고/다시 소문은 미래의 내 약혼녀 귀에도 들어가/그 여자 예뻤어요 어땠어요 나지막이 물어오면/사랑이여 나는 그만 아득해질 것이다 충남 당진여자/이름이 떠오르지 않는
>
> —「충남 당진 여자」 부분

> ③세상 모든 사람이 행복해지기 위해서는/세상 사람 모두가 부르조아가 되면 될 것이라고/호탕하게 껄껄거리는 중년이 있다./한국의 어느 도시엘 가나 문제가 있는 곳에/문제의 중년이 있고 추문이 있다. 나이 먹은 추물이
>
> —「안동에서 울다」 부분

---

17) 캐리커처(caricature)는 이탈리아 말로 과적(過積)을 뜻하며, 일반적으로는 '특징적인 것의 과장'으로 정의된다. 로젠크란츠는 "절대미가 숭고함과 유쾌함이라는 극단적인 것을 자체 안에서 실제로 균형을 맞추는 반면 캐리커처는 천박함과 역겨움이라는 극단적인 것들을 강화시킨다."고 말한다. 극단적인 것들을 강화하는 방식은 '대상의 비틀기'를 통해서 이루어진다. 그에 따르면, 이러한 비틀기를 통해 숭고함과 유쾌함을 동시에 통찰하도록 하는 코믹의 방식이 캐리커처인 것이다. 로젠크란츠, 앞의 책, 2010, 185~189쪽 참조.

> ④당신은 여수에서 죽은 사내에 대하여/들은 적이 있는가. 새파란 분말의 쥐약을/삼키고 개처럼 죽어간-40년을 개처럼 살았던/삶이다-세일즈맨에 대하여 들은 적이/있는가?-모른다면, 당신은 신문을 읽지/않는 얼마되지 않는 정의로운 시민 가운데/한 사람일 것이다-
>
> -「세일즈맨의 죽음-속, 안동에서 울다」 부분

세계의 부조리는 진실의 불확실성에서 시작된다. 그 불확실성이 확실성의 신념으로, 즉 '진실이란 존재하지 않는다'는 가치로 내면화될 때 모든 사회적 관계는 소문에 의해 재구성된다. 소문은 대체로 '비윤리적'인 형태의 담론으로 생성되며, 소문의 이 같은 속성은 소문을 듣는 자신도 추문의 대상이 될 수 있다는 내적 두려움을 건드리게 된다. 그 결과 사람들은 소문의 진실여부에 대한 판단을 자체적으로 유보한다. 그래서 소문은 끊임없이 자가생성하면서 추문을 양산한다. 소문은 냄새처럼 확산적인 속성을 가지고 전파되며, 그 과정은 폭력적이고 공격적인 형태로 드러난다. 자기성찰과 반성의 계기조차도 허락하지 않는 소문의 위력은 시 ①에서 보듯이 "소문과 멸시로 얼룩진/잡풀 속 내 비석"까지 뜯어 먹는 잔인의 모습으로 표현된다. 죽음까지도 멸시와 공격의 대상으로 만드는 것이 소문의 힘이며, 그것의 실체는 미담이 아닌 추문의 모습으로 외화된다. 시 ②는 사랑조차도 "지저분한 한편의 시"가 되어 천지간을 떠도는 소문으로 속화(俗化)되는 과정을 보여준다. 소문의 속화는 "미래의 내 약혼녀의 귀"에까지 들어가 정상적인 인간관계의 형성을 방해한다. 과거와 현재는 물론 미래까지 존속·지배하면서 인간의 지고한 가치를 갉아먹는 소문의 속화는 세계와 실존의 관계를 추문이 지배하는 비윤리적인 공간 속으로 재편시킨다. 사랑의 방식은 소문의 연쇄로 왜곡되고, 인간관계의 친밀성은 '피식 웃고', '아득해'지는 순간적 감정으로 격하되어 결국에는 이름까지 망각해버리는 사태를 초래한다.

소문이 추문으로 현실화되는 부조리한 세계에서 피상적인 논리나 억지스러운 생각으로 세계를 포용하는 관용의 태도가 마치 삶의 지혜인 것처럼 받아들여지는 현실을 장정일은 시 ③에서 '나이 먹은 추물'의 모습을 통해 비판한다. 모두가 행복해지려면 모두가 부르주아가 되면 된다는 세속화된 '중년'의 단순논리는 무책임하고 폭력적이다. 그러한 논리는 추한 세상에서는 추하게 살면 된다는 자조의 논리까지 허용할 수 있다. 이러한 세태는 추가 어떤 방식으로 개인들의 경험과 삶에 내면화되는지를 보여준다. 자조의 논리는 삶의 진정한 의미를 묻는 사회·윤리적 질문 자체를 일거에 묵살한다는 점에서 폭력적이다. 장정일은 경험을 내세우며 어줍지 않게 삶의 지혜를 논하는 중년들을 '책임감 없는 논객'이라 칭한다. 그런 존재들에게 장정일은 "여수에서 죽은 사내에 대하여/들은 적이 있는가."라고 묻는다. 신문 한 귀퉁이에 실린 그 사내의 죽음은 소문의 형태로 존재한다. 신문을 보건 안 보건 간에 "새파란 분말의 쥐약을 삼키고 개처럼 죽어간–40년을 개처럼 살았던/삶"의 면면에 대해 우리는 알 길이 없다. 단지 피상적으로 사건의 결과만 알 뿐이다. 신문이라는 매체는 소문의 전달자일 뿐이지 사건의 이면에 담긴 개인의 처절한 삶에 대해 알려주지 않는다. 만약에 그 사내의 죽음을 모른다면 "당신은 신문을 읽지/않는 얼마 되지 않은 정의로운 시민"이라는 시인의 진술은 일견 '정의로운 시민'이 어떤 것인지를 설명하는 것처럼 보이지만 그 저변에는 세상의 누구도 정의롭지 않다는 반어적 의미를 함축하는 것이다.

4. 추의 내면화와 비극적 존재로서 자기이해

후각과 청각으로 각인된 장정일의 추의 세계는 공기처럼 실존의 주변을 에워싸며 "낮고 은밀하게 우리 주위를 배회하는 소리", "우리 지붕 갉아 먹는 소리.", "우리 삶이 톱질 당하는 소리"(「잔혹한 실내극」)로 주체의 삶을 공격한다. 이러한 세계에서 문제적인 것은 사실 타인이 아니라 '나'라 할 수 있다. '나'는 추의 편재와 무관한가? 창녀와 성녀 사이에 존재하는 '모성'으로부터 우리가 태생했다면 우리의 선과 악의 가능성은 어느 쪽으로 열려 있는 것인가? 장정일의 '자기이해'는 추의 편재와 결별할 수 없는 자신에 대해 이 같은 물음을 제기함으로써 시작된다. 그것은 곧 자신에 대한 윤리적 심판이라 할 수 있다.

리쾨르는 이러한 문제를 '고백의 윤리'로 풀어낸다. 그에 따르면 고백은 체험의 표현이며, 그 체험은 갈피를 모르고, 복잡하고, 물음투성이라는 세 가지 특성을 지닌다. 첫째로, 갈피를 모르는 체험으로서의 고백이란 정돈되지 않은 혹은 실체를 알 수 없는 두려움과 걱정의 느낌을 언어를 통해 밖으로 밀어내는 것이다. 고백은 타자와 자신의 행동을 인식하는 최초의 언어라는 것이 리쾨르의 주장이다. 즉 고백의 언어를 통해 인간은 실존화되며, 고백의 되풀이를 통해 인간은 신화와 사변의 세계로 진입하게 된다는 것이다. 신화와 사변의 세계로 진입하게 되는 주요한 계기는 '죄의 고백'과 연관된다. 이는 리쾨르가 두 번째로 말한 체험의 '복잡성'에 의해 설명될 수 있다.

> 흔히 생각하는 것과 달리 죄의 고백이 드러내는 체험은 그리 단순하지 않다. 몇 단계의 체험이 얽혀 있다. 먼저, 우리가 '허물'이라고 부를 수 있는 것이 있는데, 그것은 한 인격이 느낀 죄 경험이며 가장 발전된 단계의 것으로서 내면화되고 개인화된 형태다. 그보다 좀 앞선 것으로 '죄'가 있다. 죄의 느낌은 개인이 아닌 '모든 사람'이 겪는 것으로서 신 앞에 선 사람의 현실을 가리킨다. 바로 그 죄의 이야기를 입구로 삼아 신화가 세상 속에 모습을 드러내는 것이다. 사변을 통해 원죄 교리로 확립하려는 노력도 바로 그 죄의 문제에서 비롯된다. 그러나 죄도 그것보다 더 근원에 가까운 체험인 '흠'이 극적으로 바뀐 것이다. 흠은 바깥에서 가한 흠집과 같은 것이다. 이처럼 허물·죄·흠, 이 셋이 바탕이 되어 체험의 다양성을 이룬다. 따라서 그 경험은 갈피를 못 잡는 느낌에 머물지 않고 여러 가지 의미가 엇갈리며 까다로워진다.[18]

죄의 고백에 함축된 체험의 복잡성을 '허물', '죄', '흠'의 상징적 개념과 연관해서 설명한 위의 내용은 리쾨르의 해석학이 지닌 고유성의 핵심을 압축한다. 개인에게 내면화된 죄의식으로서의 '허물'과 그보다 앞선 것으로서 신 앞에 선 모든 사람이 갖게 되는 '죄(원죄)' 그리고 그것보다 더 근원에 가까운 외부적 흠집으로서의 '흠'의 관계는 '흠→죄→허물'이라는 발생학적 계보를 통해 죄의 외재성이 내재성으로 전환되는 과정을 보여준다. 이러한 과정은 윤리와 종교가 맞물리는 접점을 보여 주는 것으로, 개인의 윤리적 허물은 종교적 원죄와 관계되며, 그 둘은 '외부'에서 가해진 흠의 내면적 흔적이라는 것으로 정리할 수 있다. 여기서 흠은 악(惡)의 편재와 관련된다. 악은 인간의 의지와 상관없이 외부적으로 존재하면서 동시에 인간의 의식에도 내재하는 불가항력적인 편재성을 지닌다. 그러한 악의 편재가 허물과 죄에 대한 윤리적 성찰을 극적으로 구축한다는 것이 리쾨르가 『악의 상징』에서 말하고자 하는 바이다. 허물과 죄와 흠의 관계는 서로 중첩이 되어 개인마다 다른 양상과 농도로 드러나는데 이러한 복잡성에 대해 리쾨르는 죄의 고백은 단순하지 않고 여러 의미로 엇갈리게 된다고 설명한다. 이 때 각 개인들은 악이 '나'의 문제인가 아니면 외부의 문제인가에 대한 근본적인 물음을 던진다.[19] 이 점에 대해 리쾨르는 "죄가 자기에 대한 소외라고 볼 때, 그 체험은 자연 현상보다 훨씬 더 놀랍고 혼란스럽고 물음투성이가 된다."는 설명을 통해 죄와 물음의 밀접한 연관성을 강조한다. 리쾨르가 고백의 세 번째 특징으로 거론한 물음투성이는 어떻게 악이 발생했고, 악에서 연원한 죄가 어떻게 인간의 소외를 야기했는가에 대한 종교·윤리적인 성

18) 폴 리쾨르, 『악의 상징』, 양명수 옮김, 문학과지성사, 1994, 21쪽.

19) 김영원은 "악의 핵심적인 특징은 악의 내재성과 외재성 사이의 긴장이다. 악은 인간의 내부적인 문제이며 그 책임이 인간에게 있는 동시에 인간과 역사의 영역 너머에 있는 외부적인 문제이다. 이러한 이유로 악의 문제는 순전히 내부적 문제로 접근하거나 외부적 문제로 접근할 때에는 결코 악에 대한 온전한 이해나 해결에 다다를 수 없다."는 논지를 통해 고백의 복잡성이 함의하고 있는 내용을 설명한다. 김영원, 「폴 리쾨르의 악의 문제에 대한 실천적 접근」, 『종교연구』 74호, 한국종교학회, 2014.12, 248쪽 참조.

찰로 이해할 수 있다. 여기에서 주목할 것은 '허물 · 죄 · 흠'에 대한 고백은 직접적인 언술이 아닌 상징의 언어를 통해 표현된다는 점이다. 이에 대해 리쾨르는 "사람의 마음속에 있는 자아의식은 상징을 통해 형성된다."는 전제와 함께 고백의 언어가 가지는 특성을 "갈피를 못 잡는 체험이지만 표현해보고자 하는 언어요, 체험들 사이의 갈등과 변화를 드러내려는 언어이며, 소외의 체험에서 오는 놀라움을 밝히려는 언어"라고 밝힌다.[20] 이 같은 허물과 죄 그리고 흠이 서로 중첩되면서 자신의 소외와 세계의 타락을 고발하는 고백의 상징적 언어가 장정일의 시에도 극적으로 표출됨을 발견하게 된다. 그의 시에 외부적으로 가해지는 흠의 상징은 "아버지를 닮은 모든 것 -나를 낳아준 생부는 물론이고, 정전화된 모든 형식과 사고에서부터 미국(햄버거)까지"[21]로 명명된 추의 세계로 드러나며, 허물과 죄의 상징은 추의 세계 속에서 겪게 되는 윤리적 갈등으로 드러난다.

하얀 몸, 당신은 어디에 있었느냐?
곤한 잠에 빠져든 소년이 불려오고
창틀 가까이 내가 앉았을 때, 하얀 몸
당신은 보았느냐? 물에 적신 수건을 짠 후
대장님이 어린 소년의 항문을 닦을 때
동그란 그 소년의 눈매가 떨 때, 당신은 어디
있었느냐? 하얀 몸.

나는 거기 있었다. 하얀 몸, 네가 없었을 때
나는 창틀 가까이 앉았다. 하얀 몸, 그때
나는 감기에 걸려 있었다. 겨울날, 구멍 난
내복바람으로 창틀에 쭈그리고 파수보는 일은
힘들었다. 너는 어디 있었느냐? 정말이지 나는
힘들고, 떨렸고, 아팠다!

---

20) 폴 리쾨르, 앞의 책, 1994, 22~23쪽.
21) 장정일, 「개인기록」, 『작가세계』 27권, 1997, 141쪽.

잠시 후, 소년은 입 큰 대장의 무릎
밑에 내리깔렸다. 나는 끙, 소리를 내었다.
모세혈관같이 섬세히 찢어진 유리 틈으로 찬 바람이
스며들었다. 기침이 터져나오려 했다.
하얀 몸, 나는 그 소년이 항문으로 당하는 동안
그 소년의 고통을 오래 지키는 파수꾼이었다.
감기보다 고통스러웠다.

하얀 몸, 나는 손톱을 물어 뜯으며
어둔 복도 밖의 운동장을 뚫어져라
노려보았다. 물론 너는 나타나지 않았고
간수새끼 한 마리 보이지 않았다. 나는
신열이 났다. 동물적인 욕망을 채우려는
대장자식이 미웠고, 하필이면 항문을 달고 있는
열세 살 꼬마의 저항없는 순교도 미웠다.

이번엔 소년이 끙, 소리를 냈다. 대장자식이
소년의 한가운데를 못질한 것이리라. 꼭, 이천 년 전의
하얀 몸, 너같이 당하고 있는 것이다. 그리고 나는
너의 처형을 속수무책하던 그 시절같이
아무것도 하지 않는다. 소년이 연이어 비명을 지른다
귀나 막을까? 듣지 못하는 개처럼? 기침이나 해댈까?
히스테리적으로? 유리의 성애나 닦을까? 파수를 잘 보기 위해?

—「하얀 몸」, 전문

위의 시는 장정일이 대구교도소에 수감되었을 당시 겪었던 실제 사건을 바탕으로 한 것으로, 열세 살짜리 동료 꼬마가 감방의 우두머리 격인 대장에게 성폭행(비역)을 당하고 있을 때 무력하게 망을 보아야 했던 자신에 대한 자책과 불가항력적 폭력에 대한 증오를 복합적으로 드러내고 있다. 이 사건은 장정일의 성장사(成長史)에서 악에 대한 최초의 직접적 경험이자 죄의 의미를 묻게 되는 중요한 분기점으로 작용한다. 당시의 사건을 목도하면서 장정일은 "처음으로 나는 부조리라는 것을 느꼈고, 기도로 죽일 수 없는

조직 혹은 제도라는 또 다른 아버지의 모습을 보았다."라고 술회한다.[22] 독학과 독서를 통해 관념적으로만 인지했던 추악과 세계의 부조리를 감각을 통해 직접적으로 확인하게 된 것이다. "시인은 이를 통해 물리적 폭력 못지않게 정신적 폭력이 얼마나 견디기 어려운 것인가를 말하고 있다. 이러한 폭력은 밀폐된 감금의 공간에서 이루어진다. 인권이 짓밟힌 이 감금의 공간은 준엄한 대장님의 규율(「김해사 · 3」)에 의해서 가동되는 사디즘의 공간이라 할 수 있다."[23]

이 사디즘의 공간에서 화자는 '하얀 몸'으로 상징되는 존재에게 "당신은 어디에 있었느냐?"고 묻는다. 소년을 비역하는 악의 실체와 그 사건의 자리에서 파수를 보아야 했던 공모자로서의 죄의식 그리고 그 악으로부터의 구원이 불가능함을 인식한 절박의 순간에 '당신'은 무엇을 하고 있었느냐고 반문하는 것이다. 여기서 '당신' 즉 '하얀 몸'은 비역을 당하는 훼손된 신체와 대비를 이루는 순수 신체로서 예수를 의미한다고 볼 수 있다. 이는 "이천 년 전의 하얀 몸"이라는 표현을 볼 때 대속으로서의 예수를 뜻함이 분명해진다. 신의 부재 앞에서 "당신은 어디에 있었느냐?"라고 묻는 것은 아담과 하와가 뱀의 유혹에 빠져 선악과를 따먹고 죄의식과 두려움 때문에 숨어있자 하나님이 "아담아 너는 어디에 있었느냐?"라고 물었던 것과 같은 형태를 띤다. 신이 아담에게 물었던 것처럼 화자는 신에게 역으로 묻고 있는 것이다. 여기에는 신에 대한 원망과 더불어 구원에 대한 지독한 회의감이 담겨 있다.

한편 "한가운데를 못질" 당하는 소년의 모습과 십자가에 못 박혀 죽은 예수의 모습이 '못질'이라는 이미지에 의해 연결됨으로써 둘은 희생양의 의미를 갖게 된다. '못질'은 바깥에서, 즉 악에 의해서 자행된 '흠집'이다. 아

---

22) 장정일, 위의 글, 132쪽.

23) 엄경희, 「장정일 詩에 나타난 사디즘(Sadism)으로서의 現實認識」, 『어문연구』 33(4), 한국어문교육연구회, 2005.12, 295쪽.

무런 흠도 없는 순수의 '하얀 몸'에 가해진 흠집은 그것을 보는 사람들에게 '원죄'를 떠올리게 한다. 인간의 의지와 상관없이 존재하는 악의 편재성과 "기도로 죽일 수 없는" 악의 실체들이 가한 세계의 상처와 흠집을 바라보며 시적 화자는 "너의 처형을 속수무책하던 그 시절같이/아무것도 하지 않는다."고 고백한다. 이 무력감은 소년을 돕거나 대장에게 저항할 수 없었던 죄의식이 내면화된 것으로, 시적 화자의 '허물'을 드러내는 것이다. 그 허물은 "나는 감기에 걸려 있었다."라는 변명에서 시작된다. 소년이 당하는 순간에 감기에 걸려 아팠다고 변명하는 것은 왜 선악과를 따먹었냐는 하나님의 물음에 하와가 따줘서 먹었을 뿐이라고 답하는 아담의 변명과 다를 바 없다. 그러나 그 변명으로도 지울 수 없는 것이 '파수꾼'으로 그 자리에 동석했다는 사실이다. 파수꾼으로서의 위치는 곧 공모자로서의 위치다. '간수새끼'도 보이지 않고, 동물적 욕망을 채우는 '대장새끼'도 밉고, 저항도 없는 소년의 '순교'도 밉다는 시적 화자의 반응은 죄의식의 내면화이자 자신의 '허물'에 대한 '히스테리적'인 발작이다. 이러한 파수꾼으로서의 부도덕한 위치는 「나, 실크 커튼」과 같은 시에 종종 관음증적 도착으로 변용되어 나타나기도 한다.

악의 불가피성과 구원의 불가능성을 통해 장정일은 실존에 동반된 죄의식과 세계에 대한 '의심'을 동시에 갖게 된다. "의심을 많이 해야 불행을 피할 수 있는 세상/너도 나도 깨어나 살피세/우리 장인이 게이는 아닌지/우리 수상이 게이는 아닌지"(「깨어라」)라는 표현에서 보듯이 우리들의 '장인'과 '수상'이 '게이'일 수 있다는 과장과 조롱의 시선을 통해 세상의 이면에 숨겨진 진실을 파헤치고자 한다. 의심은 일상에서 접하는 친숙하고 고귀한 대상을 역겨운 대상으로 기형화시키는 '비틀기'의 심리를 대변한다. 비틀기는 대상을 기형적으로 만들거나 흉측하게 만든다. 로젠크란츠에 따르면 흉측하게 형상화된 대상은 그 자체로 추하지만 자신의 기괴하고 그로테스크한 형상으로 인해 코믹(comic)의 훌륭한 수단이 된다.[24] 장인과 수상을 게이로 형상화했을 때, 그들이 품고 있던 친근함과 엄숙함은 코믹함의 차원으로 이동한다.

그런데 장정일의 시에는 이런 코믹함으로의 이동이 드물게 나타난다. “병들고 지친 개같이 늙으신 당신”(「불타는 집」), “아빠 아빠 아무에게나 펠라치오를 시키는 버릇없고 건방진 후레자식!”(「아빠」), “창녀인 나의 어머니”(「파랑새」) 등의 표현처럼 그의 비틀기의 방식은 천박함, 역겨움, 끔찍함과 같은 모독(冒瀆)의 수사에 집중되어 있다.[25] 장정일의 시가 코믹보다는 모독의 수사에 집중되는 이유는 자신이 도덕적으로 월등한 위치에 있지 못하다는 성찰 때문이다. “나는 그 소년이 항문으로 당하는 동안/그 소년의 고통을 오래 지키는 파수꾼이었다./감기보다 고통스러웠다.”(「하얀 몸」)는 고백에서 확인할 수 있는 것처럼, 추악한 범죄의 현장에서 ‘파수꾼’의 역할을 했던 자신의 행동에 대한 통렬한 자책감이 늘 원죄처럼 작용하고 있기에 풍자적 유희성보다는 대상에 대한 분노와 자기비하의 정서가 더 자주 발견되는 것이다. 그러한 제반의 정서는 “짜증스레 나는 살아있다.”(「안 움직인다」)라는 표현으로 집약된다. 이 정서의 이면에는 외적 대상이 아닌 자기 자신에 대한 이해가 깊게 각인되어 있다.

> 나의, 시대는, 오지 않을 거구요. 아, 나는 영원한 중학생!(「p.13~35」)
>
> 어머니 나는 여기에 있겠어요/다시 태어나기 싫어요(「엑스트라」)

---

24) 로젠크란츠, 앞의 책, 2010, 414쪽.

25) 이러한 특징은 그의 내면의식, 특히 종교적 윤리의식과 깊은 연관이 있는 것으로 보인다. 장정일은 여호와의 증인을 하나의 방편 혹은 건성으로 믿었지만, 자신은 그 신앙의 자장으로부터 벗어난 적이 없었으며, 그 신앙이 온갖 삶의 기준이 되었다고 밝힌다.(「개인기록」, 131쪽.) 또한 여호와의 증인이라는 신앙이 내면화되어 악마가 분명히 있다는 것을 알고 있었다고 술회한다.(「개인기록」, 136쪽.) 이러한 사실을 토대로 판단해보면 장정일은 종교적 윤리의 범주를 쉽게 벗어날 수 없었을 것이며, 그가 구사한 신성모독의 레토릭도 결국에는 신앙의 자장 안에서 행해진 반항으로 볼 수 있다. 그런 연유로 ‘코믹’의 유희적 제스처보다는 천박함, 역겨움, 끔찍함에 대한 선호를 드러낸 것으로 판단된다.

세계의 비밀이란/나는 부모의 태로부터 낙태당했다는 것/나뿐 아니라/혈통 좋다는 너, 너, 너, 너마저/한낱 지구란 쓰레기통에 버려진/낙태아라는 사실!(「극비」)

몸은 유령/왜 놀라십니까, 하나님?/나는 당신이 보낸 유령/당신 앞에 불려갈 유령(「몸」)

기적없이 설계되고/희망없이 만들어진다. 나는/사랑할 능력마저 거세된 인간/얼음인간.(「얼음인간」)

세계의 추와 내면의 죄의식이 만나는 지점에서 장정일은 자기비하의 언술로 자신을 정죄한다. 소년의 항문을 탐하는 폭력적 존재에 대한 두려움보다 자신의 무력을 투시하면서 자각하게 된 윤리적 위기의식이 장정일에게는 더 큰 두려움으로 작용했을 가능성이 크다. 무기력과 부자유의 상태는 '하찮음', '연약함', '비천함'의 정서를 불러일으킨다. 그러한 정서는 개별의 상태로 구분되어 드러나기보다는 서로가 혼합·농축되어 자기비하의 농도로 드러난다. 미래의 전망을 차단하고 자신을 '영원한 중학생'으로의 퇴행시키는 것이나, '다시 태어나기' 싫다는 소망과 함께 '여기'에 남겠다는 정체(停滯=출생부정)의 염원은 현실과의 대응을 회피하려는 태도와 관련된다. 이는 악으로 대변되는 추의 실체가 너무 크고 강하기 때문에 그와 맞설 수 없다는 자포의 심정을 드러내는 것이다. 폭로하고 탄핵해야할 대상이 자기보다 크고 강력한 존재일 때 우리들의 심리는 위축된다. 정장일의 시에서 코믹이 발아되지 못하는 이유도 그러한 심리적 위축과 일정한 연관이 있다. 심리적 위축이 극단화될 때 자기부정과 소멸의 비극적 방식으로 세계로부터 벗어나려는 의지를 보이게 된다. 그러나 그러한 의지도 결국에는 현실로 다시 소환된다. 태어나고 싶지 않다는 의지보다 태어날 수밖에 없는 운명이 더 강력한 힘을 발휘하기 때문이다. 그것이 바로 실존의 비극이며, 그 비극적 상황에 내던져진 실존의 운명을 장정일은 '지구라는 쓰레기통'에 버려진

'낙태아'로, '당신 앞에 불려갈 유령'으로, 모든 희망이 거세된 '얼음인간'으로 비유한다. 이러한 비유는 '낙태 당하고', '불려갈', '설계되고'라는 수식어를 동반함으로써 주체의 수동성을 더욱 부각시킨다.

장정일의 자기비하를 내포하는 언술에는 비관적 실존의식과 원망이 내재해 있으며, 그 원망의 대상은 '부모'와 '하나님'이라 할 수 있다. 원망의 요체는 왜 '나'를 태어나게 해서 이런 굴욕과 수치를 당하게 하냐는 '물음'이다. 그 물음은 단순한 의문이 아니라 혼란과 절망감이 결합된 복합적인 감정의 발산이자, 윤리적이고 종교적인 반문이다. 사람이 물음을 묻게 되는 중요한 계기가 바로 죄이며, 그 죄는 자신의 정체성에 혼란을 유발한다.[26] '파수꾼'의 역할을 하면서 자각하게 된 자신의 무력과 죄의식이 '물음'의 출발점이었으며, 그 경험은 장정일에게 실존의 혼란을 야기한다. 능동적 자유의지와는 상관없이 던져진 실존의 삶이란 희망도 없고, 사랑할 능력도 없는 '유령'의 삶으로 집중된다. 저승을 떠도는 망령은 실체가 없지만, 유령은 '몸'을 가진 형상으로 현실 속에 존재한다. 살아있지만 죽어있는 것과 마찬가지인 실존의 삶을 '유령'으로 비유한 것은 지상의 어느 누구도 '죄(원죄)'의 굴레로부터 자유로울 수 없다는 종교적 결정론을 반영한 것이다. 이는 '하나님'과 '부모'라는 거대 존재의 계획과 의도에 의해 일방적으로 이끌려가는 수동적 존재로서의 운명에 대한 일종의 원망이라 할 수 있다. 원망을 통해 자신의 무력과 죄를 보상받으려 하지만 자신의 내면에서 작동하는 윤리적 기제가 죄의식과 불안을 더욱 확대·재생산함으로 인해 대상에 대한 원망은 고스란히 자신에 대한 원망으로 환원되곤 한다.

이 같은 실존적 사태 속에서 그의 복락(復樂)에 대한 꿈은 또 한 번 '추'와 결합한다. 그것은 "낙원의 뒷문을 통해 낙원에 도달할 수도 있겠죠. 당신도 빨리 하나님 몰래 낙원의 뒷문을 만들어 두세요. 원죄란 화장실 변기

26) 폴 리쾨르, 앞의 책, 1994, 22쪽 참조.

같은 것이고 그것은 아무리 공들여 닦아도 다시 깨끗한 것이 될 수 없으니까요."(「프로이트식 치료를 받는 여교사 · 7」)라는 표현에 명료하게 드러난다. '낙원의 뒷문'은 악(타락)의 공간이자, 신으로부터 추방된 인간 세계의 접경을 상징한다. 낙원의 뒷문을 통해 낙원에 도달하겠다는 의도는 에덴동산에서 인간을 추방한 신에 대한 종교(신성)적 반발 심리로 읽혀질 수도 있겠지만, 이를 "예술은 추한 것으로서 저주받는 요인들을 자신의 문제로 삼아야 한다."[27]라는 아도르노의 미학적 주장과 관련해서 파악해볼 필요가 있다. 신에 의해 추방당한 세계와 그 세계가 발현하는 추의 실체를 소환해서 신성을 회복하려는 것이 장정일의 태도이며, 그 태도가 시 작품에서 '모독'의 방식으로 구체화되는 것이다.[28] 원죄란 태생적인 얼룩과 같은 것이며, 지워도 지워지지 않는 '화장실 변기' 같은 것이기에 순종의 자세보다는 모독의 수사를 통해 잃어버린 낙원으로 진입하고자 하는 것이 장정일의 대응논리다. 그러한 방식은 종교적이면서 비종교적인, 비종교적이면서 종교적인, 즉 비합리적이고 모순적이라는 점에서 이중적이다.

비합리적인 것의 형상화를 통해 합리적인 것을 구축하는 것이 비합리성을 설교하는 것과는 별개의 문제라는 아도르노의 설명[29]은 장정일의 시에 빈번하게 드러나는 신과 인간에 대한 '모독'의 레토릭(rhetoric)을 이해하는 데 주요한 근거를 제시한다. 장정일 시에 나타난 모독의 표현들은 신성과 인간성의 회복을 위한 시적 수사이지 모독 그 자체를 위한 축자적 언사가 아니다. 더럽고, 저속하고, 모욕적이고, 모멸적인 세계를 향해 던지는 욕설과 조롱의 수사학은 상실과 고통의 불가피성에 대한 실존의 반향이다. 살아

27) 아도르노, 앞의 책, 1984, 96쪽.

28) 모독의 이면에는 회개와 구원에 대한 의식이 잠재되어 있다. 그런 면에서 모독은 곧 구원에 대한 우회적 접근이라고 볼 수 있다. 장정일은 모독과 구원, 미와 추, 선과 악 등의 대립적 가치에 대해 판단을 유보한다. 그러한 유보는 선과 악은 물론 자신의 삶조차도 사라지기를 바라는 '종말론'의 형태로 드러난다.

29) 아도르노, 앞의 책, 1984, 97쪽 참조.

있는 생명의 이름을 부끄럽게 만드는 "건방든 하나님"(「노려보는 아벨」)과 "병들고 지친 개같이 늙으신 당신"(「불타는 집」), 그리고 "엄숙하고 예절바른 개들의 사회"(「개」)와 "빨리 늙고/천국에 가지 못하는"(「천국에 못 가는 이유」) 삶에 대해 퍼붓는 모독의 언사는 죄의식과 자기분열로 인한 불안의 내면에서 분출된 고함과 절규의 표정이라 할 수 있다. 또한 그것은 "마스카라 번진 창부 얼굴"(「서울에서 보낸 3주일」)로 표현된 서울의 표정이자, 세계의 표정이기도 하다. 이처럼 분열로 일그러진 얼굴 속에는 "가면을 벗은 내 표정이 꼭 보고 싶거든요."(「프로이트식 치료를 받는 여교사 · 5」)라는 염원도 함께 담겨있다. 그래서 그의 모독은 간혹 더듬거리고, 생략되고, 반복되는 실어증(말더듬이)의 시적 언사로 드러나곤 한다. 그 양상은 그의 시에서 "처 처 천년을 장슈한 나 나 나는/쉬 쉬 쉬 쉬인입니다요."(「쉬인」), "호옴 시크 홈/시이이크 호옴 시잌/호오옴 싴 호옴"(「서울에서 보낸 3주일」), "개새끼…너는 개새끼야…그래…난…너 같은 놈들을…알아…잘 안다구…호호"(「늙은 창녀」), "참 인간이 되어……. 부모에게 효도하고……. 나라에 충성하겠읍다……."(「김해사 · 6」), "째―즈―째―즈―째―즈―/째(째?)―째(확 째?)"(「째즈 타이즈」) 등과 같은 표현으로 곳곳에서 빈번하게 나타난다.

그의 실어증의 문체에는 자기비하, 자기반성, 모독, 도발 등의 언사가 두서없이 뒤섞여 있으며, 그것은 히스테리적인 악착의 몸부림을 반영한다. '악착성'은 세계의 타락과 현실의 추가 장정일에게 부여한 자조의 표정이다.30) "히스테리적으로? 유리의 성애나 닦을까? 파수를 잘 보기 위해?"(「하

30) 질 들뢰즈는 "히스테리적인 것, 이것은 자신의 현재함을 강요하는 것이고, 또 히스테리적인 것에게는 다른 사물들과 존재들이 현재하고 또 너무나 현재한다. 히스테리적인 것은 모든 것에 이 과도한 현재함을 주고 전달한다. 따라서 히스테리적인 것, 히스테리화한 것, 히스테리화시키는 것 사이에는 차이가 없다."는 전제와 함께 "그러면 히스테리컬한 미소는 무엇이며, 어디에 이 미소의 추잡함과 더러움이 있는가? 현재함 혹은 악착같음 속에 있다. 끝이 나지 않는 현재함. 얼굴 너머와 밑에 있는 미소의 악착스러움. 입 뒤에까지 남아 있는 외침의 악착같음. 유기체 이후까지 남아 있는 신체의 악착성. 성격이 규정된 기관들의 후에까지도 남아 있는 전이적 기관들의 악착성. 그리고 과도한 현재함 속에서 이미 거기에 있음과 언제나 뒤에 늦게 도착함의 동일성. 도처에서 현재함이 신경 시스템 위에서 직접 작용하고, 재현

얀 몸」)라는 반문은 자신의 죄의식과 그 죄의식을 형성시킨 세계와의 윤리적 거리를 드러내는 것이다. 그 거리는 화해될 수 없고, 지워질 수 없는 불가능의 거리로서 좌절의 심리를 드러내는 간격이다. 그것은 장정일의 시에 빈번하게 드러나는 '변신'의 욕구를 촉발시키는 요인이기도 하다. 장정일의 변신욕망은 고귀한 존재로의 상승이 아닌 "영민하게 째진 눈과 슬픈 꼬리"(「쥐가 된 인간」)를 가진 쥐로, "징그러운 허물을 가진 구더기"(「생존자/혹성탈출」)로 변형된 추락의 존재들로 나타난다.

5. 결론

본 논문은 로젠크란츠와 아도르노의 추의 미학, 그리고 '허물', '죄', '흠'의 개념을 통해 인간의 내면적 윤리 문제를 깊이 사유했던 프랑스 철학자 리쾨르의 이론을 바탕으로 장정일의 시에 나타난 추의 미학과 윤리의 상관성을 밝힘으로써 장정일 시에 내포된 그의 세계인식과 자기이해의 문제를 해명하는 데 그 목적을 두었다. 장정일은 '죄와 징벌', 감시를 경험했던 독특한 이력을 지니고 있으며 아울러 제도적 지평을 벗어나 아웃사이더의 위치에서 자신의 예술 세계를 구축했다는 특이성을 지닌다. 그의 이력 가운데 청소년기에 겪었던 죄와 징벌, 감시의 경험은 곧 그가 '추'의 세계에 심각하게 노출되었음을 의미한다. 추와 윤리의 상관성이 장정일의 시 의식을 이루는 핵심적 기반이라 판단되는 것은 이 때문이다.

이 자리를 잡거나 재현을 하도록 할 만한 거리를 불가능하게 만든다."는 논지를 통해 히스테리적인 것의 실체를 밝히고 있다. 장정일의 히스테리는 신과 아버지로 상징되는 폭력적 실체가 그에게 가하는 불가항력적인 억압의 악착성이자, 신체와 정신에 태생적으로 각인된 외상(外傷)의 감각적 흔적이다. 그런 흔적들이 장정일 시의 비관주의와 종말론을 형성한다. 질 들뢰즈, 앞의 책, 2008, 49쪽.

장정일은 '냄새'와 '추문(소문)'을 통해 추의 편재성을 감지한다. 후각과 청각에 의해 환기되는 공기적 이미지는 로젠크란츠의 말대로 형태 없는 것이며 부정확한 것이라 할 수 있다. 확실한 실체로 드러나지 않는 이 같은 추의 형상화는 그것이 쉽게 각인될 수 없음을 암시한다. 즉 세상에 편재하는 추는 그 편재성 때문에 오히려 자각하기 어려운 것이다. 특이한 것은, 시인이 냄새로 감지한 추를 통해 추함의 감각을 부각시키는 것이 아니라 추와 미의 '혼합감정'을 구축하고 있다는 점이다. 성(聖)도 아니고 속(俗)도 아닌, 둘의 섞임으로 야기되는 혼합의 정서가 장정일의 시에는 이중으로 착종된 냄새의 이미지를 통해 표출된다.

한편 '냄새'와 더불어 추의 편재를 드러내는 '추문(소문)'의 기능은 진실의 불확실성과 연관된다. 그 불확실성이 확실성의 신념으로, 즉 '진실이란 존재하지 않는다'는 가치로 내면화될 때 모든 사회적 관계는 소문에 의해 재구성된다. 그의 시에 드러난 '소문'은 대체로 '비윤리적'인 형태의 담론으로 생성이 되며, 이러한 소문의 속성은 소문을 듣는 자도 추문의 대상이 될 수 있다는 내면의 두려움을 건드리게 된다. 그 결과 사람들은 소문의 진실 여부에 대한 판단을 자체적으로 유보한다. 그래서 소문은 끊임없이 자가생성하면서 추문을 양산한다.

이와 같은 추의 편재 속에서 존재의 허물과 죄 그리고 흠이 서로 중첩되면서 자신의 소외와 세계의 타락을 고발하는 고백의 언어가 장정일의 시에도 극적으로 표출되곤 한다. 외부적으로 가해지는 흠의 상징은 "아버지를 닮은 모든 것-나를 낳아준 생부는 물론이고, 정전화된 모든 형식과 사고에서부터 미국(햄버거)까지"로 명명된 추의 세계로 드러나며, 허물과 죄의 상징은 추의 세계에서 겪게 되는 윤리적 갈등으로 드러난다. 이러한 추와 윤리의 문제는 시 「하얀 몸」으로 상징화된다. 이 시는 열세 살짜리 꼬마가 감방의 우두머리 격인 대장에게 성폭행(비역)을 당하고 있을 때 무력하게 망을 보아야 했던 자신에 대한 자책과 불가항력적 폭력에 대한 증오를 복합적으로 드러낸다. 시에 투영된 이 사건은 장정일의 성장사(成長史)에서 악에 대한 최초의 직접적 경험이자 죄의 의미를 묻게 되는 중요한 분기점이라는 점에서 매우 중요한 비중을 차지한다.

이때 악의 불가피성과 구원의 불가능성을 통해 장정일은 실존에 동반된 죄의식과 세계에 대한 '의심'을 동시에 갖게 된다. 아울러 세계의 추와 내면의 죄의식이 만나는 지점에서 장정일은 자기비하의 언술로 자신을 정죄한다. 소년의 항문을 탐하는 폭력적 존재에 대한 두려움보다 자신의 무력을 투시하면서 자각하게 된 윤리적 위기의식이 장정일에게는 더 큰 두려움으로 작용했을 가능성이 크다. 이와 같은 윤리적 위기의식이 그에게는 강력한 자기부정성으로 내면화된다. 따라서 그는 불가항력적인 추와 악의 세계에 내던져진 자신의 운명을 '지구라는 쓰레기통'에 버려진 '낙태아'로, '당신 앞에 불려갈 유령'으로, 모든 희망이 거세된 '얼음인간'으로 비유한다. 이것이 장정일의 비극적 '자기이해'의 요체라 할 수 있다.

장정일의 자기비하의 언술에는 비관적 실존의식과 원망이 내재해 있으며, 그 원망의 대상은 '부모'와 '하나님'이라 할 수 있다. 원망의 요체는 왜 '나'를 태어나게 해서 이런 굴욕과 수치를 당하게 하냐는 '물음'이다. 그 물음은 단순한 의문이 아니라 혼란과 절망이 결합된 복합적인 감정의 발산이자, 윤리적이고 종교적인 반문이다. 이는 '하나님'과 '부모'라는 거대 존재의 계획과 의도에 의해 일방적으로 이끌려가는 수동적 존재로서의 운명에 대한 일종의 원망이라 할 수 있다. 원망을 통해 자신의 무력과 죄를 보상받으려 하지만 자신의 내면에서 작동하는 윤리적 기제가 죄의식과 불안을 더욱 확대·재생산함으로 인해 대상에 대한 원망은 고스란히 자신에 대한 원망으로 환원되기도 한다. 이 같은 실존적 사태 속에서 그의 복락원에 대한 꿈은 '추'와 결합한다. 그것은 구체적으로 유머를 결손한 모독의 수사로 드러난다. 더럽고, 저속하고, 모욕적이고, 모멸적인 세계를 향해 던지는 욕설과 조롱의 수사는 상실과 고통의 불가피성에 대한 실존의 반항이라 할 수 있다. 그래서 그의 모독은 간혹 더듬거리고, 생략되고, 반복되는 실어증(말더듬이)의 문체로 드러나곤 한다.

장정일의 '추의 미학'은 추의 편재성과 자신의 내적 추를 그야말로 추로써 동시에 폭로하고 탄핵하고자 했다는 점에서 그 의의를 지닌다. 그는 불가항력적인 추의 편재와 그 안에 편입된 채 겪게 되는 자신의 윤리적 위기의식을 진지하게 토로함으로써 비극적 존재의 실상을 심도 있게 부각시킨다. 이와 같은 그의 추의 미학은 예술적 추의 가치와 유효성에 대한 기초가 될 것으로 기대된다.

참 고 문 헌

1. 자료

장정일, 『햄버거에 대한 명상』, 민음사, 1987.
장정일, 『상복을 입은 시집』, 그루, 1987.
장정일, 『길안에서의 택시잡기』, 민음사, 1988.
장정일, 『서울에서 보낸 3주일』, 청하, 1988.
장정일, 『통일주의』, 열음사, 1989.
장정일, 『천국에 못가는 이유』, 문학세계사, 1991.

2. 단행본 및 논문

김동규, 『멜랑콜리 미학: 사랑과 죽음 그리고 예술』, 문학동네, 2010.
김준오, 『도시시와 해체시』, 문학과비평사, 1992.
미학대계간행회, 『미학의 역사 - 미학대계01』, 서울대학교출판부, 2007.
미학대계간행회, 『미학의 문제와 방법 - 미학대계02』, 서울대학교출판부, 2007.
미학대계간행회, 『현대의 예술과 - 미학미학대계03』, 서울대학교출판부, 2007.
손호현, 『아름다움과 악. 4: 헤겔의 미학과 신정론』, 한들출판사, 2009.
이화현대시연구회, 『이제 희망을 노래하련다—90년대 우리시 읽기』, 소명출판, 2009.
T. W. 아도르노, M. 호르크하이머, 『계몽의 변증법』, 김유동 옮김, 문학과지성사, 2001.
T. W. 아도르노, 『미학 이론』, 홍승용 옮김, 문학과지성사, 1984.
고트홀트 에프라임 레싱, 『라오콘』, 윤도중 옮김, 나남, 2008.
르네 지라르, 『폭력과 성스러움』, 김진식 외 옮김, 민음사, 2000.
볼프강 카이저, 『미술과 문학에 나타난 그로테스크』, 이지혜 옮김, 아모르문디, 2011.
엠마누엘 레비나스, 『윤리와 무한』, 양명수 역, 다산글방, 2000.
움베르토 에코, 『미의 역사』, 이현경 역, 열린책들, 2005.
움베르토 에코, 『추의 역사』, 오숙은 역, 열린책들, 2008.
질 들뢰즈, 『감각의 논리』, 하태환 옮김, 민음사, 2008.
카를 로젠크란츠, 『추의 미학』, 조경식 옮김, 나남, 2010.
타타르키비츠, 『미학의 기본개념사』, 손효주 역, 미술문화, 1999.
폴 리쾨르, 『악의 상징』, 양명수 옮김, 문학과지성사, 1994.
폴 카루스, 『악마의 탄생』, 이지현 옮김, 청년정신, 2015.
프랭크 커머드, 『종말 의식과 인간적 시간』, 조초희 옮김, 문학과지성사, 1993.

프리드리히 실러, 『미학편지』, 안인희 옮김, 휴머니스트, 2012.
플라톤, 「향연」, 『플라톤의 대화』, 최명관 옮김, 종로서적, 1982.
필립 톰슨, 『그로테스크』, 김영무 역, 서울대학교 출판부, 1986.

구연상, 「폴 리쾨르에서 흠(欠)과 죄(罪)의 개념」, 『존재론 연구』 34호, 한국하이데거학회, 2014, 65~90쪽.
권명아, 「장정일 특집: <햄버거>에서 <거짓말>까지 작품론1: 진지한 놀이와 지워지는 이야기」, 『작가세계』 27권, 세계사, 1997, 55~73쪽.
김민수, 「아도르노의 미학에서 추의 변증법」, 『미학・예술학연구』 35집, 2012, 238~263쪽.
김산춘, 「로젠크란츠의 추(醜)의 미학」, 『미학 예술학 연구』, 한국미학예술학회, 2008, 40~61쪽.
김영원, 「폴 리쾨르의 악의 문제에 대한 실천적 접근」, 『종교연구』 74호, 한국종교학회, 2014.12, 233~259쪽.
김은정, 「추의 미적 현대성에 대한 철학적 담론-로젠크란츠의 『추의 미학』」, 『독일문학』 88, 한국독어독문학회, 2003, 219~238쪽.
김주연, 「몸 속에서 열리는 세상: 장정일론」, 『동서문학』 221호, 동서문학사, 1996.
김준오, 「장정일 특집: <햄버거>에서 <거짓말>까지 작품론2: 타락한 글쓰기, 시인의 모순 －장정일의 시세계」, 『작가세계』 27권, 세계사, 1997, 74~90쪽.
김준오, 『도시시와 해체시』, 문학과비평사, 1992.
문홍술, 「장정일 특집: <햄버거>에서 <거짓말>까지 주제비평1: 순수한 성, 탈출구, 그리고 분열증세」, 『작가세계』 27권, 세계사, 1997, 103~117쪽.
박기수, 「장정일 시의 서술 특성 연구」, 『한국언어문화』 제18집, 한국언어문화학회, 2000, 197~217쪽.
박남희, 「탈주와 회귀 욕망의 두 거점 : 장정일의 시 세계」, 『문학과경계』 3호, 문학과경계사, 2003, 254~273쪽.
엄경희, 「추(醜)의 유효성을 묻다」, 『경남문학』, 2015.12.
엄경희, 「장정일 詩에 나타난 사디즘(Sadism)으로서의 現實認識」, 『어문연구』 33(4), 한국어문교육연구회, 2005.12, 283~307쪽.
이연승, 「장정일과 황지우 시에 나타난 유희적 해체의 양식에 대한 연구-포스트모더니즘의 시학적 특성을 중심으로」, 『비평문학』 25호, 한국비평문학회, 2007, 289~313쪽.
이윤택, 「60년産 세대의 외설, 혹은 불경스런 詩的 징후－장정일의 詩」, 『햄버거에 대한 명상』, 민음사, 1987.
이창남, 「미-추의 변증과 문화비판 : 아도르노 『미학 이론』의 「추, 미, 기술의 카테고리」

를 중심으로」, 『헤세연구』 12호, 한국헤세학회, 2004, 529~552쪽.

이형권, 「80년대 해체시와 아버지 살해 욕망: 황지우, 박남철, 장정일의 시를 중심으로」, 『國文硏究』 제43권, 국문연구회, 2003, 581~608쪽.

장석주, 「한 해체주의자의 시읽기; 장정일론」, 『현대시세계』 14호, 청하, 1992, 93~110쪽.

장정일, 「개인기록」, 『작가세계』 27권, 1997.

이태극의 현대시조 연구에 대한 비평적 고찰

유성호*

1. 시조 시단에서의 광폭의 활동

이태극(李泰極) 선생은 우리 현대시조의 역사에서 여러 면에 걸쳐 남다른 우뚝함을 가진 존재이다. 선생은 아호를 '월하(月河)'로 주로 썼는데, 기록에 의하면 '동망(東望)'으로도 쓴 바 있다고 한다. 선생은 1913년 강원도 화천에서 태어나 1936년부터 1938년까지 일본 와세다대학 전문부에서 유학하였다. 해방 후에는 교사로 재직하면서 비교적 늦깎이로 서울대 국문과를 졸업하였고, 1953년부터 이화여대 교수를 지냈으며 한국시조시인협회장과 국어국문학회 대표 등 중요한 위치에서 시조 문학의 진흥을 위해 애썼다. 선생은 1953년 「갈매기」라는 시조 작품을 『시조연구』라는 매체에 발표하면서 창작 활동을 시작한 후, 평생 동안 시조 시인으로서의 길을 걸었다. 그리고 1960년에는 국내 유일의 시조전문지 『시조문학』을 창간하여 편집 겸

* 한양대학교 국어국문학과

발행인으로 현대시조 운동에 앞장섰다. 이 모든 것이 시조의 구체적 현장 속에서 월하 선생이 거둔 오롯한 문학사적 의미일 것이다.

하지만 우리는 선생이 국문학 연구에 몰두한 학자로서의 면모를 가지고 있었다는 사실에 새삼 상도하게 된다. 그는 당대의 뛰어난 학자들에게 수여하는 외솔상, 육당시조학술상 등을 받았으며, 시조 관련 저서로 『국민사상과 시조문학』(국민사상연구원, 1954), 『시조개론』(새글사, 1959), 『시조연구논총』(편서, 을유문화사, 1965), 『시조의 사적 연구』(선명문화사, 1974) 등을 지속적으로 발간하였다. 이처럼 선생은 시조 시단에 대한 각별한 소명 의식을 통해 시조 시인으로서, 매체 편집자로서, 시조 학자로서 매우 왕성한 활동을 보여주었다. 아닌 게 아니라 그가 창간한 『시조문학』은 우리 나라 시조 시단의 중추가 될 시인들을 상당수 배출하였으며, 그의 학술적 저서들은 시조 미학의 역사화와 체계화를 위한 장으로서의 역할을 다하였다고 할 수 있다. 이 글은 선생이 보여준 이러한 광폭의 활동 가운데, 『시조의 사적 연구』(삼우사, 1975, '국어국문학총서'로 재간행)라는 연구서에 실린 몇 개의 아티클을 통해 선생이 가졌던 우리 현대시조에 대한 사유와 그 체계화 양상 그리고 그것의 연구사적 의미를 생각해보려고 한다.

2. 한국문학의 연속성과 동일성 속에서의 '시조'의 위상 탐색

월하 선생의 시집으로는 『꽃과 여인』(1970), 『노고지리』(1976), 『소리·소리·소리』(1982), 『날빛은 저기에』(1990), 『자하산사 이후』(1995) 등이 있다. 이태극 시편들은 자연 형상을 선명하고도 개성적으로 담아내는 데 주력하였다고 평가된다. 하지만 더욱 중요한 것은, 참신한 조어를 통해 현대시조가 우리말(토박이말, 고어, 방언, 새로운 조어)과 매우 밀접한 관련을 가지며 펼쳐질 수 있는 양식임을 입증한 사실일 것이다. 그만큼 선생은 우리말 어휘를 독창적으로 매만져서 시어 발굴에 애썼다. 이처럼 스스로 중요한 시조시인이었던 선생은 남다른 자료 수집과 그 체계화로 우리 현대시조의 미학과 역사 탐구에 매진하는 이중의 역할을 수행하였다. 그 가운데 역저 『시조의 사적 연구』는 고시조로부터 현대시조에 이르는 미학의 양상들을 통사적 감각으로 연구한 결실이다. 그야말로 이태극 본(本) 시조사론(史論)이라고 할 수 있다. 여기서 우리의 관심을 끄는 부분은 현대시 혹은 현대시조와 관련한 글들이다. 제6장 「현대시에 계승된 시조의 영향」, 제7장 4절 「현대시조를 통해 본 애국사상」, 제10장 「현대시조약사」 등 세 편의 글이 여기 해당한다. 이 글들을 통해 우리는 선생이 가졌던 시조관(觀)의 국면들을 여실하게 들여다볼 수 있을 것이다.

먼저 선생은 「현대시에 계승된 시조의 영향」이라는 글에서 시조로부터 직간접의 영향을 받은 현대시 작품들 특히 형태상 영향이 뚜렷한 시편들을 대상으로 하여 시조가 얼마나 우리 현대시의 미학적 저류(底流)에 강렬한 흐름으로 존재하는가를 입증하였다. 조금 더 나아가 선생은 우리 현대문학이 서구나 일본으로부터 이식되었다는 이른바 '이식사관' 혹은 '전통단절론'을 부정한다.

> 그러므로 아무리 서구양식의 문학형태가 이식되어졌다고는 하지만 배경과 인물과 언행들은 의연히 한국적인 것임을 부인할 수 없다. 다시 말하면 아무리 서구식의 작품을 쓴다 하더라도 말 자체가 한국어인 이상 한국적인 정서와 생활과 습성과 사고방식 등은 떠날 수 없게 마련이 아닌가?(107쪽, 밑줄 인용자)

오랜 민족성과 한국어의 연속성 그리고 그를 통한 한국문학의 동일성에 대한 믿음을 고백하는 대목이다. 그래서 선생은 우리 현대문학이 서구문학을 수입한 면모와 계승한 속성이 모두 있지만, 계승의 속성 쪽에서 시조사를 바라보려고 한다. 이른바 1970년대를 내내 관통했던 '내재적 발전론'에 관한 믿음을 보여준 것이다. 그리고 선생은 그 믿음을 현대 자유시에 미친 시조의 영향이라는 관점으로 살핀 것이다.

선생은 현대시가 시조로부터 영향 받은 갈래를 세 가지로 요약하는바, 첫째 그 형과 내용이 거의 시조에서 왔다고 보아 마땅한 작품들, 둘째 3행의 형식은 갖추느라 했으나 민요조 또는 자수율에서 7.5조 등을 섞은 작품들, 셋째 시조 3장의 형식관만이 엿보이는 작품들이다. 먼저 첫 번째 경향으로 선생은 "무의식중에 시조 형과 같은 또는 가까운 형의 시들"(109쪽)의 사례들을 집중적으로 배열하고 분석한다. 실증과 해석이 충실하게 결속하는 부분이다.

> 기다리는 歲月을/학같이 목에 감고//마음의 囚衣를 빨아/蜀道에 말리우니//바람찬 늦인 하늘에/구름이 울고 간다
>
> —이설주, 「저녁」 전문

> 파란 하늘에 흰 구름 가벼이 떠가고/가뜬한 南風이 무엇을 찾아 내일 듯이/강 너머 푸른 언덕을 더듬어 갑니다//시냇물이 나지막한 소리로 나를 부르고/아지랑이 영창 건너 먼 山이 고요합니다/오늘은 왜 이 風景들이 나를 그리워하는 것 같네요
>
> —신석정, 「봄의 유혹」 1-2연

앞의 작품은 1연으로 된 단시형인데, 선생은 자수율과 구성이 시조의 특질을 잘 갖춘 작품으로 본다. "그대로 시조라 해도 좋을 것"(117쪽)이라고 말한다. 이설주 시인이 시조에 대한 친연성을 갖춘 분이라는 점에서, 이러한 영향은 매우 뚜렷하다고 하겠다. 뒤의 작품도 "시조 3장의 형식미와 이미지가 갖추어진 작품"(116-117쪽)인데, 시조라고 할 수는 없지만 이를 통해 선생은 자신의 주장이 "재래한 시조의 영향이 아니고 무엇이냐는 정도로 피력하여 두려는 것"(115쪽)임을 밝히고 있다. 시조와 거의 유사한 시 형식

을 다수 추출하여 의식, 무의식중에 반영된 시조 영향을 찾아내는 선생의 탐사와 분석안(眼)이 풍요롭고 적확하다. 다음은 두 번째 경향의 사례이다.

> 해와 하늘빛이/문둥이는 서러워//보리밭에 달뜨면/애기 하나 먹고//꽃처럼 붉은 울음을 밤새 울었다
>
> —서정주, 「문둥이」 전문

> 눈도 희고/달빛도 희고//조그만 뜰 안에/고요히 깊은 밤//어디서 고양이 운다/고양이 울며 울며 간다
>
> —김달진, 「달밤」 전문

앞의 작품은 “1, 2행은 완전히 시조의 초중장 형식”(122쪽)을 갖추고 있다. 그리고 뒤의 작품은 “형식상에서는 매우 시조와 같으나 율조 면에서 완전히 민요조”(122쪽)라고 분석하면서 시조 형식을 그대로 이어받지는 않았지만 매우 유사한 형태까지 근접함으로써 시조 형식이 이를 통해 매우 보편적으로 현대시 여러 편에 깊은 영향을 끼쳤음을 논증한다. 특별히 미당 작품은 완전히 시조로 볼 수 있겠다. 그리고 마지막 경향이다.

> 오늘도 강물에/띄웠어요//쓰기는 했건만/보일 곳 없어//흐르는 물결에/던졌어요
>
> —피천득, 「편지」 전문

이 작품은 “3행 6구체의 시조 형과 흡사한 점을 느낄 수도 있겠지만 원래는 양행시로서의 율격을 갖춘 형식의 작품”(126쪽)으로 해석된다. 시조와 형식상의 친연성을 갖추면서도 2행 1연시로서의 구조를 갖춘 것인데, 그동안 현대시에서의 2행 1연시의 편재성을 시조와의 관련성에서 풀어볼 만한 단서를 주는 대목이다. 이 모든 사례를 통틀어 선생은 “현대 자유시 속에는 상당한 시조의 영향이 잠겨져서 생장하여 왔음을 능히 단언할 수”(127쪽) 있다고 본다. 이러한 실증과 분석을 통해 선생은 한국문학의 동일성과 연속성

을 해명하는 동시에, 시조라는 고유 양식이 자유시에도 깊게 관련을 가지면서 퍼져 있음을 실물 사례를 통해 보여주었다. 이식사관을 부정하면서 전통계승론 쪽에 서 있던 선생의 논리적 귀납 양상을 선명하게 보여준 것이다.

그 다음 글인 「현대시조를 통해 본 애국사상」에서 선생은 "이조 대까지의 고시조 작품에서는 위군, 위국의 작품이 거의였으나 나라를 잃은 일제 때의 작품에서는 위군의 작품은 전연 없고 잃어버린 조국을 생각하고 이를 다시 찾고자 하는 조국광복을 갈구하는 내용의 작품들이 거의"(158쪽)라고 진단하면서, 육당, 위당, 춘원, 가람, 노산, 요한 등의 시편들을 집중 검토하고 있다. 먼저 육당의 『백팔번뇌』(1926)를 검토하면서는 "작자의 애국심의 지극함을 느끼며 마음속으로라도 조국을 떠나서는 살 수 없다는 진정의 애끓는 호소"(163쪽)를 읽으면서, 물론 "이러한 심정은 비단 육당만의 마음이 아니요 그때 이 나라에 살던 사람에게는 누구에게나 열렬히 도사리고 있었던 조국애요, 애국심이었다고 본다."(163쪽)라고 이야기한다. 그 다음 춘원의 경우에서는 『삼인시가집』(1929)을 통해 "조국을 잃었으니 단장 대신 누더기를 입고 와신상담 하겠다는 애끓는 심회를 말한 것"(166쪽)을 읽어내고, 요한의 경우에서는 역시 『삼인시가집』을 통해 "조국광복이 언제일지 모르지만 마음으로는 벌써 조국을 모시고 있으니 몸 바치면 어떻겠느냐고 울부짖었다."(169쪽)라고 논증한다. 그러고 보니 요한은 아예 『봉선화』(1930)라는 시조집을 낼 정도로 시조에 관심이 많았다. 그리고 위당의 경우 애국심은 더욱 각별하였는데, 선생은 『담원시조집』(1948)을 통해 공개된 위당의 일제 때의 창작 시조를 통해 그 순도와 열도를 높이 평가한다. 하지만 위당의 경우 해방 후에 펴낸 시집이었기 때문에 표현이 훨씬 자유로웠을 것이라는 점을 부기한다.

> 이 강이 어느 강가 압록이라 여짜오니/고국 산천이 새로이 설워라고/치마끝 드시려 하자 눈물 벌써 굴러라
>
> —정인보, 「자모사 37」 전문

"가문도 기울었고 사연 있어 어머니를 모시고 고국을 떠나 만주 땅으로 들어가려는 때의 심경의 토로"(171쪽)를 보여준 절창이다. 그리고 노산의 경우는 『노산시조집』(1932)을 통해 "조국을 그리워하는 마음은 깊고 깊고 조국광복의 길을 아득하기만 하다는 애타하는 심정"(173쪽)을 노래하였다고 본다. 마지막으로 가람의 경우는 『가람시조집』(1937)에서 "물도 돌도 아닌 연약한 육신으로 조국을 마음속 깊이 숨긴 채 살아가던 일제 때의 괴로움"(176쪽)을 읽어낸다.

> 그대로 괴로운 숨 지고 이어 가랴 하니/좁은 가슴 안에 나날이 돋는 시름/회도는 실꾸리같이 감기기만 하여라.//아아 슬프단 말 차라리 말을 마라/물도 아니고 돌도 또한 아닌 몸이/웃음을 잃어버리고 눈물마저 모르겠다.
>
> —이병기, 「시름」 전문

물론 가람도 해방 후 펴낸 『가람문선』(1966)에는 다수의 애국 시편을 더 실었다. 어쨌든 선생은 "이분들이 모두 해방 전에는 조국을 '님'으로 대칭하였고 그 조국을 잊지 못하여 항상 그리워 따랐고 그 조국을 마음 속에 간직하고서 가진 고난을 다 겪으면서도 갈구하고 대망하였던 것은 곧 조국광복의 대업이었음을 은유적으로 노래들 하였다."(177쪽)고 보았다. 그리고 결어를 다음과 같이 마무리하였다.

> 이 일제의 소위 황민화 정책 밑에서도 은유적이나마 조국과 조국광복의 애국사상을 끊임없이 노래하였다는 것은 <u>그 이전 시대인 이조 대의 애국사상의 계승이며 연장인 동시에 그것은 멀리 고려시대 또는 삼국시대부터 면면히 이어져 내려온 우리 겨레의 애국정신에서 말미암아져온 것</u>이라 믿는다.(178쪽, 밑줄 인용자)

역시 선생이 보기에 '애국정신'은 우리 문학에서 매우 보편적 형상으로 나타났다. 빼어난 거장들의 언어 속에서 그것은 매우 면면한 전통이 되고 있었던 것이다. 물론 '님'으로 대칭된 2인칭을 지나치게 조국으로 해석한

데 따르는 알레고리적 독해에 제한성이 없는 것은 아니지만, 이 또한 오랜 전통 속에서 간취되는 보편적 상징 원리라는 점을 감안한다면 선생은 국문학 전통을 통해 현대시조를 바라보려는 관점을 지속적으로 밀고나간 것이다. 이 글은 그 첨예한 사례일 것이다.

마지막 아티클인 「현대시조약사」는 '약사(略史)'라는 겸칭(謙稱)에 어울리지 않게 매우 본격적인 통사로서의 외관과 실질을 풍요롭고 충실하게 갖추고 있다. 일단 선생은 현대시조의 효시를 육당으로 확정한다. 육당 스스로의 발언 곧 "최초의 시조로 활자에 신세진 지 23년 되는 병인 해 불탄일"(『백팔번뇌』 자서)에서 추산하여 1904년 어름으로 본 것이다. 최근 『대한매일신보』에 대구여사의 「혈죽가」가 발표된 1906년 7월 21일을 현대시조의 효시로 본 관점과는 대비된다.

> 그러므로 현대시조는 1904년의 육당의 작품을 기점으로 하여서 1917년경에 이르러 춘원의 작품을 만나 면모를 갖추었고 다시 1924, 5년경 가람과 노산의 작품에 와서 거의 현대시조로 정립되게 되었다고 할 수 있겠다. 그리고 현대시조라 함은 현대인이 현대어로 현대인의 생활과 감정과 사상을 시조의 정형에 담아 나타낸 작품을 말한다. 그러나 명실 공히 현대시조의 형식과 내용을 갖춘 것은 가람과 노산을 중심으로 한 활발한 작품 활동이 전개된 1930년 이후부터라고 하겠다.(307-308쪽, 밑줄 인용자)

"현대인이 현대어로 현대인의 생활과 감정과 사상을 시조의 정형에 담아 나타낸 작품"으로 현대시조의 외연과 내포를 규명하면서 선생은 이러한 속성을 가진 현대시조의 전개 양상을 모두 다섯 시기로 구분하여 개관한다.

1. 부흥 전기 - 1904년 육당의 첫 작품부터 1919년 3.1운동까지
2. 부흥 후기 - 1919년 3.1운동 이후부터 1926년 『백팔번뇌』의 출간까지
3. 활동 전기 - 1926년 『백팔번뇌』 이후부터 1932년 『노산시조집』의 출간까지
4. 활동 후기 - 1932년 『노산시조집』 이후부터 1940년 한국 어문 말살 정

책 시행까지
5. 수난과 소생 - 1941년 한국 어문 말살 정책 시행 이후부터 1960년 4.19 까지

제1기의 사례로는 육당과 춘원이 대표적이다. 육당은 작품 선제(選制)를 처음 두어 신진들을 발굴하는 기여를 하였고, 춘원은 작품을 한층 세련화하였다. 제2기의 사례로는 수주, 요한, 조운의 경우를 들고 있다. 이 시기에 육당은 "국민문학 확립의 일지주로서의 시조의 부흥을 내세웠고 시조는 조선인의 손으로 인류의 운율계에 제출된 일시형(一詩形)이니 세계문학사에 참여할 수 있도록 키워내야 한다고 역설"(312쪽)하였다. 제3기에는 횡보, 가람, 노산, 춘원, 자산, 도남 등의 시조 연구가 잇따랐다. 특별히 가람의 「시조는 혁신하자」라는 글은 매우 획기적인 문제의식을 낳았다고 본다. 창작에서는 노산, 요한, 가람, 위당 등이 활약하였다. 제4기에는 춘원, 수주, 가람, 노산, 위당, 조종현, 김오남 등이 활약했고, 조남령이나 안자산의 시조 논의가 뒤를 이었다. 마지막으로 제5기에는 다양한 시인군(群)이 등장하여 무애, 초정, 이호우, 이희승, 오신혜, 이영도, 정소파 등이 뒤를 잇는다. 이러한 면면한 현대시조의 역사 개관 후 글은 이렇게 마무리된다.

> 시조는 1925, 6년에 와서 완전히 부흥되었고 그 후 1940년까지 이론과 창작이 아울러 활발히 전개 성장되었다. 1941년부터 1945년 8월 15일까지 일대 수난에 빠졌다가 민족해방과 더불어 시조도 다시 소생된 것이다. 그리하여 해방의 감격을 읊은 새 작품과 5, 6권의 개인 시조집이 나오다가 6.25전란을 맞이하여 잠시 정체되었었으나 휴전 이후 문화 각 부문의 재건에 발맞추어 시조도 완전히 소생 발전되었다. 1951년에서 60년 사이에 개인 시조집이 15권이나 나왔고 참다운 현대시조로의 면모를 갖춘 작품들도 나왔다. 동아와 조선일보가 신춘문예에 시조부를 두었고 전국시조백일장이 3년이나 계속되는 사이에 시조는 경향각지에 3, 40명의 작가가 각각 창작에 힘쓰고 있었다. 1960년에 『시조문학』이 창간되어 현재 32집까지를 내었고 신인을 40명이나 내놓았다.(354쪽, 밑줄 인용자)

이처럼 월하 선생은 시조의 현대성 문제에 깊이 착목하였다. 근대 자유시가 개성적 목소리의 자율성을 중심으로 대중들의 내면과 취향을 장악해가던 식민지 시대에, 월하 선생이 '현대인의 생활과 사상 감정'의 포착과 감염을 현대시조의 가능성으로 보았다는 점은 매우 소중하다. 더불어 선생은 "현대시조는 어디까지나 시로서의 창작이래야 하겠고 이 창작된 시조는 고래의 창법에만 구애될 것이 아니라 현대적 창법으로 발전시켜야 할 것"이라고 하였는데, 이때 선생이 추구한 시조 형식의 자유나 현대성은 과연 어떤 것인가 하는 점을 우리는 깊이 있게 탐색해야 한다. 그 현대성 실현을 위해 스스로 『시조문학』을 창간한 것을 강조하는 대목은 책상에서 연구하는 학자를 넘어 선생이 문학 현장에서 구상하고 실천한 분임을 생각하게 한다.

> 時調가 하도 좋아/나도 얽어 보던 것이//그 벌써 한 二十年/어제론 듯 흘렀구료//오늘 또 한 首 얻고서/어린인 양 들레오.//이루다 못 푼 정/그려도 보고파서//옛 가락 그 그릇에/삶의 소릴 얹어 보니//새로움 더욱 더 솟아/내 못 잊고 살으오.//묶는 듯 律의 자윤/來日 바라 벋어나고//부풀어 말의 자랑/갈수록 되살아나//이 노래 靑史를 감넘어/보람찍게 크리라.
>
> —이태극, 「時調頌」 전문(이승원 편, 『月河 이태극 시조 전집』, 태학사, 2010)

이처럼 작품으로 씌어진 시조론에서 선생은 시조에 대한 운명적 얽힘을 잘 보여준다. 시조가 좋아 거기 얽혀 이십년 세월이 흘러버렸다는 내용이나 "하도 좋아"라든가 "얽어"라는 말 속에서 애정의 자발적 맹목성을 확인할 수 있다. 그리고는 한 수 얻을 때마다 어린이처럼 느끼는 순수한 감응은, 선생이 어떤 감각과 생각으로 시조를 대해왔는가를 잘 알려준다. 특별히 "들레오"라는 조어는 어린이의 순수한 '들림'을 표현하기에 매우 적절한 것이다. 그럼에도 불구하고 선생에게는 시조에 "이루다 못 푼 정"이 있고, 그래서 "옛 가락 그 그릇에/삶이 소릴 얹어 보"곤 했다고 고백한다. 결국 자신이 온갖 노력으로 실현해온 "부풀어 말의 자랑"은 선생의 생애를 추동하는 가장 근원적인 동력이었던 것이다. 그러니 "이 노래"들은 "청사를 감넘어/보람찍게 크"지 않았겠는가. 이러한 시조에 대한 자의식은 결국 그에게 세상을 미적으로 관조하고 완성하는 미적 성찰의 계기를 허락하게 되고, 바로 그 결실이 우리가 읽어온 선생의 여러 학문적 성취일 것이다. 선생은 한국문학의 연속성과 동일성 속에서의 '시조'의 위상 탐색을 일관되게 시도한 것이다.

3. 실증적, 역사적, 미학적 시조 연구의 결실

근대문학 양식 가운데 가장 외적 강제 규정을 많이 받고 있는 것이 현대시조일 것이다. 하지만 전통적 민족 시형이 거의 사멸되거나 다른 장르로 흡수되어버린 데 비해, 현대시조는 여전히 우리 민족문학의 장자 노릇을 하고 있다는 점에서 아직도 변함없는 대중의 사랑을 받아야 할 처지에 있다. 따라서 시조에 가해지는 정형이라는 강제력에도 불구하고, 우리는 시조가 민족 고유의 정신을 담고 드러낼 수 있는 매우 중요한 양식임을 잊어서는 안 된다. 특히 과거의 고시조들이 유교 이념의 계몽이나 소박한 자연 친화적 경향을 드러내는 데 골몰한 것에 비해, 현대시조는 주체와 대상 사이에 나타나는 다양하고도 섬세한 무늬를 묘사하고 있다는 점에서 현대성과 전통성을 잘 결합시킬 수 있는 생산적인 장르로 고쳐 인식할 수 있을 것이다. 이 같은 노력들을 통해 결국 우리는 우리 시단에 만연한 서구의 미학적 박래품에 대한 적극적인 실천적 항체를 키워갈 수 있을 것이다. 이태극 선생은 서구적 특수성에서 자라난 여타의 역사적 장르와는 다른, 우리의 언어적, 세계관적 특성을 토양으로 발전되어온 시조를 더욱 애정 있게 계승해야 하는 까닭을 여러 학문적 성과로 보여준 분이다. 그만큼 월하 선생의 학문적 적공 역시 시조의 현대화에 이바지하려는 목표를 가진 것이었을 터이다.

> 이제는 '시대적 패션을 잃었느니' '구세대의 유물이니' 하는 비난은 용납되지 못하게 되었다. 그럴수록 신문과 잡지에서 과감하게 지면을 할애하여서 시조 발표의 광장을 마련해주어야겠고 당국에서 고유한 계승 문학인 동시에 시조 발전에 적극적인 지원이 있어야 할 줄로 믿는다. 그리하여서 시조를 일반의 교양시로도 보급시키고 본격적인 시작품으로도 발전시킨다면 시조의 앞날은 매우 밝으리라고 믿는다.(355쪽, 밑줄 인용자)

이러한 선생의 의지와 노력으로 우리 현대시조는 일반의 교양시는 물론 본격적인 시작품으로 손색이 없는 차원까지 올라왔다고 할 수 있다. 앞으로도 선생이 희구했던 시조의 긍정적 앞날은 더 본격화할 것이다.

주지하듯 시조가 음주사종의 가창적 특성이 사상되고 문자 예술로서의 지위만을 굳히게 되면서, 우리 문학에서 시조는 급격히 근대적 자유시에 주류의 자리를 내주게 되었다. 이제 그 문학사적 공백을 우리가 민감하게 반성하여, 현대시조에 대한 형식적, 내용적 탐색을 지속해가야 한다. 그 점에서 우리는, 시조가 그 안에 내용상, 형식상의 갱신 가능성을 충일하게 품고 있는 언어적 실체임을 실증해가야 하는데, 이때 월하 선생의 시조 인식과 연구는 매우 중요한 시사점이 될 것이다. 그동안 우리가 살핀 선생의 시조 연구는, 이러한 요청에 실증적, 역사적, 미학적으로 응답한 결과일 것이기 때문이다. 그 점에서, 이태극 선생의 현대시조 연구는, 현대시조 연구사의 첫 발이요, 자료가 일천했던 때임을 생각하면 돌올한 학문적 성취가 아닐 수 없다. 그리고 현대시조의 역사에 관련한 연구사적 의미가 다대한 저작이라 할 것이다.

현대시와 유교 연구

송성헌*

1. 머리말

고구려 벽화에서 불의 신 농사의 신 수레의 신 등 여러 신을 볼 수 있다. 벽화 속에 나온 인물들을 보면 불이 꺼지지 않게 잘 간수해서 겨울을 따뜻하게 보낼 수 있도록 한 사람이나, 채집에 의존하던 것을 농사에 의존할 수 있게 해주던 사람들, 걸어서 가야 할 길을 수레를 타고 갈 수 있도록 한 사람들이 기념되고 있는 것을 볼 수 있다. 이런 사람들의 역할이 첫 번째 문명시대에 중요했던 것으로 보인다.

문명의 첫 번째 시대는 기후 변화로 인해 새로운 곳으로 이주해 간 사람들이 그 지역에서 종전과 다른 문명사회를 이루기 위해 불씨를 잘 간수할 수 있는 사람들이나 농사의 기술을 잘 아는 사람들 수레를 만들 수 있는 사람들이 중요시되었던 것으로 보인다.

---

* 성공자치연구소

문명의 두 번째 시대는 그 사회 안에서 일어나는 갈등과 그 사회 밖에서부터 들어오는 갈등의 문제를 해결하고자 했기 때문에 정치적으로나 도덕적으로 뛰어난 사람들이 영웅으로 추앙을 받았던 것으로 보인다.

문명의 세 번째 시대는 종교로부터 영향을 받았다. 신라시대나 고려시대 불교는 사회가 종교에 의해 많은 영향을 받았던 세 번째 문명시대의 성격을 보여주고 있다.

종교에 영향을 받은 세 번째 문명은 오늘날까지 세계의 각 지역을 특징지어주고 있다. 인도의 힌두교, 중동의 이슬람교, 유럽의 기독교 등에서 그 사회의 특성을 볼 수 있다.

종교에 의해 번성했던 세 번째 문명시대도 쇠퇴하고 있으며 네 번째 문명시대가 진행 중에 있다.

기술의 발달과 시민의식의 대두로 인해 사회가 급속하게 변화하였다. 이것은 먼저 국가의 형태가 변화한 것에서 볼 수 있다. 과거에는 군주가 지배하던 사회였지만, 지금은 군주가 지배하는 사회를 찾아보기 어렵게 되었고 대신 사회주의나 자유민주주의 국가가 나타나 있다.

자유민주주의 국가에서도 과거에 억압받았던 개인들의 욕구가 자유롭게 분출되고 있다. 이것은 오늘날 고속도로를 가득 메우고 있는 차량 행렬들을 통해 확인해볼 수 있다. 그들은 자신이 원하는 것을 각자 찾아 나섰지만 결국 유사한 만족거리를 찾아 한쪽으로 몰리는 쏠림의 현상을 보여주고 있다. 물질적 가치를 귀중히 여기는 사람들이 현대 사회에 눈에 뜨이게 많이 나타나고 있다.

이런 현상은 새로운 사회의 변화를 나타내고 있는 것이지, 이것이 곧 새로운 문명의 근간이 되고 있는 것은 아니다.

네 번째 문명 사회는 아직 정착되지 않았고 현대 사회 맞게 정착해갈 길을 모색하고 있는 중이다. 문명이 현대 사회에 맞게 정착해가는 데 무엇이 중요한 역할을 하게 될까, 여러 가지가 작용하게 되겠지만, 과거의 문제를 풀어줄 수 있었던 가치가 현대사회에도 많은 영향을 줄 것으로 본다.

유교적 진리에는 인간적 환경에서 오는 문제에 답하고자 했던 창조적 가치가 담겨 있다. 유교에 있는 가치 가운데, 인간에 대한 선악관, 하늘, 충, 성을 살펴보고자 한다. 이런 가치들이 현실 속에서 어떤 의미를 띠고 있는지 현대 사회에서 발표되고 있는 시와 함께 살펴보고자 한다.

이런 유교적 가치들은 오늘날 현대인들에게도 나타나고 있는 인간적 문제에서 오는 문제에 응답하게 될 것이고 새로운 문명에 적응해 나가는 데 도움이 될 것으로 본다.

2. 유교의 정체

2.1. 유교의 인간관

유교는 인간을 선하게 보거나 악하게 보고 있다. 순자는 인간을 악하게 보고 있다. 인간의 본성을 순자는 다음과 같이 이야기하고 있다.

> 今人之性善,將皆失喪其性,故惡也,曰,若是則過矣.今人之性,生而離其朴,離其資,必失而喪之.用此觀之,然則人之性惡明矣.[1)]

오늘날 사람들의 성은 선하나, 장차 그 선한 성을 잃게 될 것이다. 선한 성을 잃게 되어 사람들의 성이 악하게 될 것이다. 그러나 내가 보기에 이 말은 곧 잘못된 말인 것 같다. 지금 사람들은 나면서부터 그 순박함에서 벗어나 있다. 고유한 재능에서도 벗어나 있다. 분명 그런 것은 없고 이미 망실되었다. 이런 근거에서 볼 때 사람의 성이 악한 것이 분명하다.

---

1) 순자, 성악.

然則從人之性,順人之情,必出於爭奪,合於犯分亂理而歸於暴. 故必將有師法之化・禮義之道,然後出於辭讓,合於文理而歸於治. 用此觀之,然則人之性惡明矣,其善者僞也.[2)]

그러므로 인간의 본성을 따르고, 인간의 감정을 따라 살아간다면, 반드시 다툼과 쟁탈이 일어날 것이다. 남의 지분을 침범하고 도덕질서를 어지럽혀서 인간의 사나운 모습을 보여주게 될 것이다. 그러므로 장차 스승의 법으로 교화해야 할 것이다. 스승의 법인 예의의 법을 따르고 그런 연후에 겸손해질 것이다. 문화의 원리에 맞아야 사회질서가 정연해질 것이다. 이로보건데 인간의 본성이 악한 것은 분명하고, 그 선함은 후천적으로 습득된 것이다.

이런 순자의 주장에 비해 맹자는 인간을 선하게 보았다. 인간이 가지고 있는 선함을 맹자는 다음과 같이 이야기하고 있다.

孟子曰 牛山之木嘗美矣, 以其郊於大國也, 斧斤伐之, 可以爲美乎? 是其日夜之所息, 雨露之所潤, 非無萌蘗之生焉, 牛羊又從而牧之, 是以若彼濯濯也。 人見其濯濯也, 以爲未嘗有材焉, 此豈山之性也哉?[3)]

나무가 우거져 아름다운 것이 우산의 모습이었다. 그러나 사람들이 벌목을 하고, 거기에 소와 양을 방목해 먹이므로 이 산에 나무들이 자랄 수 없게 되었다. 후천적으로 산을 훼손해서 산의 아름다운 모습을 잃어버렸지만, 선천적으로 산의 본 모습은 아름다웠다는 것이다.

사람도 본성은 선한 데, 마음에 있는 본성을 쓰지 않아서 선한 것이 남아있지 않다는 것이 맹자의 주장이었다.

惻隱之心, 人皆有之。 羞惡之心, 人皆有之。 恭敬之心, 人皆有之。 是非之心, 人皆有之。

惻隱之心, 仁也。 羞惡之心, 義也。 恭敬之心, 禮也。 是非之心, 智也。 仁義

2) 순자, 성악.
3) 맹자, 고자장구 상.

禮智, 非由外鑠我也, 我固有之也, 弗思耳矣。故曰 求則得之, 舍則失之。或相倍蓰而無算者, 不能盡其才者也[4]

측은히 여기는 마음은 인이고, 악을 부끄러워하는 마음은 의다. 공경하는 마음은 예이며, 옳고 그름을 가리는 마음은 지혜이다. 인의예지가 밖에서부터 들어와 나를 녹인 것이 아니다. 내가 본래 그것을 지니고 있었으나 생각지 않고 있을 뿐이다. 그러므로 구하면 그것을 얻을 것이요 버리면 그것을 잃을 것이다. 간혹 서로 배가 되고 다섯 배가 되는 그리고 계산할 수 없게 차이가 나는 것은 그가 지니고 있는 것을 다 쓰지 못하고 있기 때문이다.

맹자는 인간의 선한 본성을 하늘과 연결시켜서 이야기하고 있다. 인간이 자신의 선한 본성을 깨달으려면 먼저 자신의 마음이 하늘에 연결되도록 해야 한다는 것이다.

무턱대고 사람의 본성이 다 하늘에 연결되고 있는 것은 아니다. 그가 자신의 마음을 비우거나, 자신의 마음에 있는 것을 다 소모시켰을 때, 그의 본성이 하늘에 연결되어 있는 것을 알게 된다. 이미 그가 하늘을 알았다는 것은 그의 마음이 하늘과 연결되어 있음을 알았다는 것이고 그런 관계를 통해서 인간의 선한 본성도 알게 된다는 것이다.

2.2. 유교의 천

유교의 천은 공자 이전의 시대로부터 볼 수 있다. 공자 이전 시대의 천은 부모와 같은 입장에서 백성들을 돌보는 데 영향을 주는, 그리고 백성들이 당하는 고통을 제거하는 데 영향을 주고 있는 천이었다.

皇矣上帝　臨下有赫　監觀四方　求民之莫[5]

4) 맹자, 고자장구 상.
5) 시경, 황의.

위대한 상제께서 아래로 내려다 보시니 밝음을 어지럽히는 것이 있다. 이에 여러 곳을 살피시고, 혼란을 없애고 백성을 구하셨다. 이렇게 표현된 데서 황의(皇矣) 상제가 곧 하늘을 나타내고 있다. 하늘이 백성들이 당하고 있는 고통을 외면하지 않았다는 것이다. 하늘이 인간보다 뛰어난 능력으로 백성을 돌본다는 것을 다음과 같은 문장에서도 볼 수 있다.

> 倬彼雲漢　昭回于天　王曰於乎　何辜今之人　天降喪亂　饑饉薦臻
> 靡神不擧　靡愛斯牲　圭璧旣卒　寧莫我聽[6)]

뛰어난 저 은하수는 그 빛남이 하늘을 따라 돈다. 이때 왕이 호소하였다. 지금 백성들에게 어떤 죄가 있는지 하늘이 사망과 난리를 내렸습니다. 흉년이 들어 백성들은 굶주림을 당하고 있습니다. 재앙과 흉작을 없애기 위해 제사 지내는 제관은 아직도 일어나지 않고 있습니다. 엎드려 제물을 정성껏 드리고 있습니다. 제사 지내는 규벽은 벌써 힘이 다했으나 우리의 말을 들어주시지 않고 계십니다.

이런 내용에는 하늘이 움직여서 땅에 있는 사람들의 어지러움을 없애주어야 한다는 의미가 들어 있다. 이렇게 하늘은 백성들을 돌볼 수 있는 뛰어난 능력자였다.

공자는 이런 하늘을 그대로 받아들여서 인간에게 영향을 미치는 뛰어난 능력자로 하늘을 인식하고 있다. 그러나 인간에게 영향을 미치고 있는 것 가운데서도 도덕적인 가치로 인간에게 영향을 주고 있다는 사실을 새롭게 인식하고 있다. 다음 대화에서 그런 공자의 새로운 관점을 볼 수 있다.

> 王孫賈問曰: “與其媚於奧, 寧媚於竈, 何謂也?” 子曰: “不然; 獲罪於天, 無所禱也.”[7)]

---

6) 시경, 운한.
7) 논어, 팔일.

왕손가가 공자에게 물었다. “아랫 목에 비는 것보다 차라리 조왕신에게 비는 것이 낳지 않습니까?” 이때 공자가 대답했다. “그렇지 않습니다. 하늘에 죄를 지으면 빌 곳이 없습니다” 이런 공자의 대답에서 전 시대와 다른 새로운 것을 볼 수 있다. 그것은 하늘이 도덕적인 가치를 통해 인간에게 영향을 미치고 있다는 사실에 관한 것이다.

공자는 천과 인간 간의 관계를 도덕적 가치와 관련해서 이야기하고 있다. 이런 사실은 다음 문장을 통해서도 확인해볼 수 있다.

> 子曰, “天生德於予, 桓魋其如予何?”8)

공자가 말했다. “하늘이 나에게 덕을 주었다. 그러니 환퇴가 나를 어쩌리오?” 공자가 위기에 처해있지만, 하늘로부터 도덕적 능력을 받았으므로 환퇴가 나를 어쩌지 못할 것으로 얘기하고 있다. 하늘이 도덕적인 것을 매개로 해서 인간과 통하고 있다는 사실을 여기서 알 수 있다.

공자 이전 시대와 공자의 시대를 비교해 보면 공자 이전 시대에는 하늘이 수준 높은 위치에서 인간에게 일방적인 영향을 미치고 있었다. 이에 비해 공자의 시대 천은 도덕적인 가치로서 인간과 소통하고 있는 것을 볼 수 있다.

공자 이전 시대 천은 비인격적인 천으로서 인간이 맹목적으로 빌어야 하거나, 기대야 할 대상이었다면, 공자의 시대로부터 천은 도덕적으로 인간과 소통하고 있는 하늘로 변모되어 있는 것을 볼 수 있다.

인간과 인격적으로 소통하고 있는 하늘의 성격은 맹자에게 와서 더 뚜렷해진다. 하늘이 인간과 동떨어진 수준이 아니라 같은 수준에서 인간다운 삶에 영향을 미칠 수 있다는 것을 다음과 같은 맹자의 설명에서 볼 수 있다.

---

8) 논어, 술이.

盡其心者，知其性也。知其性，則知天矣[9)]

이 문장에는 인간이 하늘을 안다라는 의미가 담겨 있다. ‘마음을 다하는 자는 성을 알고 성을 아는 자는 하늘을 안다.’ 인간이 하늘을 아는 것은 그냥 아는 것이 아니라, 자기 마음을 다하는 자와 같이 하늘을 알 수 있는 조건이 갖춰져 있을 때 알게 된다는 것이다. 하늘을 알게 된 다음에 자신의 본성을 아는 것과 하늘을 모르는 상태에서 자신의 본성을 아는 것 간에는 차이가 있다. 맹자는 하늘을 알고 난 후에 나타난 자신의 본성이 인간다운 본성이라고 이야기하고 있다.

진기심자(盡其心者)는 곧 마음을 다한다 마음을 비운다라고 해석된다. 진(盡)은 비다 없어지다 그치다라는 의미가 있기 때문이다. 그러므로 자신의 마음을 다 비우거나, 없어지게 하면서, 또는 인간이 가진 잘못된 생명을 그치게 하면서 하늘을 경험할 수 있게 된다는 설명이다.

是故誠者，天之道也；思誠者，人之道也[10)]

그럼으로 참된 것은 하늘의 도라고 할 수 있다. 참된 것을 생각하는 것은 사람의 도다. 하늘의 정체는 참된 것이고, 참된 하늘을 생각하는 것은 사람의 도다. 맹자는 이와 같이 인간다운 것을 하늘과 관련하여 설명하고 있다.

맹자에 의하면 인간의 본성은 하늘과 무관하게 따로 구분되어 있지 않다. 하늘과 연결되어 있을 때 인간이 참된 것과 연결될 수 있으며 자신의 본성도 제대로 알 수 있게 된다고 했다.

유교적 인간관은 인간을 악하게 보거나 선하게 보고 있는 데 잘 나타나 있다. 유교에서 인간이 악하다고 했을 때, 인간을 선하게 가르칠 수 있는 방법이 있다는 것이다. 인간이 선하다고 했을 때는 인간이 가지고 있는 선

9) 맹자, 진심장구 상.
10) 맹자, 이루장구 상.

한 가치가 녹 쓸지 않게 적극적으로 써야 한다는 의미가 있다.

2.3. 충과 유교

유교적 진리에 접할 수 있는 기회는 충에서부터 시작된다. 현실적으로 '충'이라고 하면 국가에 충성을 다하는 애국적인 충과 관련이 있다. 하지만, 경전에 나타나 있는 충은 애국적인 것에만 한정되어 있지 않다. 나 자신이 얼마만큼 진실된 것에 이르러 있느냐와 관련이 있다. 공자는 자신의 가르침이 충서로 되어 있다고 설명하고 있다.

"參乎! 吾道一以貫之." 曾子日, "唯." 子出, 門人問日, "何謂也?" 曾子日, "夫子之道, 忠恕而已矣."11)

삼아! 나의 도는 하나로 그것을 관통했다. 증자가 그렇습니다라고 대답했다. 공자가 나가자, 문인들이 물었다. 무엇이라 하십니까, 증자가 대답했다. 선생님의 도는 충서일 뿐입니다. 여기서 공자가 충서를 중요시했음을 알 수 있다. 중용에서는 충서를 다음과 같이 설명하고 있다.

忠恕違道不遠 施諸己而不願 亦勿施於人12)

충서라면 도에서 벗어남이 멀지 않다. 충서를 충과 서로 나눠서 분석해 보면 충은 자기에게 일어나고 있는 것에 해당되고 있다. 서는 타인과의 관계에서 일어나는 일에 해당된다. 충서 대해 주자는 다음과 같이 주석하고 있다.

盡己之心爲忠，推己及人爲恕。違，去也，

11) 논어, 이인.
12) 중용, 13장.

如春秋傳「齊師違穀七里」之違。言自此至彼，相去不遠，非背而去之之謂也。道，卽其不遠人者是也。施諸己而不願亦勿施於人，忠恕之事也。以己之心度人之心，未嘗不同，則道之不遠於人者可見。故己之所不欲，則勿以施之於人，亦不遠人以爲道之事。張子所謂「以愛己之心愛人則盡仁」是也[13)]

자신의 마음을 비우는 것은 충이요 자기 자신을 미루어서 다른 사람에게 건너가려는 것은 서다. 자기 자신과 관련이 있는 것이 충이요 자기로부터 다른 사람에게 연결되려고 하는 것이 서라는 것을 위 설명에서 볼 수 있다.

진심장구상에서 맹자는 충을 성과 관련해서 설명하고 있다.

孟子曰 '萬物 皆備於我矣 反身而誠 樂莫大焉. 强恕而行 求仁 莫近焉.[14)]

맹자가 이야기했다. 만물은 다 나에게 갖춰져 있다. 나를 돌이켜서 참되게 하면 곧 성이 이루어진다. 나 자신을 돌이키면 성이 이루어진다고 했는데, 여기서 나 자신을 돌이켜서가 곧 충에 해당되는 내용이다. 나 자신을 돌이켜야 충이 되고 그 다음 진리인 성에 이르게 된다.

자신을 돌이켜서 자기 자신을 참 되게 하는 것이 공자가 말하고 있는 충의 구체적인 내용이라고 할 수 있다. "反身而誠"에서 반신이나 盡己之心爲忠에서 진기지심은 다 나를 돌이킨다거나, 내 생각을 다 소모시킨다는 의미가 있다. 따라서 이런 데서 충을 볼 수 있다.

극기복례위인에서도 충과 같은 내용을 볼 수 있다. 극기이면 개인에게 있을 수 있는 그릇된 생명을 극복했다는 의미가 있다. 인은 극기와 같이 충의 결실로 이루어지고 있다.

顔淵 問仁 子曰 克己復禮爲仁 一日克己復禮 天下歸仁焉 爲仁 由己 而由人乎哉 顔淵 曰 請問其目 子曰 非禮勿視 非禮勿聽 非禮勿言 非禮勿動 曰 回雖不敏

13) 중용집주, 13장.
14) 맹자, 진심장구 상.

請事斯語矣[15)]

안연이 인에 대해 물었을 때 공자가 자기를 이기고 예로 돌아가는 것이 인이라고 했다.

충은 자기 자신을 아는 지혜와 하늘을 아는 지혜와 깊은 관련이 있다. 맹자는 인간의 성을 다음과 같이 설명하고 있다.

孟子日 盡其心者 知其性也 知其性則知天矣 存其心 養其性 所以事天也 殀壽不貳 修身以俟之 所以立命也[16)]

마음을 다하는 자는 그 성을 알게 되고, 그 성을 알게 된 즉 곧 하늘을 알게 된다. 여기서 자기 마음을 다한다는 것이 충이며, 충을 통해서 자신의 본성과 하늘을 알게 된다는 것이다.

진기지심위충(盡己之心爲忠)에서 충을 수신(修身)이나 진기심자(盡其心者)과 비교해보면, 이들이 각각 행동으로서는 다른 삶의 양식을 보여주고 있지만 내용으로서는 다 같이 자기를 참되게 해야 한다는 의미가 있다.

수신을 통해서 성에 이르고, 진기심자를 통해서 하늘을 아는 지혜에 이르게 되는 데 이와 같이 충은 유교에서 중요한 구도의 방법이 되고 있다.

2.4. 성과 유교

유교적 진리에 접할 수 있는 방법을 충에서 얻을 수 있지만, 성(誠)을 통해서는 유교적 진리가 대외적으로 나타나는 것을 볼 수 있다. 성에는 인간의 본성에 관한 성(性)만 있는 것이 아니라 진리에 관한 성(誠)이 있다. 중용에서 성은 다음과 같이 설명되어 있다.

15) 논어, 안연.
16) 맹자, 진심장구 상.

誠者物之終始 不誠 無物 是故 君子誠之爲貴
誠者非自成己而已也 所以成物也
成己仁也 成物知也 性之德也 合內外之道也 故時措之宜也[17)]

성은 만물의 시작과 끝이다. 성이 없으면 사물이 없다. 그러므로 군자는 성을 귀히 여긴다. 성은 스스로 자기를 이룰 뿐 아니라, 그것으로 만물을 이룬다.

주자도 성을 설명하고 있다. 성은 스스로 자기를 이룰 뿐 아니라 그것으로 만물을 이룬다고 하는 중용의 위 문구에 대해 주자는 다음과 같이 설명하고 있다.

誠雖所以成己 然旣有以自成 則自然及物 而道亦行於彼矣[18)]

성은 자기를 이루는 것이다. 스스로 이룸이 있으면 곧 자아가 자연과 사물에 영향을 미칠 수 있다. 이런 도로서 다른 사람에게도 또한 도움을 줄 수 있다.

중용의 문구는 자기를 이루고 나서 인을 실행하는 것과 사물을 아는 지혜를 성으로 설명하고 있다. 이것은 다음과 같이 설명되어 있다. 成己仁也 成物知也 性之德也 合內外之道也 故時措之宜也 곧 자기를 이루는 것은 인이라고 설명하고 있다. 또한 만물을 아는 것은 지라고 설명하고 있다. 자기를 이루는 것과 만물을 아는 것이 성의 덕이라고 한다. 자기를 이루는 것과 사물을 아는 것을 도라고 한다. 그러므로 성을 이야기할 때는 수시로 인과 지를 섞어서 이야기하는 것이 마땅하다고 한다.

성은 인과 지가 갖춰져 있는 진리이다. 다른 사람을 나와 같이 사랑하는 것, 자아가 사물에 올바로 영향을 미치도록 하는 것이 곧 성이다. 자아가 대인 관계에 올바른 영향을 미칠 때 인이 실현되었다고 할 수 있고, 자아가

17) 중용, 이십오
18) 중용집주, 이십오.

외부적인 사물에 올바로 영향을 미쳤을 때 지가 실현되었다고 할 수 있다. 이렇게 성은 인과 지가 올바로 발휘되고 있을 때이며, 이것을 한꺼번에 나타내고 있다.

3. 현대시와 유교

순자는 인간이 악하다고 했다. 오늘날도 인간이 선하다는 관점이 있고, 악하다는 관점이 있다. 현대시를 통해서 순자의 악한 인간관이 어떤 것인지 이해해볼 수 있다.

> 자, 이거 떠러미요 떠러미/ 가게 앉은 중년 늙은이 하나/ 죄를 내다 팔고 있다/ 형형색색의 죄가 행인들의 시선을 끈다/ 상품에 따라 가격이 천차만별이다/ 고가의 상품은 주로 대기업 총수들이 단골손님/ 그들은 주로 환치기나 비자금을 몰래 빼돌려/ 스위스로 보낸다/ 고가 상품의 특종은 권력형 비리로/ 권좌에서 끌어 모은 돈을 해외 비밀계좌에 숨긴다/ 눈먼 자에게 유독 눈독이 가는 상품은/ 유령회사를 차려 대리점 모집한 돈을 챙겨/ 해외로 줄행랑을 놓는 것/ 기업가에 군침 도는 상품엔 담합이란 게 있지/ 끼리끼리 입을 맞춘 가격 담합은/ 단숨에 몇 백억을 꿀꺽 삼키는 재미로 인기 상품/ 견물생심이라 회삿돈 슬그머니 횡령하고 들통나/ 쇠고랑 차는 일은 식은 죽 먹기다/ 예까지는 고가 상품의 매출 실적이지만/ 손에 피 묻히는 일은 없다// 보험금 노린 존속살해용 상품은/ 한 해 몇 개씩은 꼭 팔려 나가는데/ 개당 십억 대를 호가한다/ 서울 여 경찰서장 주장으로 공창 폐지된 이후/ 우후죽순으로 늘어난 성범죄는/ 요즘 불티나게 팔리며 재미 또한 솔솔하다/ 성폭력범은 증거인멸을 위해 범행 후/ 살해가 단골메뉴다/ 학교 폭력 따윈 시도 때도 없이 팔려나가지만/ 별로 돈이 되지 않는다/ 손에 피 묻히는 상품은 팔려가간 뒤에도/ 자꾸 죄스러운 생각이 들어 불면으로 밤을/ 지새울 때가 많다// 죄를 마구 사 쓰고도 죄의식이 없는 소비자들/ 자본주의는 지금 황천항해 중이다
>
> —이해웅 시 「죄를 팝니다」[19)]

이 시에는 인간이 지니고 있는 악한 본성이 낱낱이 잘 드러나 있다. 사람들을 가르치지 않는다면 이런 죄에 물들게 될 것이다. 다만, 좋은 스승들이 나와 가르친다면, 악한 본성을 가진 사람들이 인의예지를 갖추게 될 것이다.

유교의 인간관 가운데 인간은 악한 본성을 지녔다는 인간관이 있고 선한 본성을 지녔다는 인간관이 있다. 유교의 선한 인간관은 인간에게 영향을 미치고 있는 하늘과 관련이 있다. 하늘이 선하므로 하늘과 연관되어 있는 인간의 본성은 선하게 나타나 있다. 인간의 선한 본성을 쓰기만 하면 인간의 선한 본성이 녹슬지 않는다. 그러나 선한 본성을 쓰지 않고 방치하고 있다면, 악한 본성이 그 자리를 차지하게 될 것이다.

> 행복하다고 말하는 동안은/ 나도 정말 행복해서/ 마음에 맑은 샘이 흐르고// 고맙다고 말하는 동안은/ 고마운 마음 새로이 솟아올라/ 내 마음도 더욱 순해지고// 아름답다고 말하는 동안은/ 나도 잠시 아름다운 사람이 되어/ 마음 한 자락이 환해지고// 좋은 말이 나를 키우는 걸/ 나는 말하면서/ 다시 알지
>
> —이해인 시 「나를 키우는 말」[20]

이 시에서 인간의 선한 본성을 볼 수 있다. 내가 행복해지고 있다는 것은 내 마음이 더 순해진다는 것을 깨닫고 있기 때문이다. 말하고 있는 동안 그런 나를 더 알 것 같다고 한다. 자신이 선한 마음을 가지고 있는 줄도 모르고 지낼 수 있지만, 말이 자신에게 그런 본성을 알려주고 있으므로 선한 본성을 그대로 지닐 수 있다.

그것을 모르고 안 쓰면 그런 선한 본성을 발휘하기 어렵겠지만, 그것을 알고 쓰면 선한 본성이 그대로 유지될 수 있다는 것을 맹자의 설명에서 볼 수 있었다.

사람은 자신이 가진 선한 본성을 모르고 지나치기 쉽지만 그렇지 않고

---

19) 이해웅, 『달춤』, 도서출판지혜, 2014, pp.31~32.
20) 이해인, 『서로 사랑하면 언제라도 봄』, 초판3쇄, 열림원, 2015, p.28.

깨닫고 알아서 선한 본성에 머물러 있을 수 있다. 위 시에서 나는 '마음에서 맑은 샘이 흐르고 있어 더 순해지고 있다. 그래서 마음 한 자락이 더 환해지고 있다.'고 하는 것처럼 인간의 선한 본성이 잘 드러나고 있다.

인간의 악한 본성을 그대로 방치하지 않기 위해서는 좋은 스승들이 끊임없이 나와 사람들을 가르쳐야 할 것이다. 그러나 근본적으로 선한 본성이 유지되려면 인간의 선한 본성을 깨달아야 한다. 자신의 선한 본성을 깨닫기 위해 자신의 마음을 비우는 시간이 필요하고 하늘과 접해보는 경험이 필요하다.

유교의 하늘은 공자 이전 시대의 하늘과 공자의 하늘 맹자의 하늘 간에 차이가 있다. 공자 이전 시대의 하늘은 하늘이 인간과 도덕적 가치로 대화하는 것이 아니라, 인간의 도덕적 가치보다 월등한 차원에서 백성들에게 영향을 주고 있는 것이었다.

공자 이전 시대 하늘은 위에서 아래 세상을 내려 보다가 옳지 못한 일이 있으면 내려와서 사방을 살피고 혼란을 막아 그 백성들을 구할 수 있는 그런 하늘이었다. 백성들이 가지고 있는 도덕으로 백성들을 구하는 것이 아니라, 백성들이 가지고 있지 않는 월등한 능력으로 백성들을 돌볼 수 있었다. 다음 시를 통해서 그런 하늘이 어떤 하늘인지 이해할 수 있다.

> 세상이 푸석거렸다 대지는 마른기침을 해대며 먼지를 토했다 땅의 뿌리는 목이 말라가고 있었다 어디선간 재봉틀 소리 들렸다 두두두, 누가 대지를 두드리나? 경쾌한 피아노 소리, 나무들이 귀를 세운다 바퀴 돌아가는 소리 요란하다 하늘의 박음질이 시작되었다 재봉틀이 돌아간다 하늘에서 꽂히는 긴 바늘이 대지를 꿰매기 시작한다 나풀거리던 나무들이 순식간에 박음질되고, 흔들거리던 바위도 단단히 고정되었다 온 세상이 거대한 박음질이다 자투리 바늘은 개울을 따라 흘러가고 박음질이 끝난 대지에 십자수 뜬다 경지 정리된 화폭에 초록의 그림이 살아나고, 들판을 들고 일어서는 정체불명의 생명체 초록의 붓질이 시작되고, 빨강 노랑 파랑의 주머니를 터트리는 뱀 초록의 혓바닥 날름대며 땅을 핥는다 누구인가, 이렇게 큰 화폭을 한 번에 그려낼 수 있는 자는
>
> —정연홍 시 「세상을 박음질하다」[21)]

이 시를 보면 일방적으로 하늘에 의해 땅의 일이 움직이고 있다. 마치 재봉틀이라는 하늘이 돌아가면서 땅에 있는 모든 것들을 만들어내고 있는 것과 같다. 하늘은 나무들을 순식간에 고정시키고 바위도 단단하게 고정시킨다. 온 세상이 거대한 박음질과 같은 하늘에 의해 좌우되고 있다. 재봉틀의 작용에 의해 개울물도 생겨나고 있다.

하늘만이 가지고 있는 능력에 의해 모든 일이 이루어지고 있다면, 인간과 소통하면서 땅을 움직이고 있는 것이 아니라, 인간보다 월등한 위치에서 땅을 움직이고 있다는 말이 된다. 이런 것을 공자 이전 시대의 하늘에서 볼 수 있다.

이에 비해 공자의 시대 하늘은 도덕적인 가치를 띠고 있다. 이전 시대 하늘이 인간적 능력과 무관하게 움직이고 있었다면, 공자의 시대 하늘은 인간과 동업자적인 자세를 보여주고 있다. 공자는 하늘로부터 인간과 다른 차원의 능력을 받았다고 하지 않고, 인간적 수준이라고 할 수 있는 도덕적 능력을 받았다고 했다.

> 오늘은 아무 생각 않고/ 하늘만 보며 행복하다/ 넓고 높아 좋은 하늘/ 내가 하고 싶은 모든 말들/ 다 거기에 있다/ 보고 싶은 사람들도/ 말없이 웃으며 손을 흔든다/ 한없이 푸른/ 나의 하늘 나의 거울/ 너무 투명해서/ 오늘도 눈물이 난다.
>
> —이해인 시 「하늘을 보며」[22]

시적 표현에도 인간적 수준보다 월등한 하늘이 있고 인간적인 수준에서 인간과 주고 받을 수 있는 하늘이 있다. 이 시에 나타난 하늘은 인간과 동업자적인 관계를 나타내고 있다. 하늘 속에 내가 하고 싶은 말이 있다. 보고 싶은 사람도 거기 하늘에 있다. 도덕적인 것은 인간적 삶의 표본이고 할 수 있다. 도덕적 능력이 하늘로부터 인간에게 왔던 것처럼, 하고 싶은 말이

21) 정연홍, 『세상을 박음질하다』, 1판2쇄, 푸른사상, 2014, p.39.
22) 이해인, 『서로 사랑하면 언제라도 봄』, 초판3쇄, 열림원, 2015, p.51.

나, 보고 싶은 사람을 하늘로부터 받아들이고 있다.

공자의 시대 하늘은 이와 같이 인간보다 월등한 차원이 아니라, 인간적 차원에서 인간에게 영향을 주고 있었던 하늘이었다.

맹자의 하늘은 공자보다 더 가까운 수준에서 인간에게 영향을 주고 있다. 맹자의 하늘은 도덕적인 것과 가깝기보다는 인간의 본질적 가치와 더 가깝다. 맹자에 의하면 인간이 자신의 본성을 깨달으면서 동시에 거기서 하늘의 정체도 깨달을 수 있다고 했다. 인간이 자신의 본성을 알게 되면 곧 하늘도 알게 된다는 것이다. 이것은 하늘을 알게 되었음으로 거기서부터 자신의 본성도 알게 되었다는 것이다. 이렇게 자신의 본성을 하늘을 통해 깨닫고 있는 것을 맹자의 하늘에서 볼 수 있다. 이런 맹자의 하늘을 다음과 같은 시와 비교해볼 수 있다.

> 다 떠났는데도 누군가가 앉아 있다// 누군가의 따스한 엉덩이가 앉아 있다// 겨울인데도 깨진 유리창 틈으로 햇빛이// 잘못을 저지른 아이처럼 들어온다// 걸상 때문에 교실은 교실이 된다// 걸상 때문에 교실은 넘어지지 않는다
>
> –이기철 시 「걸상」[23)]

맹자의 하늘은 인간을 차지할 수 있으며, 하늘이 인간을 차지했기 때문에 인간 스스로는 자신의 본성을 선하게 깨닫게 된다는 것이다. 이런 하늘과 인간 간의 관계를 이 시를 통해서 이해해볼 수 있다.

이 시의 내용을 보면 걸상 때문에 교실이 넘어지지 않는다고 한다. 걸상에는 학생들이 앉아 있다. 학생들이 돌아간 다음에는 걸상에 햇빛이 앉아 있다. 학생들이 돌아간 다음에 앉아 있는 햇빛은 맹자가 쓴 盡其心者 知其性也 知其性則知天矣 라는 문장과 비교해볼 수 있다. 그래서 학생들이 돌아간 다음에 걸상에 햇빛이 앉아 있는 것과 사람들이 마음을 비운 다음에 하늘이 자신의 마음을 차지하게 되는 것과 비교되는 것이 있다.

---

23) 이기철, 『꽃들의 화장 시간』, 초판2쇄, 서정시학, 2014, p.34.

학생들이 돌아갔으므로 걸상에는 학생들이 앉아 있지 않고 대신 햇빛이 앉아 있게 됐을 것이다. 진기심자(盡其心者) 즉 그 마음을 비운 자는 학생들이 돌아간 빈 의자에 햇빛이 앉아 있는 것처럼 햇빛이 그 자리를 차지하게 된다. 그럼으로 나를 비우면 하늘이 내 마음으로 들어와 있어 하늘이 나와 호흡하게 되어 선한 나의 본성도 알게 된다. 학생들이 돌아간 다음 빈 교실에서 햇빛이 빈 자리를 차지하고 있는 것처럼, 마음을 비우고 나서 빈 마음에 하늘이 대신 차지하게 되는 것 간에 비교되는 것이 있다.

걸상은 학생들이 앉아 있는 자리이거나, 학생들이 돌아간 다음에는 햇빛이 앉아 있는 자리이다. 인간의 마음도 개인적인 의식이 앉아 있는 자리이거나, 개인적인 의식을 비우고 나서 들어와 있는 하늘이 앉아 있는 자리이다. 인간이 자신의 선한 본성을 알려면 자신을 비워야 하고 거기서 하늘과 연계되어 있는 자신의 본성을 발견해야 한다.

맹자의 하늘은 인간과 더 가깝게 소통할 수 있는 하늘이었다. 인간이 그 마음을 다 하고 그의 마음을 비우고 나면, 그를 위해서 그에게 인격적으로 찾아오고 있는 하늘이었다.

유교적 가치 가운데 충과 성에는 중요한 내용이 담겨 있다. 충이란 진리에 도달하는 방법이고, 성이란 진리 값이 어떤 것인지를 나타내주고 있기 때문이다.

자아를 반성하거나, 자아를 비워두려는 것이 곧 충이다. 충이 이루어지면 자아를 반성하거나 자아를 비워냈기 때문에 거기서부터 서(恕)와 성과 예와 같은 유교적 진리가 다양하게 나타나고 있다. 자아를 극복했기 때문에 즉 자아를 비우거나 내가 사라졌기 때문에 새로운 진리에 도달하게 되었다는 의미를 다음과 같은 시에서 볼 수 있다.

> 여행을 가면/ 가는 곳마다 거기서/ 나는 사라졌느니,/ 얼마나 많은 나는/ 여행지에서 사라졌느냐./ 거기/ 풍경의 마약/ 다른 하늘의 마약,/ 그 낯선 시간과

> 공간/ 그 모든 처음의 마약에 취해/ 나는 사라졌느냐./ 얼마나 많은 나는/ 그 첫사랑 속으로/ 사라졌느냐. —정현종 시 「여행의 마약」[24)]

진기심자(盡其心者)가 충이다. 반신(反身)에도 진기심자와 같은 충의 의미가 있다. 마음을 비우거나, 자신의 모습이 사라지는 데서 충을 볼 수 있다. 이 시를 보면 내가 사라진 후 새로운 세계를 만날 수 있었다고 하는 내용이 있다.

여기서 나를 비웠으므로 남을 나와 같이 생각하는 서가 이루어지거나 지와 인이 갖춰진 성이 이루어질 수 있는 것을 같이 생각해볼 수 있다.

얼마나 많은 나는/ 그 첫사랑 속으로/ 사라졌느냐. 그리고 여행을 통해 내가 또 다른 세계에 이르러 있지 않느냐, 내가 다른 세계를 만나면서 종전 세계에 물들어 있었던 내가 사라졌지 않느냐라는 것이다. 새로운 세계를 만나면서 종전의 내가 없어지고 있는 것을 이 시에서 확인해 볼 수 있다. 내 마음을 돌이키면서, 내 마음을 비우면서 새로운 세계로 나가는 것과 같이 새로운 세계를 만나면서 종전의 내가 사라질 수 있다.

유교에서 말하는 진리는 인과 지혜가 합해져 있는 값이다. 인과 지혜가 합해져 있는 것이 곧 성이다. 다른 사람을 내 몸과 같이 사랑하면 곧 인(仁)이 이루어진 것이다. 사물에 대한 올바른 이해에 도달해 있으면 지가 이루어진 것이다. 인간을 이롭게 할 수 있는 지혜가 있고, 다른 사람을 존중할 수 있는 인이 있을 때 그것이 곧 성(誠)이다. 인과 지가 각각 나타나 있는 시를 통해서 인과 지가 합해져 있는 성의 성격이 어떤 것인지 확인해 볼 수 있다.

> 새가 참 부러웠다/ 새가 되고 싶었다/ 누군가 나에게 소원을 물어 왔을 때/ 한 달포만 새처럼, 날아 보는 게 원이라고/ 말도 안 되는 헛소리를 찌익- 뱉은 적이 있었는데/ 말이 씨가 되었던가/ 지금 내가 칠월의 하늘을 훨훨 날고 있

24) 정현종, 『그림자에 불타다』, 문학과 지성사, 2015, p.30.

> 다// 속으로, 몇 번이나 빰을 후려갈겼던 어떤 미움 하나!/ 도저히, 용서할 수 없었던 미움을 용서하는 그 순간/ 나는/ 새가 되어 훨훨 날아오르고 있었다
>
> —박숙이 시 「새」[25)]

맹자는 인을 다음과 같이 이야기했다. 强恕而行 求仁 즉 인이란 용서라는 의미보다 더 내 몸과 같이 다른 사람을 사랑한다는 뜻이 있다. 그래서 다른 사람을 나처럼 여기는 서를 통해 인이 이루어진다는 것이다. 다른 사람을 내 몸처럼 생각하고 행동하는 것이 곧 인이다.

위 시의 내용에는 다른 사람을 나와 같이 생각해서 그 사람을 용서했다는 내용이 있다. 이런 데서 인(仁)을 볼 수 있다. 인이 이루어졌으므로 갈등이 없어지고 다른 사람에게 좋은 영향을 미칠 수 있다.

유교적 진리 가운데 성은 인과 지가 합해져 있는 말이고 이 가운데 인은 위 시에서 살펴본 내용과 같다. 지에 관한 것은 아래 시를 통해서 확인해볼 수 있다.

> 아버지 생전에 심었던/ 육쪽마늘이 아직 건재하다// 혈통을 잇기 위해 습기를 제거하고/ 바람이 잘 통하는 처마를 골라/ 튼튼하게 못질을 하고/ 보기 좋게 엮어 걸었던 마늘 종자들// 숱한 고통들은 어디에 엮어 거셨나/ 아직도 찾지 못한 아버지의 고통 한 접// 어머니는 씨알이 작다고/ 종자개량을 해야겠다고/ 내년 봄엔 꼭 송아리를 따겠다고/ 송아리 심어 통마늘/ 통마늘 심어 육쪽을 내야겠다고/ 벌써 삼대를 내다보시며/ 꾹꾹 쪽마늘을 놓으신다// 어머니 말씀이 뿌리내리려는지/ 등줄기에 식은땀이 흘러내린다
>
> —이경호 시 「마늘 심기」[26)]

지혜는 육쪽 마늘과 같은 우량 종자를 어떻게 간수할 수 있는지 아는 것과 관련이 있는 것이다. 또는 현재의 마늘 종자를 더 우수하게 개량할 수 있는 방법을 아는 것과 관련이 있다. 이것은 꼭 작물에만 한정되고 있는 것

25) 서설시동인, 『서설』 17집, 도서출판 그루, 2006, p.47.
26) 이경호, 『비탈』초판2쇄, 도서출판 애지, 2014, pp.38~39.

은 아니다. 무엇에든지 적용될 수 있다. 생활용품을 수리하고 유지할 수 있는 방법이며, 인간에게 유익할 뿐 아니라 자연환경에도 유익한 좋은 물품을 개발하려고 하는 것들이 모두 지혜와 관련이 있을 것이다.

그런 인과 지혜가 함께 갖추어져 있는 것이 성이며, 이런 것이 유교적 진리를 나타내주고 있다.

4. 맺음말

유교가 가지고 있는 전통적인 가치를 유교의 인간관, 유교의 하늘을 통해서 살펴보았다. 그리고 유교적 진리와 밀접한 관련이 있는 충과 성을 살펴보았다.

유교의 인간관으로 순자의 성악설이나 맹자의 성선설은 쉽게 접할 수 있는 내용이다. 순자는 인간을 악하게 보고 있었다. 다만, 인간의 본성은 악하지만, 그보다 앞서 있는 스승의 가르침을 받는다면 선한 사람처럼 인의예지를 갖출 수 있을 것이라고 했다.

이에 비해 맹자는 인간을 선하게 보았다. 그러나 맹자는 인간이 무조건 선하다는 것은 아니었다. 인간이 하늘과 접할 때, 하늘과 연계되어 있는 자신의 본성을 깨달았을 때 자신이 선하다는 것을 깨달을 수 있다는 것이었다.

인간은 자신의 본성을 알기 위해 먼저 자신의 마음을 비워야 한다. 그리고 하늘과 접해야 한다. 그러면 자신의 본성이 무엇인줄을 알게 된다. 인간은 하늘과의 관계를 통해서 자신의 본성이 선한 줄을 깨닫게 되고, 그 선한 본성을 써야 선한 본성이 유지될 수 있다. 이런 사실을 맹자의 인간관에서 볼 수 있었다.

유교의 하늘은 공자보다 앞선 시대의 하늘과 공자의 하늘, 맹자의 하늘

간에 다른 차이가 있었다.

공자 이전 시대 하늘은 인간적 차원과 다른 월등한 능력이 있었다. 감히 하늘을 흉내 내거나, 하늘의 영역에 인간이 끼일 수 없는 그런 하늘이었다. 월등한 하늘이 인간과 관계하는 양상을 보면 하늘이 일방적으로 인간 사회에 가뭄과 흉작을 줄 수 있고 이런 피해를 줄일 수도 있었다.

공자의 하늘을 보면 인간적 영역이나 하늘의 영역이 서로 겹치는 부분이 있다. 덕은 인간 사회에서 통하고 있는 가치다. 그런데 하늘 안에도 그런 가치가 있다. 공자는 하늘로부터 그런 덕을 받았다고 한다. 여기서 인간의 영역이나 하늘의 영역이 서로 협조적인 관계가 있는 것을 볼 수 있다.

맹자의 하늘은 공자의 하늘보다 더 인간적 면모를 갖추고 있다. 맹자의 하늘에서 하늘은 인간과 동떨어져 있는 것이 아니라 인간의 영역이 곧 하늘의 영역이 되고 하늘의 영역이 인간의 영역이 되고 있는 것을 볼 수 있다.

그러나 인간이 하늘의 영역과 접할 수 있는 것은 그냥 되는 것이 아니라 인간이 자신의 본성을 깨달으면서 가능하게 되어 있다. 자신의 본성을 아는 것도 그냥 되는 것이 아니라, 하늘의 영역이 나에게 진리로 자리 잡을 만큼 나의 마음을 비워야 된다. 이 때 그는 자신의 본성이 선한 줄을 알게 될 뿐 아니라 하늘의 정체도 알게 된다. 이처럼 하늘이 인간의 영역 안에서 발견되고 있는 것을 맹자의 하늘에서 볼 수 있다.

충에는 유교적 진리에 이를 수 있는 방법이 들어있었다. 중용은 충과 서를 같이 이야기하고 있다. 주자는 충서 가운데 충을 마음을 다하는 것, 마음을 비우는 것으로 설명하였다.

마음을 다하거나 마음을 비우면 충이 되는 데, 유교의 경전에서 이런 내용을 여러 가지로 설명하고 있다. 반신이나 수신으로도 설명되고 있는 것을 볼 수 있다. 반신은 자신을 반성하는 것이고 수신은 자신의 마음을 깨끗하게 한다는 것이다. 이외에도 극기와 같이 자기 자신을 극복하는 데서 충의 내용을 볼 수 있다.

충이 유교적 진리의 기초가 된다는 것은 유교의 중요한 진리가 대부분 충에서부터 시작되고 있기 때문이다. 반신 이후에 성에 이른다든지, 수신 이후에 내 삶의 바른 길에 이른다는 데서 그런 것을 볼 수 있다. 또는 마음을 다하거나 마음을 비우면서 자신의 본성을 알고 하늘을 알게 된다는 데에서도 볼 수 있다. 충에서부터 인이 나오고 자신을 극복하면서 예에 이르고 있다.

충이 유교적 진리의 기초가 되고 있었음에 비해, 성(誠)은 유교적 진리가 발휘되고 있는 것을 나타내고 있다.

성(誠)은 성에서 성이 나타나고 있는 것이 아니라 충에서 성이 나온다. 맹자는 개인이 자신을 반성하고 나서 성에 이른다고 설명하고 있다. 자신을 반성하는 것이 충으로서 진리에 이르기 위한 조건이라면 성은 진리 값에 도달한 결실과 같은 것이다. 성이 발휘되는 것을 보면, 성에 인과 지가 담겨 있다.

유교적인 진리를 현대시와 함께 살펴보았다. 이 진리가 과거의 유물이 아니라, 현대 사회와 호흡하고 있는 가치라는 것을 현대시 속에서 발견할 수 있도록 하였다. 유교의 인간관과 같이 현대에 발표되고 있는 시에서도 인간을 악하게 보거나, 선하게 볼 수 있는 내용들이 각각 있었다.

다음 유교의 하늘을 시와 관련하여 살펴보았다. 공자 이전 시대의 하늘과 공자의 하늘, 맹자의 하늘이 어떤 하늘이었는지, 현대시를 통해 알 수 있도록 하였다.

나를 안다거나, 나를 반성한다거나, 내 마음을 닦는다거나, 내 마음을 비우는 것, 그리고 나 자신을 극복하는 것들이 모두 충과 같은 내용인데 나의 한계 밖에 있는 가치에 도달하게 하는 발판이었다. 내가 사라지는 것은 내가 없어지는 것이 아니라 내 마음을 비우는 것과 같다. 내가 사라졌으므로 나는 새로운 세계에 도달할 수 있다. 이런 의미를 띠고 있는 내용을 정현종 시 「여행의 마약」을 통해서 살펴보았다.

유교적 진리를 보여주고 있는 성은 박숙이 시 「새」와 이경호 시 「마늘 심기」와 관련하여 살펴보았다. 남을 나처럼 사랑할 수 있는 인에 이르렀거나, 사물을 올바로 이해할 수 있는 지혜에 이르러 있을 때 성이 나타났다고 할 수 있다.

다른 사람을 내 몸처럼 사랑해서 또는 내가 다른 사람의 입장에 서서 용서하려는 것을 박숙이 시 「새」의 내용에서 볼 수 있었다. 앞 대와 현대 그리고 그 다음 대를 위해 올바른 지혜를 쓰려는 것을 이경호 시 「마늘 심기」에서 볼 수 있었다. 이런 인과 지가 모두 갖춰져 있으면 성(誠)이라고 한다.

현대 사회는 새로운 문명에 정착하지 못하고 방황하고 있는 모습을 보여주고 있다. 근대를 겪으면서 과거에 눌려 있었던 감각적인 자유를 다양하게 나타내고 있다. 물질적인 것을 통해 모든 문제를 해결하려는 성급한 모습도 보여주고 있다. 그러나 이런 가치에 의해 새로운 문명이 정착될 것으로 보지 않는다.

과거를 움직였던 가치가 또 다른 모습으로 현대 사회에도 영향을 미칠 것으로 본다. 유교에 담겨 있는 진리는 과거를 움직였던 전통적 가치이지만 새로운 문명에 적응하려고 하는 현대인들에게도 많은 도움이 될 것으로 본다.

참고문헌

『순자』

『맹자』

『시경』

『논어』

『중용』

『중용집주』

강봉수, 「원시유교(孔·孟·荀)의 덕성함양론 연구」, 『백록논총』 1호, 제주대학교 사범대학, 2001.

琴章泰, 「韓國 儒教文化 特徵」, 『동아시아 문화연구』 2호, 漢陽大學校 韓國學研究所, 1995.

금장태, 「유교의 종교성과 유교-천주교의 교류」, 『종교와 문화』 9호, 서울대학교 종교문제연구소, 2003.

金永河, 「儒教思想과 韓國의 官僚文化」, 『사회과학논총』 4호, 강남대학교 사회과학연구소, 1997.

박민아·송정기, 「동아시아의 유교적 가치에 관한 실증적 연구」, 『社會科學研究』 26호, 전북대학교 사회과학연구소, 2000.

박승현, 「孟子의 性善論에 대한 고찰」, 『철학탐구』 10호, 중앙대학교부설 중앙철학연구소, 1993.

박승현, 「孟子의 性善論과 道德的 惡의 문제 (孟子的性善論與道德的惡的問題)」, 『철학탐구』 26호, 중앙대학교부설 중앙철학연구소, 2009.

배병삼, 「유교의 지성(1) - 子貢論」, 『東洋古典研究』 9호, 동양고전학회, 1997.

서경요, 「현대 한국유교의 학문적 조명」, 『종교와 문화』 3호, 서울대학교 종교문제연구소, 1997.

서설시동인, 『서설』 17집, 도서출판 그루, 2006.

宋寅昌, 「孔子의 天命思想에 대한 檢討」, 『論文集』 19호, 大田大學校, 1987.

양재열, 「孔子의 一貫之道로서의 恕에 관한 考察」, 『安東大學 論文集』 10호, 安東大學, 1988.

梁在悅, 「儒教思想의 21世紀的 課題」, 『哲學論叢』 15호, 새한철학회, 1998.

劉勝鍾, 「孔子의 天觀에 관한 研究」, 『哲學思想』 9호, 동국대학교 철학회, 1987.

劉勝鐘, 「孔·孟의 天人關係論」, 『인간과 문화 연구』 3호, 동의대학교 인문과학연구소,

1998.
이강대, 「荀子의 人性論에서의 惡의 문제」, 『論文集』 11호, 慶山大學校, 1993.
이경호, 『비탈』초판2쇄, 도서출판 애지, 2014.
이기철, 『꽃들의 화장 시간』 초판2쇄, 서정시학, 2014.
이해웅, 『달춤』, 도서출판지혜, 2014.
이해인, 『서로 사랑하면 언제라도 봄』, 초판3쇄, 열림원, 2015.
全聖祐, 「막스 베버의 유교론」, 『南冥學硏究』 16호, 慶尙大學校 南冥學硏究所, 2003.
정연홍, 『세상을 박음질하다』, 1판2쇄, 푸른사상, 2014.
鄭眞一, 「儒敎의 性格」, 『인문과학연구』 13호, 조선대학교 인문과학연구소, 1991.
鄭鍾復, 「孔子의 天命思想 硏究」, 『교육과학연구』 4호, 청주대학교 교육문제연구소, 1990.
정현종, 『그림자에 불타다』, 문학과 지성사, 2015.
최문형, 「孔子의 天命論과 鬼神觀」, 『東洋哲學硏究』 18호, 東洋哲學硏究會, 1998.
崔英辰, 「韓國社會 儒敎談論 分析」, 『儒敎文化硏究』 1호, 성균관대학교 동아시아학술원, 2000.
崔鍾成, 「조선전기 儒敎文化와 民俗文化의 병존」, 『儒敎文化硏究』 2호, 성균관대학교 동아시아학술원, 2001.
韓榮春, 「儒敎的 社會科學의 硏究方法」, 『中國』 21호, 단국대학교부설 중국연구소, 1995.
한영춘, 「儒敎的 社會科學의 本質」, 『檀國行政論叢』 3호, 단국대학교 행정대학원, 1995.
홍순창, 「신라 유교사상의 재조명」, 『신라문화제학술발표논문집』, 新羅文化宣揚會, 1991.

백석 시의 '노나리군'에 대하여

이동석 *

1. 서론

백석은 평북 정주 출신의 시인으로서 평안 방언을 즐겨 사용한 대표적인 향토 시인이다. 그의 시에는 어릴 적 고향에서 겪은 다양한 삶의 추억들이 담겨 있으며, 이 추억들을 고향의 언어로 구수하게 엮어 냄으로써 읽는 이의 시심을 자극한다.

백석의 시는 한편으로는 시어 면에서 우리에게 당혹감을 안겨 줄 때가 많다. 평안 방언이 익숙하지 않은 독자에게 그의 시어들은 이해하기 어려운 난해한 암호처럼 다가온다. 다행히 그동안 백석의 시어에 대한 연구가 다각도로 이루어져 그의 시를 어느 정도 편하게 읽을 수 있게 되었다.

그럼에도 불구하고 아직도 명확하게 의미가 파악되지 않았다고 생각되는 시어들이 있으며, 이에 대해서는 정밀한 연구가 필요한 실정이다. 물론 개

* 한국교원대학교 국어교육과

중에는 대략적인 의미 파악이 이루어져 의미를 더욱 정밀하게 밝혀 내더라도 시의 내용을 이해하는 데 큰 변화가 없을 것으로 생각되는 것들도 있다.

그러나 단순한 감상을 넘어서 시인이 의도한 바를 정확하게 파악한다는, 보다 학술적인 차원에서 접근한다면, 백석이 사용한 시어들의 의미를 하나하나 정밀하게 파헤쳐 나가는 작업은 여전히 우리에게 주어진 중요한 과제라고 생각한다.

이러한 의미에서 본고는 백석의 시어 중 '노나리군'에 대해서 살펴보고자 한다. 이 시어의 의미에 대해서는 약간의 차이는 있으나 그동안의 시어 해석에서 대부분 의견 일치를 보이고 있으며 그 정도의 해석이라면 시의 전체적인 내용을 이해하는 데 큰 문제가 없어 보인다.

그러나 백석 시의 정밀한 의미 분석을 위해서라면 대략적으로 문맥이 통하는 데 만족하지 않고 시어 하나하나에 대한 구체적인 의미 분석을 통해 백석이 그러한 시어를 사용한 의도를 파악할 수 있어야 한다. 시어의 정확한 의미를 파악하는 것은 시 연구의 기본이며, 이를 통해 우리는 백석의 시를 더욱 잘 이해하게 될 것이다.

2. '노나리'와 '노라리/놀아리'의 의미 분석

'노나리군'은 백석의 시 '古夜'에 단 한 번 출현하는 시어이다. '古夜'는 1936년 『조광』 2권 1호에 발표된 시로서 시의 제목을 통해서 드러나듯이 어렸을 적 고향에서 경험한, 밤에 얽힌 추억들을 고향의 언어를 동원하여 여과 없이 보여 주고 있다. 이 중 '노나리군'은 이 시의 1연에 나온다.

(1) 아배는타관가서오지않고 山비탈외따른집에 엄매와나와단둘이서 누가죽

이는듯이 무서운밤 집뒤로는 어느山골짝이에서 소를잡어먹는노나리군들이 도적놈들같이 쿵쿵거리며다닌다

—古夜 <『조광』 2권 1호, 1936>

'노나리군'에 대해서는 그동안 많은 해석이 이루어졌다. 서로 비슷하면서도 구체적인 부분에서는 조금씩 다른 해석이 내려졌는데, 지금까지의 해석을 정리해 보면 다음과 같이 세 가지 유형으로 나눌 수 있다.

(2) ㄱ. 소를 잡아 나눠 먹는 무리들(고형진. 1984:32)

ㄴ. 소를 밀도살하는 사람(이동순. 1987, 최동호 외. 2006, 이숭원 · 이지나. 2006, 고형진. 2006, 고형진. 2007, 이숭원. 2008)

ㄷ. 농한기나 그 밖의 한가할 때 소나 돼지를 잡아 내장은 그 자리에서 술안주로 하고, 고기는 나누어 가지는 사람(김영배. 1987, 선영사 편집부. 1995, 시와사회 편집부. 1997, 이동순. 1998)

위 해석들의 공통점은 '노나리군'을 소를 잡아먹는 무리로 보았다는 것이다. '소를잡어먹는노나리군들'이라는 구체적인 문맥에 의지하여 '노나리군'을 해석한 결과일 것이다[1]. 그런데 백석과 같은 동향 출신인 춘원의 작품과 인근의 평양 출신인 주요섭의 작품에서는 이 단어가 '놀아리'로 나타난다.

(3) ㄱ. 이러한 빈약한 문화를 가지고 조선 사람은 남보다더 놀아리 생활을 한다고 하던 한선생의 말이 생각혓다. <흙>(이광수, 『동아일보』 1933년 1월 10일 자)

ㄴ. 칠년만에 보는 어머니는 놀아리 만큼 늙엇다. 어머니 보다 나이앞인 아버지는 그저늙은줄을별로 모르겟으되 어머니는 그동안에 아주 쪼골쪼골늙어버리고 만 것이엇다 바로 오십이 조곰넘엇을 따름인데. <길>(주요섭, 『동아일보』 1938년 10월 19일 자>

---

1) 김영배(1987)은 농한기나 그밖에 한가한 때 소나 돼지를 잡아 내장은 즉석에서 술안주로 하고 고기는 소요량(所要量)을 나누어 가지는 것을 '노:나리하다'라고 하고 여기에 참여한 사람을 '노나리군'이라 한다며 매우 구체적인 설명을 하였다.

위의 예문만으로는 ‘놀아리’의 의미를 정확히 파악하기 어렵지만, 적어도 이들 작품에 등장하는 ‘놀아리’가 소를 잡아먹는 것과는 상관이 없다는 것을 알 수 있다. ‘놀아리’의 정확한 의미를 파악하기 위해 이 시기의 신문 기사에서 이 단어가 어떻게 사용되었는지를 살펴보면 다음과 같다.

(4) ㄱ. 남의짱을잡혀 妾어더놀아리
시내원뎡(元町)에사는 소도구(小島久)라는 청년과 시내중학동(中學洞)사는김광진(金光鎭)이라는청년은 서로밀의를하고 원뎡에잇는 소도의소유토디 삼천여평을 모고리대금업자에게 삼천오백원을밧고 잡히어서 전긔김광진이라는사람이대부분을 차지하고 최비취라는기생을 작첩하야살아오다가 지난십일경에 소도도아지못하게 어쩐사람에게 전긔소도의토디를 매각하랴든사실로 본뎡서에 인치취됴중이라더라 <『동아일보』 1929년 8월 18일 자>

ㄴ. 『歲月아 네월아 가지를 말아』 놀아리 雜歌에 봄빛이 슬-슬. <『동아일보』 1933년 4월 11일 자>

ㄷ. ▾라인 進駐部隊의 撤收는 絶對로 反對한다고 獨逸이 決意를 表明.
▾國境을 侵犯할 때는 斷乎하게 反擊하겟다고 佛國이 또한 決意를 表明.
▾淸遊式 놀아리 進軍이 아닌 바에 그대로 돌아설 理致야 千萬에 없을것이고. <『동아일보』 1936년 3월 21일 자>

ㄹ. 太陽을 그 形相이 히다 하야 『히』라 하엿음은, 첫재 古代語에 공(球)을 唐방울이라한것이던지, 或은『禪宗永嘉集諺解』에 을 그 形相이 놀왛다 하야 『놀』이라 한것이던지 惑은 現朝鮮語로 눌언 몸이 검은 점이 잇는 구렁이를 『黃身黑點』이라 하는것이던지 或은 水蛭을 그 形相이 검다 하야, 『검다』의 『검』에 『빌아리』니, 『놀아리』니 하는 類 接尾辭 卽 『아리』 더하여 『검아리』라 하는것이던지 或은 오얏(李)과의 한 種類가되는『노리』라 일컫는 果實을 그 形相이놀왛다하야, 『놀왛다』의 『놀』에『설설이』니, 『뚱뚱이』니, 하는 류의 접미사 卽『이』를 더하여『놀이』라 命名하게 된것을 볼지라도 肯認할수가 잇고 <『동아일보』 1932년 10월 29일 자>

(4ㄱ)의 ‘놀아리’는 기사 제목으로 사용된 것인데, 기사의 내용으로 볼 때

남의 땅을 저당잡힌 돈으로 첩을 얻어 놀아났다는 것을 표현한 것으로 보인다. 일하지 않고 남의 돈으로 놀고 먹는다는 의미에서 '백수건달'을 연상케 한다. 따라서 이때의 '놀아리'는 '놀다'와 관련이 있는 것으로 보인다.

(4ㄴ)의 '놀아리' 역시 유유자적 풍류를 즐기는 상황을 연상케 한다. (4ㄷ)의 '놀아리'도 마찬가지다. '淸遊式 놀아리'에서 '淸遊'는 아담하고 깨끗하며 속되지 않게 노는 것을 의미하므로 이때의 '놀아리' 역시 '놀다'와 관련이 있다.

(4ㄹ)은 '희'의 어원을 설명하는 중에 '놀아리'의 어원을 다룬 것인데, '놀아리'에서 '-아리'를 접미사로 보았다. 이 글에서 언급한 '빌아리'는 지금은 '비라리'로 표기하는 것으로, '구구한 말을 하여 가며 남에게 무엇을 청하는 일' 또는 '곡식이나 천 따위를 많이 가진 사람들로부터 조금씩 얻어 모아 그것으로 제물을 만들어서 귀신에게 비는 일'을 의미한다. 이 글에서 주장하는 대로 '빌아리'와 '놀아리'에서 접미사 '-아리'를 분석해 낼 수 있다면, 남은 '빌-'과 '놀-'은 '빌다[祈]'와 '놀다[遊]'의 어간이 될 것이다[2].

지금까지 살펴본 바에 따르면 '놀아리'의 첫음절 '놀'은 '놀다[遊]'의 어간에 해당하는 것으로 보인다. 이렇게 보면 '놀아리'는 '노는 것' 정도의 의미를 갖는 것으로 생각되며 (3ㄱ)의 '놀아리'도 마찬가지다.

다만 (3ㄴ)의 '놀아리'는 단순하게 '노는 것'으로 해석하기가 어렵다. 이때의 '놀아리'는 외견상 사람을 의미하는 것처럼 보이지만, 그렇다고 해서 '백수건달'의 의미로 보기도 어렵다. '백수건달만큼 늙었다'는 표현이 자연스럽지 못하기 때문이다. 오히려 당시의 출판 환경을 감안할 때 '늙으리만큼 늙었다'나 '놀라리만큼 늙었다'를 '놀아리 만큼 늙엇다'로 잘못 식자(植字)했을 가능성이 있다. 만약 잘못 식자한 것이 맞다면 전자보다는 후자일

---

2) 국립국어원(2007)은 '노라리'를 어원적으로 분석하면서 '놀-[遊]'이라는 단어를 포함하고 있다는 점은 언급했지만, '-아리'에 대해서는 별다른 언급을 하지 않았다. '비라리'와 '노라리'에서 어원적으로 '-아리'를 분석해 내는 문제에 대해서는 다음 장에서 다루게 될 것이다.

가능성이 높다.

'놀아리'는 좀 더 이른 시기에 '노라리'로 표기되었다. (4)의 예들에서 보듯이 '놀아리'는 1929년부터 1936년 사이의 기사문에서 모습을 보이는데, 이보다 조금 앞선 1925년부터 1929년까지의 기사에서는 표기가 '노라리'로 나타난다.

(5) ㄱ. 다음三番河井君이七番說에 贊成, 例의滑稽師 二十六番文明琦君이 뒤밋처이러서더니二日만休會하자면서 場內의 笑資를供한다 硏究는무슨硏究?結局노라리일터이니 조금未安한즉 하로즘에누리하는것이 無妨하다는點으로 이또한그럴듯한소리이엇다 <『동아일보』 1925년 2월 18일 자>

ㄴ. 時計야무러보자 이사람들의所謂議案이약이는얼마나하엿스며 노라리는몃時間이던고? <『동아일보』 1925년 2월 23일 자>

ㄷ. 그러케여유잇는 피서객 중에는 반듯이 좀더한가한노라리 청년들이 끼입니다 <『동아일보』 1929년 7월 7일 자>

(5ㄱ, ㄴ)에서는 '노라리'가 '일하지 않고 노는 것'이라는 의미로 사용되었고 (5ㄷ)에서는 '노라리'가 '노는 사람'이라는 의미로 사용되었다. 이에 따라 '놀아리'와 '노라리'가 표기만 다를 뿐 동일한 의미를 가진 단어라는 사실을 알 수 있다. 특히 (5ㄷ)의 예를 통해 '놀아리/노라리'가 행위뿐만 아니라 사람을 의미한다는 점을 알 수 있다.

사실 춘원의 작품에서도 '놀아리'와 '노라리'가 모두 나타난다. 1930년대 작품에서는 (3ㄱ)과 같이 '놀아리'로 표기되었지만, 이보다 앞선 1920년대 작품에서는 다음과 같이 '노라리'로 표기되었다.

(6) 김충은검술이 비범하옵고 또듯사온즉 김충이 불측한뜻을품어 만흔도당을 모흔다하오며 그도당이란것이 모다무뢰난화지배라, 죽기를 노라리로아는놈들이온즉 가부여히 볼수업사옵고 또김부를건드리면 진헌이가만히 잇슬리만무하옵고 유렴시중을 건들이면 민심이요란할듯하오니 장

히 어려운일인가하옵니다.

―<1926, 마의태자, 이광수, 『동아일보』 1926년 11월 1일 자>

이때의 '노라리'도 문맥상 '노는 것'의 의미를 갖는 것으로 보인다. 죽기를 노라리로 안다는 것은 아마도 '죽는 것을 놀이하는 것처럼 가볍게 여긴다'는 의미일 것이다.

1920년대의 '노라리'는 1930년대에 잠깐 '놀아리'로 표기되었다가 이후 다시 '노라리'로 되돌아온 후 지금까지 이어져 온다. 다음과 같이 1950년대, 60년대, 70년대에 걸쳐 '노라리'가 꾸준하게 사용되었다.

(7) ㄱ. 暫時 旅行을 떠날때에도 사람은 窮理를 많이하는데 다시돌아오지못할 永久的旅行을 노라리打令으로 슬쩍 떠나버리는 사람은 없을것이다. <『동아일보』 1957년 7월 28일 자>

ㄴ. 月曜日부터 日曜日까지, 아니 모든 나날을 『하루 쉬고 하루 노는』 失業者群들, 「黃昏演說家」들, 그리고 노라리부인네들까지도 剩餘時間들을 풀어놓고 여기서세월을보낸다. <『동아일보』 1965년 3월 8일 자>

ㄷ. 그러나 어이가 없는 것은, 속상해하고 화를 내는것은 나뿐인듯, 그 고장 사람인 「브라질」사람들은 천연스레 한시간도그만 두시간도 그만으로 잘들도 기다린다. 時間관념 없기로는, 韓國의惡名같은 것은 여기에 비해 아무것도 아니다. 당하는 사람들 측에서도 『어떻게 되겠지』『내일이 있는데』니까, 피차에 아리고 쓰릴 일이 없는것같다. 「브라질」사람들, 그노라리는알아주어야한다. <『동아일보』 1970년 3월 23일 자>

(7ㄱ)에서 '영구적 여행'은 '자살'을 의미한다. 이 문장은 자살을 '놀러가는 것' 정도로 가볍게 여기는 사람은 없을 것이라는 의미로서, 역시 '노라리'가 '노는 것' 정도의 의미로 사용되었다. (7ㄴ)에서는 '노라리부인네들'이 잉여 시간들을 풀어놓고 세월을 보낸다고 표현한 것을 보면, 이때의 '노라리'는 '일하지 않고 빈둥빈둥 노는 사람'을 의미하는 것으로 보인다. (7

ㄷ)에서는 비행기 이륙이 지연된 상황에서 브라질 사람들이 화를 내지 않고 여유 부리는 상황을 '노라리'에 비유했다. 브라질 사람들의 여유 있는 모습을 '일하지 않고 빈둥빈둥 노는 것'에 비유한 것이다.

이처럼 '노라리'와 '놀아리'는 시대에 따라 표기가 조금 달라졌을 뿐 일관되게 '노는 것'이라는 기본 의미를 유지하고 있으며, 문맥에 따라 '노는 사람'이라는 의미를 나타내기도 한다. 실제로 1970년대에 이르면 국어사전에 '노라리'가 표제어로 실리기 시작하며, 그 의미는 다음과 같이 '노는 것'과 밀접한 관련을 맺고 있다.

(8) ㄱ. 건달 노릇을 하는 일. <(증보판)새우리말큰사전>(신기철 · 신용철, 1975)
  cf. 노라리(를) 치다: 일은 아니하고 건달 노릇을 하다. <(증보판)새우리말큰사전>(신기철 · 신용철, 1975)
ㄴ. 건달을 부리는 일. <현대국어대사전>(양주동 감수, 1984)
ㄷ. 건달 노릇을 하는 일. <우리말 큰사전>(한글학회, 1991)
ㄹ. 건들건들 놀며 세월을 보내는 짓. <금성판 국어대사전>(김민수 외, 1991)
ㅁ. 건달을 부리는짓. <조선말대사전>(사회과학원, 1992)
  cf. 노라리(를) 부리다: 착실히 일을 하지 않고 놀음으로 세월을 보내다.
  cf. 노라리(를) 치다: 일을 하지 않고 놀면서 돌아치다.
ㅂ. 건달처럼 건들건들 놀며 세월만 허비하는 짓. 또는 그런 사람을 속되게 이르는 말 <표준국어대사전>(국립국어연구원, 1999)
ㅅ. 하는 일 없이 빈둥빈둥 놀거나 세월을 보내는 짓. 또는 그런 사람을 속되게 이르는 말 <고려대 한국어대사전>(고려대 민족문화연구원, 2009)

(8ㄱ~ㄷ)과 (8ㅁ, ㅂ)은 '노라리'를 '건달'과 연관 지었는데, 이때의 '건달'은 우리가 흔히 생각하는 '불량배'와는 차이가 있다. 『(증보판) 새우리말큰사전』에서는 '건달'을 두 가지 의미로 해석하고 있다. 첫째는 '아무 일도 하지 않고 빈둥빈둥 놀거나 안일하게 게으름을 부리는 짓, 또는 그러한 사

람'이고, 둘째는 '밑천을 다 잃고 빈털털이가 된 사람'이다. 따라서 (8ㄱ)의 '건달'은 '불량배'가 아닌 '백수'를 의미한다. '백수'를 '백수건달'이라고도 하는데, 이때의 '건달'은 아무런 일도 하지 않고 놀고 먹는 '백수'의 의미와 크게 다르지 않다.

(8ㄴ)과 (8ㅁ)에서는 '건달을 부리다'라는 표현을 사용하였는데, '부리다'라는 단어 때문에 '건달'을 '불량배'의 의미로 생각하기 쉽지만, 이때의 '부리다'는 '시키다'의 의미가 아니라 '욕심을 부리다, 어리광을 부리다, 억지를 부리다'에서 보듯이 '행동이나 성질 따위를 계속 드러내거나 보이다'라는 의미를 나타내는 것으로 보아야 한다.

이와 관련하여 북한에서 간행한 『조선말대사전』에 (8ㅁ)과 같이 '노라리를 부리다'라는 표현이 있음을 참고할 수 있다. '노라리를 부리다'와 '건달을 부리다'가 유사한 의미를 갖는 것으로 본다면 이때 '건달'은 자연스럽게 '사람'이 아닌 '행위'가 된다[3].

이전의 사전들이 '노라리'를 '행위'로만 정의한 것과는 달리 『표준국어대사전』에 이르러서는 '노라리'를 '행위'와 함께 '사람'으로 그 의미를 더욱 확대하여 해석하였다. 이미 (5ㄷ)과 (7ㄴ)처럼 '노라리'가 '사람'을 의미하는 예가 일찍부터 존재했지만, 사전에서는 최근에 와서야 이러한 의미의 확대를 수용하게 된 것으로 보인다[4].

다음과 같이 국어사전이 아닌 특수 사전에서도 '노라리'가 대체적으로 '노는 행위'로 풀이되어 있다.

(9) ㄱ. 심심풀이로 놀이 삼아 하는 일. <평북방언사전>(김이협, 1979)

---

3) (8ㄱ), (8ㅁ)의 '노라리(를) 치다'는 '장난을 치다', '거짓말을 치다'와 같은 구성이라고 보면 된다.

4) '노라리 청년'과 '노라리부인네'에서 '노라리'가 명백히 '사람'을 의미하는지는 알 수 없다. '행위'를 뜻하는 '노라리'에 사람을 뜻하는 '청년'과 '부인'이 결합하면서 '노라리'가 비로소 '사람'을 의미하게 되었을 가능성도 있다. 다만 '개구쟁이 소년', '말썽꾸러기 아들'처럼 대개 사람을 뜻하는 말 앞에 오는 명사 역시 사람을 의미하는 경우가 많음을 감안하면 이때의 '노라리'가 이미 '사람'을 뜻하는 의미로 사용되었을 가능성도 충분히 있다.

ㄴ. 건달 <한국 현대시 시어사전>(김재홍, 1997)
ㄷ. 건달 노릇을 하는 일. 또는, 건들건들 세월을 보내는 짓. <한국 현대소설 소설어 사전>(김윤식 · 최동호, 1998)
ㄹ. 건들거리며 노는 사람이나 행동 <비속어사전>(김동언, 1999)

(9ㄱ)은 『평북방언사전』의 뜻풀이인데, 기사문에도 '노라리'가 쓰였고 1970년대에 이르러서의 일이지만 국어사전에서도 '노라리'를 표제어로 다루고 있으므로, '노라리'를 고유한 평북 방언으로 보기는 어려울 듯하다. 설령 '노라리'를 고유한 평북 방언으로 보더라도 이 사전에서 제시한 의미가 지금까지 우리가 추적해 온 '노라리'의 의미와 크게 다르지 않기 때문에 '노라리'의 의미와 관련하여 새로운 방향을 제시하지는 못한다.

(9ㄴ, ㄷ)의 '건달'이나 (9ㄷ)의 '건들건들', (9ㄹ)의 '건들거리다' 역시 '불량배'보다는 '백수건달'과 의미가 통하는 것으로 해석된다. '건들거리다'에는 '사람이 다소 건방지게 행동하다'라는 의미도 있지만, '일이 없거나 착실하지 않아 빈둥거리다'라는 의미도 있다.

이 '노라리'는 백석과 춘원의 작품 외에도 다음과 같이 다양한 문학 작품 속에서 등장한다.

(10) ㄱ. 홀티바지에 검은슈건으로 머리를 질ᄭᅳᆫ동인사ᄅᆞᆷ이 억긔에 곳광이를 메고 나려오더니 역부놈의 ᄡᅡ귀를 덜걱 ᄒᆞᆫ번붓치고 「낫분사ᄅᆞᆷ이 무ᄉᆞᆫ일이야 일이아니ᄒᆞ고 작구작구 <u>노라리만히</u> 져 기집ᄋᆡ 무ᄉᆞᆫ일이야 어셔가어셔가 바가」 ᄒᆞ고 반벙어리 소릐ᄒᆞ며 그역부의 덜미를 턱턱집허 모라가ᄂᆞᆫ지라

—『금강문』 <최창식, 1914. p. 102>

ㄴ. 荒蕪地에는 거츠른 풀입이 함부로 엉크러졋다. / 번지면 손꾸락도 베인다는 풀, / 그러나 이따에도 / 한때는썩은果일을찾는 개미떼 같이 / 村民과 <u>노라릿군이</u> 북적어렷다 / 끈허진 山허리에, / 金돌이 나고

—「荒蕪地」 <『獻詞』, 오장환, 1939>

ㄷ. 그러깨 작년만 그냥 넘긴것도 기가 막힐 노릇이지만, 워낙 대공이라 이태쯤 걸리는건 용혹무괴로되, 금년 파일까지도 끝을 못 내다

ㄴ. 원 일을 하는게 아니라 노라리야 노라리. 굼벵이가 쌓아도 천 날을 쌓으면 열층탑이라도 열은 쌓았을것 아니냐 말야……

—『무영탑』 <현진건, 1939, 박문서관, p. 8>

ㄹ. 들에 아지랑이 끼는 봄이 찾아오자 세세녀는 나물을 캐러 나섰다. 나물을 캐러 나가는데도 비거를 같이 가자고 하였다.

『가아!』

『별 짐승도 없을텐데, 뭐가 무서워서…』

『글세, 가아!』

『혼자 가라니까…』

『가아!』

세세녀는 어리광부리듯 비거의 허벅지를 꼬집었고, 비거는 마지 못해서 따라 일어났다.

『허, 노라리 판이로군!』

『가아!』

따라 나서기는 하였으나, 양지바른 곳에 이르르자 비거는 벌러덩 누워서 하늘을 바라다 보았다. 이렇게 나물을 캐는데 따라오기 보다는 물고기를 잡으러 한강으로 가는 것에 더욱 마음이 솔깃하였던 것이어서 무료하기만 하였다.

—「한강유역」 <박용구, 1959, 『현대문학』 1959년 4월호, p. 148>

ㅁ. 「소위님 한가지 충고드리죠. 여긴 노라리판 후방하군 다릅니다. 간혹 꼴불견 장교님들 중에는 등쪽에서 총을 맞구 죽은 시체가 더러 있죠. 등입니다, 등에서 맞았어요, 적은 앞쪽에 있는데 등에서 말입니다」

—「육이오」 <홍성원, 1973, 『世代』 제11권 통권120호, p. 400>

ㅂ. 일두 싫구, 공부도 싫구, 공밥이나 얻어먹으면서 노라리루 세월 보낼 생각만 허구 있었으니 누구 눈엔들 이뻐 보이겠어?

—「기억 속의 집」 <유재용, 1983>

(10ㄱ)에서는 일을 안 하고 '노라리'만 한다는 내용을 통해 '노라리'가 '빈둥빈둥 노는 행위'임을 알 수 있다[5]. (10ㄴ)의 '노라리꾼'은 백석 시의

5) 원문의 표기는 '일이아니ᄒᆞ고'인데, 이것은 '일을 아니 ᄒᆞ고'의 오기일 가능성이 높다. 혹은 '이리 아니 ᄒᆞ고'에서 부사 '이리'를 '일이'로 표기했을 가능성도 있지만, 이런 식의 분철 표기는 일반적이지 않아서 가능성이 높지 않다.

‘노나리군’처럼 ‘군’이 결합한 점이 눈길을 끈다. 문맥만 가지고서는 ‘노라리꾼’의 정확한 의미를 파악하기 어렵지만, 백석 시에 대한 해석처럼 ‘소를 잡아먹는 무리’로 보기는 어렵다. 황무지를 배경으로 한다는 점, 썩은 과일을 찾는 개미떼에 비유한 점 등을 감안하면 이때의 ‘노라리꾼’은 ‘불량배’보다는 일 없이 빈둥대는 ‘백수건달 무리’에 더 가까운 것으로 보인다.

(10ㄷ)의 ‘노라리’는 ‘일을 하는 게 아니’라는 설명을 통해 그 의미가 ‘노는 것’이라는 점을 쉽게 파악할 수 있다. (10ㄹ)과 (10ㅁ)에는 ‘노라리판’이 쓰였는데, 지금으로 치면 ‘놀자판’ 정도로 해석할 수 있을 듯하다. (10ㅂ)은 일도 싫어하고 공부도 싫어하고 공밥을 얻어먹는다는 설명을 통해 ‘노라리’가 ‘빈둥빈둥 노는 행위’임을 짐작할 수 있다.

지금까지 기사문이나 문학 작품, 그리고 국어사전의 뜻풀이까지 종합한 결과 ‘노라리/놀아리’는 기본적으로 ‘노는 행위’를 의미하는 것으로 판단된다. 물론 구체적인 문맥 의미에서는 조금씩 다른 양상을 보이지만, 이들이 기본적으로 ‘노는 행위’라는 의미를 공유한다는 점에서는 큰 이견이 없을 것이다.

그런데 문제는 백석 시에 등장하는 시어는 ‘노나리’로서 지금까지 우리가 살펴본 ‘노라리/놀아리’와 차이를 보인다는 점이다. 앞서 살펴본 대로 다른 문학 작품에서 ‘노라리’나 ‘놀아리’는 찾아볼 수 있지만, 백석이 사용한 시어 ‘노나리’는 다른 문학 작품에서 좀처럼 사용된 예를 발견하기가 힘들다. 아마도 다음 예가 유일한 예가 아닌가 한다.

> (11) 그러고 또 한참 있더니 입을 열어 하는 이야기가 지금은 이렇게 늙었으나 자기도 색씨때에는 이뿐이만치나 어여뻣고 얼마나 맵씨가 출중났든지 노나리와 은근히 배가 맞었으나 몇달이 못가서 노마님이 이걸 아시고 하루는 불러세고 따리시다가 마침내 샘에 못이기어 인두로 하초를 짖을랴고 들어덤비신 일이 있다고 일러주고
>
> –「산골」 <김유정, 1935, 『조선문단』 4권 4책, p. 15>

위의 작품에 사용된 '노나리'가 과연 지금까지 우리가 살펴본 '노라리/놀아리'와 같은 의미를 가지고 있는지에 대해서는 검증이 필요하다. 만약 그렇게 볼 수 있다면 위의 예가 백석의 시어 '노나리' 및 다른 문학 작품에 등장하는 '노라리/놀아리'를 매개함으로써 전자와 후자가 사실상 같은 단어일 가능성을 높여 준다.

그러나 위의 소설에 등장하는 '노나리'는 문맥상 '백수건달'의 의미로 해석하기가 어렵다. 백수건달과 눈이 맞았다고 해서 노마님이 시샘을 하고 체벌을 할 이유가 없기 때문이다. '노마님(老--)'은 지체가 높은 집안의 나이 많은 부인을 의미하는데, 이 노마님이 이렇게 반응할 정도라면 눈이 맞은 대상이 노마님의 남편일 가능성이 높다. 그렇다면 '노나리'는 '老나리'로서 '놀다'와는 전혀 상관이 없는 말일 것이다[6].

이렇게 본다면 위의 작품에 사용된 '노나리'는 백석이 사용한 '노나리'와는 다른 의미를 가진 단어로 보아야 할 것이다. 백석은 소를 잡아먹는 노나리꾼들이 도적놈들같이 쿵쿵거리며 다닌다고 하였는데, 이때의 '노나리'를 '지체가 높은 늙은 사람'으로 해석하기는 곤란하기 때문이다.

결국 백석의 시어 '노나리'는 다른 문학 작품이나 글을 통해 실마리를 발견하기 어려운 매우 난해한 단어라 하지 않을 수 없다. 비록 기존의 해석에서 '소를 잡아먹는 사람'이라는 공통된 의미를 도출한 바 있지만, 그 근거가 명확하지 않은 점이 문제다. 이에 다음 장에서는 '노나리'와 '노라리/놀아리'에 대한 형태론적인 분석을 통해 이 두 단어의 상관 관계를 살펴보고자 한다.

6) 임무출(2001)은 이때의 '노나리'가 '늙은 나리', '지체 높은 늙은 사람'을 의미한다고 해석하였다.

3. '노나리'와 '노라리/놀아리'의 형태 분석

'노라리'는 의미상 '놀-'과 '-아리'가 결합한 것으로 분석된다. 국립국어원(2007)은 '노라리'가 '놀-[遊]'이라는 단어를 포함하고 있어서 '아무 하는 일 없이 놀기 좋아하는 사람'이라는 의미가 분명히 드러난다고 하였으나, '놀-'을 분석하고 남은 '-아리'에 대해서는 형태나 기능 면에서 아무런 언급도 하지 않았다.

'노라리'는 '행위'의 의미와 '사람'의 의미를 모두 가지고 있는데, 초기의 용례를 살펴보면 후자보다 전자의 의미가 더 먼저였을 것으로 보인다. 그러나 접미사 '-아리'가 행위를 나타내는 예들을 찾기는 쉽지 않다.

접미사 '-아리'는 크게 체언이나 체언성 어근 뒤에 결합하는 경우와 용언 어간 뒤에 결합하는 경우로 나눌 수 있다. 전자의 경우에는 '-아리'가 일반적으로 '작거나 둥근' 이미지를 나타낸다. 안옥규(1989)는 '병아리'의 어원을 '비육비육하는 작은 것'이라고 밝히면서 '-아리'가 '작은 것'을 의미한다고 보았고, 리득춘(1987)은 '항아리'의 어원과 관련하여 '-아리'가 '조그마한 것'을 의미한다고 보았다.

이와는 달리 이동석(2005)는 '병아리' 외에 '송아리, 아랫동아리, 윗동아리, 항아리, 종아리' 등의 예를 들어 '-아리'가 나타내는 '작은 것'이라는 의미는 부차적인 것이고 오히려 그 중심 의미는 '불룩하고 둥근' 이미지라고 보았다. 기주연(1993:183)은 명사나 불규칙 어기에 '-아리/어리'가 결합하여 사물명사를 파생하기도 하고, 동물명을 가리킬 때는 '낮춤'이나 지소사(指小辭)의 기능도 있는 것으로 보았다.

조항범(1997:81)은 '동아리'와 관련하여 '-아리'를 비교적 작고 둥근 대상을 나타낼 때 쓰는 접미사라 하면서도 '-아리'가 '울타리'를 뜻하는 '울'이나 거기에서 파생되어 나온 '우리(자기네 편)', '둥우리'의 '우리' 등과 같은 의미 범주를 가지고 있다고 보고 '-아리'가 '다수'라는 의미적 특성도 아울러 가지고 있는 것으로 보았다. 또한 '동아리'를 '실한 밑동을 중심으로 모인 꽃이 피는 여러 줄기'로 해석하면서, 이러한 의미가 '인간'에 적용되어 '한 목적으로 모인 여러 무리'라는 의미로 발전해 간 것으로 보았다.

이처럼 접미사 '-아리'가 체언류와 결합할 때에는 '둥근 것' 또는 '작은 것'이라는 의미를 나타낸다고 보는 것이 일반적이다. 그러나 '노라리'는 체언류가 아닌 어간 '놀-'에 접미사 '-아리'가 결합한 구성이어서 앞서 살펴본 예들과는 양상이 다르다. 용언 어간에 접미사 '-아리'가 결합한 예는 그리 많지 않은데, '귀머거리, 코머거리, 벙어리' 등을 예로 들 수 있다[7].

'귀머거리, 코머거리'는 각각 '귀+먹-+-어리', '코+먹-+-어리'의 구성으로 분석이 된다. '벙어리'의 경우에는 '벙-'이라는 어간이 존재하지 않기 때문에 어원적인 분석이 필요하다. '벙어리'를 15세기에는 '버워리'라 했는데, 이 '버워리'는 '버우-+-어리'로 분석된다. 지금은 '버우다'라는 단어가 쓰이지 않지만, 15세기에는 다음과 같이 [啞]의 의미로 '입 버우다'라는 표현을 사용했다.

(12) ㄱ. 눈 멀며 귀 머그며 입 버우ᇙ 報ᄅᆞᆯ 니ᄅᆞ고 <월인석보 21:66b>
입 버우며 귀 머그며 눈 멀며 <월인석보 21:139b>
이브로 닐오미 입 버운 ᄃᆞᆺᄒᆞ도다 <금강경언해 5:4a>
ㄴ. 百千萬世예 버워리 아니 ᄃᆞ외며 <석보상절 19:6b>
이러호ᄆᆞ로 먹뎡이 ᄀᆞᆮᄒᆞ며 버워리 ᄀᆞᆮᄒᆞ야 답다비 모ᄅᆞᆯᄊᆡ <월인석보 13:18b>
ㄷ. 耳聾的 귀머거리 <동문유해 하:8a>
耳聾的 귀먹어리 耳聾 귀먹다 <몽어유해 하:6a>

(12ㄱ)은 '버우다'의 예이고 (12ㄴ)과 (12ㄷ)은 각각 '버워리'와 '귀머거

7) '-어리'와 '-아리'는 모음조화에 의한 교체를 보인다. '귀머거리, 코머거리, 벙어리'는 모두 어간의 모음이 음성 모음이어서 '-어리'가 결합하였고, '노라리'는 어간의 모음이 양성 모음이어서 '-아리'가 결합하였다. 이때의 '-어리'와 '-아리'는 형태는 다르지만 기능은 같다.

리/귀먹어리'의 예이다. '버워리'는 이미 15세기 문헌에 출현하지만, '귀머거리/귀먹어리'는 18세기가 돼서야 문헌에 나타난다. 다음과 같이 15세기에 이미 '버워리'가 사용되었음에도 불구하고 '귀머거리'의 의미를 가진 단어로는 '귀머그니'와 '먹뎡이'만 보일 뿐 '-어리'가 결합한 '귀머거리'나 '귀먹어리'는 쓰이지 않았다. 이로 보아 '버워리'와는 달리 '귀머거리/귀먹어리'라는 단어는 18세기 무렵에 와서야 형성된 것으로 보인다.

(13) 天帝釋이 것워ᅀᅵ와 귀머그니와 눈머니와 버워리 ᄃᆞ외야 ᄀᆞᆳᄀᆞᅀᅢ 잇거늘 <월인석보 20:63a>
이러호ᄆᆞ로 먹뎡이 ᄀᆞᆮᄒᆞ며 버워리 ᄀᆞᆮᄒᆞ야 답다비 모롤씨 더욱 두리여 것ᄆᆞᄅᆞ주거 ᄡᅡ해 디다 ᄒᆞ니라<월인석보 13:18b>

게다가 '노라리'가 20세기 초에 와서야 확인되는 것으로 볼 때, '사람'을 가리키는 접미사 '-어리'의 조어력은 그리 생산적이지 못했던 것으로 보인다. 예도 많지 않을 뿐만 아니라 15세기, 18세기, 20세기에 띄엄띄엄 용례가 출현하므로 '-어리'의 이러한 용법이 연속성을 유지하기가 어려웠을 것으로 생각된다.

'노라리'가 처음에 '행위'의 의미를 담당하다가 나중에 '사람'의 의미를 갖게 된 것으로 추측되는 것도 바로 이러한 맥락으로 해석된다. '-어리'가 '사람'을 가리키는 접미사로서의 기능을 계속 유지해 오지 못했기 때문에 '노라리'가 '행위'에서부터 시작하여 나중에 '사람'을 의미하게 되는 변화가 가능했을 것이다. 물론 이때 '-어리'가 어떻게 '행위'의 의미를 담당하게 되었는지는 알 수 없지만, 이때의 '-어리'가 '버워리' 및 '귀머거리/귀먹어리'와 시대적으로 차이를 보인다는 점을 인정하지 않을 수 없다.

이처럼 '노라리'는 어간 '놀-'에 접미사 '-아리'가 결합한 것으로 분석된다. 그런데 과연 이 '노라리'가 백석의 시에 등장하는 '노나리'와 같은 단어인지가 불분명하다. 이제 이 문제를 본격적으로 다루도록 하겠다.

만약 '노나리'가 '노라리'와 같은 단어라면 '노라리'의 'ㄹ'이 모음 사이에서 'ㄴ'으로 바뀌는 변화가 일어났다고 해야 할 것이다. 그런데 모음 사이에서 'ㄴ'이 'ㄹ'로 바뀌는 변화는 자연스럽지만, 'ㄹ'이 'ㄴ'으로 바뀌는 변화는 자연스럽지 못하다.

(14) 희노애락(喜怒哀樂) → 희로애락, 허낙(許諾) → 허락, 한나산(漢拏山) → 한라산
하나비 → 하라비(할아버지)

위의 예와 같이 'ㄴ'이 모음 사이에서 공명도가 더 높은 'ㄹ'로 바뀌는 현상은 가끔 일어나지만, 그 반대의 변화는 잘 보이지 않는다. 그런데 '비라리'와 '비나리'를 비교해 보면 'ㄹ'이 'ㄴ'으로 바뀌는 변화가 아예 불가능한 것은 아닌 듯하다.

(15) ㄱ. 비라리
① 구구한 말을 하여 가며 남에게 무엇을 청하는 일.
② 곡식이나 천 따위를 많이 가진 사람들로부터 조금씩 얻어 모아 그것으로 제물을 만들어서 귀신에게 비는 일.
ㄴ. 비나리
①『민속』 걸립을 직업으로 하는 사람.
②『민속』 걸립패가 마지막으로 행하는 마당굿에서 곡식과 돈을 상 위에 받아 놓고 외는 고사 문서. 또는 그것을 외는 사람.
③ 남의 환심을 사려고 아첨함.

위의 뜻풀이는 『표준국어대사전』의 내용을 그대로 가져온 것인데, (15ㄱ)의 ①과 (15ㄴ)의 ③이 의미는 다르지만 '행위'라는 점에서 통하는 면이 있고, (15ㄱ)의 ②와 (15ㄴ)의 ②는 의미가 매우 유사하면서 전자는 '행위'이고 후자는 '문서' 또는 '사람'이라는 점에서 차이를 보인다[8].

---

8) 『표준국어대사전』을 보면 (15ㄱ)의 ①과 (15ㄴ)의 ③에 대한 예문이 동일하게 '비라리를 치다'

'노라리'가 기본적으로 '행위'의 의미를 나타내다가 나중에 '사람'의 의미를 담당하게 된 점을 감안하면, '비라리' 역시 처음에는 '행위'의 의미를 나타내다가 나중에 '사람'의 의미를 담당하게 된 것으로 보인다. 그런데 기본이 되는 '행위'의 의미를 '비라리'가 담당하고 이에서 파생된 '사람'의 의미를 '비나리'가 담당하는 것을 보면, '비라리'에서 'ㄹ'이 'ㄴ'으로 바뀌어 '비나리'가 만들어졌을 가능성이 매우 높다.

'노라리'와 마찬가지로 '비라리'는 어간 '빌-[祈]'에 접미사 '-아리'가 결합한 구성으로 분석된다. '비라리'는 '노라리'와 동일한 구성으로서 자연스럽게 '행위'라는 기본 의미를 갖게 되었을 것이다. 이후 파생된 의미가 생겨나면서 '비나리'와 같이 음운 변화를 겪게 된 것으로 보인다.

이렇게 '사람'의 의미를 갖게 될 때 'ㄹ'이 'ㄴ'으로 바뀌게 된 것은 순수 음운론적인 현상이라기보다는 '나리'라는 단어에 유추된 결과가 아닌가 한다. '나리'는 원래 지체가 높거나 권세가 있는 사람을 높여 부르는 말이지만 '영감'이나 '마누라'가 그러하듯이 20세기 초에 와서는 이전과 같은 높임의 기능이 약화되고 오히려 놀림이나 비난조의 의미로 쓰이기까지 하였다. 배가 불룩하게 나온 사람을 '배부장나리'라고 하거나 예전에 '순검(巡檢)'을 '따끔나리'라고 했던 것들을 예로 들 수 있다[9].

'비라리'는 원래 '행위'를 의미하는 말이었지만, '행위'에서 '사람'으로 의미가 파생되면서 '비라리'를 '비나리'로 인식하게 되었을 가능성이 있다. '노나리'도 마찬가지다. 원래 '놀-'과 '-아리'가 결합하여 '노라리'가 되었지만, '사람'이라는 의미가 파생되면서 '나리'를 연상하여 '노라리'가 '노나리'가 되었을 가능성이 있다.

'비나리'와 '노나리'가 각각 어간 '빌-'과 '놀-'에 '나리'가 결합했다고 보더라도 결과는 마찬가지다. 이러한 결합의 결과는 각각 '빌나리'와 '놀나리'

로 되어 있다.

9) '따끔나리'는 『삼대』(염상섭, 1933), 『타오르는강』(문순태, 1989) 등에 등장한다.

가 되겠지만, '솔나무'가 '소나무'가 되고 '불나비'가 '부나비'가 되듯이 합성 과정에서 'ㄴ' 앞의 'ㄹ'이 탈락하는 현상에 따라 '빌나리'는 '비나리'로, '놀나리'는 '노나리'로 변하는 것이 가능하다.

문제는 백석의 시에 등장하는 '노나리'가 다른 자료에서는 찾아볼 수 없는 유일 예라는 점이다. 다른 자료에서는 '노라리' 또는 '놀아리'만 볼 수 있을 뿐, '노나리'는 백석의 시에서만 단 한 번 모습을 나타낸다.

이 때문에 처음부터 '노라리'와 '노나리'가 서로 다른 별개의 단어일 가능성을 생각해 볼 수도 있다. 그렇다면 백석의 시에 단 한 번 등장하는 '노나리'는 평북 방언이거나 백석의 개인 방언일 가능성이 높다. 그러나 『평북방언사전』 등에 '노라리'는 있어도 '노나리'는 없어 이 단어를 평북 방언으로 단정하기가 어렵다.

'노나리'가 백석의 개인 방언일 가능성도 있지만, 그의 시에서 단 한 번 사용된 시어이기에 어떠한 실마리도 찾을 수 없다. 반면 같은 동향의 작가인 춘원의 작품을 비롯하여 백석이 활동했던 시기의 여러 자료에서 이와 유사한 형태의 '노라리/놀아리'가 발견되는 점을 우연으로 보아 넘기기는 어려울 듯하다.

시의 문맥을 봐도 '소를잡어먹는노나리군들'에서 '노나리군들'을 '빈둥거리며 놀고먹는 사람들'로 해석하는 것이 전혀 부자연스럽지 않다. '백수건달'은 '돈 한 푼 없이 빈둥거리며 놀고먹는 사람'을 의미한다. 아무런 수입도 없는 이들이 밤에 산골짜기에서 몰래 소를 잡아먹는 풍경이 그리 어색하게 그려지지 않는다.

기존의 해석에서는 '소를잡어먹는'이라는 수식어에 기대어 '노나리군'을 '소를 잡아먹는 무리'로 해석했지만, 이 수식어는 '노나리군'의 구체적인 행위를 설명하는 표현일 뿐 '노나리군'의 개념을 나타내는 말이 아니다.

'노나리군'의 의미는 이 단어를 꾸며 주는 수식어가 아니라 같은 시기의 여러 자료에서 반복적으로 사용된 유사한 형태의 '노라리'와 '놀아리'를 통해서 파악해야 한다. 물론 이렇게 한다고 해서 시의 전체적인 의미가 확연하게 달라지지는 않겠지만, 시어 하나하나에 대한 정밀한 분석이 시의 정확한 의미를 탐구하는 데 일조한다는 점을 감안하면, 아직 정밀하게 해석되지 못한 백석의 시어 하나하나에 대한 추가적인 검토가 필요해 보인다.

4. 결론

지금까지 백석의 시 '古夜'에 등장하는 시어 '노나리군'의 의미에 대해 살펴보았다. '노나리군'은 백석의 시에 단 한 번 등장하는 표현으로서 같은 시대의 다른 문학 작품에서 사용된 예가 없는 유일 예이다.

기존의 연구에서는 '소를잡어먹는노나리군들'이라는 표현에 착안하여 문맥적인 의미로 '노나리군'을 '소를 잡아먹는 무리'로 해석했지만, 이에 대한 근거가 명확하게 제시되지 않았다.

본고에서는 백석의 작품과 같은 시기에 발표된 여러 자료들을 검토한 결과 '노나리'가 '노라리' 또는 '놀아리'와 동일한 단어라고 보았다. '노라리/놀아리'는 어간 '놀-[遊]'에 접미사 '-아리'가 결합한 것으로, 처음에는 '노는 것'이라는 행위를 나타내는 말이었으나 이후 '노는 사람'이라는 의미까지 담당하게 되었다.

비록 백석의 시에서 단 한 번 사용된 유일 예이긴 하지만, '노라리'가 '노나리'가 될 수 있었던 것은 의미가 '행위'에서 '사람'으로 바뀌면서 사람을 뜻하는 '○○나리'와 같은 표현에 유추되었기 때문인 듯하다. 이와 동일한 변화를 '비라리'와 '비나리'에서도 찾아볼 수 있다.

'건달'을 은어로 '거나리'라고도 하는데, 이때의 '거나리'가 '노나리'와 어떠한 관계에 있는지에 대해서도 생각해볼 만하다. 또한 놀기 좋아하는 사람을 '날라리'라고도 하는데, 이 '날라리'가 '노나리'와 어떤 관계에 있는지에 대해서도 검토해 볼 만하다[10]. 아울러 '어리석고 고집 센 산골 사람'을 '산골고라리', '어리석고 고집 센 시골 사람'을 '시골고라리'라 하고 이들을 줄여서 '고라리'라고도 하는데, 이 '고라리'와 '비라리', '노라리'의 관계에 대해 살펴보는 것도 흥미로울 듯하다.

백석의 시에는 아직도 우리가 정확하게 의미를 파악하지 못한 많은 시어들이 있다. 이들 시어의 의미를 하나하나 파악해 가는 것은 매우 고되고 힘든 일이지만, 그만큼 우리에게 값진 의미를 갖는다. 시어의 의미를 탐색해 가는 과정은 보물찾기와도 같다. 그 보물을 하나하나 찾아낼 때 비로소 그 시가 우리에게 반짝이는 보석으로 다가오게 될 것이다.

10) '날라리'의 사전적인 정의는 '언행이 어설프고 들떠서 미덥지 못한 사람을 낮잡아 이르는 말'이지만, 일상생활에서 사용하는 '날라리'의 의미는 이보다는 '놀기 좋아하는 사람' 정도인 듯하다. 이 '날라리'는 전통 악기인 '태평소'를 뜻하기도 하는데, 이들의 의미 관계를 따져 보는 것도 매우 흥미로운 작업이 될 것이다.

참고문헌

고형진, 1984, 『白石詩硏究』, 고려대 석사학위논문.
고형진, 2006, 『백석 시 바로 읽기』 서울: 현대문학.
고형진, 2007, 『정본 백석 시집』 파주: 문학동네.
국립국어원, 2007, 『2007 한민족 언어 정보화 통합 검색 프로그램』.
기주연, 1993, 『근대국어 조어론 연구(Ⅰ)』 서울: 태학사.
김영배, 1987, 「백석시의 방언에 대하여」, 『한실 이상보 박사 회갑기념논총』 서울: 형설출판사.
김이협, 1979, 『평북방언사전』 성남: 한국정신문화연구원.
리득춘, 1987, 『조선어 어휘사』 연변: 연변대학출판사.
선영사 편집부, 1995, 『내가 생각하는 것은』 서울: 선영사.
시와 사회 편집부, 1997, 『집게네 네형제』 서울: 시와사회.
안옥규, 1989, 『어원사전』 연길: 동북조선민족교육출판사(1996년 한국문화사 영인).
이동석, 2005, "오축(五畜)의 유축(幼畜) 명칭에 대하여" 『어문논총』(동서어문학회) 19, 1~20.
이동순, 1987, 『白石詩全集』 서울: 창비.
이동순, 1998, 『모닥불』 서울: 솔출판사.
이상규 · 홍기옥, 2015, 『시어 방언 사전』 서울: 역락.
이숭원 · 이지나, 2006, 『원본 백석 시집』 서울: 깊은샘.
이숭원, 2008, 『백석을 만나다』 파주: 태학사.
임무출, 2001, 『김유정 어휘 사전』 서울: 박이정.
조항범, 1997, 『다시 쓴 우리말 어원이야기』 서울: 한국문원.
최동호 외, 2006, 『백석 시 읽기의 즐거움』 서울: 서정시학.

제2부 현대소설 및 드라마

1930년대 한국 모더니즘소설 연구의 문제와 나아갈 길

박상준*

1. 동향과 문제

한국 근대소설사의 전개 면에서 볼 때 1930년대 소설계가 갖는 가장 큰 의미는 현재에까지 이어지는 소설계의 구도가 처음 수립되었다는 사실에 있다. 구체적으로 말하자면 1930년대 중기에 들어 리얼리즘소설과 모더니즘소설, 대중소설의 병존 상태가 이루어지면서 한국 근대문학의 형성과정이 완수되는 양상을 보인 것이 한국 근대소설사상의 중요한 의미를 이루는 것이다.

근대소설사를 구상할 때 의미 있는 것은 소설 갈래들의 전개 과정이다. 근대소설을 이루는 제 경향들이 보이는 '생성 - 지속 / 변화 - 소멸'의 양상을 (재)구성하면서 그러한 과정이 갖는 의미를 따지는 것이 소설사에 걸맞은 일차적인 작업이라 하겠다. 한 단계 더 올라가 그러한 제 양상들의 복합체

* 포스텍 인문사회학부

를 시대적인 맥락에서 의미 있는 지절들로 구분하여 각각 그리고 전체의 특징을 명확히 하는 것이야말로 근대소설에 대한 사적인 연구에 값하는 것이다. 이러한 입장에서 볼 때, 한국 근대소설계가 근대소설의 형성 과정을 완수해 내는 과정과 그 결과 양상을 살피는 일은, 근대소설의 효시 혹은 그 하위 갈래의 효시 작품 하나를 지정하는 것과는 비교가 안 되는 의미를 지닌다. 그렇게 형성된 소설계의 구도가 현재까지 이어지는 지속적인 특성을 지니는 경우는 더욱 그렇다.

바로 이러한 시기가 1930년대 중기이다. 한편에서는 리얼리즘소설이 지속되는 중에, 그에 맞서는 문학으로서 모더니즘소설이 새롭게 등장하였으며, 나름대로 지속되어 온 통속소설 또한 대중문학으로서의 위용을 탄탄히 한 것이 바로 이 시기이다. 재현의 미학에 대한 옹호와 거부로 특징지어지는 본격문학의 두 주요 갈래가 맞서고, 그 너머에 대중문학이 자기 생명을 지속하는 상태, 이러한 정립상(鼎立像)의 상태는 현재에까지 이어지고 있어서 근대문학의 일반적인 양상이라고 해도 손색이 없다. 1930년대 중기가 근대소설의 형성 과정이 완수된 시기라 함은 이를 가리킨다.

1930년대 중기가 근대문학의 정립상을 이루며 근대문학의 형성 과정을 끝맺게 되었다 했지만, 작품의 양적 비율 면에서 삼분 양상이 빚어진 것이 아님은 물론이다. 모더니즘소설의 비중이나 영향력이 매우 미미했기 때문이다. 계몽주의 문학의 시기니 리얼리즘소설의 시대니 해도 그러한 규정이 바로 그러한 문학 갈래만이 있었음을 의미하는 것이 아니라 그들 갈래가 다양한 갈래들 중에서 그 시기를 대표하는 지배종임을 가리키는 것뿐임은 다시 말할 것도 아니지만, 사정이 이렇다 해도, 1930년대 중기 모더니즘소설의 미미함은 이 시기를 모더니즘소설기라 할 수 없음은 물론이요, '정립상'이라는 말을 붙이는 것이 부적절하다거나 이 시기가 근대소설 형성 과정이 끝나는 때라는 판단이 과하다거나 하는 의구심을 낳을 만한 정도여서 문제적이다.

1930년대 중기 소설계에서 모더니즘소설이 차지하는 비중은 얼마나 되는지 소략하게나마 짚어 둔다. 작가로 쳐서 온전하게 모더니스트라 할 만한 경우는 국문학계의 통념을 따른다 해도 이상 한 명에 그친다. 모더니즘(적인)소설을 발표한 작가로 돌려 생각해도 박태원과 최명익, 유항림 정도를 꼽고 나면 누구를 추가해야 할지 머뭇거리지 않을 수 없다.

근래에 나온 모더니즘소설 연구서로 모더니즘소설의 작가를 비교적 넓게 잡은 경우가 신형기의 『분열의 기록: 주변부 모더니즘소설을 다시 읽다』(문학과지성사, 2010)일 텐데, 여기서 언급되는 작가는 이상, 박태원, 최명익 외에 허준과 유항림, 현덕이다. 이렇게 여섯 명의 소설가를 대상으로 하고 있지만, 허준은 해방 이후의 작품을 다루고 있으며 현덕을 두고는 묘사에 주목할 뿐이니 결국 그가 1930년대 모더니즘 소설가로 간주한 경우는 네 명에 불과하게 된다.

김윤식·정호웅의 『한국소설사』(예하, 1993) 또한 '제5장 모더니즘 소설의 형성과 그 분화'라는 장을 설정하고 무려 7개의 절을 배치하였지만 정작 모더니즘 소설가로 검토되며 작품이 논의되는 경우는 이상과 박태원, 유항림, 최명익의 4인에 불과하다. '3·4문학파'를 다루면서는 (그러지 않을 도리가 없는 것이지만) 시를 대상으로 문인들의 태도를 이야기하고 『단층』파의 경우도 지식인문학, 전향문학과의 비교에 치중하며 절을 채울 뿐이다.

요컨대 1930년대 소설계에서 모더니즘의 존재는 그 비중을 말하기 어려울 만큼 미미하다고 하지 않을 수 없다. 구체적으로 갈라 말하자면, 모더니즘소설가로 내세울 수 있는 경우가 이상 정도에 국한되어 있고, 작품들에 주목해서 작가를 넓혀 보아도 대여섯 명밖에 되지 않는다는 것이다.[1]

1) 이렇게 보면 적지 않은 논자들이 상당 기간 동안 구인회나 『삼사문학』을 내세워 모더니즘소설 문학을 말해 온 것은 모더니즘소설의 위세를 과장해 온 전형적인 방식이라 하지 않을 수 없다. 구인회를 문단의 세력으로 부각시키는 것은 반좌파문학과 모더니즘을 동일시하는 오류에 은연중 기대는 것이며 『삼사문학』을 강조하는 것은 문학청년들의 시를 활용해서 모더니즘 문학을 부풀린 뒤 모더니즘소설을 그 뒤에 숨겨 놓는 일에 불과하다.

모더니즘소설의 입지가 미미했다는 사정은, 가장 최근에 나온 의미 있는 소설사인 조남현의 『한국 현대 소설사 2』(문학과지성사, 2012)에서 다른 방식으로 잘 확인된다. 말 그대로 폭넓게 작품들을 훑으면서 한국 근대소설사의 실제를 재현해 내고 있는 이 역작은 '모더니즘소설'을 따로 범주화하지 않는다. 이에 그치지 않고, 다루는 작가 작품도 각기 다른 절과 항에서 간단히 논의할 뿐이다. 이 책의 거의 대부분(13~557쪽)을 이루는 제5장 '1930년대와 노벨의 확대와 심화'에서, 박태원의 경우 4절 2항 '리얼리스트와 모더니스트의 양립'에서 「피로」와 「소설가 구보 씨의 일일」이 소략하게 논의될 뿐이고(245~8쪽), 5절로 넘어와 최명익의 「심문」은 주의자소설로서 간략하게 언급되고(418~9쪽), 「비오는 길」, 「무성격자」 등은 니힐리즘으로서(454~7쪽) 유항림의 「마권」, 「구구」와 더불어(458쪽) 다뤄진다. 게다가 이상의 소설들이 논의되는 것은 8항 '여급 존재의 서사화 방식의 다양성과 다의성'에서이다(539~52쪽). 이와 같이 모더니즘소설이라는 범주 자체를 인정하지 않는 것이 조남현 소설사의 특징이라 할 만한데, 이는 1930년대 중기 소설계에 모더니즘소설을 범주화해 넣을 만한 여지가 없다는 판단에 따른 것이라 하지 않을 수 없다.

사태를 정리하면 다음과 같다. 1930년대 중기의 소설계란 현재에까지 이어지는 리얼리즘, 모더니즘, 대중문학의 정립상을 보임으로써 근대소설의 형성 과정을 마감하고 있지만, 정작 모더니즘소설의 경우는 그 범주화 가능성에 의심이 갈 만큼 비중이 적다. 이와 관련해서 세 가지가 질문될 수 있다. 첫째는 1930년대 소설계에서 모더니즘소설의 범주화 가능성은 어느 정도 되는가이다. 둘째는 모더니즘소설을 범주화할 때 그 적절한 방식은 무엇인가이며, 끝으로 셋째는 이러한 문제들이 생긴 근본적인 원인은 무엇인가이다.

2. 1930년대 모더니즘소설의 호명 과정

앞에서 제기된 문제들에 대한 답을 찾아가기 위해서는 먼저, 현재 모더니즘소설이라고 간주되(기도 하)는 작품들과 그 작가들을 국문학계에서 어떻게 다루어 왔는지를 정리해 볼 필요가 있다. 1940년대에 시작된 국문학 연구 1세대의 성과로부터 1990년대에 이르기까지 이들 작가, 작품들에 대한 논의가 보여 온 변모 양상을 살펴봄으로써, 범주화 가능성 및 그 방식의 적절성을 반성해 볼 수 있게 된다.

결론을 당겨 말하자면, 1990년 전후에 이르기까지는 문학사에서도 소설사에서도 모더니즘소설이라는 범주를 설정하지 않고 있음이 확인된다. 이는 두 가지 면에서 놀라운 사실이라고 할 만하다. 모더니즘소설의 존재를 당연시하고 있는 현재 국문학계의 통념과 크게 어긋난다는 사실이 하나요, 그럼에도 불구하고 이러한 사실이 제대로 주목되어 그 이유와 의미가 검토된 적이 없었다는 것이 다른 하나다.

먼저 문학사의 주요 성과들을 훑어본다.[2)]

현대적인 문학 연구 차원에서 국문학 연구 1세대를 열었다 할 조윤제는 『國文學通史』(탐구당, 1987; 초판 1948)에서, 이상과 허준, 정인택 등의 작품을 '新心理主義流의 小說' 항목에서 다루고 있다. '신심리주의'적인 측면을 주목하지만 세부 장르 규정은 대단히 모호하다. 현재 우리가 모더니즘소설이라고 일컫는 작품들을 두고 "이 리얼리즘은 自然主義的인 리얼리즘과는 다르다"(530~1쪽)고 하여 리얼리즘소설의 하위 갈래로 간주하고 있는 까닭이다. 이렇게 모더니즘소설을 일반적인 리얼리즘과는 다른 '어떤 특별한 리얼리즘'으로 사고하는 방식이 최재서의 「리아리즘의 확대와 심화: 『천변풍경』

2) 이하 문학사, 소설사 및 1990년대 주요 논문들에 대한 정리 부분은, 졸저 『형성기 한국 근대소설 텍스트의 시학: 우연의 문제를 중심으로』(소명출판, 2015), 542~4쪽의 각주 38)을 풀고 보충한 것이다.

과 「날개」에 관하야」(조선일보, 1936.10.31~11.7)에 닿아 있음은 췌언의 여지가 없는데, 최재서의 영향은 이하의 경우들에서도 확인된다.

백철의 『朝鮮新文學思潮史 -現代篇』(백양당, 1949)도 다르지 않다. 백철은 조이스나 프루스트 등을 거론하면서 이상과 허준, 안회남 등을 다루되 그 장의 제목을 '心理・身邊小說'로 명명하고 있다(4장 8절). 이들 작품을 다루는 그의 구도는, 리얼리즘 자체가 자연주의적 리얼리즘과 심리주의적 리얼리즘으로 구성된다고 보면서 조선에서도 최재서가 그러한 논의를 전개했다 하여, 사실상 최재서가 주장한 바 '리얼리즘의 확대와 심화'라는 인식 틀을 준용하는 것이다(316~7쪽). 이렇게 백철에게서도 모더니즘소설이라는 범주 자체가 존재하지 않는다. 그에게서 '모더니즘'은 시문학과 비평을 논의하는 자리에서만 구사될 뿐이다(3장 4~6절, 4장 13절).

모더니즘이란 범주 및 개념을 시문학에만 사용하고 현재 모더니즘소설로 간주되는 작품 군에는 다른 개념을 구사하는 이러한 특징은, 백철・이병기의 『國文學全史』(신구문화사, 1983; 초판 1957)에서도 확인된다. 프로문학의 쇠퇴 이후를 '현대적 문학의 생성기'로 보면서 박태원의 경우는 '藝術派'로 이상, 최명익, 유항림 등은 최재서의 소론을 인용하면서 '主知派'로 다루되, '모더니즘'은 시문학 운동에 한정하여 사용하는 것이다(392~402쪽 참조).

조연현은 『韓國現代文學史』(증보개정판, 성문각, 1969; 초판 1957)에서 1930년대의 문학사적인 중요성을 한껏 강조하면서(6장 1절) 이 시기 문학의 성격을 순수문학으로 잡고 있다. 이어 3절 '純粹文學의 形成科程' 속에서 구인회를 설명하고 시문학의 주지주의를 개관한 뒤에 "모던이즘이 主知主義에 根據를 두고 나타난 詩運動이었다면 이것이 小說을 通하여 나타난 것은 新心理主義 或은 超現實主義라고 부를 수 있는 一傾向이었다"(503쪽)라 하며 이상의 소설을 언급한다(504쪽). 인용문이 보여주듯이, 모더니즘과 시의 관계는 명확한 반면 모더니즘과 소설의 상관성은 다소 모호하게 되어 있다. 『단층』과 『삼사문학』에 대해서는 '기타의 순수문학적인 동인지'로 사실 정보를 개괄하며 '현대주의적인 감각'을 지적하고 있다(509~11쪽).

모더니즘소설이라는 명칭 및 범주화를 전혀 구사하지 않는다는 점에서는, 김윤식 · 김현의 『韓國文學史』(민음사, 1973)나 김동욱의 『國文學史』(일신사, 1986)도 마찬가지이다. 애초부터 사조적인 개념 규정을 피하고 있는 전자는 이상과 박태원을 '폐쇄적인 비관주의자들'로 규정하며 다루었고(189~97쪽), 후자는 5장 2절 '近代文學의 諸思潮'를 통해 근대문학 형성기를 다루면서 자연주의, 사실주의, 프롤레타리아문학, 민족문학 등과 더불어 '이상'을 따로 항목화할 뿐 모더니즘 개념을 쓰지는 않고 있다(226~41쪽 참조). 조동일의 『한국문학통사 제2판』(지식산업사, 1989) 또한 '모더니즘' 명칭은 시문학에만 사용할 뿐, 박태원의 『천변풍경』은 세태소설로 규정하고, 이상이나 박태원, 최명익 등의 단편소설은 '삶의 의지를 빼앗기는 시련'이라는 항에서 다룰 뿐이다(5권 430~1, 448~9쪽 참조).

요컨대 문학사에서 모더니즘소설을 명시적으로 범주화하여 다룬 경우는 국문학 연구사의 맥락에서 보자면 매우 늦은 1990년대에 이르러서야 이루어졌다고 할 수 있다. 본고가 파악한 한에서 보자면, 1991년에 출간된 윤병로의 『한국 근 · 현대문학사』(명문당)가 첫손에 온다. 윤병로는 제5부 '근대문학의 성숙과 현대문학의 태동: 30년대 후반기 문학'의 1장 '30년대 후반의 문단 조감'에서 "모더니즘 작가들은 리얼리즘 작가들의 '내용의 사회성'을 '형태(기술)의 사회성'으로 대체시키면서 새로운 문학의 가능성을 추구"(238쪽)하였다 하여, 작가 군을 리얼리즘 대 모더니즘으로 나누는 발상을 보인다. 이러한 구별 의식은 2장 '전형기 비평의 양상'을 '모더니즘 계열의 비평 양상'과 '구(舊) 카프 계열의 비평적 동향'의 두 절로 나누는 방식으로 이어진다. 이 뒤에 3장 2절 '구인회(九人會)와 모더니즘 문학' 허두에서 "실제 작품을 통해서 주지주의, 이미지즘, 초현실주의, 심리주의, 신감각파 등 잡다한 경향을 보여주는 모더니즘 문학은 전반적으로 언어의 세련성과 기교를 통한 문학양식의 근대성을 최고도로 높인 데 그 의의를 갖게 된다"

(256쪽)라고 정리한 뒤에 박태원, 이상 등을 다루고 있다.

1990년대에 들어서기 전까지 문학사에서 모더니즘소설이라는 범주화가 부재했다는 일견 놀라운 이러한 사정은 소설사에서도 동일하게 확인된다. 1970년대 국문학 연구 2세대가 내놓은 대표적인 근대소설사 연구 성과에 해당하는 이재선의 『한국 현대소설사』(홍성사, 1979) 또한 "詩에 있어서의 모더니즘의 경향과 상응하는 것"(313쪽)으로 '도시소설의 한 양상'을 언급하면서 이효석, 박태원, 유진오, 이상 등을 거론하고 "내성적인 수필성에 의해 소설이 知性化되고 지식인 소설이 제기된다"(같은 곳)고 할 뿐, 모더니즘소설을 따로 범주화하지는 않는다. 이상의 경우를 "李箱文學의 특징은 그 이전의 우리 문학사의 영역에서 그 어떤 친족 관계도 찾을 수 없다는 데 있다"(401쪽)라는 판단 위에서 '李箱文學의 時間意識'이라는 장에서 따로 다룰 만큼, 모더니즘소설이라는 범주 자체가 고려되지 않고 있는 것이다.

이는 김우종의 『韓國現代小說史』(성문각, 1982)에서도 마찬가지이다. 김우종은 자연주의, 탐미주의, 리얼리즘 등을 명시하는 반면 현재의 모더니즘소설의 경우는 V장 '純粹文學과 日帝末'의 3절 '30年代의 主要作家·作品들' 속에서 다룰 뿐이다.

모더니즘소설이 현대소설사의 한 자리를 차지하면서 리얼리즘소설과 대등하게 다루어지는 것은 김윤식·정호웅의 『韓國小說史』(예하, 1993)에 와서이다. 앞 절에서 언급했듯이 비록 실제 논의에 있어서는 시를 다루기도 하고 대체적으로 작가들의 의식을 비중 있게 기술하여 정작 모더니즘소설의 작가, 작품에 대한 논의는 소략한 면모를 벗어나지 못했지만, 3장 '경향소설의 형성과 전개'에 이어 4장 '리얼리즘 소설의 분화와 그 양상'과 5장 '모더니즘 소설의 형성과 그 분화'를 배치함으로써 1930년대 소설계의 구도를 리얼리즘 대 모더니즘으로 뚜렷이 설정한 데 이 저작의 의의가 있다.

이상을 통해서, 문학사나 소설사 분야에서 한국 근대소설의 하위 갈래로 모더니즘소설이 설정되기 시작한 것이 1990년대에 들어서라는 사실을 구체적으로 확인하였다. 한국 근대문학 연구사에서 꽤 늦은 시점에야 일군의 작품들이 모더니즘소설이라는 갈래로 범주화된 것인데, 이러한 상황의 전조에 해당하는 것이 1990년 전후에 나온 몇몇 연구 성과들이다.

서준섭의 「1930년대 한국 모더니즘 문학연구」(서울대학교 박사학위 논문, 1988)와 최혜실의 『韓國 모더니즘 小說 硏究』(민지사, 1992)가 모더니즘소설의 범주화에 있어서 기념비적인 성과에 해당한다. 전자는 구인회에 주목하면서 모더니즘을 '미적 가공기술의 혁신'을 특징으로 하는 '도시문학의 일종'으로 파악하였으며(학위논문을 출간한 『한국 모더니즘 문학 연구』, 일지사, 1988, 6~7쪽 참조), 후자는 '주관적 보편성'과 '일상성'을 주목하여 모더니즘소설 미학을 수립하면서 이상과 최명익, 박태원 등을 모더니스트로 다루었다.

모더니즘소설을 한국 근대소설의 한 가지 주요 갈래로 범주화해 내는 이러한 시도의 의의는, 이들 논문을 비슷한 시기에 나온 나병철의 「1930년대 후반기 도시소설 연구」(연세대학교 박사학위 논문, 1989)와 비교해 볼 때 뚜렷해진다. 나병철의 경우는 박태원이나 이상의 소설이 '모더니즘적 형식 실험'을 보이는 '우리의 성공적인 모더니즘 소설들'이라고 간주하면서도(13~5쪽), 전체적으로는 "소설적 형상화를 주체와 현실의 변증법적 매개과정으로 보는 점에서 임화의 이론 및 정통적인 리얼리즘의 이론과 맥을 같이 하"면서(국문요약), '도시소설'이라는 범주로 박태원과 이상을 김남천이나 채만식, 한설야 등과 함께 다룸으로써 사실상 모더니즘소설의 범주화를 인정하지 않고 있다. 위에서 정리한 대로 한국문학 연구사의 대부분을 차지하는 이전 시기의 문제의식이 얼마나 강력한지를 새삼 확인시켜 주는 이러한 사례에 비추어볼 때, 서준섭과 최혜실의 연구가 당시로서는 무척이나 패기만만한 것이며 모더니즘소설의 범주화에 있어 획기적인 성과에 해당하는 것임이 분명해진다.

이들의 연구를 이어 권성우의 「1920~30년대 문학비평에 나타난 <타자성> 연구」(서울대학교 박사학위 논문, 1994)나 김유중의 「1930년대 후반기 한국 모더니즘 문학의 세계관 연구」(서울대학교 박사학위 논문, 1995), 강상희의 『한국 모더니즘 소설론』(문예출판사, 1999) 등이 나오면서 모더니즘소설의 범주화가 완수되고, 1990년대 후반 이래의 다양한 후속 연구들에 의해 그 입지가 공고해졌다고 할 수 있다.

지금까지 살펴본 대로, 문학사 및 소설사 양 분야의 국문학 연구에서는 1980년대에 이르기까지 모더니즘소설이라는 범주를 설정하지 않아 왔다. 그 대신에 '신심리주의'나 '심리주의', '심리소설', '신변소설', '예술파', '주지파', '세태소설', '도시소설', '순수문학' 등을 사용하거나 아예 '이상'이라는 작가 이름을 장 · 절의 제목에 내세우고 있다. 모더니즘소설이라는 범주 규정을 피해 왔다고 해도 과언이 아닐 만한 상황이 전개되어 온 것이다. 사정이 급변하여 이들을 모더니즘소설로 범주화하게 된 것은 1990년 전후에 와서인데, 그 이후로는 사실상 1930년대 소설계의 한 축을 모더니즘으로 여기는 것이 통념이 되다시피 되었다. 그 이전까지의 국문학계가 모더니즘 소설을 모더니즘소설로 범주화하지 않았던/못했던 것이나 1990년대 이후로는 그러한 범주화가 자연스러운 것처럼 여겨지게 된 것 모두 일견 놀라운 감이 있다. 이러한 상황의 연유를 조금 살펴 둔다.

해방 이후 1980년대에 이르는 국문학 연구 1, 2세대가 이들 소설을 모더니즘소설로 인식하지 않은 근본적인 이유는 국내외 두 가지 차원에서 찾아진다.

첫째로 국내 상황을 보면 1930년대 당대 문단에서 이상이나 박태원 등의 일부 작품들을 대할 때 '모더니즘소설이라는 의식 자체가 부재'했음이 주목된다. 최재서가 영국 문단의 동향에 동시대적으로 반응했고 당대의 문인들 상당수가 일본 문단에 정통했음에도 불구하고, 이들을 모더니즘으로 사고할 만한 여지는 주어지지 않았다. 박태원의 『천변풍경』과 이상의 「날개」가 당대 소설계에서 갖는 새로움에 누구보다도 민감했던 최재서가 이 작품들을 근거로 좌파 리얼리즘 주류의 당대 문단에 충격을 가하고자 했던 글에서 두 작품의 특징을 각각 '리얼리즘의 확대'와 '리얼리즘의 심화'로 개념화한 것은, 리얼리즘이라는 개념의 좌파적인 의미망을 뒤흔들려는 의도가 앞서 있는 것이기는 해도 새로운 작품들에 대한 새로운 개념을 얻지 못해서이기도 함은 명백한 사실이다.[3] 임화나 백철 등 또한 마찬가지이다.

둘째로, 시선을 국외로 돌려 세계문학사의 전개 양상과 그에 대한 세계적인[서구적인] 문예학의 상황을 살펴보면 사정이 좀 더 명확해진다. 1930년대에는 모더니즘문학이 발흥한 서구에서조차 이들 새로운 문학 운동들을 모더니즘이라는 하나의 범주로 크게 이해하는 데 이르지는 못했던 까닭이다. 1924년에 T. E. 흄이 자기 시대의 새로운 예술의 특징들을 포착하면서 그 정체를 '광범위한 사실주의 또는 현실주의 예술'과 양립되어 온 '기하학적 예술'의 연장선 위에 있는 것으로밖에는 규정하지 못하는 것이 좋은 예가 된다.[4] 20세기의 처음 20여 년간에 마리네티의 미래파 선언이나 트리스탕 차라의 다다 선언, 앙드레 브르통의 초현실주의 선언 등 새로운 예술을 표방하고 주창하는 각종 선언들이 있었지만 이들은 저마다의 지향을 표방하는 것일 뿐, 그러한 선언들이 이후 문학, 예술의 실제 동향을 말해 주는 것도 그 정체를 규정해 주는 것도 아님은 물론이다. 따라서 사정을 정리하면 다음과 같다. 20세기 전반기 내내 다양한 모더니즘 문학, 예술이 전개된 것은 맞지만 그것을 모더니즘으로 사유한 것은 이후의 일일 뿐이다.

뒤에서 구체적으로 확인해 보겠지만, 이러한 사실을 확실히 해 두는 일이 필요하다. '모더니즘 문학의 전개와 그에 대한 인식의 시간적 상거'를 염두에 두지 않고 모더니즘 문학을 논하는 경우, 불행히도 1990년 전후 시작된 우리의 모더니즘소설 연구가 그러한 양상을 띠었는데, 적지 않은 문제들이 생겨난다. 1930년대 모더니즘 문학 특히 모더니즘소설을 제대로 이해

3) 졸고, 「최재서의 1930년대 중기 문단 재구성 기획의 실제와 파장: 「리아리즘의 擴大와 深化 - <川邊風景>과 <날개>에 關하야」를 중심으로」, 한국문학언어학회, 『어문론총』 69, 2016, 150~6, 164~7쪽 참조.

4) T. E. 흄, 박상규 옮김, 『휴머니즘과 예술철학에 관한 성찰』, 현대미학사, 1993, 73~101쪽 참조.

하지 못함은 물론이요, 그것을 이해할 수 있는 방법 또한 혼란스럽게 만들게 된다. 문제의 구체적인 양상들은 다음과 같다: 모더니즘소설의 정체(라는 것이 주어져 있는 듯이 여기고) 그것을 식민지 문단에서 '제대로' 수용하지 못했다고 평가하거나, 좀 더 구체적으로는 모더니즘소설이란 도시에 근거를 둔 문학인데(라고 단정적으로 규정하고) 식민지 수도 경성은 그에 미치지 못하므로 당시의 모더니즘 또한 미달형에 불과하다고 보거나, (모더니즘이 정형화되어 있기라도 한 듯이 사고되는) 서구와는 달리 전개되었으므로 '한국형' 모더니즘에 대한 이론이 필요하다는 문제의식을 제기하는 것 등. 양의 과다 질의 고저를 불문하고 1930년대 모더니즘소설 자체에 대한 연구는 당연하고 필요한 것인데, 다원주의적인 관점에서 접근하는 대신, 서구 모더니즘소설을 보편형으로 전제한 위에서 한국 모더니즘소설을 그와는 거리가 있는 특수형이라 간주하고 그 특수성을 설명하고자 하는 방식을 취하는 것은 문제다.

3. 한국 근대 모더니즘소설 범주 (재)구성의 문제

앞 절의 말미에서 제기한 문제의 문제적인 성격을 좀 더 상세히 정리해 본다. 이를 위해, 1990년 전후 국문학계에서 모더니즘소설을 처음 범주화한 연구들의 몇몇 사례를 검토한다.

문학사 연구에서 모더니즘 문학을 처음 명기한 윤병로의 경우를 먼저 보자. 그의 『한국 근·현대 문학사』(명문당, 1991)는 대체로 모더니즘에 대한 선규정을 내세우기보다는 1930년대 문인들의 주장을 기술적으로 소개하는 형식을 취하고 있는 편이다. '모더니즘 계열의 비평 양상'을 다루는 부분(239~44쪽)이 특히 그러하다. 그런데 구인회를 주목하며 소설을 말할 때는 사정이 약간 달라진다.

> 이들 성원들은 상호간에 약간의 차이는 있지만 한마디로 서구적 의미에서의 현대문학의 양식을 가장 잘 소화해낸 도시세대의 집합체라고 할 수 있다. 그래서 이들 작가들에게서는 도시풍의 문명화된 언어가 주종을 이루고, 집단에서 분리된 채 개인성을 중시하여 이성이 아닌 지성과 감각을 중시함으로써 주지주의, 지성주의라든가 초현실주의라는 정신적 틀 속에서 각기 자유를 구가하였다. 이러한 점을 주목하여 보면 모더니즘 계열 내에서 영미계 쪽에 그 원천을 둔 이미지즘(주지주의)적 경향과 전위예술에 가까운 초현실주의계의 모더니즘으로 대별할 수 있다. 전자를 대표하는 작가로는 김광균, 김기림, 박태원 등을 들 수 있고, 후자를 대표하는 작가로는 이상을 들 수 있다.
>
> 이렇게 볼 때 실제 작품을 통해서 주지주의, 이미지즘, 초현실주의, 심리주의, 신감각파 등 잡다한 경향을 보여주는 모더니즘 문학은 전반적으로 언어의 세련성과 기교를 통한 문학양식의 근대성을 최고도로 높인 데 그 의의를 갖게 된다. (255~6쪽: 밑줄은 인용자)

위의 인용에서 특징적인 것은 밑줄 부분이 가리키는 바가 고정적인 것인 양 간주된다는 점이다. '문학양식의 근대성'을 체현한 것으로서의 '서구적 의미에서의 현대문학의 양식'이란 것이 실체로 전제되고 그것이 마찬가지로 '원천'의 지위를 부여받는 실체로서의 이미지즘과 초현실주의로 구성되었다고 파악된다. 이렇게 서구에서 이미 만들어진 모더니즘의 갈래에 1930년대 우리 작가들이 배치되는 방식으로 논의 구도가 짜이는 것, 이것이 이 책은 물론이요 이후의 모더니즘소설 연구 대부분이 보이는 주된 문제의 실상이다.

소설사의 경우도 짚어 두자. 모더니즘소설의 범주를 선명히 내세울 뿐 아니라 리얼리즘소설에 대비시켜 그 소설사적 위상을 한껏 높인 김윤식·정호웅의 『한국소설사』(예하, 1993)의 다음 구절을 본다.

> 실상 이상문학에 동원된 갖가지 기교란, 잘 따져보면 모더니즘 자체에서 말미암았다. 그가 구사한 (a) 미학적 자의식 또는 자기반영성이라든가, (b) 동시성·병치·몽타주 수법이라든가, (c) 패러독스·모호성·불확실성, (d) 비인간화와 통합적인 개인의 주체(개성) 붕괴 등은 모더니즘이 갖고 있는 일반적 속성이었다. (225~6쪽: 밑줄은 인용자)

위의 글에서 (a)~(d)로 제시된 것은, 잘 알려져 있듯이 그리고 저자들도 주석에서 밝히고 있듯이, 유진 런이 『마르크시즘과 모더니즘』(김병익 역, 문학과지성사, 1986)의 2장 '비교 관점에서의 모더니즘'에서 항목화하여 기술하고 있는 내용을 가져온 것이다. 문제는 이렇게 키워드처럼 열거하면서 이를 '모더니즘의 일반적 속성'으로 규정했다는 데 있다. 유진 런 스스로 해당 절의 허두에서 "예술에서의 모더니즘은 통일된 전망도, 일치된 미학적 실제도 드러내지 않는다. 이 점은 우리가 염두에 두어야 할 중요한 점이다"(45쪽)라 하고, 위와 같은 항목들을 설명하기 직전에도 "다양한 운동들을 비교하기에 앞서, 그 모두들 안에서 크든 작든 그들 간의 공통된 국면을 살펴보는 것이 좋겠다. 매우 복합적이고 폭넓은 현실들을 지나치게 도식화할 우려가 있음에도 불구하고, 모더니즘 일반에서, 미학적 형태와 사회적 전망의 중요한 지향은 다음과 같다"(46쪽)라고 하여, 모더니즘 이해에 있어서의 도식화 및 단순화의 위험을 재차 경고하고 있는 사실을 고려하면, 『한국소설사』의 이러한 단정은 매우 아쉬운 일이다.

모더니즘의 명칭과 관련해서도 문제가 있다. "프롤레타리아문학이 퇴조하면서 큰 세력권을 형성한 일본의 신감각파·초현실파·행동문학파(잡지 『세르팡』, 『시와 시론』 등으로 대표되는 서구 모더니즘계 문학 소개지) 등의 영향을 받아 김기림·박태원·이상 등의 구인회(1933~36)가 결성되었고, 그러한 신감각파적 문학을 두고 모더니즘이라 범칭했다"(227쪽)라고 하여 이들의 작품이 당시에 모더니즘으로 일컬어졌던 것인 양 여기게 하였는데, 사실은 그렇지 않기 때문이다. 일본의 영향이라는 비교문학적인 사실을 지적한 것은 의미 있는 일이지만, 일본의 신감각파 등이 '큰 세력권'을 형성했다고 보는 것도 적절치는 않다.[5)]

5) 1920, 30년대 일본 모더니즘의 문단 내 위상과 관련해서, 가토 슈이치(加藤周一)는 20세기초 서양문예 번역의 유행과 관련지어 '전후 유럽 문학의 기법상의 자극을 추구'했던 신감각파만을 그것도 요코미쓰 리이치의 대중적인 성공 맥락으로 기술할 뿐이며(김태준·노영희 역, 『日本文學史序說 2』(1979), 시사일본어사, 1996, 472~3쪽 참조), 다섯 권 분량의 방대한 문예사를

모더니즘 문학 연구의 진흥에 크게 기여한 서준섭의 『한국 모더니즘 문학 연구』(일지사, 1988)는 1930년대 모더니즘 문학에 접근하는 세 가지 관점을 다음처럼 제시하고 있다.

> 시에 비하면 소설에 있어서의 모더니즘의 개념이 모호한 점이 있으나 미적 가공기술의 혁신이라는 점에서는 공통된다. 그리고 이들 소설가들이 모더니즘 작가인 이유는 무엇보다 동시대에 그렇게 인식되었기 때문이며, 이들을 포함시킬 때 모더니즘의 개념은 더욱 분명해진다. (중략) 모더니즘은 文藝思潮的인 개념이라기보다는 미학(문학이론)적인 개념이다. 30년대 모더니즘은 문학형식과 사회적 변화를 날카롭게 인식하는 가운데 제기된 문학(이론)으로 이론이 차지하는 비중이 크다 (중략) 모더니즘은 동시대의 도시를 중심으로 하여 전개된 도시문학의 일종이다. (6~7쪽: 밑줄은 인용자)

모더니즘 문학, 모더니즘소설의 도시문학적인 성격을 강조하며 구인회를 주목한 점은 이 책의 성과이고 후대의 연구에도 큰 영향을 끼치는 것이지만,[6] 서준섭의 주장은 무리한 면모를 보인다. '모더니즘 소설가'에 대한 인식이 당대엔 없었다는 사실을 호도한다는 점, 모더니즘에 있어 작품보다 이

쓰고 있는 小西甚一의 경우 일본식 모더니즘의 자생성 혹은 현실 적합성을 주목하는 논의 구도 위에서 일본 모더니즘소설의 경향을 신감각파의 요코미쓰 리이치와 가와바타 야스나리, 신심리주의의 호리 다쓰오를 중심으로 기술하는 데 그치고 있을 뿐이다(『日本文藝史 V』, 강담사, 1992, 760~7쪽 참조). 당대의 개념적 자각에 초점을 맞추는 스즈키 사다미(鈴木貞美) 또한 '새로운 언어표현의 모색을 시도'하고 '모던한 도시의 새로운 풍속을 제재'로 하는 모더니즘이 대중문학 특히 탐정소설이나 프롤레타리아 문학의 동향과 상호침투하며 전개되지만 그 둘의 융성에 압도되었음을 지적하고 있다(김채수 역, 『일본의 문학 개념: 동서의 문학 개념과 비교 고찰』, 보고사, 2001, 363쪽). 요컨대 일본의 모더니즘 문학은 당대 문단에서 소수 문학이였으며 작품의 성과 면에서 볼 때는 더더욱 그러했음이 확인된다.

6) 이에는 성과와 더불어 불가피한 문제도 따른다. 모더니즘의 배경으로 근대도시를 강조하다 보면 둘의 관계를 속류 마르크시즘의 '토대-상부구조'론처럼 기계적인 인과관계로 사유하게까지 될 위험이 있다. 이 맥락에서 한껏 나아가면, 예컨대 권은의 「경성 모더니즘 소설 연구」(서강대학교 박사학위 논문, 2012)가 보이듯이 잘못 설정된 문제와 그로부터 벗어나고자 하는 고투의 수렁에 맞닥뜨리게도 된다. 권은은 "본래 서구 모더니즘 소설은 제국의 수도인 메트로폴리스를 중심으로 형성된 사조이기에 식민도시 경성을 무대로 한 작품들을 설명하기에는 그리 적절한 개념이 아니다. '모더니즘 소설'과 '식민도시'는 양립불가능한 개념에 가깝다"(국문초록)라는 그 자체로 적절하지도 않을뿐더러 논리상으로 해결 불가능한 문제를 스스로 설정한 뒤 '경성 모더니즘'이라는 해결책을 제시하고자 부단히 노력한 바 있다.

론의 비중이 커서 문예사조가 아니라 미학(문학이론)적인 개념으로 본 것이 문제다. 1930년대 당대 문단의 상황을 보면 시에 대해서는 모더니즘이라는 인식이 뚜렷했던 반면 모더니즘소설이라는 관념은 없었고, 세계 문학의 경우도 모더니즘 시와 소설들에 대한 오랜 사유와 고민을 거친 뒤에야 모더니즘에 대한 인식들이 형성되었기 때문이다.[7]

이러한 문제가 생겨난 사정은, 그가 모더니즘의 문제점으로 "모더니즘은 그 이론의 전개와 병행되었으나 이론과 작품의 실제 사이에 차이점이 있으며, 리얼리즘 문학과의 논쟁을 거치면서 자체의 문제점을 드러내기도 한다"(8쪽)고 지적한 데서 간접적으로 확인된다. 기법을 강조한 박태원의 소설론을 빼면 모더니즘 이론으로 다룰 수 있는 것이 주로 시론이었기에 이러한 문제점이 포착된 것인데, 결과적으로 모더니즘소설에 대해서는 당대엔 부재하던 인식을 있는 것인 양 간주하는 오류를 낳게 되었다. 이러한 맥락에서 "30년대의 역사적 모더니즘은 이미지즘·주지주의·초현실주의·신감각파·심리주의 등 여러 가지 경향의 문학을 포괄하고 있다. (중략) 특히 소설의 경우는 사실주의를 반대하고, 신감각파(이종명) 또는 심리주의('의식의 흐름', '내적 독백'의 수법에 의거하면서 시간·공간·사건·플롯 등을 재구성하는)의 방법을 원용하면서 집단에서 분리된 개별화된 인물들을 그리고 있다는 공통점을 보여 주고 있다"(9쪽)라는 주장에 이어지게 되었는데, 이 진술은 서구의 역사적 모더니즘의 특징을 그대로 30년대 소설계에 적용한 것에 가깝다. 앞서 지적한 문학사, 소설사의 문제와 동일한 문제를 보이는 것이다.

최혜실의 『韓國 모더니즘 小說 硏究』(민지사, 1992)는 모더니즘소설을 온당하게 검토할 수 있는 방법으로 '주관적 보편성의 미학 범주'를 주목하고 모더니즘의 이론을 두 갈래로 구성한다(17쪽). 첫째로 양식 면에서 예술사를 '자연 모방의 역사가 아니라 예술적 시각의 역사'로 보는 보링거(Woringer)

---

7) 이의 구체적인 양상은 다음 절에서 살펴본다.

에 기대고 그 맥락을 이어 T. E. 흄, T. S. 엘리엇, 허버트 리드 등의 이론을 끌어와 모더니즘소설 연구 방법론을 마련한다(21~8쪽 참조). 둘째로는 지더펠트, 아도르노, 벤야민, 하우저 등을 소개하면서, 모더니즘과 사회의 관계에 대한 리얼리즘 담론의 부정적인 평가를 뒤엎는 논의를 제시한다(32~6쪽 참조). 이 위에서, 모더니즘이 '주관적 보편성'을 미학적 범주로 하고 '선험적 구상'과 '직관'을 인식 능력으로 활용하는 형식 예술이라는 결론을 내세운다(37~52쪽 참조).

최혜실이 이러한 논의를 길게 참조하고 작가, 작품 논의로 넘어가는 데는 세 가지 판단이 전제된다. "한국 모더니즘이 영·미 이미지즘과 서구 유럽의 아방가르드 미학에 의하여 형성되었다는 것은 명백한 사실이므로 그것의 원천이 되는 문예사조를 중심으로 영향관계를 살펴보는 것이 30년대 한국 모더니즘 이해에 선행되어야 할 단계이다"(13~4쪽)라는 생각이 하나고, "결국 리얼리즘 이론을 변형하여 모더니즘 소설을 설명하고 두둔하려 했던 최재서나, 모더니즘 시를 기교주의로 보고 여기에 경향문학의 사상을 산술적으로 결합하려 했던 김기림의 논리를 그들 자신의 논리 부족도 있으나 그보다는 당대 사회 반영에 대한 강박관념을 극복하지 못한 소치로 보아야 할 것이다"(58쪽)에서 보이듯 당대 모더니즘 논의가 실망스럽게 귀결되었다는 파악이 다른 하나다. 그럼에도 불구하고 "모더니즘 문학이 우리 근대 한국 문학에서 차지하는 양적, 질적 비중은 그것이 잘못된 문학이란 비난만으로 무시될 수 없이 큰 것이다"(16쪽)라는 판단이 우뚝 서 있어서, 최혜실은, 서구로부터 유입된 것들의 핵심 곧 '선험적 구상 능력'이나 '산책(자)', '고현학', '일상성' 등을 주목하며 이상, 최명익, 박태원 등의 작품을 검토하는 데로 나아간다.

이러한 구도를 설정하고 있는 까닭에 『韓國 모더니즘 小說 硏究』는, 작품의 실제에 대한 분석으로부터 그 특징을 읽어내는 것이라기보다는, 앞서 제시한 모더니즘 문학론에 닿는 요소들을 작품 바깥에서 찾아내어 제시한 뒤

그에 맞추어 작품의 특성을 논의하는 방식을 취하고 있다. 그 결과, 1930년대 당대에는 한국은 물론 서구에서도 의식되지조차 않았을 문학론을 앞세우고 그 일부 요소를 기계적으로 적용하여 작품을 재단하는 '방법론주의'적인 문제를 벗지 못하게 되었다. 최혜실의 뒤를 이어 '산책자'나 '고현학'을 활용한 논의들이 계속 이어져 오는 점을 고려하면 그녀가 관련 논의의 물꼬를 트며 해당 작품들의 일부 특성을 잘 밝혀 주었음은 특기해 둘 만하지만, 우리 현실에서 산출된 작품의 실제보다 외래의 이론을 앞세우는 오류의 확산에 적지 않은 영향을 끼쳤다는 문제적인 사실이 그로 인해 덮이지는 않는다는 점 또한 명확히 해 둘 일이다.

지금까지 2, 3절을 통해 살펴본 대로 1930년대 모더니즘소설에 대한 국문학계의 연구는 1990년 전후를 분수령으로 하여 큰 변화를 보여 왔다. 모더니즘소설의 범주화 가능성 자체가 의심되었다고 할 만한 상황을 벗어나, 리얼리즘에 맞서는 것으로 모더니즘이 크게 부각된 것이 변화의 대강이다.[8] 이러한 변화가 의미 있는 것이라면 1940~80년대 국문학계의 연구 동향을 모더니즘소설에 대한 범주 설정의 모색 과정이라 할 수도 있겠지만, 이렇게 단정하기 전에 검토되어야 할 두 가지 사항이 남아 있다. 1930년대 소설계 속에 모더니즘소설이 실재하는 구체적인 양상을 재차 따져봐야 하는 것이 하나요, 일정 작품들을 두고 모더니즘소설이라 할 때 그러한 규정의 내포를 마련해 준 모더니즘소설론들의 정체와 특성을 확인해 보는 일이 다른 하나다. 전자는 이 글의 몫이 아니기에, 이하에서는 1990년 전후 이래 활성화된 모더니즘 문학 연구에 활용된 외국의 문학 이론들이 밟아온 전철을 살펴본다.

8) 이러한 변화의 외적 이유로 두 가지를 들 수 있겠다. 첫째는 1988년에 이루어진 월납북 작가의 해금에 따른 연구 장의 확대이고, 둘째는 1980년대 이후 활발해진 모더니즘 관련 외국 이론의 도입이다. 연구 대상과 방법론 양 면에서 모더니즘 문학을 연구할 수 있는 여건이 확충된 것이다.

4. 서구 모더니즘소설 이론화의 양상

'1930년대 한국 모더니즘소설'을 범주화하여 수행된 거의 모든 연구들이 보이는 가장 뚜렷하고도 문제적인 공통점은 '모더니즘소설의 특징'을 명확하게 전제한다는 사실이다. '도시의 문학'이니 '고현학', '분열된 개인', '개인의 소외', '산책자', '대중', '형식 실험', '언어 중시' 등등이 모더니즘소설의 특징으로 주목되며, 이의 근거로 발터 벤야민이나 유진 런, 페터 지마, 아트 버만, M. 칼리니스쿠 등의 서구 이론가들이 참조된다.

문학작품이라는 연구 대상이 국경과 시대의 테두리에 철두철미 갇혀 있는 것이 아닌 이상 외국 이론을 참조하는 것 자체가 문제될 수 없음은 자명하다. 하지만 이러한 현상이 한국 근대문학의 연구사가 보여 온 한 가지 불미스러운 경향, 곧 신비평이나 루카치의 소설론, 바흐찐의 대화 이론 등의 경우와 같이 외국의 특정 문학이론을 재빨리 수용하여 유행처럼 그것을 가지고 작품을 재단해 오던 '방법론주의적 폐습'으로부터 얼마나 자유로운 것인지는 진지하게 반성되어야 한다. 이러한 반성이 요청되는 근본적인 이유는, 그렇게 도입된 이론으로 작품을 분석하고 해석했을 때 그 결과가 만족스럽지 못해 왔기 때문이다. 요컨대 연구방법론으로 끌어들여진 외국의 이론과 연구 대상인 작품의 특성 사이에 논리적인 정합성이 갖춰지지 않는 문제가 있어 온 것이다.

무릇 문예학의 이론들이란 대체로 특정 작품들의 특징과 동향을 해석해 내려는 고투의 결과로 생겨난 것이다. 서구 문예이론들의 경우 서구 문학의 실제를 대상으로 스스로를 구축해 온 결과에 해당된다. 따라서 작품들 간의 영향 관계가 없지 않고 문예사조적으로 유사하거나 동일한 경우라면 작품들 자체에 공통점이 적지 않으므로, 한 나라의 작품을 대상으로 하여 수립된 이론을 다른 나라의 작품에 적용해 볼 수 있게도 된다. 여기 더하여 서구의 문학이 세계문학의 주류가 되어 온 역사를 생각하면, 서구의 문학이론을 가지고 한국문학을 연구하는 일이 정합성을 갖고 의미 있는 성과를 산출할 수도 있음을 이론적으로도 인정할 수 있게 된다. 다만, 특정 문학 경향에 대해 그렇게 수입된 이론을 적용할 경우, 적용의 적절성을 따지는 데 있어서 그러한 이론의 형성사도 염두에 둘 필요가 있다. 1930년대 한국 모더니즘소설을 연구하는 데 활용되는 서구 모더니즘 이론의 정합성을 따지기 위해, 그러한 이론들이 어떠한 과정을 거쳐 생겨났는지를 서구 각국의 문학사를 중심으로 소략하게나마 살펴보는 이유가 여기에 있다.

서구 모더니즘소설 관련 이론들 중에서 가장 먼저 주목할 것은, 모더니즘 문학이 태동하던 당대에 산출된 T. E. 흄의 예술철학이다. 그 자신이 새로운 문학운동의 일원이기도 한 흄의 경우, 앞에서도 언급했듯이, 지금 우리가 모더니즘이라고 간주하는 예술의 새로운 경향을 '기하학적 예술의 당대적 형식' 정도로 파악하고 있다. '모더니즘'이란 총괄 개념을 떠올리지 않았음/못했음은 물론이다.

발터 벤야민의 보들레르 관련 논의는 1930년대 한국 모더니즘소설의 연구에서 자주 활용되는 '산책자'나 '도시', '대중' 등에 대한 통찰을 담고 있다. 그가 이 글들을 쓴 것은 1920, 30년대지만, 이 글들이 처음 출판된 것은 그의 사후인 1955년에 간행된 독일어 전집을 통해서이며, 영어 번역본은 1968년 이후에야 출간되었다.[9] 벤야민의 통찰은 모더니즘소설 연구에 큰 영향을 끼치지만 정작 그가 보들레르를 논하면서 '모더니즘'이란 개념을

9) 벤야민의 「파리- 19세기의 수도」(1925)가 약간 수정되어 영어로 처음 번역된 것은 New Left Review(no.48, 1968)에서이다. 「보들레르의 몇 가지 모티프에 관하여」(1939)는 한나 아렌트가 1968년에 편집한 Illumination에 실려 처음 영어로 소개되었다(아렌트의 이 책은 이태동에 의해 『文藝批評과 理論』(문예출판사, 1987)으로 국역됨). 여기에 「보들레르의 작품에 나타난 제2제정기의 파리」(1938)까지 더해져 세 편의 글이 함께 영어로 처음 출간된 것은 NLB, 1973이다. 독일어 전집 출간과 영역 사이에 20년 가까이 걸린 것인데, '벤야민 열풍'이 그가 이 글들을 쓴 데 비해 한참 늦게 시작된 이유의 일단을 여기서 찾을 수 있겠다. 이상의 출간 사항은, Walter Benjamin, trans. by Harry Zohn, Charles Baudelaire: A Lyric Poet in the Era of High Capitalism, Verso, 1983의 서지 참조.

구사하지는 않았다는 사실은 그리 주목되지 않았다.[10)] 시인인 보들레르에 대한 그의 논의를 모더니즘소설에 적용할 때는 이러한 점이 적절히 의식되어야 할 것이다.

1944, 5년에 집필된 루카치의 『독일문학사: 계몽주의에서 제1차 세계대전까지』(반성완 · 임홍배 역, 심설당, 1987) 또한 마찬가지다. 1차 대전 전후를 두고 '빌헬름 시대'와 '일차 대전과 표현주의', '바이마르 시대'로 제목을 잡아 독일 표현주의를 검토할 뿐, 모더니즘 문학을 따로 말하지는 않는다.[11)]

아놀드 하우저의 1953년 역작 『문학과 예술의 사회사-현대편』(백낙청 · 염무웅 역, 창작과비평사, 1974)은 어떠한가. 1920년대 이후의 시기를 다루는 장 제목은 '영화의 시대'이며 그 속의 14개 절 중 '다다이즘과 초현실주의', '심리소설의 위기'에서 현재 모더니즘으로 간주되는 예술 분야가 논의되고 있다. 이 책에서 하우저가 '모더니즘' 용어를 쓰는 것은 4장 '인상주의'의 24개 절 중 하나인 '영국에 있어서의 모더니즘'에서이다. 그가 구사한 '모더니즘'의 내용은 19세기 마지막 4반세기에 드러난 "전통과 인습, 淸敎主義와 俗物主義, 더러운 功利主義와 센티멘탈한 낭만주의 등에 대한 싸움 (중략) 젊은 세대의 美學的 · 道德的 표어"(201쪽)로서, 예술적으로는 '비정치적인 개인주의의 성격을 띠는 자유주의적 경향' 곧 데카당스를 가리킨다(202쪽 참조).

하우저에 의해 모더니즘이란 개념이 구사되기는 했지만 1967년에 출간된 미셸 레몽의 『프랑스 현대소설사』(김화영 옮김, 열음사, 1991)에서는 사정이 다시 달라진다. 원제가 '대혁명 이후의 소설(Le Roman depuis La Révolution)'인 이 책은, 플로베르나 졸라 등의 문학을 3장 '사실주의 소설의 전성기'에서

---

10) 「파리- 19세기의 수도」(1925)가 영역된 New Left Review(no.48, 1968)에서 3절의 원래 제목 '근대적인 것(die Moderne)'이 '모더니즘(Modernism)'으로 바뀌었다. 이 텍스트를 참조한 학자들이 오해하기 좋게 된 것이다. 참고로, 근래에 김영옥 · 황현산이 번역한 『발터 벤야민 선집 4』(길, 2010)에서는 '근대성'으로 해 두었다.

11) 잘 알려져 있듯이 후대의 루카치는 모더니즘을 적극적으로 비판하는 대표적인 평론가로 나서게 된다. G. Lukacs, "The Ideology of Modernism", The Meaning of Contemporary Realism, London, Merlin, 1963.

다룬 뒤 모더니즘소설에 해당되는 시기는 4장 '탈바꿈의 시기'와 5장 '비판과 논쟁의 시대'라 하고 절의 제목들 또한 '마르셀 프루스트와 소설의 탈바꿈', '새로운 소설기법들', '양차대전 사이의 프랑스 소설', '사회사의 벽화들' 정도로 기술하고 있을 뿐이다. 이상주의, 사실주의, 자연주의 등은 사용하되 모더니즘이라는 용어를 내세우지는 않고 있는 것이다.

지금까지 살펴본 대로 1960년대에 이르기까지는 서구의 주요 문학사 및 문예학적 성찰에서도 '모더니즘'을 총괄적인 개념·범주로 구사한 경우는 거의 없는 듯하다. 1953년의 하우저가 예외처럼 보일 수도 있지만, 그의 경우도 오늘날 우리가 모더니즘 문학 혹은 모더니즘소설이라 명명하는 '20세기 전후에 시작된 새로운 문학 경향 일반'을 가리키는 총칭어로 그 개념을 사용하고 있지는 않다. 몇 편 안 되는 책의 예를 통해 이러한 결론을 내리는 것은 문제적이지만, 다음 두 가지 검토를 통해 문제성을 지워 볼 수 있다.

첫째는 모더니즘에 관련된 주요 글들을 모아 팀 미들턴(Tim Middleton)이 다섯 권으로 편집한 『모더니즘: 문학 및 문화 연구에 있어서의 비판적 개념들(Modernism: Critical Concepts in Literary and Cultural Studies)』(Routledge, 2003)에서 확인되는 변화 양상이다. 이 책은 1890년 윌리엄 제임스가 쓴 「의식의 흐름(The stream of consciousness)」과 1911년 T. E. 흄의 「낭만주의와 고전주의(Romanticism and classicism)」로부터 2001년 마크 모리슨의 「전체의 신화와 포드의 영국 리뷰(The myth of the whole and Ford's English Review: Edwardian monthlies, the Mercure de France, and early British modernism)」까지 99편의 글을 싣고 있다.

1890년에서 1934년까지의 글들을 추린 1권을 보면 '모더니스트(modernist)'나 '모던 노블(modern novel)'을 사용하기는 해도 '모더니즘'을 제목에 쓴 경우는 찾을 수 없다. 모더니즘이 명기되는 첫 글은 1937년에 잉게(W. R. Inge)가 쓴 「문학에서의 모더니즘(Modernism in Literature)」인데, 모더니즘 문학이 전개되는 시기에 그러한 경향에 대한 몰이해의 상태, 부정적인 입장에서

문학의 모더니즘을 비판하고 있다.[12)] 따라서 이 시리즈에서 '모더니즘'을 20세기 초의 새로운 문학 경향을 가리키는 총괄적인 범주로 사용한 첫 글은, 1960년에 『메사츄세츠 리뷰(The Massachusetts Review)』에 실린 해리 레빈(Harry Levin)의 「모더니즘은 무엇이었는가?(What was modernism?)」라 할 수 있다. 모더니즘을 이러한 의미로 사용하는 글들이 대세를 이루는 것은 1971년에서 1984년에 발표된 글들을 묶은 3권에서부터 확인된다. 이러한 양상은, '모더니즘'을 20세기 초의 새로운 문학 경향을 가리키는 총괄적인 범주로 두루 사용하기 시작한 것이 1970년대 무렵부터라는 판단을 보강해 주는 것이다.

이러한 사정은, 영문학의 대표적인 앤솔로지이자 세계적으로 널리 활용되는 교재이기도 한 『노튼 영문학 개관』의 판본 변화에서도 확인된다. 가장 최근에 나온 『노튼 영문학 개관』 8판(The Norton Anthology of English Literature, 8th edition, edit. by Stephen Greenblatt, W. W. Norton & Company, New York / London, 2006)의 경우, 모더니즘문학 전후의 시기를 '빅토리아 시대(The Victorian Age) (1830-1901)'와 '이십 세기와 그 이후(The Twentieth Century and After)'로 나누고 후자[13)]의 하위 항목으로 '모더니스트 선언(Modernist Manifesto)'을 두고 있다. 여기에서 1차 세계대전 이전 대륙의 피카소, 마리네티, 스트라빈스키 예술의 새로움을 가리키면서 '아방가르드 모더니즘(Avant-grade modernism)'이라 칭하고(p.1996), 그 영향을 즉각적으로 받으면서

12) 조이스의 『율리시스』나 로렌스의 작품을 언급하면서 자신은 읽지 않았다고 밝히는 한편으로, 그러한 작품들이 간음을 다루는 태도란 '월터 스콧 이래의 영국 소설의 영광스러운 전통으로부터 우리의 작가들을 끌어내린 대륙 소설의 영향'이라 하고 '인간 본성에 대한 신성모독'을 모더니즘의 거대한 죄(great sin)라 지칭하는 데서 이러한 점이 잘 확인된다(vol.Ⅱ, p.38).

13) 이 절의 허두에 있는 주요 연표는 모더니즘에 대한 이 판본의 판단 및 평가가 매우 높다는 것을 알려준다는 점에서 흥미롭다. '1914-18: World War!'에서 '2001: Attacks destroy World Trade Center'로 이어지는 항목들 중에서 문학예술 작품은 1922년 제임스 조이스의 『율리시스』와 T. S. 엘리엇의 『황무지』, 1953년 사무엘 베케트의 『고도를 기다리며』 초연, 1958년 치누아 아체베의 『모든 것이 산산이 부서지다(Things Fall Apart)』로서, 총 네 편 중 세 편을 모더니즘 작품으로 채운 것이다(8th edition, p.1827).

이미지즘을 창출하게 되는 런던(중심)의 문학 운동을 '영어권 모더니즘(anglophone modernism)'이라 명명(같은 곳)하며 이미지즘과 보티시즘(vorticism)을 소개한다(p.1997). 이후 T. E. 흄, 에즈라 파운드, 예이츠, 버지니아 울프, 제임스 조이스, D. H. 로렌스, T. S. 엘리엇, 조지 오웰, 사무엘 베케트, W. H. 오든 등을 다룬다.

『노튼 영문학 개관』 8판이 모더니즘 문학을 명확한 문학사적 실체로 기술하고 있음은 '20세기 소설 문학의 전개'를 밝히는 데서도 확인된다. 이 시기를 다시 1) 1920년대까지의 하이 모더니즘(high modernism), 2) 1930~60년대의 다양한 리얼리즘(various realisms)의 시기, 3) 세기 말까지의 포스트모더니즘 및 포스트 콜로니얼리즘 시기(the striking pluralism of postmodernism and postcolonialism)의 셋으로 나누고 있는 것이다(p.1838). 더 나아가 하이 모더니즘 시기의 특징으로 19세기의 신념들에 대한 파괴, 새로운 주체, 언어적 자기의식(linguistic self-consciousness)에 대한 강조를 들면서 그 특징을 구체화하고 있다(pp.1838~40).

『노튼 영문학 개관』의 초판이 나온 것은 1962년인데, 본고가 확인한 1986년의 5판(edit. by M. H. Abrams, W. W. Norton & Company, New York / London, 1986)만 봐도 사정이 크게 다름을 알 수 있다. 현재 모더니즘 문학으로 간주하는 작품을 두고서, 시에 대해서는 '이미지즘 운동(Imagist movement)'으로 지칭하며 일차대전에 이르는 시기에 시적 혁명의 시작(the start of a poetic revolution)이 목격된다고 한다(p.1730). 반면 소설의 경우에는 모더니즘이란 표현을 명기하는 대신 '현대소설(modern novel)'을 사용할 뿐인데, 그럼에도 불구하고 그 특징에 대한 설명은 오늘날 모더니즘소설의 정체를 말할 때 주목하는 것들 그대로이다.[14]

14) "1912년에서 1930년에 이르는 현대소설의 영웅의 시기는 조세프 콘래드와 제임스 조이스, D. H. 로렌스, 버지니아 울프 그리고 E. M. 포스터의 시대였다. 이 시기의 소설에 있어 태도 및 기교상의 변화를 낳은 세 가지 주요 영향은 다음과 같다"라고 한 뒤에 그 영향 요인들로 (1) 경험상 중요한 것에 대한 일반적인 감각(common sense)에서 작가와 대중을 묶어 주는 일

이들 두 판본의 비교에서 명확해지는 것은, 1986년 시점에서까지도 모더니즘 문학을 모더니즘으로 명확히 지칭하는 데 주저하는 경향이 뚜렷하다는 사실이다.15)

지금까지 살펴본 사례들이 말해 주는 것은 분명하다. 20세기 전환기 이래로 모더니즘 문학의 주요 작품들을 풍성하게 산출한 서구의 경우에서도 그것들을 두고 '모더니즘'으로 범주화하기 시작한 것은 1970년대 들어서라는 사실이 그것이다.

이러한 점은, 현재의 한국 모더니즘소설 연구 동향에서 자주 참조되는 주요 외국 저서들의 출간 시기를 훑어봐도 확인된다. 한국어 번역 시기와 함께 정리하면 다음과 같다. 페터 뷔르거의 『前衛藝術의 새로운 이해』(최성만 역, 심설당, 1986)가 쓰인 것은 1974년이고, 유진 런의 『마르크시즘과 모더니즘』(김병익 역, 문학과지성사, 1986)이 나온 것은 1982년이다. 근래 많이 참조된 M. 칼리니스쿠의 『모더니티의 다섯 얼굴』(이영욱 외 옮김, 시각과언어, 1993)은 1987년에 출간되었고, Art Berman의 Preface to Modernism (University of Illinois Press)과 Peter Nicholls의, Modernisms: A Literary Guide (Macmillan)는 각각 1994년과 1995년에 나왔다. 페터 지마의 『모던 / 포스트모던』(김태환 옮김, 문학과지성사, 2010)이 나온 것은 2001년이며, 문학에 한정하지 않고 모더니즘 예술의 배경과 실제에 대해 폭넓은 시각을 마련해 주

반적인 신념의 근거(background)가 사라졌다는 작가들의 깨달음, (2) 새로운 시간관: 연대기적 순간의 연쇄로서 회상에 의해 연속 장면으로 재현될 수 있는 것이 아니라, 한 개인의 의식 속에서 지속되는 흐름 곧 '이미(already)'가 '아직(not yet)'과 지속적으로 섞이고 회상이 예견과 뒤섞이는 그러한 시간으로의 변화, (3) 의식의 본질에 대한 새로운 관념 곧 대체로 프로이트와 융의 선구적인 무의식 탐구에서 연유할 뿐 아니라 이미 시대정신의 일부가 되어서 이 심리학자들을 읽지 않은 작가들에게서도 확인되는 그러한 관념, 이상 세 가지를 들고 있다(5th edition, pp.1732~3).

15) 20세기 시에 대한 개관에서 이러한 시대적 차이가 좀 더 잘 확인된다. 거의 같은 내용의 글이 좀 더 상세하게 보충된 형태로 개작된 경우인데, 1911년에서 1922년에 이르는 시기에 '주요한 혁명(a major revolution)'이 일어났다 한 뒤에, 5판에서는 이를 다시 지칭할 때 '이 혁명(This revolution)'이라 한 데(5th edition, p.1731) 반해 8판에서는 '이 모더니스트 혁명(This modernist revolution)'이라고 구체화하는 것이다(8th edition, p.1835).

는 피터 게이의 『모더니즘』(정주연 옮김, 민음사, 2015)이 출간된 것은 2008년이다.

문학과 예술의 흐름상 모더니즘의 시대가 가고 20세기 중반을 넘기면서 포스트모더니즘의 시대가 전개되고 있다는 인식이 널리 퍼져 있는 상황에서, 모더니즘에 대한 새로운 연구서들이 현재에 이르기까지 계속 출간되고 있음을 알 수 있다. 당연한 말이지만, 이러한 연구들은 서구의 역사적 모더니즘에 대한 치밀한 탐구의 결과로 자신을 갖추고 있다. 모더니즘에 대한 어떠한 규정을 당연한 듯이 받아들이면서 그것을 잣대로 해서 작품들을 논의하는 것이 아니라, 그와는 반대로, 작품들에 대한 검토와 논의의 귀납적인 결론으로 자신의 주장을 갖추는 것이다. 이들을 포함하는 서구의 텍스트들을 부단히 참조하면서 1990년 전후의 국문학계가 1930년대 한국 모더니즘소설에 대한 범주화를 이루었다는 사실, 부정하기 어려운 이 연구사의 단계를 생산적으로 극복해야 한다는 과제가 모더니즘 연구자들에게 주어져 있다.

5. 한국 모더니즘소설 연구의 나아갈 길

모더니즘소설에 대한 서구 학계의 연구가 1970년대 이후로 범주화를 이루었다는 사실이 국문학 연구에서 갖는 의미는 두 가지이다.

첫째는 1980년대까지의 국문학 연구가 현재 모더니즘소설이라 여기는 작품들을 두고 모더니즘이라는 범주 규정을 하지 않아 온 혹은 못해 온 현상을 그대로 인정할 수 있게 한다는 것이다. 이러한 자리에 서면, 이 시기의 연구들을 일종의 무능력 혹은 식민지 및 제3세계 변방이라는 지리적 한계 등에 따른 아쉬운 결과로 보는 방식의 문제가 확연해진다. 따라서 그 대신에, 새롭게 형성된 작품 경향에 대한 필연적인 탐구 과정이라고 온당하게 바라볼 수 있게 된다. 한걸음 더 나아가면, 1930년대 한국 모더니즘소설에 대한 연구사 전체를 모더니즘소설 구성의 역사로 해석할 수 있게 될 것이다.

둘째는 현재 횡행하고 있는 모더니즘소설 연구 동향을 반성적으로 바라볼 수 있는 입지를 얻게 된다는 점이다. 달리 말하자면, 1990년대 이후의 모더니즘소설 연구가 보여 온 방법론주의적인 문제를 생산적으로 극복해야 한다는 문제의식이 여기서 주어진다. 서구 모더니즘 문학과 시간적인 상거를 두고 수립된 서구 모더니즘 이론의 형성과정과 마찬가지로, 한국 모더니즘소설에 대한 연구 또한 규정적, 선험적인 논의구도를 지양하고 기술적(記述的), 귀납적인 방식을 재차 진작시키는 것, 1930년대 한국 모더니즘소설들의 특징을 작품 내외에서 확인하며 그것을 이론화해 내고자 하는 작업의 필요성이 뚜렷해지는 것이다.

이러한 인식을 갖추었을 때 요청되는 것은 1930년대 한국 모더니즘소설의 이론화를 이루기 위한 방향을 생각해 보는 일이다. 이는, 1절 말미에서 제기한 문제들 중 모더니즘소설의 범주화 가능성을 긍정하고 그 위에서 적절한 방법을 모색해 보는 것이다.

1930년대 모더니즘소설이 작가 면에서든 작품 면에서든 수효 자체가 미미하다는 사실은 명백한 사실이므로 그대로 인정할 필요가 있다. 구인회에 가담했던 작가들이면 모두 모더니스트인 양 보거나, 이상의 소설들 모두를 모더니즘소설로 간주하는 방식은 지양해야 한다.[16] 모더니즘시에 비할 때

16) 이상의 경우와 관련해서는 졸고, 「이상 소설 발표작의 세계」(한국현대문학회, 『한국현대문학연구』 49, 2016) 참조. 이 논문은, 이상의 소설들이 재현의 미학을 둘러싸고 1930년대 소설계와 긴장 관계를 벌이면서 자기 고유의 특징과 위상을 획득해 나아갔다고 보면서, 재현의 미학과의 관계와 실험성의 정도를 기준으로, 「地圖의 暗室」과 「休業과 事情」이 질료 차원의 실험성을 보인 모더니즘적인 소설이고 「童孩」와 「終生記」가 본격적인 모더니즘소설에 해당하는 것으로 파악하였다. 국문학계의 통념과는 달리, 「鼅鼄會豕」와 「날개」, 「逢別記」의 '부부관계 삼부작'은 이상의 발표작 중 가장 재현의 미학에 가까운 작품으로 판단하여 모더니즘소설로 간주하지 않았다. 이러한 판단의 바탕으로 이 논문은 소설 텍스트들에 대한 치밀한 실증적 분석을 수행하였다. 이제 이상 소설의 연구는, 20여 년 가까이 집중적으로 수행되어 온 바 이상 문학 텍스트들의 복잡다단한 상호 참조 관계를 밝히려는 방식보다, 개별 텍스트 자체의 서사 논리를 우선적으로 존중하는 방식을 다시 시도해 볼 시점에 이르렀다고 생각된다.

모더니즘소설에 대한 당대의 인식을 보여 주는 글들 또한 매우 미미한 것이며, '리얼리즘과는 다른 새로운 소설이라는 인식'은 사실상 부재했다는 점 또한 인정할 필요가 있다.

사정이 이러함에도 불구하고, 1930년대 중기 소설계의 한 축을 모더니즘소설이 차지하고 있다는 판단은 유지되어야 한다. 특정 시대의 지배적인 문예사조를 결정할 때 당대에서 차지하는 양적인 비중이 아니라 문학사의 흐름상 갖는 발전적인 측면을 염두에 두는 일반적인 방식을, 이 시기 모더니즘소설에도 적용해야 하기 때문이다. 일제 말기의 암흑기와 해방 정국의 혼란상, 한국전쟁기의 폐허를 거치며 모더니즘소설의 흐름이 다시 이어지는 것은 훨씬 뒤로 미뤄지지만, 한국 현대소설계의 모더니즘이 1930년대 중기에 처음 등장했다는 사실은 문학사, 소설사 면에서 놓칠 수 없는 의미를 지닌다. 영향관계가 어찌되었건 이 시기의 모더니즘이 세계사적인 동시성을 가진 문학 경향이라는 사실 또한 그러한 의미를 강화해 준다. 요컨대, 1930년대 모더니즘소설은 당대 소설계에서 미미한 위상을 갖고 시대 상황상 한동안 명맥이 끊어진 상태로 있었지만, 현재에 이르는 한국 현대소설의 한 가지 주요 갈래의 선구로서, 문학사에서 자기 지위를 확고하게 갖는 소설 범주라 할 것이다.

모더니즘소설의 범주화 가능성을 인정한 위에서 남는 과제는 범주화의 적절한 방식을 반성적으로 성찰, 모색하는 일이다. 선행 연구들 대다수가 보였던 바 서구 모더니즘소설 이론들에 기대어 '모더니즘소설의 특징적인 요소'라 할 만한 것들을 추리고 이를 기준으로 작품들을 선별하는 것은 바

물론 개개 소설 작품의 경계에 갇혀서도 안 되는데, 이때 필요한 것은 문학 텍스트에 한정하지 않는 보다 넓은 범위의 컨텍스트를 광범위하게 참조하는 것이라 하겠다. 「鼅鼄會豕」에 나오는 '시끼시마'의 해석과 관련하여 이현식의 「이상의 「지주회시」에 대한 해석 -한국문학에 대한 에세이 1」(문학과사상연구회, 『이상 문학의 재인식』, 소명출판, 2017, 147~9쪽)이 잘 보여주듯이, 작품 바깥의 세계로 참조의 범위를 넓히는 것이 이상 소설 연구의 현 단계에서 요청되는 방향이라 하겠다.

람직하지 않다. 그러한 방식들의 성과와 의의에 더하여 문제까지 알고 있는 현재 시점에서 요청되는 것은 그 방식을 계속 이어가는 것일 수 없다. 대신, 1930년대의 모더니즘적인 소설들을 실증적으로 검토하고 그 결과를 귀납하여 이들 작품이 당대에 있었던 그대로를 재구성해 보는 일이 필요하다. 선험적인 규정을 들이대는 대신에, 한편으로는 모더니즘적인 작품들이 보이는 상호간의 동질성을, 다른 한편으로는 이들 작품이 리얼리즘적인 기존 유형의 작품들이나 대중소설과 보이는 이질성을, 치밀한 텍스트 분석을 통해 반복적으로 확인해 가면서 모더니즘소설이라는 범주를 귀납적으로 구성해 내어야 하는 것이다.[17] 이렇게 당대 소설계의 관성 및 동향과 거리를 두고 현재 우리가 모더니즘소설의 특성으로 파악하고 있는 것들을 다소간에 보여 주는 작품들의 경계를 반복적으로 다듬어 나아갈 때, 1930년대 한국 모더니즘소설의 범주화가 보다 객관적, 실체적으로 이루어지게 될 것이다.

이러한 작업에서도 물론 외국의 연구 성과들이 마냥 도외시될 수는 없다. 선험적 규정의 원천으로 사용되지만 않는다면, 전 세계의 관련 연구들을 참조하는 것은 자연스러울 뿐 아니라 권장되어야 마땅한 일이다. 1930년대 한국 모더니즘소설의 연구를 한 단계 더 발전시키는 데 있어 주의를 기울이며 주로 참조해야 할 외국 연구들의 갈래로 두 가지를 말해 볼 수 있다.

첫째, 서구 모더니즘문학에 대한 국문학계의 기존 견해를 좀 더 넓게 열어 줄 포괄적인 연구들이 참조될 필요가 있다. 2008년에 나온 피터 게이의 『모더니즘(Modernism: The Lure of Heresy from Baudelaire to Beckett and Beyond)』(정주연 옮김, 민음사, 2015)처럼 모더니즘 예술 일반을 대상으로 20세기 전후 서구의 문화 변전에 대해 포괄적인 사적 개괄을 보여 주는 연구가 주목된다. 유사한 편폭을 갖고 일본 모더니즘을 검토한, 엘리스 K. 팁튼과 존 클

17) 이러한 문제의식을 바탕에 두고 '소설(서사)에서의 우연'의 문제에 주목하여 리얼리즘소설, 모더니즘소설, 대중소설의 차이와 특성을 미학적으로 규명해 본 시도로, 졸저, 『형성기 한국 근대소설 텍스트의 시학: 우연의 문제를 중심으로』(소명출판, 2015)를 들 수 있다.

락이 엮은 『제국의 수도, 모더니티를 만나다: 다이쇼 데모크라시에서 쇼와 모더니즘까지』(이상우 등 옮김, 소명출판, 2012)도 이런 경우에 속한다. 요컨대 형식 실험이나 산책자, 도시[메갈로폴리스], 소비 및 유흥 공간, 분열된 자아 등 모더니즘의 특성과 관련된 개별 요소들에 주목하기보다 당대의 문화 상황에 비추어 새로운 세계관, 문학관을 포지했는지를 고찰하며 모더니즘의 특성을 폭넓게 밝히는 연구 성과들에 주의를 기울일 필요가 있다.

둘째, 개별 국가들의 모더니즘에 대한 연구들을 두루 참조할 필요가 있다. 서구와 비서구를 망라하여 각 나라의 모더니즘들에 대한 연구 성과들을 참조함으로써, 서구 중심주의적인 접근법을 반성하며 '복수의 모더니즘'에 대한 인식을 확보, 강화해야 한다. 이 위에서야 1930년대 한국 모더니즘소설의 특수성을 특수성으로 읽어 내는 안목을 수립하는 일이 보다 용이해질 것이기 때문이다. 인성기의 『빈 모더니즘』(연세대학교출판부, 2005)이나 이유선의 『독일어권 모더니즘 연구: 베를린 모더니즘과 빈 모더니즘』(한국문화사, 2014), 강인숙의 『일본 모더니즘 소설 연구』(생각의나무, 2006), 리어우판의 『상하이 모던』(장동천 역, 고려대학교출판부, 2007) 등처럼 이러한 연구들이 계속 진행되고 소개되는 현상은, 1930년대 한국 모더니즘소설에 대한 향후의 연구를 발전시키는 데 우호적인 학술 환경이 조성되고 있음을 알려 준다.

참 고 문 헌

강상희, 『한국 모더니즘 소설론』, 문예출판사, 1999.

강인숙, 『일본 모더니즘 소설 연구』, 생각의나무, 2006.

권성우, 「1920~30년대 문학비평에 나타난 <타자성> 연구」, 서울대학교 박사학위 논문, 1994.

권은, 「경성 모더니즘 소설 연구」, 서강대학교 박사학위 논문, 2012.

김동욱, 『國文學史』, 일신사, 1986.

김우종, 『韓國現代小說史』, 성문각, 1982.

김유중, 「1930년대 후반기 한국 모더니즘 문학의 세계관 연구」, 서울대학교 박사학위 논문, 1995.

김윤식 · 김현, 『韓國文學史』, 민음사, 1973.

김윤식 · 정호웅, 『한국소설사』, 예하, 1993.

나병철, 「1930년대 후반기 도시소설 연구」, 연세대학교 박사학위 논문, 1989.

박상준, 「이상 소설 발표작의 세계」, 한국현대문학회, 『한국현대문학연구』 49, 2016.

박상준, 「최재서의 1930년대 중기 문단 재구성 기획의 실제와 파장: 「리아리즘의 擴大와 深化 -<川邊風景>과 <날개>에 關하야」를 중심으로」, 한국문학언어학회, 『어문론총』 69, 2016.

박상준, 『형성기 한국 근대소설 텍스트의 시학: 우연의 문제를 중심으로』, 소명출판, 2015.

백철, 『朝鮮新文學思潮史 -現代篇』, 백양당, 1949.

백철 · 이병기, 『國文學全史』(1957), 신구문화사, 1983.

서준섭, 『한국 모더니즘 문학 연구』, 일지사, 1988.

신형기, 『분열의 기록: 주변부 모더니즘소설을 다시 읽다』, 문학과지성사, 2010.

윤병로, 『한국 근 · 현대문학사』, 명문당, 1991.

이유선, 『독일어권 모더니즘 연구: 베를린 모더니즘과 빈 모더니즘』, 한국문화사, 2014.

이재선, 『한국 현대소설사』, 홍성사, 1979.

이현식, 「이상의 「지주회시」에 대한 해석 -한국문학에 대한 에세이 1」, 문학과사상연구회, 『이상 문학의 재인식』, 소명출판, 2017.

인성기, 『빈 모더니즘』, 연세대학교출판부, 2005.

조남현, 『한국 현대 소설사 2』, 문학과지성사, 2012.

조동일, 『한국문학통사 제2판』, 지식산업사, 1989.

조연현, 『韓國現代文學史』(1957), 증보개정판, 성문각, 1969.

조윤제, 『國文學通史』(1948), 탐구당, 1987.
최재서, 「리아리즘의 확대와 심화: 『천변풍경』과 「날개」에 관하야」, 조선일보, 1936. 10.31~11.7.
최혜실, 『韓國 모더니즘 小說 硏究』, 민지사, 1992.

가토 슈이치(加藤周一), 김태준·노영희 역, 『日本文學史序說 2』(1979), 시사일본어사, 1996.
루카치, 반성완·임홍배 역, 『독일문학사: 계몽주의에서 제1차 세계대전까지』, 심설당, 1987.
리어우판, 장동천 역, 『상하이 모던』, 고려대학교출판부, 2007.
미셸 레몽, 김화영 옮김, 『프랑스 현대소설사』, 열음사, 1991.
발터 벤야민, 김영옥·황현산 역, 『발터 벤야민 선집 4』, 길, 2010.
스즈키 사다미(鈴木貞美), 김채수 역, 『일본의 문학 개념: 동서의 문학 개념과 비교 고찰』, 보고사, 2001.
엘리스 K. 팁튼, 존 클락 편, 이상우 등 옮김, 『제국의 수도, 모더니티를 만나다: 다이쇼 데모크라시에서 쇼와 모더니즘까지』, 소명출판, 2012.
유진 런, 김병익 역, 『마르크시즘과 모더니즘』(1982), 문학과지성사, 1986.
페터 뷔르거, 최성만 역, 『前衛藝術의 새로운 이해』(1974), 심설당, 1986.
페터 지마, 김태환 옮김, 『모던 / 포스트모던』(2001), 문학과지성사, 2010.
피터 게이, 정주연 옮김, 『모더니즘』(2008), 민음사, 2015.
하우저, 백낙청·염무웅 역, 『문학과 예술의 사회사 -현대편』(1953), 창작과비평사, 1974.
M. 칼리니스쿠, 이영욱 외 옮김, 『모더니티의 다섯 얼굴』(1987), 시각과언어, 1993.
T. E. 흄, 박상규 옮김, 『휴머니즘과 예술철학에 관한 성찰』(1924), 현대미학사, 1993.

小西甚一, 『日本文藝史 V』, 講談社, 1992.
Art Berman, *Preface to Modernism*, University of Illinois Press, 1994.
edit. by M. H. Abrams, *The Norton Anthology of English Literature*, 5th edition, W. W. Norton & Company, New York / London, 1986.
edit. by Stephen Greenblatt, *The Norton Anthology of English Literature*, 8th edition, W. W. Norton & Company, New York / London, 2006.
edit. by Tim Middleton, *Modernism: Critical Concepts in Literary and Cultural Studies* Ⅰ~Ⅴ, Routledge, 2003.
Peter Nicholls, *Modernisms: A Literary Guide*, Macmillan, 1995.
Walter Benjamin, trans. by Harry Zohn, *Charles Baudelaire: A Lyric Poet in the Era of High Capitalism*, Verso, 1983.

형식 실험을 통한 현실의 재현과 극복

-김소진 소설을 중심으로-

김인경*

1. 들어가며

근현대사의 역동적인 변화와 이데올로기의 대립은 1960년대 이후 한국 문학에 큰 영향력을 행사하였다. 당시 한국 문학은 대부분 민족주의(民族主義) 혹은 민중주의(民衆主義)라는 사회적 거대담론이 주류를 형성하였다. 그러나 이러한 거대담론은 1990년대에는 그 영향력을 상실하고 대신 개인적인 삶의 모습에 치중하는 모습을 보였다. 1990년대는 지나간 역사를 망각하고 새로운 시대가 되었다고 믿기 시작한 시대였던 것이다. 그래서 90년대 문학은 80년대 문학이 간과했던 개인의 문제를 파고들어 일상의 미시적인 공간과 개인의 내적 정체성에 대한 탐구를 시도함으로써 다양한 문학적 실험

* 본 논문은 『현대문학의 연구』 53집(한국문학연구학회)에 실린 논문을 재수록 한 것이다.
** 한성대학교 크리에이티브 인문학부

을 시도했다.

본고에서 다룰 김소진의 소설 배경은 1960년대-1980년대로 4·19혁명과 5·16군사쿠데타, 광주민중항쟁 등의 역사적인 사건들이 중심을 이루고 있다. 특히 4·19혁명의 이상과 신념은 곧 이은 5·16군사 쿠데타에 의해 억압받으면서 우리 사회는 이전보다 더욱 강력해진 군사문화에 젖을 수밖에 없다. 이러한 상황의 극단적 변모와 그로 인한 위기의식은 사회의 지배질서를 믿을 수 없는 것으로 간주하게 만들었다.

그러한 시기에 김소진은 대학을 다닌 가장 치열한 이데올로기의 시간을 지나온 사람이기도 하다. 소설 속의 인물이 작가의 자전적인 요소를 상당부분 내포한다[1]고 할 때, 소설은 허구와 상상의 결과물이지만 작가 개인의 자전적인 요소를 배제할 수 없다. 그의 작품 속에 등장하는 주인공이나 화자는 대부분 80년대 변혁운동의 한가운데서 학생운동에 가담했던 30대 남성이며, 직업은 기자나 소설가로 형상화 된다. 서술자아와 주인공은 김소진 자신의 분신이라고 할 수 있으며, 그의 개인적인 성향을 반영하고 있다. 김소진은 진중하고 반성적인 자세로 당대 민중의 구체적인 생활과 그 이면에 숨겨진 애환을 통해 개인과 역사의 운명적 관계를 탐구했다. 당시 대부분의 동시대 젊은 작가들의 포스트모더니즘과 혼성모방에 몰입하여 미시적인 내면의 일상을 탐닉할 때, 김소진은 산업화 과정에서 소외된 변두리 산동네 사람들의 억척스런 삶을 들여다보았다. 또한 이를 가족과 유년기의 체험을 통해 사실적으로 작품화 한 것이다.[2]

1) E.M 포스터, 이성호 역, 『소설의 이해』, 문예출판사, 1996, 50쪽.

2) 김소진 문학에 대해 김윤식은 "세계관(긍정적인 의미에서의 이데올로기)이란 이름의 괴물이 60년-90년대 이 나라 문학전체의 창작방법론이나 비평의 기준이었다면 이것의 종언을 고한 것이 김소진이다."라고 평했다(김윤식, 「90년대 문학의 종언-작가 김소진이 의미하는 것」, 『현대문학』, 1997. 11, 374쪽). 그만큼 김소진 소설이 단지 개인의 일상적인 모습이나 개인의 욕망을 드러내는 데 그치지 않았다는 것이다. 임규찬은 "문학 전반에서 개인의 사소한 일상과 내면세계의 성찰에 급급했던 이러한 90년대 소설적 상황에서, 사소설적(私小說的) 형식을 취하면서도 주관화된 내면 탐구의 길을 걷지 않고 객관적인 외화의 길을 밟아온 김소진의 존재는 각별하다."(임규찬, 「90년대 리얼리즘 소설의 몇몇 풍경」, 『문예중앙』, 1995 가을호, 139쪽)고

이러한 김소진에 관한 연구들은 1997년 작고를 기점으로 작고 이전과 이후로 나누어 볼 수 있다. 작고 이전의 평론들은 서평 위주의 글들이 주류를 이루었다. 이 서평들에서는 김소진이 90년대 주류의 작가들과는 달리 사실주의적 글쓰기를 한 작가로서 생활언어와 토착어 등의 우리말을 구사하고, 부모님의 삶을 바탕으로 역사 속 변두리 민중의 삶을 진솔하게 담아낸 작가라고 밝히고 있다.[3] 작고 이후에는 김소진의 작품세계를 총체적으로 분석하려는 시도가 이루어졌고, 추모의 일환으로 기획된 작가론이나 전기적인 형식의 논의가 진행되었다.[4] 이후에는 작품 전체를 대상으로 하는 학위논문들이 점차 나오게 되었다. 이 연구들 대부분은 가족사를 통한 상처와 아픔을 사회적으로 승화시킨 작가라는 평가와 80년대와 90년대의 사이에서 자신만의 독특한 문학적 역량을 펼친 작가에 관련된 것이다.[5] 또한

함으로써 90년대 문학에서 김소진 소설이 차지하는 위상을 평가하고 있다.

3) 김윤식, 「새로운 지식인 소설의 한 유형」, 『열린 사회와 그 적들』, 솔출판사, 1993.
류보선, 「열린 사회를 향한, 그 기나긴 장정-김소진론」, 『한국문학』, 1994.
황국명, 「아버지의 이름: 김소진론」, 『오늘의 문예비평』, 1995. 가을.
김종욱, 「또다시 아버지를 찾아서-김소진론」, 『문예중앙』, 1995. 겨울.
정홍수, 「허벅지와 흰쥐 그리고 사실의 자리-김소진의 소설 쓰기」, 『문학사상』, 1996. 1.
전승주, 「다시 돌아와 맞서야 할 현실의 길-김소진과 윤대녕」, 『실천문학』, 1996. 봄.
이광호, 「아버지의 존재론-김소진을 위하여」, 『한국문학』, 1997. 여름.
하응백, 「민중 속의 민중주의-김소진론」, 『포에티카』, 1997. 가을.
정호웅, 「쓸쓸하고 따뜻한 비관주의-김소진론」, 『한국문학』, 1997. 여름.
방민호, 「검은 항아리 속의 눈사람-김소진론」, 『실천문학』, 1997. 가을.
서영채, 「이야기꾼으로서의 소설가」, 『문학동네』, 1997. 가을.
황순재, 「기억에 관한, 존재론적 글쓰기-김소진론」, 『문학과 사회』, 1997. 가을.
손종업, 「몸의 서사: 배설로서의 글쓰기-김소진론」, 『문학의 저항』, 보고사, 2001.
오윤호, 「회상의 역사, 그리고 우울한 죄의식-김소진 소설론」(2001 동아일보신춘문예 평론부분 당선작).
김한식, 「역사를 기록하는 기억의 문법」, 『현대문학의 경험과 형상』, 새미, 2002.

4) 황국명, 「상처입은 자의 쓸쓸한 초상」, 『문학사상』, 문학사상사, 1997. 6.
정호웅, 「수칼매나무 우듬지에서 빛나는 햇살」, 『눈사람 속의 검은항아리』, 강 출판사, 1997
이대범, 「김소진 소설연구-아버지계열의 소설을 중심으로」, 『어문연구』, 1998. 3.
안미영, 「김소진 소설에 나타난 육체적 담론 연구」, 『개신어문연구』 , 개신어문학회, 1999.
고인환, 「결핍의 서사」, 『어문연구』, 한국어문연구회, 2001. 6.

5) 나은경, 「김소진 소설연구」, 동국대학교 석사학위논문, 2000.
이숙, 「김소진 소설연구-작중인물의 콤플렉스를 중심으로」, 전남대학교 석사학위논문, 2003.

작가론적 시각의 연구로는 개인사를 주목한 접근과 정신분석학적 연구 등을 통해 주제의식을 탐구한 논의, 문체나 시점 등 형식인 부분의 연구가 시도[6]되었다.

그럼에도 김소진 소설 연구가 양적으로 그리 많지 않은 이유는 그가 90년대 활동한 젊은 작가, 즉 본격적인 역량을 드러낼 시점에서 생을 마감했기 때문일 것이다. 또한 김소진 소설에 대한 평론들은 거의 개별 작품집에 대한 단편적인 분석이나 추모 형식을 지니는 작가론에 그치고 있어, 그 전체적인 면모를 개관하기에는 무리가 있다. 그 분석적 시각도 아버지와 '나' 또는 어머니와 '나'와의 관계, '지식인의 회의적인 자각' 등으로 중심을 둔 경우가 많기도 하다.

이에 본고에서는 기존의 연구들을 바탕으로 독특한 자기 세계를 구축한 김소진 소설의 연구 영역을 확장해 보고자 한다. 이를 위해 김소진 소설에 나타난 상호텍스트성이라는 형식 실험을 통해서 현실의 재현과 극복의 의미를 살펴보고자 한다. 먼저 고전의 변용과 인물 성격의 형상화를, 다음으로 텍스트 삽입과 갈등 심리의 표출을 살펴볼 것이다. 이러한 논의는 김소진 소설에 나타난 상호텍스트성이 부조리한 현실에서 고민할 수밖에 없는 주체들의 현실을 극명하게 보여주기 위한 형식 실험임을 알 수 있게 한다.

강정아, 「자본주의 도시공간에 대한 문학사회학적 연구」, 부산대학교 석사학위논문, 2003.
박수연, 「김소진 소설의 남성인물 연구」, 고려대학교 석사학위논문, 2006.
박길성, 「김소진 소설 연구」, 조선대학교 석사학위논문, 2008.
오혜진, 「김소진 소설 인물 연구」, 부경대학교 석사학위논문, 2008.
김영숙, 「현대소설에 나타난 설화의 변용 양상 연구」, 숭실대학교 석사학위논문, 2010.
박혜민, 「김소진 소설 연구-갈등양상 극복을 중심으로」, 영남대학교 석사학위논문, 2010.
표란희, 「김소진 소설의 인물연구」, 청주대학교 석사학위논문, 2011.

6) 김승종, 「미완으로 빛나는 민중의 작가-김소진론」, 『현대문학의 연구』, 한국문학연구학회, 1997.
정호웅, 「쓸쓸하고 따뜻한 비관주의」, 『한국문학』, 1997. 여름.
김택중, 「심층심리와 소설적 변용-김소진과 이순원의 소설을 중심으로」, 『한국언어문학』, 한국언어문학회, 2003.
윤소영, 「김소진 소설의 서술 양상-1인칭 소설을 중심으로」, 우석대학교 석사학위논문, 2004.
박미설, 「김소진 소설의 텍스트 언어학적 연구」, 카톨릭대학교 석사학위논문, 2005.

더 나아가 형식 실험이 기존의 질서나 지배 형식에 대한 김소진의 글쓰기 전략을 확인할 수 있을 것이다. 이것은 김소진의 문학 세계에 대한 연구 영역을 보다 확장해 나가는 계기를 줄 것이라 본다.

2. 고전의 변용과 인물 성격의 형상화

소설 속에서의 상호텍스트적 기법은 현실과 과거의 상호적인 침윤, 역사적 현실과 현실에 연관된 과거의 관점과의 결합으로 정의될 수 있다. 소설 속에서 상호텍스트성은 다양한 원텍스트들이 역사적으로나 사회정치적으로 변화된 맥락에서 삽입되고, 서로 상호 반영해 주는 상이한 담론체계들로 결합되고 있다. 그렇기 때문에 여러 상호텍스트의 연관을 작품 속에서 밝혀내는 것도 중요하지만, 더욱 본질적인 것은 어떤 방식으로 이러한 연관들이 소설 속에 통합되고 있는가 하는 점이다.[7] 따라서 이러한 담론들이 소설 속에서 갖는 기능을 밝혀내는 것은 중요하다고 하겠다.

김소진은 선행텍스트와 패러디텍스트 사이의 서사적 차이를 상호텍스트적 맥락에서 구체적으로 접근해 들어가면서 중심인물과 그들이 처한 상황 설정에 작가의 전도된 상상력을 발휘한다.[8] 특히 형식에 대한 다양한 실험 가운데 '패러디'를 자주 활용했다. 이때 패러디는 원작의 권위를 존중하든 조롱하든지에 상관없이 원작과 대화적 관계를 형성한다. 원본 텍스트와 대화적 관계를 형성하면서 그와는 다른 자립적 미학을 보여주는 것이다. 문학

7) 김욱동, 『포스트모더니즘 : 문학·예술·문화』, 민음사, 2004 참조 ; 박현수, 『모더니즘과 포스트모더니즘의 수사학』, 소명, 2003 참조.

8) 린다 허천은 기존의 패러디를 단순히 텍스트의 구조를 설명하기 위한 서사적 장치로만 인식하는 것이 아니라, 패러디스트의 의도와 세계 인식까지 추론하려는 담론효과에 주목했다(린다 허천, 김상구·윤여복 공역, 『패러디 이론』, 문예출판사, 1995, 36-37쪽).

에서 패러디는 원전을 바탕으로 하여 새로움을 창조하는 전략이자 기술이요, 원전을 재구성하여 새롭게 변형시키는 진지한 양식이기 때문이다.

먼저 「처용단장(處容斷章)」을 살펴보면, 이 작품은 『삼국유사』에 등장하는 처용 이야기를 패러디하여 재해석하고 있다. 또한 작중인물 '희조'의 창작희곡 '처용단장'이라는 허구적 서사를 통해 현재 서사인 불륜과 변절을 지속적으로 환기시킴으로써 그러한 불륜과 변절의 주체가 모두 '처용'으로 호명하고 있다.[9] '희조'가 쓴 '처용단장'에서는 처용이 진골 출신의 화랑으로, 헌강왕이 역신대신 처용처와 동침하는 것으로 다르게 설정되어 있다. 처용을 권력투쟁의 과정에서 등장한 역사적 인물로 재해석하여 당대의 모순으로 인해 변절할 수밖에 없는 90년대 지식인의 초상을 풍자한다. 즉 현실과 타협하고 권력에 야합한 인물들에 대한 작가 나름의 메시지를 처용설화를 차용한 '희조'의 희곡 '처용단장'통해 다루면서 '처용'이라는 인물을 변절자의 모습으로 형상화하고 있다. 특히 '영태'의 모습을 통해 현실의 안위를 위해 물질적인 풍요에만 탐닉하는 오늘날 현대인의 모습을 함께 비판하고 있다.

① …… 우리 시대에 바로, 처용 같은 이들이 많이 나오고 있잖아. 너도 그 중에 한 사람이라는 생각이 안 드나? 어떤 의미에서? 아, 얼굴 붉히지 말고 내 말의 방점은 처용이 팔불출이어서 마누라로 말미암아 오쟁이를 탔다는 데 찍혀 있지 않단 말이야. 당시에는 지식인이 오늘날처럼 중간계층이 아니라 바로 지배계급 쪽에서 나올 수밖에 없는 상황이잖니? 문자 이끌 권력이었으니깐. 그럴 때 당대의 모순에 온몸으로 고민했던 처용이라는 한 지식인의 고뇌와 결단 그리고 좌절과 변절의 역경을 살펴보는 것도 나름대로의 의미가 있다는 생각이 안 들어?[10]

② "도탄에 빠진 백성의 가슴에 응어리진 고통의 뿌리를 어루만지겠다는

9) 곽근, 「처용설화의 현대소설적 변용」, 『국어국문학』, 국어국문학회, 1999 참조 ; 임금복, 「액자구조로 다시 쓴 '처용가' 의미-신상성 · 김소진 · 구광본 소설을 중심으로」, 『유관순 연구』, 백석대학유관순연구소, 2006 참조.

10) 김소진, 「처용단장」, 『열린 사회와 그 적들』, 문학동네, 2002, 239쪽.

> 처음의 맹세는 어디 갔는가 하는 자책이 일지 않는 건 아니었다. 하지만 세상이 변했으니 이런 식으로라도 백성을 일단 무대 앞으로 불러 모으는 일부터 해야한다. 처용은 이렇게 자신을 합리화해나갔다.[11)]

위의 인용문 ①, ②에서는 '희조'가 '영태'에게 자신이 쓴 희곡 '처용단장'에 대한 설명을 하면서 자신과 '영태'아내와의 관계를 은연중에 제시하고 있다. 또한 영태가 현실과 타협하여 권력의 상징인 사법고시에 합격한 상황을 '희조'의 희곡을 통해 풍자하고 있다.

또한 「처용단장(處容斷章)」은 처용설화를 현대적으로 변용한 서사전개에서 '처용'이라는 인물을 새롭게 해석하여 상징적인 의미를 부여한다.[12)] 실제로 '영태'의 서사 속에서 그는 자신과 처용을 비교하면서 점차 자신을 처용으로 인식하는 태도를 보인다. 원전 속에서 관용을 통해 해탈의 경지에 이르렀던 처용은 '희조'의 상상력과 해석을 통해 변절과 타락, 체념과 도피를 일삼는 처용으로 새롭게 창조된다. '영태'는 아내와 부적절한 관계인 희조의 이야기를 전해 들으면서 점차 '희조'가 창조한 처용과 자신을 동일시한다. 그러나 '영태'는 새로운 세계에 대한 의지를 갖을지, 아니면 기존의 사회적 구조 속에서 자신의 현실적 위치를 찾아갈지 알 수 없는 고민을 하고 있다.

이처럼 김소진은 신라의 처용이 갖고 있는 이미지와 달리 인간적인 고통에 신음하는 처용의 모습을 사실적으로 그려내고 있다. 신라와 고려를 거치며 주술적 위력을 계속 강화시켜온 처용의 모습이 오늘날에 와서는 좀 더 인간적인 모습으로 재창조 된 것이다. 또한 문제 해결의 실마리가 주어지는

---

11) 김소진, 앞의 책, 243쪽.

12) 김춘수의 시 「처용」, 윤대녕의 소설 「신라의 푸른 길」 등에도 '처용'설화를 패러디 했다. 김춘수 시의 경우 「처용」의 주인공 삶과 처용 삶을 동일시하는 것은 지나친 주관적 판단이었고, 윤대녕의 「신라의 푸른 길」의 경우에는 주인공이 처용가의 첫 구절을 외다가 잠이 들거나 처용무를 추며 노래를 부르는 것을 상상하는 등과 같은 단편적 언급을 하고 있어 작품 전반을 이끌어가는 역할을 하지 못하고 있다. 반면에 김소진의 작품에서는 '처용'이라는 인물을 재해석해서 새롭게 부각시키고 있다.

곳에서 주인공의 자기 인식 과정을 열린 결말로 열어 놓는다. 크리스테바는 모든 텍스트란 "인용들의 모자이크"이자, "다른 텍스트의 흡수와 변형"[13] 이라는 관점에서 상호텍스트성은 완결된 통일성을 가진 단위로써의 텍스트 개념은 해체되고, 글을 쓰거나 읽는 독립된 주체 개념도 파기된다고 했다. 따라서 상호텍스트성은 텍스트의 의미생산에 관여하는 사회와 역사와 문화의 총체로써 모든 텍스트는 "수많은 문화의 온상에서 온 인용들의 짜임"이 된다. 이것은 상호텍스트성이 언어·사회·역사의 총체적 공간인 광의의 텍스트 사이의 연관성을 설명[14]할 수 있다는 것을 의미한다. 이러한 관점에서 볼 때, 「처용단장(處容斷章)」은 삼국시대의 언어, 사회, 문화 등을 90년대의 언어, 사회, 문화로까지 연결시킨 총체적인 텍스트로 재생산된 것이라 하겠다. 이와 같이 김소진은 형식적 실험으로 사회에 대한 문제의식을 문학적으로 형상화하고자 한 것이다.

이 외에 「고아떤 뺑덕어멈」에서는 아버지가 북에 두고 온 아내 '최옥분'을 닮은 여자를 형상화하는 데 있어 「심청전」의 한 대목이 활용된다. 북에서 결혼한 아내는 산달에 접어든 만삭의 배로 남편을 따라 피난을 올 처지가 못 되었다. 아버지는 대한 청년단에 가입해 두 달 뒤, 아내와 핏덩이 아이를 두고 남한으로 넘어오게 된다. 그래서 평생을 북에 두고 온 아내를 그리워하면서 죽는 순간까지도 그 아내를 잊지 못한다. 이것은 북한에 남겨두고 온 가족에 대한 그리움, 남한에서의 인생에 대한 한(恨)과 죄책감 등을 반영한다. 아버지의 모습은 김소진의 실제 아버지와 같은 모습이다. 이러한 아버지에 대한 기억은 김소진이 가진 트라우마이기는 하나 본질적인 자기 자신과 대면하는 계기를 준다.[15]

---

13) 줄리에 크리스테바, 앞의 책, 106-113쪽 참조.

14) 도정일, 「시뮬레이션 미학, 또는 조립문학의 문제와 전망」, 『시인의 숲으로 가지 못한다』, 민음사, 1995, 206쪽.

15) 김소진 소설에서 아버지는 체험의 직접성에 사로잡혀서 부정할 기회조차 없는 존재이다. 김소진은 아버지에게서 파행적인 우리 역사를 극복할 수 있는 가능성과 잠재력을 발견한다.

아버지는 북에 두고 온 아내 최옥분을 닮은 '춘하네'가 심청전 공연을 할 때면 어김없이 그 자리에 있고는 한다. 뺑덕어멈의 역할을 천연스럽게 하는 '춘하네'의 이미지는 이 작품에서 마당놀이 「심청전」의 한 장면에서 잘 나타난다.

> 아, 그래서 그날 밤 심봉사와 뺑덕어멈이 함께 방사를 치르는데, 심봉사를 애달게 만들려고 한참이나 빼던 뺑덕어멈이 갑자기 이부자리를 차고 일어나 앉아 타박을 주는데, 한번 들어나봅시다그려.
>
> "어따, 이 양반이 눈은 멀어갖고 앞이 안보인다더니 그게 말짱 헛소리여 응. 매일 밤마다 이렇게 딱따구리맨치로 있는 구멍, 없는 구멍을 다 찾아쌓는 디 뭘 눈이 멀었다는 게여?"
>
> "말이나 못하면 밉지나 않제. 에라 모르겠다 새신랑맨치로 콧굼기가 벌렁벌렁 하도록 용이나 힘껏 써보소 잉."[16)]

뺑덕어멈 역을 맡은 '춘하네'는 "겨우 풋낯 정도를 익혔음직한 사내를 서넛 앞에 두고도 그네는 스스럼 타는 기색이랑 전혀 없이 호탕한 웃음과 걸찍한 입담으로 좌중을 밀가루 반죽처럼 휘주물러 놓곤"한다. 이 부분은 그녀의 성격을 효과적으로 드러내는 역할을 한다. 물론 이로 인해 주인공 '나'는 '춘하네'에 대해 좋지 않은 마음을 갖으면서 아버지의 행동을 더욱 이해하지 못하게 된다. 하지만 결국 아버지가 갖고 있는 전쟁에 대한 과거의 아픔을 알게 되는 계기가 되기도 한다.

이와 같이 김소진은 고전의 변용을 통해 작품의 스토리 이면에 놓인 주제의식을 환기함으로써 당시 산업화로 인한 소시민의 고충에 대한 비판적 인식을 표출한다. 산업화가 가속화됨에 따라 차츰 중심부에서 밀려난 것이 '도시 빈민층'의 운명이었다. 그들은 이데올로기로 양분된 상황에서 가족을

아버지는 극악한 자본주의에서 소외된 민중이며 한국 전쟁의 최대의 희생자라는 점에서 타자의 위치에 있지만, 아버지에 대한 객관적 통찰과 탐색은 아들에게 시대 모순을 자각하게 하며 새로운 삶을 꿈꾸하게 하는 원동력이 된다.

16) 김소진, 「고아떤 뺑덕어멈」, 앞의 책, 313쪽.

잃었고 이로 인해 올바른 가정생활을 할 수 없었다. 이에 '나'는 성장을 하면서 점차 '아버지의 무능이 시대적 모순으로부터 왔다는 것'[17]을 자각하게 된다.

이처럼 고전 설화를 소설에 패러디하는 것은 전통에 기반하여 작가의식을 표출한 것으로 전통의 생산적 · 창조적 측면에서 의미가 있다. 고전을 통한 풍자적인 비판인식은 인물의 성격으로 형상화 되어 당시의 시대적 상황을 더욱 극적으로 보여준다. 또한 전통적인 글쓰기의 문법 안에서 소설의 또 다른 가능성을 모색하게 한다. 문학을 포함한 일체의 인간문화가 실재의 대체물인 기호와 이미지의 산물[18]이라면, 김소진은 상호텍스트성을 통해 인물의 성격을 고전에 나타난 이미지로 형상화 하여 그 실재보다 더 실재 같은 현실의 재현을 시도한 것이다.

3. 텍스트 삽입과 갈등 심리의 표출

소설에 삽입된 여러 텍스트들은 텍스트 이면에 숨겨진 주제의식을 환기하기 위한 장치로 사용된다. 물론 작품 중간에 삽입되는 텍스트로 인해 스토리의 전개가 지연되거나, 스토리 자체가 담론화 되지 못하고 있기는 하다. 이것은 작품에 삽입된 텍스트의 의미가 서사보다 더욱 중요한 위상을 작품 내에서 차지하고 있다[19]는 것으로 작가 자신도 넓은 의미에서 자신이

17) 임홍배 · 김소진, 「문학대담, 삶의 언어, 일상체험에 날개달기」, 『문예중앙』, 중앙북스, 1993. 가을 참조.

18) 상호텍스트성은 본질적인 의미생성의 원리로써 현실텍스트와 심층차원에서 무의식적 대화성을 갖는다고 할 수 있다. 즉, 상호텍스트성은 문학작품이 한 개인의 독창적인 노력의 산물이기에 앞서 현실 텍스트 안에서 다양한 언어와 언술행위 및 의미의 잠재성을 흡수 · 용해 · 변형시켜 글로 표현하는 기호론적 실천의 산물이라 하겠다(김욱동, 앞의 책 참조).

19) 박미설, 앞의 논문 참조.

의식 못하는 담론들 속에 연루되어 있다는 것을 의미한다. 상호텍스트성 자체가 이미 전통적인 작가의 개념, 즉 작가를 "담론 분류의 원리이자, 그 의미들의 통일성과 근원, 그것들의 정합성의 중심"으로 간주하는 것에 대한 비판을 내포하고 있는 것이다.[20] 여기에서 상호텍스트성은 '간텍스트성(inter-textuality)'[21]과 같은 의미로써 텍스트를 생산하고 수용하는 과정과 관련된 다른 텍스트를 이해하는 데 필요한 사전 지식이다.[22] 이러한 간텍스트의 삽입은 몇 가지 반복 절차에 따라 다시 만든 것, 다시 만들거나 언급한 것, 인용에 의해 옮기거나 확장, 다시 등장시키는 것과 같은 '반복'으로 나타난다. 이러한 '반복'이 단일한 작품 혹은 텍스트 내부에서 일어나는 문제를 다룰 때에는 서사학적 접근이 매우 유용하다. 따라서 작품과 작품, 혹은 텍스트와 텍스트 사이의 반복을 사유하는 것으로 상호텍스트성이 거론될 때, 김소진 소설에서 여러 텍스트들이 삽입되는 '반복'이 자주 나타나는 것은 주목해 볼 만한 부분이라 하겠다.

이를 잘 보여주는 것이 김소진 소설들이다. 먼저 「지붕 위의 남자1」에서 달원이 형은 주인공 '나'가 시인의 길을 가는 데 결정적인 역할을 한 사람이다. 그는 대학 졸업 후 재야운동권 단체에서 몇 년간 홍보간사 일을 했

20) 롤랑 바르트(Roland Barthes)가 제기한 '저자의 죽음'은 저자를 부정하면서 의미의 불확정성과 다양성을 주장한다. 그의 주장은 저자의 통제 불가능한 텍스트의 무의식이 존재함을 환기시키며 독자와 비평에 보다 많은 자유를 부여하게 된다(롤랑 바르트, 김희영 역, 「저자의 죽음」, 『텍스트의 즐거움』, 동문선, 1997 참조), 반면 푸코에 와서는 '저자의 죽음'을 현실세계에서 있는 그대로 받아들여 저자의 기능을 부정할 때 의도와 다르게 혼란스런 상황이 발생할 수 있다고 한다(미셸 푸코, 「저자란 무엇인가」, 『미셸 푸코의 문학비평』, 문학과 지성사, 1989 참조).

21) 박미설은 김소진 소설을 텍스트 언어학적으로 접근하여 분석하면서 '간텍스트성(inter-textuality)' 의미를 활용하였다. 먼저 여러 '어휘적 측면'에서 상징어, 방언, 속담과 관용어구로 나누어 고찰하였으며, '대화체'에서는 주워섬기기, 퍼붓기, 주고받기, 말더듬기로 나누어 고찰하였다. 그리고 '텍스트의 형성과 배열의 원리'에 대해서도 검토하였다(박미설, 앞의 논문 참조). 하지만 그것이 김소진 소설에서 어떠한 기능을 하며 더 나아가 김소진 문학 전반과 당대 다른 작가와의 변별점은 무엇인지에 대한 언급이 없어 아쉬움을 준다.

22) 고영근, 「텍스트 이론과 문학작품의 분석」, 『텍스트언어학』, 한국텍스트언어학회, 1997 참조 ; 고영근, 『텍스트 이론-언어문학통합론의 이론과 실제』, 아르케, 1999 참조

고, 택시운전노조를 하다가 반대파에 의해 해고되었다. 그러나 국회의원보좌관의 술상무를 하면서 현재는 시의원이 되어 정치후원회의 계좌에만 관심이 있는 인물로 바뀌었다.

김소진은 이 작품에서 김지하의 시 「황톳길」을 활용하고 있다. 주인공 '나'는 이 시를 읽고 받은 감동을 계기로 시인이 되기로 결심한다. 가난한 어린 시절에 아버지는 시장 안에서 작은 가마니를 깔고 앉아 땅콩을 팔고 있었다. 어머니와 '나'가 그곳에 가자, 꺼진 불을 살리기 위해 자신이 깔고 앉은 가마니때기를 땔감으로 사용을 하기도 한다. 그래서 '나'는 '가마니 속에서 네가 죽은 곳'이라는 부분에서 아버지를 떠올리며 눈물을 흘린다.

> …… 뜨거운 해가/땀과 눈물과 모밀밭을 태우는/총부리 칼날 아래 더위 속으로/나는 간다 애비야/네가 죽은 곳/부줏머리 갯가에 숭어가 뛸 때/가마니 속에서 네가 죽은 곳……23)

대학시절에 달원이 형은 그런 '나'의 등을 따뜻하게 두드려 주었다. 그리고 "시인이 어떤 천부적 재능으로 쓴다고 믿는다면 그것이야말로 어리석고 잘못된 부르주아적 편견이지. 시도 수련 과정을 거쳐서 씌어져야 하고 또 쓸 수 있거든."24)하며 격려를 하기도 했다. '나'는 대학시절과 다르게 변한 달원이 형의 모습을 김지하의 시 「황톳길」로 나타낸다. 이것은 달원이 형을 바라보는 '나'의 내적 갈등 심리를 보여주기 위해서이다. 한때는 재야운동권에서 나름의 가치를 위해 싸워오던 달원이 형은 시인을 사기꾼이라고까지 한다. 그는 무슨 일이든 가치를 무시하는 물질만능주의의 인물로 변질된 것이다. 이들을 보면서 '나'는 자신의 글쓰기가 사람들에게 물질적인 도움과 복지를 주지 않는다는 것을 알게 된다. '나'는 자본주의 논리로 인해 심리적 갈등을 하고 있는 것이다. 그럼에도 '마음이나 정신적인 허기를 꺼주

23) 김소진, 「지붕 위의 남자1」, 『신풍근배커리 약사』, 문학동네, 2002, 194쪽.
24) 위의 책, 196쪽.

는 일'이 훨씬 더 가치가 있고 중요하다는 확신을 더욱 갖게 된다.

「혁명기념일」에서는 칼 마르크스의 『루이 보나파르트의 브뤼메르 18일』에 대한 내용이 간략하게 정리, 풍자되어 작품 첫 머리에 등장한다. 그 내용에 따라 「혁명기념일」의 '석주', '진기' 그리고 '나'의 모습이 설정되어 있다. 또한 두 사람을 통해 과거와 현재의 달라진 모습이 될 수밖에 없는 '나'의 상황에 대한 갈등 심리가 잘 나타나 있다.

> 헤겔은 어느 부분에선가 세계사에서 막대한 중요성을 지닌
> 모든 사건과 인물은 되풀이된다고 지적하였다.
> 그러나 그는 다음과 같은 사실을 덧붙이는 것을 잊었다.
> 즉 첫 번째는 비극으로, 두 번째는 소극(笑劇)으로 끝난다는 사실이다.
> 당통에 대해서는 코시디에르가 그러하고,
> 로베스피에르에 대해서는 루이 블랑이……
> 삼촌(나폴레옹)에 대해서는 조카(나포레옹 보나파르트)가 그러하다.
> —칼 마르크스 『루이 보나파르트의 브뤼메르 18일』[25)]

당통, 로베스피에르, 삼촌 나폴레옹은 프랑스 혁명에서 가장 중요한 전환점을 만들어 냈던 비극적인 주인공이다. 반면 코시디에르, 루이 블랑, 조카인 나폴레옹 보나파르트는 국정 수행과 국민의 삶을 천박하고 비열한 사기 행각을 통해 희극적으로 세계사화 한 인물들이다. 김소진은 이 두 명의 인물들을 극단적으로 대비하기 위해 작품 서두에서 비극과 소극을 배치해 두었다.

이 작품에서 전기 수리공인 '진기'는 80년대 저항 이데올로기와 90년대 은폐된 자본의 논리에 무참히 거부되는 지식인들의 순수한 열정을 보여준다[26)]고 할 수 있다. 낭만적 무정부의자로 불리던 '진기'는 이름을 '이창화'로 개명하여 전기 수리공으로 살고 있다. 반면에 '석주'는 대학시절 철저히 계급의식으로 단련된 프롤레타리아가 주도하는 조직적인 혁명을 부르짖던

25) 김소진, 「혁명기념일」, 앞의 책, 342쪽.
26) 고인환, 「1980년대 문학을 '타자화'하는 한 방식-이문구, 김소진, 성석제 소설을 중심으로」, 『한국 문화 연구 4』, 경희대민속학연구소, 2001, 123쪽.

사람이었다. 그런 석주의 권유로 '나'는 가두주동을 하게 되었다. 그 이유로 집행유예란 딱지를 받고 힘들게 글을 쓰며 살고 있는 반면에 석주의 삶은 전혀 다른 반대적인 삶을 살고 있다. 예전에 석주는 친일파의 후예이자 변절한 진보주의자인 아버지에 대한 저항을 독재정권에 대한 저항으로 승화시키기 위해 열성적으로 학생운동에 참여했던 인물이다. 그러나 이념은 결국 관념적이고 낭만적 허위에 불과하다는 사실을 알아차린 후, 아버지로 대표되는 계급적 권위와 현실에 투항한다. 게다가 자신의 아버지가 몰염치하게도 동지가 옥중에 있는 사이에 남의 아내를 가로챘듯이, 석주 역시도 진기의 옛 애인 승혜를 아내로 두고 있었다. 하지만 '나'는 "형이나 저나 한때는 제국주의의 멍에에 짓눌린 제삼세계, 그 모순의 핵심고리인 한반도의 해방을 외치며 애플에서 같이 활동했으면서 무슨 후진국 욕을 그토록 하세요?"라며 석주 형의 달라진 모습에 대한 울분을 마음속으로만 할 뿐이다.

결국 이런 두 사람, 특히 '진기'의 모습을 보면서는 '나'는 "겉으로는 무덤덤한 표정을 들어넘겼지만, 속은 많이 흐트러져 있었다. 솔직히 말해서 한바탕 울고 싶었다. 무정부의자 목진기의 생애라는 게 이렇게 문드러지고 있단 말인가."[27] 라고 한다. 또한 완강한 현실 앞에서 지독했던 낭만적 허위로는 아무 일도 할 수 없다고 자신의 변절과 전향을 합리화하는 석주 앞에서 '나'는 "운명 교양곡보다 더 운명적인 소극"이라고 말하며 연신 구역질을 한다. '나' 역시 정치적 표현과 공간을 잃은 파리의 민중들처럼 무력하게 주저앉을 수밖에 없는 것이다.

이처럼 김소진 작품 속에 여러 지식인의 변모에는 단죄나 체념, 낭만적 회고가 연결되어 있다. 이들의 전향은 개인과 사회의 새로운 발견으로 인한 자발적인 사상 변화가 아니라, 이권 제공이나 생활의 위험에 기인한 것이다.[28] 당시 지식인 대부분은 실제 소시민이며 투사도 아니고 혁명가는 더

27) 김소진, 앞의 책, 355쪽.
28) 우찬제, 「지식인 권력 진실」, 『오늘의 소설』11, 현암사, 1999. 참조.

욱 아니다. 그들의 입장에서는 시대의 변화와 현실에 순응할 수밖에 없다. 이들이 선택해야만 했던 변절은 현실을 부정할 수 없고 비루한 현실에서 벗어나기 위한 어쩔 수 없는 선택의 한 방법이었던 것이다.

「갈매나무를 찾아서」에서 '두현'은 대학시절 자본론을 공부하는 그룹에 속해 있었던 '윤정'과 결혼을 한다. 늦깎이 시인으로 등단을 했지만 경제권을 가질 수 없는 상황이다. 이러한 두현의 무능력을 비웃으며 아내 '윤정'은 아이를 지우고는 "시 쓴답시고 거의 룸펜처럼 생활한 게 벌써 언제부턴데, 그럴 능력이나 제대로 있어서 하는 말이냐구?"며 반박을 한다. 아내에게 '두현'은 자신의 아이조차도 지킬 수 없는 무력한 변두리 인물인 것이다. "경제적 무능력이 애를 못 키우는 온당한 이유가 된다고 믿니 넌?" 반문하는 '두현'은 자신이 하고 있는 말이 얼마나 설득력이 없고 어리석은 가를 잘 알고 있다. '윤정'은 물레방아를 보며 역사의 수레바퀴를 연상할 만큼 철저한 운동권 지식인이었다. 그러나 그들은 결국 무능력한 두현으로 인해 이혼을 하게 된다. 별거 직전 '윤정'에게 가장 중요한 것은 남편의 경제적 무능력으로 인한 자신의 고생을 더 이상 견딜 수 없다는 것이었다.

① 어느 사이에 아내도 없고, 또,
아내와 같이 살던 집도 없어지고,
그리고 살뜰한 부모며 동생들과도 멀리 떨어져서,
그 어느 바람 세인 쓸쓸한 거리 끝에 헤매이었다[29]

② 그것은 갈매나무, 한 그루 갈매나무였다
늦봄이면 꽃을 피우고야 만다는 갈매나무
굳고 정한 갈매나무, 외로운 갈매나무, 눈을 맞고 있는 갈매나무
사내는 슬픔과 어리석음과 부끄러움과 절망감, 그 너머 먼산에
외로이 서 있는
갈매나무를 생각하는 것인데

29) 김소진, 「갈매나무를 찾아서」, 앞의 책, 101쪽.

> 사내는 너무 쉽게 슬픔과 어리석음과 부끄러움과 절망감에 빠
> 져나오려 하는데……[30]

위의 시 ①은 백석(白石)의 시 「南新義州 流洞 朴時逢房」이다. 이 시에서 시적자아는 남신의주 유동에 있는 박시봉이란 사람 집에 세들어 살면서 자신의 근황과 참담한 심정을 편지를 쓰듯 적어 내려가고 있다. 여기에는 식민지 시대에 정결한 영혼을 지닌 한 지성인이 모진 운명을 받아들이면서도 삶의 의지를 가지려는 모습을 잘 나타내고 있다. 이것은 늦깎이 시인으로 경제권을 가질 수 없는 '두현'의 심리를 잘 나타내고 있다. 시 ②는 안찬수의 시 「갈매나무」이다. 이 시에 시적 자아는 "굳고 정한 갈매나무"를 생각하며 자신에 대한 반성을 한다. 이것은 작품 속 할머니집 앞에 굳건히 서 있는 갈매나무와 같은 것으로 할머니는 "세상의 독한 가시를 이기라"라고 '두현'에게 당부한다. '두현'은 가시가 숨어 있는 나무, 곧 아름다운 지옥과 천당이 공존하는 기억에 친숙함을 느낀다. 이 친숙함은 고통스럽지만 정겨운 기억에 해당하는 것으로 80년대 지식인의 사유를 확인하게 한다.

이와 같이 이 작품에서는 백석(白石)의 시 「南新義州 流洞 朴時逢房」과 안찬수의 시 「갈매나무」를 통해 현실에 무기력한 모습을 반성하는 당시 지식인의 전형을 보여준다. 작품 속 '두현'은 백석의 「南新義州 流洞 朴時逢房」라는 시로 현실에 대한 혼란을, 안찬수의 시 「갈매나무」로 절망을 뛰어 넘는 시를 짓겠다는 다짐을 하는 갈등 심리를 표출하고 있는 것이다.

「신풍근배커리 略史」는 1996년 '연세대학교 한총련 검거사태'를 다룬 작품이다. 이 작품에는 함석헌의 시 「그 사람을 가졌는가」가 삽입되어 있다. '재덕'은 당시의 경찰의 기습이 있는 혼란한 상황에서 누군가의 ID를 빌려서 여자친구 '현경'에게 메일을 보냈다. 그리고 현재 그것을 다시 떠올리며 그 당시 절박했던 상황을 기억하고 있다.

---

30) 김소진, 앞의 책, 112쪽.

만리길 나서는 길/처자를 내맡기며 맘 놓고 갈 만한 사람/그 사람을 가졌는가/온 세상 다 나를 버려 마음이 괴로울 때에도/저 맘이야 하고 믿어지는/그 사람을 가졌는가/탔던 배 꺼지는 시간, 구명대 서로 사양하며/너만은 제발 살아다오 할/그 사람을 가졌는가/불의의 사형장에서/다 죽어도 너희 세상 빛을 위해 저만은 살려두거라 일러줄/그 사람을 가졌는가

잊지 못할 이 세상을 놓고 떠나려 할 때/저 하나 있으니 하며 빙긋이 웃고/눈을 감을 그 사람을 가졌는가/온 세상의 찬성보다도/아니 하고 가만히 머리 흔들/그 한 얼굴 생각에/알뜰한 유혹을 물리치게 되는/그 사람을 가졌는가[31)]

90년대에 들어 관념적 현실 이해는 더 이상 설득력을 지니지 못 한다. 정권의 여론 조작이 아니더라도 학생 운동은 같은 학생들에게조차 외면을 받고 있는 것이 현실이었다. '재덕'은 이러한 현실에서 함석헌의 시 「그 사람을 가졌는가」를 떠올리면서 지금 자신의 행동에 대한 명확한 동기나 희망·열정은 무엇인가를 자문한다. '그 사람'이라는 것은 다름 아닌 자신을 돌아보는 것이다. 김소진은 이 작품에서 아무리 어리석은 분노라도 있으면 그것은 희망이 되지만, 아예 포기하는 절망은 인간성 자체를 파괴할 수 있다는 의미를 강조하고 있다. '재덕'이 사수대에 참여한 것은 일종의 '휴머니즘'과 '절망감'[32)] 때문이었다. "내가 살고 있는 이 땅은 정말 나라가 아니라 마녀사냥이 판치는 어느 중세 암흑기의 한 군거 집단"[33)]이라는 '나'의 자조적인 말은 당시 '주민증을 가진 인간'이라는 것까지도 부정하고 싶은 절망감에 빠져 있음을 극명하게 나타내는 것이다.

이와 같이 김소진은 여러 텍스트를 삽입함으로써 변절로써 현실에 적응할 수밖에 없는 지식인들의 모습을 잘 나타내고 있다. 이런 변화된 삶을 살게 되는 지식인은 과거에는 열정적으로 학생운동에 참여했지만 현재는 탈이념적, 보수적으로 변한 인물들이다.[34)] 특히 '운동권 지식인' 중 일부는

31) 김소진, 「신풍근배커리 略史」, 『신풍근배커리 약사』, 문학동네, 2002, 245쪽.
32) 김승종, 앞의 글 참조.
33) 김소진, 앞의 책, 248쪽.

시대적 상황의 변화 속에서 제도권에 흡수되어 출세나 물질적인 것 등에 가치를 부여하는 모습을 보인다. 이들의 변절에는 상황적인 여건의 변화가 중요하게 작용한다. 당시 지식인들 대부분은 시대의 변화에 따른 변절이라는 어쩔 수 없는 상황에서 더욱 갈등할 수밖에 없었던 것이다.

이처럼 김소진은 상호텍스트성을 활용하여 부조리한 현실에 당면한 지식인의 현실 참여를 내용적 측면만이 아닌 형식적 차원으로도 시도를 했다. 이것은 소설이 단순히 기법적 차원에서만 연구의 대상이 아니며 참여의 실천이라는 주제적 차원까지 연결될 때, 작가의 문학 정신에 대한 실체적 접근이 더욱 가능하다는 것을 보여준 것이다.

4. 나오며

김소진은 1980년대 포스트모더니즘 시대적 분위기 아래에서 문학에 있어서 상호텍스트성의 모범적 사례를 보여 주고자 했다. 포스트모더니즘의 창작관을 배면에 깔고 있으면서도 그것의 직접적인 표출을 자제하고, 본격문학의 장에서 통용되는 미적 기법을 활용하는 절충적 접근을 한 것이다. 이것을 김소진 소설에서는 '고전의 변용을 통한 인물 성격의 형상화'와 '텍스트의 삽입을 통한 갈등 심리의 표출'로 나타냈다. 이것은 폭넓은 현실 비판적 문학관으로써 김소진이 문학의 참여정신을 실현하기 위해 채택한 미학적 방편이라 하겠다.

먼저 「처용단장(處容斷章)」에서는 「처용가」, 「고아떤 뺑덕어멈」에서는 「심청가」는 김소진의 상상력과 의식에 따라 다양한 방식으로 변용되어 인물

34) 우찬제, 「탈지식인적 지식인 소설의 지평」, 『상처와 상징』, 민음사, 1994, 340쪽.

성격의 형상화를 위한 재창조를 한다. 이것은 곧 작품의 주제를 강조하기 위한 역할을 하며 작가의 세계관을 독자에게 전달하기도 한다.

다음으로 김소진 소설에서 시, 소설, 신문기사, 희곡 등의 다양한 텍스트의 삽입은 작중 인물들의 내적인 갈등을 나타내는 서사적 장치로 활용된다. 김소진은 1980년대 이후 인간이 도구로 전락화 되는 자본제적 합리성과 야만의 권력으로 인한 지식인들의 전향과 변절을 중요하게 부각시켰다. 그리고 이것을 내적 갈등의 심리 표출을 위한 일련의 텍스트를 삽입하는 방법적 전략으로 강조한다. 텍스트 속에 다른 텍스트를 끼워 넣어 재구성하는 것은 기표와 기의, 혹은 의미와 무의미를 자유롭게 넘나드려는 의도로 혼란과 단절감을 극복하려는 장치라 할 수 있다.

「지붕 위의 남자1」에서는 김지하의 시 「황톳길」이, 「혁명기념일」에서는 칼 마르크스의 『루이 보나파르트의 브뤼메르 18일』이, 「갈매나무를 찾아서」에서는 백석(白石)의 시 「南新義州流洞朴時逢房」과 안찬수의 시 「갈매나무」가, 「신풍근배커리 略史」에서는 함석헌의 시 「그 사람을 가졌는가」 등등의 텍스트가 삽화처럼 등장한다. 이 텍스트들은 작중 인물들이 80년대 이후 자본주의의 논리에 의해 전향과 변절을 할 수밖에 없는 내적 갈등을 통해 지나간 시대의 변혁에 대한 열망과 패배의식을 기억하게 한다.

이와 같이 김소진 소설에 나타난 여러 형식 실험에는 특정 사건과 정황이 주축이 되면서도 배경이나 일반적 상황 설명, 시대나 사상에 대한 담론들이 나타난다. 이것은 주사건의 도입과 전개를 돕거나 작품의 주제나 작가의 세계관을 통해 당대의 현실을 극명하게 보여주는 역할을 한다. 따라서 김소진 소설에 나타난 상호텍스트성은 기존의 질서나 지배 형식에 대한 글쓰기 전략으로써 김소진의 문학세계를 좀 더 폭넓게 논의해 볼 수 있는 계기를 준다.

참 고 문 헌

1. 자료

김소진, 「처용단장」, 「고아떤 뺑덕어멈」, 『열린사회와 그 적들』, 문학동네, 2002.

_____, 「지붕 위의 남자1」, 「혁명기념일」, 「갈매나무」, 「신풍근배커리 略史」, 『신풍근배커리 약사』, 문학동네, 2002.

2. 단평 · 논문

김윤식, 「90년대 문학의 종언-작가 김소진의 죽음이 의미하는 것」, 『현대문학』, 현대문학, 1997.

안성수, 「소설의 상호텍스트성 연구」, 『현대소설연구』, 현대소설학회, 2004.

_____, 「<하얀배>의 상호텍스트성 연구」, 『현대소설연구』, 현대소설학회, 1997.

이정석, 「반복의 기법, 반복의 미학」, 『우리어문연구』, 우리어문학회, 2011.

임홍배 · 김소진, 「문학대담 : 삶의 언어, 일상 체험에서 날개 달기」, 『문예중앙』, 1993.

양영희, 「『혼불』에 나타나는 텍스트성의 갈등 양상」, 『한국언어문학』, 한국언어문학회, 2000.

손정수, 「소진(消盡)의 미학」, 『신풍근배커리 약사』, 문학동네, 2002.

진정석, 「지속되는 삶, 끝나지 않은 이야기」, 『김소진 전집』1, 문학동네, 2002.

정끝별, 『패러디 시학』, 문학세계사, 1997.

차봉준, 『패러디 관계와 소통의 미학』, 인터북스, 2011.

하응백, 「한국 자전 소설의 계보학을 위하여」, 『문학으로 가는 길』, 문학과 지성사, 1996.

표란희, 「김소진의 「처용단장」연구」, 『새국어교육』, 한국국어교육학회, 2010.

3. 단행본

김덕영, 『주체 · 의미 · 문화』, 나남출판사, 2001.

김동환, 『한국소설의 내적형식』, 태학사, 1996.

김욱동, 『문학의 위기』, 문예출판사, 1993.

_____, 『바흐친과 대화주의』, 나남, 1990.

김현실 외, 『한국 패러디 소설연구』, 국학자료원, 1996.

이정숙, 『현대소설의 결과 무늬』, 깊은샘, 1999.

우찬제 외, 『4 · 19와 모더니티』, 문학과 지성사, 2010.

신익호, 『현대문학과 패러디 문학적 전위성을 획득하는 새로운 가능성의 방법』, 제이앤씨, 2012.

호모 이코노미쿠스의 감각과 1960년대의 고현학

-최인훈의 『크리스마스 캐럴』 연구-

서 세 림 *

1. 서론

최인훈의 『크리스마스 캐럴』은 1963년부터 1966년까지 총 5편의 연작으로 발표되었다.[1] 작가의 대표작으로 널리 연구된 『광장』이나 『회색인』 등에 비해서는 많이 주목받지 못하였으나, 『크리스마스 캐럴』 연작은 작가 최인훈의 다른 작품들과 이질성 및 연관성을 동시에 갖고 있는 독특한 텍스트이다. 최인훈 특유의 관념적이고 난해한 서술 태도가 유지되면서도 다른

---

* 서울대학교 국어국문학과

1) 『크리스마스 캐럴』 연작의 발표 지면과 연도는 다음과 같다.
「크리스마스 캐럴 1」, 『자유문학』, 1963.6.
「속 크리스마스 캐럴」, 『현대문학』, 1964.12.
「크리스마스 캐럴 3」, 『세대』, 1966.1.
「크리스마스 캐럴 4」, 『현대문학』, 1966.3.
「크리스마스 캐럴 5」, 『한국문학』, 1966.여름.

어떤 작품보다도 유머러스한 대화의 지속을 보여주는데, 이 연작을 온전히 읽어내며 작가 최인훈이 그려낸 1960년대를 이해해 봄으로써 최인훈 문학의 중요한 한 축을 파악할 수 있게 될 것으로 기대된다.

기존 연구에서 『크리스마스 캐럴』 연작의 독해를 위해 가장 주목한 지점은 서구 문화의 추수와 한국적 근대화의 문제 비판에 관련한 것이었다. 문화적 정체성을 상실한 혼란 속에서 서구 문화의 몰주체적인 수용이 가져올 수 있는 폐해의 심각성을 우리의 문화 속에 수용된 서구의 풍습 중 하나인 크리스마스를 통해 보여주고 있는 것이라는[2] 분석이 대표적이다. 『크리스마스 캐럴』 연작은 일본에 의해 파괴된 전통 문화가 서구 문화의 유입으로 인해 회복 불능의 상태에 빠져 한국 문화의 토양이 황폐해졌을 뿐 아니라 문화적 정체성의 상실 상태에 이른 것임을 보여주고 있다는 것이다. 작가 최인훈이 '크리스마스'라는 이식된 풍속을 문제 삼으면서 그러한 크리스마스 풍속을 문제적인 것으로 만드는 한국적 근대의 상황, 그리고 한국적 근대를 살아가는 지식인의 정체성과 존재조건을 비판적으로 성찰하고 있다는[3] 분석도 맥락을 같이 한다. 이러한 관점에서 볼 때 『크리스마스 캐럴』 연작에 나타난 최인훈의 문제의식은, '서구적인 것'의 처리 방식을 통해 구성되는 '한국적 근대'의 성격을 규명하는 것이라는[4] 유의미한 결론을 도출하게 한다.

그리고 이 작품에 나타난 크리스마스의 풍속이 중요한 것은 다름 아닌 통행금지의 한시적 해제가 이루어지는 크리스마스 밤의 풍경 때문이라는 분석도 의미가 있다. 야간통행금지로 대표되는, 국가의 획일적 통제와 억압

2) 양윤모, 「서구 문화의 수용과 혼란에 대한 연구-최인훈의 『크리스마스 캐럴』 연구」, 『우리어문연구』 14, 우리어문학회, 2000, 130~131면.

3) 김영찬, 「한국적 근대와 성찰의 난경(難境)-최인훈의 『크리스마스 캐럴』 연구」, 『반교어문연구』 29, 반교어문학회, 2010, 308~312면.

4) 서은주, 「'한국적 근대'의 풍속-최인훈의 「크리스마스 캐럴」연작 연구」, 『상허학보』 19, 상허학회, 2007, 464면.

의 부산물이 크리스마스의 카니발적 욕망으로 해방 및 분출되는 것이라는 서은주[5]의 분석이나 야간의 산책자 형상을 통해 위반의 정치학을 발견하고 국가 통제 체제를 비판하고 있다는 김예림[6]의 논의가 그것이다. 크리스마스의 달뜬 분위기는, 질서의 탈을 쓴 통제와 위계라는 것이 통행금지 이면에 존재하는 본질적 의미였음을 보여준다는 것이다.

이를 바탕으로 본고에서는 최인훈의 『크리스마스 캐럴』 연작에 나타난 '크리스마스'의 기호를 중심으로 1960년대 한국 사회의 호모 이코노미쿠스(homo economicus)와 시대 의식의 접점 및 이에 대한 작가의 문제의식을 해석하고자 하였다. 이는 크리스마스라는 기호와 1960년대의 연결 지점에 산업화로 대표되는 새로운 가치 지향의 부산물이라 할 수 있는 경제적 인간형, 즉 호모 이코노미쿠스적 사유의 확산이 중요한 일부분으로 기능하고 있다는 판단에 의한 것이다. 전통과 서구의 충돌 문제를 넘어서, 그것은 혼란의 가운데에서 새로운 비판 의식을 가능케 하는 정신사적 고뇌의 양상을 드러나게 하는 원동력이 되기도 한다.

기본적으로 이 작품에서 주목하는 크리스마스의 기호는 호모 이코노미쿠스들의 단순한 계절 감각에 불과한 것으로 처리됨으로써 지속적인 조롱과 비판의 대상이 되고 있다. 그것이 계절 감각이라는 한시적 차원의 의미밖에 획득하지 못하게 된 경위와 함께 연작 속의 '나' 혹은 '그'로 등장하는 주인공의 사유와 산책 속에서 이 계절 감각에 대한 인식과 태도가 어떻게 변모되어 가는가를 살펴볼 필요가 있다. 이를 통해 크리스마스라는 서구적 기호에 대한 우리의 짧은 수용의 역사와 최인훈의 작가 의식이 어떤 관련을 맺고 있는가를 성찰해 볼 수 있을 것이다.

이 작품에 나타난 문화적 정체성의 상실과 혼란 및 서구 문화 추수 등에

---

5) 위의 글, 450~454면.
6) 김예림, 「국가와 시민의 밤-경찰국가의 야경, 시민의 야행」, 『현대문학의 연구』 49, 한국문학연구학회, 2013, 401~405면.

대한 비판은 크리스마스로 수렴되며 연작을 구성하는 힘이 되었다. 여기에 더해 중요한 것은, 그 비판 의식의 내면에 담겨 있는 작가의 시대 인식이라 하겠다. 1950년대를 보내고 1960년대를 맞이하는 자의 눈에 비친 서울 거리의 낮과 밤을 통해 최인훈은 새로운 '고현학'의 시도를 하며 그것은 결국 서울만의 철학을 발견해내는 결론으로 이어진다. 『소설가 구보씨의 일일』 연구를 통해 최인훈의 소설에서 고현학적 관점을 논의한 구재진에 따르면, 최인훈의 이전 소설이 미래의 시점에서 현재를 조망하는 관점으로 부분의 합은 전체를 구성한다는 인식을 보여주는 고고학적 작업이었음에 반해, 『소설가 구보씨의 일일』에서는 현재의 시점에서 현재를 바라보며, 통합적 인식을 전제로 하지 않는 관점인 고현학적 작업을 펼치고 있다고 분석된다.[7] 최인훈에게서 고현학적 관점을 발견해내는 것은 의미가 있다. 고현학의 대상이 되는 것은 현재 우리 눈앞에서 보는 것들이며, 따라서 연구하고 싶은 것은 인류의 현재[8]라고 이야기된다. 즉 미래에서 과거를 총체적으로 조망하는 방식이 아니라 현재에서 현재를 바라보는 고현학적 방법론을 통해 1960년대의 최인훈 소설은 독특한 성격을 보여주는데, 이 작품 『크리스마스 캐럴』 연작에서도 그러한 고현학의 관점에서 1960년대를 고찰하고 있는 부분을 확인할 수 있다. 또한 그러한 고현학적 관점에서 서술된 1960년대에 대한 인식은 아감벤이 이야기한 '동시대인'의 개념과 연관하여 탐색할 수 있다. 염세적 현대성 속에서도 현재의 어둠과 역사의 빛을 동시에 발견할 수 있는 존재로서 이야기되는 동시대인의 개념[9]을 1960년의 서울 거리에서 찾고자 하는 것이다.

그 과정에서 유럽으로 대표되는 서양 정신사에 대한 끝없는 비교의 행위

---

7) 구재진, 「최인훈의 고현학, '소설노동자'의 위치-『소설가 구보씨의 일일』 연구」, 『한국현대문학연구』 38, 한국현대문학회, 2012, 306면.

8) 곤 와지로, 「고현학(考現學)이란 무엇인가」, 김려실 역, 『현대문학의 연구』 15, 한국문학연구학회, 2000, 262면.

9) 조르조 아감벤, 『장치란 무엇인가?/장치학을 위한 서론』, 양창렬 역, 난장, 2010, 77~78면.

는 연작의 네 번째 작품을 통해 그 허위와 진실이 밝혀지며 결국 서울의 밤거리에서 4.19로 대표되는 시대정신을 조우할 수 있을 때 크리스마스는 단순한 계절 감각의 차원을 넘어서, 우리 사회의 일부로 기능할 수 있게 될 것임을 알 수 있게 된다. 따라서 본고에서는 이러한 호모 이코노미쿠스의 세계에서 체현된 크리스마스라는 계절 감각에 대한 비판과 성찰을 통해 작가 최인훈이 드러낸 1960년대에 관한 시대 의식을 밝히고자 한다.

2. 호모 이코노미쿠스와 크리스마스 - 합리성과 정당성의 관계

연작의 첫 번째 작품인 「크리스마스 캐럴 1」에서는 크리스마스이브를 맞아 외박을 하겠다는 여동생 옥이를 꾸짖으며 말리는 아버지와의 대화가 이어진다. 아버지는 결국 옥이를 나가지 못하게 하기 위해 화투판을 벌이고 옥이와 나, 어머니와 함께 넷이서 밤새 화투를 친다.

> "아무튼 내 생각은 외박은 안 된다는 거야. 이 점이 가장 중요해."
> "글쎄 아빠는 그저 안 된다니 왜 안 돼요?"
> "그럼 내가 묻겠다. 옥아 넌 교인이던가?"
> "아이 참 누가 교인이래요?"
> "그럼 크리스마스가 어쨌다는 거니?"
> "크리스마스니깐 그렇죠."
> "뭐가?"
> "크리스마스지 뭐긴 뭐야요?"[10)]

"크리스마스니깐 그렇다"라는 말로 대변되는 옥이의 이야기는 결국 당대

10) 최인훈, 「크리스마스 캐럴 1」, 『크리스마스 캐럴/가면고』, 문학과지성사, 2009, 13면.

젊은이들을 비롯한 한국 사회 대다수의 구성원들이 느꼈던 어떤 실체 없는 감정을 대표하는 것이다. 그리고 그 실체 없는 감정의 소유자들은 다름 아닌 호모 이코노미쿠스(homo economicus)의 얼굴을 하고 있는 자들이다.

대니얼 디포가 창작한 로빈슨 크루소를 그 원형으로 하는 호모 이코노미쿠스는 인간의 본성을 경제적인 것으로 보아 도구적, 수단적 합리성을 통해 '최소비용 최대효과'라는 공식을 추구하는 존재로 여기는 것이다. 로빈슨 크루소는 런던에서 신흥 상류층 인사들과 사귀면서 자신의 경제적 성공을 위해 기니항로로 모험을 떠나는데, 이런 크루소의 태도는 영국에서 17세기부터 법적으로 개인이 경제적 주체로 보장받을 수 있었던 시대적 조류와 일치하는 것이기도 하다.[11] 이러한 로빈슨 크루소의 모습은 오늘날 '자신에게 이익이 되는 합리적 선택을 하는 인간'을 일컫는 경제적 개인주의의 화신인 '호모 이코노미쿠스'의 원초적 모습으로 평가되며, 아울러 '호모 이코노미쿠스'가 보다 넓은 영토의 소유를 꿈꾸는 식민주의를 개척하는 제국주의자로서의 모습으로 지평이 확대되는 과정을 보여준다고 분석된다. 디포는 자본주의가 식민지와 세계시장을 향해 무한대로 뻗어나가는 시대정신을 충실히 반영하는 크루소라는 '호모 이코노미쿠스'를 창안해냈으며,[12] 이 과정에서 크루소는 18세기 근대자본주의의 성장과 발전에 따른 영국의 식민지 확장 이데올로기에 단초를 제공한 호모 이코노미쿠스라 평가된 것이다.[13]

이러한 호모 이코노미쿠스는, 효용(utility) 혹은 자기이익(self-interest)의 극대화를 합리적으로 추구하는 경제주체, 즉 경제적 인간(economic man)이다. 호모 이코노미쿠스에 근거한 합리적 선택이론은 경제학의 영역을 넘어서 철학, 심리학, 정치학, 사회학, 문화인류학 등 인문학, 사회학, 자연과학에까지 적용되어 인간과 동물의 합리적 행동에 대한 보편적인 방법론으로 자리

11) 최병갑, 「『로빈슨 크루소』: 정치적 읽기」, 『신영어영문학』 16, 신영어영문학회, 2000, 196면.
12) 박경서, 「개인주의와 호모 이코노미쿠스-『로빈슨 크루소』를 중심으로」, 『현대영어영문학』 제51권 1호, 한국현대영어영문학회, 2007, 5~6면.
13) 위의 글, 18면.

잡기에 이르렀다. 이러한 현상을 "경제학적 제국주의"라고 할 만 하다는 지적은 의미심장하다.[14] 이때 문제적인 것은 경제학적 진실의 체제에서 태어난 효율성이라는 개념이 이제 모든 통치행위의 근본적인 인식론적 시발점이 되었다는 점이다. 중요한 것은 효율성의 증진 및 합리성의 추구라는 새로운 이념이며, 시장이 근대 통치성을 존립하게 하는 새로운 진실의 장소로 거듭난다는 것은 바야흐로 통치 메커니즘의 근본적인 변화를 가리킨다.[15] 이러한 호모 이코노미쿠스는 물질적인 풍요로움을 쫓고 효율성을 강조하기 위해 여타의 장애물을 뛰어넘으려고 애쓰는 존재이며, 그 과정에서 호모 에티쿠스(윤리적인 인간), 호모 엠파티쿠스(공감하는 인간)의 면모는 상대적으로 소외된다.[16] 이러한 호모 이코노미쿠스의 모습은 행태주의적인 자극과 반응에 따라 행위하도록 되어 있는 자동기계에 불과하며, 여기에 어떠한 숙고, 선택, 결단의 의미는 없다고 비판되기도 한다.[17]

이 모든 과정에서 호모 이코노미쿠스의 부각은 새로운 통치의 개념을 정립시키며 사회의 근본적 구조를 변화시키는 동인이 되는 것이다. 최인훈이 그리고 있는 1960년대와 크리스마스의 기호도 이러한 관점에서 몇 가지의 문제 제기를 담고 있다고 하겠다. 가장 중요한 것은 사회를 지배하는 근본적 원리로서의 정당성과 합리성의 관계에 역전 현상이 일어난다는 점이다. 신념이나 명분으로 대표되는 정당성이 구조를 만들어내는 시대가 아니라, 이제는 합리성과 효율성을 통해 세계를 바라보는 사람들의 시대로 변화하고 있음을 크리스마스의 기호 뒤에서 밝히고자 하는 것이다. 그리고 그 과정에서 크리스마스의 기호 속에 숨겨져 있는 제국주의적 시선의 문제점까지 포착해내고 있다. 서양의 종교적 의미를 가진 크리스마스가 국경일로 지

14) 박정순, 「호모 에코노미쿠스 生殺簿」, 『철학연구』 21, 고려대학교 철학연구소, 1998, 1~2면.
15) 강동호, 「호모 에코노미쿠스와 근대의 통치성」, 『문학과 사회』, 문학과지성사, 2014. 가을. 449~450면.
16) 다니엘 코엔, 『호모 이코노미쿠스』, 박상은 옮김, 에쎄, 2013, 264면.
17) 박정순, 앞의 글, 13면.

정됨은 미국이라는 신제국의 상징으로 받아들여질 수 있다는 일차적 의미를 지닌다. 나아가 한국의 크리스마스는 본래의 엄숙하고 이타적인 종교적 의미에서 멀어져 전쟁과 가난으로 상처받은 전후 한국인들의 고단한 일상을 위무하는 정서적 기능만이 강조되며 본래의 정신과 멀어져 미국으로 상징되는 자본주의의 새로운 제국 권력으로 한국에 정형화되었다는 점에서 문제적이다.[18] 작가는 무차별적으로 '난만하게' 퍼져가는 크리스마스와 그 속에 담겨 있는 물질주의와 동물성의 모습을 그려냄으로써 1960년대의 한국 사회에 이식되는 새로운 기호를 조소적으로 보여준다. 특히 그것이 문제적인 것은 '합리성'을 수반하고 다니는 이 흐름이 그 외의 인간적 면모 및 유형들을 재빠르게 추방하는 방식으로 나타나고 있기 때문이다.

그 과정에서 사회의 구성원들의 삶은 성찰적 내면이 결여된 삶, 소위 '타인지향적인 삶'에 가까운 것으로 변이된다. 타인의 욕망에 의해 주체의 욕망이 계획되고, 추동되고, 소비되는, 오직 타인의 욕망만이 지배하는 그러한 유형의 자아가 나타난 것이다.[19]

앞서 언급하였듯이 크리스마스이브에 외박을 즐기려는 옥이를 비롯하여 이 연작에 등장하는 모든 등장인물들은 이미 교환의 합리성과 등가성에 대해 충분히 인지하고 있는 삶을 살아가는 것으로 설정되어 있다. 즉 경제적 대가를 지불해야 하는 공간에서 오락과 여가가 이루어지며 그것을 크리스마스를 매개로 분출하는 것인데 흥미로운 것은 이 과정에서 어떻게 돈을 버는가의 과정은 생략되어 있는 텍스트라는 점이다. 어떻게 부를 획득할 것인가의 문제를 생략한 채로, 이미 자본의 시대임을 상정하여 작가는 태연하게 호모 이코노미쿠스의 삶을 그리고 있다. 또한 그 과정에서 향유되고 소비되는 크리스마스의 이미지는, 교도도 아니고 신자도 아닌 대다수의 사람

18) 이선경, 「제국의 타자들이 차지하는 탈식민적 위치-존 쿳시의 『야만인을 기다리며』와 최인훈의 『크리스마스 캐럴』을 중심으로」, 『이화어문논집』 27, 이화어문학회, 2009, 76면.
19) 김홍중, 『마음의 사회학』, 문학동네, 2009, 58면 참조.

들이 왜 그것을 즐겨야 하는가도 의식하지 못한 채로 참여하는 한시적 추세와 같은 것으로 묘사된다.

이 연작의 '크리스마스' 이미지는 바로 그러한 상태에서 향유되는 유희로서의 크리스마스에 대한 경계와 비판에서 비롯된다. '모두'가 즐기는 크리스마스 파티이기 때문에 그 파티에 참여해야 한다는 것은 "하느님을 구실로 암숫이 재미보기"라는 극단적 논리로 치환된다.

약속? 오늘 밤에는 모두들 약속이 있어서 저렇게 파티가 있겠구나. 크리스마스 파티. 크리스마스를 파티에. 하느님을 구실로 암숫이 재미 보기. 바이블을 구실로 수컷의 가죽을 지킨 여자. 그렇다면, 가만있자. 저 애들은 벽을 뛰어넘은 것이다? 아니. 안 그렇다. 그 늙은 여자는 죽음의 자리에서 계약을 새롭힐 상대가 있었다. 바이블은 하느님에게 돌린 것이다. 바이블-고양이-수컷의 가죽-다시 바이블. 이라는 재주넘기. 그런데 저 애들은? 그들에게는 계약을 새롭힐 상대가 없다. 상대가.[20]

따라서 위의 인용에서와 같은 거친 표현들이 주인공의 주변 인물들에 대한 관찰 및 사유 속에서 가감 없이 등장한다. 무엇을 원하는지조차 모르는 주체들이 향유하는 이 기괴한 카니발에 대하여 연작 전체에서 시종일관 가하는 다양한 종류의 풍자와 조소는 그런 면에서 매우 성공적으로 기능한다. 그리고 연작의 마지막 편에서 다음과 같이 그것을 식민지의 시각으로 전유시키는 상상은 매우 문제적인 지점이다.

달은 거기 있었다. 어찌 보면 완전한 원에서 조금 모자란 듯싶었지만 거의 보름달이었다. 나는 저 차가운 머나먼 덩어리에 조만간 사람이 가게 될 것을 생각해보았다. 물론 내 자신이 거기 가게 되는 일은 없으리라. 그러나 이 지구 위에 있는 나와 똑같은 사람 누군가가 저기 가서 서성거리게 된다는 것은 얼마나 멋진 일인가. 나는 별난 성미여서 남이 재미 보는 것을 배 아파하는 일이 없다. 누군가 우리 세대에 아무튼 갈 것만은 틀림없다. 그리된다면. 히야. 세상이 변

20) 최인훈, 「크리스마스 캐럴 4」, 앞의 책, 120~121면.

> 할 거야. 민족이라는 단위 대신에 지구족이라는 말이 비로소 빈말 신세를 벗게 된다. '지리상 발견의 시대'와 꼭 같은 기분에 들뜬 새 시대가 온다. 마르코 폴로 이래 서양 사람들이 꼭 그런 기분으로 살았을 거야. 우리가 화성인 금성인을 생각하는 것처럼 동양 사람을 그려봤겠지. 신비한 풍문만 들어오던 그 종족들을 슈퍼맨처럼 대포와 총으로 쳐 누르고 그곳에 있는 보물을 날라오고, 식민을 하고, 관광을 하고. 얼마나 신기했을까. 얼마나 의젓했을까. 얼마나 사는 보람 있었을까. 원님 덕에 나팔 분다고 원님만 좋으랴 나팔꾼도 푼수대로 신이 났을 거야. "식민지에나 가서 빌어먹어볼까." 영국 거지는 벌이가 신통치 않은 어느 날 중얼거렸을 것이다. 서양 사람들은 정말 멋진 사람들이다. 그리구 지금 또 달나라에 식민을 하려고 하니. 달에 사람이 왔다 갔다 하면 지금은 꼭 맺힌 듯이 보이는 일도 차츰 풀릴 거야. 아무렴 사람들 기풍이 달라질 테니깐. 쩨쩨한 데가 좀 가시고 숨 돌리는 여유가 생긴다. 암마. "에이, 달나라에나 가버릴까." 이렇게 말하게 된다면 일은 크지 않고 어떻겠는가……[21]

밤하늘의 달을 바라보는 것이 더 이상 아름다움이나 낭만이 아닌 시대인 것은 차치하고라도, 그러한 달이 다름 아닌 식민지의 영토로 보일 수 있게 된 것이 바로 1960년대의 단면인 것이다. 주인공이 달을 보며 영국 거지를 상상하게 된 데에는 물론 식민의 역사가 중요한 기능을 하였지만, 1960년대를 지배하는 경제적 인간형들의 물결 속에서 고난의 원인인 동시에 그 해결책이기도 할 수 있는 자본과 그것에 의한 지배의 의미가 부각되는 것이라고도 하겠다. 합리성과 효율성이 가장 우선하는 사회가 되어버린 현실에서의 서글픈 상상이라 할 수 있다.

3. 서양의 정신사와 한국적 풍경 성찰

연작의 첫 번째 작품에 이어 두 번째 작품인 「크리스마스 캐럴 2」에서도

---

21) 최인훈, 「크리스마스 캐럴 5」, 앞의 책, 124~125면.

아버지는 여전히 크리스마스에 외출하려는 옥이를 말리고 있다. 1년 뒤 크리스마스, 옥이는 물론이고 교회에 다니기 시작한 어머니마저 외출을 감행하려 한다. 아버지는 또 그녀들을 막으려 하지만 아버지와 내가 방안에서 '신금단 부녀 비극의 상봉' 뉴스에 대해 한없는 토론에 빠져 있는 사이 그녀들은 이미 소복이 쌓인 눈 위에 발자국만 남긴 채 떠난 뒤였다.

> 밖에는 어느새 소복이 눈이 내려 있었다. 댓돌 위에, 온 마당에, 대문 지붕에, 그 옆에 선 소나무에 귀여운 눈이 소복이 깔려 있었다. 그리고 저쪽 안방 댓돌 아래에서 대문간까지 두 쌍의 발자국이 의좋게 종종걸음을 새기고 있었다. 초저녁에 작정한 일도 까맣게 잊고 우리들 부자가 고담준론에 빠져 있는 사이 모녀는 베들레헴의 마구간으로 가버린 것이다.
>
> 우리는 서로 쳐다보았다. 아버님 얼굴에 갈꽃처럼 슬프고 아름다운 미소가 떠올랐다.
>
> "철아!"
>
> "네."
>
> "그들은 이 시대가 우리들한테서 잡아간 볼모냐?"
>
> 나는 한참 만에야 대답하였다.
>
> "사랑은 양보합니다."
>
> 아버님은 손을 내미셨다. 나는 그 손을 살며시 잡았다.
>
> 우리는 마루 끝에 서서 눈 위에 새겨진 볼모들의 도주의 표적 하나하나에 양보의 도장을 우리들의 두 쌍의 눈으로 꼬박꼬박 눌러갔다.[22)]

신문에서 존재하는 '신금단 부녀'를 이야기하는 데에 푹 빠져 있는 사이 현실의 딸은 이미 아버지의 품을 떠난 뒤인데, 뜬금없이 대화의 주제로 등장하는 '신금단 부녀 상봉'과 남북 분단 문제는 당대 우리 사회의 정당성과 합리성을 시험하는 잣대라고 볼 수 있다. 신금단 부녀 상봉 문제 및 남북통일에 관하여 아버지와 나는 한참이나 대립적인 의견을 주고받는다. 아버지와 아들의 대화를 통하여 정당성과 합리성을 동시에 획득하는 것이 매우 어렵다는 사실을 드러내는 것이다. 이는 앞장에서 분석한 합리성의 인간형,

22) 최인훈, 「크리스마스 캐럴 2」, 앞의 책, 60~61면.

즉 호모 이코노미쿠스의 세계에서 정당성의 논리로 합리적 세계에 대응하는 것이 결코 녹록지 않음을 알 수 있게 하는 것이기도 하다.

아버지가 연작의 1~2편에서 지속적으로 옥이의 외출을 허락하지 않으려는 것은 다음과 같은 이유에서이다.

> "크리스마스면 예수가 난 날이라지. 예수교인이면 밤새 기도두 드리고 좀 즐겁게 오락도 섞어서 이 밤을 보내도 되련만 온 장안이 아니, 온 나라가 큰 일이나 난 것처럼 야단이니 도대체 이게 어떻게 된 거니?" (…)
> "창피한 일이다. 정신이 성한 사람이 보면 얼마나 우스꽝스럽겠느냐. 넌 남의 제사에 가서 곡을 해본 적이 있느냐?"
> "뭐, 없어요."
> "그것 봐라. 원래 옛날에는 종족마다 수호신이 있지 않았니? 그래서 한 해에 한두 번씩 제사를 크게 차려서 신을 위로했지. 옛날엔 한 종족이 다른 종족에 굴복했다는 증거는 정복자의 신을 섬기는 것이었지."[23)]

다시 말해 크리스마스라면 응당 기독교인의 행사로 여길 것인데 어째서 교인이 아닌 옥이와 같은 이들이 그것을 일개 유희로만 즐길 것인가를 아버지는 시종일관 전혀 이해할 수 없다는 것이다. 그래서 그것은 바로 '남의 제사에 가서 곡을 하는' 일, '다른 종족의 수호신을 섬기는 일'과 같은 것이 된다.

> 아마 일찍이 사람이 사는 세상에서 이처럼 사람이 믿을 데 없는 시대가 없었으리라. 이것은 우리가 아마 커다란 과도기에 살고 있기 때문인 것 같다. 어떤 것이 가고 새것은 아직 분명한 모습을 갖추지 못한 때를 사는 사람들은 특별한 괴로움을 겪는다. 그는 원래 무리한 일을 무리하게 할 수밖에 없고 그래서 자기가 사는 이 세상을 어둠 속에서 길 더듬듯 살아야 한다.
> (…) 크리스마스에 공연히 소란을 부리는 우리 사회의 딱한 풍조로 말하면 신자들에게는 아무 죄도 없으며, 우리 사회의 딱한 여러 일들 가운데 한 가지 현상일 뿐이다.[24)]

---

23) 최인훈, 「크리스마스 캐럴 1」, 앞의 책, 15면.
24) 최인훈, 「크리스마스 유감」, 『유토피아의 꿈』, 문학과지성사, 2010, 26~27면.

최인훈의 산문에서도 이러한 크리스마스에 대한 소회가 나타난 바 있다. 크리스마스의 이러한 '공연한 소란'이야말로 우리 사회가 과도기임을 증명한다는 것이다. 아직 분명한 실체를 알지 못하는 새것이 어둠 속에서의 길 찾기로 비유되고 있으며, 『크리스마스 캐럴』 연작에서 아버지가 딸 옥이에게 하려는 이야기도 이와 관련된다. 앞서 언급하였듯이 아버지는 옥이를 붙잡기 위해서 화투판을 벌이게 되는데, 이는 기존의 연구에서 지적한 바와 같이, 일본의 잔재인 화투 놀이로 서양의 수입물인 크리스마스를 저지하려는 굉장히 기묘한 형태로 등장하고 있다. 미국과 일본, 혹은 크리스마스와 아버지의 대결로 이어지는 이러한 장치는 『크리스마스 캐럴』 연작의 독특한 성격을 그대로 드러낸다.

> 사꾸라 스무 끗 광짜리가 한번은 논쟁을 일으키고야 말았다. 물론 그것은 나의 실수였다. 사꾸라 광짜리에 둘러친 휘장이 일본 전국 시대의 야전용 장구라는 것을 내가 지적한 것이다. 아버님은 물론 화투는 일본에서 건너온 것이지만 그렇다고 해서 이런 데까지 감정을 갖는 것은 큰 국민답지 못하다고 타일러주셨다. 다만 술어를 한국말로 고쳐 써서 문화는 문화대로 어디까지나 흡수해야 한다고 주장하셨다.[25)]

위와 같이, 다만 아버지는 '술어를 한국말로 고쳐써서' 문화를 흡수해야 한다는 주장으로 위기를 모면할 뿐이다. 다른 누구도 아닌 '아버지'라는 존재가 가장 적극적으로 크리스마스를 비판하는 존재로 설정되었다는 점은 매우 의미심장한 부분이다. 한국 사회에서의 전통적 가치관을 대변하기에 아버지보다 더욱 명백한 입지는 없을 것이다. 그러나 이미 1960년대의 현실에서, 크리스마스이브의 외박을 즐기고자 하는 딸의 요청을 거부하기 위한 아버지의 논리는 설득력이 매우 약한 것 또한 사실이다. 심지어 아버지를 도와 옥이를 붙잡는 데에 일조하고 있는 '나'도 그 이론에 다분히 동조

---

25) 최인훈, 「크리스마스 캐럴 1」, 『크리스마스 캐럴/가면고』, 27면.

하기 어렵게 느껴지는 것이기도 하지만 그럼에도 아버지의 논리에 표면적으로 대응하지 않음으로써 암묵적 동조자의 기능을 성실히 수행한다. 거시적으로 보았을 때, 나와 아버지 모두 호모 이코노미쿠스들의 카니발로 격하된 크리스마스에 대한 반발 의식을 공유하고 있기 때문이다.

다른 모든 이들이 즐기는 크리스마스를 똑같이 즐겨야 하는 '주체'없는 자신, 이것은 마치 '스놉'(snob)의 면모를 연상시킨다. 위계적 신분질서가 파괴되고 자유경쟁과 평등의 원리로 재구성되는 근대 시민사회에서, 인정투쟁을 왜곡된 방식으로 이해하고 이를 실천하는 존재가 바로 스놉이다. 과시하고, 위장하고, 구애하고, 기만하는 방식으로 인정투쟁에서 승리하고자 하는 존재인 것이다. 그러나 이런 과정에서 스놉은 인정투쟁의 최종적 목표인 '자기의식의 완성' 혹은 '자기의식의 자립'을 망각한다. 인정을 열망하다가 인정의 목적을 잊는 것이 스놉의 아이러니이며, 그들은 '주체'가 없이 자신이 가진 자원과 자신 그 자체를 혼동하는 존재이다.[26] 이런 스놉의 세계를 살아가는 대중들이 가득찬 것이 크리스마스의 거리 풍경인 것이다.

한국 사회의 면모는 결국 이러한 스놉이 인텔리의 탈을 쓰고 다음 인용에서와 같이 "서구의 정신사적 분열이 자기 집안일인 것처럼 심각해하는"[27] 상태로 나아가고 있다는 것이다.

> "(…) 서양 물 먹은 사람들이 순진한 동포들을 스포일하고 있어요. 원주민 인텔리란 건 우리 눈에는 양식 호텔의 보이와 다를 것 없어요. 우리들의 매너를 알고 있으니까 편리하다는 것뿐이죠. 가방 맡기고 코트 맡기고 사창가나 안내시키는 거죠. 에익, 퉤."
>
> 그는 마룻바닥에다 가래침을 탁 뱉었다. 그리고 오른손 엄지손가락으로 코를 핑 풀었다.
>
> "그래도 호텔 문밖에 나서면 거기는 인간이 있죠. 자기의 매너의 보편성, 특수 속의 보편성이라는 대지에 굳게 발을 디딘 인간의 가족들이 말예요. 서

26) 김홍중, 앞의 책, 83~84면.
27) 최인훈, 「크리스마스 캐럴 5」, 앞의 책, 167면.

양 제국주의자들이 인류에게 끼친 무한한 해독, 그건 금덩어리를 실어갔다든가, 상품을 팔아먹었다든가, 그런 게 아니라고 난 생각합니다. 원주민들의 영혼을 골탕 먹인 것, 경험적인 것을 선험적인 것처럼 위장한 것. 이겁니다. 영혼의 아편 상인들. 이겁니다. 현지의 매판 인텔리들은 바보가 구 할이지만 똑똑한 일 할이란 약은 만큼이나 약하기도 합니다. 눈총을 맞아서 비자 한 번이라도 시끄러워지면 나만 곯는다는 거죠. 외국에 갔다 온 사람들은 모두 굉장하더군요. 그쪽은 이런데, 우리가 글렀다. 그쪽은 저런데, 우리는 말씀 아니다. 저쪽은…… 꼭 환장한 것 같아요. 온, 정신 있는 사람들입니까? 정신은 있어요. 양심과 용기가 없어요. 당신네 말대로 하면 멋이 없어요. 그러니까 그저 대리점 노릇으로 마칩니다. 요 먼저 외국 기관 종업원들이 파업을 했더군요. 장해요 장해. 한국 인텔리들은 언제쯤 할 모양인가요. 안 될걸요. 사꾸라들 농간에 안 될 거예요. 아까 어디까지 얘기했던가요. 참. 호텔 밖에만 나가면 거기는 인간이 있다. 거기였죠? 암마. 있고말고요. 뿌듯한 인간입니다. 만져봐서 속이 있는 인간입니다."[28]

이러한 인식은 한국인에 의한 것이 아니라, 한국 사회에 살고 있는 외국인(미군)에 의한 것이라는 점에서 더욱 의미심장하다. 외부인이자 서양인인 그 미국인의 시각에서 보기에 한국 사회 인텔리들의 모순적 행태는 이렇듯 강렬한 거부감을 불러일으키기에 충분한 것으로 묘사된다. 빈약한 주체성과 끝 모를 열등감이 그 내부에 표백되어 있기 때문이다.

그런 의미에서 보자면 연작의 네 번째 작품을 통해 새로운 전환점을 맞이해 볼 수 있게 된다. 「크리스마스 캐럴 4」에서 '그'는 유럽의 도시 R에서 유학을 하고 돌아왔다. 도시 R에서 그는 한 늙은 외국 여자를 보았던 경험이 있다. 그 노파는 항상 성경책을 가슴에 소중히 끼고 있는데, 결코 그것을 읽지는 않는다. '그'는 그녀를 보며 신앙이 생활의 일부가 된 유럽인의 기품을 생각하고 있었다. 그러나 나중에 학교 친구 H의 편지를 받고, 그녀가 그 성서의 표지에 사고로 죽은 자신의 애인의 가죽을 떼어 붙여 만들었으며, 그렇기 때문에 그 성경책을 그토록 소중하게 끌어안고 다녔다는 비밀을 죽

28) 위의 글, 167~168면.

기 직전 고백했다는 사실을 전해 듣는다. 오랫동안 잘못 이해하고 있던 서양 정신사의 실체를 그는 비로소 진실로 깨닫게 된 것이라고 할 수 있다. 다른 연작들에 비해 다소 이질적인 주제를 담고 있는 4편의 존재 이유는 바로 여기에서 찾을 수 있을 것이다. 철저히 과도기의 양상을 보이고 있는 한국의 크리스마스 및 한국의 문화를 인식하는 과정에서 언제나 비교의 대상이 되어 온 유럽의 그것을 새로운 방식으로 깨닫게 되는 계기를 마련하면서, 암묵적 동조나 외면 정도로 밖에 반응하지 못하였던 크리스마스에 대한 입장을 주인공 '나'도 드디어 결정해야만 하는 것임을 보여주는 것이다.

> 오늘은 크리스마스다. 결국 이것을 솔직히 인정하는 것이 떳떳한 일이라고 하는 생각이 저녁때가 가까워지면서 나를 지배하게 되었다. 나는 그것을 인정하자, 하고 속으로 다짐하였다. 나는 저녁 식사가 끝난 후 혼자 방 안에 틀어박혔다. 라디오를 틀어놓는다. 크리스마스 노래가 흘러나온다. 크리스마스 노래는 언제 들어도 참하다. 마치 크리스마스카드처럼. 노래의 반주 속에 댕댕하는 종소리가 들어 있는 것이 특히 좋다. 나는 일어섰다 앉았다 한다. 안절부절못한다 하는 그 동작이다. 끝내 나는 결심한다. 외투를 입고 목도리를 두른다. 그런 다음에, 살며시 방문을 열고 안채의 기척을 살핀다. 한참 그렇게 동정을 살핀 다음에 마루에 나선다. 어둡지만 구두 있는 자리는 보나 마나니까 나는 계속해서 안채를 살피면서 발로 더듬어서 구두를 신는다. 까치걸음으로 대문까지 간다. 그때 나는 당황한다. 내가 빗장을 열어놓고 나가면 문은 누가 닫나 하는 생각이 들기 때문이다. 나는 담을 뛰어넘기로 결심한다.[29]

위의 인용에서 보듯이, '담을 뛰어 넘어' 크리스마스의 거리로 걸어 나가는 이러한 장면은 중요한 의미를 지닌다. 오늘이 크리스마스라는 것을 '솔직히 인정하는' 것이야말로 크리스마스를 비롯한 오늘의 시대를 온전히 제대로 이해할 수 있는 시발점이 될 수 있다. 그리고 이를 통해 다음 장에서 분석할 1960년대의 고현학과 서울의 스토이시즘이 탄생할 수 있게 되기 때문이다.

29) 최인훈, 「크리스마스 캐럴 3」, 앞의 책, 89~90면.

4. 1960년대의 고현학과 '동시대인'의 발견

「크리스마스 캐럴 3」에서는 크리스마스 날 아침, 온 가족의 칫솔이 사라지고, 나는 우체부에게서 '행운의 편지'를 배달받는 일이 벌어진다. 저녁에 거리로 나간 나는 순찰중인 순경에게 암행 감찰관으로 오해를 받는다. 이는 모두 합리성이라는 당대의 최고 가치에 의문을 제기하는 일들이라고 할 만하다. 또한 진정한 소통이 이루어지기 어렵고, 서로 오해를 거듭해 나가는 과정에서 결국 각자의 이익을 위하여 다른 셈법이 출현하는 것이 유머러스하게 다루어진다. 무작정 거리 산보를 하던 나를 암행 감찰관으로 오해한 순경의 느닷없는 자기 소개가 이어지고, 나는 그것을 딱히 제지하지 못한 채 오해를 남기고 만다. 이 모든 오해의 과정은 결국 합리적 세계라는 확신에 대한 의문을 제기하는 방향으로 이어진다.

그리고 연작의 마지막 작품인 「크리스마스 캐럴 5」에서는 본격적으로 밤의 서울 거리를 산책하기 시작한 나의 모습이 등장하는 것이다.

> 불을 켜지 않은 방에 혼자 누워 있자니 멀리서 분명한 크리스마스 노래가 들려왔다. 내 마음은 불편하였다. 어쩌면 슬프다고 하는 것이 옳을는지 몰랐다. 나는 슬퍼야 할 아무 까닭도 없다고 내 자신을 타일렀지만 그래도 소용없었다. 어둠을 타고 조용히 울려오는 가락은 나를 뒤숭숭하게 만드는 것이었다.[30)]

위의 인용에서와 같이 연작의 두 번째 작품에서 주인공은 이미 닥쳐오는 크리스마스의 물결을 분명히 바라보지 못하고 다만 외면하는 데에 머무른 자기 자신에 대해 실망감을 드러낸 바 있다. 그리고 이후 그 자신도 크리스마스의 거리로 걸어 나감으로써 시대의 일원으로 고민하게 될 것임을 천명한다.

30) 최인훈, 「크리스마스 캐럴 2」, 앞의 책, 40면.

그런데 이 과정에서 흥미로운 것은 바로 「크리스마스 캐럴 5」의 '날개' 설정이다. 어느 날 밤 갑자기 '나'는 겨드랑이의 극심한 통증을 느끼게 되는데, 얄궂게도 이 통증은 방 밖으로 나오면 사라지고, 방 안으로 들어가면 더욱 맹렬해지는 것이었다. 그로 인해 나는 어쩔 수 없이 한밤을 내내 '바깥에서' 보낼 수밖에 없게 된다. 그러면서 나는 서서히 '밤 산책'의 세계로 빠져들게 된다. "이렇게 해서 나는 금지된 산책을 해야 하는 운명의 생활을 비롯하게"[31] 되는 것이다.

> 이렇게 되면서 독자들은 곧 짐작이 갔겠지만, 문제가 생겼다. 내가 의료적인 이유로 산책을 강요당하게 되는 시간이 행정상의 통행 제한의 시간과 우연하게도 겹치는 점이었다. 고민했다. 나는 부르주아의 썩은 미덕을 가지고 있었다. 관청에서 정하는 규칙은 따라야 한다는 것이 그것이다. 12시부터 4시까지는 모든 시민은 밖에 나다니지 말기로 되어 있다. 모든 사람이 받아들이는 규칙이니까 페어플레이를 지키는 사람이면 이것은 소형의 도덕률일 수밖에 없다. 그러나 이 도덕률을 지키는 한 내 겨드랑은 요절이 나고 나는 죽을는지도 모른다. 바이블을 읽기 위해서 촛불을 훔쳐도 좋은가. 이것이 숱한 사람들이 걸려서 코를 다치고 정강이를 벗긴 돌부리라는 걸 알고 있다. 시름에 잠긴 나는 괴로웠다.[32]

통행금지가 엄연히 존재하는 시대, 밤의 시간의 거리는 본래 그 출입을 허용하지 않는 것이지만 나는 이렇듯 '통증'을 빌미로 '어쩔 수 없이' 밤의 서울을 활보할 수밖에 없게 된다. 그리고 서울의 밤거리를 거닐면서 때때로 나는 겨드랑이의 통증이 어떤 '날개'의 환영으로 돋아나는 것을 느끼기도 한다. 그것은 은밀한 밤의 산책을 통하여 내가 낮에는 볼 수 없었던 밤의 서울의 모습을 본격적으로 발견하게 되는 것과 일맥상통하는 것이다.

이때 새롭게 발견되는 밤의 서울 거리라는 것은, 낮의 그것과는 확연히 다른 것으로, 내가 평소 수백 번씩 오고 가던 길이라 하더라도 밤이 되어야

31) 최인훈, 「크리스마스 캐럴 5」, 앞의 책, 153~154면.
32) 위의 글, 152~153면.

비로소 제 속살과 감정을 드러내는 것으로 묘사된다. 새삼스러운 밤의 거리와 건물들의 조용한 속내를 보면서, 나는 거의 성애(性愛)에 가까운 감정을 느끼기도 한다. 그러나 중요한 것은, 지속적으로 이어진 밤 산책에서 어느 순간 마주친 어떤 군중들의 모습이다. 그것은 다음의 인용에서 매우 상세히 묘사되고 있다.

> 지난밤에 본 일을 적으면서 지금도 가슴이 떨린다. 시청 앞 광장에 갔다. 나는 언제나처럼 대한문 옆에 숨어서 광장을 내다보고 있노라니 맞은편 반도호텔 쪽에서 한 떼의 사람들이 이쪽으로 걸어온다. 나는 어둠 속에 숨은 채 바라보았다. 그러자 조선호텔 쪽에서도 왁자지껄하면서 한 떼의 사람들이 광장을 향해서 걸어오는 것이었다. 또 서울역 쪽에서도, 국회의사당 앞쪽에서, 광교 쪽에서 사람들은 광장으로 나오고 있다. 그때 나는 하마터면 소리를 지를 뻔했다. 내가 숨어 있는 곳 다시 말하면 대한문 옆 골목으로부터도 왁자지껄하는 소리가 들리며 한 떼의 사람들이 나와서 내 옆을 스쳐 지났기 때문이다. 그들은 중고등학생과 대학생이었는데, 모두 피투성이였다. 끊어진 다리를 야구 방망이처럼 메고 가는 고등학생이 있다. 빠진 눈알을 높이 공중에 집어던지는 자도 있는데 눈알은 공중에서 달빛과 부딪쳐서 번쩍하고는 임자의 손안에 떨어진다. 터진 두개골에서 허연 골이 내밀어서 뒤통수에 엉겼는데, 그 위에다 학생 모자를 눌러쓰고 간다. 거의가 가방을 들었거나 책 꾸러미를 끼었다. 성한 사람은 거의 없다. (…) 한참 만에 그들은 한데 모여서 무슨 의논을 하는 듯하더니 광장의 가운데를 비우고 빙 둘러 원을 만들었다. 몇 사람이 가운데로 나서더니 광장의 가운데쯤 되는 땅을 손으로 파기 시작했다. 파낸 흙이 수북이 쌓이고 속에 들어선 사람은 머리밖에 안 보인다. 그들은 무얼 파내고 있는 것일까? 나는 호기심으로 대담해지면서 이어 바라보는데 끝내 구덩이에서 여러 사람이 무슨 물건을 들어내는 것이다. 파낸 학생들은 네댓 명이 그것을 번쩍 머리 위로 치켜들었다. 그것은 시체였다. 시체의 머리에는 무엇인가 빛나는 것이 붙어 있었다. 처음에는 잘 분간할 수 없었으나 눈여겨서 보고 있으니 그것은 알 만한 것이었다. 얼굴에—눈구멍에 쇠붙이가 박혀 있는데 한 끝은 뒤통수로 빠져 있다. 그것이 달빛에 번쩍이는 것이다. 그들은 시체를 내려놓고 둘러서서(나머지 학생들은 여전히 원을 치고 둘러서 있고) 시체를 주물럭거리고 있다. "녹이 슬었는데." "닦아." "야 바클 닦는 가루 있지?" "이 새끼야 네 모자로 해." 이런 소리가 들리더니 이윽고 그들은 또 아까처럼 시

> 체를 번쩍 치켜들었다. 아! 달빛에 날카롭게 번득이는 머리의 쇠붙이 부분. 그들은 시체의 눈에 박힌 쇠붙이를 광을 낸 것이었다. (…) 그들은 시체를 번쩍 들어올렸다. 그때, 기다리고 있었던 것처럼, 모든 참석자들은 외쳤다. "피에타는 이루어졌다!"[33]

그것은 시체들의 환영으로 나타난 4.19의 초상이다. 이 장면을 통하여 「크리스마스 캐럴 5」는 이 연작의 의미를 완결시킬 수 있게 되는 것이다. 본 모습을 숨기고 있는 낮의 서울을 살아가는 평소의 나는 서양의 스토이시즘과 같은 어떤 정신적 지혜, 즉 철학이 부재한 서울의, 한국 사회의 면모에 대한 열등감을 감추기 어려운 존재였다. 그러나 밤의 서울의 본질을 깨닫게 될 수 있을 때 나는 비로소 서울만의 스토이시즘, 서울만의 철학이 결코 부재하는 것이 아님을 느끼게 된다. 그것은 가히 1960년대의 고현학이라고 할 수 있는 것이다. 그리고 최인훈의 다른 소설과 산문들에서 반복적으로 탐색되었던 것처럼, 한국 사회의 온전한 정당성을 확보할 수 있는 지점을 4.19로부터 발견해내고 그것의 의미를 되새길 수 있을 때 진정한 정치 의식의 성장으로 나아갈 수 있다는 작가 의식과 연관된다. 작가 최인훈이 현재에서 현재를 바라보는 시각을 통해 획득한 1960년대의 고현학이란 결국 이 지점에 이르러서야 비로소 그 온전한 의미를 획득할 수 있는 것이다. 이를 통해 연작의 마지막 작품인 「크리스마스 캐럴 5」의 의미는 이러한 고현학의 필요에 대해 소명하여 1960년대의 시간과 공간 자체를 탐구하게 하는 데에 바쳐진다.

따라서 통행금지 시대를 살아가는 '나'에 의해 행해진 고현학이 의미를 획득하는 것은 바로 이 지점에서이다. 즉, 시체들의 환영을 볼 수 있게 되었을 때, 겨드랑이에 돋아난 날개의 환상통을 느낄 수 있게 되었을 때, 우스꽝스럽게만 보였던 크리스마스를 비롯한 1960년대 서울 거리의 모든 것

33) 최인훈, 「크리스마스 캐럴 5」, 앞의 책, 174~177면.

들이 비로소 제 몫의 명분을 획득할 수 있게 된다. 결국 서울의 거리에서 4.19로 대표되는 시대정신을 조우할 수 있을 때 크리스마스는 단지 계절 감각의 차원을 넘어서, 우리 사회의 일부로 기능할 수 있게 되는 것이다. 그러므로 '나'로 하여금 거리의 그 시체들을 보게 하기 위하여, 크리스마스는 동원되었고 그 모든 농담과 언어유희들은 지리멸렬하게도 반복되었던 것이다.

바로 눈앞에서, 비록 시체들을 통한 것이기는 하지만, 4.19와의 조우를 하고 있는 이 존재는 아감벤이 말한 동시대인의 개념과 연관될 수 있다. 그에 의하면, 세기의 빛에 눈멀지 않고 그 속에서 그림자의 몫, 그 내밀한 어둠을 식별하는 데 이르는 자만이 동시대인이라고 말할 수 있다. 동시대인은 자기 시대의 어둠을 자신과 관계있는 어떤 것, 자신을 끊임없이 호명하는 어떤 것, 모든 빛보다도 더 우리를 향해 직접, 그리고 독특하게 방향을 트는 어떤 것으로 지각한다. 그가 말하는 동시대인이란 자신의 시대에서 오는 암흑의 빛줄기를 온 얼굴로 받는 자인 것이다.[34] 이런 의미에서 볼 때, 최인훈의 『크리스마스 캐럴』에서도 결국 진정한 동시대인이 되기 위한 모든 과정이 '크리스마스'라는 기호에 수렴되어 나타나고 있는 것이라 할 수 있다. 그것은 한국의 사회, 서울의 거리에서 '직접' 걸을 수 있을 때 발견하게 되는 것이다.

이러한 고현학적 탐구로 이어지는 과정에서 1960년대의 한국적 호모 이코노미쿠스들의 양태에 대한 비판적 성찰이 제시된다. 크리스마스라는 제국의 기호를 타고 건너온 비판적 성찰의 대상들은 한국 사회를 빠르게 점령해 나가는 중이지만, 그럼에도 불구하고 그 내부의 진실과 어둠을 숨기지 않고 바라볼 수 있는 자가 탄생하는 것으로 이 연작의 마지막은 그 몫을 찾고 있다. 그것은 곧 서울의 거리에 대한 탐색이 정치 의식과의 연관성으

34) 조르조 아감벤, 앞의 책, 77~78면.

로 향해갈 수 있는가에 대한 문제제기를 통해 연작의 함의를 구성한다고 하겠다.

5. 결론

본고에서는 최인훈의 『크리스마스 캐럴』 연작에 나타난 '크리스마스'의 기호를 중심으로 한국적 호모 이코노미쿠스와 시대 의식의 접점 및 이에 대한 작가의 문제의식을 해석하고자 하였다. 1963년부터 1966년까지 총 5편의 연작으로 발표된 최인훈의 『크리스마스 캐럴』은 작가의 대표작 『광장』이나 『회색인』 등에 비해서는 많이 주목받지 못하였으나, 최인훈의 다른 작품들과 이질성 및 연관성을 동시에 갖고 있는 독특한 텍스트로서 의미가 있다. 최인훈 특유의 관념적이고 난해한 서술 태도가 유지되면서도 다른 어떤 작품보다도 유머러스한 대화의 지속을 통해 독특한 스타일을 구축하고 있다. 이 연작을 읽어내며 최인훈이 그려낸 1960년대와 작가 의식의 관계를 이해해 볼 수 있다.

이 작품에 나타난 문화적 정체성의 상실과 혼란 및 서구 문화 추수 등에 대한 비판은 크리스마스로 수렴되며 연작을 구성하는 힘이 된다. 이를 통해 집요하게 제기되는 문제는 바로 1950년대를 보내고 1960년대를 맞이하는 자의 눈에 비친 서울 거리에 대한 고현학적 관점이라 하겠다. 그 과정에서 비판적 시대 인식이 도출되는데 그것은 합리성의 세계로 사람들을 이끌어가는 호모 이코노미쿠스의 시대와 관련된다.

1960년대 서울 거리의 낮과 밤을 걸으며 최인훈은 새로운 고현학의 시도를 하며 그것은 결국 서울만의 철학을 발견해내어 그것을 동시대인의 관점에서 확인하는 결론으로 이어진다. 그 과정에서 유럽으로 대표되는 서양

정신사에 대한 끝없는 비교의 행위는 연작 속에서 그 허위와 진실이 밝혀진다. 결국 연작의 마지막 작품을 통해 작가는 서울의 거리에서 4.19로 대표되는 시대정신을 조우할 수 있게 될 때 크리스마스는 비로소 단순한 계절 감각의 차원을 넘어서, 우리 사회의 일부로 기능할 수 있게 된다는 점을 그려낸다. 그것이야말로 통행금지 시대에 행해질 수 있는 고현학의 근본적인 의미라 할 수 있다.

참 고 문 헌

1. 기본자료

최인훈, 『크리스마스 캐럴/가면고』, 문학과지성사, 2009.

최인훈, 『유토피아의 꿈』, 문학과지성사, 2010.

2. 연구논문

강동호, 「호모 에코노미쿠스와 근대의 통치성」, 『문학과 사회』, 2014. 가을. 440~461면.

강헌국, 「감시와 위장-최인훈의 『크리스마스캐럴』론」, 『우리어문연구』 32, 우리어문학회, 2008, 345~367면.

구재진, 「최인훈의 고현학, '소설노동자'의 위치-『소설가 구보씨의 일일』 연구」, 『한국현대문학연구』 38. 한국현대문학회, 2012, 305~340면.

김성렬, 「최인훈의 『크리스마스 캐럴』 연구」, 『국제어문』 42, 국제어문학회, 2008, 369~401면.

김영찬, 「한국적 근대와 성찰의 난경(難境)-최인훈의 『크리스마스 캐럴』 연구」, 『반교어문연구』 29, 반교어문학회, 2010, 307~334면.

김예림, 「국가와 시민의 밤-경찰국가의 야경, 시민의 야행」, 『현대문학의 연구』 49, 한국문학연구학회, 2013, 377~416면.

김효은, 「「크리스마스 캐럴」연작에 나타난 근대적 기표와 주체의 논리」, 『현대소설연구』 55, 한국현대소설학회, 2014, 215~243면.

박경서, 「개인주의와 호모 이코노미쿠스-『로빈슨 크루소』를 중심으로」, 『현대영어영문학』 제51권1호, 한국현대영어영문학회, 2007, 1~21면.

박정순, 「호모 에코노미쿠스 生殺簿」, 『철학연구』 21, 고려대학교 철학연구소, 1998, 1~41면.

서은주, 「'한국적 근대'의 풍속-최인훈의 「크리스마스 캐럴」연작 연구」, 『상허학보』 19, 상허학회, 2007, 441~469면.

양윤모, 「서구 문화의 수용과 혼란에 대한 연구-최인훈의 『크리스마스 캐럴』 연구」, 『우리어문연구』 14, 우리어문학회, 2000, 125~150면.

이선경, 「제국의 타자들이 차지하는 탈식민적 위치-존 쿳시의 『야만인을 기다리며』와 최인훈의 『크리스마스 캐럴』을 중심으로」, 『이화어문논집』 27, 이화어문학회, 2009, 71~95면.

최병갑, 「『로빈슨 크루소』: 정치적 읽기」, 『신영어영문학』 16, 신영어영문학회, 2000,

193~211면.
곤 와지로, 「고현학(考現學)이란 무엇인가」, 김려실 역, 『현대문학의 연구』 15, 한국문학연구학회, 2000, 261~271면.

3. 단행본
김홍중, 『마음의 사회학』, 문학동네, 2009.
다니엘 코엔, 『호모 이코노미쿠스』, 박상은 역, 에쎄, 2013.
로버트 보콕, 『소비』, 양건열 역, 시공사, 2003.
조르조 아감벤, 『장치란 무엇인가?/장치학을 위한 서론』, 양창렬 역, 난장, 2010.

『채식주의자』 번역 속 의역/오역 사례를 통해 살펴본 번역가의 과제 연구*

김대중**

1. 『채식주의자』와 *The Vegetarian*의 불완전한 동등성

『채식주의자』[1])가 맨부커상을 수상한 이후로 한강의 책은 폭발적으로 팔려나갔고 그녀의 작품을 영어로 번역한 번역가인 데보라 스미스(Debora Smith) 역시 유명세를 탔다. 『채식주의자』가 저명한 해외문학상을 수상한 것이 원작자와 번역가의 성과라는 것에는 이론의 여지가 없다. 영국의 가디언지(*The Guardian*)의 수상 소식에 대한 뉴스에 따르면 맨부커 심사위원장이었던 보이드 톤킨(Boyd Tonkin)은 "이 작품은 한강과 데보라 스미스의 대단한 번역으로 이루어졌다....이 상의 요점은 저자와 번역들 사이의 **완벽한 동등**

---

* 이 글은 『인문과학연구』51집(2016.12)에 수록한 것을 수정한 것이다

** 강원대학교 영어교육과

1) 앞으로 한글 원본은 『채식주의자』로 영어번역본은 *The Vegetarian*으로 표기함. 작품의 쪽번호 역시 원문과 영어번역본의 쪽번호를 원문과 번역본에 각기 표기함.

함에 있으며 우리는 이 이상하고도 뛰어난 작품이 영어로 된 올바른 목소리를 완벽하게 찾았다고 느낀다"(Flood)라고 평했다(필자 강조). 즉 작품의 완성도는 번역에서 절반 정도는 왔으며 이 작품의 의의는 영어로 된 완벽한 번역에서 나왔다는 의견이다. 가디언이 전하듯 한국어를 배운 지 얼마 안 되는 영국인이 번역을 한 것도 대단하지만 그녀의 번역으로 작품이 해외독자들의 입맛을 사로잡은 것 역시 거짓은 아니기 때문에 이러한 상찬이 가능할 것이다. 『뉴욕타임즈』(*The New York Times*) 역시 『채식주의자』 영역본인 *The Vegetarian*은 "유연하면서도 날카로운 구문을 가지고 있으며 언어가 전혀 기계적이지 않으며 나쁜 번역들이 종종 '외래어' 느낌이 나게 만드는 그러한 뭉툭한 표현들 역시 없다"라고 극찬한다(Khakpour). 더구나 스미스는 여러 인터뷰에서 기존의 노벨상병에 중독된 한국인들에게 일침을 가하기도 했으며 이 작품의 번역이 일종의 창작이라고 말하거나 작품 번역이 시를 번역한 것 같다는 이야기를 했다.

물론 스미스의 번역에 대한 설왕설래는 여전히 지속되고 있다. 오역에 대한 논란은 많이 제기되고 있으며 작품에 나타난 의역과 오역 사이의 미묘한 경계에 대한 논의도 지속되고 있다. 팀 파크스(Tim Parks)는 『뉴욕 서평』(*New York Review of Books*)에서 영어권 독자가 읽으면서 의아했던 번역의 문제들을 지적한다. 파크스는 *The Vegetarian*이 모호한 번역과 이해 힘든 단어들의 사용 문제를 지니고 있다고 주장한다. 또한 번역이 얼마만큼 원문을 제대로 전달했는지 의심스럽다고 말한다. 가령 "awkward silences...were now peppering the conversation"이라는 번역문 문장에서 어떻게 침묵이 대화에서 "뿌려질 수(peppering)"있는지 의아해 한다. 파크스의 의아함은 사실 그가 의심하듯 번역에 기인한다. 실제 원작에서 이 부분은 "허공을 오가는 어떤 대화에도 귀를 기울이지 않은 채, 사람들의 입술에 번들거리는 탕평채의 참기름을 지켜보고 있다는 것을"(32)이라고 되어 있다. 이 부분을 번역에서 "By now, everyone was busy making sure that their mouths were fully occupied with eating, so that it wouldn't be up to them to try and fill the awkward silences that were now peppering the conversation(이제 모든 이들은 그들의 입이 모두 먹는데 바쁘다는 것을 확인하게 되었고 대화에 뿌려지는 당혹스러운 침묵들을 채우려 노력할 필요가 그들에게 없음을 알게 되었다)"(24)이라고 전혀 다르게 번역되어 있다. 결국 파크스가 예상했듯 번역에서 발생한 문제가 영어권 독자들이 작품을 잘못 이해하게 만들었다.

작품세계에 대한 해외 평자들의 설왕설래 역시 있다. 뉴욕타임즈의 서평은 *The Vegetarian*에 대한 평론에서 "몇몇 영국의 평론가들은 채식주의는 한국에서는 불가능하다고 본다. 이와 마찬가지로 현대 서구의 페미니스트들은 여성 비하나 '고문 포르노'와 같은 측면에서 작품에 대한 비난을 가하고 있다"라고 언급한다(Khakpour). 이러한 논란의 상당 부분은 스미스의 의역을 넘어선 과한 번역과 오역들에 기반하고 있다. 물론 원천어와 목표어 관계의 측면에서 보았을 때 『채식주의자』의 수상은 목표어의 승리이다. 원천어인 한국어가 완벽하지 않은 번역가가 목표어(영어)에 대한 지식과 문학적 감수성으로 작품을 서구인에게 이해가 가능한, 혹은 좀 더 비판적으로 말하자면 서구인 맞춤형 작품으로 작품을 탈바꿈했다. 이러한 번역에는 김영신이 논하듯 스미스와 출판사가 선택한 번역에서의 충실성(faithfulness)을 비효율적으로 판단하고 수용자에게 잘 팔리는 번역으로 내려 한 의도가 숨겨져 있다(44-45). 물론 이러한 스미스와 출판사의 전략이 잘못되었다고 비판하는 것이 이 논문의 목적은 아니다. 오히려 필자가 제시하고 싶은 것은 이러한 목표어의 승리가 갖는 번역이라는 문학 행위의 한계와 이에 대한 철학적 고민을 보여주고자 함이다. 번역을 해본 모든 사람들은 원문과의 100% 일치되는 번역이라는 것이 불가능함을 알고 있다. 번역가라면 누구나 직역과 의역의 경계라는 것이 얼마나 불분명한지도 알 수밖에 없다. 안정효의 경우처럼 저자 자신이 한국어로 쓰고 영어로 다시 쓰지 않고서는 이러한 의역과 오역의 문제를 피할 수 없을 것이다. 이러한 문제는 번역에 대한 근본적이고 철학적인 숙고를 요구한다. 필자는 맨부커상이라는 거대한 우상 너머에서 독일 문예학자인 발터 벤야민(Walter Benjamin)의 이론이 한국문학의 번역이 진정으로 요구하는 철학적 사유의 한 모퉁이를 제공할 수 있다고 본다. 벤야민의 「번역가의 과제」는 이러한 번역의 근원문제에 대해 한 가지 해답을 제시하기 때문이다. 본 논문은 우선 『채식주의자』의 전반적 세계관에 대한 의견을 제시하려 한다. 그리고 이러한 의견을 바탕으로 *The Vegetarian*에 나타난 실제 번역 양태들의 여러 면모와 그 의미를 살피려 한다. 그리고 번역의 일반적 모델을 제시 한 후 발터 벤야민의 번역이론을 통해 『채식주의자』가 *The Vegetarian*으로 변화하는 가운데 일어난 '문화의 횡단'과 '언어의 전이'가 갖는 철학적 함의를 밝히고자 한다.

2. '거부'의 알레고리와 우화로서의 『채식주의자』

한강의 『채식주의자』는 정제된 한국어와 시적 언어로 미학적 성취를 이룬 작품이다. 『채식주의자』는 3개의 개별적 이야기들이 느슨하게 모여 있다. 1부 「채식주의자」는 영혜 남편의 시각에서 조명한 영혜의 기이한 꿈과 그녀의 채식이 불러온 갖가지 사건에 초점을 맞추고 있다. 작품의 2부인 「몽고반점」은 영혜의 형부이자 언니인 인혜 남편(앞으로 형부로 표기)의 관점에서 영혜에 대한 그의 기이한 욕망과 그 몰락을 그리고 있다. 제3부인 「나무불꽃」은 인혜의 관점에서 영혜의 정신병원에서의 마지막 삶을 기록하고 있다. 한강의 육체적 언어는 작가가 추구하는 미묘한 육체와 언어 사이의 경계를 잘 드러내고 있다. 작품 속 영혜의 꿈에서 비롯된 채식으로 말미암아 일어나는 한 가정 속 여러 가지 사건들은 한국 문화와 역사 속에서 식물화된 여성성에 대해 동물성으로서의 남성성이 가한 폭력과 트라우마를 농밀하게 보여주고 있다. 지금까지의 작품에 대한 해석들 역시 에코 페미니즘(Eco-feminism)을 중심으로 이루어져왔다.2) 그러나 필자가 보기에 『채식주의자』는 '거부'의 수사와 '역방향 미학', 혹은 '역진화(devolution)에 대한 사유'에 기반한 알레고리 형식의 우화(parable)이다. 동물에서 식물로의 이동 속 벡터는 문명에서 원시로의 벡터이며 외설에서 자연으로의 벡터이다. 이러한 역진화는 퇴화(regression)가 아니다. 오히려 진화의 근간을 이루는 적자생존과 적응에 대한 근본적 저항이다.

『채식주의자』는 서사 중심의 소설이라기보다 이미지 중심의 소설이다. 작품에서 이미지들은 동적 이미지들로서 부조리하고 모순된 방향(벡터)을 가지고 움직인다. 각각의 장의 이름인 「채식주의자」와 「몽고반점」과 「나무불꽃」은 기존의 이미지에서 '거꾸로 가는 부조리한 이미지'들이다. 우선 '채식주의자'는 낱말 자체가 모호하다. 단순히 채식을 한다는 것이 아니라 채식을 주의주장(ism)으로 만든다는 것은 부자연스럽다. 그러나 '채식주의자'는 어디까지나 영혜의 행동에 대한 타인들의 해석에 기반을 둔다. 영혜는 실제로 '채식'이 아니라 '고기를 먹는 것을 거부'하고 종국에는 '먹는 것을 거부하는' 극단적 실천을 한다. 이 두 실천은 같지 않다. 채식을 선호하는 채식주의자는 식물을 섭취하는 동물에 불과하지만 고기 먹는 것을 거부한다는 것은 '먹이사슬'의 구조에서 벗어나겠다는 선언이다. 따라서 영혜는 채식주의자가 아니며 채식주의자라는 호칭은 주변인들이 영혜에게 부과한 이념적 허울이다. 오히려 영혜는 극단적으로 가해자로서의 자신의 폭력성

2) 대표적으로 신수정과 우찬제의 논문들이 있다. 이외에도 국내에서의 평들은 주로 작품이 지닌 식물 이미지에 집중되어 왔다. 한 예로 오은엽은 가스통 바슐라르(Gaston Bachelard)의 몽상과 나무에 대한 논의를 빌어 작품에 담긴 식물적 상상력을 파악한다. 또한 정미숙은 『채식주의자』를 정신분석의 관점에서 해석하고 있다. 물론 이러한 우호적 평들과 다르게 작품에 대해 비판적인 시각도 있다. 김예림은 『채식주의자』를 일종의 식물-되기 과정으로 보면서 한강의 작품이 "일관되게 상처입은 존재의 처절함을 미의 문제와 결합해 다루는데 집중해왔다"라고 보고 이 작품 역시 이러한 맥락에 위치한다고 본다(350). 김예림은 이러한 해석을 통해 한국문학에서의 양식적 글쓰기의 한계와 연결하여 『채식주의자』를 비판한다.

을 거부하기 위해 자신의 생명마저 담보하는 '비폭력행동가'이다. 마지막에 영혜가 식물이 되고 말조차 못하게 되는 것은 '채식주의자'로 명명되는 폭력적 언어의 세계를 지우는 행동이라 볼 수 있으며 영혜의 주체성이 탈주체화되는 시점이라고 볼 수 있다. 이러한 점에서 '채식주의자'는 영혜에 대한 외부의 이념들을 지칭하는 역방향성을 지닌다.

'나무불꽃' 역시 마찬가지이다. 작품에서 식물들의 세계를 나타내는 공간인 숲은 어린 시절 영혜와 인혜가 아버지의 폭력을 피해 도망친 장소이기도 하고 영혜가 정신병원에서 탈출해 나무가 되기 위해 숨는 장소이기도 하다. 또한 숲은 영혜가 벗어나려 하는 인간세계의 의식주와 대척점에 서 있다. 영혜는 먹기를 거부하고 옷 입기를 거부하며 인공의 세계에 머물기를 '거부'한다. 생물이 아닌 무생물만을 먹고 아무것도 입지 않은 나목의 상태로 있을 수 있고 어떠한 인공의 장소에도 머물 필요가 없는 공간이 숲이다. 또한 숲은 한국의 폭력적 역사에서 성스럽게 남은 영혜의 자연사적 공간이다. 이 숲의 땅에 뿌리를 박은 나무 이미지는 머리를 하늘에 두고 하늘로 상승하고 꽃을 피우는 이미지를 가지고 있다. 뿌리가 머리가 되고 발은 하늘로 가고 가랑이에서 꽃이 핀다. 이러한 역방향으로의 상승의 이미지는 '거꾸로 식물-되기'의 방향성을 보여준다. 작품의 마지막 부분에 주사기로 미음을 넣기 위해 강제로 코에 꽂은 튜브에서 피가 역류하고 터져 나오는 장면은 동물로서의 마지막 요소인 피마저도 제거된 식물이 되고자 하는 영혜의 역방향 변신을 잘 보여주는 장면이다.

3부에서 중심 이미지인 '나무'는 '불꽃'으로 소진되고 상승하면서 작품에서 또 다른 중요한 이미지인 '새'의 이미지와 겹친다. 작품 속 영혜는 1부 마지막에 상처 입은 새를 손안에 감싸고 있고 2부에서 형부는 새가 되고 싶은 꿈을 꾸고 있다. 3부에서 인혜의 아들 지우는 인혜가 새가 되는 꿈을 꾼다. 상승과 자유를 상징하는 '새'와 '나무'가 '불꽃'과 함께 몽타주를 이룬다는 것은 '상승'과 '자유'의 욕구 분출이기도 하며 땅에 뿌리박고 있기에 존재한다고 일반적으로 생각되는 '나무'이미지의 해체를 부른다. 그리고 마지막 불꽃은 나무의 소진과 '무화'(죽음), 기체로서의 완벽한 상승을 나타낸다. 따라서 나무불꽃은 '땅에 고착되기'가 아닌 '상승과 고양을 이루기'라는 역방향의 의미를 갖게 한다. 이러한 상승하는 나무의 이미지는 새의 이미지를 통해 폭력적 땅에 대한 '극복'의 희망을 담게 된다.

마지막으로 역방향성을 지닌 나무불꽃과 연결되는 이미지는 몽고반점이다. 몽고반점은 작품 속 중심 사건들이나 다른 중심 이미지들과 연결되고 있다. 『채식주의자』에서 몽고반점의 의미를 해석하고 욕망하는 이는 형부이다. 그렇다면 형부의 몽고반점에 대한 기이한 욕망은 어떻게 이해될 수 있을까? 욕망이 생명을 향하는 생명력인 코나투스(Conatus)로서의 방향성(벡터)을 지닌다면 형부가 이루려는 욕망은 죽음충동의 방향성을 함께 지닌 욕망이다. 그리고 이러한 모순의 욕망은 한국의 폭력적 역사에 대한 예술가의 좌절에서 비롯된다. 영혜의 피로 물든 셔츠를 버리고 나오며 형부는 다음과 같이 이야기한다.

> 피비린내 나는 옷을 버리는 대신 공처럼 뭉쳐들고 택시에 오르며, 그는 자신이 마지막으로 마무리했던 작업을 떠올리고 있었다. 그것들이 견딜 수 없는 고통을 주는 것으로 기억된다는 데 그는 놀랐다. 그가 거짓이라 여겨 미워했던 것들, 숱한 광고와 드라마, 뉴스, 정치인의 얼굴들, 무너지는 다리와 백화점, 노숙자와 난치병에 걸린 아이들의 눈물들을 인상적으로 편집해 음악과 그래픽 자막을 넣었던 작품이었다. 그는 문득 구역질이 났는데, 그 이미지들에 대한 미움과 환멸과 고통을 느꼈던, 동시에 그 감정들의 밑바닥을 직시해내기 위해 밤낮으로 씨름했던 작업의 순간들이 일종의 폭력으로 느껴졌기 때문이다(83).[3]

위의 예문은 작품이 갖는 숨겨진 역사적 미학적 맥락을 드러낸다. 영혜의 형부는 비디오 아티스트로서 한때 정치성 있는 몽타주, 혹은 콜라주 기

---

3) 2장의 쪽수는 모두 한글 원문 쪽수임.

법을 이용한 비디오 아트를 해 온 예술가이다. 위의 장면에서 설명하듯 그는 한국 사회의 여러 몰락의 징후들을 몽따쥬로 만들어왔다. 그러나 삼풍백화점과 성수대교와 부패한 정치인들 얼굴의 이미지들이 보여주는 한국 역사의 가해자와 희생자가 얽혀있는 폭력적 세계를 나타낸 몽따쥬는 예술가로서의 형부를 일종의 정신적, 미학적, 성적 불능 상태로 만들었다. 이러한 상황에서 형부가 인혜로부터 전해 듣고 몽상하게 되는 처제의 몽고반점은 가해자/피해자의 폭력적 구도에서 벗어나 동물에서 식물로 역진화된 자연사의 공간으로 상상된다. 또한 가해자로서의 동물과 피해자로서의 식물이라는 이분법 속에서 가해자가 피해자(식물)로 진행하는 역방향의 변화를 꿈꾸게 한다. '식물-되기'는 이러한 역방향의 시학이다. 가령 2부에서 형부는 "그럼 왜 햇빛 아래서 가슴을 드러냈던 거지, 라고 그는 묻지 못했다. 마치 광합성을 하는 돌연변이체의 동물처럼, 그것도 꿈 때문이었나?"라고 생각한다(110). 광합성을 하는 돌연변이 생명체는 동물에서 식물로 역진화한 생명체이다. 영혜의 몽고반점 이미지에 리비도를 집중하는 형부는 옷을 벗은 영혜를 보며 "약간 멍이 든 듯도 한, 연한 초록빛의, 분명한 몽고반점이었다. 그것은 태고의 것, 진화 전의 것, 혹은 광합성의 흔적 같은 것을 연상시킨다는 것을, 뜻밖에도 성적인 느낌과는 무관하며 오히려 식물적인 무엇으로 느껴진다는 것을 그는 깨달았다"(101)라고 묘사한다. 묘사에서 나오듯 몽고반점은 선사의 것, 진화 전의 것, 그리고 동물이 가질 수 없는 식물의 광합성 능력으로 해석된다.

『채식주의자』 속 몽고반점은 성스러움과 외설, 자연사와 문명사, 에로스와 타나토스(죽음충동), 미성년과 성년, 피해자와 가해자, 상승과 하강, 식물과 동물, 미학과 정치 등의 세계들 양쪽 모두를 접하면서도 양쪽 모두가 아닌 모순의 이미지이다. 몽고반점이라는 신체 이미지와 그 주변에 그려진 꽃그림은 성욕과 무성욕(혹은 죽음 충동)의 모순 속에 자리잡혀있다. 즉 외설과 성스러움의 모순 속에 있다. 몸에 꽃그림이 그려진 영혜의 몸을 바라보며 형부는 "모든 욕망이 배제된 육체, 그것이 젊은 여자의 아름다움이라는 모순, 그 모순에서 배어나오는 기이한 덧없음, 단지 덧없음이 아닌, 힘이 있는 덧없음…"(104)라고 표현한다. 영혜가 가지고 태어난 몽고반점 주위에 인공적으로 그려진 꽃그림은 그녀의 몸을 자연미와 인공미가 결합된 미학적 융합공간으로 만들지만 이 공간이 실제로 꽃이 될 수 없다는 점에서 '덧없는 환상'에 불과하다. 형부는 또한 몽고반점을 통해 "이 모든 것을 고요히 받아들이고 있는 그녀가 어떤 성스러운 것, 사람이라고도, 그렇다고 짐승이라고 할 수 없는, 식물이며 동물이며 인간, 혹은 그 중간쯤의 낯선 존재처럼 느껴졌다"라고 말한다(107). 이러한 성(聖)과 속(俗)과 식물과 동물의 양쪽을 접하면서도 양쪽 모두가 아닌 모순 이미지는 영상이 되는 과정을 통해 모순을 더욱 증폭시킨다. 그러나 이것은 어디까지나 형부의 욕망과 미적 판단에서 형성된 이미지이다. 형부의 시선과는 다르게 영혜에게 몽고반점은 식물-되기의 징후이다. 폭력의 흔적이기도 한 몽고반점은 또한 영혜가 궁극적으로 찾고자 하는 완벽한 식물-되기의 징후로서 영혜가 결국 완전히 푸르른 나무로 되도록 만든다. 그러나 이러한 완벽한 식물화는 인간성과 인간들 간의 관계의 종말을 의미한다. 영혜는 성스러운 나무되기를 통해 축성산을 감싼 성스러운 나무들 속의 하나가 되려 한다.

『채식주의자』는 에코-페미니즘의 영역을 넘어 저항과 거부와 한국의 역사에 대한 비판을 담고 있다. 『채식주의자』에서의 식물-되기는 생산과 소비에 대한 극단적 저항을 의미한다. 생산과 소비의 이항대립이 멈추는 지점은 '거부'이다. 먹고 배설하고 생산하고 소비하는 체계를 저항하는 극단적 방법은 먹기를 멈추는 행위이다. 폭력을 상징하는 동물섭취를 멈추는 것은 '동물 먹기'를 그만두는 것이다. 어찌 보면 성스러운 이 과정은 다른 이들이 볼 때 동물이 식물보다 우위에 있는 이분법적 사회 제도를 무너뜨린다는 점에서 혐오스럽다. 그리고 이 혐오로 인해 영혜의 행동은 제의의 대상이 되고 희생과 제물의 대상이 되어야 한다. 작품 속 영혜는 '동물먹기에 대한 거부'를 넘어서 '먹기 자체'가 알레고리로 보여주는 모든 종류의 폭력적 생산과 소비에 기반한 생명의 체계에 대한 '완전한 거부'로서의 단식으로까지 진전된다. 영혜의 식물화는 한국 사회의 폭력성에 대한 제의이며 희생자 되기이며 성스러운 씻김굿이다. 성스러움과 혐오스러움은 그 기원이 같듯이 같이 일어난다.

영혜의 거부를 통해 『채식주의자』는 생명정치의 우화(parable)가 되고 가해자와 피해자의 세계인 한국근대역사에 대한 저항의 의미를 담게 된다.[4] 가령 영혜를 강간하는 남편은 그녀를 "종군위안부"로 묘사하는 장면은 식민지 시절의 여성 인권유린을 문맥화한다(40). 물론 작품에서 한국 근대사에 대한 언급은 한강의 또 다른 작품인 『소년이 온다』 등에 비해 아주 적다. 그러나 숨겨진 한국 근대사에 대한 작가의 저항은 원문에 없으면서 스미스의 번역에 포함된 구절에서 확실해진다. 대학 후배이자 한때 사귀었고 지금은 사법고시를 패스한 동창생과 결혼한 P를 만난 작품 속 형부는 그녀에게 자신의 몸에 그림 그려주기를 청한다. 이에 P는 "그런데 형답지 않다. 이거 정말 발표할 수 있겠어? 형 별명이 오월의 신부였잖아. 의식 있는 신부, 강직한 성직자 이미지…… 나는 그걸 좋아했던 건데."라고 말한다(135). 작품 속에서 오월의 신부가 무엇을 말하는지 명확하지 않다. 그러나 영어번역본에서는 원문에 없는 해설이 덧붙여진다. 번역본은 "the May priest, you know. After Gwangju, your art was so *engag*é, almot as though you are atoning for surviving the May massacre. You seemed so serious, so ascetic...all very romantic"이라고 번역된다(109). 영역본은 작중 형부가 한때 5.18 광주민주화운동에 대한 여러 활동들을 했던 운동권 출신의 행동가이자 사르트르가 말하는 행동하는 예술인의 앙가제(engagé)를 실천하는 고뇌하

4) 작가 한강 역시 미국 공영 라디오(NPR)와의 한 인터뷰에서 이 점을 지적했다. 한강은 이 소설이 일종의 우화로 읽힐 것이라 기대한다면서 작품 속 아버지의 폭력과 작품의 마지막에 영혜에게 강제로 음식물을 섭취하게 하는 의사의 폭력이 중요한 모티브라고 말한다. 그리고 이러한 주제는 인류 보편적인 주제(universal theme)라고 말한다.

는 지사형 예술가이었음을 드러낸다. 한국역사에 그리 친숙할 것 같지 않은 스미스가 원문에 없는 이러한 해설을 넣은 것은 아마도 한강 작가의 요청에 의해서이지 않을까 추측된다. 그리고 만일 이러한 맥락에서 이 번역이 들어갔다면 작품에서 명확하게 보이지 않던 작품의 정치적 맥락이 보다 확실하게 드러나게 된다.[5)]

마지막으로 이러한 다층적 알레고리를 이용한 우화의 형식을 지녔기에 『채식주의자』는 세계 문학 패러다임에 어울리는 인물형을 제공하고 있다. 식물이 되고자 하는 사람이나 채식주의자 혹은 동물성에 대한 여성성의 반발은 이미 보편적인 주제이며 한국문학뿐 아니라 세계 문학에서 반복되는 주제들이다. 이러한 점에서 임서희(Seo Hee Lim)는 가디언지에 기고한 글에서 이 작품의 성공이 작품 자체의 완성도에서 왔다기보다 "영미권의 수용"(Alglophone reception)에서 왔다고 비판하고 그 이유로 작품에서의 "가부장적 폭력과 육식사이의 조응이 영미권 소설에서는 새로운 주제가 아닌"점에서 왔다고 본다. 가령 영혜의 채식과 그것을 넘어선 단식은 카프카의 「단식사」나 허먼 멜빌의 「필경사, 바틀비」에 나오는 바틀비(Bartleby)를 떠올리게 한다.[6)] 카프카의 「단식사」가 폭력적 세계에 대한 부조리한 섭식거부에서 나왔고 바틀비의 필사에 대한 거부가 미국사회 전반의 자본주의적 착취 구조에 대한 완벽한 거부에서 나왔다면 영혜의 육식과 음식에 대한 거부는 한국 사회 전반에 역사적으로 중심을 점해 온 폭력적 발전과 진보에 대한 거부로 해석될 수 있다. 베트남 파병 출신인 아버지는 이러한 발전 중심의 폭

---

5) 실제로 뉴욕타임즈(*New York Times*)의 또다른 기사는 한강의 인터뷰와 더불어 광주민주화운동이 이 작품이 탄생하게 된 주된 모티브가 되었음을 밝히고 있다. 알렉산드라 알터(Alexandera Alter)는 한강과의 인터뷰를 통해 그녀의 작품이 인간의 폭력에 대한 능력 뿐 아니라 공감과 구원의 능력이라는 모순적인 인간의 능력을 보여주려 했다고 논하면서 이러한 인식이 한강의 광주민주화운동사태에 대한 간접경험에서 왔음을 적시한다.

6) 뉴욕타임즈 역시 논평에서 이 작품이 일종의 우화(parable)로서 알레고리 형식을 가지고 있다고 보고 세르디웬 도비의 「혈연」("Blood Kin")과 허먼 멜빌의 「필경사, 바틀비」("Bartleby, the Scrivener")나 카프카의 「단식사」("Hunger Artist")와 연관된다고 본다(Khakpour).

력적 역사를 대변한다. 영혜의 트라우마의 근원이 된 과거의 장면들에서 아버지는 영혜를 지속적으로 폭행했을 뿐 아니라 영혜를 문 개를 끔찍하게 죽이고 그 고기를 영혜에게 먹임으로써 영혜를 피해자이자 가해자로 만들었다. 작품 속 영혜가 채식주의자, 그리고 종국에는 '먹기'를 거부하고 식물처럼 햇빛과 물만으로 살 수 있는 존재가 되기로 선택하는 것은 그녀가 희생자이자 가해자가 될 수밖에 없는 섭생의 윤환을 깨기 위해서이다. 영혜에게 무언가의 생명을 없애고 먹어야지 다른 무언가의 먹이가 되는 악무한을 끊는 유일한 방법은 어떠한 생명체를 아예 먹지 않고 무생물 섭식을 선택하는 길이다. 생명정치와 한국역사에 대한 알레고리를 지닌 우화로서의 『채식주의자』는 한국사회에 대한 천착에만 머물지는 않는다. 『채식주의자』가 전세계에 보편적으로 인정받은 것은 폭력에 대한 한강의 보편적 천착에 기인한다. 그러나 필자의 분석으로 『채식주의자』의 번역은 이러한 한강의 작품 세계에 대한 서구 독자들의 오독이 불가피하게 이루어졌다고 가늠된다. 지금부터 그 사례들을 원문과 번역본의 대조를 통해 살펴보기로 하겠다.

3. 의역과 오역 사이에서

영어로 번역된 『채식주의자』는 상당히 많은 오역 혹은 과도한 의역 사례들을 제공하고 있다. 물론 상당수의 오역이나 의역들은 의역이나 재창작으로도 볼 수 있다. 그러나 번역은 작가의 의도와 상관없는 번역가 본인의 해석들을 제공하고 있다. 작품의 이러한 사례들은 단순 오해와 인물 성격을 모호하게 만드는 오역이나 과도한 의역, 문화적 맥락 무시와 번역가의 오리엔탈리즘이 드러나는 부분과 작품 속 전체 구도에 대한 몰이해의 부분들로 나뉠 수 있다. 단순 오역에는 "문턱을 넘자 *팔을 뒤로 뻗어* 조용히 문을 닫았다"(14, 필자 이탤릭체)를 "As she entered the room she *stretch out her foot* and calmly pushed the door to"(8, 필자 이탤릭체)로 한 번역에서 손이 발로 뒤바뀌는 명백한 오역들이 보인다. 또는 원문에서는 "결혼 전부터 아내는 식성이 좋았고"(21)를 번역에서는 "she had proved herself a more than competent cook"(14)이라고 번역함으로써 영혜의 식성을 그녀의 요리솜씨로 둔갑시킨 부분들이 있다. 한국어에 친숙하지 않아서 생기는 오역들이 있다. 가령 "말도 마세요."(176)를 "She's stopped talking"(145)으로 번역한 부분은 분명한 오역사례이다.[7)]

또 다른 사례들로 과도한 생략들을 들 수 있다. 가령 원문에서 "마침내 거기에 생각이 이를 때....그가 그녀를 좌절시킨 만큼 그녀 역시 좌절시켰던 것은 아닐까"(192-3)의 거의 반 페이지 분량이 별다른 이유 없이 번역문에서는 생략되어 있다. 또한 원문의 167쪽에서 "그 가을 아침 영혜에게 줄 나물을 싸들고...테이프에 담았던 것이다"라는 부분과 "그 아침, 붉고 노란 꽃으로 온통 물감칠이 된 알몸의 영혜 곁에....분명한 것은 남편의 행동이 무엇으로도 용서받을 수 없다는 것뿐이다"까지의 한 페이지의 거의 절반 이상이 생략되어 있다. 특히 남편의 동생과의 불륜 장면을 목격한 인혜의 시각을 잘 담은 이 부분이 생략된 것은 전체 작품에 대한 이해에 큰 장애를 끼칠 수 있다. 이 외에도 작품 곳곳에 특히 3부에 생략된 부분들이 많이 목격된다.[8)]

작품의 오역으로 인한 전체 내용에 대한 오해의 소지는 심심치 않게 드러난다. 가령 영혜의 언니인 인혜가 인간들의 일상적인 삶에 대한 생각을

7) 또는 "닭도리탕"(22)을 "chicken and duck soup"(15)으로 "한정식집"(28)을 "Korean Chinese Restaurant"(20)로 번역한 사소한 사례들을 둘 수 있다.

8) 이러한 사례들은 더 있다. 원문에서 "석달을 굶으면 사람은 어떻게 되는 것일까....영혜의 얼굴은 조그맣다"(188)역시 영문번역에서는 생략되어 있다. 또한 원문 166쪽의 "채식주의자들이야...불분명하다는 것이었다" 역시 생략되어 있다. 또한 원문에서 인혜의 깨달음을 이끄는 중요한 부분인 "봄날 오후의 국철 승강장에 서서....그녀는 이미 깨달았다"(201)역시 번역문에는 생략되어 있다.

하다 영혜와 성관계를 가진 이후 헤어진 자신의 남편을 기억하면서 "아마 그도 지금 이렇게 살아가고 있을 거라는 생각이 들 때, 잊혀졌던 연민이 마치 졸음처럼 쓸쓸하게 불러일으켜지기도 한다"(204)를 "And they probably have these same thoughts, too, and when they do it must make them cheerfully recall all the sadness they'd briefly managed to forget"(168-9)라고 번역한 부분은 자신의 남편을 지칭하는 "그"가 인간 전체를 지칭하는 "그들(they)"로 변화되어 있을 뿐 아니라 전체 내용 역시 바뀌어 버렸다. 또한 "그녀의 지친 몸을 휩싸며 타 오른다"(205)는 "envelop her exhausted body and lift her up"으로 번역되면서 "타오르는"것이 아니라 "태워서 오르는 것(lift up)"으로 바꿈으로써 3장의 중심 이미지인 '나무불꽃'과 조응하지 못하게 번역하였다. 작품에서 중요한 부분들에서의 오역들이 나타나고 있다. 인혜가 남편과 함께 누워 있는 지우를 보며 유사함에 슬픔을 느끼는 장면은 이 작품에서 중심적인 가부장적 체계의 지속성에 대한 우울함을 보여주는 장면이다. 그러나 원문에서 "모로 누운 아이의 몸을 바로 누이며, 그녀는 어둠 속에 희미하게 드러난 **부자**의 옆얼굴이 가련하게 닮아있는 것을 보았다"(199)를 "She picked up Ji-woo, who had been sleeping on his side and put him back down so that he was lying on his back, seeing as she did so how pitiful they must appear, **mother and child** fainlty outlined in the darkness"(필자 강조 164)이라고 부자를 모자로 오역한 사례는 작품 전체의 해석에 오해를 일으킬 수 있는 장면이다.

단순한 오역이 아닌 과도한 의역을 통해 원작의 성격을 바꾼 사례들이 상당수 있다. 등장인물의 성격을 원작과 다르게 이해하게 하거나 줄거리에 중요한 부분의 뉘앙스를 바꾸는 것이 예이다. 다음 부분은 작품의 맨 첫 부분으로서 작중 화자인 남편의 영혜에 대한 이해를 번역에서 모호하게 번역한 부분이다.

원문: "그녀는 내가 고르고 고른, 이 세상에서 가장 평범한 여자가 아니었던가....'그런 것들도 하나의 질환일 뿐이지, 흠이 아니야'라고 이야기하고 다녔다 한들 어디까지나 남의 일에 한해서였다. 정말이지, 나에게는 이상한 일들에 대한 내성이 전혀 없었다."(26)

번역문: She really had been the most ordinary woman in the world ....There's nothing wrong with her, I told myself, this kind of thing isn't even a real illness. I resisted the temptation to indulge in introspection. This strange situation had nothing to do with me.(19)

예문들 속의 번역은 원문의 의도가 번역문에서 제대로 전달되지 않는다. 우선 "내가 고르고 고른, 이 세상에서 가장 평범한 여자가 아니었던가"를 "She really had been the most ordinary woman in the world."이라고 번역하는 것은 화자인 남편이 영혜와의 연애에서 행한 주체적 선택을 삭제하고 있으며 영혜를 아내로 선택한 남편의 가부장적 선택의 의미를 축소하고 있다. 다음 문장에서 "그런 것들도 하나의 질환일 뿐이지, 흠이 아니야"를 "this kind of thing isn't even a real illness."로 번역한 부분은 신체적 질환(illness)보다 타인들의 시선속의 사회적, 도덕적 흠을 더 두려워하는 인물의 내면세계를 정반대로 해석하면서 원문의 내용을 180도 바꾸었다. 마지막으로 "나에게는 이상한 일들에 대한 내성이 전혀 없었다."를 "I resisted the temptation to indulge in introspection. This strange situation had nothing to do with me"라고 번역한 부분은 남편의 수동적인 상황인식을 적극적인 변명으로 치환하고 있으며, '내성'이라는 단어를 '내면적 반성'이라는 의미의 'introspection'으로 바꾼 문구는 원문의 내용과 의미를 곡해할 수 있는 수준의 과도한 의역을 보여준다.

번역가 자신의 해석이 들어간 과도한 의역은 인물에 대한 해석조차 바꿀 수 있다. 과도한 의역에 의한 원문 내용의 변형은 곳곳에서 목격된다. 가령 원문에는 남편에게 묻는 영혜를 "아이를 넷쯤 낳아 기른 중년의 여자처럼 방심한 목소리로 그녀가 물었다"(22)라고 한 묘사부분을 "she asked absentmindedly, for all the world like some middle-aged woman addressing her grown-up son"(15)이라고 번역함으로써 영혜라는 인물의 "아이를 넷쯤 낳아 기른 중년의 여자"의 태도를 "다자란 아들을 꾸짖는 중년 여인"으로 변형시킨다. 번역문에서의 오역이나 과도한 해석들은 다른 가족들과의 관계들이나 성격에 대한 해석을 다르게 만든다. 가령 "그 애가 왜 안 하던 짓을.......자네한테 면목이 없네."(38)라는 장모의 대사를 "How can that child be so defiant? Oh, you must be ashamed of her"(27)이라고 번역한다. 여기서 소극적 행동에 대한 장모의 다소 자제하는 투의 '안 하던 짓을'을 '반항하다'라는 의미의 'defiant'로 번역함으로써 장모의 반응과 그녀의 성격을 바꾸었다. 또한 "자네한테 면목이 없네"라는 장모의 사위와의 관계를 염려하는 대사를 "Oh, you must be ashamed of her"로 바꿈으로써 소극적인 장모를 적극적으로 의사를 개진하는 장모로 인물성격을 왜곡시키고 있다.

한국문화에 대한 몰이해와 번역가의 오리엔탈리즘을 보여주는 예도 있다. 가령 작품에서 영혜의 기이한 행동이 한국사회에 어떻게 비추어지는지를 보여주는 작품 속 남편의 직장동료와 상사들과의 부부동반 회식 장면이 그렇다.

> 원문: 이곳까지 오는 동안 줄곧 아내는 말이 없었지만, 워낙 그런 사람이었으므로 나는 개의하지 않았다. 말이 없으면 좋다. 어른들은 원래 저런 여자들을 좋아한다고, 나는 조금 불편했던 마음을 손쉽게 떨쳐버렸다.(28-29)
>
> 번역문: She hadn't said a single word on the way here, but I convinced myself that this wouldn't be a problem. There's nothing wrong with keeping quiet; after all, hadn't women traditionally been expected to be demure and restrained?(21)

위의 번역에서 "어른들은 원래 저런 여자들을 좋아한다"가 함축하는 한국 직장 문화의 상하 수직관계의 문제가 "traditionally"를 통해 전통의 문제로 환원시킨다. 또한 '말이 없다'는 표현을 '새침떨며 자제하는'로 해석되는 "demure and restrained"로 과도하게 의역함으로써 동양여성에 대한 서구인들의 오리엔탈리즘을 담고 있다고 비판될 수 있다.9) 이러한 문제는 번역문에서 한국과 영어권 문화간의 등가성이 현저히 낮은 것에서 기인할 뿐 아니라 번역가의 비교언어 인식의 불균형에서 비롯된다. 번역가는 원천언어가 가진 문화 맥락을 고려하기보다 내용상 서구인들에게 더 이해가 잘 되고 본인이 판단한 맥락에 더 근접한 번역을 선택했다. 어떤 측면에서 이러한 접근은 세계 문화자본의 중심인 영어권 문화권으로의 상업적 접근성을 높이는 방향일 수도 있지만 이러한 번역을 읽은 영미권 독자들이 한국독자들과 전혀 다르게 작품을 이해할 소지가 커진다.

더 큰 문제는 작품이 가지고 있는 미학적 완성도의 훼손이다. 가령 "그녀가 예의 캄캄한 구멍이 언제나처럼 그 자리에서 입을 벌리고...."(198)라는 부분에서 "구멍"이 "상처(wound)"로 번역된 것은 작품의 미학적 맥락을 바꾸는 번역이다. 미학적 차이를 지닌 원어 문구들을 하나로 통일시킨 사례도 있다. 가령 원작에서 인혜의 시간감각을 보여주는 문구들, "시간이 흐른다"(188), "시간은 여전히 흐른다"(195), "시간은 멈추지 않는다"(202)를 모두 "Time passes"(155, 160, 166)로 똑같이 번역한 것은 문구들이 지니는 반복속의 차이를 무시한 번역으로서 작품에서 시적으로 차이를 둔 문구들이 가진 시학 체계를 무너뜨린다. 또한 인혜가 자신의 삶을 돌아보며 영혜의 광기를 이해하고 자신에게도 이러한 일이 일어날 수도 있다고 생각하는 장면에서의 "미친다는 건, 그러니까......."(203)을 "You're crazy and so...."(167)로 번역한 것은 작품이 지닌 의도적 모호성을 해치고 영혜를 이해하가는 인혜의 관점을 제거한다. 작품의 마지막 부분에 나타나는 과도한 의역은 원작이 지닌 문맥을 서구적 시각으로 바꾸는 우를 범하고 있다. 가령 인혜가 죽어가

9) 실제로 시카고트리뷴(Chicago Tribune)의 책 서평에서 존 도미니(John Domini)는 영혜를 "demure and restrained"라고 묘사한다.

는 영혜에게 속삭이는 "꿈속에선, 꿈이 전부인 것 같잖아. 하지만 깨고 나면 그게 전부가 아니란 걸 알지"(221)를 "**I** have dreams too, you know, Dreams...and I could **let myself dissolve into them**, let them take me over....But surely the dream isn't all there is?"(필자 강조 182)라고 번역한 부분은 꿈의 주체를 원문과 다르게 인혜로 만들 뿐 아니라 인혜가 꿈속으로 녹아들어간다(let myself dissolve into them)는 표현을 통해 영혜와 인혜가 꿈에서 하나가 되는 듯한 뉘앙스를 가지게 만든다.

전체 작품에서 꿈 속 이미지들은 작품의 철학적 정치적 미학적 뼈대이다. 영혜의 꿈에 대한 스미스의 번역은 꿈 장면 번역에서 오역 혹은 의역을 함으로써 작품의 의미를 바꾼다. 1장 초반에 나오는 영혜의 꿈 장면에 대한 묘사이다.

> 원문: "*어두운 숲이었어. 아무도 없었어. 뾰죽한 잎이 돋은 나무들을 헤치느라고 얼굴에, 팔에 상처가 났어. 분명 일행과 함께였던 것 같은데, 혼자 길을 잃었나봐. 무서웠어. 추웠어. 얼어붙은 계곡을 하나 건너서, 헛간 같은 밝은 건물을 발견했어. 거적때기를 걷고 들어간 순간 봤어. 수백 개의, 커다랗고 시뻘건 고깃덩어리들이 기다란 대막대들에 매달려 있는 걸. 어떤 덩어리에선 아직 마르지 않은 붉은 피가 떨어져내리고 있었어. 끝없이 고깃덩어리들을 헤치고 나아갔지만 반대쪽 출구는 나타나지 않았어. 입고 있던 흰옷이 온통 피에 젖었어.*"(18, 원문 이탤릭, 필자 강조)
>
> 번역문: "*Dark woods. No people. The sharp-pointed leaves on the trees, my torn feet. This place, almost remembered, but I am lost now. Frightened. Cold. Across the frozen ravine, a red barn-like building. Straw matting flapping limp across the door. Roll it up and I'm inside, it's inside. A long bamboo stick strung with great blood-red gashes of meat, blood still dripping down. Try to push past but the meat, there's no end to the meat and no exit. Blood in my mouth, blood-soaked clothes sucked onto my skin.*"(12, 원문 이탤릭, 필자 강조)

위의 문장은 작품에서 중요한 역할을 담당하는 영혜의 첫 꿈 장면이다.

이 번역은 결정적으로 오역의 범주에도 들 법한 몇 가지 과도한 의역들을 보여준다. 우선 번역에는 '일행'이 나오지 않고 있다. 여기서 '일행'은 혼자 남은 영혜가 처음부터 혼자였던 것이 아니라 타자들을 나타내는 혹은 그녀를 억압하는 사회 속 일반인들 총칭을 나타낸다는 해석이 가능하다. 이렇게 본다면 번역은 영혜의 소외가 사회적인 문제에서 기인한다는 정치적 측면을 놓치게 된다. 두 번째, 번역된 부분인 "Straw matting flapping limp across the door"는 본문에 "거적때기를 걷고"에 첨가된 부분이다. 번역가가 이렇게 본문에 없는 내용을 넣은 것은 거적때기라는 것이 무엇인지 잘 모르는 외국인 독자들을 염두에 두었을 수도 있고 아니면 꿈 장면에 좀 더 영화 같은 묘사를 넣기 위한 의도에서 비롯되었을 수 있다. 그러나 이러한 첨가는 오히려 작품에 불필요한 요소로 작용한다. 마지막으로 "*입고 있던 흰옷이 온통 피에 젖었어*"를 "*Blood in my mouth, blood-soaked clothes sucked onto my skin.*"로 번역한 것은 과도한 의역으로서 비록 후반에 꿈속의 인혜가 고기를 먹는 장면이 나오기는 하지만 이 헛간의 고기를 인혜가 먹었다는 해석이 가능하게 만드는 의역이다.

또 다른 꿈의 사례를 보겠다. 이 꿈 장면은 작품에서 가장 중요한 이미지들을 담고 있다.

> 원문: *번들거리는 짐승의 눈, 피의 형상, 파헤쳐진 두개골, 그리고 다시 맹수의 눈. 내 뱃속에서 올라온 것 같은 눈. 떨면서 눈을 뜨면 내 손을 확인해. 내 손톱이 아직 부드러운지. 내 이빨이 아직 온순한지. 내가 믿는 건 내 가슴뿐이야. 난 내 젖가슴이 좋아. 젖가슴으론 아무것도 죽일 수 없으니까.... 왜 나는 이렇게 말라가는 거지. 무엇을 찌르려고 이렇게 날카로워지는 거지.*(43)
>
> 번역문: *Animal eyes gleaming wild, presence of blood, unearthed skull, again those eyes. Rising up from the pit of my stomach. Shuddering awake, my hands, need to see my hands. Breathe. My fingernails still soft, my teeth still gentle. Can only trust my breast now. I like my breasts, nothing can be killed by*

> *them....Why am I changing like this? Why are my edges all sharpening—what I am going to gouge?*(33 원문 이탤랙, 필자 강조)

위의 번역에서 "피의 형상"은 "presence of blood"로 해석된다. 사소한 번역문제로 볼 수도 있지만 '형상'을 '현존'(presence)로 바꾸는 것은 작품에서 가장 중요한 부분 중 하나에 나온 철학적 문맥을 바꾸는 결과를 부른다. 과도한 의역은 여기서도 반복된다. 원문에 없는 "Breathe"가 나올 뿐 아니라 "왜 나는 이렇게 말라가는 거지"가 "Why am I changing like this?"로 바뀌었다. 마지막으로 본문에 없는 "gouge"(둥글게 잘라내다)라는 단어가 첨가되었다. 작품에서 젖가슴은 생명의 상징이고 식물성의 상징이며 여성성의 상징이다. 동물성의 세계인 한국의 남성중심적 폭력의 세계 속에서 '거부의 시학'을 드러내는 상징이다. 피의 '형상'은 한국 역사라는 육식세계의 형상이지만 '현존'으로 의역되면서 역사성이 배제된다. 그리고 "왜 나는 이렇게 말라가는 거지"가 "Why am I changing like this?"로 바뀌면서 작품 속 영혜가 마치 짐승으로 변신해 가는 듯한 인상을 주게 된다. 그러나 작품 속 이 꿈 장면은 영혜가 식물로 변해가는 것을 의미한다고 해석된다. 또한 "gouge"라는 본문에 없는 단어가 참가되면서 영혜가 주체적으로 대상들에 폭력을 가한다는 인상을 주게 한다. 이와 같은 번역은 작품이 지닌 미학적 철학적 주제의식을 번역가의 의도로 변화시키게 되고 원작이 지닌 의미를 한정시키게 된다.

마지막 예로서 작품에서 중요한 마지막 부분의 시적인 언어들의 번역을 보겠다.

> 원문: 그 새벽 좁다란 산길의 끝에서 그녀가 보았던, 박명 속에서 일제히 푸른 불길처럼 일어서던 나무들은 또 무슨 말을 하고 있었는지. 그것은 결코 따뜻한 말이 아니었다. 위안을 주며 그녀를 일으키는 말도 아니었다. 오히려 무자비한, 무서울 만큼 서늘한 생명의 말이었다. 어디를 둘러보아도 그녀는 자신의 목숨을 받아줄 나무를 찾아낼 수

없었다. 어떤 나무도 그녀를 받아들이려 하지 않았다. 마치 살아있는 거대한 짐승들처럼, 완강하고 삼엄하게 온 몸을 버티고 서 있을 뿐이다. (205-206)

번역문: Or what those trees she'd seen at the end of the narrow mountain path, clustered together like green flames in the early morning hafl-light, had been saying. Whatever it was, there had been no warmth in it. Whatever the words were, they hadn't been words of comfort, words that would help her pick herself up. Instead, they were merciless, and the trees that had been spoken them were a frighteningly chill form of life. Even when she turned about on the spot and searched in all directions, In-hye hadn't been able to find a tree that would take her life from her. Some of the trees had refused to accept her. They'd just stood there, stubborn and solemn yet alive as animals, bearing up the weight of their own massive bodies. (169-170).

사소하게 과도한 의역과 오역을 제쳐두더라도 시적인 언어로 이루어진 인혜의 인상적인 언어는 번역에서 다르게 표현되었다. 인혜의 이 시적인 진술은 영혜가 상징하는 생명과 여성성의 세계로 들어가지 못하는 자신의 처지에 대한 애도를 담고 있다. 특히 이 진술에서 중요한 '생명의 말'은 영혜가 찾고 있는 식물의 언어세계이다. 그러나 번역은 "오히려 무자비한, 무서울 만큼 서늘한 생명의 말이었다."의 부분을 "Instead, they were merciless, and the trees that had been spoken them were a frighteningly chill form of life"이라고 번역했다. 말을 건넨 주체는 원문에서 나무이지만 번역문에서는 문법적으로 말한 주체가 나무인지 명확하지 않을 뿐 아니라 나무가 건넨 "서늘한 생명의 말"이 "무서울 정도로 서늘한 생명의 형태"로서의 나무로 바뀌어 있다. 더구나 마지막 구절의 "마치 살아있는 거대한 짐승들처럼, 완강하고 삼엄하게 온 몸을 버티고 서 있을 뿐이다."가 "They'd just stood there, stubborn and solemn yet alive as animals, bearing up the weight of their own massive bodies."로 번역이 되면서 나무들이 동물들처럼 '그녀의 진입을 버티는 것'이 아니라 '자신의 몸을 버티고 있다'로 바뀐다. 이러한 과도한 의역이나 오역은 작품 전체가 담은 식물 언어의 역진화적 세계와 한국 사회와 역사 속 육식적 진화 체계의 충돌을 왜곡시킨다.

물론 이러한 번역이 전적으로 잘못되었다는 것은 아니다. 분명 상당 부분 번역가의 수용자 입장에서의 판단들이 들어가 있다는 점에서 영어권 독자들에 대한 배려에서 기인했다 볼 수 있다. 또한 원문과 다른 번역이 되어서는 안 된다는 고답적인 답을 내리고자 함은 아니다. 오히려 반대로 이러한 과도한 의역들과 재창작이 번역이라는 시스템이 지닌 내재적 문제를 반추할 기회를 준다고 볼 수 있다. 더불어 수용자 중심의 번역이 갖는 문제들 역시 고민하게 한다. 먼저 철학적 접근 이전에 번역의 세가지 모델과 수용자 중심의 모델의 의의를 밝히고자 한다.

4. 번역의 모델들

『문화를 형성하기: 문학 번역에 대한 에세이들』(*Constructing Cultures: Essays on Literary Translation*)의 서론에서 수잔 바스넷(Susan Bassnett)과 앙드레 르페브르(Andre Lefevere)는 번역사를 통해 번역 속 문화 속에서의 번역의 의미를 살핀다. 그들은 과거의 번역학이 주로 번역가의 양성과정에 초점을 맞추었다면 지금의 번역학은 "번역과 어떠한 관련을 지녔다고 주장되는 모든 것"을 의미하게 되었다고 주장한다(1). 그들에 따르면 번역의 역사에서 가장 중요한 문제 중 하나는 "등가성"(equivalence)이었다. 과거에 번역의 원천어와 목표어 사이에 등가성이 있다고 보았다면 지금은 번역학이 학문으로서 체계화되기 시작한 20년 전과는 다르게 '등가성'은 그 층위에 대한 번역가의 결정이 중요하게 되었다고 본다(2). 이어서 바스넷과 르페브르는 세 가지 모델을 역사적으로 제시한다. 그 중 첫 번째는 4-5세기에 제시된 제롬 모델(Jerome Model)로서 성서와 같은 성스럽고 중심적인 텍스트에 대한 번역을 중심으로 번역의 문제를 언어적 차원(linguistic level)로 제한시킨 모델이다. 이 모델은 번역 대상과 번역된 텍스트 사이의 충실성(faithfulness)을 중시하였다(2). 그러나 바스넷과 르페브르는 이후 이론들은 이러한 '충실성'에 한계가 있음을 알게 되었고 상이한 수준이 있다는 것을 깨닫게 되었다고 논한다(3). 이후 이론은 언어들 사이의 문맥(context)과 목표어와 원천어 사이의 문화들의 차이를 중시하게 되었다.

호레이스 모델(Horace model)은 제롬 모델이 제시하는 것과 같이 텍스트의 충실성에 번역의 목적을 두지 않고 번역된 텍스트를 향유하게 되는 고객들의 수용에 초점을 맞춘 번역 모델이다(3). 이 모델은 번역 텍스트 수용민족의 언어(호레이스 시절에는 라틴어)를 중시한다. 바스넷과 르페브르는 현대의 예로 영어를 든다. 바스넷과 르페브르는 "우리는 우리가 '홀리데이 인 신드롬'이라고 부를 수 있는 것과 대면하고 있다. 모든 이국적이고 외래의 것은 상당부분 천편일률화 되고 텍스트들은 '문화 자본'을 구축하는 것으로 여겨진다"라고 논한다(4). 그러면서 이들은 텍스트에는 문화적 맥락에 위치된 "텍스트적 모눈판"(Textual grid)이 있다고 본다(5). 이러한 텍스트적 모눈판의 개념을 통한 번역이론에서 중심 화두는 문화가 되었고 번역은 "문화적 상호작용"(cultural interaction)으로서 의의를 지니게 된다.

바스넷과 르페브르가 파악한 번역학의 역사 속 세 번째 모델은 슐레이마허 모델(Schleiermacher Model)이다. 그들에 따르면 독일의 번역가인 프레드릭 슐레이마허(Freidrich Schleiermacher)는 목표어로 번역된 텍스트 속에서 원천어가 느껴져야 한다고 보았다 슐레이마허 모델은 번역을"외국어화(foreignising)" 해야 하다고 본다. 따라서 "수용어의 특권적 위치가 거부되고, 원천어의 별개화(alterity)가 유지되어야 한다"고 논한다(8). 논문의 결론에서 바스넷과 르페브르는 첫 번째 제롬 모델이 번역가들로 하여금 그들이 연구하는 언어에 대한 능통성(proficiency)을 강조한다면 호레이스 모델은 번역가들이 "작업하는 텍스트에 선재하는 텍스트적이고 개념적인 맥락에 대한 이들의 인식을 높일 수"있다고 본다(8). 바스넷과 르페브르는 이 세 가지 모델들이 모두 번역학에서 중요하게 작용한다고 보며 번역에서 어느 정도 이 세 가지 모델이 수준을 달리하며 공존한다고 본다. 그러면서 바스넷과 르페브르는 번역에서 "문화동화"(acculturation)등을 중요한 화두로 본다.

이상의 짧은 번역의 세 가지 모델들에서 보듯이 서구에서의 번역은 문화와 언어와 이념들의 문맥들 속에서 학문화되었다. 스미스의 번역은 아마도 호레이스 모델이라 볼 수 있다. 그녀의 번역은 영어라는 라틴어 이후에 세계 제국의 중심어와 그 언어의 수용자들의 관점에서 번역을 했다. 이러한 번역은 언어라는 세계의 불균형과 정치적 문맥에서 발현되었다. 그러나 번역 속에 드러나는 이러한 이데올로기적 특성에 대한 분석은 한계를 지닌다. 오히려 스미스의 『채식주의자』번역은 번역 자체가 지닌 문화, 정치적 맥락 이전의 해석을 가능하게 한다. 스미스의 『채식주의자』번역은 '잘된 번역'이나 '정치적으로 올바른 번역'의 문제가 아닌 '번역 자체'의 본질에 대한 문제를 보여주기 때문이다. 최근 번역학은 '어떻게 하면 번역을 더 잘 할 수 있는가'의 문제에서 '번역의 한계는 무엇인가'와 '번역에 담긴 철학적, 문화적, 이념적 함의는 무엇인가'로 옮겨 갔다. 번역을 단순한 기술로만 보게 된다면 번역은 학문으로서의 가치를 상실하게 된다. 번역은 오히려 그 근원에 놓인 언어들간의 '이동가능성'이나 '등가성'이나 '문맥들의 상호연관성'이나 번역이 가능하게 만든 식민주의나 탈식민주의, 그리고 정치적인 언어간의 권력서열들이 작용하는 공간이다. 또한 번역은 언어 자체가 가진 문제를 근원적으로 질문할 수 있는 공간이기도 하다. 『채식주의자』의 번역은 작품이 지닌 정치적 미학적 세계의 번역을 아우르는 철학적 통찰을 필요로 한다. 번역이 아니라면 언어는 생존할 수 없다. 고대성서가 현대어로 번역되지 않았다면 생존할 수 없듯이 말이다. 그러나 반대로 『채식주의자』가

*The Vegetarian*으로 번역된 모습은 수용자 중심의 번역이 지닌 문제를 보여주고 있다. 그렇다면 이러한 변화를 우리는 철학적으로 어떻게 접근할 수 있을까?

5. 발터 벤야민의 번역이론

벤야민은 「번역가의 과제」에서 "언어적 형상물의 번역 가능성은 그것들이 사람에게 번역 불가능한 경우일지라도 고려할 수 있는 것으로 남을 것이다"(123)라고 밝힌다.[10] 최성만이 「번역가의 과제」가 담긴 책 해제에서 밝히듯 벤야민에게 "번역은 원작을 이해하지 못하는 독자를 위한 것이기는 하지만 번역이 지향하는 것은 독자가 아니라 원작이고, 더 정확하게 말하자면 번역을 요구하는, 원작 속에 들어 있는 어떤 요소, 번역 불가능한 요소이다"(20). 본질적으로 번역이란 원작의 타언어로의 경계 없는 완벽한 번역이 불가능하기 때문에 이루어지는 언어행위이다. 만일 바벨탑 이전과 같이 언어간의 경계가 사라진다면 번역은 필요가 없다. 또한 벤야민에게 번역은 삶과 상통한다. 벤야민은 원작과 번역문의 관계가 삶의 상관관계라고 본다(최성만 21). 벤야민은 "삶의 언표들이 살아있는 자에게 무엇인가를 의미함 없이 그 살아있는 자와 내밀하게 연관되는 것처럼 번역은 원작에서 나온다.

10) 이러한 벤야민의 신비스러운 언명은 그의 언어에 대한 독특한 해석에서 나온다. 벤야민은 언어를 수단이 아닌 매체적 성격으로 규정한다. 벤야민은 그의 언어관을 집대성한 「언어 일반과 인간의 언어에 대하여」에서 "정신적 본질이 언어 속에서 전달되는 것이지 언어를 통해 전달되는 것은 아니다"(73)라고 본다. 아담이 처음으로 사물들에 이름을 붙인 이후로 사물들과 그 속의 정신적 본질들은 인간의 미메시스적 지각을 통해 언어로 수용된다. 벤야민의 형이상학적인 언어관은 서로 다른 언어들간에 이미 미메시스적 상호 번역의 가능성이 있다고 본다. 사물과 언어, 언어와 언어는 일종의 미메시스적인 "근친성"(verwandtschaft)에 기반한다. '근친성'은 인위적인 모방이 아니라 언어간에 혹은 언어와 사물 간에 존재하는 주체와 객체의 '상호 번역 가능성'을 의미한다.

그것도 원작의 삶에서라기보다는 원작의 '사후의 삶'(Uberleben)에서 나온다"고 말한다(124). 이러한 점에서 번역은 역사 속에 위치한다. 번역이 멈춘 원문은 재생과 구원이 멈추게 되며 사라진다. 반면 번역이 지속되는 원문은 형태만 바꾼 채 생명을 유지하게 된다. 그러나 원작과 번역문의 관계는 복사나 종속관계가 아니다. 원작과 번역문은 일종의 근친성을 기반한 미메시스 관계이다. 언어 자체처럼 번역은 원작과 번역문 사이를 매개한다. 이러한 관점에서 벤야민은 "수용자의 의미 지향적 해석과 번역을 비판한다"(최성만 21). 그러면서 벤야민은 번역의 중심에 순수언어가 있음을 강조한다.[11] 또한 번역 안에서 원작은 "말하자면 언어가 살아 숨쉴 보다 높고 순수한 권역으로 성장한다"(131)고 본다. 물론 벤야민의 이러한 번역에 대한 형이상학적 해석은 성스러운 텍스트나 문학에 있어서 중심이 되는 시적인 언어들의 번역에 집중되어 있다.

이러한 형이상학적 사유 안에서 벤야민은 번역가의 과제를 천착한다. 벤야민은 "번역가의 과제는 원작의 메아리를 깨워 번역어 속에서 울려 퍼지게 하는 의도, 번역어를 향한 바로 그 의도를 찾아내는 데 있다"라고 논한다(133). 이러한 면에서 벤야민은 호레이스 모델에 반대한다. 그는 원작의 의미가 어떻게 소비자들에게 잘 전달되고 향유와 이해를 도모하는지가 중요하지 않다고 본다. 박현수가 논하듯 원작을 구매자들에게 유려하게 읽히게 번역하는 행위는 일종의 동화라고 볼 수 있다(282). 이러한 번역 소비자들의 이해와 만족은 원을 스치는 직선의 접점만큼만 존재하면 된다고 본다.

---

11) 벤야민은 "언어들의 초역사적 근친성은 각각의 언어에서 전체 언어로서 그때그때 어떤 똑같은 것이, 그럼에도 그 언어들 가운데 어떤 개별 언어에서가 아니라 오로지 그 언어들이 서로 보충하는 의도의 총체성(Allheit)만이 도달할 수 있는 그러한 똑같은 것이 의도되어 있다는 점에 바탕을 둔다. 그것이 곧 순수언어(die reine Sprache)이다"라고 논한다(129). 그러면서 벤야민은 순수언어를 통해 언어가 구원될 수 있다고 본다. 그는 "언어들이 이처럼 그것들의 역사의 메시아적 종점에 이를 때까지 성장한다면, 작품들의 영원한 사후의 삶에서, 그리고 언어들의 무한한 생기에서 점화되면서 항상 새롭게 언어들의 성스러운 성장을 시험해보는 것이 바로 번역이다"(130)라고 논한다.

중요한 것은 원작에 담겨진 잠재성이며 목표어의 확장이고 변형이다.

번역가는 원작의 숨겨진 의미를 다시 찾아내고 그것을 재구성해야 하며 "역자의 모국어를 원전의 언어를 향해 확장 변형"하는 생산적 기능을 수행해야 한다(최성만 27). 원전과 최대한 유사해지는 것이 아닌 원전을 통해 자신의 모국어를 보충하고 성장하게 하는 것이 번역의 목적이다. 번역가는 원작의 숨겨진 의미를 다시 찾아내고 그것을 재구성해야 한다. 그러한 과정을 통해 번역가는 원작에 숨겨진 순수언어를 재창작을 통해 해방시켜야 한다. 역설적으로 벤야민이 원하는 순수언어는 원작이 담은 번역불가능한 부분이다. 벤야민의 언어에 관련된 논문에 나오는 이름언어로서의 순수언어는 어떤 의미에서 일종의 데리다가 말하는 해체소이며 원작을 뚫고 나오는 발화될 씨앗이다. 언어의 전달(transition)이 아닌 전달성(transitionality) 자체에 대한 탐구를 포함한다. 즉 이상적 번역은 원작에 대한 완전히 새로운 재구성을 통한 순수언어에 가까운 시적언어의 창조라고 볼 수 있다. 물론 이러한 벤야민의 순수언어에 대한 논의는 초월적이며 그의 번역론은 실천적이지 않다. 벤야민은 단지 수용자 중심의 번역에서 벗어나 언어번역의 진정한 아포리아(aporia)와 그 세계의 접선들을 파악했을 뿐이다. 그러나 아마도 이러한 번역불가능성에 대한 철학적 탐구는 유려한 번역만 되면 훌륭한 번역이라는 우리의 편견에 경종을 울릴 것이다.

벤야민은 번역에서 충실도(fidelity)와 이해(sense)의 측면들이 공존할 수 없다고 본다. 원문에 충실한 직역은 이해도를 낮추고 의역은 작품을 훼손한다. 그러나 직역과 의역의 문제는 번역 기술의 문제이다. 더 큰 문제는 작품 전체와 그 맥락에 대한 오해에서 기인한 번역이다. 스미스의 번역의 문제는 그녀의 번역이 작품 전체의 어떠한 맥락을 잘못 파악하는 부분이 있고 그것이 번역가의 문화적, 개인적 편견과 해석에 기인했다는 점이다. 번역가의 임무는 작품의 미학적 맥락에 대한 사색과 보편적/개별적 언어들에 대한 사색에서 나와야 한다. 이러한 현상이 일어난 것은 번역에 대한 철학적 탐구가 부족했기 때문이라고 생각된다. 벤야민은 “어디까지 번역이 이러한 형식의 본질에 상응할 수 있는지는 객관적으로 원작의 번역 가능성에 의해 규정된다. 원작의 언어가 가치와 품위를 적게 지니면 지닐수록, 그것이 전달에 가까우면 가까울수록 여기서 번역을 위해 얻을 수 있는 것은 그만큼 적으며, 결국은 그러한 [의역이 추구하는] 비중이 과도하게 커짐으로써 그것이 풍부한 형식의 번역을 위한 지렛대가 되기는커녕 번역을 좌초시킨다”라고 말한다(141). 『채식주의자』는 시적 모호성과 역사적 맥락을 지닌 소설이다. 작품의 번역가능성이 높다고 할지라도 내용 전달에서 의역이 과도하게 되면 번역은 좌초될 수 있다. 이러한 점에서 벤야민의 번역에 대한 논의는 유의미하다.

6. 결론을 대신하여: 『채식주의자』번역에 대한 작은 생각들

『채식주의자』는 시적인 언어로 쓰인 산문이다. 이 작품의 묘미는 이해불가능한 영혜의 행동이 아니라 영혜의 언어와 특히 3장에서 영혜의 세계를 전달하는 인혜의 목소리 속에 담긴 시적인 정서이다. 영혜의 꿈 속 목소리는 시어이며 영혜가 꿈꾸는 식물의 세계는 폭력적 언어 속에 잠자는 시어의 세계이다. 시적인 언어들의 과도한 의역이나 오역은 위험하다. 그것은 번역이 원작과 지닌 생명의 연결선을 끊게 된다. 비록 시어의 완벽한 직역이 불가능하다 할지라도 초월적 시어들 세계의 잘못된 접근은 원작을 훼손시킨다. 벤야민의 해석을 빌자면 작품에서 시어들의 세계는 번역불가능의 세계이며 순수언어의 흔적이고 언어라는 세계 자체의 파편들이며 진리의 언어이다. 언어는 번역을 통해 커져가고 생존하고 재생되며 부활한다. 그

예로 성서는 이미 하느님의 언어로 쓰이지 않지만 우리는 그 언어 속의 하느님의 '번역될 수 없는 언어'를 가정하고 있다. 벤야민의 논문을 분석하고 해체하며 자끄 데리다가 논의했듯 '바벨탑'은 '신의 이름'이면서도 '혼돈'의 의미를 지닌다. '바벨탑'은 당초 번역될 수 없는 언어 진리의 '우회로(detour)'이다. 『채식주의자』는 *The Vegetarian*을 통해 자라나고 성장하고 회귀하고 언어의 크기를 넓혔다. 그러나 『채식주의자』와 *The Vegetarian*은 다른 언어의 조각들이 되었다. 영어권 독자들은 한강의 『채식주의자』에 친밀해지겠지만 그 작품에 담긴 한국어로 된 언어의 의미는 원을 스치고 지나치는 접점의 '현존'만큼밖에는 알 수 없을 것이다.

벤야민의 철학적 논의가 실질적인 번역의 질 향상에 기여하기는 어렵다. 그러나 스미스가 행한 번역이 이상적인 번역이 될 수 없다는 것은 분명하다. 오히려 더 나은 번역을 위해서라도 가감없는 비판과 그를 바탕으로 한 실천들이 필요할 것이다. 『채식주의자』의 번역이 거둔 성공 이후로 한국문학을 세계에 소개하겠다는 국가주의적 발상이 확대되고 있다. 그러나 원천어의 희생을 기반으로 한 도착어와 수용자 중심의 번역은 앞의 사례들을 보았듯이 위험한 일이다. 지금 필요한 것은 보다 치밀한 실천적 방식과 우리문학의 번역에 대한 철학적이고 인문적인 사유이다. 실천적으로는 원저자, 외국인 번역가, 해당 문학 전공자, 이중국어사용자 등으로 이루어진 컨소시엄을 통한 번역일 것이다. 원천어와 도착어 사이의 번역에 나타나는 다양한 문제들을 합의하고 토론하는 컨소시엄만이 양질의 번역을 가능하게 할 것이다. 그러나 국가주의에 경도된 한국문학 번역에 대한 과도한 집중보다 번역 자체에 대한 국내 번역학도들과 인문학도들의 치열한 사유가 선재되어야 할 것이다.

참 고 문 헌

김영신, 2016, 「이국화인가 자국화인가: 한강의 『채식주의자』 번역을 중심으로」, 『동서비교문학학회』 37, 37-55.

김예림, 2008, 「'식물-되기'의 고통 혹은 아름다움에 관하여」, 『창작과 비평』 36/1, 349-8.

박현수, 2013, 「번역과 초월언어, 그리고 문학적 사유의 방향-한용운의 주해와 창작의 의미를 중심으로」, 『인문논총』 69, 379-406.

벤야민, 발터, 2008, 「번역가의 과제」, 최성만 옮김, 『발터벤야민 선집6: 언어일반과 인간의 언어에 대하여/번역가의 과제 외』, 서울: 길, 119-42.

오은엽, 2016, 「한강 소설에 나타난 '나무' 이미지와 식물적 상상력」, 『한국문학이론과 비평학회』 72, 273-95.

우찬제, 「섭생의 정치경제와 생태 윤리」, 『문확과 환경』 9/2, 2010, 721-34.

신수정, 2010, 「한강 소설에 나타나는 '채식'의 의미- 『채식주의자』를 중심으로」, 『문학과 환경』 9/2, 207-8.

정미숙, 2008, 「욕망, 무너지기 쉬운 절대성 - 한강 연작소설 『채식주의자』의 욕망 분석」, 『코기토』 64, 7-32.

최성만, 2008, 「발터 벤야민 사상의 토대: 언어-번역-미메시스」, 『발터벤야민 선집6: 언어일반과 인간의 언어에 대하여/번역가의 과제 외』, 서울: 길, 5-57.

한강, 2007, 『채식주의자』, 서울: 창비.

Alexandra, Alter, "'The Vegetarian,' a Surreal South Korean Novel," *New York Times,* Web, Feb 2 2016. <http://www.nytimes.com/2016/02/03/books/ the-vegetarian-a-surreal-south-korean-novel.html>

Bassnett, Susan and Andre Lefevere. 1998. "Introduction: Whre are We in Translation Studies?" *Constructing Cultures: Essays on Literary Translation.* Clevedon: Multilingual Matters.

Derrida, Jacque. 1985."Des Tours del Babel."*Difference in Translation*. Trans. Joseph F. Graham. Ed. Joseph F. Graham. Itaca and London: Cornell UP.

Domini, John. 2016. "Review: 'The Vegetarian' by Han Kang."*Chicago Tribune.* Web. 28 Jan. <http://www.chicagotribune.com/lifestyles/books/ct-prj-vege tarian-han-

kang-20160128-story.html>

Flood, Alison. 2016. “Man Booker International prize serves up victory to The Vegetarian.”*The Guardian*. Web. 16 May. <https://www.theguardian.com/books/2016/may/16/man-booker-international-prize-serves-up-victory-to-the-vegetarian-han-kang-deborah-smith>

Han, Kang. 2015. *The Vegetarian.* Trans. Debora Smith. London: Portobello,

Im, Seo Hee. 2016.“Sex, Violence and The Vegetarian: the brutality of Han Kang’s Booker Winner”*The Guardian Books Network.* Web. 26 Oct. <https://www.theguardian.com/books/2016/oct/26/sex-violence-and-the-vegetarian-the-brutality-of-han-kangs-booker-winner>

Khakpour, Porochista. 2016.“The Vegetarian, by Han Kang,” *New York Times*, Web. 2 Feb. <http://www.nytimes.com/2016/02/07/books/review/the-vegetarian-by- han-kang.html>

Parks, Tim. 2016.“Raw and Cooked.” *The New York Review of Books*. Web. 20 June. <http://www.nybooks.com/daily/2016/06/20/raw-and-cooked-translation-why-the-vegetarian-wins/>

Pascal, Julia. 2015. “The Vegetarian by Han Kang. Book Review: Society Stripped to the Bone.” *The Independent*. Web. 10 Jan. <http://www.independent.co.uk/arts-entertainment/books/reviews/the-vegetarian-by-han-kang-book-review-society-stripped-to-the-bone-9969189.html>

<사랑손님과 어머니>에 대해 문학교육이 읽었던 것과 읽을 수 있는 것*

정진석**

1. 문학교육의 정전과 <사랑손님과 어머니>의 위상

작품은 소설교육에서 학생들이 겪는 경험을 결정한다. 소설은 가치 있는 경험을 서사적으로 형상화한 것이라는 점에서 학습자가 어떤 작품을 읽는가는 곧 어떤 경험을 하는가와 같다. 교육의 목적인 성장이 이러한 경험을 재구성하는 과정에서 성취된다는 점을 고려하면 학습자가 읽어야 할 작품은 소설교육의 내용 중 하나로 중요하게 고려되어야 한다. 소설교육에서 정전이 중요한 이유가 여기에 있다.

정전은 일반적으로 공동체가 다른 것들보다 좀 더 보존할 가치가 있다고 판단하는 문헌 혹은 작품을 의미한다.[1] 공동체는 정전에서 자신의 정체성

---

* 이 글은 <문학교육학>46호(2015.5)에 수록한 것을 수정한 것이다.
** 강원대학교 국어교육과

을 확인하며 스스로를 독립적인 주체로 인식한다. 소설교육은 이러한 정전을 형성하고 확산시키는 가장 중요한 제도이다. 소설교육은 정전을 중심으로 학습자가 해석하고 창작하는 방법을 익히게 할 뿐만 아니라 사회적 규범과 윤리적 가치 등을 성찰하게 한다. 그리고 이 과정에서 소설교육은 공동체의 이념과 가치관을 작품의 선택과 배제의 논리로서 재생산하기도 한다.

그동안 소설교육에서는 정전을 크게 두 방향에서 논의하였다. 하나는 정전의 가치를 인정하고 이를 구성할 원리를 구안하는 것이다. 구체적으로 역사성, 당대성, 함의성, 현재성, 흥미성 등이 정전 구성의 요건으로 제시되고 있다.[2] 다른 하나는 이미 형성된 주류 정전을 문화 재생산의 주요 경로로 인식하면서 이데올로기의 자연화 과정을 비판적으로 검토하는 것이다. 예를 들어 1-4차 교육과정기의 국어 교과서가 반공주의, 민족주의, 순문학주의의 작용으로 현대소설의 특정 작품을 정전화 하였다는 식이다.[3]

이러한 논의 방향은 주류 정전을 해체하거나 새롭게 재구성함으로써 정전의 생산적인 기능을 회복하려는 노력이라는 점에서 그 의의를 인정할 수 있다. 문제는 이러한 논의들이 전형화되면서 일정한 한계를 노정하고 있다는 점이다. 예를 들어 주류 정전을 비판적으로 접근하는 논의들은 대부분 정전화의 결정적인 요소로 이데올로기에 주목하면서 선택된 작품들을 민족주의 계열, 순문학 계열 등으로 범주화한다. 그런데 이러한 거시적 접근 방식은 정전화의 양상을 환원적·추상적으로 파악한다는 점에서 문제적이다. 특정 작품이 정전으로 인정되는 과정에는 공동체의 이데올로기만 개입하는

---

1) 서울대학교 국어교육연구소, 『국어교육학사전』, 대교출판, 1999, 679-681면

2) 김중신, 「문학교육에서의 정전 형성 요건에 관한 시론(試論)」, 『문학교육학』 25, 한국문학교육학회, 2008, 57-86면. 문학교육의 차원으로 넓히면 다음의 연구가 포함된다. 윤여탁, 「문학 교재 구성을 위한 현대시 정전 연구」, 『국어교육연구』 5, 서울대학교 국어교육연구소, 1998, 201-221면. ; 최지현, 「문학교육에서 정전과 학습자의 정서 체험이 갖는 위계적 구조에 관한 연구」, 『문학교육학』 5, 한국문학교육학회, 2000, 53-99면.

3) 차혜영, 「한국 현대소설의 정전화 과정 연구」, 『돈암어문학』 18, 돈암어문학회, 2005, 157-181면. 이 방면의 선편은 다음의 연구가 쥐고 있다. 정재찬, 「현대시 교육의 지배적 담론에 관한 연구」, 서울대학교 박사학위논문, 1996.

것은 아니다. 특히 교과서의 제재 선택으로 구체화되는 문학교육의 정전화에서는 교육의 목표, 학습자의 흥미, 성취 기준과의 관련성 등 다양한 변수를 고려해야 한다. 더욱이 문학교육에서의 정전은 수록 단원, 작품에 대한 설명, 학습 활동 등 교육과정 및 교과서의 여러 요인과 맞물려 그 위상과 접근 방식이 지속적으로 수정·보완된다.[4)]

이런 점에서 정전 논의, 그중 교육 정전에 대한 논의는 미시적 차원에서 정전화의 양상을 분석하는 것으로 다변화될 필요가 있다. 분석의 단위를 '반공주의 문학'이나 '순문학' 등의 거시적 담론에서 <소나기>, <사랑손님과 어머니>처럼 문학교육사에서 의미 있게 다뤄진 작품과 같은 미시적 제재로 좁히는 것, 분석의 내용을 정전화된 작품군과 이데올로기 사이의 관계에서 특정 작품이 교과서에 선택되고 배치되며 그 양상이 변화하는 과정, 즉 정전화의 과정으로 전환하는 것이다. 이러한 논의 방향의 전환은 정전이 이데올로기에 의해 '선택된 것'일 뿐만 아니라 공동체가 교육적 의도를 가지고 숙의를 통해 '발전시킨 것'이라는 점을 전제한 것으로, 주류 정전의 한계와 함께 그 성과에도 주목하여 소설교육에 발전적으로 반영하려는 것이다.[5)]

이상의 문제의식을 바탕으로, 이 연구는 <사랑손님과 어머니>의 정전화

4) 이런 이유로 문학 정전과 구분되는 개념으로서 '실라버스'나 '교육 정전'이 제안된다. 문학 정전이 문학사적으로 높이 평가 받는 작품들의 총합이라면 실라버스나 교육정전은 특정한 제도적 맥락, 특히 교육적 맥락에서 선별된 작품들을 의미한다. 이 연구에서 논의 대상으로 삼는 정전화는 기본적으로 교육 정전으로의 선택과 지속을 의미한다. 이에 대해서는 다음을 참고. 정재찬, 「문학 정전의 해체와 독서 현상」, 『독서연구』 2, 한국독서학회, 1997, 104면. ; 김창원, 「시교육과 정전의 문제」, 『한국시학연구』 19, 한국시학회, 2007, 66-68면.

5) 이런 점에서 이 연구는 정전 논의의 새로운 방향을 모색한 최근 연구들과 문제의식을 함께 한다. 김창원은 그간의 정전 논의에서 간과하거나 모호하게 다룬 개념이나 현상들을 검토하고 정전 교육의 모형을 제안하였다.(앞의 글) 김혜영은 선택/배제의 시스템 안에서 정전을 바라보는 고착화된 관점을 반성하면서 정전 논의의 확장 방향을 제시하였다.(김혜영, 「현대문학 정전 재검토」, 『문학교육학』 25, 한국문학교육학회, 2008, 87-129면.) 김동환은 정전에 대한 긍정적 인식 전환을 전제로 현대문학의 정전화 과정과 대학의 교양교재 사이의 영향 관계를 추적하였다.(김동환, 「현대문학 정전 형성과정에서의 "대학교양국어"교재의 역할에 대한 고찰」, 『국어교육』 139, 한국어교육학회, 2012, 527-556면.)

양상을 통시적으로 고찰하고자 한다. 1935년 ≪조광≫의 창간호에 발표된 이 작품은 4차 교육과정기의 중학교 국어 교과서에 수록된 이래 7차 교육과정기까지 국정 교과서기의 교과서에서 한 차례도 빠진 적이 없는, 현대소설 분야의 대표적 교육 정전이다. 더욱이 이 작품은 15종의 중학 국어 교과서 중 7종에 실릴 만큼 현재까지 그 위상을 공고히 하고 있다. 이는 수록 횟수를 기준으로 이 작품과 함께 국정 교과서기의 현대 소설 제재를 대표하는 심훈의 <상록수>, 오영수의 <요람기>가 2007개정 교육과정의 검정 교과서에 거의 실리지 않거나 그 위상이 낮아진 것과 대조된다.[6]

한편 이 소설의 교과서 수록 문제가 최근 논란이 된 점도 주목을 요한다. 과부와 남편 친구의 만남이라는 소재, 남성중심주의를 자연화하는 형상화 방식, 미적 구성의 결함 등에서 문제가 있기 때문에 교육 자료로서 부적합하다는 것이다.[7] 이러한 문제제기는 <사랑손님과 어머니>가 소설교육사에서 차지하는 위상에 비춰볼 때 도전적인 것이다.

이 연구는 4차 교육과정기 이후 <사랑손님과 어머니>가 국어 교과서의 제재로 제시된 양상을 통시적으로 검토함으로써 교육 정전으로 자리 잡은 양상과 그 논리를 확인하고 개선 방향을 모색하고자 한다. 이러한 작업은 문학교육에서 정전이 형성되는 과정을 미시적 단위에서 세밀하게 분석하는 것이다. 이를 통해 이 소설의 교과서 수록 논란의 의미를 반성적으로 짚어보는 한편, 주류 정전에 대한 비판적 검토와 정전 교육의 발전된 기획을 선순환적으로 매개하고자 한다.

---

6) 교육 정전으로서 이 작품의 위상은 문학사적 평가를 감안할 때 더욱 두드러진다. 현대문학사와 현대소설사의 논저에서 이 작품이 현대소설을 대표하는 문학 정전으로 인정받고 있지는 않다. 예를 들어 이 방면의 대표적 저서인 김윤식·정호웅의 『한국소설사』나 권영민의 『한국현대문학사』에서 이 작품에 대한 설명과 평가는 찾아보기 어렵다. 그럼에도 <사랑손님과 어머니>가 교육 정전 중 하나로 자리 잡은 데에는 문학사적 평가를 넘어서는 다른 논리가 개입하고 있다고 보아야 한다.

7) 대표적인 논의는 다음과 같다. 최시한, 『소설의 해석과 교육』, 문학과지성사, 2005, 49-69면. 우한용, 『한국 근대문학교육사 연구』, 서울대학교출판부, 2009, 318면.

2. <사랑손님과 어머니>는 어떻게 문학교육의 정전이 되었는가?

4차 교육과정기 이후 2007 개정 교육과정기까지 <사랑손님과 어머니>가 국어 교과서의 제재로 제시되는 양상을 살펴보면 몇 가지 특성이 눈에 띈다. 여기에는 교육과정의 거듭된 개정에도 변화지 않는 공통점과 함께 시기마다 달라지는 차이점이 포함된다. 이러한 특성은 "이 작품을 교과서에 수록해야 하는가?", "이 작품의 의미를 어떤 방식으로 해설해야 하는가" 등 교육 정전의 차원에서 중요하게 제기되는 질문에 대한 국어교육계의 대답이라는 점에서 의미가 있다.[8] 이 장에서는 이 소설이 '국어 교과서'에 배치된 단원의 차원, 단원의 길잡이 및 학습 활동 등으로 표상된 학습의 초점 차원, '교사용 지도서'에 제시된 작품 해석의 차원으로 나눠 정전화의 양상을 확인하고자 한다.

첫째, 국어 교과서에 제시된 단원의 차원이다. <사랑손님과 어머니>는 4차 교육과정기부터 현재까지 오직 시점 및 서술 학습을 위한 제재로 수록되었다. 주목할 점은 교육과정의 개정이 거듭될수록 시점 학습의 제재로서 이 소설이 지닌 위상이 강화되었다는 점이다. 4차 교육과정기 <중학 국어 3-2>의 5단원 '소설'의 단원의 마무리를 위한 제재로 처음 수록된 이 작품은 5차 교육과정기에는 <중학교 국어 3-1>의 5단원 '소설의 시점', 6차 교육과정기에는 <중학교 국어 3-1>의 4단원 '소설의 시점'의 본문 제재 중 하나로 실렸다. 시점 학습의 제재로서의 위상은 7차 교육과정기 <중학교 국어 2-1>의 6단원 '작품 속의 말하는이'에서 소설의 서술자를 가르치기 위한 단독 제재로 실리면서 더욱 강화되었으며 이는 2007개정 교육과정기의 검정 국어 교과서들에서도 유지되고 있다. 이러한 위상 강화는 국어교

8) 김창원, 앞의 글, 66-68면.

육계가 <사랑손님과 어머니>를 시점 및 서술 학습의 제재로 선택하였으며 그 가치를 지속적으로 인정하였음을 의미한다.

[표 1] 단원 차원에서의 정전화 양상

	4차	5차	6차	7차	2007 개정
교과서	중학 국어 3-2	중학교 국어 3-1	중학교 국어 3-1	중학교 국어 2-1	중학교 국어 2-2[9]
단원	5. 소설	5. 소설의 시점	4. 소설의 시점	6. 작품 속의 말하는 이	1. 말하는 이와의 만남
비중	단원의 마무리를 위한 제재	본문 제재 중 하나		학습 학습을 위한 본문 단독 제재	

다음으로 <사랑손님과 어머니>에 대한 학습의 초점 차원이다. 이 작품의 주인물은 제목이 가리키듯 옥희의 '어머니'와 옥희의 집에서 하숙하게 된 '사랑손님'으로, 핵사건은 사랑의 감정을 느끼지만 이를 과감하게 실현하지 못하는 두 인물의 행동에 따라 전개된다. 그런데 4차 교육과정기 이후 교과서의 학습 활동이나 교사용 지도서의 해설을 살펴보면 주된 학습 대상이 '옥희'라는 점을 확인할 수 있다. 기본적으로 이 작품에 대한 학습의 중심에는 동종 서술자인 '옥희'에 대한 이해가 있는 것이다.

주목할 점은 시기마다 동종 서술자 '옥희'에게서 주목하는 자질이 달라진다는 사실이다. 4차 교육과정기부터 6차 교육과정기까지 기본적으로 주목한 '옥희'의 자질은 시점의 유형, 즉 스토리의 참여 범위와 그 위상이다. 서술자 '옥희'는 1인칭 관찰자 시점, 다시 말해 재현된 사건에 참여하고 있는 동종 서술자이자 사건을 목격하는 관찰자라는 점이 강조된다. 4차 교육과정기의 "위의 글 (다)에서 말하는 이는 등장 인물인 '나'이다. '학마을 사람들'처럼 말하는 이를 작가로 바꾸어 보자."라거나,[10] 6차 교육과정기의

9) 윤여탁 외, 『중학교 국어2-2』, 미래앤컬쳐그룹, 2011.

"이 소설에서 이야기를 진행해 나가는 사람은 소설 속의 인물인가, 소설 밖의 인물인가?" 등은 이러한 유형에 대한 이해를 묻고 있다.[11]

이와 함께 옥희의 인격적 자질, 특히 "여섯 살 난 처녀애"라는 연령상의 특성에 대한 이해도 학습의 내용으로 포함된다. 5차 교육과정기에는 "서술자가 여섯 살 난 아이이므로, 독자들이 그 아이의 말에 귀를 기울이다 보면 귀엽기도 하고 예쁘기도 한 가운데"라는 설명처럼 어린 아이의 순수함이,[12] 6차 교육과정기에는 "아이의 관점과 이해력의 한계로 인하여 어른들의 내면 심리나 행위가 해석되기 때문에"처럼 어린 나이로 인한 제한된 이해력이 강조된다.[13] 옥희의 인격적 자질은 7차 교육과정기에 이르러 학습의 핵심 내용으로 자리 잡는다. 스토리의 참여 여부에 따른 서술자의 유형에 대한 설명이나 이를 작품에서 확인하는 활동을 대신하여 "이 소설의 말하는 이는 누구인지, 또 어떤 특징이 있는지 써 보자."는 활동이나 "옥희는 아직 어린아이이기 때문에 아저씨와 어머니의 사랑에 대해 알지 못한다."라는 해설이 학습의 내용을 구성한다.[14] 이 점은 2007 개정 교육과정기의 검정 교과서들에서도 지속되고 강화된다.

이처럼 소설교육에서 옥희에 대한 인식은 '나'로 지시되었는가, '그'로 지시되었는가, 즉 인칭에 따른 시점 유형의 문제에서 서술자의 인격적 특성이 무엇인가로 변화한다. 이와 같은 정전화 양상은 <사랑손님과 어머니>가 신비평에 기반을 둔 유형론을 학습하기 위한 제재에서 수사적 접근에 기반을 둔 소통론을 학습하기 위한 제재로 변화하였음을 의미한다.[15] 이

---

10) 문교부, 『중학교 중학 국어 3-2』, 대한교과서주식회사, 1987, 122면.

11) 교육부, 『중학교 국어 3-1』, 대한교과서주식회사, 1998, 72면.

12) 문교부, 『중학교 국어 교사용 지도서 3-1』, 대한교과서주식회사, 1991, 57면.

13) 교육부, 『중학교 국어 교사용 지도서 3-1』, 대한교과서주식회사, 1998, 98면.

14) 교육인적자원부, 『중학교 국어 2-1』, 교학사, 2003, 248면. ; 교육인적자원부, 『중학교 국어과 교사용 지도서 국어·생활국어 2-1』, 대한교과서주식회사, 2007, 261면.

15) 이는 시점 및 서술 학습에 대한 소설교육의 변천 과정에서도 확인할 수 있다. 정진석, 「小說 視點 敎育의 史的 考察과 改善 方向 硏究」, 『어문연구』 31, 한국어문교육연구회, 2013, 439-474면.

과정에서 '옥희'는 1인칭 관찰자 시점을 대표하는 서술자에서 내포작가와 거리가 있는 신빙성 없는 서술자로 재인식된다.

[표 2] 학습의 초점 차원에서의 정전화 양상

	4차	5차	6차	7차	2007 개정
학습의 초점	1인칭 시점	1인칭 관찰자 시점			
		순수함	순수함, 제한된 이해력		
기반 이론	유형론	유형론, 수사론		수사론	

마지막으로 국어 교과서에서 <사랑손님과 어머니>를 해설하는 작품 해석의 차원이다. 이 소설의 중심 사건은 '사랑손님'과 '어머니'의 만남과 이별이다. 해석의 관건은 이 만남과 이별, 특히 이별의 의미를 어떻게 이해하는가에 있다. 이에 대해 교과서는 두 성인의 남녀 관계와 감정의 차원에서 그 의미를 설명하였다. 예를 들어 5차 교육과정기의 교사용 지도서는 이 작품을 "어머니와 사랑손님 사이에 오고 가는 남녀 간의 미묘한 심리를 아름답게 그려 나간 소설"로 소개하며,[16] 6차 교육과정기에서는 이 작품의 주제를 "인간과 인간 사이에 오고 가는 미묘한 감정과 관심"이라고 설명한다.[17] "옥희라는 어린아이의 섬세한 눈을 통해 어머니와 사랑손님의 미묘한 심리적 갈등을 아름답게 그려"낸 소설이라는 7차 교육과정기의 해설,[18] "순수하고도 아름다우면서도, 이루지 못해 안타까운 사랑"을 다뤘다는 2007개정 교육과정기의 해설도 동일한 지평에 있다.[19] 주목할 점은 교과서의 이러한 해설에서 여성의 개가를 금기시하는 사회적 맥락은 주변화된다는 점이다. 두 남녀의 감정이 지닌 '순수함', '미묘함'이나 선택의 '아름다

16) 문교부, 앞의 책, 1991, 58면.
17) 교육부, 앞의 책, 1998, 99면.
18) 교육인적자원부, 앞의 책, 2007, 257면.
19) 조혜숙 외, 『중학교 국어 · 생활국어 2-1 교사용 지도서』, 미래앤, 2011, 151면.

움', '안타까움'을 부각하는 과정에서 봉건적 이념의 억압과 갈등은 해석에서 배제되거나 "통속적인 이야기"로 간주된다.[20]

이상에서 확인한 정전화 양상을 통해 <사랑손님과 어머니>가 교육 정전으로 자리매김할 수 있었던 논리를 파악할 수 있다.

첫째, 국어교육계는 예전(例典)의 논리를 바탕으로 <사랑손님과 어머니>가 지닌 교육 정전으로서의 위상을 강화하였다. 예전은 문학 작품 중 특정한 학습 목표나 성취기준을 달성하기 위해 적절하다고 선택된 작품을 의미한다.[21] <사랑손님과 어머니>가 교육 정전으로 자리 잡고 현재에도 국어교과서에 폭넓게 수록될 수 있었던 것은 국어교육계가 이 작품을 신빙성 없는 서술자의 소설로 인식하면서 시점 및 서술 관련 성취기준을 달성하는 데 적절한 경험을 제공할 수 있다고 판단하였기 때문이다.

독자는 기본적으로 서술자의 신빙성에 대한 신뢰를 바탕으로 소설을 읽는다는 점에서 허구 세계의 인물과 사건에 몰입하는 경향이 강한 반면 시점이나 서술자를 의도적으로 의식하는 경우는 드물다. 따라서 학습자가 소설 읽기에서 시점이나 서술자의 서술 행위를 선택적으로 주목하기 위해서는 읽기 이전에 교수자로부터 그러한 주목을 구체적으로 요구받거나 그러한 주목을 가능하게 하는 텍스트를 제공받아야 한다. <사랑손님과 어머니>는 신빙성 없는 서술자 '옥희'로 인해 독자의 선택적 주목을 자연스럽게 유도한다. 신빙성 없는 서술자는 '내포작가의 규범을 대변하지 못하거나 거기에 따라 행동하지 못하는 서술자'로, 서술자의 정신이 지닌 특이함을 전경화함으로써 독자로 하여금 서술자가 점유하는 담론 층위에 주의를 기

20) 예를 들어 이 소설의 전문이 실린 것은 7차 교육과정기 이후로, 6차 교육과정기까지는 주로 시작 부분부터 '옥희'가 '아저씨'와 외출한 후 돌아오는 부분까지 실렸다. 교과서의 <후략> 이후 본격적으로 어머니가 사랑손님의 감정을 짐작하고 내적으로 갈등한다는 점에서 이와 같은 선택적 인용은 교과서의 해석 전통을 정당화한 중요 요인으로 볼 수 있다.

21) 김동환, 「국어과 교과서의 문학 제재와 관련된 쟁점과 제안」, 『국어교육학연구』 47, 국어교육학회, 2013, 49-51면.

울이도록 한다.[22] 이에 따르면 옥희는 여섯 살이라는 어린 나이로 인해 내포작가와 인지적 거리가 발생한다는 점에서 신빙성이 없으며 이로 인해 독자는 옥희가 이해하지 못하거나 적절히 보고하지 못한 사실과 판단을 추리해야 한다.

국어교육계는 <사랑손님과 어머니>를 1인칭 관찰자 시점을 예시하는 작품으로 도입했지만 점차 옥희의 인격적 자질에 주목하면서 신빙성 없는 서술자의 특성에 주목하였다. 이 과정에서 교육 내용은 시점 중심의 작품 분류나 시점 유형의 기능 이해에서 서술자의 특성 파악과 수사적 효과에 대한 분석으로 전환된다. 주목할 점은 이를 통해 소설교육에서 소통론적 관점이 구체적으로 실현되었다는 점이다. <사랑손님과 어머니>를 신빙성 없는 서술자의 소설로 인식함으로써 소설 읽기를 서사적 소통의 차원에서 사유하는 것이 문학교실에서 가능해진 것이다.[23]

둘째, 국어교육계는 선택과 배제의 논리를 바탕으로 <사랑손님과 어머니>를 특정한 해석 전통에 위치시킴으로써 교육 정전으로서 갖춰야 할 문학사적 가치를 입증하고자 하였다. 이 작품에 대한 해석사를 살피면 상반된 해석 전통이 있음을 확인할 수 있다. 하나는 이 소설이 '부덕을 지킨 어머니의 선택이 지닌 순수함과 아름다움'을 드러내려고 했다는 것이고,[24] 다른

22) A. F. Nünning, "Reliability", D. Herman., M. Jahn & M. L. Ryan(eds.), *Routledge Encyclopedia of Narrative Theory*, New York : Routledge, 2005, pp.495-496.

23) 다음과 같은 설명이 시점 관련 단원에서 처음 등장했다는 사실은 이를 방증한다. "소설을 읽는다는 것은 결국 누군가에 의해서 말해진(쓰여진) 이야기를 듣는(읽는)다는 것을 의미한다. 비록 독자는 소설 속에서 이야기를 전하는 사람과 서로 의견을 교환하거나 질문을 하는 등의 대화를 나눌 수는 없지만, 이는 다음과 같은 의문으로 이어진다. 작품을 읽어 나가면서 자신에게 이야기를 걸고 있는 그 누군가를 무의식적으로 상정(想定)하게 되고, 이는 다음과 같은 의문으로 이어진다. 독자에게 말을 건네는 그 '누군가'는 누구이며, 그는 어떤 방식으로 우리에게 이야기를 들려주는가, 또한 그가 그런 식으로 이야기를 한 결과 우리는 어떤 느낌과 태도를 가지게 되는가 등이다."(교육부, 앞의 책, 1998, 93면.)

24) 예를 들어, "人間的 倫理로 육욕적 감정을 이겨 나가기를 바라는 독자의 심리를 배반하지 않는다는 점에서 결말 뒤의 감정이 개운"하며(송하섭, 「사랑방 손님과 어머니론」, 『도솔어문』 1, 단국대 국어국문학과, 1985, 34면.), "인간의 고귀한 애정이 무엇인가를 이 소설을 통해서 엿보게 하고"(장백일, 「휴머니즘을 찾는 인간 구제」, 『한국문학전집』 2, 삼성출판사, 1990,

하나는 '애정과 같은 개인의 본성을 억압하는 사회적 인습을 비판'하려고 했다는 것이다.[25] 주목할 점은 교과서와 교사용지도서가 전자의 전통으로 편입하되 후자의 해석은 최대한 배제하는 방식으로 이 작품을 해석하였다는 점이다. 후자의 해석을 함께 제시할 때도 있었지만 이때에도 전자에 초점을 맞추거나 후자의 해석이 적절하지 못함을 강조하였다.

이는 일차적으로 문학교육의 주류 담론인 순수문학적 담론에 부합하기 위함이다. 순수문학적 담론은 민족문학적 담론과 분석주의적 담론과 함께 문학 교육의 정전을 구성하고 주해 방식을 결정한 지배적 담론으로, 국어교육계는 순수문학이나 민족문학으로 판단하는 작품들을 중심으로 정전을 구성하였다.[26] 해석 전통의 선택은 이 작품의 순수문학적 성격을 지속적으로 조명함으로써 정전의 기본 자격을 확보하려는 것이다.

한편 이러한 선택에는 예전의 논리를 훼손하지 않을 수 있다는 점도 중요하게 고려되었다. 이 소설의 주제를 사회적 인습에 대한 비판으로 이해하게 되면 미학적 논쟁을 피하기 어렵다. 다시 말해 옥희를 서술자로 설정하는 것이 주제의 형상화에 기여하지 못한다는 비판이 제기되는 것이다.[27]

393면.), "한 여인을 통하여 한 남자에 대한 순수하고 지고한 사랑이 무엇이며, 그러한 사랑의 진실된 실천의 어려움이 얼마나 고통스러운가를 보여 주려"하며(전정구, 「현란한 빛깔, 혹은 슬픈 떨림」, 『글쓰기의 모험』, 청하, 1992, 243면.), "인간이 사랑의 감정을 처리하는 한 아름다운 방식을 보여 준다"(이남호, 『교과서에 실린 문학 작품을 어떻게 가르칠 것인가』, 현대문학, 2001, 416면.)는 것이다.

25) 예를 들어, "옥희 어머니는 제도의 억압과 사회적 시선의 도도한 강물을 용기 있게 뛰어 건너지 못한 오늘의 구식 열녀"로(김종구, 「주요섭 소설의 초점화와 담론연구」, 『한국언어문학』 35, 한국언어문학회, 1995, 499면.), "인습이라는 인위적 환경이 인간에게 가하는 파괴적 횡포를 비관적으로 묘파"함으로써(한점돌, 「주요섭 소설의 계보학적 고찰」, 『국어교육』 103, 한국어교육학회, 2000, 355면.), "인습과 기성 윤리의 억압적 성격에 대한 암묵적인 비판"을 의도하고 있지만(진정석, 「단편소설의 미학을 위한 모색」, 『한국소설문학대계』 22, 동아출판사, 1995, 590면.), "당대의 사회적 현실 비판은 문학적으로 적절히 그려지지 못했다"(최시한, 앞의 책, 66-67면.)는 것이다.

26) 정재찬, 앞의 글, 1996, 139-157면.

27) 최시한, 앞의 책, 65-68면. 논자에 따라서는 다음과 같이 소설의 주제 자체를 미적 성취에 비해 부차적 요소로 규정하는 방식으로 논란을 피하기도 하였다. "이렇게 보면 인습과 기성 윤리의 억압적 성격에 대한 암묵적 비판이라는 '사랑 손님과 어머니'의 주제 의식은 오히려 부

이는 <사랑손님과 어머니>가 시점 및 서술 관련 성취기준의 달성에 적합한 작품이라는 예전의 논리를 훼손할 수 있다. 국어교육계는 어머니의 선택이 지닌 순수함과 아름다움을 배타적으로 강조함으로써 이러한 논란을 피하고 예전으로서의 가치를 보호하고자 하였다.

3. <사랑손님과 어머니>의 문학교육을 위한 두 가지 제언 : 논쟁과 탐구

<사랑손님과 어머니>가 교과서의 수록 제재로서 부적절하다는 최근의 주장은 교육 정전화의 이러한 양상과 논리에 대한 비판적 인식에서 비롯된 것이다. 이에 따르면, 이 작품의 진정한 주제는 교육 정전이 되는 과정에서 배제되거나 주변화된 '개인의 본성을 억압하는 사회적 인습에 대한 비판'이다. 문제는 전하고자 하는 주제에도 불구하고 이 작품이 당대의 지배적 이데올로기인 남성중심주의에 기반을 두면서 독자로 하여금 이를 당연하게 받아들이도록 한다는 사실에 있다.[28] 국어 교과서의 해설은 그 대표적 사례이다. 이 작품에서는 개가를 터부시하는 봉건적 가치관과 갈등하고 괴로워하는 '어머니'의 모습을 어렵지 않게 확인할 수 있다. 하지만 교과서는 이 사건에 재현된 핵심 갈등의 성격을 남녀 간의 사랑 문제로 한정하고 '사랑의 순수함과 아름다움'에 초점을 맞춰 해설한다.

더욱이 <사랑손님과 어머니>는 서술 기법이 주제를 성공적으로 형상화하는 사례로 보기 어렵다. '여섯 살 난 처녀 애'인 옥희가 동종 서술자로

차적인 것이 된다. 요컨대 작가는 이 작품에서 대상을 통괄하는 기법의 운용을 시험함으로써 새로운 소설적 가능성을 타진해 보았던 것이다."(진정석, 앞의 글, 591면.)

28) 최시한, 앞의 책, 68-69면.

설정됨으로써 어머니의 정서와 행동은 비극적이기보다는 순수하고 아름다운 것으로 그려지고 이로 인해 작가의 주제 의식은 충분히 전달되지 못하거나 왜곡된다. 여기에는 시점 및 서술을 위한 학습의 제재는 신빙성 없는 서술처럼 특수한 서술보다는 스토리 외적 이종 서술자의 신빙성 있는 서술처럼 보다 일반적인 서술이 적절하다는 판단도 전제되어 있다.[29] 이러한 주장은 <사랑손님과 어머니>가 교육 정전으로 자리 잡는 과정에서 암묵적으로 전제된 논리들을 비판적으로 바라보게 한다는 점에서 그 의의가 크다.

하지만 이러한 비판이 <사랑손님과 어머니>를 교과서에서 배제해야 할 결정적인 근거를 제시하고 있다고 보기 어렵다. 일단 이러한 비판 또한 작품에 대한 특정한 해석 전통에만 기반을 두고 있다는 점에서 문제적이다. 이 작품에 대해 해석 공동체는 복수의 해석 전통을 형성해 왔으며 이들 전통은 교섭하고 논박하는 논쟁적 관계에 있다. 이러한 관계는 오히려 이 작품을 정전화하고 학습하는 방식에도 반영되어야 한다.

한편 이 소설에 대한 지금까지의 정전화에는 문제점뿐만 아니라 시점 및 서술 학습의 예전으로서 거둔 성과도 분명히 존재한다. 지금까지의 정전 논의는 주류 정전의 지배적 이데올로기를 폭로하는 비판적 접근에 초점이 맞춰 있다는 점에서 한계만을 조명한 측면이 크다. 하지만 <사랑손님과 어머니>의 정전화 양상은 시점 및 서술 관련 성취기준에 적합한 예전을 발굴하고 그에 대한 접근 방식을 발전시킨 과정이기도 하다. 이런 점에서 <사랑손님과 어머니>의 제재 선정에 대한 비판은 이 작품에 대한 소설교육의 내용과 방법을 개선하는 계기로 삼는 것이 온당하다.

첫째, <사랑손님과 어머니>를 둘러싼 복수의 해석 전통과 이들 간의 논쟁이 시점 및 서술 학습의 기제가 되도록 작품 해설 및 학습 활동 구성에 반영되어야 한다. 앞서 언급했던 것처럼, 이 소설에 대한 해석 전통은 '부덕을 지킨 어머니의 선택이 지닌 순수함과 아름다움'으로 이해하는 계열과

29) 최시한, 앞의 책.

‘애정과 같은 개인의 본성을 억압하는 사회적 인습에 대한 비판’으로 이해하는 계열로 나뉜다. 국어교육계는 전자를 지속적으로 부각함으로써 이 작품이 지닌 교육 정전의 자격을 입증하고자 한 반면, 최근에는 후자를 비판적으로 주목함으로써 그 위상이 재고(再考)되고 있다. 주목할 점은 해석 전통의 두 계열 모두 작품 내적인 구성과 작품 외적인 맥락을 근거로 형성된 적절한 이해로, 상호 교섭과 논쟁을 통해 작품 이해의 지평을 심화하였다는 점이다. 이런 점에서 한 계열만을 근거로 이 소설의 위상을 평가하거나 작품을 해석하는 것은 해석 전통이 구축한 작품 이해의 지평과 논쟁의 생산성을 교육의 내용과 방법으로 전이하는 데 도움이 되지 않는다.[30]

이런 점에서 교사용 지도서와 교과서에서 이 소설을 해설하는 내용 및 해석하는 방법의 변화가 필요하다. 구체적으로, 교사용 지도서에 이 소설에 대한 상반된 해설을 함께 기술함으로써 학습자가 이를 비교하고 판단하여 비계로 삼을 수 있도록 해야 한다. 이러한 비교에는 이 소설의 주제에 대한 추론뿐만 아니라 ‘옥희’를 서술자로 설정한 의도와 그 적절성에 대한 평가도 포함되어야 한다.

한편, 이러한 비교는 다른 독자와의 해석소통을 통해 적절성을 점검하고 타당성을 주장하게 하는 논쟁적 활동으로 확장될 필요가 있다.[31] 이를 위해 학습자가 어머니의 선택, 작품의 주제, 서술자 설정의 적절성을 논제로 문학 토론에 참여하도록 하는 학습 활동을 국어 교과서에 제시하는 것이 가능하다.[32] 이러한 활동은 해석의 통시적·공시적 차원에 기대 <사랑손님

30) 이런 점에서 전통(tradition)이 전통들(traditions)로 존재하며 진리 주장을 통해 타당성을 성취해야 한다는 리쾨르의 주장은 경청할 만하다.(P. Ricoeur, Temps et récit III, 김한식 옮김, 『시간과 이야기 3』, 문학과지성사, 2004, 416-441면.)

31) 해석 소통은 이러한 논쟁적 활동을 개념화한 것으로 그 구조에는 ‘해석소통의 방향 탐색’, ‘해석 주체 간 상호 교섭’, ‘해석 지평의 조정’이 포함된다. 소설의 해석소통의 구조와 방법에 대한 자세한 논의는 다음을 참고. 이인화, 「소설 교육에서 해석 소통의 구조와 실천에 대한 연구」, 서울대학교 박사학위논문, 2014.

32) 이런 점에서 ‘사랑손님’을 떠나보낸 ‘어머니’의 선택을 두고 서로 다른 평가를 내린 두 학생의 견해를 소개하고 이에 대한 토론을 제안한 7차 교육과정기 국어 교과서의 ‘생각 넓히기’

과 어머니>를 이해하게 하는 것이다. 학습자는 이를 수행하는 과정에서 작품의 의미와 함께 서술 방식의 기능, 영향, 형상화 정도를 주체적으로 판단하고 비판적으로 분석할 수 있다.

둘째, 읽기 방법을 다양하게 도입함으로써 <사랑손님과 어머니>가 시점 및 서술 학습의 예전으로서 갖춰야 할 탐구 경험을 보다 체계적으로 제공할 수 있어야 한다. 이 작품의 정전화 과정에서 해석 전통의 선별적 도입은 지배 담론을 의식하며 정전의 기본 자격을 입증하고자 했던 이데올로기적 판단이었다. 그리고 시점 및 서술 학습과의 연계는 교육 목표 및 성취 기준을 달성하는 데 적합한 작품을 제공하고자 했던 교육적 실천이었다. 시점 및 서술 학습의 제재로 이 소설을 선택한 국어교육계는 접근 방식을 점차 유형론에서 수사론으로 전환하면서 시점 및 서술 방식을 의미 이해의 단서로 활용하게 하는 데 기여하였다.

문제는 수사론에 기반을 둔 작품 읽기가 고착되면서 시점 및 서술 방식의 다양한 탐구 가능성이 제한되고 있다는 점이다. 예를 들어 수사론이 정착되면서 교사용 지도서에서는 "'사랑손님과 어머니'를 가르칠 때에는, '소설에는 1인칭 주인공 시점, 1인칭 관찰자 시점, 3인칭 작가 관찰자 시점, 전지적 작가 시점 등이 있다.'고 하는 식의 소설의 시점에 대한 이론 중심의 학습이 이루어지지 않도록 유의한다"는 식의 진술이 등장한다.[33] 이는 유형론에 따라 이 작품을 가르치는 것을 경계하는 것이다. 하지만 해석 공동체는 <사랑손님과 어머니>를 다양한 방식으로 읽어왔고 여기에는 수사론뿐만 아니라 유형론, 이데올로기적 접근도 포함된다. 이러한 방법론은 시점 및 서술 방식을 각각 서사 기법, 서사문법, 서사적 이념소로 탐구하게 한다는 점에서 작품을 해석하고 서사 장르의 본질을 이해하는 데 모두 중

는 긍정적이다. 여기에서는 인물의 행동에만 초점을 맞췄지만 작품의 주제나 서사 기법의 적절성 등으로 토론의 논제를 심화할 수 있다.

33) 교육인적자원부, 2007, 252면.

요하다.[34)]

<사랑손님과 어머니>가 예전으로서 거둔 성과는 수사론을 매개로 소설을 서사적으로 읽도록 하는 데 기여했다는 것이다. 주목할 점은 서사성 자체가 복합적이라는 데 있다. 서사는 소설 텍스트의 의미를 형상화하는 '형식적 체계'이자 작가와 독자의 상호 작용을 보장하는 '소통 방식'이며 지배 담론을 재생산하거나 이에 대항하는 '문화 양식' 중 하나이다. 현재까지는 <사랑손님과 어머니>가 서사적 소통의 기법 중 하나인 서술 방식을 경험하는 예전으로서 제시되었다면 앞으로는 형식적 체계의 요소인 서사문법, 지배 담론을 재생산/대항하는 서사적 이념소로 경험하는 예전이 될 수 있도록 탐구 경험을 체계화하여 이를 학습 활동 등에 반영할 필요가 있다.

4. 맺는말

문학교육에서 정전을 바라보는 시선은 이중적이다. 한편으로 정전은 더욱 보존하고 향유할 가치가 있다는 판단 아래 선택한 작품으로, 문학교육은 정전을 통해 공동체의 경험을 전수하고 정체성을 공유하고자 한다. 다른 한편으로 정전은 공동체의 주류 담론에 의해 선택된 것으로, 이때의 문학교육은 정전을 통해 지배적 이념을 유지하고 재생산한다는 비판을 받는다. 문학교육의 시선이 전자를 향할 때 정전론은 정전 구성의 원리를 연역적으로 제시하고자 하고 후자를 향할 때는 주류 담론과 선택된 정전 사이의 관계를 귀납적으로 증명하고자 한다. 이러한 방향에서 많은 연구물이 축적되었고 그 성과도 상당하다. 문제는 연구 경향이 전형화되면서 연구의 축적이

34) 정진석, 「소설 읽기에서 장르 지식의 탐구와 소설교육의 내용」, 『독서연구』 33, 한국독서학회, 2014, 199-233면.

사례의 다양화에 그칠 뿐 결론의 심화로 이어지지 못하고 있다는 데 있다. 최근 문학교육에서 정전론에 대한 새로운 시각과 접근을 모색하는 이유가 여기에 있다.

이 연구는 이러한 문제의식 아래 소설교육에서 <사랑손님과 어머니>의 정전화 양상을 사적으로 고찰한 후 그 성과와 한계를 발전적으로 계승할 수 있는 개선 방향을 제시하였다. 4차 교육과정기에 시점의 도입과 함께 <사랑손님과 어머니>를 제재로 선정한 국어교육계는 이 소설을 어머니의 선택을 아름다운 것으로 긍정하는 해석 전통에 위치시키면서 주류 담론에 부합하는 정전의 기본 자격을 부여하였다. 또한 학습의 초점을 시점 분류의 유형론에서 서술자의 특성과 기능 분석의 수사론으로 전환하고 단원에서의 비중도 높이면서 시점 및 서술 학습을 위한 대표적 예전으로 발전시켰다. 이로 인해 이 소설은 문학사적 평가를 넘어서는 교육 정전의 위상을 확보할 수 있었다.

하지만 <사랑손님과 어머니>는 최근 그 위상이 흔들리고 있는데 정전화에 따른 문제점도 분명히 존재하기 때문이다. 따라서 한계는 극복하고 성과는 발전시킬 개선 방향의 모색이 필요하다. 무엇보다 해석 전통을 생산적으로 전유하지 못한 작품 해설은 재구성하면서 예전의 가능성은 확장할 수 있는 방향이어야 한다. 이를 위해 이 연구에서는 해석의 전통과 논쟁을 교육 내용과 방법으로 전이해야 한다는 점, 시점 및 서술 학습의 예전으로서 갖춰야 할 탐구 경험을 체계화해야 한다는 점을 제안하였다.

이 연구의 의의는 첫째, 연역적 기획과 귀납적 비판을 중재하기 위한 정전론의 방향을 모색했다는 것, 둘째, 정전론의 분석 범주를 좁혀 <사랑손님과 어머니>의 정전화 양상과 그 논리를 보다 세밀하고 구체적으로 밝혔다는 것이다. 물론 이상의 분석과 제안은 개선 방향에 따른 교육 내용과 방법이 보다 구체적으로 구안될 때 소설교육에 실질적으로 기여할 수 있다. 이러한 과제는 후속 연구를 통해 해결하고자 한다.

참 고 문 헌

교육부, 『중학교 국어 3-1』, 대한교과서주식회사, 1998.

교육부, 『중학교 국어 교사용 지도서 3-1』, 대한교과서주식회사, 1998.

교육인적자원부, 『중학교 국어 2-1』, 교학사, 2003.

교육인적자원부, 『중학교 국어과 교사용 지도서 국어·생활국어 2-1』, 대한교과서주식회사, 2007.

김동환, 「현대문학 정전 형성과정에서의 "대학교양국어"교재의 역할에 대한 고찰」, 『국어교육』 139, 한국어교육학회, 2012, 527-556면.

김동환, 「국어과 교과서의 문학 제재와 관련된 쟁점과 제안」, 『국어교육학연구』 47, 국어교육학회, 2013, 43-67면.

김종구, 「주요섭 소설의 초점화와 담론연구」, 『한국언어문학』 35, 한국언어문학회, 1995, 493-513면.

김중신, 「문학교육에서의 정전 형성 요건에 관한 시론(試論)」, 『문학교육학』 25, 한국문학교육학회, 2008, 57-86면.

김창원, 「시교육과 정전의 문제」, 『한국시학연구』 19, 한국시학회, 2007, 63~85면.

김혜영, 「현대문학 정전 재검토」, 『문학교육학』 25, 한국문학교육학회, 2008, 87-129면.

문교부, 『중학 국어 3-2』, 대한교과서주식회사, 1987.

문교부, 『중학교 국어 교사용 지도서 3-1』, 대한교과서주식회사, 1991.

서울대학교 국어교육연구소, 『국어교육학사전』, 대교출판, 1999.

송하섭, 「사랑방 손님과 어머니론」, 『도솔어문』 1, 단국대 국어국문학과, 1985, 21-34면.

우한용, 『한국 근대문학교육사 연구』, 서울대학교출판부, 2009.

윤여탁, 「문학 교재 구성을 위한 현대시 정전 연구」, 『국어교육연구』 5, 서울대학교 국어교육연구소, 1998, 201-221면.

윤여탁 외, 『중학교 국어2-2』, 미래앤컬쳐그룹, 2011.

이남호, 『교과서에 실린 문학 작품을 어떻게 가르칠 것인가』, 현대문학, 2001.

이인화, 「소설 교육에서 해석 소통의 구조와 실천에 대한 연구」, 서울대학교 박사학위논문, 2014.

장백일, 「휴머니즘을 찾는 인간 구제」, 『한국문학전집』 2, 삼성출판사, 1990.

전정구, 「현란한 빛깔, 혹은 슬픈 떨림」, 『글쓰기의 모험』, 청하, 1992.

정재찬, 「현대시 교육의 지배적 담론에 관한 연구」, 서울대학교 박사학위논문, 1996.

정재찬, 「문학 정전의 해체와 독서 현상」, 『독서연구』 2, 한국독서학회, 1997, 103-133면.

정진석, 「小說 視點 教育의 史的 考察과 改善 方向 硏究」, 『어문연구』 31, 한국어문교육연구회, 2013, 439-474면.

정진석, 「소설 읽기에서 장르 지식의 탐구와 소설교육의 내용」, 『독서연구』 33, 한국독서학회, 2014, 199-233면.

조혜숙 외, 『중학교 국어 · 생활국어 2-1 교사용 지도서』, 미래앤, 2011.

진정석, 「단편소설의 미학을 위한 모색」, 『한국소설문학대계』 22, 동아출판사, 1995.

차혜영, 「한국 현대소설의 정전화 과정 연구」, 『돈암어문학』 18, 돈암어문학회, 2005, 157-181면.

최시한, 『소설의 해석과 교육』, 문학과지성사, 2005.

최지현, 「문학교육에서 정전과 학습자의 정서 체험이 갖는 위계적 구조에 관한 연구」, 『문학교육학』 5, 한국문학교육학회, 2000, 53-99면.

한점돌, 「주요섭 소설의 계보학적 고찰」, 『국어교육』 103, 한국어교육학회, 2000, 341-371면.

Nünning, A. F., "Reliability", D. Herman., M. Jahn & M. L. Ryan(eds.), Routledge Encyclopedia of Narrative Theory, New York : Routledge, 2005.

Ricoeur, P., *Temps et récit III*, 김한식 옮김, 『시간과 이야기3』, 문학과지성사, 2004.

텔레비전 드라마 대화의 연행성과 캐릭터화 기법*

－「황금의 제국」을 중심으로－

주 현 식**

1. 서론

2013년 방영되었던 SBS 드라마 「황금의 제국」은 텔레비전 드라마에서 그간 다루어지지 않았던 자본가와 노동자 간 '부의 재분배' 문제를 직접적으로 형상화한 드라마다. 밀면 가게 아들인 주인공 '장태주'가 재벌가인 '성진기업' 오너 가문의 부를 정복하려다 실패하는 과정을 통해 돈이 계층의 유일한 척도가 된 자본주의 사회의 병리적 질곡을 「황금의 제국」은 실감 있게 그려내고 있다. 주기적이면서도 순환적인 시청의 리듬으로 인해 진부함이나 무차이를 배제할 수 없는 텔레비전 드라마의 반복적 속성을 떠올려 볼 때[1], 사회과학서적이나 경향소설에서나 나올 법한 계층갈등 양상을

* 이 논문은 『한국문학이론과 비평』 제66집(19권 1호), 한국문학이론과 비평학회. 2015. 3월호에 게재된 논문을 편저에 맞게 수정한 글이다.

** 강원대학교 기초교육원

텔레비전 전면에 내세운 「황금의 제국」의 스토리는 이채롭기까지 하다.

「황금의 제국」의 사건이 발생하고 전개되는 주 무대는 거실, 집무실, 침실 등의 실내 공간이다. 화려한 볼거리의 액션 장면보다도 「황금의 제국」은 황금을 둘러싼 주인과 노예의 변증법이라는 심리적 갈등을 남김없이 그려내기 위해서 응접실 드라마의 형태로 인물들의 대사에 집중하는 셈이라 할 수 있다. 서민 장봉호의 아들 '장태주'와 대기업 창업 1세대인 최동성의 딸 '최서윤', 최동성의 동생 최동진의 아들인 '최민재'가 황금의 주인이 되기 위해 벌이는 대결은 한정된 공간 내 갈등의 담화를 통해 진행됨으로써 감정적 강도를 더하게 된다. 성진기업의 재산을 자기 것으로 만들려는 싸움 중 폭력적으로 발화되는 인물 간 대화는 시청자들로 하여금 등장인물들의 특징을 추론케 하는 중요한 '문체적(stylistic)' 요소이다.

본고의 목적은 텔레비전 드라마 「황금의 제국」에 나타난 언어적 커뮤니케이션 중 불공손어법의 대화에 초점을 맞춰 대화적 연행성(performativity)에 의해 등장인물들의 특수한 인상이 시청자의 머릿속에 어떻게 창조되는지 검토하는 것이다. 대화는 담화가 가진 상호 행위로서의 특징을 드러내기에 캐릭터화(characterization) 과정을 논의하고자 할 때 주목해야 할 필요성이 있다. 인간은 이미 그들 자신의 정체성을 본질적으로 소유하고 있기 때문이 아니라 그들이 '말하는 방식' 때문에 그들 자신이 된다. 인간의 정체성은 상호 행위자와의 대면 상황 하 언어의 '사용' 속에서 형성된다. 바꾸어 말해 대화를 통해 특수한 사회문화적 정체성이 연행되고(perform), 이 과정을 거치면서 주체는 출현한다. 대화적 연행성(performativity)의 차원이란 바로 단순한 일차원적 차원의 재현이 아닌 언어 사용의 방식을 통해 특수한 정체성과 주체가 구성되는 과정을 일컫는다.[2)] 대화에 등장인물의 독특한 성격

1) 반복과 관련된 텔레비전 드라마의 미학에 대해서는 주창윤, 『텔레비전 드라마 : 장르 · 미학 · 해독』, 문경, 2005, 15~37면 참조.

2) 연행성에 대한 논의는 Judith Butler, "Performative Acts and Gender Constitution : An Essay in Phenomenology and Feminist Theory" In *Performing Feminisms: Feminist Critical Theory and Theatre*,

이 '그대로' 반영되기 보다는 대화를 경유해 인물의 고유한 속성이 '사후적'으로 구성된다고 볼 수 있겠다. 특히나 상대방의 체면(face)을 공격하는 모든 언어적 활동을 지칭하는 불공손성의 어법은 사회적 이데올로기, 규범, 문화적 스키마, 권력 등 맥락적 조건의 영향 아래에서 대화 참여자의 정체성이 타협되고, 생성되는 중요한 사회적 과정을 노출시킨다.[3] 그러므로 냉혹한 비즈니스 세계에서 사적 소유권으로서의 자본을 증식, 확장할 목적으로 인물 간의 도전, 쟁취, 그리고 갈등이 빈번하게 입상화되는 「황금의 제국」 같은 드라마에서 등장인물들이 어떻게 저마다의 특수한 성격을 구축해 나가는지 온전히 밝혀내기 위해서는 불공손어법의 대화적 연행성에 무엇보다도 관심을 두어야 한다는 것이 본고의 판단이다.

그 동안 텔레비전 드라마의 담화에 대한 연구는 중요성이 간과된 면이 없지 않다. 비디오의 이미지 트랙뿐만 아니라, 오디오의 사운드 트랙 또한 텔레비전 드라마의 메시지 전달에 유효한 기제임에도 불구하고, 텔레비전 드라마의 언어학적 양상은 소수 연구[4]를 제외하고는 투명한 것으로 치부되어 온 것이 사실이다. 이미지의 시각적 장면들이 텔레비전 드라마의 장면 구성과 해석을 위해 결정적이라는 의견은 적절하다 할 터이지만, 시청자의 경험과 이해에 마찬가지로 기여를 할 수 있는 캐릭터들이 말하는 방식과

---

ed, Sue-Ellen Case, Johns Hopkins University Press, 1990, pp. 270~282 참조.

3) 불공손어법은 거친, 예의 없는, 매너 없는, 공격적인 것과 연관되어 상대방의 정체성에 위해를 가하는 언어적 폭력이라 정의될 수 있다. 내가 나 자신에 대해 어떻게 느끼는가 하는 것은 타인이 그 자아에 대해 어떻게 느끼느냐에 달려 있는 바, 타인에 의해 가정되는 자아로부터 자기 자신을 주장하고자 하는 욕구, 곧 체면(face)의 상실을 불공손법은 결과한다. 불공손법의 사건은 협력의 원리에 기반해 격률을 중심으로 맥락의 의미를 다루는 화용론(pragmatics), 대화구성과 정체성의 배열에 관심을 두었던 종족방법론(ethnomethodology), 화자 자신과 특정 그룹을 동일화, 차별화하기 위해 어떤 언어적 특징을 선택하는지 연구하는 사회언어학(sociolinguistics) 등 다양한 차원에서 접근될 수 있다. Jonathan Culpeper, *Impoliteness : using language to cause offence*, Cambridge University Press, 2011, pp. 20~30 참조.

4) 구현정, 「드라마 대화에 반영된 갈등 표현 양상」,『화법연구 22』, 한국화법학회, 2013, 9~32면. 이다운, 「TV드라마와 내레이션 : 2000년대 미니시리즈 작품을 중심으로」, 『한국극예술연구 제41집』, 한국극예술학회, 2013, 319~344면.

그것들이 비주얼적 요소들과 통합되는 방식에 대한 연구가 소략하게 처리된 것은 문제적이라 할 수 있다.[5] 연극이 배우의 예술이고, 영화가 감독의 예술이며, 텔레비전 드라마가 대본 작가의 예술[6]이라 정의될 수 있다면 본고의 대화 분석은 텔레비전 드라마 텍스트의 미학 고찰 방법 면에서 새로운 흥미를 끌 수 있으리라 본다. 한편 시청자에게 모방의 대상이 되고, 정체성 확인의 지표가 되며, 역할 모델의 준거로서 기능하는[7] 등 텔레비전 캐릭터는 텔레비전 드라마의 효과에 일익을 담당한다는 점에서 해석적 중요성을 지닌다.[8] 캐릭터 분석에 대화가 중요한 방법론적 도구가 될 수 있다는 점은 인정되어 왔지만, 대화에 집중한 실제 연구는 그다지 활발한 편은 아니었다. 결과적으로 어떻게 대화적 양상이 캐릭터화에 일조하게 되는지 탐색하는 것은 텔레비전 드라마 캐릭터 이론의 시스템적 정교화에 한 전형적 설명을 제공할 것이다.

본 논문의 본론 부분에서는 여타 인물에 비해 성격의 역동적 변모를 보이는 주인공 '태주'를 중심으로 불공손어법의 대화 양상을 해부하고자 한다. 평면적 인물들과 달리 입체적 인물인 '태주'의 언어 행위에 대한 분석을 통해 「황금의 제국」이 표상하려는 주제적 의미가 가장 적확하게 포착될 수 있을 것이라 본다. 드라마의 언어학적 연구에 관심을 기울여 온 Culpeper에 따르면 불공손어법의 사건은 기능 면에서 감정적, 유희적, 강압적인 것들로 분류될 수 있다. 감정적 불공손법은 화와 복수심 같은 고양된, 부정적 감정을 전시한다. 유희적 불공손법은 잠재적 희생자를 착취하는 상

5) 텔레비전 드라마 대화의 언어학적 접근에 대해서는 Kay Richardson, *Television Dramatic Dialogue : A Sociolinguistic Study*, Oxford University Press, 2010, pp. 3~20 참조.

6) 텔레비전 드라마는 연속극적으로 반복되기에 오랜 기간 방송되더라도 긴장의 끈을 놓치지 않는 것이 중요하다. 때문에 연극이나 영화에 비해 상대적으로 대본 작가의 비중이 중요하다고 볼 수 있다.

7) Monika Bednarek, *The language of fictional television : drama and identity*, Continuum International Pub. Group, 2010, pp. 24~25.

8) 이에 대해 윤석진은 "등장인물이 살아 있어야 드라마가 재미있다"고 간명하게 지적한 바 있다. 다음의 저서 1부 참조. 윤석진, 『김삼순과 장준혁의 드라마 공방전』, 북마크, 2007.

징적 언어폭력을 통해 오락적 장면을 설계한다. 강압적 불공손법은 권력의 실행, 서열의 위계화와 관련된다.9) 이러한 연구를 참조하여 본론 첫 번째 부분에서는 감정적, 유희적, 강압적인 기능이 스타일화되는 불공손어법 사용 양상의 규명과 함께 태주의 성격에 대한 유형학적 고찰이 시도될 것이다. 이때의 언어 사용 양상과 성격의 유형학적 논의는 통합적, 연속적인 것이지만 분석적 편의를 위해 극적 의미 생성에 중요한 유표적인 현상들을 중심으로 기술적으로 분류한 것임을 미리 밝혀둔다. 본고에서 언급하는 성격이란 등장인물이 가진 정체성의 속성 중 여러 맥락에 걸쳐 '지속적'으로 형상화되면서도 다른 등장인물과 다르게 그 인물만이 가진 것으로 '전경화되는', '독특한', '차별적' 속성을 가리키며, 캐릭터화란 그러한 성격을 구축하는 '과정'으로 정의된다.10) 본론 마지막 부분에서는 태주의 성격 변화를 통시적으로 조망함으로써 이상의 캐릭터화 기법이 함축하는 주제의식이 무엇일지 논의하려 한다.11)

2. 불공손어법과 주인공 '태주'의 캐릭터화 과정

2.1. 감정적 불공손어법 : 거칠고도 도전적인

"역린, 용의 비늘이죠. 천둥에도 번개에도 태산처럼 버티던 용이 그 비늘

9) Culpeper, Op.cit., pp. 220~252 참조.

10) Jonathan Culpeper, "Inferring character from text : attribution theory and foregrounding theory." *Poetics*, vol 23, no. 5, 1996, pp. 335~361 참조.

11) 「황금의 제국」은 2013년 7월부터 9월까지 조남국 연출, 박경수 극본으로 총 24회에 걸쳐 방영되었다. 본론에서 인용되는 장면들은 SBS 홈페이지에서 발췌한 것이다.
http://wizard2.sbs.co.kr/sw11/template/swtpl_iframetype.jsp?vVodId=V0000378336&vProgId=1000892&vMenuId=1019129

만 만지면 고통을 못 참고 비명을 지른대요. 장태주씨의 역린은 아버지예요. 평생 성실하게 살아왔지만 평생 가난했고 평생 남한테 고개 숙이던 아버지.(21회)"라는 서윤의 지적처럼 태주의 가장 큰 인간적 약점은 죽은 아버지의 존재다. 밀면 가게를 운영하던 태주의 아버지 장봉호는 보상금 문제로 성진건설의 최민재가 보낸 철거 용역에 맞서다가 화상을 당해 수술비용이 없어 끝내 비참한 죽음을 맞는 존재로 극 초기에 그려진다. 그래서 "나는 못 이겨봤지만, 너는 세상에 꼭 이겨라."(2회)는 아버지 장봉호의 절규는 태주에게는 한 맺힌 응어리로 남아 있다. 마지막 회에서 사랑하는 설희에게 "내가 왜 성진그룹의 회장이 되면 안 됩니까? 장봉호의 아들이라서 안 됩니까? 최동성의 아들은 앞을 못 보는 장님이라고 해도 운전을 해도 되고, 장봉호의 아들은 면허증이 있어도 운전석에 앉으면 안 됩니까?"라고 태주가 광폭하게 되묻는 장면을 통해 아버지의 죽음이 태주에게 야기한 세상에 대한 분노와 화야말로 이 극을 관통하는 비극적 감정임을 시청자들은 깨달을 수 있다.

그러나 이러한 감정적 상태가 꼭 충동적이라고 볼 수만은 없다. 오히려 아버지로 인해 태주가 느끼는 비극적 감정들은 성진기업 오너 최동성의 후계자로 지목된 서윤과 대결할 때, 태주가 전략적으로 그녀를 상대할 수 있는 표현적 도구가 된다.

서윤 : 얼마를 원하죠?
태주 : 십.......억......
서윤 : 무리예요. 회사에도 규정이 있어요. 2억까지는 마련해 볼게요. 장태주씨. 주차장 옆 나대지 두 평이에요. 적정한 가격은 2억이에요.
태주 : 삼 십 년 동안 단 하루도 쉰 적이 없어. 새벽부터 밤까지 일하고....... 또 일하고....... 땀을 흘렸어. 그 땅 당신들이 훔쳐갔어. 언제나 당신들이 정했어. 우리 아버지 장봉호....... 사망보상금 목숨값....... (울며) 오....... 백....... 만원....... 당신들이 필요로 하는 땅 두 평 그 가격은 내가 정한다. 십....... 억.......
서윤 : 당신은 누구죠? (3회)

아버지 장봉호를 죽음으로 몰아넣은 민재에게 복수하기 위해 민재의 복합문화공간 사업 인허가에 꼭 필요한 주차장 옆 나대지 2평을 설희의 도움으로 손에 쥐게 된 태주는 민재와의 경쟁 관계에 있던 서윤에게 이를 팔려 한다. 그러나 서윤은 태주와 민재 사이에 벌어졌던 사건의 내막, 태주의 아버지가 철거 반대 농성을 벌이다가 민재가 보낸 용역 깡패들에 의해 화를 입게 된 경위를 모르고, 또 전날 태주가 민재가 보낸 건달들에 의해 상해를 당한 것을 알지 못한 상태에서 태주를 맞는다. 결과적으로 태주가 아버지의 목숨 값으로 서윤에게 나대지 2평에 대해 10억을 요구하는 울분과 분노의 감정적 상황은 대화를 할 때 "관련성 있는 말을 하라"는 '관련성의 격률(maxim)'과 "표현의 불명확성을 피하라"는 '태도의 격률'[12)]를 어기고 서윤의 자아를 공격하는 불공손함을 낳는다. 하지만 이 장면에서 태주가 행하는 감정적 불공손성은 단순히 고양된 화의 감정을 전시하는 것에서 그치는 것이라 볼 수 없다. 그보다 이러한 감정적 불공손성을 수단으로 태주는 권력의 위압에 굴복하지 않고 자신의 이익추구를 감행하는 거칠면서도 도전적인 성격의 소유자로 캐릭터화된다. 깡패를 보내 폭행을 일삼고 협박을 가하는 대기업 오너 가의 횡포에 보통 사람이었으면 주눅이 들어 아무 말도 못했을 것을 태주는 감정적 분노를 드러내지만 그 화를 민재의 사업을 좌초시키는 동인으로 근성 있게 활용한다는 점에서 독특한 인물됨의 특성을 보여주고 있다.

아버지에 대한 기억이 콤플렉스를 구성할지라도, 상흔의 기억을 가진 자와의 대결을 위한 동기로서 태주가 활용하고, 더불어 그것을 발판 삼아 태주 본인이 가진 자본의 확장을 꾀하려는 움직임을 보이는 것은 이 드라마에서 지속되는 양상이다.

---

12) 이하 격률에 대해서는 Paul Grice, "logic and conversation" In *Pragmatics : Critical Concepts IV*, Routledge, 1997, pp. 145~161 참조.

태주 : .... 우리 아버지 장봉호의 상가, 당신의 아버지의 최동성의 상가가 왜 달라요 되죠? 가난한 집에서 태어나서 일하고, 일하고, 일하고 그러다 떠나고...... 뭐가 다릅니까?

서윤 : 아빤 성진 그룹 42개를 일군 분이예요. / 태주 : 그렇게 많은 죄를 짓고 살았는데, 이 세상에는 상만 받고 떠났네. / 서윤 : 많은 분들이 아빠 존경하고 있어요.

태주 : 고등학교 때요. 조스라는 별명의 선생이 있었습니다. 수업하는 시간보다 촌지 세는 시간이 더 많았었는데요. 춘호라는 친구가 조스라는 별명을 불렀다고 엄청 때렸습니다. 선생을 존경하라면서요. 그런 생각을 했습니다. 하나만 하라고요. 존경받는 선생이 되든지 촌지를 사랑하는 생활인이 되든지. 아 당신 아버지도 하나만 하세요. 존경받는 기업가가 되든지, 다른 사람 땀 훔쳐서 돈을 번 욕심 많은 노인네가 되든지.(9회)

서윤의 아버지 최동성이 9회에서 숨을 거두고 난 후, 서윤의 오빠인 원재와 협업해 서윤의 기업경영권을 흔들고자 장례식에 온 태주는 보통의 상갓집에서는 금지된 터부의 말들을 서윤 앞에서 웃으면서 쏟아 낸다. 서윤의 아버지, 성진기업의 회장인 최동성의 죽음과 철거 용역에 의해 세상을 뜬 태주 자신의 아버지의 죽음이 다를 바가 뭐가 있느냐는 것이 분노가 실린 태주 말의 골자다. 서윤의 자부심이었던 아버지에 대한 모욕이기에 태주의 발화들은 공격적 불공손함으로 서윤의 자아에 당혹감을 일으킨다. 서윤은 아버지 최동성을 "42개의 계열사를 일군", "많은 분들이 존경하는" 아버지로서 기억하려 한다. 그렇지만 성진기업을 대기업으로 키우기 위해 최동성이 자행한 수탈과 사기, 모략을 열거하며 최동성이 세상의 귀감으로 기억되는 것을 부당한 처사로 태주는 비난하고 있다. 그의 발화는 관련 있을지라도 서윤이 듣고 싶지 않을 쓸데없는 '잉여적 정보', 다시 말해 태주의 고등학교 시절, 촌지로 생활을 영위한 '조스'라는 고등학교 교사의 개인적 일화들을 삽입함으로써 불공손성을 배가하게 된다. "요구되는 것만큼의 정보를 가지고 대화에 기여를 하되 요구되는 것보다 더 많은 정보의 기여를 하지 말라"는 '양의 격률'을 태주는 의도적으로 어기고 있다. 그 결과 다른 사람들에게 아버지 최동성이 바람직하게 받아들여지고 동시에 자신의 이미지마저 긍정적으로 이해되기를 원했던 서윤의 체면은 위험에 빠지고, 부의 불평등한 분배 방식이 도마에 올라 거친 방식으로 도전받게 된다. 동시에 태주의 이익추구행위는 정당성을 확보하게 된다.

마지막 장면에서 악덕 국회의원 김광세를 살해한 일로 인해 모든 것을 잃게 된 태주가 서윤과의 통화에서 서윤 자신이 이겼다는 서윤의 말에 "아이고 그 쪽한테 진 거 아닙니다. 최동성 회장한테 진 것이지. 그 사람이 만든 세상에서 그쪽을 어떻게 이기겠습니까?"라고 반박하는 것도 억지나 패배적 변명이라 치부할 일만은 아니다. 최서윤에게 진 것이 아니라, 그녀의 죽은 아버지 창업 1세대 최동성에게 졌다는 말은, 최서윤과 장태주의 개인적 능력이 원래는 동일함을 함축하고 있으며, 이기고 지는 결과가 나타나게 된 것은 최동성이 만든 세상이 애초에 약자에게 불리하게 설계된 부당한 시스템임을 함축하는 바, 결론적으로 태주가 진 것이라도 진 것임 아님을 항변하고 있기 때문이다. 서윤의 입장에서 보면 그녀 자신의 사업 수완과 처세술로 결국 태주를 이기고 성진 기업의 오너 자리에 오른 것이기에, 태주의 이 마지막 발화는 대화를 할 때 근거를 들어 신뢰성 있는 말을 해야 한다는 '질의 격률'을 위반함으로써 서윤의 자아에 손상을 가져오게 되는 불공손한 언사다. 반면 태주는 서윤에 맞서 이러한 분노의 불공손한 태도를 끝까지 견지함으로써, 바다로 뛰어들어 자살하는 그의 최후가 포기가 아닌, 죽음이라는 절대적 한계와의 부딪힘을 통해서라도 이긴 자들의 부도덕성을 폭로하려는 거친 도전의 지속임을 암시하고 있다.

2.2. 유희적 불공손어법 : 승부사적이면서도 냉소적인

극중에서 태주가 주식 지분, 부채 상환의 경제적 결정 사안을 놓고 성진 기업의 가문 사람들을 상대하는 방식은 오락적이라는 점이 특징이다. 설희의 도움을 받아 부동산업으로 큰 성공을 거둔 태주는 성진 기업 오너가의 식탁에 같이 앉을 기회에 한층 다가서게 된다. 하루에 수백억의 손실이 나도 성진가의 아버지 최동성의 꾸지람 한 마디로 손해가 무마가 되는 황금의 제국의 식탁 상석에 앉기 위해 태주는 언어적 폭력의 유희성을 극대화하는 방식을 전략적으로 취하고 있다.

> 태주 : 기분 풀자고 치는 골프입니다. 스트레스 받으면서 홀에 공을 넣을 필요는 없죠.
> 민재 : 태주야 골프 제대로 배워 폼도 피니쉬도 엉터리야. 바람이 부는지, 거리는 얼마인지, 잔디는 어떤지 그 정도는 보고 쳐야지, 언제나 풀 스윙을 하니까 언제나 몇 년째 그대로지.
> 태주 : 그래도 그립홀 골프는 최민재 사장님하고 승률이 비슷합니다.
> 민재 : 벙커에 태주 네가 많이 빠졌어. 난 한 번도 빠진 적이 없고....
> 태주 : (말없이 바라본다.)
> 민재 : 태주야. 이번 드라이브 내가 시키는 대로 해 보자. 그립홀이 될 거야. 어쩌면 홀인원이 될지도 모르고......
> 태주 : 최민재 사장님이 왜 한 번도 안 빠지신 줄 아십니까? 내가 먼저 쳐서 그렇습니다. 내가 그립홀 되면 그대로 먼저 따라 치셨고 내가 벙커에 빠지면 살짝 옆으로 빠져 치셨고....... 이번에도 내가 먼저 날리면 그대로 따라 오세요. (11회)

IMF 시기 외환보유고 부족으로 성진기업이 위기를 맞게 되자 10억 달러 단기 차입금을 가진 태주는 성진의 회장 자리에 있던 서윤에게 태주 소유의 10억 달러와 성진 기업 주식 일부의 맞교환을 제안한다. 민재 또한 성진 기업의 회장 자리를 서윤에게서 빼앗아 올 수 있는 절호의 기회라고 생각하고, 10억 달러를 본인에게 넘기라고 태주를 종용한다. 발췌된 대화록에서 보듯이 이 셋 사이에서 누가 10억 달러를 움켜쥘 것인지는 골프 경기에서 누가 승자가 되는가하는 문제로 비유되고 있다. 바꾸어 말해 성진 기업 주식 지분의 주도권 다툼은 스포츠를 위시한 일종의 오락적 게임처럼 간주되고 있다. 이 경쟁의 게임에서 태주는 상대방 민재를 패배시키고, 굴복시키며, 잠재적 희생자로 만든다. 대화의 구조에서 이점은 분명히 드러난다. 민재와 태주의 대화 교체(turn)는 마치 핑퐁 게임의 주고받기 게임과도 같이 비슷한 분량으로 긴장감 있게 진행된다. 10억 달러를 어떤 사람이 점유하는가의 문제는 대화의 주도권을 누가 쥐는가의 문제와 같다. "언제나 풀 스윙을 하니까 언제나 몇 년째 그대로지."라고 민재가 대화 규제의 주도권을 잡을라치면 태주는 "그럽홀 골프는 최민재 사장님하고 승률이 비슷합니다." 라고 응수해 그 공격을 무마한다. 다시 "벙커에 태주 네가 많이 빠졌어. 난 한 번도 빠진 적이 없고......" 라고 민재가 대화의 주도권을 잡으려고 하면, 태주는 "최민재 사장님이 왜 한 번도 안 빠지신 줄 아십니까? 내가 먼저 쳐서 그렇습니다."라고 응수함으로써 대화교체의 지배권을 선점해 민재의 체면을 깎아내리고, 대결 구조로 진행된 민재와의 대화에서 승기를 잡는다.[13)] 그래서 아무리 10억 달러라는 큰돈을 손에 쥐었다 하더라도 너무 많은 액수이기에 보통 사람이라면 쉽게 표출하지 못하는 승부사 기질, 도박사 기질이 태주의 독특한 특성으로 유희적 불공손한 언사를 거쳐 이 장면에서 구성되고 있다.

유희적 불공손어법을 통해 태주의 승부사적 속성이 전경화되는 장면은 성진 가문의 이해당사자를 태주가 모두 한자리에 모이게 한 12회의 장면에서 절정을 이룬다. 최서윤, 최민재, 최동성의 두 번째 아내이지만 이전 가족사로 인해 최동성에게 복수를 속으로 다짐해온 한정희, 그리고 최동성의 장남이나 동생 최서윤에게 회장 자리에서 밀려나서 다시 회사로 복귀할 날만

---

13) 대화 구조의 분석은 Vimala Herman, "Turn management in drama" In *Exploring the language of drama : from text to context*, ed, Jonathan Culpeper, et al, Routledge, 1998, pp. 19~33 참조.

을 기다리는 최원재 등 최동성 사후 성진그룹의 주인이 되고자 서로 진흙탕 싸움을 벌이는 성진 가문 사람들을 태주는 따로 따로 부른 것으로 속이고 결국 한곳에 대면하게 만든다. 태주는 이 회합에서 증권 시장의 경매원처럼 역할하면서 성진기업의 주식을 차지하기 위해 꼭 필요한 태주의 10억 달러를 이 네 사람이 얼마만큼의 매수호가로 구입할 의사가 있는지 경매에 붙인다. 이를테면 "룰은 내가 정합니다. 최서윤씨는 계열사 10개를 제안했습니다. 콜 or 레이스? 설마, 다이?"라는 태주의 발화에서 예시되듯이 이 판을 마련한 것은 태주이기에, 대화 교체 전환이나 배분의 통제권은 태주에게 있고, 성진 기업의 운명 또한 태주에 의해 통제된다. "사이좋게 지내시지 이게 뭡니까? 이게요, 다 먹자고 덤벼서 생긴 일입니다. 사이좋게 반으로 뚝딱 반만 먹으면 얼마나 좋습니까? 반만 먹으십다."의 언급 또한 10억 달러의 시장 가격을 아예 태주 본인이 통어하려는 모습과 함께 극적 대화까지 상위적으로 조절하려는 태주의 모습을 전시한다. 너무 무리한 요구라고 항변하는 민재나 서윤에게 "마부가 왜 끼어드시나?", "그럼 이쪽은 다이"라고 저지하고, "내가 가진 10억 달러에 누가 되었든 그 주식을 보태면 성진그룹의 주인이 될 것이고요. 맞습니까?"의 언급을 통해서는 발언 기회 부여의 권리가 본인에게 있음을 태주는 다시 한 번 확인하고 있다. 대화에서 태주의 발언은 망설임이 없고, 매끄럽게 이어지지만, 나머지 사람들의 발언은 태주에 의해 대화적 흐름이 제어되는 까닭에 중단되고, 무력하며, 불완전하다. 해서 이러한 대화 중 서윤, 민재, 정희, 원재는 태주로부터 자아의 영역을 침범당하는 불공손성의 무례함을 느끼게 된다. 역으로 경쟁 경기에서 승리하는 태주의 도박사적 특성이 유감없이 전시됨으로써, 시청자 자신도 태주처럼 재벌가 사람보다 윗사람이 될 수 있다는 상상의 쾌락과 재벌가 사람들도 보통 인간처럼 쩔쩔 맬 수 있다는 것을 관찰하는 관음증적 쾌락을 이 장면은 시청자에게 제공하게 된다. 태주의 승부사, 도박사 기질은 「황금의 제국」에서 태주의 독특한 성격으로 일관성 있게 구성되고 있다. 그 모습은 도박(9회), 사냥 경기(16회), 올림픽 예선전과 결승전(17회), 메이저리그(23회) 등등 주식 지분 싸움을 유희적 게임의 양상으로 간주하는 태주의 불공손한 대화적 발화에서 지속적으로 반복되면서, 태주라는 캐릭터에 시청자들이 동화되는 계기를 마련한다.

그렇다면 태주가 이렇게 성진가문의 사람들과의 관계에서 승부사, 도박사처럼 행동하는 이유는 무엇일까? 이전 장에서 다루어진 것처럼 그 이유는 아버지 장봉호라는 존재로 말미암은 거친 도전의식에서 기인한 것이기도 하겠지만, 보다 직접적인 '동기'는 태주의 유희적 불공손함을 통해 또 달리 추론해 볼 수 있다.

> 서윤 : 민재 오빠 분양 횡령 사건에 자기는 빠지고 장태주씨한테.......
> 태주 : 해님, 달님, 호랑이는 쫓아오고 하늘에서 동아줄 내려오고 난 동아줄 안 잡습니다. 호랑이하고 싸울렵니다. / 서윤 : 장태주씨, 당신이 무사할 수 있게.......
> 태주 : 이번 판돈 당신이 땄습니다. 개평은 안 받으렵니다. /
> 서윤 : 겁나지 않아요? 검찰 조사 곧 시작될 거예요.
> 태주 : 내가 겁나는 건 당신한테 꼬리 흔들까 봐....... 당신한테 무릎 꿇고 살려 달라 할까봐....... 그게 겁났는데, 아직은 아니에요. 수 십 번의 고소를 당했고 몇 십 번의 검찰 조사를 받았고, 불량 시멘트로 큰돈을 벌고 멀쩡한 회사를 자금 압박해서 인수하고, 42군데의 계열사를 만든 당신 아버지, 최동성 회장 난 그 사람이 마음에 드는데...... 나도 최동성 회장처럼 살아 볼렵니다. (7회)

서윤을 압박하기 위해 민재와 손을 잡고 성진스위트홈 분양사업을 시작했다 실패로 돌아가자 서윤에게 사업권을 내준 태주가 서윤과 대화를 나누는 7회의 장면이다. 이 대화에서 분양 횡령 사건을 화제로 서윤이 이야기를 꺼내고 있지만 태주는 서윤의 말을 멈추게 한다. 그리고서는 난데없이 해님, 달님 오누이 설화로 화제를 전환하고서는 태주 혼자 길게 말을 한다. 결과적으로 서윤의 발화는 무시되고, 그녀의 체면은 손상을 입는다.[14] 이 불공손성의 대화 구조는 서윤을 토크 게임에서의 상대방처럼 패배시키고 희생시키는 놀이와도 같이 진행되고 있다. 하지만 정작 태주가 참여하고 싶은 불공손한 유희는 태주의 마지막 발화에서 또 한 번의 화제 전환을 통해 이야기되듯이 서윤의 아버지처럼 역할하는 놀이, 최동성 놀이이다. 그 놀이는 "수 십 번의 고소"를 당하고, "몇 십 번의 검찰 조사"를 받으며, "불량 시멘트로 큰돈"을 벌고, "멀쩡한 회사를 자금 압박해서 인수"하는 등의 뻔뻔함, 수치심 없음에서 비롯될 수 있는 놀이다. 바꾸어 말해 어떠한 도덕적 비난이나 윤리적 평가, 그리고 양심선언에도 냉소적일 수 있는 시니컬한 자만이 최동성 회장처럼 거대한 부를 축적할 수 있음을 태주는 간파하고 있다. 자본을 축적하기 위해서는 인간이 인위적으로 정한 사회의 관습, 전통, 도덕, 법률, 제도 따위를 과감히 부정하고 미끄럼 놀이하듯 그것으로부터 빠져나올 수 있는 능력, 시니시즘의 성격이 요구된다. 착한 자는 자본을 축적할 수 없다. 그것이 자본주의의 윤리다. 서윤, 민재 등과 황금의 주인 자리를 놓고 벌이는 게임 속에서 표출되는 태주의 불손하면서도 유희적인 승부사적, 도박사적 기질은 그 성격과 동전의 양면을 이루는 그의 이런 독특한 시니컬함으로부터 유래한다.

2.3. 강압적 불공손어법 : 냉혈한적이면서도 탐욕스러운

강압적인 불공손어법은 권력의 실행과 관련되는 불공손어법이다. 합법화된 비대칭적 권력의 상황 하에서 도구적 수단으로서 강압적 불공손어법은 곧잘 실행된다. 예를 들어 군대에서의 신병 훈련, 스포츠 선수의 트레이닝, 신입사원의 교육, 법정에서 검사의 피의자 추궁 과정 등등 위계적 권력구조가 내면화된 장소에서 합리적 절차라는 긍정적 의의를 가지고서 강압적 불

14) Neil Bennison, "Accessing character through conversation : Tom Stoppard's *Professional Foul*" In Ibid, pp. 71~72 참조.

공손성은 자연스럽게 제도적 불공손성으로 고착된다.[15)]

강압적 불공손성의 태도는 드라마 초기에는 주로 서윤, 민재가 보여주던 행동 패턴들이었다. 그들은 이미 최동성, 최동진에게 물려받은 사회적 지위와 부, 권력이 있었기 때문에 강압적 불공손성을 통해 다른 사람들에게 불공손할 자유를 더 많이 가지고 있었다. 태주는 이들의 강압적 불공손성의 자연스런 내면화가 부당한 권력을 유지하기 위한 도구로 소용될 수 있음을 비판하던 입장이었다. 태주는 서윤과 민재가 가진 재벌의 부정한 힘을 일컬어 '미사일 신드롬'이라 일컫는다. "화려한 미사일 발사실에 앉아서 우아하게 커피를 마시면서 단추를 누르는 군인한테 사람을 죽인다는 의식이 없죠. 그 미사일로 수많은 사람들이 죽고 다쳐도 자기는 단추만 눌렀을 뿐이라고...... 당신도 그랬겠지...... 상가를 철거하라는 전화만 했을 뿐이라고......"(4회) 라며 민재를 비판하는 대화에서 드러나듯 태주는 도덕적, 윤리적 정상성의 감각을 허무는 가진 자들의 강압적 불공손성에 대해 적대적이었고, 동시에 자신은 아무리 지위가 높아지더라도 서윤과 민재와는 다를 것이라고 항변한다.

극의 말미에 이르러 정치적 후원자였으나 사랑하는 설희를 능욕하고 자신을 속인 국회의원 김광세를 살해한 일로 태주는 최민재와 한정희에게 약점을 잡혀 코너에 몰린다. 난국을 헤쳐 나가고자 착수했던 한강변택지개발사업도 더 많은 보상금을 요구하는 철거민들의 농성으로 와해 직전에 이르게 된다. 결국 문제를 해결하고자 강압적 불공손성을 통해 권력의 실행을 태주 또한 추구하게 되고, 가장 가까운 동료들이었던 필두, 설희, 춘호로부터 사람이 너무 많이 변했다는 말을 듣기에 이른다.

설희 : 병원으로 갈게. 일단 병원비하고 수술비하고 줄게
태주 : 하지 마세요. / 설희 : .... 태주야.......

---

15) Culpeper(2011), Op.cit., pp. 227~228.

태주 : 치료비를 지급하는 건 우리 책임을 인정하는 것입니다. 보상금, 권리금 줄 돈 없습니다. 1지구 건물 2군데 아직 건설 중입니다. 그 사람들 나가라고 하세요, 부상자, 치료비는 그 뒤에 줄 것입니다.

설희 : ....

설희 : 태주야, 잊었니? 네 아버지 어떻게 돌아가셨는지, 기억 안나? 네 아버지 수술비 구하러 다닐 때 어떤 마음이었는지? 부상자가 26명이야. 그 사람들 그 때 너 같은 마음이야

태주 : 우리 건물을 불법 점거한 사람들입니다. 농성 주도한 사람들 형사고발하세요.

설희 : .... 태주야....... (23회)

보상금 협의회를 요구하는 철거민들을 태주가 용역을 불러 강제해산하자 설희는 철거민 중에 옛날 태주 아버지처럼 부상을 당해 사경을 헤매는 노약자도 있다는 사실을 태주에게 알리지만 태주는 이를 외면한다. 인용된 대화문에서 유표화되는 것은 "하지 마세요.", "나가라고 하세요.", "형사고발하세요." 등의 명령문 형식으로 실행되는 태주의 강압적 불공손성의 언사다. 사회적 직분 상 태주-설희는 사장-이사 관계이므로 명령형의 지시는 합법적 절차로 인정될 수 있다. 그러나 설희는 말보다 더 많은 의미와 감정을 함축한 '침묵'을 통해 태주의 강압적 불공손함의 명령이 서윤과 민재의 미사일신드롬처럼 얼마나 강자의 이익을 위하고, 약자를 짓밟는 냉혈한적인 것인지 항의하고 있다. 갈등 상황에서 설희의 침묵은 태주의 강압적 불공성의 부당성과 인정 없고 냉혹하게 변해버린 그의 성격에 문제를 제기하는 일종의 액션으로서의 기능을 수행한다.[16]

극막바지에서 태주의 이런 모습은 일회적이 아니라 반복적으로 나타난다.

---

16) 갈등 상황에서 침묵의 기능에 대해서는 Deborah Tannen, "Silence as conflict management in fiction and drama : Pinter's Betrayal and a short story 'great work'" In *Conflict talk : sociolinguistic investigations of arguments in conversations*, ed, Allen D. Grimshaw. Cambridge University Press, 1990, pp. 260~279 참조.

필두 : 요구하는 보상금이 너무 크다. 일차 분양보다 덩치가 2배가 넘어. 아파트만 2만 세대가 넘는데, 협상이 쉽지가 않네.
태주 : 쉬운 일 누가 못합니까? 철거민 대표부터 매수하세요. 내부 분열부터 유도하시고요.
필두 : 장대표!
태주 : 이 세상에 쉬운 일은 없습니다. 쉽게 해결하는 사람들은 있죠. 난 조필두 이사님이 그런 분일 줄 알았습니다. 춘호야 도와드려라. / 춘호 : 알았어. 태주야.
태주 : (고함지르며) 어서요! (23회)

일상에서 자신의 의견을 말하는 것은 다른 사람과의 대화를 시작할 수도 있고, 끝을 낼 수도 있는 역설적 기능을 한다. 예컨대 "그것은 나의 의견일 뿐이에요."라고 말하는 것은 나의 의견에 확신할 수 없다는 의미를 내포하고 있고, 진술문에 대한 화자의 헌신을 경감시키는 효과를 가져오므로, 얼마든지 타인과의 대화를 시작할 수 있는 열린 창의 기능을 한다. 반면 "그것이 나의 의견이에요."라고 말하는 것은 다른 사람이 어떻게 생각하든 나는 신경을 쓰지 않겠다는 의미를 내포하고 있고, 진술문에 대한 화자의 헌신을 증가시키는 효과를 가져오므로 타인과의 어떠한 대화도 종결해버리는 닫힌 문의 기능을 한다.[17] 고용인인 태주가 피고용인인 필두에게 "철거민 대표부터 매수"하고, "내부분열 유도"하라며 발화하는 강압의 불공손성은 후자의 대화구조를 전형적으로 보여준다. "이 세상에 쉬운 일은 없습니다. 쉽게 해결하는 사람들은 있죠."라는 의견은 외적 세계의 객관적 사실 확인 여부에 관계없이 저자로서 태주 자신의 입장만이 드러나는 강도 높은 주관화된 서술이다. 해서 의견만이 담지된 논증 구조는 필두의 어안을 벙벙하게 만든다. 태주와 필두가 대화에 참여하고 있다 하더라도 이 같은 대화 양상은 태주 혼자만이 이야기하는 '독백적 대화'나 진배없다. 이 폐쇄적 진술을

17) Deborah Shiffrin, "The management of a co-operative self during argument : the role of opinions and stories" In Ibid, pp. 247~248.

통해 철거민들의 현실에 대한 구체적 지각을 태주가 잃어가고 있음이 드러난다. 결국 외적 현실과는 유리된 채, 발사실에서 미사일 발사버튼만 누르면 되는 자폐적인 나르시시스트의 모습, 그래서 이익을 위해서는 수단, 방법 가리지 않을 수 있게 된 탐욕스러운 자본가로서 태주의 모습이 전시된다.

태주의 강압적 불공손성은 상황적 맥락에 따라 어쩔 수 없이 취해진 불가피한 선택이 아니라, "선택도 내가 하고, 책임도 내가 집니다."(23회)는 태주의 단언처럼, 그 자신의 능동적인 결정에 따라 행해진 것이다. 그렇게까지 할 필요가 무엇이 있겠냐며 태주의 동료인 필두, 설희, 춘호가 만류하지만 태주가 2차분양사업의 마무리를 위해 용역을 700명이나 부르겠다고 단언하는 것도(23회) 보통사람으로서는 내뱉을 수 없는 말이다. 따라서 극 후반부에서 반복적으로 나타나는 탐욕스러우면서도 냉혈한적인 그의 속성은 그동안의 태주의 인물됨에서 일탈된 것이지만, 오히려 태주의 성격을 입체적인 것으로, 역동적인 것으로 소묘하는 독자적 한 특성으로 파악될 수 있다.

3. 캐릭터화의 주제적 의미 : 자본의 정치경제학과 욕망의 정치경제학

감정적, 유희적, 강압적 불공손함 등 상호행위의 역동성에 민감한 언어사용의 전략적 조작을 통해 '거칠고도 도전적인', '승부사적이면서도 냉소적인', '냉혈한적이면서도 탐욕스러운' 태주의 여러 성격이 구축되는 과정을 살펴보았다. 다음에서는 이러한 태주의 성격들의 변화 양상을 점검하여 태주라는 캐릭터의 입체적 면모가 상징적으로 주제 면에서 어떤 의미를 가지는지 검토하려 한다.[18]

우선 장태주와 최서윤, 최민재 간 황금의 제국의 주인이 되기 위한 싸움에는 근원적으로 성진기업의 창업주로서 황금의 제국의 원주인인 최서윤의 아버지, 최동성의 이미지가 짙게 착색되었다는 점이 지적될 필요가 있다. 성진기업이 가진 자본의 주인이 되기 위한 정치경제학적 싸움 과정은 한 번도 세상에 이겨보지 못한 태주의 아버지 장봉호, 형 최동성의 그늘에 가려 성진기업의 마부같이 살아온 민재의 아버지 최동진 등 무력한 아버지처럼 살지 않고 권력, 법의 상징인 서윤의 아버지 최동성처럼 살기 위해 자식들 간에 벌어지는 욕망과 리비도의 정치경제학적 싸움으로 읽힌다.

「황금의 제국」은 24부작으로 극 전개의 흐름을 범박하게 3부분으로 나눈다면 1회부터 8회까지의 첫 부분, 9회부터 16회까지의 중간 부분, 17회부터 24회까지의 마지막 부분으로 분류될 수 있다. 1회부터 8회까지는 최동성이 죽기 전 태주, 서윤, 민재가 서로를 대면하게 되는 것과 관련된 에피소드가 진행된다. 9회부터 16회까지의 중간 부분에서는 최동성 사후 성진기업을 차지하기 위한 이들의 각축전이 전개된다. 17회부터는 24회까지는 태주가 결국 성진기업의 실질적인 오너자리에 올랐다가 몰락하는 과정이 그려진다.

철거농성으로 아버지 장봉호가 죽은 시점부터 태주가 성진기업의 주인이 되었다가 서윤과 민재처럼 그 스스로 철거민 강제해산을 지시하기 직전인 3회부터 22회까지의 방영분에서는 아버지의 죽음으로 인한 감정적 분노와 함께 최동성처럼 살아 보기 위한 태주의 '거칠고도 도전적인' 성격이 일관되게 유지되고 있다. 1회와 2회에서 평범한 고시생으로 형상화되던 태주는 아버지의 억울한 죽음을 계기로 3회부터 '거칠고도 도전적인' 성격으로 변하는데, 이러한 성격 양상은 끝과 한계 없이 초과이윤을 추구하는 '자본의

18) 캐릭터의 기능과 의미에 대해서는 Jens Eder, et al, "Characters in fictional worlds : An Introduction" In *Characters in fictional worlds : understanding imaginary beings in literature, film, and other media*, ed, Jens Eder, et al, De Gruyter, pp. 45~46 참조.

흐름'을 상징한다. 신자유주의 사회의 자본주의적 흐름은 그 자신의 한계를 지속적으로 능가하려는 움직임, 초과 이윤을 위해 모든 제약과 연대를 집어 던지는 힘의 에너지로부터 비롯된다. 자본으로서 돈의 순환은 한계 없이 전 영토를 침범하며 모든 생산의 제약된 양식을 뛰어넘어 기존자본의 자기 확장을 꾀한다. 그것은 가족, 학교, 일터 등 사회의 모든 영토를 최동성 같은 죽은 상징적 아버지의 목소리로 잠식하게 되는 오이디푸스적 제국주의의 욕망을 배면으로 한다.[19] 따라서 3회부터 22회까지 태주의 '거칠고도 도전적인' 성격은 한계에 도전하고, 장애를 탈구시키며 사회의 영역 어디든지 식민화하는 자본, 아버지, 그리고 법의 힘에 대한 추구를 상징적으로 재현하고 있다.

'거칠고도 도전적인' 성격과 함께 3회 중반부터 22회까지의 전개에서는 부동산투자회사 '에덴'을 세우고 서윤과의 정략결혼을 거쳐 성진가문 사람들과 황금의 주인을 놓고 대립하는 과정 속 유희적 불공손함을 통해 '승부사적이면서도 냉소적인' 태주의 인상이 동시에 창조되고 있다. 앞서 지적한 대로 태주의 이러한 성격은 잉여 가치를 끊임없이 산출하기 위해서는 인습과 선악의 기존 규범에 관해 얼마든지 시니컬해지고, 위선적일 필요가 있는 '자본 축적'의 양상을 상징한다. 태주는 성진기업의 오너가족인 서윤, 민재, 원재, 정희 등의 혈족 관계를 이익을 위해 분해되고, 재편성될 수 있는 유동적 관계로 변화시킨다. 이를테면 성진가문의 사람들인 서윤, 민재, 원재, 정희는 혈연으로 맺어진 고착된 관계를 형성하므로, 비유컨대 이 관계는 고정자본적이라 할 수 있다. 그들의 가족 관계는 비교적 장기간에 걸쳐서 생산 활동에 사용되는 재화인 제조공업에서의 설비·장치·기계처럼, 오너가가 세습하는 성진기업의 입장에서 보면 그 내구성이 한계에 이를 때까지 몇 십 차례의 생산과정에서 이익추구를 위해 고정적 기능을 수행하게 되는

19) Gilles Deleuze, Felix Guattari, *Anti-Oedipus : capitalism and schizophrenia*, tr, Robert Hurley, et al, University of Minnesota Press, 1983, pp. 227~231 참조.

불변의 재화와도 같다. 고정된 형태를 유지하던 이 관계에 태주가 끼어듦으로써, 성진 가족의 고정자본적 관계는 유동자본화 된다. 자본의 회전 기간 동안에 고정 자본인 기계는 그 형태를 계속 유지하고 있지만, 반면에 유동자본인 노동력이나 원료는 반복적으로 일시에 소비되고 새롭게 충전되는 양상을 거듭한다. 성진기업의 주인이 될 목적에서 태주는 때로는 민재에 맞서 서윤과 협력하고, 때로는 서윤에 대항해 민재와도 손을 잡으며, 때로는 서윤, 민재 모두와 대결하고자 정희, 원재와도 동맹관계를 이룬다. 이 양상 속에서 가족 관계라 부르기 어려울 정도의 서로 간 배신과 모략이 전개됨으로써, 성진가문 사람들의 인척 관계는 유동자본처럼 일시적 소비와 소모의 대상이 된다. 고정자본과 유동자본을 활용해 초과 이익의 현재 상태를 지속적으로 시니컬하게 회의하며 새롭게 돈이 돈을 낳는 이윤증식 흐름의 도박 배팅에 모든 것을 거는 자본 축적의 형태가 태주의 '승부사적이면서도 냉소적인' 성격과 그로 말미암은 고정자본적이면서도 유동자본적인 성진 가문의 가족 관계의 양상에서 상징적으로 재현되고 있는 것이다.[20)]

한편 23회에서 보상금협의회를 요구하는 철거민들을 강제해산하고, 그들을 죽음으로 몰아넣는 태주의 '냉혈한적이면서도 탐욕스러운' 모습은 '자본의 괴물적 자폐성'을 상징한다. 김광세 국회의원 살해 사건으로 궁지에 몰린 태주는 서윤과 민재처럼 밀폐된 미사일 발사실에서 누가 죽든 말든 발사버튼만 누르면 되는 군인처럼 폐쇄적 존재로 23회에서 성격의 변모를 보인다. 자본가가 양심의 가책을 받지 않고 이윤을 추구할 수 있는 것은 노동의 구체적 현실을 망각하고, 노동을 추상화시켜 자본의 확장적 흐름에 그것을 형해화된 형태로 귀속시키기 때문이다. 소위, '노동의 소외'가 야기하는 인간적 가치저하의 문제는 자신의 아버지가 철거용역 깡패들에 의해 목숨 잃는 장면을 생생하게 목도했음에도 불구하고 한강변택지분양사업을 조속

20) 고정자본과 유동자본의 순환을 통한 자본주의적 확장, 그리고 시니시즘을 핵심으로 하는 자본축적의 경향에 대해서는 Ibid, pp. 146~147, 225~226 참조.

히 추진하기 위해 철거민의 현실을 외면하는 태주의 '냉혈한적이면서도 탐욕스러운' 성격에서 여실히 나타난다. 자본의 흐름은 무한한 확장을 추구하는 개방적 성질을 가지고 있지만 동시에 그것은 이렇게 폐쇄적 자폐성, 괴물 같은 나르시시즘을 동반한다.[21] 전술된 자본의 흐름이 지닌 무한한 개방성이라는 것도 기실 '폐쇄성의 무한한 확장과 개방'에 다름 아니라는 역설을 태주의 '냉혈한적이면서도 탐욕스러운' 모습은 상징하고 있다.

그러나 24회에서 태주는 "선택도 내가 하고, 책임도 내가 집니다. 내가 지은 죄, 내가 벌주렵니다."(24회)는 말을 하며 자신의 자본주의적 욕망에 스스로 브레이크를 건다. 폭주기관차처럼 점점 악덕 기업가로 변해가는 태주를 멈추기 위해 설희는 김광세 국회의원의 살해범이 실은 태주였음을 검찰에서 시인한다. 태주는 이를 회피하지 않고 검찰에 송치된 설희를 다치지 않게 하고자 자수의 뜻을 밝히고서는 모든 성진기업의 주식지분을 서윤에게 넘기고 검찰 출두 전 바다에 뛰어들어 생을 마친다. 이 결말 부분에 대해 표층적인 결과만을 놓고서 야망보다 사랑에 따라 자살을 택한 낭만주의적인 상투적 결말이라 해석할 수도 있겠다. 그러나 바다에 몸을 던지기에 앞서 태주가 시도하는 서윤과의 마지막 통화와 이어진 태주의 내레이션은 야망이냐 사랑이냐의 주제만으로 이 드라마를 접근하는 것이 피상적일 수 있음을 암시하고 있다. "아이고 그 쪽한테 진 거 아닙니다. 최동성 회장한테 진 것이지. 그 사람이 만든 세상에서 내가 그쪽을 어떻게 이기겠습니까?"(24회)라는 태주의 발화는 이전 절에서 분석된 대로 감정적 불공손함의 형태를 띠며 태주의 '거칠고도 도전적인' 성격을 다시 한 번 입상화하고 있다. 무엇에 대한 도전인가? 바다에 뛰어든 후 보이스오버만으로 가상적으로 진행되는 태주가 설희에게 건네는 마지막 대화, "아이고 난, 천국 안 갈렵니다. 성진 그룹, 그 집안, 지옥 맞습니다. 선배, 그런데 지옥에서 살아남으

21) 노동의 소외와 추상화에 대해서는 Ibid, p.303, p.313 참조.

면 거기가 천국 맞습니다."(24회)가 뒷받침하고 있듯이 이 드라마에서 태주가 그토록 도전하려던 대상은 근원적으로 성진그룹의 아버지 최동성과 그가 영토화한 승자독식의 천국, 자본주의적 욕망 그 자체다. 이 마지막 대화는 지금까지 구성된 태주의 선행적 인물됨을 전방조응(anaphora)적으로 지시하고 그 성격들을 재범주화하기 위해 소용된다.[22] 바꾸어 말해, '거칠고도 도전적인', '승부사적이면서도 냉소적인', '냉혈한적이면서도 탐욕스러운' 태주의 성격 구축 과정이 자본가의 윤곽을 창조하기 위한 것이 아니었음이 이 대화를 통해 결정적으로 드러난다. "착한 놈은 못 버티는 세상입니다. 모진 놈이 이기고 제일로 뻔뻔한 놈이 다 먹는 세상이죠."(11회)라고 말하면서도 태주 자신이야말로 끝까지 모질지 못하고 뻔뻔하지 못했음이 24회의 엔딩 장면에서 밝혀진다고 볼 수 있겠다. 결과적으로 뒤돌아 생각해 보았을 때 초과 이윤의 무한한 추상적 흐름만을 추구하는 '자본주의적 욕망'과 최동성이라는 상징적 아버지처럼 되어서 모든 영토를 식민화하려는 '오이디푸스적 욕망' 등 자본의 정치경제학과 리비도의 정치경제학적 공모를 폭로하고 파괴하기 위해 고아로서 태주가 '항해'하는 과정이 지금까지의 성격화 과정이었다는 사실이 이 대화를 통해 상징되고 있다. 거론된 바와 같이 자본주의적 욕망은 잉여 가치를 위한 무한한 추상적 돈의 흐름을 추구하지만 밀폐된 미사일 발사실에서 구체적 현실과 유리돼 미사일 버튼만을 반복적으로 누르는 군인의 모습처럼 그것은 사실 '폐쇄성의 무한한 확장과 개방'에 다름 아니다. 최동성의 뒤를 이어 성진그룹 집안의 지옥에서 살아남은 최서윤이 성진기업이라는 천국의 가문을 물려받고 또 그녀의 살아남은 아이가 똑같은 과정을 거쳐 지옥을 천국으로 여기며 살겠지만 성진 가문의 번영 또한 사실 아버지 최동성이라는 슈퍼에고에 의해 조종된 복제인형들만이 범람하는 '폐쇄성의 무한한 확장과 개방'에 다름 아니다. 폐쇄성의 확

22) 극중 플롯의 진행에 따른 등장인물 성격의 재범주화에 대해서는 Jonathan Culpeper, *Language and characterisation : people in plays and other texts*, Longman, 2001, pp. 277~278 참조.

장임에도 자신들의 욕망을 한계 없는 무한한 흐름이라 미화함으로써 자본과 아버지에 의해 '억압되기를 욕망'하게 만드는 자본주의적 욕망과 오이디푸스적 욕망에 마지막으로 다시 한 번 대항하기 위해 태주가 시도하는 것이 바다에 몸을 던져 자살하는 것이다. 태주의 자살은 끝과 한계를 모르는 자본주의적 욕망과 오이디푸스적 욕망에도 환원될 수 없는 절대적 끝과 한계가 있다는 사실을 제시함으로써 역으로 그것들에 포착되지 않는 새로운 삶의 흐름이 존재할 수 있는 가능성을 시사하게 된다. 그 반자본주의적 욕망과 반오이디푸스적 욕망[23)]은 바다에 수장되는 고통과 공포로 점철된 잔인한 희생 의례임에도 불구하고 마지막 장면에서 태주가 바다로 뛰어든 후 한 척의 배가 화면에 나타나는 것에서 추론할 수 있듯이 새로운 땅을 발견하고, 새로운 기억술을 생산하려는 항해를 위해 새 생명을 어머니의 양수 깊숙이 가라앉히는 잔혹극의 제의적 실행으로 간주될 수 있다.[24)]

4. 결론

본 논문은 불공손어법의 대화적 양상을 중심으로 텔레비전 드라마 「황금의 제국」의 주인공 '태주'의 성격이 구축되는 과정을 검토하려 하였다. 드라마가 '갈등'의 장르로 설명되는 까닭에 불공손어법이 유표화되는 갈등의 대화 상황만큼 등장인물의 지속적이면서도, 고유한 속성인 성격을 잘 보여주는 요소는 없으리라는 전제에서 본고는 출발하였다. 분석적 선명성을 위

---

23) 이를 일컬어 들뢰즈는 분열증(schizophrenia)적 욕망이라 명명한다. 들뢰즈에게서 이 분열증적 욕망은 편집증적 성격의 자본주의적 욕망과 대조돼 긍정적인 것으로 평가되는데, 「황금의 제국」의 태주는 이러한 분열증적 욕망을 지닌 캐릭터로 해독해야 한다는 것이 본고의 궁극적 입장이다. Deleuze and Guattari, Op.cit., p.260.

24) 잔혹극으로서의 기억술에 대해서는 Ibid, p.145, p.322 참조.

해 '감정적', '유희적', '강압적' 불공손성으로 불공손한 대화의 양상을 분류하고, 그에 따라 태주의 성격이 어떻게 유형화되고, 발전되며, 상징으로서 주제적 의미를 띠는지 본론에서 논의되었다. 본론 첫 번째 부분에서는 불공손어법의 문체적(stylistic) 요소가 돌출시키는 태주의 성격 유형을 '거칠고도 도전적인', '승부사적이면서도 냉소적인', '냉혈한적이면서도 탐욕스러운' 것으로 이해하였다. 본론 두 번째 부분에서 이 성격들이 어떤 일관적 인상을 구성하고, 플롯의 발전에 상응하여 어떤 방식으로 변화해 가는지를, 자본과 욕망의 정치경제학이라는 주제적 의미와 관련시켜 고찰하였다. 그 결과 일견 자본을 인격화하는 상징적 의미를 갖기도 하지만, 긴밀히 연관된 자본주의적 욕망과 오이디푸스적 욕망에 대항해 새로운 영토를 갈망하는 등 심층적으로는 반자본주의적 욕망과 반오이디푸스적 욕망이 환기되고 있음을 태주의 캐릭터를 통해 밝혀내었다.

등장인물은 대단히 복잡한 대상이다. 실제 사람 중 한 명을 상기시키지만 매개된 기호로서만 존재하기도 하고, 책이나 화면 등 우리 앞에 바로 있는 것 같지만 실제 거리에서 그들을 만나볼 수 없으며, 수용자에게 미치는 그들의 영향력은 때로는 막대하지만 그 영향력은 또한 언제나 잠재적이라 할 수 있다.[25] 특히나 텔레비전 드라마의 등장인물은 텔레비전 드라마의 연속적, 반복적, 주기적 속성과 관련하여 고찰될 때만이 그 특수성이 드러난다.[26] 범박하게 말해서 24회분의 방영에 걸쳐 태주의 '거칠고도 도전적인', '승부사적이면서도 냉소적인' 성격은 상대적으로 안정적인 태주의 성격을 구성한 반면, '냉혈한적이면서도 탐욕스러운' 성격은 캐릭터의 급작스러운 변화를 유도함으로써 태주라는 캐릭터에 깊이와 폭을 부여하였다고 볼 수 있다. 비즈니스 세계를 다룬 텔레비전 드라마 「야망의 세월」(1990), 「영웅신

25) Jens Eder, et al, Op.cit., p.3.

26) Roberta Piazza, et al, "Introduction : analysing telecinematic discourse" In *Telecinematic discourse : approaches to the language of films and television series,* ed, Roberta Piazza, et al, John Benjamins, 2011, p.9.

화」(2004), 「자이언트」(2010)와 「황금의 제국」이 장르적 계보 상 연속선상에 있으면서도 장르적 일탈에 성공한 작품이라 평가할 수 있는 이유는 연속극의 축적적 형태에도 불구하고 이러한 성격화의 과정이 역동적으로 중첩되고, 탈구되는 과정을 통해 '샐러리맨 신화' 성공담을 기대했던 시청자의 예상을 흥미진진하게 위배했다는 사실로부터 비롯한다. 물론 태주와 설희, 민재와 은희, 유진의 관계에서 멜로문법이 확인되고 설희가 악녀에서 성녀로 변모되는 과정의 개연성이 충분하지 못하다는 점은 작품 완성도 면에서 아쉬움으로 남는다. 그러나 보수주의의 편향성이 팽배한 텔레비전 드라마의 제작환경을 감안했을 때 서윤의 "혁명은 위대해. 그러나 혁명은 슬퍼."(3회) 같은 대사들이 안방 드라마에서 검열 없이 발화될 수 있다는 사실은 텔레비전 드라마가 지배와 저항 이데올로기 간의 문화적 포럼으로 격상될 수 있는 가능성을 보여줬다는 점에서 고무적이다.

텔레비전 드라마는 연속극적 형태로 방송되는 터라 캐릭터에 관한 더 충만한 탐구를 허용한다. 그 중에서도 귀에 잘 들어오는 흥미진진한 대화는 분석적 도구로서 가치가 있다. 그 이유는 첫째, 대화야말로 대본 작가가 시청자를 텔레비전 앞으로 끌어들이고 연기자들이 호흡을 맞춰볼 수 있는 주요한 극적 요소이기 때문이다. 둘째, 상호 행위 중 캐릭터의 정체성과 성격이 구성되는 실질적인 과정이므로 대화적 양상은 캐릭터화 분석을 위해서도 심층적인 탐구를 요한다. 태주 이외에 서윤, 민재 등의 다양한 캐릭터 유형에 대한 분석[27], 장르와 캐릭터의 연관관계, 캐릭터 군의 공통점, 차이

27) 예컨대 불공손성의 분석적 틀을 가지고서 태주, 서윤, 민재의 캐릭터화 과정의 공통점과 차이점을 분석할 수도 있으리라 본다. 태주, 서윤, 민재는 공통적으로 유희적이면서도 강압적인 불공손어법을 발화한다. 해서 그들은 승부사적이면서도 냉소적인, 냉혈한적이면서도 탐욕스러운 성격을 공유한다. 결과적으로 이런 공통점들 때문에 시청자는 누구에게 감정이입을 해야 할지 주저하게 된다. 역으로 보자면 시청자는 이 과정에서 태주, 서윤, 민재 어떤 사람에게나 순환적으로 감정이입할 수 있다. 이것만 가지고 보자면 선악의 구분은 인물들에게서 명확하게 드러나지 않는다. 그러나 감정적 불공손어법의 전시로 인한 성격 구축과정은 차이를 보인다. 서윤이 존경하는 아버지 최동성을 닮기 위해 아버지를 멸시하는 경쟁자들에게 분노의 감정적 불공손어법을 전시한다면, 민재는 자본가의 하수인으로서 마부처럼 산 아버

점의 의미와 캐릭터들의 원형 분석, 수용자에게 캐릭터가 미치는 영향력, 시청각적 요소들과 대화적 요소들이 결합하는 양상이 지면의 여건상 본고에서 미비하게 다루어졌을지라도, 캐릭터화에 따른 대화의 중요성에 대한 강조는 텔레비전 드라마 미학의 고찰에 일방향성을 제공하리라 본다.

지 최동진으로부터 벗어나 성공한 자본가 최동성처럼 살기 위해서 아버지처럼 넌 "안돼"라고 말하는 라이벌들에게 복수의 감정적 불공손어법을 전시한다. 반면 태주는 한 번도 세상에 이겨보지 못한 아버지에게서 벗어나 최동성처럼 살고자 하였으나 종국적으로 다시 황금의 주인인 최동성의 삶을 혐오하는 까닭에서 자본가의 핏줄인 서윤, 민재에게 화의 감정적 불공손어법을 전시하게 된다. 따라서 감정적 불공손어법을 경유한 캐릭터화 과정은 차이점을 보인다. 이를테면 아버지 최동성을 동생인 최동진의 수고도 모르고, 노동자의 눈물도 모르는 악덕자본가로 비하하는 태주, 민재에 대항해 서윤이 아버지를 옹호하는 분노의 감정적 불공손어법을 전시함으로써, 그녀의 성격은 일가친척도 멀리하며, 부하직원들과 인간적 교류도 없는 '폐쇄적 성격'으로 점점 변해간다. 모두와의 싸움에서 승리한 서윤이 마지막회에서 혼자 식사를 하며 끝내 울음을 터트리는 모습에서 드러나듯이. 그녀가 감정적 불공손어법을 통해 아버지를 옹호하면 할수록 그녀는 점점 같이 식사할 사람 하나 남아 있지 않은, 다시 말해 사랑할 가족 한 명 남지 않게 된 가장 비인간적인, 비현실적인 성격의 캐릭터를 입상화하게 된다. 이점이 감정적 불공손어법을 통해 추론 가능한 태주의 성격화 과정과 서윤의 성격화 과정의 차이다. 물론 이는 한 단초일 뿐 좀 더 정치한 분석은 또 다른 지면을 요한다.

참 고 문 헌

1. 기본 자료

「황금의 제국」 방송 홈페이지

http://wizard2.sbs.co.kr/sw11/template/swtpl_iframetype.jsp?vVodId=V0000378336&vProgId=1000892&vMenuId=1019129

2. 단행본

윤석진, 『김삼순과 장준혁의 드라마 공방전』, 북마크, 2007.

주창윤, 『텔레비전 드라마 : 장르·미학·해독』, 문경, 2005.

Bednarek, Monika, *The language of fictional television : drama and identity*, Continuum International Pub. Group, 2010.

Culpeper, Jonathan, *Lnguage and characterisation : people in plays and other texts*, Longman, 2001.

Culpeper, Jonathan, *Impoliteness : using language to cause offence*, Cambridge University Press, 2011.

Deleuze, Gilles, Guattari, Felix, *Anti-Oedipus : capitalism and schizophrenia*, tr, Hurley, Robert, et al, University of Minnesota Press, 1983.

Richardson, Kay, *Television Dramatic Dialogue : A Sociolinguistic Study*, Oxford University Press, 2010.

3. 논문

구현정, 「드라마 대화에 반영된 갈등 표현 양상」, 『화법연구 22』, 한국화법학회, 2013, 9~32면.

이다운, 「TV드라마와 내레이션 : 2000년대 미니시리즈 작품을 중심으로」, 『한국극예술연구 제41집』, 한국극예술학회, 2013, 319~344면.

Bennison, Neil, "Accessing character through conversation : Tom Stoppard's *Professional Foul*" *In exploring the language of drama : from text to context*, ed, Jonathan Culpeper, et al, Routledge, 1998, pp. 67~82.

Culpeper, Jonathan, "Inferring character from text : attribution theory and foregrounding theory." *Poetics*, vol 23, no. 5, 1996, pp. 335~361.

Butler, Judith, "Performative Acts and Gender Constitution : An Essay in *Phenomenology and Feminist Theory" In Performing Feminisms: Feminist Critical Theory and Theatre*, ed, Case, Sue-Ellen, Johns Hopkins University Press, 1990, pp. 270~282.

Eder, Jens et al, "Characters in fictional worlds : An Introduction" In *Characters in fictional worlds : understanding imaginary beings in literature, film, and other media*, ed, Eder, Jens, et al, De Gruyter, pp. 3~64.

Grice, Paul, "logic and conversation" In *Pragmatics : Critical Concepts IV*, Routledge, 1997, pp. 145~161.

Herman, Vimala, "Turn management in drama" In Op.cit., ed, Jonathan Culpeper, et al., (1998), pp. 19~33.

Piazza, Roberta, et al, "Introduction : analysing telecinematic discourse" In *Telecinematic discourse : approaches to the language of films and television series*, ed, Piazza, Roberta, et al, John Benjamins, 2011, pp. 1~17.

Shiffrin, Deborah, "The management of a co-operative self during argument : the role of opinions and stories" In *Conflict talk : sociolinguistic investigations of arguments in conversations*, ed, Grimshaw, Allen D, Cambridge University Press, 1990, pp. 241~259.

Tannen, Deborah, "Silence as conflict management in fiction and drama : Pinter's Betrayal and a short story 'great work'" In Ibid, pp. 260~279.

제3부 문학 일반

전자문학의 위상

김 인 환*

1

국력에는 굳은 힘과 여린 힘이 있다. 굳은 힘은 군사력과 경제력이고 여린 힘은 문화력이다. 국제정치에서 여린 힘(軟實力)은 "자신이 원하는 것과 같은 결과를 남도 원하게 하는 역량"[1]이라고 정의할 수 있다. 국제정치는 동시에 세 층위에서 게임이 전개되는 체스판에 비유된다. 위층에서는 군사적 이슈가 문제로 제기되므로 압도적으로 우위에 있는 미국의 군사력 하나가 결정권을 가지고 있다. 중간층에서는 경제적 이슈가 문제로 제기되므로 최소한 미국, 유럽, 일본, 중국, 중동 등 몇 개의 주체가 경제력을 행사하고 있다. 전체 인구가 3억을 넘는 중동 22개국은 석유와 가스를 제외하면 대외수출고가 핀란드 한 나라만도 못하지만 석유자원 하나만 가지고도 상당

* 고려대학교 명예교수

1) Joseph S. Nye, Bound to Lead: The Changing Nature of World Power, *Political Science Quarterly* 105, Issue 2 (1990 Summer), p.180.

한 정도의 경제력을 행사하고 있다. 아래층에서는 테러행위, 국제범죄, 기후변화, 전염병 확산 등의 이슈들이 문제로 제기되므로 영향력을 행사하는 주체들은 다수가 된다.

권력은 인간의 관계 구조에 깊이 뿌리박고 있으며, 인간의 성격 형성에 광범위하게 작용하고 있다. "사회법칙은 권력이란 말을 사용해서 설명될 수 있는 법칙인 경우가 많다."[2] 권력은 에너지처럼 한 형태로부터 다른 형태로 옮아가며 권력 자체도 스스로 소멸하고 발생하며 끊임없이 변화하는 과정이다. 권력의 공간은 사회적인 욕구 대상의 박탈이 가능한 상태이다. 권력공간은 "x에게서 욕구의 대상이 되는 y를 박탈한다"는 문장과 "x에게 욕구의 대상이 되는 y를 부여한다"는 문장의 상호작용으로 구성되어 있다. 권력은 인간의 관계구조에 따라 그 범위와 정도를 달리한다. 학생에 대하여 교사가 행사하는 권력보다 더 강한 권력을 장교는 사병에 대하여 행사할 수 있다. 권력은 사회제도 안에서 사회적인 목표가 허용하는 한계에 의하여 제한되어 있는 것이다. 사회적인 권력을 한정하며 동시에 보장하는 것이 법이다. 막연하고 복잡한 사회규범을 명확하고 단순하게 축소시켜 놓은 것이 법규범이다. 법적인 행위는 "x가 k라는 권리를 창설하고 변경하고 폐지하고 이전한다"는 문장으로 표현된다. 권리가 창설되고 변경되고 폐지되고 이전될 때에는 그 권리와 관계되는 상대의 의무가 또한 창설되고 변경되고 폐지되고 이전된다. 법적 사실은 잡다한 사정을 제거하고 골격만 남겨 놓은 사실이며, 법적 행위는 유리창을 통하여 타인의 행동을 바라보듯이 행위의 뒤에 있는 심리를 최소한도로만 고려한 행위이다. 법이 전제하는 최소주의는 국제정치에도 해당된다고 하겠지만 국제법이나 자연법의 경우에는 환경을 제약하는 군사력과 무역을 제약하는 경제력이 권리와 의무보다 우위에 있으므로 강대국이 권력을 남용하는 사례가 자주 발생한다. 국가가 행하는

---

2) 尹天柱, 韓國政治體系(高大出版部, 1963), 63쪽.

투옥 고문 학살 전쟁을 단순한 살인과 동일시할 수는 없다고 할지라도 국민에 대해서나 다른 국가에 대해서나 굳은 힘(硬實力)을 여린 힘으로 보충하여 난폭한 강제력보다 유연한 설득력을 강화하는 방향으로 나아가는 것이 국가가 목적을 달성하는 데 더 효과적이다. 내가 원하는 행위를 상대도 희망하도록 할 수 있다면 굳이 고문하거나 전쟁할 필요가 없을 것이다. 그러나 군사력과 경제력이 없는 국가가 문화력만으로 다른 나라 사람들을 설득할 수는 없을 것이다. 강한 군사력은 그 자체로 선망과 존경의 대상이 되기도 한다. 여린 힘만으로는 무력하지만, 굳은 힘과 여린 힘이 다 있는 것이 군사력만 있는 것보다 효과적이라는 사실은 의심할 여지가 없다. 기술공학의 대중화는 테러 비용을 저렴하게 하였다. 인터넷을 통하여 얻은 정보에 의하여 비행기 탑승권을 구매할 정도의 비용으로 부품을 구입하고 폭탄을 조립하여 비행기를 폭파할 수 있게 되었다. 대량살상 수단의 크기가 작아지고 가격이 낮아지면서 저항 단체들이 입수하기 쉬워졌고 심지어는 부유한 개인이 손에 넣을 수도 있게 되었다. 만일 비정상적인 집단이 생물무기나 핵물질을 가지게 된다면 그들의 손에 수백만 명이 목숨을 잃는 일이 발생하게 될지도 모른다. 테러를 막기 위한 방법으로는 하드파워보다 소프트파워가 더 효과적이라고 할 수 있을 것이다. 테러 행위뿐만 아니라 국제범죄와 전염병 확산과 기후 변화 같은 문제를 군사력으로 해결할 수는 없다.

2

원래 마르크스의 재생산 도식에 따르면 중공업 부문은 경공업 부문에 불변자본을 공급하고 경공업 부문은 중공업 부문에 가변자본과 잉여가치를 공급하므로 임금과 이윤은 중공업 부문의 수요가 되고 기계는 경공업 부문의 수요가 된다. 자본가의 소비를 제외하고, 두 부문의 잉여가치를 각각 추가불변자본과 추가가변자본으로 나누면 중공업 부문은 경공업 부문에 불변자본과 추가불변자본을 공급하고 경공업 부문은 중공업 부문에 가변자본과 추가 가변자본을 공급한다. 자본-노동 비율이 고도화됨으로써 이윤율이 떨어지는 경향의 법칙은 반대로 작용하는 원인들에 의하여 상쇄된다. 반대로 작용하는 원인들 가운데 가장 중요한 것은 필요노동과 잉여노동의 시간배분을 변화시키어 상대적 잉여가치의 생산을 늘리는 기술혁신이다. 마르크스는 이윤율이 떨어지는 경향의 법칙과 반대로 작용하는 원인들의 관계를 "오오! 그의 가슴에는 서로 떨어지고자 하는 두 개의 영혼이 깃들어 있구나!"라는 파우스트의 말로써 설명해 보고자 하였다.[3] 기술혁신이 중단 없이 계속된다 하더라도 불변자본/가변자본의 분해와 추가불변자본/추가가변자본의 분해에서 시간이 교란요인으로 작용함으로써 중공업 부문과 경공업 부문의 균형 조건은 항상 어디에선가 어긋남이 개입하게 된다. 이러한 어긋남은 단순한 착오가 아니라 현대사회의 운명이다. 사회가 아무리 투철하게 계획되고 조직적으로 동원된다 하더라도 어긋난 사개를 맞물리지 못한다. 그러나 근본적인 어긋남은 어쩔 수 없다 하더라도 하나의 사회체제가 최소한의 안정성을 유지하려면 중공업 부문과 경공업 부문이 서로 주고받을 수 있을 만큼 발달해 있어야 한다. 북한은 중공업부터 개발하였고 남한은 경공업부터 개발하였다. 순서는 어찌됐든 상관없으나 남한의 중공업은 경공업과 주고받을 정도로 성장해 있는데 북한의 경공업은 중공업과 주고받을 정도로 성장해 있지 않다는 데 문제가 있다.

기술혁신이 가능하기 때문에 인구가 늘고 조세가 증가해도 생산능률은 계속해서 높아지는 것이 현대사회의 특징이다. 문제는 현대가 중공업 중심의 사회라 하더라도 중공업만 혼자서는 재생산을 계속할 수 없고 반드시

3) Karl Marx, *Capital I*, trans. Samuel Moor and Edward Aveling (London: Swan Sonnenschein, Lowery, 1889), p.604.

중공업과 경공업이 기계와 돈을 주고받으며 공존해야 재생산이 가능하다는 데 있다. 중공업은 노동력과 기계로 생산재를 생산하고 경공업은 노동력과 기계로 소비재를 생산한다. 중공업 즉 생산재 생산부문은 경공업에 기계를 팔고 경공업 즉 소비재 생산부문은 중공업에 돈을 갚는다. 그렇다면 중공업의 임금과 부가가치는 중공업이 기계를 팔아 경공업으로부터 받은 화폐의 액수와 일치되어야 한다. 중공업에게는 그 이외에 돈이 들어올 길이 없기 때문이다. 그러나 기술수준이 끊임없이 바뀌고 있기 때문에 중공업과 경공업이 기계와 돈을 균형 있게 주고받으며 공존하기는 대단히 어렵다. 경공업에 호황이 오면 기계에 대한 수요가 필요 이상으로 늘어나고 경공업에 불황이 오면 기계에 대한 수요가 필요 이하로 줄어든다. 옷이 좀 더 팔리고 덜 팔리는 것은 큰 문제가 안 되지만 과잉생산해 놓은 기계가 안 팔리면 그 엄청난 투자액 때문에 사회 전체가 장기침체를 겪게 된다. 물론 장기침체는 기술혁신을 못한 기업과 생산성이 낮은 노동력을 도태시킴으로써 경제구조를 더욱 강하게 하는 효과를 가지고 있다. 그러나 모든 사람이 부도와 실직의 위험 속에서 살아야 한다는 것이 현대사회의 특징이다.

그러므로 현대사회에 가장 중요한 두 가지 계수를 든다면 하나는 자본-노동 비율이고 다른 하나는 노동생산능률이다. 자본-노동 비율은 자본장비율이라고도 하는 것으로 노동자 한 사람이 사용하는 기계의 양이다. 노동자들만이 아니라 우리가 사용하는 기계의 양도 증가하고 있다. 일용할 양식만이 아니라 일용할 기계가 필요한 시대인 것이다. 노동생산능률은 생산량을 노동자의 수로 나눈 것으로서 공부에 비교한다면 영어책을 하루 50페이지 읽다가 100페이지 읽게 되었다면 능률이 두 배로 늘어난 것이 된다. 현대사회에서 노동-자본 비율과 노동생산능률의 경쟁에서 자유로운 사람은 없다.

생산의 경쟁에 그치지 않고 생산이 판매과정의 일부로 편입될 때 우리는 그 사회를 마케팅 사회라고 부른다. 그것은 모든 사람이 세일즈맨이 되는 사회이다. 마케팅 사회는 자기를 판매하는 사회이다. 마케팅 사회의 전형적인 인간형을 시장형 인간, 저장형 인간, 착취형 인간으로 분류한다. 시장형 인간이란 상품처럼 인기를 얻으려 하는 인간형으로서 모두에게 좋게 보이지만 실제로는 내용이 없는 인간형이다. 인기 배우, 인기 교수 같은 사람들이다. 모든 남자의 연인인 여배우가 결혼만 하면 이혼하는 것이 한 예가 된다. 텔레비전 광고를 보고 사 먹어봐서 맛있는 음식은 별로 없다. 저장형 인간은 모든 것을 저장하기만 하고 닳을까 두려워 사용하지 않는 인간형이다. 여자도 잘 꾸며 놓고 나가지 못하게 하거나 책을 사도 표지를 예쁘게 해 놓고 읽지는 않는다. 착취형은 무엇이든 빼앗고 훔치고 하기를 즐기는 인간형이다. 책도 훔친 것을 즐겨 읽고 여자도 쉽게 만나면 재미를 못 느끼고 친구의 애인을 빼앗거나 해야 기쁨을 느낀다. 불륜이나 도착을 즐기는 것도 이런 사람들의 연애 방식이다. 고든 털로크는 『경제학의 신세계』에서 시장형 인간의 논리를 명확하게 보여 주었다. 그에 의하면 섹스의 수요량은 가격의 함수이다. "합리적인 인간이라면 한계수익과 한계비용이 같아지는 점까지 섹스를 소비할 것이기 때문에 상대가격의 변화에 따라 아이스크림이 섹스를 대체할 수도 있다"[4]는 것이다. 섹스를 비용이 수반되는 교환과정으로 여기는 사람이 실제로 있을지도 모른다. 그러나 시대의 퇴폐를 합리화하는 것은 이데올로기이지 과학이 아니다. 무엇보다도 털로크는 부분에 해당되는 사태를 전체에 적용하고 있다. "인간의 어떤 행동은 교환에 연관되어 있다"는 문장을 "인간의 모든 행동은 교환에 연관되어 있다"는 문장으로 바꾸어 경제적 교환관계가 아닌 인간의 상호관계에까지 교환의 개념을 적용하고 있는 것이다. 인간이 상품이 되는 접속access의 시대에는 사람들이 항구적인 소유보다 일시적인 사용을 중시하게 되므로 기업도 새로운 모델이 나올 때마다 바꾸어 쓸 수 있는 마케팅 전략을 추구한다. 돈만 주면 어떠한 경험이라도 할 수 있으므로 이제 사람들은 재산의 축적보다 스타일

4) Richard B. Mckenzie and Gordon Tullock, *The New World of Economics* (Homewood, Ill.: Irwin, 1975), pp.51-52.

과 패션을 더 중요하게 여긴다. 항상 새로운 것을 추구하는 이들의 이미지(映像) 실험은 기술혁신을 자극하여 기업으로 하여금 끊임없이 새로운 모델의 상품을 만들어내게 하는 데 기여한다.

군사력과 경제력만으로는 충분하지 않고 문화력이 필요한 이유는 국제정치에서 자기 국가의 영향력을 강화해야 한다는 데 있을 뿐 아니라 지구 단위로 진행되는 마케팅 사회에 적합한 윤리를 개발해야 한다는 데에도 있다.

3

군사력과 경제력이 제한되어 있기 때문에 한국이 개발할 수 있는 문화력 또한 대단히 제한되어 있다. 노벨상 수상자의 수는 미국 영국 독일 프랑스의 순서이고 그 가운데 노벨 문학상의 수상자 수는 프랑스 미국 영국 독일의 순서이다. 다섯 번째로 노벨문학상을 많이 받은 나라는 스페인이다. 유럽 지역에서 노벨상 수상자를 낸 나라는 모두 21개국이다. 월드컵에서 16강에 올랐지만 한국의 축구팀이 영국의 맨체스터 유나이티드 같은 인기를 얻는다든가 한국의 농구팀이 11개 언어로 224개국에 중개되는 미국의 메이저 리그와 같이 유명하게 되는 것이 불가능할 것이다. 그러나 현재 미국 영화의 세계시장 점유율이 80% 이상인데 2003년도 이래 한국영화는 계속해서 한국 영화시장의 50%를 점유하고 있으니 영화는 한국이 주력해 볼 만한 소프트 파워라고 할 수 있고, 영어를 쓰지 않는 나라에서 만들어 낸 문서 편집 프로그램이 완전히 자취를 감추었는데 한국에서만 한국만의 문서 편집 프로그램이 사용되고 있으니 컴퓨터 관련 분야 또한 한국이 주력해 볼 만한 소프트 파워라고 할 수 있다. 그러므로 나는 여기서 영화에도 관련되고 컴퓨터에도 관련되는 전자문학(e-Literature)을 한국의 소프트 파워로 개발하는 방안을 제기해 보고자 한다. 문학의 3대 장르인 시와 소설과 연극을 가르는 기준—장르 표지는 주관성(1인칭 장르)과 객관성(3인칭 장르)과 상호성(2인칭 장르)에 있을 것이나 그 장르의 원형을 더듬어 노래와 이야기와 놀이로서 장르 표지를 삼아도 된다. 컴퓨터를 통하여 창작되고 수용되는 전자문학은 고급문학과 대중문학의 경계를 폐지하였다. 전자문학에서는 시와 노래, 소설과 이야기, 연극과 놀이의 구별이 없다. 여러 사람이 이어서 시를 짓는 릴레이 시(接力詩)와 시의 어느 한 부분을 고쳐지어서 시를 읽는 사람이 시의 한 부분을 클릭하면 새로운 시를 읽게 되는 하이퍼텍스트 시(超文本鏈接詩)와 가수의 도상을 만들고 컴퓨터로 노래를 작곡하여 음성합성의 기술로 음성과 영상을 결합하는 사이버 가수(網絡歌手)와 실제의 사람이 얼굴을 드러내지 않고 인터넷에서만 활동하는 MP_3 가수의 구별이 없어진 것이다. 이야기 전자문학에는 여러 사람이 이어가며 짓는 릴레이 소설(接力小說)과 소설의 어느 한 부분을 고쳐서 다른 소설로 만드는 하이퍼텍스트 소설(超文本小說) 이외에 좋아하는 이야기 전체를 바꿔 쓰는 팬픽(fan fiction 同人小說)이 있다. 하이퍼텍스트 소설은 소설에 각주 번호 같은 것이 붙어 있어서 그것을 누르면 거의 새로운 다른 소설로 들어가게 되어 있는 이야기이다. 새로운 이야기가 아니라 때로는 그림이나 음악이 나오기도 한다. 논문을 읽다가 각주 번호를 누르면 짧은 주가 아니라 새로운 긴 논문으로 들어가게 되어 있는 것과 같다. 컴퓨터 그래픽과 영상 편집기를 이용하면 혼자서 애니메이션을 제작할 수 있다. 컴퓨터로 그림을 그리는 기술은 만화 제작을 용이하게 했을 뿐 아니라 한걸음 더 나아가서 인물을 움직일 수 있게 하는 데까지 도달한 것이다. 벡터 이미지 방식(vector image method)이라는 기술을 사용하는 컴퓨터 프로그램은 애니메이션과 음성자료를 결합하여 아주 쉽게 flash movie를 만들 수 있게 한다. 애니메이션과 플래시 무비는 대화 형식으로 되어 있지만 혼자서 이야기를 전개한다는 점에서 이야기 전자문학에 속한다.

놀이의 영역에서 전자문학은 다른 분야보다 더욱 눈부시게 발전하고 있다. 휴대전화를 이용한 모바일 게임(手機遊戲)과 오감을 활용하는 DDR 같은 체감 게임(體驗遊戲)과 수천 명이 동시에 참여하여 게임을 할 수 있는 MMORPG (massively multi-player online role playing game 大型多人在線遊戲) 등은 현재 개발되고 있는 첨단적 게임 형식이라고 할 수 있다. adventure(冒險), role playing(角色), simulation game(模擬) 같은 Mud Game은 놀이하는 사람이 서버 컴퓨터에 접속하여 하나의 캐릭터를 맡고 직접 가상세계의 주인이 되어서 이야기를 풀어나가는 놀이이다. 하나의 머드 게임에 참여하는 것은 가면을 선택하고 가면극에 출연하는 것과 같다. 놀이하는 사람은 고정된 정체성을 가지고 있지 않다. 어떤 가면을 선택하느냐에 따라 그의 역할이 달라진다. 직접 참여는 수용자와 제작자의 구분을 넘어서 놀이하는 사람 모두가 놀이에 개입하여 놀이를 조작하고 제어할 수 있게 한다. 놀이에 참여하는 동안 놀이하는 사람은 도상과 음향과 언어의 효과에 의하여 가상현실을 경험하게 된다. 전자 게임을 마친 사람은 누구나 어떤 형태의 것이든 처음-중간-끝의 구성을 인식하게 되지만 게임을 하는 동안에 그는 그 구성을 미리 알 수 없다. 그가 의식하는 것은 어떻게 시작되었으며 어떤 과제를 해결해야 한다는 시발점과 도달점뿐이다. 놀이의 중간 과정은 전부 그의 선택에 좌우된다. 무슨 일이 일어날지를 미리 알 수 없다는 것이 전자 게임의 가장 큰 매력이다. 그는 실패를 거듭하면서 실패를 극복하고 문제를 해결하기 위하여 순간순간 새롭게 결단을 내리지 않으면 안 된다. 전자 게임을 하려면 먼저 data(資料)와 algorithm(規則體系)을 구비한 데이터베이스를 만들어야 한다. 이것은 단어를 문법규칙에 따라 문장을 만드는 것과 같은 방식이다. 전자 게임의 데이터베이스는 놀이를 할 수 있도록 구조화된 자료의 총체이다. 전자 게임의 발전은 동원할 수 있는 데이터가 더 완전하게 구비되는 과정이다. 우리들이 사용하는 언어는 단어와 같은 어떤 것이 횡적으로 연결된 형태라고 생각하기 쉽지만, 문장 구조를 바르게 파악하기 위해서는 서로 배타적인 단어들의 집합 가운데서 단어를 하나씩 선택하고 단어를 순서대로 연결해 나감으로써 문장이 형성된다고 생각해야 한다. 문장 구조는 다음과 같은 두 가지 질문을 전제로 하고 있다.

1. 횡적으로 이어진 단어는 어떤 구성요소로 되어 있고 또 서로 어떤 관계를 이루고 있는가?
2. 개개의 단어나 구성 요소가 실제 문장에는 나타나지 않은 어떤 다른 단어나 구성 요소들을 배제하고 있는가?

가령 "개는 가축이다"라는 문장에서 '개는'은 '가축이다'와 주어+술어로 결합된 관계에 있고, 또 '말·소·양' 등의 다른 단어들을 배제하고 선택된 관계에 있다. 이와 같이 단어들이 횡적으로 관련되는 방식을 결합관계(組合關係)라 하고 결합관계로 맺어진 단어들의 전체를 결합체라 한다. 이것에 비교해서 '개'의 위치에 '개' 대신으로 나타날 수 있는 잠재적 단어들이 서로 관련되는 방식을 계열관계(聚合關係)라 하며, 계열관계로 맺어진 잠재적 단어들의 전체를 계열체라 한다. 결합관계는 결합 가능성에 관계된다. 두 요소는 서로 작용할 수 있거나 서로 작용할 수 없으며, 양립할 수 있거나 양립할 수 없다. 계열관계는 선택 가능성을 결정한다. 요소의 의미는 주어진 연쇄 안의 같은 자리를 채울 수 있는 다른 요소들과의 기능적 대조에 의존한다. 전자 게임의 데이터베이스는 자료들의 계열체이다. 게임을 하는 것은 그 계열체에서 일정한 항목들을 선택하여 결합하는 일이다. 우리가 아침에 치마 중에서 하나를 선택하고 저고리 중에서 하나를 선택하여 치마와 저고리를 결합하는 것과 동일한 행동이다. 데이터베이스에 내장되어 있는 알고리듬은 진행순서에 따라 성공과 실패를 판정해 줌으로써 선택의 방향을 결정하게 하는 논리적인 실행규칙이다. 사람들이 각각 캐릭터를 맡아 놀이를 전개하면, 마스터가 그 역시 하나의 캐릭터를 맡아서 놀이에 참여하면서 동시에 놀이 전체의 진행방향을 결정하는 role playing에서 게임 마스터(遊戲 管

理者)가 하는 일을 대신하는 기계적 메카니즘이 알고리듬이고 컴퓨터 사용자가 데이터와 알고리듬에 접속할 수 있게 하는 중개장치가 interface이다. 인터페이스도 데이터베이스에 내장되어 있다. 일본의 コ-エ-社(光榮社)가 만든 "三國志 게임"은 이미 11개째 버전(版本)이 시장에 나왔다. 『삼국지Ⅱ』는 41개 지역으로 분할된 중국 지도로 시작한다. 게임을 하려면 어느 한 지역의 군주를 선택하고 그 캐릭터로서 군대를 모으고 백성들을 위무하여 영역을 확대하면서 전쟁을 통하여 중국의 41개 지역을 통일해야 한다. 시발점과 도달점은 명확하지만 과정은 지극히 유동적이다. 『삼국지 Ⅶ』은 산악과 하천을 실경(實景)에 가깝게 나타냄으로써 공간적 현실감을 강화하였고 게임하는 사람이 군주만이 아니라 일반 장수도 캐릭터로 선택할 수 있게 하여 낮은 곳에서 수련을 통해 승진함으로써 끝내 천하통일에 이를 수 있도록 하였다. 삼국지 게임은 애니메이션과 함께 일본의 중요한 소프트 파워가 되었다. 한국도 영화와 컴퓨터 분야에서 점유하고 있는 상대적 우위를 살려서 전자문학을 한국의 소프트 파워로 개발하고 있고 그것의 세계시장 점유율은 괄목할 정도로 높아지고 있다. 그러나 기업의 성공 정도에 비교해 볼 때 대학측의 전자문학 교육은 불모에 가깝다. 전자문학을 개발하려면 전자공학자와 뇌과학자에 의한 기술개발만이 아니라 인문학자의 콘텐츠 개발이 병행하여 추진되어야 한다. 장기적으로 전자문학을 한국의 소프트 파워로 발전시키려면 디지털 문학 또는 전자문학을 대학의 교양과목과 전공과목, 그리고 대학원 연계과목(전자공학, 뇌과학, 언어학, 비교문학 등의 협동과정)으로 편입하는 것이 필요할 것이다.

참 고 문 헌

윤천주, 한국정치체계, 고대출판부, 1963.

Joseph S. Nye, Bound to Lead: The Changing Nature of World Power, *Political Science Quarterly* 105, Issue 2(1990 Summer).

Karl Marx, *Capital* Ⅰ, trans. Samuel Moor and Edward Aveling, London: Swan Sonnenschein, Lowery, 1889.

Richard B. Mckenzie and Gordon Tullock, *The New World of Economics,* Homewood, Ill.: Irwin, 1975.

‘우리어문학회’의 활동 양상과 『국문학사』*

김용찬**

1. 머리말

일제 식민지라는 암흑기를 거쳐 해방된 이후, 그동안 주변적 학문으로 치부되었던 ‘조선어문학’은 비로소 독립된 국가의 언어와 문학을 주체적으로 인식할 수 있는 ‘국어국문학’이라는 이름을 획득하게 되었다. 때문에 해방과 함께 대학이 설립되고, 각 대학에는 ‘국어국문학과’를 설치하는 것이 당연시되었다. 이후 ‘한국전쟁’이 발발한 1950년까지의 ‘해방공간’에서 국어국문학의 다양한 학문적 모색이 이뤄졌는데, 대체로 여러 대학의 국어국문학과를 중심으로 그에 대한 논의가 진행되었다. 이 당시 활동했던 국문학 연구자들은 새로운 시대에 맞는 국문학의 개념과 범주를 설정하려는 노력을 경주했다. 식민지 시절의 잔재를 청산하면서, 새로운 학문으로서 국문학

* 『남도문화연구』 제26집(순천대학교 남도문화연구소, 2014)에 수록한 논문임.
** 순천대학교 국어교육과

의 체계를 정립하는 것이 시급했기 때문이다. 나아가 기반이 튼실하지 못한 국문학에 대한 이론적 모색을 진행함과 아울러, 이를 교육 현장에서 적용시킬 수 있는 틀을 세워나가야만 했다.

이 시기 각 대학의 교단에서 자리를 잡았던 이들은 주로 식민지 시절 경성제대 조선어문학과를 졸업한 학자들이었고, 그들은 '우리나라 국어국문학 연구 제1세대의 핵심을 구성'한다고 평가되고 있다. 이들에 의해 '국어국문학 연구는 근대적 학문으로서의 기본 골격을 갖추게 되었'고, 대학 강단에서 후속 세대의 양성에 나설 수 있게 되었다.[1] 그러나 당시 각 대학의 국어국문학과에서는 강의할 과목이나 교재 등이 제대로 갖춰지지 않아, 학문 연구는 물론이고 수업의 운용에 있어서도 적지 않은 곤란을 겪고 있었다. 이러한 문제점을 인식하고 나름의 해결책을 모색하고자, 이들 중 일부 학자들이 모여 1948년에 만든 모임이 바로 본고에서 살펴볼 '우리어문학회'이다.[2]

이 모임의 구성원들은 모두 식민지 시절 경성제대 조선어문학과를 졸업하고 해방 이후 서울대학교에서 교수와 강사를 지내던 인연을 공유하고 있는데, 대표격이었던 방종현(方鍾鉉) 등 7인이 이 학술 모임의 주축이었다.[3] 구성원의 한 사람이었던 김형규 스스로도 '정식 단체라고 말할 수 없고, 같은 직장에 인연을 가진 동창생들의 모임에 지나지 않았다'고 술회한 바 있다.[4] 비록 제한된 구성원들에 의해 2년 남짓한 짧은 기간 활동했지만, 이들

1) 염무웅, 「자연의 가면 뒤에 숨은 역사의 흔적들」, 『분화와 심화, 어둠 속의 풍경들』, 민음사, 2007, 12~13면.

2) 김형규의 기억에 의하면, "해방 후 대학에서 강의를 하는데 준비를 하면서 스스로의 의문을 풀고 서로 도움을 받기 위해 주로 을지로에 있는 (서울대) 사범대학에서 한 달에 한 번 모"여 학술 모임을 가졌다고 한다. 김형규, 「방종현 선생의 학회 활동」(대담, 「일사 방종현 선생의 국어학 연구」, 『국어학』 제12집, 국어학회, 1983), 238면. 현재 같은 이름의 학회가 존재하고 있지만, '해방 공간'에서 활동했던 '우리어문학회'와는 전혀 별개의 단체이다.

3) 구성원들은 모두 경성제대 출신으로 '방종현씨가 대표격이었고, 정학모 · 고정옥 · 정형용 · 손낙범 · 구자균 · 김형규 등'이 참여하였다. 이들은 '처음부터 어떤 학회의 목표를 설정한 것이 아니라 결국 같은 필요를 느끼는 사람끼리 모여서 시작한 것이'라 한다. 김형규, 「방종현 선생의 학회 활동」, 237~239면.

4) "이들이 모두 서울대학교 사범대학의 교수 아니면 강사로 인연을 가진 사람들이었다. 방종현

이 국어국문학계에 남긴 학문적 성과는 결코 적지 않다. 이들에 의해 편찬된 『국문학사』와 『국문학개론』은 당시에 국문학의 개념과 범주를 정리하고, 이를 대학 교육에 적용시키고자 한 노력의 산물이었다. 더욱이 정례적인 학술 모임을 통해 구성원들의 연구 발표와 토론을 진행하면서, 앞서 거론한 2권의 공동 저서와 함께 학회의 기관지인 『어문』을 모두 3차례에 걸쳐 펴내기도 하였다. 기관지인 『어문』에는 구성원들의 학술 논문을 주로 발표하면서, 국문학 관련 고전 자료를 꾸준히 소개하였다. 이처럼 그들은 정례적인 학술 모임을 개최하였고, 그 성과를 기관지에 발표함으로써 학회의 연구 기반을 다지는 장으로 활용하였다.

그러나 1950년 발발한 한국전쟁의 와중에서 학회의 주축을 이루던 고정옥 · 정학모 · 정형용 등 3인이 납 · 월북되었고, 이후 활동이 이어지지 않아 자연적으로 해체의 길을 밟게 되었다. 학회의 대표격이었던 방종현 역시 1952년 피난지였던 부산에서 병사(病死)함으로써, 남은 성원들만으로는 더 이상 학회를 유지할 수 없었던 것이다. 우리 역사에 크나큰 상처를 남긴 '한국전쟁'은 국문학 연구 분야에 있어서도 큰 변화를 가져왔는데, 그것은 '전쟁으로 인한 학문적 세대의 구조가 붕괴되고 공백의 지점이 드러'난 것이라 하겠다.[5] 한국전쟁이 휴전으로 마무리된 후 우리어문학회 구성원 일부가 남쪽에 남아 학문 활동을 지속했지만, 더 이상 학회의 이름을 걸고 활동을 하는 것이 쉽지 않았다. 전쟁이 끝난 후 학회의 주축을 이뤘던 주요 구성원들의 공백은 쉽게 메울 수 없을 정도였으며, 새로운 학술 단체인 '국어국문학회'가 1952년에 창립되어 활동을 시작했던 것도 어느 정도 영향을

은 서울대 문리과대학 그리고 구자균과 나(김형규)는 고려대학에 있었다. …… 그리고 앞에서 말한 7명 중 남은 네 사람은 사범대학에 정학모 · 고정옥 · 정형용, 여자사대에 손낙범이 교수로 있었다.", 김형규, 「'우리어문학회' 그리고 개정된 '한글 맞춤법'에 대하여」(『국어학』 제21집, 국어학회, 1991), 4면.

5) 박연희, 「1950년대 '국문학 연구'의 논리 -<국어국문학회> 세대를 중심으로」, 『사이 間 SAI』 제2호, 국제한국문학문화학회, 2007, 198면.

미쳤다고 하겠다.6)

종전 이후 한반도의 남과 북에서는 서로 다른 이념적 지향의 정권이 등장하여, 지금까지 대립적 구도가 지속되고 있다. 남쪽에서는 반공을 내세운 정권이 권력을 담당했던 까닭에, 납·월북자가 포함된 '우리어문학회'의 존재를 거론하는 것조차 쉽지 않았다. 납·월북 인사들의 작품과 저서가 해금(解禁)된 1988년 무렵에서야, 비로소 납·월북 작가들과 연구자들의 작품이나 연구 성과에 대해 논의가 진행될 수 있었다. 이러한 역사적 상황으로 인해, 납·월북자가 포함된 '우리어문학회'의 활동이나 그들의 저작에 대해 본격적으로 연구하는 것은 그 이전까지 쉽게 생각할 수 없었다. 그래서인지 몇몇 연구자들에 의해 이 모임의 존재가 단편적으로 거론되기도 했으나, 아직까지 학계에서 '우리어문학회'나 그들의 활동에 대한 보고나 평가가 본격적으로 이뤄지지 않았다.

하지만 이들의 활동이 이후 국문학계에 끼친 영향이 적지 않다고 판단되기에, 학회의 활동 양상과 그들이 남긴 저작에 대한 연구가 필요한 시점이라 하겠다. 그리하여 본고는 학회의 기관지로 총 3호가 발간되었던 『어문』을 통해서 그들의 활동 양상과 학회의 성격을 살펴보고, 구성원들의 공동집필로 이루어진 『국문학사』의 체제와 내용을 분석해서 그 학문적 성과를 짚어보고자 한다. 국문학 관련 학회로서는 해방 이후 최초로 결성된 것이 바로 우리어문학회인데, 그들은 당시 대학이 편제되는 과정에서 국문학의 체계를 정립하기 위한 연구자들 모임이라는 성격을 지니고 있었다. 따라서 학회의 성격과 활동 양상을 살펴, 국문학 연구사에서 그들의 위상을 짚어볼 필요가 있다. 아울러 그들이 편찬한 『국문학사』의 체제와 성격 및 국문학 연구사에서의 위치를 점검하고, 필요하다면 비슷한 시기에 출간된 여타의 국문학사들과의 비교를 통해 그 특징을 살펴보도록 하겠다.

---

6) '국어국문학회'의 창립과 활동 양상에 대해서는 박연희, 앞의 논문을 참조할 것.

2. 우리어문학회의 성립과 활동 양상

식민지 시절 '조선문학'이라 칭했던 우리의 문학을 당당히 '국문학'이라 명명할 수 있었던 것은, '해방공간'에서 활동했던 국문학 연구자들에게 적지 않은 의미를 안겨주었다. 주지하듯이 일제시대에 '국문학'은 당연히 일본문학을 의미했고, '조선문학'은 그저 주변적 학문으로 취급되었을 뿐이다. 해방 이후에도 서울대학교를 비롯한 여러 대학에서 국어국문학과가 개설되었지만, 국어국문학에 대한 체계적인 연구와 강의는 제대로 진행되기 힘든 상황에 처해 있었다. 다음의 진술을 통해서, 식민지 시절 대학 교육의 실상을 어느 정도 짐작할 수 있을 것이다.

> 일제시대 조선어문학과를 전공했다고 해서 대학 교단에 섰으나, 참으로 어려움이 많았다. 우리가 가르칠 준비가 돼 있지 않기 때문이다. …… 경성제대의 조선어문학과에는 문학에 다카하시(高橋) 교수, 어학에는 오쿠라(小倉) 교수 두 사람이 있었다. 다카하시(高橋) 교수는 한문학을 중심으로 하여서 우리 순수문학 연구에는 도움이 되지 못했다. 오쿠라(小倉) 교수는 연구가 깊은 사람이지만 우리가 대학에 들어갔을 때는 동경대학 언어학과 교수로 가서 여기에는 1년에 9~10월 2개월 동안만 와서 집중 강의를 하고 돌아갔으니, 미흡한 점이 많았다. 더구나 그 당시는 오늘과 같이 조직적이요 체계적인 카류크램이 있는 것이 아니요, 교수가 자기 뜻대로 강의 제목을 내놓고 강의를 하였으니, 그들에게서 배운 것은 연구하는 방법론이나 있었지 실속은 우리가 스스로 개척할 수밖에 없었다.[7)]

우리어문학회의 구성원 중 한 사람이며, 경성제대 조선어문학과 출신으로 당시 고려대학교 교수였던 김형규는 자신들이 배웠던 대학의 상황에 대해 이렇게 회고하고 있다. 경성제대의 조선어문학과에는 문학과 어학을 담당한 교수가 각 1인씩 있었으며, 체계적인 교과 과정(curriculum)도 없이 교

7) 김형규, 「'우리어문학회' 그리고 개정된 '한글 맞춤법'에 대하여」, 5면.

수가 임의로 개설한 과목을 수강하는 형식이었다. 더욱이 어학의 경우에는 교수의 사정으로 '1년에 2개월 동안 집중 강의를 하는' 경우도 있었다고 한다. 경성제대의 이러한 환경에서 수학했던 초창기 국문학 연구자들은 학문의 방법과 내용을 온전히 자신들의 노력으로 채워나갈 수밖에 없었던 것이다. 그런 의미에서 '해방 공간'에서 각 대학의 교수로 자리를 잡은 이들에게 닥친 가장 큰 문제는 바로 체계적인 국어국문학 교육을 위한 교과 과정의 정립과 그에 적합한 교재를 확보하는 것이었다. 본고에서 살필 '우리어문학회'가 설립된 것도 학회 구성원들의 이러한 현실적인 고민에서 비롯되었다고 하겠다.

그럼 구체적으로 우리어문학회의 결성 과정과 학회의 성격, 그리고 그들의 활동 상황에 대해서 살펴보기로 하자. 우리어문학회의 기관지인 『어문』에 '일지(日誌)' 형식으로 기록을 남겨, 다행스럽게도 학회의 결성 과정과 활동 상황에 대해서는 비교적 상세히 파악할 수 있었다.[8] 우리어문학회는 1948년 6월 방종현 등 7인이 '국어교육연구회'라는 이름으로 발족하였으며, 후에 개칭하여 비로소 '우리어문학회'라는 명칭을 사용하였다. 『어문』의 창간호에 수록된 「우리어문학회 일지」에는, 사전에 한 차례의 예비 모임을 거쳐 1948년 6월 20일 '국어교육연구회'를 발기하여 7인의 참여자가 위원이 된다고 밝히고 있다. 이들은 그해 8월 학회의 공동 작업으로 『국문학사』를 발간하면서, 모임의 명칭을 '우리어문학회'로 개칭(改稱)하게 된다.[9] 이들은

8) 『어문』은 모두 3차례에 걸쳐 발간되었는데, '창간호'에 「우리어문학회 일지」라는 제하에 1948년 6월 18일부터 9월 10일까지의 활동 상황이 모두 13개 항에 걸쳐 기록되었다. '제2호'에는 「우리어문학회 소식」이라는 제목으로 1948년 10월 8일부터 12월 24일까지의 활동이 5개항, '제3호'에는 1949년 3월 15일부터 12월 30일까지의 활동 상황이 12개 항목으로 기록되어 있다. 창간호의 기록자는 밝혀져 있지 않으나, 2호와 3호의 「우리어문학회 소식」 항목 말미에 정형용(鄭亨容)의 이름이 기입되어 있다. 따라서 '우리어문학회'의 활동에 대한 서술은, 기록으로 남은 1948년 6월~1949년 12월 사이 약 1년 6개월 동안의 내용이 주가 될 것이다. 이밖에도 2권의 공동 저술과 『어문』에 남긴 글을 통해서, 각 구성원들의 구체적인 관심사를 추적해 볼 수 있을 것이다.

9) 1948년 6월 20일(일) '국어교육연구회'를 발기하고, 이후 여러 차례 구성원들의 학술 발표를 개최하였다. 『국문학사』의 출간을 앞둔 8월 6일(금) 회합에서 비로소 '우리어문학회'라 개칭

'국어국문학과 국어교육에 관한 문제를 검토하고 국어국문학총서와 같은 것을 발간하'기 위한 취지로 모임을 결성했다.[10] 즉 "해방 이후 국문학 학회로서는 처음 결성된 '우리어문학회'는 대학이 편제되는 과정에서, 달리 말하자면 '조선어문학'이 '국어국문학'으로 이행되는 과정에서 '강의를 하는데 있어 학문적 체계를 어떻게 구축할 것인가'라는 문제의식 아래 창립"[11]된 것이다.

'우리어문학회'는 학회라는 명칭을 사용하고는 있었으나, 실제로는 같은 뜻을 공유하는 일종의 동인(同人) 모임과 같은 성격[12]을 지닌 '초보적인 형태의 집단적인 학문 운동'[13]이었다. 경성제대 조선어문학과 출신인 학회의 구성원들이 여러 대학의 국어국문학 관련 과목을 담당하게 되었지만, 강의를 할 수 있는 교재는 물론 그동안 이뤄졌던 연구 성과의 정리가 채 이뤄지지 못한 상태였다. 따라서 이들은 "서로가 연구하고 강의하면서 부닥치는 어려움을 서로 같이 해결해 보자"[14]는 취지에서 학회를 결성했고, 모임을 통해 교재 발간과 강의에 대한 정보 교류를 진행했다. 창립 당시 그들이 밝힌 결의 사항은 다음과 같다.

하여 활동하였다.(「우리어문학회 일지」, 『어문』 창간호, 21~25면)

10) "1. 4281년(1948년) 6월 18일(金) 오후에 방종현, 김형규, 손낙범, 정형용 4인이(於方鍾鉉氏宅) 모이어 국어국문학과 국어교육에 관한 문제를 토론하고 국어국문학총서와 같은 것을 발간하는 모임이 필요함을 상의하고 래(來) 20일(日) 오전에 사범대학 국문과 연구실로 집합하기로 하다.", 「우리어문학회 일지」, 『어문』 창간호, 21면. 원문은 한자로 표기되어 있으나, 편의상 한글로 바꾸어 표기하고 필요할 경우 한자를 괄호 안에 병기하기로 한다.

11) 박연희, 「1950년대 '국문학 연구'의 논리」, 201면. 이들이 학회라는 명칭을 사용했으나, 실제 활동은 학회라기보다 몇몇 연구자들의 '소모임'에 불과했다는 평가도 가능하다.

12) 이들은 경성제대 출신으로서의 유대감이 강했던 것으로 파악되는데, 서로 다른 대학이나 학과에 근무하면서도 필요한 경우 서로 강사로 초빙하기도 했다. 김형규의 다음 진술을 통해서 그러한 실상을 확인할 수 있다. "사대 계통에 있는 사람은 모두가 문학을 전공하는 사람들이라 국어학을 하는 방형(방종현)이 사범대학을 내가 여자사대에 나가 강의를 맡았고, 구자균도 학교가 가깝고 교수가 모자라는 여자사대에 나가 강의를 맡게 되어 이렇게 인연이 맺어진 것이다.", 김형규, 「'우리어문학회' 그리고 개정된 '한글 맞춤법'에 대하여」, 4면.

13) 염무웅, 「자연의 가면 뒤에 숨은 역사의 흔적들」, 13면.

14) 김형규, 「'우리어문학회' 그리고 개정된 '한글 맞춤법'에 대하여」, 5면.

2. 동년(1948년) 6월 20일 오전에 방종현·정학모·구자균·김형규·손낙범·고정옥·정형용 7인이 집합(集合)하여 「국어교육연구회」를 발기하고 위원(委員)이 되는 동시에 아래와 같이 결의하다.
   (가) 매월 제1 금요일(오후 3시)을 예회일(例會日)로 정하고 집합 장소를 사범대학 국문과 연구실로 하다.
   (나) 본회의 위원은 위원 중 1인이 위원회에 추천하여 그 결의에 의하여 결정함.
   (다) 사업으로서는 기관지와 고전문학총서를 발간하기로 함.[15]

이들의 결의한 사항을 보면, 매월 한 차례 개최하는 예회일에 학회의 활동 방향을 정하는 모임을 갖거나 간혹 구성원들이 준비한 논문을 발표하기도 했다.[16] 그밖에도 기관지와 고전문학 총서를 발간하기로 하였는데, 이는 후에 『어문』의 창간과 『국문학사』·『국문학개론』 등 2권의 공동 저서로 결실을 맺게 되었다. 처음 '국어교육연구회'라는 명칭을 사용했던 것으로 보아, 그 출발은 본격적인 학회라기보다 애초에 '위원회'의 성격을 지닌 소규모의 동인 모임을 지향했던 것으로 파악된다. 그러다 보니 애초 7인으로 시작된 위원의 수효는 변동이 없었으며, 학회의 활동이 종료될 때까지 새로운 구성원은 충원되지 않았다.[17] 이러한 모임의 성격은 자칫 '폐쇄적'이라는 느낌을 지울 수 없는데, 일정한 자격 기준을 두고 그 기준이 충족되면 제한

---

15) 「우리어문학회 일지」, 『어문』 창간호, 21~22면.

16) 『국문학사』·『국문학개론』의 출판 관련 모임과 고전문학 작품의 교주본 작업을 위한 회합을 제외하고, 구성원들의 학술 발표는 1년 6개월 동안 모두 6차례 있었다. 『어문』에 기록된 회원들의 발표 일시와 제목을 들면 다음과 같다. ① 정형용, 「국어와 조선어, 국문학과 조선문학」(1948. 7. 9), ② 정학모, 「국문학의 시대 구분」(1948. 7. 16), ③ 고정옥, 「문장 기사에 있어서의 언어 단속법에 대한 소고」(1948. 8. 6), ④ 김형규, 「가족 관계의 고어」(1949. 7. 1), ⑤ 구자균, 「평민문학고」(1949. 9. 2), ⑥ 방종현, 「어청도의 일야(一夜)」(1949. 11. 4) 등. 아울러 학회의 회계(會計)는 고정옥이 담당했다.(「우리어문학회 일지」, 『어문』 창간호, 25면.)

17) 『어문』의 2호에는 이숭녕의 글(「우랄·알타이어의 공통 특질론고」)이 실리고, 3호에는 '나비 박사'로 알려진 석주명의 글(「제주도 방언과 마래어(馬來語)」)도 수록되어 있다. 기관지에 학회의 구성원이 아닌 다른 사람들의 글을 실었던 것은 점차 구성원들을 확대하기 위한 시도 중 하나라 파악되나, 한국전쟁으로 기관지의 발간이 멈추게 되어 그 결실을 맺지 못한 것으로 추정된다.

없이 회원으로 가입할 수 있는 요즘의 학회의 회원 규정과 비교해 볼 수 있을 것이다. 또한 학회의 회칙이 존재하는가 여부는 확인되지 않으나, 기관지인 『어문』의 '학회 일지'에 그 문제와 관련된 별도의 기록이 남아 있지 않다. 따라서 위에 제시한 결의 사항이 회칙의 역할을 대신하고, 학회의 운영은 회원들의 토론과 합의에 의해 이끌어나갔던 것이라 해석된다.

학회의 구성원 중에서 방종현과 김형규는 어학을 전공했으며, 다른 이들은 모두 전공 분야가 문학이었다. 그들이 학회를 조직하고 제일 먼저 시작한 사업이 『국문학사』를 집필하는 일이었는데, 그것은 '국문학사'가 국문과의 강의 중 가장 기본적인 과목이기 때문이었다. 이미 식민지 시절 발간된 문학사[18]도 있었지만, 국문학 연구자로서 해방된 조국의 상황에 걸맞은 새로운 문학사를 만들어 학생들에게 가르치고자 하는 욕구를 갖는 것은 너무도 당연했을 것이다. 주지하듯이 당시에는 식민지 시절의 영향으로 '국문학'은 '일본문학'을 연상하게 했으며, 여전히 '조선문학'이라는 용어가 자연스럽게 사용되고 있었다. 때문에 그들은 학회의 첫 번째 정례 모임을 열어, 정형용이 "「국어와 조선어, 국문학과 조선문학」이라는 소론을 발표하고 이어서 국어와 민족과의 관계를 토론하고 순수 조선문학의 개념을 규정하"고자 했다.[19] 이들은 그러한 작업을 당시 국문학 연구자로서의 자기 정체성을 확립하는 것이라 판단했으며, 학회 구성원들은 그러한 토론의 결과를 공유하여 이후 학문 활동의 준거로 삼았다.

이러한 발표와 토론의 과정을 거쳐, 학회의 구성원들은 종래의 '조선문학'이라는 용어를 대신하여 '국문학'이라는 개념을 채택하고 본격적인 『국문학사』의 집필에 나섰다. 초창기 학회의 활동은 온전히 『국문학사』의 집필 활동에 맞춰져 있었는데, 책이 출간된 8월까지 2개월 남짓한 기간 동안 모두 8차례에 걸쳐 관련 모임을 개최했다. 앞서 살펴본 정형용의 발표는

18) 식민지 시절 발간된 문학사는 안확의 『조선문학사』(한일서점, 1922)를 들 수 있다.
19) 「우리어문학회 일지」, 『어문』 창간호, 22면.

'국문학사'의 개념과 그 범주를 설정하는데, 학회 구성원들에게 중요한 지침으로서의 역할을 하는 사전 작업이었다. 아울러 7월 16일에 이뤄진 정학모의 「국문학의 시대 구분」이라는 두 번째의 발표[20] 역시, 집필자들이 공유해야할 '국문학사'의 체제를 구성하는 핵심적인 내용이었다. 학회의 정례 모임을 통해서 두 차례의 연구 발표가 진행된 이후, 본격적인 문학사 발간 작업이 착수되었다.

학회 구성원들 사이에 문학사의 내용과 방향에 대한 어느 정도의 공감대가 형성된 듯, 원고의 집필과 출간 작업은 매우 빠른 속도로 진행되었다. 문학사의 체재와 각자 집필할 부분에 대한 분담을 한 후 약 10여일 만에 초고가 완성되었으며, 이에 구성원들이 만나 3일 동안 원고를 통독(通讀)하면서 '연호 기사법(年號記寫法)' 등에 관한 검토를 진행했다.[21] 이들은 초고를 검토한 지 이틀 만에 다시 만나, 수정 원고를 재차 통독하여 집필 작업을 마무리하였다. 즉 1948년 7월 16일 학회 구성원들이 공동으로 『국문학사』의 발간을 결의한 이래, 원고 집필과 7월 31일 최종 검토에 이르기까지 보름 남짓한 기간이 소요되었다. 그리고 3일 후인 8월 3일에는 손낙범의 책임 아래 출판사에 최종 원고가 넘겨졌다.[22] 이 과정에서 모임의 이름이 '우리어문학회'로 개칭(改稱)되었는데, 이것 역시 『국문학사』의 출간과 관계가 있는 것으로 파악된다.[23] 완성된 원고를 토대로 방종현이 '서문'을 집필하여 구성원들이 모여 통독을 한 후 일부 수정을 거쳤으며, 색인에 대한 교정까지 끝낸 후 1948년 8월 31일에 온전한 모습으로 『국문학사』가 출간되었다.[24]

20) 「우리어문학회 일지」, 『어문』 창간호, 22~23면.
21) 「우리어문학회 일지」, 『어문』 창간호, 23면.
22) 「우리어문학회 일지」, 『어문』 창간호, 23면.
23) 방종현은 『국문학개론』의 서문에 그 이유를 다음과 같이 기술하고 있다. "작년에 우연히 우리는 공동으로 『국문학사』를 처음으로 출판하게 되매, 거기서 비로소 책을 내게 된 것이고, 또 이 모임의 이름까지도 아니 가질 수 없어서 '우리어문학회'라는 이름이 처음으로 생겨나게 된 것이다.", 방종현, 「서」, 『국문학개론』, 일성당서점, 1949, 1면.
24) 「우리어문학회 일지」, 『어문』 창간호, 24~25면. 『국문학사』의 판권란에는 간행일이 1948년 8월 31일로 되어 있다. 그렇다면 출판사인 수로사에서 그해 9월 1일 색인에 대한 교정이 이

여기에서 학회의 명칭인 '우리어문학회'의 의미에 대해 잠시 짚어보기로 하자. 학회의 명칭에 주체로서의 의미를 지니고 있는 '우리'라는 용어를 사용했다는 사실은 그 시사하는 바가 적지 않다. 주지하듯이 식민지에서 벗어나 독립된 국가에서 주체적 학문으로서의 '국어국문학'이라는 명칭을 회복한 것은 매우 중요한 의미를 지닌다. 하지만 소수의 제한된 인원으로 구성된 모임의 특성상, 자신들이 만든 학회의 이름으로 '국어국문학회'와 같은 포괄적 의미를 지닌 용어를 붙이기는 쉽지 않았을 것이다. 그래서 모임의 명칭을 '우리어문학회'라 명명했는데, '우리'라는 용어는 크게 다음의 두 가지 의미를 지니고 있다.

일차적으로 독립된 국가의 일원으로서, 자신들의 주체성을 뚜렷이 드러내고자 '우리'라는 명칭을 사용한 것이라고 생각된다. 다른 어느 나라의 어문학이 아닌, 바로 '우리'의 어문학이라는 의미를 강조하고자 한 것이다. 즉 달라진 시대의 위상을 정립하고, 해방 이후 자국어와 자국문학에 대한 정체성을 드러내려는 의도에서 명명된 것이라 이해할 수 있다. 다음으로 '우리'라는 용어의 사용은 학회 구성원들의 동질감을 공유하기 위한 측면도 고려한 것이다. 비록 소수의 인원에 의해 조직된 학회이지만, 당시 대학 교육의 일선에 서 있던 그들로서는 국문학에 대한 열정과 자부심이 매우 강했을 것임은 자명하다. 따라서 '국어국문학'을 포괄할 수 있으며, 소수로 구성된 회원들의 동질감을 강조하기 위해 '우리어문학회'라는 명칭을 사용했다고 생각된다.[25)]

『국문학사』를 발간한 이후, 학회 구성원들은 정례 모임을 통한 고정옥의 논문 발표[26)]와 아울러 고전문학 작품에 대한 교주본을 출간하기 위한 작업

뤄졌다는 일지의 기록은 착오이거나, 아니면 판권에 기재된 출간일보다 조금 뒤늦은 시기에 인쇄되었기 때문이라 이해된다.

25) 이는 다른 시각에서 경성제대 출신이라는 구성원들의 엘리트 의식이 작용한 결과라는 해석이 가능하며, 활동 기간 내내 새로운 구성원의 영입이 없었다는 사실도 모임의 폐쇄성과 연관된다고 할 수 있겠다.

을 진행했다. 고전소설의 교주본을 출간하는 작업은 학회 창립 당시 결의한 '고전문학총서' 발간의 일환으로 진행되었으며, 가장 먼저 판소리계 소설인 <홍부전>과 <변강쇠전>에 대한 작업을 진행하였다.[27] 이들이 학회 차원에서 '고전문학총서' 발간을 서둔 것은 아마도 대학 교재로 사용하기 위한 목적 때문이었을 것이다. 『어문』 창간호에 「국어국문학 관계 도서 목록(1)」을 수록해 놓았는데, 여기에는 정형용이 조사하여 파악한 1945년부터 1949년까지 출간된 153종의 책 제목과 저자 등을 제시하였다.[28] 목록 중 고전문학 관련 서적은 고전시가 분야가 다수를 차지하고, 고전소설 분야는 상대적으로 많지 않은 것으로 확인된다. 따라서 대학 강의에서 고전시가 관련 강의의 교재로 기존에 출간된 서적들을 이용할 수 있었으나, 고전소설 관련 자료집은 크게 부족했을 것이다. 특히 이미 출간된 고전소설 자료집도 대학 교재로서 사용하기에 적절치 않다고 판단했기 때문에, 학회의 구성원들은 고전소설 교주본을 총서의 대상으로 우선적으로 기획했던 것이다.

이밖에도 앞서 거론했던 <홍부전>·<변강쇠전>은 물론 <춘향전>·<심청전> 등의 판소리계 소설[29]과 <박씨전>[30] 등 고전소설에 대한 교주본을 출간하기 위한 작업은 계속되었다. <변강쇠전>은 구성원들의 공동

---

26) 『국문학사』의 원고 검토를 마친 후, 8월 6일의 정례 모임에서 고정옥의 「문장 기사에 있어서의 언어단속법에 대한 소고」라는 논문 발표가 이뤄졌다.(「우리어문학회 일지」, 『어문』 창간호, 23~24면.) 이 글은 『어문』 제2호에 「잡감(雜感)」이란 제목 아래, 다른 내용들을 포함시켜 수록된다. 이후 회원들의 모임은 주로 고전소설의 교주집 출간, 『국문학개론』의 집필, 그리고 기관지 발간 등에 관한 의견을 교환하는 성격으로 운영되었다. 구성원의 논문 발표는 고정옥의 발표가 있은 지 11개월 후인 1949년 7월 김형규의 발표로 속개되었다.(「우리어문학회 소식」, 『어문』 제3호, 제4면.)

27) 「우리어문학회 일지」, 『어문』 창간호, 24면.

28) 정형용 제공, 「국어국문학 관계 도서목록(1)」, 『어문』 창간호, 26~29면. 목록의 첫 부분에 '해방 전 출판으로 재판 도서도 포함함', 그리고 끝 부분에 '이하 계속'이라는 내용이 기록되어 있다. 하지만 『어문』의 2호와 3호에는 이러한 제목의 기록이 보이지 않는다. 이 목록에서 국어학 서적이 가장 많은 비중을 차지하는데, 아마도 식민지 시절부터 활발하게 활동했던 '조선어학회'의 연구 성과를 반영하고 있기 때문일 것이다.

29) 「우리어문학회 소식」, 『어문』 제2호, 27~28면.

30) 「우리어문학회 소식」, 『어문』 제3호, 4면.

집필로 원고를 완성해서 처음으로 출판사에 넘겨졌다.31) <홍부전> 등 나머지 고전소설의 교주본 원고도 출판사로 넘어갔으나, 출판에까지는 이르지 못했던 것으로 파악된다.32) 『어문』에 수록된 '학회 일지'의 내용에서도 원고가 출판사로 넘겨졌다는 내용은 있지만, 총서가 출간되었다는 관련 기록은 찾아볼 수 없기 때문이다. 이후 출판사를 바꿔 '고전 주석본 출판 계획'을 다시 수립하였지만, 이 역시 출간으로의 결실을 맺지는 못한 것으로 파악된다.33)

총서와 관련된 작업과 병행하여, 이들은 『국문학개론』의 출간을 계획하고 논의를 진행하였다.34) 『국문학개론』은 출판에 관한 협의를 한지 5개월 만인 1949년 5월에 원고가 완성되어 출판사에 건네졌으며, 그해 10월에 출간이 완료되었다.35) 우리어문학회의 명의로 출간된 『국문학개론』은 이러한 제목으로 출간된 최초의 저서이며, 국문학 연구사에서 적지 않은 의미를 지니고 있다고 하겠다. '국문학개론'은 '국문학사'와 마찬가지로 대학의 국어국문학과 강의에서 핵심적인 과목이었기에, 학회 구성원들의 공동 집필에 의해 출간에까지 이를 수 있었던 것이다. 방종현은 책의 서문에서 『국문학개론』의 집필 경위와 의미에 대해서, 다음과 같이 밝혀놓았다.

> 지금 국문학을 공부하는 도중(途中)에 있는 우리로서, 더욱이 아직까지 우리가 가져보지 못한 국문학개론을 처음으로 편찬하게 되는 만큼 여러 점으로

31) 「우리어문학회 일지」, 『어문』 창간호, 24~25면.

32) 6개월 만에 『국문학사』의 재판이 발간되는데, 출판사는 수로사에서 신흥문화사로 변경되었다. 아마도 초판이 소진된 『국문학사』의 재판도 찍지 못할 정도로 출판사의 경제 사정이 악화된 때문으로 생각된다. 이들 총서의 원고를 수로사에 넘겼으나, 출판사의 사정으로 인해 발간에까지는 이르지 못했던 것이다. 이 당시 검토했던 원고를 기반으로 한 것인지는 확인할 수 없지만, 이중에서 <홍부전>(문헌사, 1957)과 <박씨부인전>(풍국학원, 1956)은 손낙범에 의해, <춘향전>(민중서관, 1970)은 구자균에 의해 훗날 출간되었다.

33) "동년(1949년) 12월 2일(金) 방종현 위원으로부터 현대사(現代社)의 고전 주석본(註釋本) 출판계획에 대한 보고가 있었다.", 「우리어문학회 소식」, 『어문』 제3호, 4면.

34) 「우리어문학회 소식」, 『어문』 제2호, 28면.

35) 「우리어문학회 소식」, 『어문』 제3호, 4면.

> 우리들 스스로가 그 모자람을 깊이 느끼는 바이다. 그리고 이 국문학개론은 우리 문학이 형태별로 한번 정리되어야 할 필요를 따라서 여러 가지 형태별의 제목이 설정되었으나 여러 제목을 제가끔 다른 사람이 분담 집필케 된 만큼 한 독립한 소론(小論)이 될 수 있는 동시에 각 필자의 견해가 자연히 들어나게 되는 다른 일면이 있음도 역시 피치 못할 일이라 하겠다.[36]

이 책의 집필에는 서문을 쓴 방종현을 제외한 6명이 참여하였다.[37] 『국문학개론』은 '우리 문학이 형태별로 한번 정리되어야 할 필요'에 의해 기획되었으며, 이에 따라 구성원들의 협의에 의해 책의 편제가 정해졌다. 일관된 체재와 방법론에 입각해서 서술되어야만 될 『국문학사』와는 달리, 『국문학개론』의 내용은 각 항목이 독립적인 구성을 취하고 있어 집필자 개인의 견해가 드러나는 것이 허용될 수밖에 없다. 상세하게 그 과정을 밝혀놓고 있는 『국문학사』의 출간 당시와는 달리, '학회 일지'에는 『국문학개론』의 기획과 출간에 대한 소식만이 간략하게 소개되어 있다. 이미 학회의 구성원들은 『국문학사』를 집필하면서, 문학사를 바라보는 입장과 개별 갈래(genre)의 특징 등에 대해 입장을 공유한 바가 있었다. 따라서 『국문학개론』에 있어서는 이미 공유한 원칙을 견지하면서 각자 분담한 내용을 집필하면 되었기에, 구성원들 사이의 복잡한 협의 과정을 생략할 수 있었던 때문이라고 해석된다.

고정옥이 집필한 「국문학의 형태」는 사실상 이 책의 총론에 해당되는데, '형태상으로 본 국문학의 유대(紐帶)'란 부제로 문학사의 흐름 속에 존재했던 다양한 갈래들 사이의 상호 연관성을 밝히고자 하였다. 특히 글의 말미에 이러한 내용을 일목요연하게 확인할 수 있도록, 도표로 만들어 '국문학 형태표'[38]로 정리해 놓은 것이 특징이다. 뒤이어 수록된 김형규의 「국어학

36) 방종현, 「서」, 『국문학개론』, 일성당서점, 1949, 2면.
37) 방종현은 서문에서 『국문학개론』의 '시조론' 항목의 집필을 담당하였으나, 건강상의 이유로 그 부분을 정형용이 대신하였다고 밝히고 있다.
38) 우리어문학회, 『국문학개론』, 35면.

과 국문학」 및 정학모의 「한문학과 국문학」의 내용은 국문학의 영역을 어떻게 설정할 것인지에 대한 학회의 고민을 담고 있다. 그밖에 「향가」를 비롯한 국문학의 개별 갈래들에 대한 내용과 20세기 이후의 '현대문학'을 다룬 「신문학」 등 『국문학개론』은 모두 10개의 장으로 이뤄져 있다.[39] 이러한 책의 편제는 당시의 국문학 연구 성과를 반영하고 있으며, 아울러 학회 구성원들의 관심 분야도 포괄하고 있다고 평가할 수 있겠다.[40]

다음으로 우리어문학회의 기관지인 『어문』에 대해서 간략하게 살펴보도록 하자. 기관지의 출간은 학회를 발족할 당시의 결의 사항 중 하나였으며, 구성원들의 연구 성과를 대외적으로 알릴 수 있는 장을 확보한다는 의미를 지니고 있다. 『국문학사』가 발간되고 총서 작업이 진행되면서, 학회의 구성원들은 기관지 『어문』의 발간과 집필 계획에 대해서도 함께 논의하였다.[41] 그 결과 1949년 10월 기관지로서 『어문』의 창간호가 출간되기에 이른다.[42] 모두 3호가 발간된 기관지 『어문』에는 주로 학회 구성원들의 논문과 각종 서평 그리고 고전 원문 자료 등을 수록하였고, 학회 소식을 비롯한 당시 학계의 동향 등을 소개하기도 하였다.[43]

39) 이 책은 전체 10개의 항목으로 목차를 구성하고 있는데, 집필자와 대상 항목은 다음과 같다. 고정옥(1. 국문학의 형태, 9. 민요), 김형규(2. 국어학과 국문학), 정학모(3. 한문학과 국문학), 손낙범(4. 향가), 정형용(5. 가사, 6. 시조, 7. 소설), 구자균(8. 연극, 10. 신문학) 등. 「연극」과 「민요」는 당시 국문학의 주변적 갈래로 여겨졌던 분야인데, 목차의 하나를 차지하고 있는 것이 특징이다.

40) 『국문학개론』은 발행 주체가 우리어문학회가 아닌, 구자균·손낙범·김형규 등 3인의 공저로 1955년 같은 출판사에서 재판이 발행된다. 재판의 서문에서 그 이유를 '부득이한 사정' 때문이라고 하였지만, 역시 학회 구성원 중 일부의 납·월북과 관련이 있을 것이다. 또한 "사변(事變)에 희생을 당한 몇몇 동지를 다시 만나 '우리어문학회'가 재건될 날이 얼른 오기를 빌"고 있음을 밝혀 놓았다.(「재판서」, 『국문학사』 재판, 일성당서점, 1955, 1~2면) 이러한 면모를 포함해서 『국문학개론』의 체제와 구성, 그리고 그 연구사적 의미 등에 대해서는 별도의 연구를 통해서 다뤄질 필요가 있다.

41) 「우리어문학회 소식」, 『어문』 제3호, 4면.

42) 기관지를 발간하겠다는 계획은 1949년 여름부터 시작되었으나, 여러 가지 사정으로 인해 창간호는 1949년 10월 25일에 발간되었음을 「편집 후기」에 밝혀놓고 있다. '학회 일지'에는 창간호 출간에 대한 사항은 보이지 않는데, 이미 책의 출간으로 판권란에 해당 사항이 기재되어 있기 때문이라 해석된다.

『어문』의 창간호를 출간한 이후, 학회 구성원들은 기관지의 지속적인 발간을 염두에 두고 정기간행물 출판 허가까지 얻어냈다.[44] 특히 다음 호인 제2호(제2권 제1호)부터는 1950년 1월호부터 월간지로 발간할 계획을 세웠던 것으로 파악된다.[45] 하지만 학회의 바람과는 달리, '2월호'라 표기된 3호(제2권 제2호)는 4월 15일에 발간되었다. 기관지의 출간이 지연된 '여러 가지 사정' 중에 아마도 수록될 원고의 수합이 쉽지 않았다는 점과 함께, 학회지 발간 비용도 문제가 되었을 것이라 여겨진다.[46] 어쨌든 월간으로 발행하겠다는 4호는 다음 달인 5월에도 정상적으로 발행되지 못했다. 결국 그해 6월에 발발한 한국전쟁으로 인해 새로운 기관지의 출간은 지속되지 못했으며, 구성원들의 이탈로 인해 학회도 역사의 뒤편으로 사라지는 운명을 맞이했기 때문이다.

이상 '우리어문학회'의 결성 과정과 활동 양상에 대해서 살펴보았다. 학회의 구성원들은 식민지 시절 경성제대에서 조선어문학을 전공했던 경력을 공유하고 있으며, 해방 공간에서 대학 교단에 자리를 잡고 있었던 방종현 등 7인이 주축이었다. 구성원들의 관계가 긴밀하여 일종의 동인 모임의 성격을 지녔다고 할 수 있으며, 해방 이후 국문학 관련 연구 모임으로서는 처음으로 성립된 학회이다. 김형규는 자신들이 만들었던 우리어문학회를 '국어국문학회의 전신과 같은 존재'[47]라고 의미를 부여했지만, 국어국문학회

---

43) 학회 구성원들의 연구 활동과 기관지인 『어문』의 내용 등에 관해서는 별도의 후속 작업을 통해서 그 결과를 제출할 예정이다.

44) "동년(1949년) 동월(12월) 13일 부(附)로 「어문」의 정기간행물 출판 허가가 나오다. 허가번호 30호.", 「우리어문학회 소식」, 『어문』 제3호, 4면.

45) 2호와 3호의 출판 사항은 그 표지에 각각 '제2권 제1호(1월호)'와 '제2권 제2호(2월호)'라고 기재되어 있다. 2호의 경우 출간일이 1950년 1월 31일이며, 3호는 1950년 4월 15일에 발간되었다.

46) 3호의 「편집 후기」에 "이번 호도 여러 가지 사정으로 지연되어 독자 제위에게 미안합니다마는 이번부터는 현대사의 특별한 도움을 얻어 월간으로서의 본지의 사명을 다하여 볼까" 한다는 내용이 기재되어 있다.(『어문』 3호, 44면)

47) 김형규, 「'우리어문학회' 그리고 개정된 '한글 맞춤법'에 대하여」, 4면.

결성 당시 오히려 후배 세대에게 대타적 존재로 여겨졌다.[48] '국어국문학회'는 한국전쟁 이후 1952년에 주로 '해방후 졸업생'들이 주축이 되어 창립되는데, 우리어문학회와 그 구성원들은 이들에 의해서 극복의 대상으로 인식되었던 것이다.[49] 후배 세대들에게 이렇게 인식되었다는 것은, 달리 말하면 '우리어문학회'가 당대의 학문 공간에서 어느 정도의 위상을 확보하고 있었던 사실을 반증한다고 해석할 수 있다.

3. 『국문학사』의 체제와 서술 태도

문학사는 '하나의 역사·문화 공동체가 시간을 따라서 이룩한 문학 현상의 여러 실적을 총괄해서 종적으로 정리한 형식'[50]이라 정의할 수 있다. 아울러 문학사에 대한 관심은 '문학을 인간 정신의 표현 형식 가운데 하나로 변별하고 민족국가를 역사적 유기체로 사고하는 데서 성립'하는 것으로서, 곧 '문학사는 근대적 산물의 일종'[51]이다. 따라서 문학사는 문학과 역사를 비춰보는 '거울'의 역할을 하는 바, 국문학 연구사에서 초창기의 문학사를 살펴보는 일은 매우 긴요하다 하겠다. 문학사에 대한 관심은 대체로 당대의 학교 교육과 밀접한 관계가 있는데, 해방 이후 대학은 물론 중·고등학교에

48) 국어국문학회의 창립 멤버였던 김동욱은 당시 대학 교단에 자리잡고 있던 '해방전 졸업생'을 대타적인 존재로 인식하면서, 해방 이후 대학 교육을 받은 '해방후 졸업생'들인 자신들이 상대적으로 불리한 처지에 놓여있음을 역설하였다. 김동욱, 「해방후 졸업생」, 『사상계』, 1955년 4월호.(박연희, 「1950년대 '국문학 연구'의 논리」, 198~203면에서 재인용)

49) 경성제대 출신들의 학문적 성격과 업적에 대한 비판적 분석이 행해진 후, 이들 중 일부에 의해 만들어진 '우리어문학회'의 활동과 '해방 후 세대'가 주축을 이룬 '국어국문학회'의 그것과 비교 연구가 보다 심층적으로 이루어질 필요가 있다고 하겠다. 이에 대해서는 앞으로의 과제로 남겨두기로 한다.

50) 임형택, 「한국문학사의 서술 방향과 체계」, 『한국문학사 어떻게 쓸 것인가』, 한길사, 2001, 35면.

51) 임형택, 「한국문학사의 서술 방향과 체계」, 29면.

서도 국문학 과목은 핵심적인 부분을 차지하고 있었다.[52] 특히 학교 교육의 국문학 분야에서 '국문학사'는 주요 과목으로 여겨졌다. 이 시기에는 주로 경성제대 조선어문학과 출신들이 대학 교단에 자리를 잡게 되는데, 이들은 '국문학 연구의 초창기를 담당하면서 특정한 문제에 관심을 기울이기보다는 국문학의 통사적 파악이나 개설적 이해에 주력하여 성과를 쌓'았다.[53]

이른바 '해방공간' 시기에 발간된 문학사들은, 과거 식민지의 기억에서 벗어나 스스로의 문화적 자존을 확인하기 위한 목적을 지니고 있다고 평가된다. 우리의 국문학 연구는 식민지 시기로부터 본격화되었고, 그 시기에 이미 선구적 학자들에 의해 문학사가 서술되기 시작했다.[54] 해방 이후 각 대학에 국어국문학과가 설립되면서, 국문학 연구자들은 '민족 교육의 요구에 부응하고 민족문화를 재인식하고 계승하기 위해서 문학사 출간을 서둘'렀다.[55] 그리하여 1950년까지의 '해방공간'에서 다양한 방법론을 적용한 문학사들이 집필되었다.[56] 이 시기의 '국문학 연구자들은 개별 장르를 자신의 주전공으로 선택했으나, 궁극적으로 통합문학사의 기술을 그들의 이상이나 목표로 삼았다.'[57]

문학사에 대한 관심이 높아지면서, 기존에 출간된 문학사의 검토 및 새

52) 정하영, 「고전문학사 기술의 성과와 과제」, 『한국문학사 어떻게 쓸 것인가』, 71면.

53) 김흥규, 「국문학 연구 방법론과 그 이념 기반의 재검토」, 『한국 고전문학과 비평의 성찰』, 고려대학교 출판부, 2002, 296면.

54) 자산 안확의 『조선문학사』(한일서점, 1922)가 최초의 문학사이며, 김태준의 『조선소설사』(학예사, 1932)와 조윤제의 『조선시가사강』(박문출판사, 1937)은 각각 소설과 시가에 초점을 맞춘 '문학사'라 평가할 수 있을 것이다. 이들 초기의 저술들은 해방 이후의 출간된 문학사들에 직·간접적으로 영향을 끼쳤다.

55) 조동일, 『동아시아 문학사 비교론』, 111면.

56) 해방 이후 최초로 발간된 권상로의 문학사는 대학 교재로 사용하기 위한 프린트물이며, 그 명칭을 『조선문학사』(1947년 11월)라 하였다. 우리어문학회의 『국문학사』(수로사, 1948년 8월) 발간 이후, 이명선(『조선문학사』, 조선문화사, 1948년 11월)과 김사엽(『조선문학사』, 정음사, 1948년 12월) 그리고 조윤제(『국문학사』, 동국문화사, 1949) 등의 저작이 '해방공간'에서 출간된 문학사들이다.

57) 정하영, 「고전문학사 기술의 성과와 과제」, 67면. 이 글에서의 '통합문학사'란, 시가나 소설 등 특정 갈래(genre)에 국한하지 않고 문학사에 존재했던 모든 갈래를 포괄하여 기술한 문학사를 지칭한다.

로운 시대에 걸맞은 문학사의 전망을 다룬 연구 성과들이 지속적으로 제출되었다.58) 여기에서는 문학사에 대한 기존의 연구 성과를 수렴하면서, 우리어문학회의 구성원들이 공동으로 집필한 『국문학사』를 대상으로 그 체제와 서술상의 특징에 대해서 살펴보기로 한다. 1947년 11월에 권상로에 의해 『조선문학사』가 해방 이후 최초로 집필되었으나, 권상로의 저작은 정식 출판물이 아닌 프린트로 찍은 것으로 그 내용도 소략한 것이라 평가되고 있다.59) 따라서 1948년 8월에 출간된 우리어문학회의 『국문학사』는 '조선문학사'가 아닌 '국문학사'라는 명칭이 붙은 최초의 저작이며, 해방 이후 '정식으로 출판된 최초의 한국문학사'라는 의미를 지닌다. 비록 시간상으로는 짧은 기간 동안 집필이 이뤄졌지만, 『국문학사』는 당시 대학 교재가 절실했던 학회 구성원들의 역량을 집중시켜 결실을 맺은 소중한 성과였다.60)

대체로 기존에 출간되었던 문학사 중 일부는 뚜렷한 사관과 방법론을 제기하기도 했지만, 우리어문학회의 『국문학사』를 비롯하여 '대부분의 문학사는 특정한 사관이나 이론적 배경을 내세우지 않고, 중요 작품을 시대적 순

58) 정형용, 「8 · 15 이후의 국문학사 총평」, 『어문』 창간호, 우리어문학회, 1949.; 박지홍 외, 「국문학사 시대 구분 문제(공개 토론)」, 『국어국문학』 제20호, 국어국문학회, 1959.; 김윤식, 「국문학의 방법론 · 문제점 및 업적비판의 연구」, 『국어교육』 제4호, 한국언어교육연구회, 1962.; 이광국, 「한국문학사 서술의 비교 연구」, 건국대학교 석사학위논문, 1979.; 홍기삼, 「한국문학사 시대 구분론」, 『한국문학연구』 제12집, 동국대학교 한국문학연구소, 1989.; 조동일, 『동아시아 문학사 비교론』, 서울대학교 출판부, 1993.; 김열규 외, 『한국문학사의 현실과 위상』, 새문사, 1996.; 토지문화재단 엮음, 『한국문학사 어떻게 쓸 것인가』, 한길사, 2001.; 김현양, 「민족주의 담론과 한국문학사」, 『민족문학사연구』 제19호, 2001.; 임성운, 『문학사의 이론』, 소명출판, 2012 등. 하지만 기존의 연구들에서 본고에서 논할 우리어문학회의 『국문학사』는 간략하게 언급되거나, 혹은 아예 연구 대상에서 제외되어 있는 경우가 많다.

59) "권상로 씨 저 『조선문학사』는 해방 후 선편(先鞭)을 친 저작이나, 프린트로 전 59장 중 이씨왕조 초기부터 현대까지에는 겨우 12장 밖에 없고 따라서 고려 이전에 치중하였으나 그것도 문화제도와 한문학에 치우쳤고, 도솔가의 해명에 역량을 기우려 신견해를 발표하였으나 우리의 기대와는 좀 거리가 멀다고 하겠고, …….", 정형용, 「8 · 15 이후의 국문학사 총평」, 17~18면.

60) 우리어문학회의 『국문학사』는 6개월 만인 1949년 3월에 수로사가 아닌 다른 출판사(신흥문화사)에 의해 재판이 출간되었다. 이 책의 뒤를 이어 이명선과 조윤제의 문학사가 출간되는데, 당시 국문학 연구자들 사이에 문학사 집필에 대한 의욕이 강했던 때문이라 여겨진다.

서에 따라 제시하는 단순한 연대기적 서술을 따르고 있'는 경우가 일반적이다.[61] 특히 한국전쟁 이후 출간된 문학사의 경우, 분단과 그로 인한 이념적 대립 등 근·현대사의 특수한 상황이 서술상의 제약으로 작용하기도 하였다. 그런 의미에서 '해방공간'에서 집필되었던 문학사들은 정치적 상황이나 이념적 문제로부터 상대적으로 자유로울 수 있었던 것이다. 우리어문학회의 『국문학사』에 뒤이어 출간된 이명선의 『조선문학사』가 유물사관에 입각한 방법론에 의해 집필되었고,[62] 조윤제의 『국문학사』는 민족주의 사관에 토대로 두고 있다고 논의된다.[63] 우리어문학회의 『국문학사』는 뚜렷한 사관을 내세우지는 않았지만, 집필자들은 자신들의 저작이 그 '체재(體裁)만은 국문학사의 상식에 어그러지지 않은 것'이라고 자부하였다. 나아가 그들은 뒤이어 출간된 이명선의 『조선문학사』가 뚜렷한 '사관과 방법론'을 지닌 저작이라고 의미를 부여했다.[64]

본고에서 다룰 우리어문학회의 『국문학사』는 비록 '뚜렷한 사관도 제시되지 않았고 각 시기의 균형도 잡히지 않았지만, 광복 이후 서로 다른 전공과 시각을 가진 연구자들이 공통으로 참여해 만든 문학사였다는 점에 그 의의가 있다.'[65] 앞서 논했듯이 학회가 발족한 뒤, 구성원들이 첫 번째 사업으로

---

61) 정하영, 「고전문학사 기술의 성과와 과제」, 83~84면.

62) 고미숙, 「이명선의 국문학 연구 방법론과 유물사관」, 『어문론집』 제28집, 고려대학교 국어국문학연구회, 1989.

63) "문학의 유기체적 총체성은 문학이 민족의 삶을 표현하고 민족정신을 구체화했기 때문에 인정된다 하면서, 문학사가 곧 민족사라고 하는 민족사관을 제시했다.", 조동일, 『동아시아 문학사 비교론』, 122면.

64) "우리들의 국문학사는 첫째 그 양이 엷어 세상에 자랑할 만한 저작은 아니었으나, 하여간 체재만은 국문학사의 상식에 어그러지지 않은 것이어서, 널리 교과용서(教科用書)로 쓰인 듯하나, 물론 이것으로 만족할 성질의 것은 결코 아니다. 사관(史觀)과 방법론이 확립하고, 재료상으로도 풍부한 국문학사가 웅당 뒤를 이어야 할 것이다. 이러한 의미에서 그 뒤에 이명선 씨의 『조선문학사』가 나타난 것은 반가운 일이다. 씨(氏)의 문학사는 국문학도가 갈망하던 사관과 방법론의 방면에 첫 발길을 들여놓았기 때문이다.", 고정옥, 「재판 서」, 『국문학사』, 신흥문화사, 1949. 본격적인 문학사 연구를 위해서는 식민지 시절에 출간된 문학사와 해방 이후에 출간된 각종 문학사를 비교 검토할 필요가 있으나 추후의 과제로 남기고, 본고에서는 우리어문학회의 『국문학사』의 체제와 특징을 중심으로 논하기로 하겠다.

65) 정하영, 앞의 논문, 73면.

진행한 일이 바로 『국문학사』의 집필과 출간이었다.[66] 그리하여 학회의 초창기 활동은 '국문학사'를 만들기 위한 구성원들의 입장을 공유하는 사항으로 채워졌다. 공동 집필로 이루어지는 작업이기에, 저작의 전 영역에 걸쳐서 논점의 일관성을 유지하고 입장을 공유하는 작업은 반드시 선결되어야만 했었다. 때문에 본격적인 집필에 앞서 2차례에 걸친 발표를 통해, 국문학의 범위와 문학사의 시기 구분에 관한 토론과 합의를 이끌어내었다.[67]

학회의 구성원들은 우리의 문학사를 객관적인 기준에 입각하여 정리하고, 시대 구분과 갈래(genre)의 정리 등에 관해서는 서구의 문예 이론을 원용하여 우리 문학사에 적용하고자 했다. 문학사의 시대 구분을 크게 '고대-중세-근세'로 구분한 사학계의 입장을 받아들여 정리하였고, 한국문학의 큰 갈래를 '시가·소설·희곡'이라는 3분법을 기조로 분류한 것[68] 등은 그 실례라 하겠다. 또한 국문학의 범위를 국문문학을 위주로 다룰 것이라고 전제하며, 한문학은 부수적인 차원에서 다루고 있기도 하다. 이러한 사항들은 문학사 서술의 방향을 설정하는데 긴요한 문제라 할 수 있다. 따라서 구성원들이 각자 역할을 분담하여 초고(草稿)를 집필한 이후에도, 서로 만나 지속적으로 통독하면서 수정 작업을 했던 것이다. 그래서인지 공동 집필임에도 『국문학사』의 서술 태도와 논점은 전체적으로 서로 크게 어긋나지 않고, 비교적 구성의 체계성과 서술의 일관성을 확보하고 있다고 평가할 수 있다.

문학사의 체제와 구성은 결국 시기 구분의 문제에 크게 좌우될 수밖에

---

66) 학회의 공동 저서인 『국문학사』의 집필자와 해당 부분은 다음과 같다. 서: 방종현, 제1장 상고문학: 정형용, 제2장 중고문학: 김형규, 제3장 중세문학: 손낙범, 제4장 근세문학 제1절~제3절: 정학모, 제4장 근세문학 제4절~제6절: 고정옥, 제5장 현대문학: 구자균.

67) 앞서 지적했듯이, 「우리어문학회 일지」에 제시된 정형용의 「국어와 조선어, 국문학과 조선문학」(1948. 7. 9)과 정학모의 「국문학의 시대 구분」(1948. 7. 16)이라는 발표와 구성원들의 토론을 가리킨다.

68) "이러한 의미에서 여기선 전술(前述)한 서정시·서사시·극시의 3분류에 비치어 우리 국문학의 분류를 잠간 생각해 보기로 하자.", 구자균, 「국문학 분류 서설」, 『어문』 창간호, 10면. 이 글에서 서정시(시가)·서사시(소설)·극시(희곡)의 분류법은 서구의 문예이론을 원용한 것이며, 이러한 기준에 따라 국문학의 다양한 갈래들을 분류하고 있다. 이러한 기준은 그대로 『국문학사』에서도 적용되고 있다.

없다. '문학적 현상의 역사적 시간의 연쇄를 일정한 방법에 의거해서 연대기적으로 질서를 부여하는 작업을 문학사라고 규정'할 수 있다면, 문학사의 시대 구분은 '문학적 현상의 범주 문제와 일정한 질서를 부여하기 위한' 가장 중요한 문제이다.[69] 때문에 '시대 구분론은 한국문학사에서 특별한 위상을 차지해 왔다. 그것은 시대를 어떻게 구분하느냐가 문학사 서술 주체의 사관을 반영할 뿐만 아니라 각각의 텍스트를 평가하는 해석의 준거로 작용했기 때문'이었다.[70] 아마도 문학사를 집필하는데 있어, 시대 구분의 문제는 우리어문학회의 구성원들에게도 가장 중요한 주제였을 것이다. 그리하여 학회의 정례적인 발표 모임에서 정형용은 「국문학의 시대 구분」이라는 논문을 발표했고, 이를 기반으로 구성원들의 토의 과정을 거쳐 '상고 - 중고 - 중세 - 근세 - 현대'의 5단계로 구분하였다.[71] 이러한 시대 구분법은 안확의 『조선문학사』에서 이미 시도되었으며,[72] 현재까지도 문학사의 시대를 구분할 때, 왕조사별 분류와 함께 가장 일반화된 분류법이라 할 수 있다.[73]

다음 『국문학사』의 목차를 통해, 그 체제와 서술상의 특징에 대해서 살

---

69) 홍기삼, 「한국문학사 시대 구분론」, 151면.

70) 고미숙, 「고전문학사 시대 구분에 관한 몇 가지 제언」, 『한국문학사 어떻게 쓸 것인가』, 122면.

71) "4. 동년(1948년) 동월(7월) 16일(金) 정학모 위원이 「국문학의 시대 구분」이라는 소론(小論)을 발표하고 이에 관하여 토의하고 아래와 같이 결정하다. 상고(上古)…신라 통삼(統三)까지 / 중고(中古)…신라 말까지 / 중세(中世)…훈민정음 반포(頒布)까지 / 근세(近世)…갑오경장까지 / 현대(現代)…이후 금일까지. 다음으로 「국문학사」 발간을 결의하고 그 체재와 집필 분담을 결정하다.", 「우리어문학회 일지」, 『어문』 창간호, 22~23면.

72) 안확의 『조선문학사』는 '상고-중고-근고-근세-최근'으로 시대 구분을 하였다. 고대를 '상고-중고-근고'로 세분화하였으며, '중세'를 별도로 설정하지 않고 '근세'와 '최근'으로 분류한 것이 특징이다.

73) 우리어문학회의 『국문학사』를 토대로, '고등학교 및 사범학교 국어과의 국문학사 교재로' 사용하기 위해 엮은 구자균의 『국문학사』(박문출판사, 1956)에서는 그 시대 구분을 약간 달리하여 제시하였다. 구자균은 국문학사에서 "1.상고문학-삼국의 정립까지(신라 · 백제 · 고구려), 2.중고문학-신라 통일 이후 고려 창건까지, 3.근고문학-고려 초부터 훈민정음 반포까지, 4.중세문학-훈민정음 반포 이후 임병양란까지, 5.근세문학-임병양란 이후 갑오경장까지, 6.신문학-갑오경장 이후"로 시대를 구분하였다. 구자균이 저술에 참여한 두 저작에서 중세와 근세의 기점이 달리 나타나고 있으며, 현대문학을 신문학이라 명명했음을 확인할 수 있다. 문학사의 시기 구분에 관한 적절성 여부를 따지는 것은 별도의 논의를 필요로 하는 바, 여기에서는 각각의 저작에 드러난 차이와 그 특징만을 적시하기로 한다.

펴보기로 하자.

서
제1장 상고문학(上古文學)
　　제1절 국문학의 발생
　　제2절 삼국문학
제2장 중고문학(中古文學)
　　제1절 중고시대의 문학
　　제2절 향가
제3장 중세문학(中世文學)
　　제1절 고유문학의 위축과 한문학의 침투
　　제2절 장가(長歌)의 발달
　　제3절 시조의 발생
　　제4절 한문학에 포섭된 고려문학
　　제5절 나례와 처용가
　　제6절 한양조 초기의 문학
제4장 근세문학(近世文學)
　　제1절 훈민정음의 반포와 국문학
　　제2절 시가의 발전
　　제3절 소설의 발족과 연극의 전통
　　제4절 영·정 시대를 중심으로 한 소설의 발흥
　　제5절 가집 편찬과 영·정 이후의 시가
　　제6절 문학으로서의 민요
제5장 현대문학(現代文學)
　　제1절 제1기 신문학 태동·발흥기
　　제2절 제2기 기성문단과 신흥문단 대립기
　　제3절 제3기 순수문학기
　　제4절 제4기 암흑기
　　제5절 신출발기
색인

목차에서 확인할 수 있듯이, 이 책에서는 국문학사의 시대 구분을 크게 '고대(상고/중고) -중세 -근세 -현대'로 구분하고 있다. 각 시대의 분기점은 대체로 왕조의 교체와 일치하고 있으며, 다만 근세문학은 훈민정음의 반포를 시점으로 하고 있다. 예컨대 고대는 신라의 삼국통일을 기점으로 '상고'와 '중고'로 구분되며,74) 그 하한선은 고려의 건국 이전까지이다. '중세'는 고려시대로부터 훈민정음이 창제된 시기까지를 가리키고, 이후 조선시대를 '근세'로 명명하여 언어와 문자가 비로소 일치를 이룬 것을 그 특징으로 삼고 있다. 따라서 '국문문학이 곧 국문학'이라는 것을 표방한 이들의 『국문학사』에서는 근세로 설정된 조선시대의 문학에 대한 서술이 가장 많은 비중을 차지하고 있으며,75) 이는 다시 '임·병양란'을 기점으로 문학사적 변환이 이뤄지는 것으로 기술되어 있다.76) '갑오경장(1894)'을 근세와 현대의 기점으로 설정하는 것 역시 당대의 일반적인 관점을 수용한 것이라 하겠다.77) 현대문학은 '갑오경장을 계기로 하여서 그 이전과 그 이후에 창작 의식·문예사조·묘사 방법 등이 판이해지고 있'기 때문에, '진정한 국문학사는 갑오 이후에 비롯'된다고 주장한다.78)

학회의 구성원들이 문학사의 집필에 착수하기에 앞서, '국어'와 '국문학'의 개념을 정립하는 것이 시급했던 것으로 파악된다. 당시까지만 해도 '국문학'이라는 용어를 사용할 때, 과거 식민지 시절의 기억을 떠올리는 것이 일반적

---

74) 현재 대다수의 국문학사에서는 고대국가 성립기를 기점으로 그 이전을 '원시 문학'이라 하고, 고대 국가가 성립된 때로부터 '고대문학'으로 구분하는 것이 일반적이다.

75) 『국문학사』에서 각 시대의 서술이 차지하는 면수는 다음과 같다. 상고문학(14면), 중고문학(24면), 중세문학(37면), 근세문학(80면), 현대문학(23면) 등.

76) 시대 구분에서는 별도의 입장을 밝히지 않았지만, 실제 서술은 '근세문학'을 두 사람이 나눠 집필하고 있다. '근세문학'의 제1절~3절은 조선 전기에 해당하며 정학모가 집필했는데, 양반 지배계급의 시가문학을 중심으로 문학사적 특징을 서술하고 있다. 이에 반해 조선 후기에 해당하는 제4절~6절은 고정옥이 집필했으며, 서민정신의 발흥과 그들의 문학적 성과에 초점을 맞추어 기술하고 있음을 확인할 수 있다.

77) 제5장 「현대문학」의 서두에 기술된 구자균의 다음 언급은 국문학사의 시대 구분에 대한 당대의 일반적인 관점을 잘 보여주고 있다고 생각된다. "국문학사의 시대 구분은 문예의 표현 수단인 언어 문자만을 중심으로 하여 볼 때에 훈민정음 제정(1443) 이전과 그 이후로부터 갑오경장(1894)까지와 및 갑오경장 이후로부터 현재에 이르기까지와의 3기로 나눌 수도 있을 것이다.", 『국문학사』, 159면.

78) 『국문학사』, 159~160면.

이었다.79) 이전까지 '조선어'나 '조선문학'이라는 용어가 익숙했던 터라 새로운 시대의 '국어'와 '국문학'이라는 개념을 정의하고, 나아가 그 의미를 명확히 규정할 필요가 있었기 때문이다. 국문학 연구자로서 '국문학'이라는 용어에서 '일본문학'을 연상했던 식민지 시절의 기억과 결별하면서, '국문학'을 '조선문학'의 개념과 동일시하는 작업이 선행될 필요가 있었다.

사실 '국문학의 개념'을 규정하는 것은 문학사에서 국문학의 범위 및 서술 방향을 정하는데 있어 선행되어야 할 가장 중요한 작업이기도 하다. 학회의 첫 번째 정례 모임에서 정형용은 「국어와 조선어, 국문학과 조선문학」이라는 제목의 발표를 했다. 그는 이 글을 다듬어 기관지인 『어문』(제2호)에 「국문학이라는 성어(成語)의 개념」이라는 논문으로 수록했다.80) 그는 이 글에서 독립된 국가에서의 '국문학이란 자국문학에 대한 자국인의 호칭이라고 규정하며, 따라서 조선문학과 동의로 사용하여 외국문학이라는 일반 개념과 대립적 개념에서 사용하는 국문학을 그 제일의(第一義)로 한다'고 규정하였다. 그리고 '조선 사람이 조선말로 표현한 작품을 순수 조선문학이라고 규정하는 한편 과거 우리 문화의 역사적 특수성을 고려하여 과거 조선 사람이 한자(漢字)로 표현한 한문학을 2차적 조선문학으로 다'룬다고 하였다.81)

이상의 논의를 거쳐 '한글문학만이 국문학'이라는 원칙은, 학회 구성원들의 토론을 거쳐 『국문학사』를 집필하는데 하나의 지침으로 역할을 했다. 국문학의 범주를 한글로 된 국문문학(國文文學)으로 한정하는 것은 당시 학자들

---

79) "… 우리가 과거 한동안 자국어를 국어라 부르고 자국문학을 국문학이라고 부르며 사용하는 것을 금지 당하였던 것도 나라를 빼앗겼던 민족의 쓰라림의 하나였든 것으로 아직도 우리의 기억에 새로운 바가 있다.", 정형용, 「국문학이라는 성어의 개념」, 『어문』 제2호, 14면.

80) 정형용, 「국문학이라는 성어의 개념」, 14~16면.

81) 나아가 '국문학'이라는 용어의 분석을 거쳐, '국문학이라는 성어(成語)에는 1. 조선문학 2. 조선문학을 대상으로 하는 학문 3. 우리 글짜(이두를 포함함)로 기록된 고대의 문헌이라는 세 가지 의미가 있음을' 밝히고, '국문학'이라는 용어가 과거의 '조선문학'과 동일한 의미라는 것을 분명히 하였다. 아울러 대학의 학과로서의 '국문학(조선문학)'은 '예술로서의 작품'만이 아니라, '조선문학을 대상으로 하는 학문'이라는 의미를 포함하고 있다고 하였다. 정형용, 앞의 논문, 15~16면.

에게 일반적인 경향이었던 바, '그것은 조선 왕조의 지배 질서와 긴밀하게 맺어져 있던 한학(漢學)과 유가적(儒家的) 이념이 19세기 말~20세기 초의 시대적 격류 앞에서 대응의 길을 찾지 못하고 무력하게 붕괴되고 만 데 대한 비판적 의식의 소산'[82]에서 비롯된 것이라 하겠다. 이러한 경향은 식민지화의 질곡을 겪으면서 더욱 확고하게 되었으며, 해방 이후에도 여전히 '우리 문학의 참다운 실체는 국문문학이어야 한다는 명제가 당연한 것으로 정립되었'던 것이다.[83]

우리어문학회의 『국문학사』에서는 '자기 말을 적을 수 있는 문자로 작품을 창작하거나 적어도 민족의 문예적 유산들을 기록할 수 있음으로서 문학은 성립된다'고 보았다.[84] 다만 신라시대의 이두[85]만큼은 비록 한자의 음과 훈을 빌려 쓴 것이지만, 한글 창제에 비견되는 '우리 민족의 문자에 대한 한 개의 창조라고 볼 수 있'다고 하였다.[86] 바로 이런 관점에서 향가야말로 '문학다운 문학이 형성된 시초'[87]로 평가할 수 있는 것이다. 이에 따라 한문은 외국어인 중국어라는 극단적인 인식을 드러내기도 했다.[88] 그렇기에 훈민정음 창제 이후의 국문으로 이뤄진 작품들, 그 이전의 향찰로 이뤄진 향가, 그리고 한글로 정착된 고려가요 등이 국문학사 서술의 주요 대상이 되는 것은 너무도 당연한 결과였다. 그리하여 한국문학사에서 '소설의 효시'도 한글로 지어진 <홍길동전>이며, 진정한 소설의 시작은 김만중으로부터 비롯된다고 주장한다.[89]

---

82) 김홍규, 『한국문학의 이해』, 민음사, 1986, 18면.
83) 김홍규, 『한국문학의 이해』, 18면.
84) 『국문학사』, 84면.
85) 이 책에서 이두(吏讀)는, 향가를 표기했던 향찰(鄕札)을 포함한 넓은 의미로 사용했다.
86) 『국문학사』, 20면.
87) 『국문학사』, 16면.
88) "그보다도 패관문학이 조선 소설의 권외로 방축(放逐)되는 가장 근본적인 이유는 그것이 한문(漢文) 즉 중국어로 쓰여졌다는 데 있으니, 본격적인 소설이 국자(國字) 제정 후에야 비로소 기대되는 이유도 역시 여기에 있는 것이다.", 『국문학사』, 128면.
89) 『국문학사』, 122~125면. <홍길동전>을 소설의 효시로 삼고 있지만, 그것이 '원래 국문본이

따라서 이 책에서 국문학사의 서술 대상으로서 한문학은 매우 제한적으로 다루어질 수밖에 없다. 그리하여 '고유한 우리 글자도 없었고, 또 중국서 들어온 한문자도 잘 이용되지 못하던 삼국시대 중간까지는 완전한 우리 문학을 이루었다고 말 할 수 없'으며, 우리나라에 한문이 도입된 이래 '한문학을 숭배하고 그를 주로 하는 상류 문학과 그것을 모르고 우리말과 글로 읊으며 지은 평민 문학의 두 조류로 나누게 되는 계기'가 되었다고 하였다.[90] '중고문학'에서는 향가가 주요 대상이며, 한문학은 제1절의 하위 항목 중 하나로 다뤄지면서 주요 작가들을 거론하는 정도에 그치고 있다. 고려시대가 대상인 '중세문학'에서는 '한문화(漢文化)가 보급되어 귀족문화가 발달하는 반면에 우리의 고유문화를 토대로 한 대중문학은 점차 부진한 상태에 이르고 말았다'는 진단을 내린다.[91] 반면 조선시대의 문학을 다루고 있는 '근세문학'에서는 한문학을 지칭하는 항목조차 보이지 않으며, 소설을 다룬 제4절의 소항목 중 '박지원과 그의 한문소설'만이 거론되고 있을 정도이다.[92]

국문문학만을 국문학의 주요 범주로 인정하는 우리어문학회의 입장에 대하여, 한국전쟁 이후 비판적인 재해석의 과정을 거치게 된다. 이에 선편을 잡은 이는 국어국문학회의 창립 회원인 정병욱이다. 정병욱은 「국문학의 개념 규정을 위한 제언」이란 글에서, '과거 몇몇 학자들에 의하여 이루어진

냐 아니었다냐는 판단키 어렵다'고 하였다. 또한 김시습의 <금오신화> 역시 '확실히 조선이 낳은 한문소설로서 중대한 것이나 국문으로 쓰여진 소설과는 근본적인 상위점(相違點)을 가지고 있다'고 평가하고 있다.

90) 『국문학사』, 23면.

91) 『국문학사』, 41면. 제3장 중세문학의 항목 중 '제1절 고유문학의 위축과 한문학의 침투'와 '제4절 한문학에 포섭된 고려문학'은 이러한 양상을 단적으로 보여주고 있다.

92) "대체로는 한문소설은 한시나 산문 한문과 마찬가지로 우리 문학의 일부분이라기보다는 중국문학의 일 방계(一傍系)로 밖에 간주되지 않는다. <금오신화>나 <화사>나, 한문본 <옥루몽>이나 <창선감의록> 등은 그러한 이유로 우리 문학 행세를 못하는 것이다. 그러면 왜 유독 박지원의 소설만이 우리 문학일 수 있는가. 그것은 그의 작품이 언어가 중국어라는 단 한 개의 조건을 제하고는 국문소설 이상으로 절실한 당시 현실의 반영인 까닭이며, 나아가서는 역사의 앞길에 대한 예리한 눈을 가졌기 때문이다.", 『국문학사』, 140면.

국문학의 개념을 검토 비판하고 좀 더 새로운 관점에서 문제를 제기'하였다. 그의 주장은 우리 문학사에서 '한문문학의 가진 바 그 역사적인 특수성'을 인정하고, '문학 형태의 영향이란 오늘날 이미 상식화한 이상 중국문학의 형태를 한국 사람이 쓴데도 불구하고 국문학의 영역에서 꼭 추방할 필요는 없'다고 하였다. 그리하여 그 결론으로 '국문학의 범위를 그 표기문자에 의하여 설정할진대, 첫째로 정음문학 즉 국어로 표현된 모든 문학적인 재보(財寶), 둘째로 차자문학(借字文學) 즉 훈민정음 반포 이전의 이두식 문자에 의하여 전승되어온 모든 문학적인 유산, 세째로 한문문학 한문을 통하여 이루어진 과거의 모든 문학적인 노작(勞作)의 3종으로 나눌 수 있'다고 하였다.[93] 이러한 정병욱의 입장은 이후 한국문학의 범주를 설정하는데 있어, 한문학을 바라보는 관점에 대해 중요한 시사점을 제공해주었다.

결국 '문학에 있어서 언어의 문제가 제1의적인 중요성을 가진다고 해도 그것은 각 시대에 있어서의 문화적 조건과 관련하여 파악되어야' 한다. 그 이유는 '한문문학을 일률적으로 배제할 때 야기되는 난점은 19세기까지의 문학 유산 중 상당 부분이 버려질 뿐 아니라 우리문학의 전개 양상과 내부적 관련의 전체상을 온전하게 설명할 수 없'기 때문이다.[94] 비록 우리어문학회의 국문학에 대한 입장이 후대의 비판을 받기는 했지만, 한문학을 국문학사의 서술 대상에서 제외한 것은 학회 구성원들과 동시대 학자인 조윤제의 『국문학사』에서도 동일하게 나타나고 있다.[95] 어쩌면 한글문학만이 곧 국문학이라는 이들의 관점은, 식민지 시기라는 특수한 상황에서 제기된 그들의 인식에서 비롯된 현상이라 파악할 수 있을 것이다. 이후 국문학의 범

93) 이상 정병욱, 「국문학의 개념 규정을 위한 제언」, 『국문학산고』, 신구문화사, 1959, 16~27면. 이 글은 원래 1952년(『자유세계』, 홍문사)에 발표되었던 것을, 이 책에 재수록한 것이다.

94) 이상 김흥규, 『한국문학의 이해』, 18~19면.

95) "조윤제의 문학사는 '국어로 표현된 문학의 역사'이다. …… 엄밀히 말해서 국어가 형성되기 이전인 통삼 이전 시기는 '국문학사'의 서술 대상이 아니며, 국문학이 아닌 것 역시 서술 대상이 아니게 된다. …… 조윤제의 『국문학사』는 '배제'의 문학사인 셈이다.", 김현양, 「민족주의 담론과 한국문학사」, 42면.

위에 한문학을 포함해야 한다는 논의가 지속적으로 논의되었으며, 그 결과 현 단계에서 '한국문학이란 한민족(韓民族)의 경험·사고·상상이 역사상의 각 단계마다의 생활방식과 문화적 조건에 상응하는 표현 언어를 통하여 형상적(形象的)으로 창조된 문학의 전체라고 규정'되고 있다.[96] 이제는 학계에서 한문문학 포용론의 관점에서 한국문학의 범위를 폭넓게 인정하고 있다.

우리어문학회의 구성원들은 '문학을 대별(大別)하여 시가·소설·희곡으로'[97] 구분하여, 한국문학사의 역사적 갈래들을 정리하였다. 따라서 『국문학사』의 전반적인 구성과 목차도 이에 따라 배치되어 있다. 그리하여 우리 문학의 시원을 '원시문학'에서 찾고 있으며, 그 특징을 '노래와 춤과 음악이 융합되어 있어서, 모든 예술이 분립하지 못한 원시형태로서의 민요무용'[98]으로 추정하였다. 이로부터 서서히 <영신가(迎神歌)>[99]와 같은 시가문학과 <단군신화>와 같은 서사문학으로 분화되었다고 파악하였다.[100] 또한 구체적인 기록을 찾을 수 없는 시기의 희곡문학에 대해서는 거론하지 않았지만, '중세문학'에서 '나례(儺禮)와 처용가'를 별도의 절로 설정한 것은 희곡문학의 실례로 제시하려는 의도가 전제되어 있다.[101] 그러나 주지하듯이 우리 문학사에서 다른 갈래에 비해 희곡의 전승은 매우 소략한 편인데, 이는 과거에 '유교의 엄격한 규범이 전사회적 통제력을 발휘하게 됨에 따라 연극의 발전은 크게 제약받았'던 상황과 관련이 있다.[102] 따라서 문학의 갈

96) 김홍규, 『한국문학의 이해』, 22면.

97) 『국문학사』, 13면.

98) 『국문학사』, 4면.

99) 가락국 시조인 김수로왕의 탄강을 주 내용으로 하는 <구지가(龜旨歌)>를 지칭한다.

100) "…… 시가의 원시형은 원시문학이 육성되고 전승되던 분위기에서 구할 성질의 것이니, ……. 이 신화(단군신화)를 가장 오래된 서사문학으로 다루어서 원시문학의 내용을 고찰하는 자료로 삼는다.", 『국문학사』 6~7면.

101) 훈민정음 반포 이후의 문학을 다룬 '근세문학'에서 '제3절 소설의 발족과 연극의 전통'을 설정한 것도 역시 이와 무관치 않다. 그러나 이 책에서는 '소설의 창극화'라는 입장을 견지하고 있어, 소설의 활발한 창작과 유통이 창극(판소리)의 출현을 이끌었다는 주장을 펼치고 있다.

102) 김홍규, 『한국문학의 이해』, 98면.

래를 '시가 · 소설 · 희곡'으로 대별하려는 의도에도 불구하고, 문학사에서는 전반적으로는 시가문학과 소설문학이 위주가 되어 서술되는 것이다.

시가문학이 '원시문학'으로부터 각 시기마다의 주요 갈래[103)]들을 포괄하여 다루고 있는데 비해, 소설문학은 주로 조선시대의 작품들을 위주로 다루고 있다. 특히 소설의 선행 형태로써 고려시대까지의 설화와 패관문학[104)] 등에 주목하였는데,[105)] 그 이유는 바로 이들이 한문으로 기록되어 있음에도 후대 소설문학으로의 연관 속에서 문학사적 의미를 획득하기 때문이다. 조선 후기에 활발하게 창작 · 향유된 '소설은 진정한 산문의 세계를 개척하여 시민문학의 주체가 되었다'[106)]는 주장에 이른다. 이와 함께 기존에는 국문학의 주류에서 배제되어 있던 '민요'가 문학의 관점에서 전면적으로 다루어지고 있다는 점도 특기할 만하다.[107)]

현대문학은 '갑오 이후 국어와 국자(國字)의 중요성을 인식했고 언문일치(言文一致)의 문예가 생성한' 시기를 대상으로 하고 있기에, 그 이전과는 새로운 기준으로 제시된 '문학의 정의에 비치어 너무도 진정한 문학과의 상거(相距)가 멀다 아니 할 수 없다'고 주장한다. 이러한 입장은 기본적으로 고전문학과 현대문학의 전통 단절론을 전제로 하고 있으며, 서구로부터 수입한 문예이론을 통해서 새로운 문학이 태동할 수 있었다고 보았다.[108)] 물론

103) 향가의 경우 '상고문학'의 시기에 창작된 작품이 있다는 사실을 적시하면서도, 이들 작품을 편의적으로 '중고문학'의 '제2절 향가' 항목에서 종합적으로 다루고 있다. 이밖에도 시가의 주요 갈래들은 고려속요와 '경기체가', 그리고 시조와 가사를 포괄하고 있다.

104) 고려 후기의 시화집과 가전체 작품들이 패관문학의 주요 대상이다.

105) "소설은 설화를 선구(先驅)로 하는 것으로, 문학에서 다루는 때는 이를 서사문학에 소속시키는 것이니, ……"(13면), "패관문학이 한문학 세력에 이끌이어, 시화류로 쏠려 갔다고 하지만 그것은 패관문학의 정상적 발달이 아니고, 패관문학이 소설로 발달하여 가는 것이 정당한 발전 과정이라 하겠다."(70~71면).

106) 『국문학사』, 154면.

107) '근세문학'의 마지막 항목인 '제5절 문학으로서의 민요'에서 이를 상세히 논하고 있다.

108) "곳곳에 학교와 많은 학술연구 기관과 및 언론기관이 생겼으니 이것은 문화 형태가 그 이전의 전통을 버리고 새로운 문명운동 · 계몽운동이 힘있게 일어나서 문예사조에 있어서도 획시기적(劃時期的)인 전환을 하고 희망에 넘치는 문예개혁이 싹트게 하는 계기가 되었다.", 『국문학사』, 162~163면.

갑오경장 이후 『국문학사』의 집필까지의 기간이 '겨우 50여년 밖에는 안 되'기에, 현대문학은 '평론가의 평론 대상으론 될지언정 이것을 문학사적으로 체계 세'우기는 쉽지 않다고 전제하였다. 그러나 짧은 기간에 서구의 다양한 문예사조가 '압축하여 경험해 나왔기 때문에 문학적 시기를 확실히 구획(區劃)할 수 있는 특수성을 가지고 있다'고 보았다.[109)]

그 결과 현대문학사를 모두 5기로 구분하여 논하고 있다.[110)] 본격적인 신문학의 출발을 '새로운 문학 창건을 맡고 나타난' 이인직의 신소설에서 찾고 있으며, 그의 소설이 '훨신 현대소설에 가까워지고 있다'고 평가한다.[111)] 최남선과 이광수의 초기 활동을 각각 신시(新詩)와 소설에서 문학사적 공로를 획득할 수 있다고 보았으나, 이광수의 후기 활동에 대해서는 혹평을 남기고 있기도 하다.[112)] '현대문학'의 서술에서 주목할 점은 카프(KAFP)가 결성되어 활동한 시기를 '기성문단과 신흥문단의 대립기'로 설정하여, 당시의 작가들의 활동과 작품들에 대해서 상세히 기술하고 있다는 사실이다.[113)] 1942년 이후의 '암흑기'를 서술하면서 당시에 활동했던 조선문인보국회 소속의 '매판적 민족반역을 감행하는 문인'들과, 일본어로 발간된 『국민문학』 등의 문예지를 '이른바 일본정신에 입각한 작품을 실었으니 치욕의 기념이 될 잡지'라는 사실을 분명하게 적시하기도 하였다.[114)] 마지막으로 해방 이후 남쪽의 문단 상황에 대해서 개괄적으로 소개하면서, 문학사

109) 이상 『국문학사』, 159~161면.

110) 현대문학사를 다음과 같이 구분하고 있다. 제1기(1894~1919) - 신문학 태동 발흥기, 제2기(1920~1935) - 기성문단과 신흥문단 대립기, 제3기(1936~1941) - 순수문학기, 제4기(1942~1945. 8) - 암흑기, 제5기(1945. 8~1948 현재) - 신출발기.

111) 그러면서 또한 신소설을 '고대소설과 현대소설 과의 사이에 개재하여 있는 중간적 존재'라고 논하고 있다. 『국문학사』, 164~165면.

112) 『국문학사』, 166~167면.

113) 이 당시 활동했던 작가들 중에 이른바 '경향파' 작가들과 '여류 작가'의 활동을 각각 한 항목으로 설정하여 긍정적인 측면에서 상세하게 기술하고 있는데, 이는 '해방공간'에서는 문학사의 집필에 있어 이념적 제약이 심하지 않았기 때문이라 해석된다.

114) 『국문학사』, 179~180면.

의 서술을 마무리하였다.

4. 맺음말

이상으로 우리어문학회의 성립과 활동 양상, 그리고 그들에 의해 출간된 『국문학사』의 체제와 특징에 대해서 살펴보았다. 이들의 학술 활동은 초창기 국문학 연구에 있어 적지 않은 역할을 했다고 평가되지만, 아직 그들의 활동 양상과 저술이 지니는 의미에 대해서 본격적인 연구 성과가 제출되지 않았다. 구성원 중 일부가 한국전쟁 당시 납・월북되어 학회의 활동이 급작스럽게 정지되었던 까닭에, 한국전쟁 이후 이들의 활동이나 저작에 대해서 논의하기가 쉽지 않았던 것도 그 이유 중의 하나라 할 수 있다.

학회의 주축이었던 방종현이 한국전쟁의 와중에 병사하였고, 구자균도 젊은 나이로 1964년에 세상을 떠나게 된다. 이후 구성원 중 김형규와 손낙범만이 남게 되어, 그들이 희망했던 '우리어문학회의 재건'[115]은 더욱 요원하게 되었다. 더욱이 1952년에는 이른바 '해방 후 졸업생'[116]들에 의해 국어국문학회가 창립되면서, 이후에는 이 학회의 회원들이 국문학 연구의 주축을 이루게 되었다. 초창기 국어국문학회 회원 일부는 자신들의 연구 활동의 대타적인 존재로, 우리어문학회 구성원들을 비롯한 경성제대 조선어문학과 출신들로 상정하기도 하였다. 하지만 이후 국어국문학회가 국문학 연구에서 확고한 위치를 다져나감으로써, 우리어문학회의 존재는 점점 잊혀져갔던 것이다. 또한 우리어문학회의 존재 역시 몇몇 연구자들의 논문 속에

115) 「재판서」, 『국문학개론』(구자균・손낙범・김형규, 일성당서점, 1955), 2면.

116) 김동욱, 「해방 후 졸업생」, 『사상계』, 1955년 4월호.(박연희, 「1950년대 '국문학 연구'의 논리」에서 재인용)

서 단편적으로 거론될 정도였다.

그러나 우리어문학회 구성원들의 활동이나 연구 성과가 국문학 연구에 끼친 영향은 결코 적지 않기에, 더 늦기 전에 학회의 면모에 대해서 정리할 필요가 있다고 판단된다. 해방 이후 초창기 국문학 연구단체로서의 우리어문학회의 활동을 검토함으로써, 이후 국문학 관련 학회들과 비교할 수 있는 논거를 마련할 수 있을 것이라 여겨진다. 이러한 작업을 토대로 식민지 시절 국문학 연구자들의 활동과 연관성을 고찰할 필요가 있으며, 특히 '해방 후 졸업생'이라 칭했던 '국어국문학회'의 초창기 활동과 국문학 연구사에서의 위상을 함께 고려해야만 할 것이다. 그러나 본고에서 우리어문학회의 성립과 활동 양상에만 초점을 맞춰 논하다보니, 애초 의도했던 전·후 시기의 국문학 연구자들과의 비교 연구는 충분히 이뤄지지 못했다. 하지만 국문학 연구사에서 그동안 미개척의 영역으로 남아있었던 '해방공간'의 상황을, 우리어문학회의 활동을 통해 거칠게나마 그려보았다는 데에 의미를 두고자 한다.

아울러 우리어문학회의 『국문학사』를 중심으로 그 체제와 특징을 논하는 것에 그쳐, 전·후 시기에 출간된 여타의 문학사와의 비교도 제대로 이뤄지지 않았다. 『국문학사』가 지닌 국문학 연구사에서의 위상을 제대로 짚어내기 위해서는, 여타 문학사들과의 비교 연구는 꼭 필요하기 때문이다. 특히 '유물사관'에 입각하여 기술한 이명선의 『조선문학사』, 그리고 민족주의 사관에 입각하여 문학사를 유기체적으로 파악한 조윤제의 『국문학사』 등은 동 시기에 편찬된 문학사로써 연구사적으로 중요한 성과로 꼽힌다. 학회의 구성원들은 여타의 문학사들에 대한 관심이 적지 않았고, 새로운 문학사가 출간될 때마다 기관지 『어문』 등에 서평을 게재하기도 하였다.[117] 이러한

117) 정형용, 「8·15 이후의 국문학사 총평」, 『어문』 창간호.; 정학모, 「신간평 - 조윤제 저 『국문학사』 독후감」, 『어문』 제2호. 이밖에도 1964년에 출간된 조윤제의 『한국문학사』 개정판에 대한 구자균의 서평도 이러한 관심의 연장선 속에서 파악할 수 있다.(구자균, 「조윤제 저 『한국문학사』」, 『아세아연구』 통권 13호, 고려대학교 아세아문제연구소, 1964.)

문제를 포함해 전·후 시기에 출간된 문학사들과의 비교를 통한 기술 방법과 사관, 그리고 시대 구분 등 여러 주제에 대한 탐구는 앞으로의 과제로 남겨두기로 한다.

참 고 문 헌

우리어문학회, 『국문학사』, 수로사, 1948.
우리어문학회, 『국문학개론』, 일성당서점, 1949.
우리어문학회, 『어문』 1~3집 합본, 1949~1950.(영인)
안확, 『조선문학사』, 한일서점, 1922.
김태준, 『조선소설사』, 학예사, 1932.
조윤제, 『조선시가사강』, 박문출판사, 1937.
이명선, 『조선문학사』, 조선문화사, 1948.
김사엽, 『조선문학사』, 정음사, 1948.
조윤제, 『국문학사』, 동국문화사, 1949.

강등학, 「고정옥의 민요연구에 대한 검토」, 『한국민요학』 제4집, 한국민요학회, 1996, 23~38면.
고미숙, 「이명선의 국문학 연구 방법론과 유물사관」, 『어문논집』 제28집, 고려대학교 국어국문학연구회, 1989, 1~29면.
고정옥, 김용찬 교주, 『교주 고장시조선주』, 보고사, 2005, 1~293면.
구자균, 「조윤제 저 <한국문학사>」, 『아세아연구』 통권 13, 고려대학교 아세아문제연구소, 1964, 133~137면.
국어학회, 「일사 방종현 선생의 국어학 연구(대담)」, 『국어학』 제12집, 국어학회, 1983, 235~251면.
김열규 외, 『한국문학사의 현실과 이상』, 새문사, 1996, 1~269면.
김용찬, 「고정옥의 생애와 월북 이전의 저술 활동」, 『한민족어문학』 제46집, 한민족어문학회, 2005, 145~176면.
김용찬, 「고정옥의 시조관과 『고장시조선주』」, 『고전문학연구』 제27집, 한국고전문학회, 2005, 255~287면.
김용찬, 「고정옥의 '장시조론'과 작품 해석의 한 방향 -『고장시조선주』를 중심으로」, 『시조학논총』 제22집, 2005, 57~83면.
김윤식, 「국문학의 방법론·문제점 및 업적 비판의 연구」, 『국어교육』 제4호, 한국언어교육연구회, 1962, 91~150면.
김현양, 「민족주의 담론과 한국문학사」, 『민족문학사연구』 통권19호, 민족문학사학회, 2001, 32~54면.

김형규, 「'우리어문학회' 그리고 개정된 '한글 맞춤법'에 대하여」, 『국어학』 제21집, 국어학회, 1991, 3~16면.

김형규, 「우리어문학회와 일사 선생」, 『어문연구』 통권 76호, 한국어문교육연구회, 1992, 373~374면.

김흥규, 『한국문학의 이해』, 민음사, 1986, 1~241면.

김흥규, 「국문학 연구방법론과 그 이념 기반의 재검토」, 『한국 고전문학과 비평의 성찰』, 고려대학교 출판부, 2002, 289~305면.

박연희, 「1950년대 '국문학 연구'의 논리 -<국어국문학회> 세대를 중심으로」, 『사이間 Sai』 제2호, 국제한국문학문화학회, 2007, 195~226면.

박지홍 외, 「국문학사 시대 구분 문제(공개 토론)」, 『국어국문학』 제20호, 국어국문학회, 1959, 89~111면.

염무웅, 「자연의 가면 뒤에 숨은 역사의 흔적들」, 『분화와 심화, 어둠 속의 풍경들』, 민음사, 2007, 7~29면.

이광국, 「한국문학사 서술의 비교 연구」, 건국대학교 석사학위논문, 1979, 1~73면.

임성운, 『문학사의 이론』, 소명출판, 2012, 1~317면.

정병욱, 「국문학의 개념 규정을 위한 제언」, 『국문학산고』, 신구문화사, 1959, 16~27면.

정종진, 「한국문학사 방법의 분석 서설」, 『인문과학논집』 제7집, 청주대학교 인문과학연구소, 1988, 83~94면.

조동일, 『동아시아 문학사 비교론』, 서울대학교 출판부, 1993, 1~453면.

토지문화재단 엮음, 『한국문학사 어떻게 쓸 것인가』, 한길사, 2001, 1~283면.

홍기삼, 「한국문학사 시대구분론」, 『한국문학연구』 제12집, 동국대학교 한국문학연구소, 1989, 151~167면.

한국문학사 시대구분 기준으로서의 매체와 매체전환에 따른 재매개화 문학사론 설정의 새로운 패러다임*

권도경**

1. 문제설정의 방향

한국문학사(韓國文學史)는 범박하게 말해서 한국문학 작품들을 통시적으로 배열하고 시대구분 해놓은 문학사를 의미한다. 그런데 이렇게만 보기에는 문제가 단순치 않다. 문학 작품들의 통시적 배열과 시대구분이 각 텍스트 간의 상호관계가 지니는 의미에 대한 해석에 따라 이루어지기 때문에 특정한 사관(史觀)이 개입되지 않을 수 없기 때문이다. 이렇게 일단 특정한 사관에 따라 선택적으로 배열·시대구분 된 문학 작품들 간의 상호관계는 자연적인 그대로의 것이라고 보기 어렵다. 이미 일정한 연구시각에 의해 필터링

* 이 논문은 한민족어문학회 제320차 전국학술대회에서 발표된 논문으로, 『비교문학』69(한국비교문학회, 2016.06.30.)에 수록되어 있는 것을 본 논총의 편제에 맞게 수정한 것이다.
** 성결대학교 파이데이아학부

되어 재의미화 된 것이라는 점에서 문학사는 태생적으로 문학 작품들의 자연적·물리적 집합체 이상의 의미를 지닌다. 즉, 일단 자연체로 존재하는 문학 작품들을 특정한 형태의 통시사로 배열·시대구분 해놓은 결과물은 문학사(文學史)인 동시에 필연적으로 문학사론(文學史論)이 된다고 할 수 있다. 문학 작품들을 통시적으로 배열·시대구분 하는 특정 문학사가의 사관이 선행 연구사를 비판적으로 계승 혹은 극복한 자신의 연구 성과 위에서 이루질 경우에는 문학사와 문학사론의 구분은 더욱 애매해진다. 전대 문학사의 외재적 연구를 반성하고 문학 내재적인 연구를 주장한 김윤식의 문학사론[1]이 해당 논리를 특수한 문학사관으로 한 문학사로 출판[2]되었다거나, 혹은 역시 전대 문학사의 기술방식이 지니는 한계를 일별하고 체계화 된 시대구분 기준체계와 갈래이론을 바탕으로 한 새로운 문학사 기술방법론을 주장한 조동일이 해당 이론을 실제 문학사 기술을 통해 직접적으로 논증[3]했던 사례들이 대표적인 경우에 해당한다. 이 점에서 문학사는 문학 작품들에 대한 통시적 연구인 동시에, 해당 문학 작품 연구론들에 대한 통시적 메타연구일 뿐 아니라, 문학사들에 대한 통시적 메타연구사론이 된다고 할 수 있다.

이처럼 문학사가 태생적으로 지니고 있는 메타연구성은 한국문학사에 대한 연구, 즉 협의의 의미로 규정되는 한국문학사론(韓國文學史論)의 축적에 장애요소가 되어온 것으로 보인다. 원론적으로 개별 문학사들의 전개가 곧 선행 문학사에 대한 비판적 연구를 전제로 성립되는 문학사론의 성격을 지니고 있다고 볼 수 있기 때문이다. 기실, 한국문학사론에 대한 선행연구사는 여타의 작가론·작품론·장르론 등에 비하여 상대적으로 얄팍한 감이 있다. 여기에는 문학 작품들의 통시적 집적물에 대한 방대한 지식이 선행되어야

1) 김윤식, <한국문학사와 장르의 문제>, 『국어국문학』61, 국어국문학회, 1973, 157-164쪽.
2) 김윤식, 『한국현대문학사(초판)』, 현대문학, 1984.
3) 조동일, <한국문학사 서술의 양상과 과제>, 『국어국문학』93, 국어국문학회, 1985, 391-395쪽.

한다는 부담감도 작용했을 것으로 생각된다.

논의의 편의상 한국문학사에 대한 선행연구사를 분야별로 정리하여 제시해보면 다음과 같다.

① 문학사 전개사론
② 개별 문학사론
③ 새로운 문학사론

①의 전개사론은 이전 시대 문학사의 전개사를 시대구분론 · 사관론 · 기술방법론 등을 중심으로 살핀 연구다. 연구 결과물이 동일 연구자에 의해 문학사 집필로 선순환 되는 경우가 많기 때문에 문학사와 문학사론이 미분화 되어 있는 경우가 상대적으로 많은 영역이기도 하다. 한국문학사가 1세대의 문헌주의 · 민족주의[4]에서 2세대의 현장적 · 비교론적 실증주의[5]를 거쳐 3세대의 원전 내재적 분석 중심주의[6]로 이행되었으나 텍스트 중심적 분석주의를 문학 외재적 연구인 시대의식 · 사상 투영론과 문헌적 · 비교론적 실증주의와 병행할 필요[7]가 있으며, 고전문학과 현대문학의 분리를 지양함으로써 근대문학이 서구를 통해 이식된 결과라는 신문화 서구 이식론을 극복할 필요가 있다는 것[8]이 ①의 전개사론 분야에서 최근까지 유지되고 있

4) 안자산, 『조선문학사』, 한일서점, 1922. ; 김태준, 『조선한문학사』, 조선어문학회, 1931. ; 김태준, 『조선소설사』, 청진서관, 1933. ; 김재철, 『조선연극사』, 조선어문학회, 1933. ; 조윤제, 『조선시가사강』, 동광당, 1937. ; 권상로, 조선문학사, 일반프린트사, 1947. ; 고정옥, 『조선민요연구』, 수선사, 1949.

5) 우리어문학회, 『국문학사』, 수로사, 1948. ; 이명선, 『조선국문학사』, 1948. ; 김사엽, 『조선국문학사』, 정음사, 1948. ; 김사엽, 『개고국문학사』, 정음사, 1954.; 조윤제, 『국문학사』, 동방문화사, 1949. ; 조윤제, 『국문학사』, 동방문화사, 1949. ; 조윤제, 『교육국문학사』, 1949.

6) 이병기 · 백철, 『국문학전사』, 신구문화사, 1957. ; 조윤제, 『한국문학사』, 1963. ; 조윤제, 『국문학사개설』, 1965. ; 김사엽 · 조연현, 『한국문학사』, 북망사, 1971. ; 김현 · 김윤식, 『한국문학사』, 민음사, 1973. ; 여증동, 『한국문학사』, 형설출판사, 1973. ; 여증동, 『한국문학역사』, 1984. ; 김동욱, 『조선문학사』, NHK Press, 1974. ; 김석하, 『한국문학사』, 신아사, 1975. ; 김동욱, 『History of Korean Literature』, Toyobunko, 1980. ; 장덕순의 『한국문학사』, 동화문화사, 1975. ; 조동일, 『한국문학통사』, 지식문화사, 1988.

7) 전병욱, <고전 문학 연구는 어디까지 와 있는가>, 『나라사랑』21, 외솔회, 1975, 229-234쪽

는 연구 성과이다. 해당 선행 연구 성과를 반영하여 문학 외재적 시대의식·사상 조응론을 문헌적·민속적 실증주의와 병행되는 문학 내재적 원전 분석 중심주의와 통합적으로 운용한 한국문학사가 바로 조동일의 『한국문학통사』[9]가 된다. 주지하다시피 시대구분의 4대 기준과 갈래이론으로 구성된 내재적 문학 연구 방법론을 전 시대의 문학 현상에 유기적으로 적용한 통사를 구축해 냈다는 점이 높이 평가[10]되는 부분이다. 시대의식을 전 시대에 적용되는 시대구분의 구심점으로 인식하고 있었던 1세대 문학사의 문제점[11]을 지양하면서도, 외세와의 전쟁이라는 국란 극복기마다 엄연히 존재했던 문학사의 실상이자 문학 내재적 분석 요소들과 공존하는 시대구분 준거틀 중 일부분으로 위치시킨 성공적 사례라는 점도 평가해야 될 부분이다. 조동일의 『한국문학통사』가 전국 대부분 대학의 국문학사 수업에서 교재로 이용되고 있는 이유도 바로 여기에 있다고 할 수 있다. 현재, ①의 전개사론은 사실상 정체상태에 있다. 조동일의 『한국문학통사』가 지니는 문학사로서의 완성도 때문에 전면적으로 대체해야 할 필요성이나 문제의식도 본격적으로 제기되지 않고 있다.

한편, ②의 개별 문학사론은 말 그대로 특정한 문학사를 대상으로 하여 논의한 연구 영역이다. 안자산[12]·조윤제[13]·임화[14]·김윤식[15]의 문학사

---

8) 신동욱, <현대 문학의 연구>, 『나라사랑』21, 외솔회, 1975, 235-239쪽.

9) 조동일, 『한국문학통사』, 지식문화사, 1988.

10) 김영, <통일을 대비한 한국문학사 서술방향 연구>, 『국어국문학』130, 국어국문학회, 2002, 115-116쪽.

11) 김현양, <민족주의 담론과 한국문학사>, 『민족문학사연구』19, 소명출판, 2001.

12) 이희환, <식민지 체제하, 자국문학사의 수립이라는 난제:안자산의 『조선문학사』가 놓인 동아시아 문학사의 맥락>, 『국학연구』17, 2010, 9-45쪽.

13) 이명구, <도남 선생의 국문학사 저술에 대한 재평가>, 『문학한글』6, 한글학회, 1992, 89-114쪽. ; 조동일, <조윤제의 사상과 학문>, 『어문연구』90, 1996, 23-25쪽.

14) 김외곤, <임화의 '신문학사'와 오리엔탈리즘>, 『한국문학이론과 비평』5, 한국문학이론과 비평학회, 1999, 73-94쪽. ; 박상준, <임화 신문학사론의 문학사 연구 방법론적 성격에 대한 연구>, 『외국문학연구』28, 2007, 167-206쪽. ; 김미영, <'移植' 논의를 통해 본 林和의 新文學史論>, 『한국문화』49, 한국학연구원, 2010, 275-295쪽.

15) 허병식, <한국문학사 서술의 정치적 무의식>, 『한국근대문학연구』21, 한국근대문학회, 2010,

에 관한 연구가 주류를 이루고 있으며, 미발굴 혹은 미평가 되었던 개별 문학사에 대한 발굴·평가 논의16)가 보충되어 나가는 형태다. 최초의 한국문학사가이나 조윤제에 비해 상대적으로 연구사 영역에서 소외되어 있었던 안자산에 대해서는 후속 문학사와의 연계성을 규명하는데 연구가 집중되어 있으며, 초기 한국문학사의 대표작으로 거론되는 조윤제의 문학사에 대해서는 그의 문학사관이 민족주의적 유기체적 발전론17)이라는 고립된 사관에만 머물러 있었던 것이 아니라 4편의 연속적인 노작을 통해 고대·중세·근세·근대·현대로 구성되는 보편적인 시대구분론으로 발전해 나갔다는 점이 규명18) 되어 있다. 한국현대문학사의 서두를 연 임화에 대해서는 서구 신문학 이식에 의한 근대문학론의 실체를 규명하는데 주로 논의의 초점이 맞춰져 있고, 임화의 근대문학 이식론을 자생적 근대맹아론으로 극복하고자 한 김현·김윤식에 대해서는 이전 시대의 발전적 진화론을 극복하지 못했기 때문에 한국문학사의 정치적 무의식 획득은 여전히 획득해야만 할 지향점으로 남아있다19)는 것이 최근까지의 연구성과가 된다. 이러한 ②의 개별 문학사론은 기존 연구사에서 미평가 되었거나 보고되지 않았던 미발굴 문학사를 대상으로 연구사가 확장되어 나갈 수 있는 분야다. 대신, 조동일의 『한국문학통사』를 극복할 문학사의 탄생과 하등의 관계가 없는 영역에 해당한다고 할 수 있다.

마지막으로 ③의 새로운 문학사론은 기존의 한국문학사에서 다뤄지지 않

7-32쪽.

16) 조규익, <桂奉瑀 『조선문학사』의 의미와 가치>, 『국어국문학』155, 2010, 159-191쪽. ; 김시태, <조연현의 문학사 기술방법-문학사가로서의 조연현>, 『한국문학연구』15, 한국문학연구소, 1992.

17) 조동일, <조윤제의 사상과 학문>, 『어문연구』90, 1996, 23-25쪽.

18) 이명구, <도남 선생의 국문학사 저술에 대한 재평가>, 『문학한글』6, 한글학회, 1992, 89-114쪽.

19) 차승기, <민족주의, 문학사, 그리고 강요된 화해>, 김철·신형기 외, 『문학 속의 파시즘』, 삼인, 2001 ; 허병식, <한국문학사 서술의 정치적 무의식>, 『한국근대문학연구』21, 한국근대문학회, 2010, 7-32쪽.

왔던 문학사 분야를 다룬 연구들이다. 하위 연구 영역으로는 디아스포라문학사[20] · 동아시아문학사[21] · 지역문학사[22] · 통일문학사[23] · 북한문학사[24] 등이 존재한다. 이 중에서 디아스포라문학사 · 동아시아문학사 · 통일문학사 · 북한문학사와 지역문학사는 한국문학사의 외연적 확장과 수렴적 미시화라는 측면에서 대별된다. 전자는 해외 북한문학 · 동아시아문학 · 해외한인문학의 문학사 기술을 통해 기존 한국문학사의 외연을 한국민의 법정 지리적 경계인 남한 지계를 넘어 북한 · 동아시아 · 세계로 확대하고자 한 연구이고, 후자는 한국 내부에 위치한 지역별 문학의 전개사를 통시적으로 정리함으로써 기존 문학사를 내부적으로 분화해 나가고자 한 연구가 된다.

조동일의 『한국문학통사』가 이룬 성과에서 한 걸음 진전된 문학사가 탄생될 수 있다면, 해당 분야는 바로 이 ③의 새로운 문학사론 영역이 될 가능성이 높다고 판단된다. 문제는 이러한 새로운 문학사 기술방법론과 선행 문학사에서 확립된 성과 사이의 연계성을 어떻게 확보할 수 있느냐에 있다. 즉, 새로운 문학사 성립의 당위성을 선행 문학사의 전개사론 혹은 기술방법론 속에서 내재적으로 확보할 수 있어야 한다는 것이다. 이러한 당위성이 확보될 때만이 새로운 사관에 의한 기존 문학사의 다시 쓰기가 타당성을 인정받을 수 있다. 만약, 선행 문학사와의 내적 연계성이 고려되지 않은 상태에서 새롭게 발굴된 문학사 기술대상에만 초점을 맞춘다면, 이전 시대 문학 작품들과 새로운 문학현상들 사이에 기술방식의 유기성이 확보될 수 없다. 즉, 문학사 기술대상으로서의 새로운 문학현상을 발굴한 뒤에는, 기존

---

20) 김종회, <한민족 문학사의 통시적 연구와 기술의 방향성>, 『외국문학연구』56, 2014, 103-122쪽.

21) 조동일, <동아시아문학사와 한국문학사>, 『어문학』83, 2004, 29-50쪽.

22) 이재봉, <지역문학사 서술의 가능성과 방향>, 『국어국문학』 144, 2006, 41-64쪽.

23) 김영, <통일을 대비한 한국문학사 서술방향 연구>, 『국어국문학』130, 국어국문학회, 2002, 109-129쪽. ; 서영빈, <통일문학사 서술 시각에서 본 중국 조선족문학>, 『한국문학이론과 비평』32, 2006, 65-90쪽.

24) 김재용, <북한문학사 검토와 서술방향>, 『한국문학사 어떻게 쓸 것인가』, 한길사, 2001.

문학사들의 전개사 속에서 해당 문학현상기로 문학사를 확장해야 할 내적 필연성과 당위성을 확보하는 작업이 진행되어야 하며, 기존 문학사의 내용이 해당 문학현상과의 연계성 속에서 재기술 될 수 있다는 사실을 입증함으로써 전후 문학현상들을 유기적으로 기술할 수 있는 거시적인 체계를 제시할 수 있어야 한다는 것이다.

이러한 문제의식 하에서 본 연구가 제기해 보고자 하는 아젠다는 새로운 문학사 시대구분 기준으로서의 매체이다. 현재의 한국문학계는 디지털매체(digital media)란 뉴미디어(new media)가 등장하기 이전 시기까지 전개되었던 문학 작품들이 디지털문화콘텐츠(digital cultural contents)로 재생산 되는 재매개화(remediation)의 시대로 진입해 있다. 즉, 디지털시대 이전 단계에 존재한 매체에 얹혀서 창작되었던 문학 작품들이 해당 내용을 전달할 매체를 디지털로 전환하여 디지털문화콘텐츠로 재창작되는 흐름이 봇물을 이루고 있는 것이다.

이 지점에서 일단, 재매개화와 매체전환(reformatting)의 개념 정립이 매우 중요하다. 재매개화는 시대의 올드미디어(old media)로 창작되었던 문화콘텐츠가 동시대의 뉴미디어로 전달 매체를 전환해서 당대의 주도적인 문화콘텐츠(cultural contents) 장르로 전환되는 과정을 지칭하는 것으로 규정하는데, 매체전환은 이러한 문화콘텐츠의 재매개화를 실현하기 위해 올드미디어에서 뉴미디어로 바꾸는 매체 자체의 교체 과정을 지칭하는 것으로 정의한다. 문화콘텐츠 학계에서 매체전환을 하나의 원소스(one source)가 동시대의 멀티콘텐츠들로 유즈(use) 되는 동시대축의 선상에서 개념화 되었다고 정의해 온 것과 차별화 되는 규정이다. 즉, 통시적인 매체전환에 의해 문화콘텐츠의 재매개화가 이루어진다는 것으로, 매체전환은 재매개화의 충분조건이고, 재매개화는 매체전환의 필요조건이 된다는 논리체계이다.[25] 이때, 본래 문화

25) 매매체전환을 통시적인 현상으로 파악한 재매개화 개념은 권도경의 <고전서사문학·디지털문화콘텐츠의 서사적 상관성과 고전서사원형의 디지털스토리텔링화 가능성>(2005년도 솔벗

콘텐츠의 기본 개념이 화폐와의 교환 목적을 보다 효율적으로 이루기 위해 매체를 도구로 이용한 문화 내용을 지칭하는 것이라 할 때, 매체전환과 재매개화의 대상이 될 수 있는 한국문학 작품의 시작점은 원칙적으로 근대문학기이다. 예컨대, 신소설·신체시·창극·수필, 근대소설·근대시·희곡·수필로부터 시작되는 근대문학 작품들과 이후의 현대문학 작품들이 협의의 대상이 된다.

문제는 누가 봐도 디지털매체로의 매체전환에 의해 디지털문화콘텐츠로 재매개화 된 것이 분명해 보이는 문화의 내용 속에 근대 이전 시기의 문학 작품들이 대거 포함되어 있다는 사실이다. 고대 이후로 오늘날까지 명맥을 유지하고 있는 설화 텍스트들은 물론 중세의 대표적인 문학 장르인 고소설·판소리 등이 여기에 속한다. 예컨대, 원작자 본인이 영화 <장화홍련>이나 게임 <바람의 나라>의 서사원형으로 천명해놓고 있는 고소설 <장화홍련전>과 <대무신왕신화> 등이 대표적인 사례다. 서사원형이 되는 고전문학 텍스트들의 특수한 유형구조는 물론 등장인물이나 배경, 사건과 관련된 구체적인 인명·지명·사건명에서까지 대응관계가 성립되는 경우다. <아기장수설화>와 드라마 <각시탈>, 병자호란계 <영웅소설>과 영화 <최종병기 활>, 고소설 <옹고집전>과 영화 <광해>처럼 일대일의 대응관계가 직접적으로 성립되지는 않지만 고전문학 특정 장르나 양식, 텍스트의 유형적인 서사를 서사원형으로 삼고 있는 경우도 있다.[26)]

학술재단 한국학연구지원사업계획서, 2005.

26) 고대·중세의 문학 장르·유형·텍스트 차원으로 존재하는 고전서사원형의 통시적 매체전환에 의해 서사적으로 상관성이 있는 현대디지털문화콘텐츠로 재매개화 됨으로써 현대적 이본을 산생해 나가는 문학사의 실제적 현상에 대한 선행연구사는 다음과 같이 제시할 수 있다. 권도경, <고전서사문학·디지털문화콘텐츠의 서사적 상관성과 고전서사원형의 디지털스토리텔링화 모듈 개발>, 2005년도 솔벗학술재단 한국학연구지원사업계획서, 2005 ; 권도경, <권도경, <고전서사문학·디지털문화콘텐츠의 서사적 상관성과 고전서사원형의 디지털스토리텔링화 가능성>, 『동방학지』155, 연세대학교 국학연구원, 2011 ; 권도경, <대무신왕신화>의 영웅일대기와 게임 <바람의 나라>의 영웅육성시스템, 그 서사적 상관성과 신화성>, 『한국학연구』42, 고려대학교 한국학연구소, 2012 ; 권도경, <병란(丙亂) 트라우마 대응 고소설에 나타난 향유층의 집단서사와 영화 <최종병기 활>>, 『고전문학과교육』24, 한국고전문학과교

이러한 선행연구 결과물들이 확고히 인정받기 위해서는 이들 고대·중세 문학작품들의 디지털문화콘텐츠화가 근대 이후 문학 작품들의 그것과 같은 매체전환에 의한 재매개화의 결과물임이 문학사적으로 입증될 필요가 있다. 즉, 고대·중세 문학 작품들의 매체전환에 따른 재매개화와 근대이행기·근대·현대 문학 작품들의 그것이 같은 차원에서 이루어진 것이라면, 매체를 다섯 번째 시기구분 기준으로 한 문학사의 기술이 가능해 질 수 있다. 이때, 매체에 따른 문학사의 시기구분론은 기존 문학사론에서 성립되어 있는 장르 및 갈래 이론의 체계와 유기적으로 설명될 수 있어야 한다.

이를 해결하기 위해 본 연구에서는 다음과 같은 두 가지 방식으로 논의가 진행될 것이다. 첫 째는 "현대"란 것이 문학사의 자기 확장·갱생성에 의해 상시적으로 재규정되는 것을 본질로 한다는 것으로, 디지털문화콘텐츠는 이렇게 상시적으로 재규정되는 "현대"의 자기 확장·갱생 과정 속에 하나의 "현상"으로 존재하는 것임을 입증한다. 두 번째는 시기구분 기준으로서의 매체의 성립 가능성을 기존 문학사의 기술상 한계와 관련하여 비판

육학회, 2012 ; 권도경, <고소설 <장화홍련전> 원형서사의 서사적 고정관념과 영화 <장화, 홍련>에 나타난 새로쓰기 서사전략>, 『비교문학』61, 한국비교문학회, 2013 ; 권도경, <애정전기소설의 서사코드와 한류드라마 <가을동화>-한국언어문화의 형질에 대한 새로운 이해와 교육을 위하여>, 『고전문학연구』43, 한국고전문학회, 2013 ; 권도경, <아기장수전설의 서사가지(narrative tree)와 역사적 트라우마 극복의 선택지, 그리고 드라마 <각시탈>의 아기장수 전설 새로 쓰기>, 『국어국문학』163, 2013 ; 권도경, <동남아 한류드라마의 한국고전문학 재생산과 한(韓)·동남아(東南亞) 서사코드>, 『아태연구』제20권제1호, 경희대학교 아태연구소, 2013 ; 권도경, 『한국고전서사원형과 문화콘텐츠』, 박이정, 2014 ; 권도경, <한국고전영웅서사원형의 재생산과 코리안 슈퍼 히어로물의 탄생, 그리고 헐리우드 슈퍼히어로물과의 서사코드적 차이>, 『비교한국학』제22권제1호, 2014 ; 권도경, <여우여신의 남신화에 따른 반인반호(半人半狐) 남성영웅서사의 탄생과 드라마 <구가의 서>의 인간화 욕망 실현의 이니시에이션>, 『한국학연구』48, 고려대학교 한국학연구소, 2014 ; 권도경, <영화 「광해」에 나타난 「옹고집전」 서사원형의 재생산과 실전(失傳) 판소리의 질적 제고 원리>, 『어문논집』57, 중앙어문학회, 2014 ; 권도경, <건국신화적 문화영웅일대기와 드라마 <뿌리 깊은 나무>, 『국제어문』60, 국제어문학회, 2014 ; 권도경, <동북아(東北亞) 한류드라마 원류로서의 한국고전서사와 한(韓)·동북아(東北亞)의 문학공유 경험>, 『동아연구』제33권제1호, 서강대학교 동아연구소, 2014 ; 권도경, 가문소설계 한류드라마에 나타난 3세대 확대가족 서사원형의 관념적 향구성과 중국 내부의 차별적 향유배경>, 『한국학연구』53, 고려대학교 한국학연구소, KCI 등재, 2015.

적으로 반증한다. 이를 통해 매체전환에 따른 재매개화가 문학사의 실제적 현상으로 존재하는 것임을 기존 문학사의 시기구분 양상과 기술내용을 통해 입증한다.

2. 한국문학사 "현대" 시기의 자기 확장성과 디지털미디어문화기 포함의 내적 필연성

한국문학사를 네 가지 범주로 나누어서 제시해 보는 것으로 긴 논의를 시작해 보자.

[자료1] ① 한국문학 통합사(統合史)
② 한국문학 갈래사(갈래史)/장르사(Genre史)/양식사(樣式史)
③ 한국문학 담당층사(擔當層史)
④ 한국문학 시대의식사(時代意識史)

[자료1]-①의 통합사(統合史)는 협의의 한국문학사론과 등치되는 범주다. 안확의 『조선문학사』(1922)[27]를 최초의 한국문학사로 하며, 가장 최근에 나온 조동일의 『한국문학통사』(1988)[28]가 가장 완성형의 한국문학사로 통용되고 있다. 권상로의 『조선문학사』(1947)[29], 우리어문학회의 『국문학사』(1948)[30], 이명선의 『조선문학사』(1948)[31], 김사엽의 『조선국문학사』(1948)[32] · 『개고국문학사』(1954)[33], 조윤제의 『국문학사』(1949)[34] · 『교육국문학사』(1949)[35] ·

27) 안자산, 『조선문학사』, 한일서점, 1922.
28) 조동일, 『한국문학통사』, 지식문화사, 1988.
29) 권상로, 조선문학사, 일반프린트사, 1947.
30) 우리어문학회, 『국문학사』, 수로사, 1948.
31) 이명선, 『조선국문학사』, 1948.
32) 김사엽, 『조선국문학사』, 정음사, 1948.

『한국문학사』(1963)[36] · 『국문학사개설』(1965)[37], 이병기 · 백철, 『국문학전사』(1957)[38], 김사엽 · 조연현의 『한국문학사』(1971)[39], 여증동의 『한국문학사』(1973)[40] · 『한국문학역사』(1984)[41], 김동욱의 『조선문학사』(1974)[42] · 『국문학사』(1976)[43] · 『History of Korean Literature』(1980)[44], 김석하의 『한국문학사』(1975)[45], 장덕순의 『한국문학사』(1975)[46], 조동일의 『한국문학통사』(1988)[47]가 여기에 속한다.

[자료1]-②의 갈래사 · 장르사 · 양식사은 말 그대로 갈래 · 장르 · 양식별 문학 작품들의 통시적 전개사다. 김태준의 『조선한문학사』(1931)[48] · 『조선소설사』(1933)[49], 김재철의 『조선연극사』(1933)[50], 조윤제의 『조선시가사강』(1937)[51], 고정옥의 『조선민요연구』(1949)[52] 등이 여기에 속하는 대표적인 초기 국문학사이다.

원칙적으로 석 · 박사학위논문이나 학술지 소논문 · 학술저서의 형태로 출판된 갈래사 · 장르사 · 양식사에 관한 방대한 연구물들도 모두 이 범주의

33) 김사엽, 『개고국문학사』, 정음사, 1954.
34) 조윤제, 『국문학사』, 동방문화사, 1949.
35) 조윤제, 『교육국문학사』, 1949.
36) 조윤제, 『한국문학사』, 1963.
37) 조윤제, 『국문학사개설』, 1965.
38) 이병기 · 백철, 『국문학전사』, 신구문화사, 1957.
39) 김사엽 · 조연현, 『한국문학사』, 북망사, 1971.
40) 여증동, 『한국문학사』, 형설출판사, 1973.
41) 여증동, 『한국문학역사』, 1984.
42) 김동욱, 『조선문학사』, NHK Press, 1974.
43) 김동욱, 『국문학역사』, 일신사, 1976.
44) 김동욱, 『History of Korean Literature』, Toyobunko, 1980.
45) 김석하, 『한국문학사』, 신아사, 1975.
46) 장덕순의 『한국문학사』, 동화문화사, 1975.
47) 조동일, 『한국문학통사』, 지식문화사, 1988.
48) 김태준, 『조선한문학사』, 조선어문학회, 1931.
49) 김태준, 『조선소설사』, 청진서관, 1933.
50) 김재철, 『조선연극사』, 조선어문학회, 1933.
51) 조윤제, 『조선시가사강』, 동광당, 1937.
52) 고정옥, 『조선민요연구』, 수선사, 1949.

국문학사에 포함될 수 있다. 갈래사가 조동일 이후로 흔히 개념이 정리된 서정・서사・교술・극의 4갈래별 문학 작품들의 통사라면, 장르사는 설화・소설・시・희곡・수필 등의 장르별 문학 작품들의 통사이다. 양식사는 신화・전설・민담, 영웅소설・전기소설・가문소설・판소리계소설, 서정시・서사시, 비극・희극・희비극, 경수필・중수필 등 각 장르들을 구성하는 양식별 문학 작품들에 관한 통시사가 된다. 이 양식사는 다시 각 양식에 포함되는 하위 유형별 문학 작품들의 통사로 세분화 될 수 있다. 예컨대, 영웅소설 양식을 기준으로 하위 유형사를 분화시켜본다면 여성영웅소설, 남성영웅소설, 장편영웅소설 등에 관한 통시적 전변사(轉變史)들이 이에 해당된다고 할 수 있다.

[자료1]-③의 담당층사는 문학 작품 창작자가 속한 집단의 사상적・정치적・사회적・문예적 경향성별 문학 작품 통사이다. 문학 작품들의 통시적 전개사를 특정한 담당층을 중심으로 살핀 석・박사학위논문이나 학술지 소논문・학술저서의 형태로 출판된 갈래사・장르사・양식사에 관한 방대한 연구물들도 모두 이 범주의 국문학사에 포함될 수 있다는 점에서는 [자료1]-②의 국문학사론과 다를 바 없다. 사상적 측면의 담당층사는 불교・유교・실학・동학・사회주의 등 국문학 창작층과 관련된 제반 사상별 문학 작품들의 통사로 실학파문학사・카프파문학사 등이 여기에 속한다면, 정치적 측면의 담당층사는 권문세가문학사・신흥사류문학사・사림파문학사・관각파문학사・방외인문학사 등 정치집단별로 창작자가 분류될 수 있는 문학 작품들의 통사가 된다. 사회적 측면의 담당층사에는 왕족・귀족・노예・양반・중인・서민 등의 계급・계층별 문학 작품들의 전개사들이 속하며, 문예적 측면의 담당층사는 사장파(詞章派)・훈고파(訓詁派)・법고창신파(法古創新派) 등의 수사미학(修辭美學)별 문학 작품들의 전개사가 속한다.

[자료1]-④의 시대사는 특정한 경향성이 확인되는 시기별로 갈래・장르・양식별 문학 작품들을 분류하여 해당 특정 시대의 바운더리 속에서 해

당 문학작품군의 통시적 전개사를 구성한 것이다. 크게는 고대・중세・근대・현대로 4대분 되는 시대사부터 시작하여, 100년 단위의 세기(世紀) 혹은 10년 단위의 시기(時期) 내부의 문학 작품 전개사를 통시적으로 살핀 시대사가 된다. 이 점에서 고전과 현대로 대별되어 전개되는 국문학사는 모두 원칙적으로 시대사에 해당된다. 여기에 갈래・장르・유형 범주가 결합되어 다양한 시대사로 세분화 되어 나간다. 최초로 근대・현대 시기 문학사를 본격적으로 독립시켜 다룬 안확의 일련의 사론들(1935~1942)[53]로부터 시작하여 백철의 『조선신문학사조사』(1947)[54], 김현・김윤식의 『한국문학사』(1973)[55], 김윤식의 『한국현대문학사(초판)』(1984)[56]・『한국현대문학사(증보판)』(2002)[57]・『한국현대문학사(개정증보판)』(2005)[58]・『한국현대문학사(최신개정판)』(2014)[59], 권영민의 『한국현대문학사1・2』[60], 신동욱의 『한국현대문학사』(2004)[61]가 이러한 국문학 시대사에 해당된다.

여기서 [자료1]-①의 통합사론에서 갈래・장르・유형과 담당층, 시대의식을 전자와 후자를 다룬 문학사들은 [자료1]-②・③의 갈래사・장르사・양식사・담당층사, [자료1]-④의 시대의식사에 각각 대응된다. 결국, [자료1]-①의 통합사는 [자료1]-②・③의 갈래사・장르사・유형사・담당층사와 [자

53) 임화, <조선 신문학사론 서설>, 『조선중앙일보』, 1935.10.09.~11.13 ; <개설 신문학사>, 『조선일보』, 1939.09.02.~11.25[43회] ; <신문학사>, 『조선일보』, 1939.12.05.~12.27)[11회] ; <속 신문학사>, 『조선일보』, 1939.12.05.~12.27)[11회] ; <개설 조선 신문학사>, 『인문평론』, 1940.11.~1941.04[4회] ; <조선문학 연구의 일 과제-신문학사 방법론>, 『동아일보』, 1940.01.13~01.20 ; <신문학사의 방법>, 『문학의 논리』, 학예사, 1940 ; <소설 문학의 20년>, 『동아일보』, 1940.04.12.~04.20 ; <「<백조>」의 문학사적 의의-일 전형기의 문학>, 『춘추』22, 1942.11.

54) 백철, 『조선신문학사조사』, 수선사, 1947

55) 김현・김윤식, 『한국문학사』, 민음사, 1973.

56) 김윤식, 『한국현대문학사(초판)』, 현대문학, 1984.

57) 김윤식, 『한국현대문학사(증보판)』, 현대문학, 2002.

58) 김윤식, 『한국현대문학사(개정증보판)』, 현대문학, 2005.

59) 김윤식・김우종, 『한국현대문학사(최신개정판)』, 현대문학, 2014

60) 권영민, 『한국현대문학사1・2』, 민음사, 2002.

61) 신동욱, 『한국현대문학사』, 집문당, 2004.

료1]-④의 시대의식사를 수렴한 형태를 띤 가장 완성형의 국문학사라고 할 수 있다. 전시대 혹은 동시대에 완성된 [자료1]-①의 통합사론은 동시대 혹은 후속시대 [자료1]-②·③·④의 갈래사·장르사·유형사·담당층사·시대의식사 산생에 연역적으로 영향을 미치는 일종의 선행 이론이 된다. [자료1]-①을 선행 이론으로 삼아 출발했다 하더라도 해당 [자료1]-②·③·④의 전제가 [자료1]-①의 회의와 반성에 있다면 [자료1]-②·③·④는 [자료1]-①을 부분적으로 대체·전변시키거나 확장시킨 메타 국문학사가 될 수 있다. 이처럼 이전 세대 [자료1]-①을 회의·반성하여 출현한 [자료1]-②·③·④을 메타 이론으로 삼되 이를 새롭게 일신한 후속세대 국문학 통합사론이 이전 세대 [자료1]-①의 메타 국문학사가 된다. 물론, 후속세대 [자료1]-①의 국문학사론은 이전 세대 [자료1]-①의 국문학사를 직접 회의·반성하여 형성된 메타 국문학사가 될 수도 있다.

[자료1]-②·③·④가 석·박사학위논문이나 학술지 소논문의 형태로 새로운 결과물들이 상시적으로 풍성하게 출판되는데 비해 [자료1]-①의 숫자가 압도적으로 적은 이유도 ①의 국문학사가 지닌 이러한 통합적 성격에서 일부 기인한다고 볼 수 있다. 즉, [자료1]-②·③·④가 갈래·장르·유형·담당층·시대 의식 중 하나만을 기준점으로 삼고 전개하는 국문학사이기 때문에 당대의 정치경제적·사회문화적 패러다임의 변화에 조응하여 창작된 문학 작품의 새로운 경향성을 재빨리 캐치하는 것이 가능한 반면, [자료1]-①은 이러한 발 빠른 대응이 상대적으로 어렵다. 갈래·장르·유형·담당층·시대의식은 물론 언어까지 복합적으로 아울러서 시기 구분 및 전변의 양상을 재맥락화 해야 하기 때문이다. 당대에 새로 출현한 문학 작품들의 경향성이 [자료1]-②·③·④의 확장 및 전변을 낳았다 하더라도, 해당 특성이 고대부터 이어진 시기구분의 기준·체계를 개편해야 할 정도라고 인정되지 못한다면 기왕에 구분된 [자료1]-①의 시기구분 체계·기준을 전면적으로 재편하거나 기술방식을 바꿔야 할 필요성이 제기되지 않기 때

문이다.

그러나 이러한 사실은 정반대 가설의 성립 근거가 될 수도 있다. 당대 문학 작품들 속에서 새롭게 확인되는 특정 성향이 고대부터 해당 시기까지의 시기 구분에 일괄적으로 적용될 수 있는 문제로 인정받는다면 시기구분의 체제의 전면 개편이 가능하다는 반증이 되기 때문이다. 시대구분 체계의 전면 개편까지는 아니더라도 시대구분 기준이나 기술방식에 대한 패러다임적 재편이 고려될 수 있음은 물론이다. 전자일 경우,

[자료2] [①시기]+[②시기]+[③시기]+.....+[④시기]

[자료2]-①시기~④시기로 체계화되어 있는 매 시기 연결 체제 자체가 바뀌게 된다는 것이고, 후자일 경우에는 각 시기 내·외부의 기술방식 차원의 수정이 이루어진다는 것이다. 어떤 경우든 문학 작품들의 양적 보충을 통한 기왕에 구분된 시기들의 물리적 확장이란 상시적으로 인정되는 영역임은 물론이다. 시기구분 기준·체계와 기술방식의 보편적인 대전제가 유지되든 재편되든, 어쨌든 기왕에 구분된 매 시기들은 새로 발굴·평가된 문학 작품들에 의해 물리적으로 확장될 수 있다는 것이다. 여기서 새삼 주목해야 할 것은 국문학사론이라는 것이 자기 확장성·갱생성을 지니고 있다는 사실이다. 국문학사라고 하면 흔히들 제반 분야의 선행연구 성과들을 특정한 관점에 따라 통시적으로 정리한 국문학 연구의 완결체이라고 생각하기 쉽지만 사실은 끊임없이 변주되어 나가는 열린 개방체라는 것이다.

그렇다면 문제는 국문학사의 자기 확장·갱생이 시기구분 체계·기준 차원에서 이루어질 수 있느냐 아니면 기술방식 차원으로 그칠 것인가의 여부에 있다고 할 수 있다. 일단, 시기구분 체계 문제부터 따져보자. 기실, 시기구분 체계 차원에서 이루어지는 국문학사의 자기 확장·갱생은 조동일의 『한국문학통사』에서 일단락되어 있다고 할 수 있다. 임화의 『조선문학사』가

역사학으로부터 역사 발전의 보편적 합법칙성을 차용한 이래, 조동일의 『한국문학통사』에 이르기까지 고대 · 중세 · 근세 · 근대 · 현대의 5대분법 체계는 본질적인 변화 없이 유지되어 왔다. 구체적인 표현과 적용시기의 세부적인 차이, 구분시기의 제2차 하위구분 여부 등의 미시적인 차이만이 확인될 뿐이다. 이마저도 조동일의 『한국문학통사』 이후로는 의미 있는 변화가 없다. 유일한 예외는 역사학 보편의 합법칙적 시대발전론 대신에 민족의 생명력이라는 유기체적 시대발전론을 독자적으로 내세운 조윤제의 『국문학사』(1949)[62]이다. 조윤제마저도 『국문학사』 바로 다음에 나온 『한국문학사』(1963)[63]에서 다시 고대 · 중세 · 근세 · 근대 · 현대의 5대분법에 기반한 시대구분 체계로 회귀하고 있다.

[자료3] ① ㉮상고시대(단군부터 삼국시대까지) ㉯중고시대(삼국시대부터 신라시대까지) ㉰근고시대(고려시대) ㉱근세시대(이조시대) ㉲현대(갑오경장부터 1920년대 현재까지)

② ㉮태동시대(통일신라 이전) ㉯형성시대(통일신라기) ㉰위축시대(고려일대) ㉱소생시대(조선 성종까지) ㉲육성시대(연산군~임진왜란) ㉳발전시대(임진왜란~경종) ㉴반성시대(영조~갑오경장) ㉵운동시대(갑오경장~3 · 1운동) ㉶복귀시대(3 · 1운동 이후~1940년대 현재)

③ ㉮상고문학(삼국, 신라) ㉯중고문학(고려) ㉰근고문학(선초~임진왜란) ㉱근세문학(임진왜란~갑오경장) ㉲최근세문학(갑오경장~삼일운동) ㉳현대문학(삼일운동 이후~1940년대 현재)

④ ㉮상고:상고전기-태동시대(통일신라 이전)/상고후기-형성시대(통일신라기) ㉯중고:중고전기-위축시대(고려일대)/중고후기-잠동시대(의종~고려 말) ㉰근고:근고전기-소생시대(조선 성종까지)/근고중기-육성시대(연산군~임진왜란)/근고후기-발전시대(임진왜란~경종) ㉱근대:근대전기-반성시대(영조~갑오경장) ㉲최근세:운동시대(고종 갑오경장~3 · 1운동) ㉳현대:복귀시대(3 · 1운동

62) 조윤제, 『국문학사』, 동방문화사, 1949.
63) 조윤제, 『한국문학사』, 1963.

이후~광복)/재건시대(광복이후~1960년대)

⑤ ㉮고대:전기(심라통삼 이전)/중기(통삼신라 일대)/후기(고려태조~인종)

㉯중세:전기(의종~고려말기)/중기(조선 초~임진왜란)/후기(임진왜란~경종)

㉰근세:전기(영조~갑오경장)/후기(갑오경장~3·1운동)

㉱최근세(3·1운동~8·15해방)

㉲현대(8·15해방 이후~1960년대)

⑥ ㉮원시문학(고대국가 형성 이전)

㉯고대문학(건국신화시대)

㉰중세문학:중세전기문학-제1기(삼국·남북국시대)·제2기(고려전기)/중세후기문학-제1기(고려후기)·제2기(조선 전기)/중세문학에서 근대문학으로의 이행기-제1기(조선후기)·제2기(1860~1919년)

㉱근대문학-제1기(1919~45년)

[자료3]-①~[자료3]-⑥은 안자산의 『조선문학사』, 조윤제의 『국문학사』·『교육국문학사』·『한국문학사』·『국문학사개설』, 조동일의 『한국문학통사』를 각각 차례대로 나열한 것이다. [자료3]-②의 조윤제의 『국문학사』에서 잠깐 한국민족 특수 발전의 합목적성에 맞추어 시대구분의 체계를 짠 것을 제외하고, [자료3]-①·③·④·⑤·⑥의 모든 시대구분 체계는 세계 보편 역사 발전의 합법칙성에 대응되고 있음을 알 수 있다. 조윤제의 『국문학사』([자료3]-②)마저도 곧바로 나온 [자료3]-③의 『교육국문학사』에서 구축된 세계사 발전의 보편적 합법칙성에 따른 시대구분 체계에 맞추어 [자료3]-④로 재편되고 있다. [자료3]-②-㉮·㉯의 태동·형성시대는 [자료3]-③-㉮의 상고문학에 대응되고, [자료3]-②-㉰의 위축시대는 [자료3]-②-㉯의 중고문학에, [자료3]-②-㉲·㉳의 육성시대는 [자료3]-③-㉰의 근고문학에, [자료3]-②-㉳·㉴의 발전·반성시대는 [자료3]-㉱의 근세문학에, [자료3]-②-㉵의 운동시대는 [자료3]-③-㉲의 최근세문학에, [자료3]-②-㉶의 복귀시대는

[자료3]-③-㉥현대문학에 각각 대응된다. 한국사 발전의 특수한 합목적성을 중심으로 한 [자료3]-②의 시기구분 체계는 세계적 보편성과 괴리된 한국의 특수성을 추구한 것이 아니라, 보편적 세계성에 발맞춘 한국의 특수한 지역성을 도출하기 위한 시험단계에 위치해 있었다고 할 수 있다.

[자료3]-③~⑤에서 상고・중고・근고의 시기가 대체로 고대・중세・근세에 각기 대응되고 있는 것도 한국문학사론의 전개사 속에서 시기구분의 체계가 사실상 고대・중세・근세・근대・현대의 5대분법 체제를 벗어나지 않는다는 사실을 의미한다. 게다가 비록 세계 보편역사의 5대분법의 구성요소 중 하나인 중세・근대란 용어 자체는 [자료3]-⑥의 조동일 『한국문학통사』에서 체계적으로 정착되기 시작했지만 시대 범주 설정에 대한 고려는 최초의 국문학사인 안자산 『조선문학사』([자료3]-①)에서부터 조윤제의 『국문학사개설』([자료3]-⑤)까지 지속적으로 존재한 것이었다. 예컨대, 중세 보편주의문학은 조동일 『한국문학통사』에서 본격적으로 다루어진 것으로 그의 전매특허처럼 알려져 왔지만, 중세 보편주의의 문학사적 구현을 가늠하는 바로미터인 한문학을 한국문학사의 일부로 포함시키기 시작한 것은 [자료3]-①의 안자산 『조선문학사』에서부터였던 것이다. 심지어 조윤제의 『국문학사개설』([자료3]-⑤-㉯)에서는 안자산 『조선문학사』([자료3]-①-㉯)에서부터 조윤제의 『한국문학사』([자료3]-④-㉯)까지 지속된 중고란 용어를 중세란 용어로 대체하여 사용하고 있다. 중세란 용어의 구체적인 개념 정립은 조동일의 『한국문학통사』([자료3]-⑥-㉰)가 아니라 조윤제의 『국문학사개설』([자료3]-⑤-㉯)에서 이미 이루어졌던 것이다.

뿐만 아니라 [자료3]-①의 안자산 『조선문학사』에서는 갑오경장을 근대적 신문학 시대가 시작된 기점으로 삼는 시각을 성립시킴으로써 근대 문학기를 시기구분 체계에 포함시키고 있는데, 이러한 근대문학의 자생적 발생 논리는 역시 조윤제의 『국문학사개설』([자료3]-⑤)까지 계승되어 있다. 고대・중세・근세・근대・현대의 5대분법 체제가 전제되지 않은 상태에서 이루어진 것이기는 하지만, 조윤제의 『한국문학사』([자료3]-④)에는 심지어 근대시대가 설정되어 있기도 하다. 비록 2년 뒤에 나온 『국문학사개설』([자료3]-⑤)에서는 다시 근세란 용어로 돌아가 있기는 하나, 조윤제의 『한국문학사』([자료3]-④)에서 제시된 근대시대가 1970년대 김현 · 김윤식의 『한국현대문학사』에서 본격적으로 범주화된 그것 보다 시대적으로 앞서 있을 뿐 아니라 최초의 국문학사인 안자산의 『조선문학사』에서부터 이어져온 근대적 신문학 시대로서의 근세에 등치되는 개념이라는 사실이 유념될 필요가 있다. 심지어 한국사 전개의 특수한 합목적성을 시기구분 체계의 전면에 내세운 조윤제 『국문학사』([자료3]-②)도 갑오경장에서 3 · 1운동기까지의 "운동"시대를 이전의 봉건시대를 시대를 탈피하여 신문물에 의해 사회 · 문화적 패러다임이 바뀜에 따라 신문학이 형성된 시기로 규정함으로써 사실상 근대시와 등치되는 개념으로 설명하고 있다.

게다가 안자산의 『조선문학사』에서부터 임화로 이어진 서구 신문학 이식에 따른 근대문학론에 반대하여 김현 · 김윤식이 『한국현대문학사』에서 최초로 제기했다고 알려져온 조선후기의 근대의식 자생적 발생론도, 실은 조윤제의 『국문학사』([자료3]-②-㉦)에서 "반성"시대를 근대적 평민의식과 산문정신에 의해 이전시대의 중세를 반성한 근대의식의 자생적 발흥기로 개념화 한 규정에서 이미 제시된 것이었다. 이처럼 조윤제가 규정해 놓은 "반성"시대의 근대적 맹아성은 중세에서 근대로 넘어가는 자생적 이행성을 의미하는 것으로, 조동일의 『한국문학통사』([자료3]-⑥-㉰)가 이룩한 전매특허로 인식되는 "근대이행기성"과 일치하는 것이다. 이러한 자생적 근대이행기성은 조동일의 『한국문학통사』([자료3]-⑥-㉰) 출현 이전인 [자료3]-③-㉱ · ㉲, [자료3]-④-㉱ · ㉲, [자료3]-⑤-㉰에서도 지속적으로 독립된 시간범주로 규정되어왔던 것이기도 하다.

이렇게 보면 고대~근대 시기는 안자산의 『조선문학사』([자료3]-①)에서 조동일의 『한국문학통사』([자료3]-⑤)에 이르기까지의 시기구분 체계도 자체는 본질적인 재편 없이 지속되었다고 볼 수 있다. 확인되는 변이는 설정되어 있는 각 시기 범위의 오차와 매 시기 내부에서 다뤄지고 있는 구체적인 작품의 물리적인 종류·숫자 정도가 될 것이다.

대신, 문제의 초점이 맞춰져야 하는 부분은 "현대" 시기다. 여타의 시기범주가 차별적인 개념 규정에 의해 성립되어 있는 것과 달리, 안자산의 『조선문학사』([자료3]-①)에서부터 "현대"([자료3]-①-㉤)는 오로지 "현재성"(currency)을 기준점으로 하여 성립되었다. 심지어 안자산의 『조선문학사』([자료3]-①)에서 "현대"는 용어만 현대일 뿐 개념적으로는 "근대"와 등치되는 시기로 존재했다. 갑오경장기부터 현재까지의 시기를 지칭하는 것으로 명시되어 있는 안자산 『조선문학사』([자료3]-①)의 "현대"는 사실상 "근대"와 미분화된 상태로 설정되어 있는 것이었다. 이러한 "현대" 개념의 미분화성은 안자산 『조선문학사』가 저술된 시기가 실질적인 근대시기였다는 사실에 기인한다. 안자산 『조선문학사』의 저술 시점인 1922년은 근대에 속하는 시기다. 갑오경장을 기점으로 1922년까지로 범주화된 시기가 사실상 "근대"에 해당되지만, 이 시기가 집필자인 안자산의 생존기까지 지속되었기 때문에 『조선문학사』 집필이 완료된 시점의 "현재성"을 고려하여 "현대"로 명명된 것이라 할 수 있다. "근대"로 명명되어야 할 시기 범주가 저술자의 생존시기와 겹쳐져 있는 현재성의 특수성이 해당 시기를 과거의 "근대"로 대상화 하지 못하고 "현대"의 동시대성과 등치시키게 하는 요인이 되었던 것이다.

이처럼 "근대"의 "현재성"이 "현대"의 미분화성을 야기하는 현상은 조윤제의 『한국문학사』([자료3]-④)까지 지속되어 있다. 『한국문학사』([자료3]-④)의 시기구분 체계가 1940년대에 집필된 『국문학사』([자료3]-②)·『교육국문학사』([자료3]-③)의 그것에 기반 하여 형성된 것이란 사실에 기인한 것으로 보인다.

"근대"가 본격적으로 대상화되기 시작한 것은 "근대"의 시기구분 범위가 저술자의 "현재성"이 형성하는 자장으로부터 사실상 분리되기 시작하는 조윤제의 『국문학개설』([자료3]-⑤-㉱)부터이다. 1965년에 출판된 조윤제의 『국문학개설』([자료3]-⑤)에서는 안자산의 『조선문학사』([자료3]-①-㉲)에서부터 조윤제의 『한국문학사』([자료3]-④-㉲)까지 지속된 근대의 갑오경장 기점론이 3・1운동 기점론으로 대체되어 있다. 3・1운동 기점론은 조윤제의 『국문학개설』([자료3]-⑤-㉱)에서 최초로 제기되어 조동일의 『한국문학통사』([자료3]-⑥-㉲)까지 지속된 것으로 한국현대문학사의 양대산맥인 김윤식의 『한국현대문학사』(1984~2014)[64]로 계승되는 것이다.[65] 이렇게 되면 3・1운동을 기점으로 하여 1945년의 광복기까지로 설정된 근대를 과거의 시기로 대상화하여 "현재성"을 "현대" 영역의 고유한 것으로 차별화 시키는 것이 가능해지게 된다. 바꿔 말하면 시기구분 체계에서 실제적인 "현대"가 탄생한 것은 조윤제의 『국문학개설』([자료3]-⑤-㉱)부터의 일이라는 것이다.

여기서 주목되어야 할 것은 이러한 "현대"의 "현재성"마저도 상대적인 시간적 층차를 기준으로 끊임없이 재규정되어 나간다는 사실이다. 즉, "고대"나 "중세"와 달리 "현대"는 물리적으로 확정된 시간이 정해져 있었던 것도 아니며, "근대"와 달리 시작 기점이 절대적으로 확립되어 있었던 것도 아니라는 것이다. 그것은 개별 한국문학사 집필자가 생을 유지하고 있었던 "현재성"을 기준으로 하여 규정되어 나가는 온전히 상대적인 시간으로 존재해 왔다. "현대"는 태생부터가 개별 집필자별 생몰연도에 따라 별도로 정해지는 "현재성"들을 끊임없이 확장해 나가는 "현재적 확장성"을 정체성으로 한 시기라는 것이다.

바꿔 말하면 "현대"는 애초부터 개별 집필자들의 생몰연도를 연대기순으

64) 김윤식, 『한국현대문학사(초판)』, 현대문학, 1984. ; 김윤식, 『한국현대문학사(증보판)』, 현대문학, 1990. ; 김윤식, 『한국현대문학사(개정증보판)』, 현대문학, 2002. ; 김윤식・김우종, 『한국현대문학사(최신개정판)』, 현대문학, 2014

65) 반면, 안자산의 『조선문학사』([자료3]-①-㉲)에서 시작된 근대의 갑오경장 기점론은 김윤식의 『한국현대문학사』(1984~2014)에 양립하는 권영민의 『한국현대문학사1・2』(민음사, 2002.)로 계승되어 있다.

로 나열한 그래프 위에서 우향 이동을 지속해 나가는 상대적 시기로 설정되어 있었다는 것이 된다. [자료3]-①에서 안자산의 1920년대도 "현대"고, [자료3]-②·③에서 조윤제의 1940년대도 "현대"고, [자료3]-④·⑤에서 조윤제의 1960년대도 현대고, [자료3]-⑥에서 조동일의 1980년대도 현대인 이유가 바로 여기에 있다. 이처럼 상대적 우향 이동을 태생적인 본질로 하는 정체성 덕분에 "현대"는 정확히 "현재"의 시간성을 20년 단위로 적층하여 이루어진 재규정된 시간으로 존재해왔다는 사실을 [자료3]-①~[자료3]-②·③~[자료3]-④·⑤~[자료3]-⑥에서 확인할 수 있다. 이러한 "현대"의 정체성은 "중세"의 한문학 보편주의성이 안자산의 『조선문학사』([자료3]-①-㉯)에서부터 시작되어 조윤제의 『국문학사개설』([자료3]-⑤-㉯)와 조동일의 『한국문학통사』([자료3]-⑥-㉰)에서 각각 용어적·개념적 완성을 봄으로써 시간적으로 고정되고, 서구 신문화의 이식성에 기반 한 "근대"의 모더니티가 안자산의 『조선문학사』([자료3]-①-㉮)에서부터 제기되어 조윤제의 『한국문학사』([자료3]-④-㉱)·『국문학사개론』([자료3]-⑤-㉱)에서 각각 용어적·개념적으로 확립되어 독립된 시기범주로 확정되었던 것과는 본질적으로 다르다. "현대"는 확장을 거듭해 나가야 하되 이러한 자기확장에도 불구하고 자기만족적인 충족과 종결을 이룩할 수 없는 비고정된 시간범주라고 할 수 있는 것이다. 조동일의 『한국문학통사』([자료3]-㉱)가 1945년의 광복기를 "근대"의 끝으로 하여 "현대"의 시기 설정 없이 종결되고 있는 것도 "현대"의 본질이 자기 확장·갱생성과 미완결성에 있음을 인식한 위에서 이루어진 미봉책인 것으로 보인다. "현대"의 무한확장·적층 작업을 "현대" 문학 시대사론의 숙명적 과제로 남겨두었다는 것으로도 해석될 수 있는 부분이다.

김윤식의 『한국현대문학사』(1984~2014)에서부터 시작된 "현대" 문학의 시대사가 10년 단위의 연대별로 된 시기구분 체계를 일률적으로 유지한 채 "현대" 문학 작품들을 집체적으로 범주화 한 사론들을 적층시키고 있는 것도 같은 차원의 인식을 드러낸다. 김윤식의 『한국현대문학사(초판)』는 1984년에 초판이 출간된 이래 2000년·2005년·2014년에 각기 증보판·개정증보판·최신개정판이 발생되었는데, 조윤제의 『한국문학사』([자료3]-④)·『국문학개론』([자료3]-⑤)와 같이 1960년대까지를 다루었던 초판은 증보와 개정을 거듭하는 가운데 『한국현대문학사(증보판)』(2002)·『한국현대문학사(개정증보판)』(2005)과 『한국현대문학사(최신개정판)』(2014)에서 각기 1990년대와 2000년대를 보충하여 "현대"를 확장시켜 나갔다. 시기적으로 김윤식의 『한국현대문학사(최신개정판)』(2014)에 앞서서 1900년대와 2000년대 문학을 "현대"에 포함시킨 것은 권영민의 『한국현대문학사 1945-1990』(1993)와 『한국현대문학사』(2002)였다.

이 지점에서 주목되어야만 할 사실은 2002년을 기점으로 "현대"의 자기확장·갱생성이 차례로 1990년대, 21세기와 조응하고 있다는 사실이다. "현대" 문학사와 1990년대·21세기 사이의 조응이 중요한 이유는, 1990년대·21세기가 각각 디지털매체콘텐츠의 시작기와 전성기이기 때문이다. 예컨대, 1990년대는 디지털문화콘텐츠의 주력 장르 중 하나인 온라인게임이 태동하여 본격적인 발전을 이룩한 시기[66]이고, 2000년대는 해당 온라인게임의 전성기이자 웹툰이란 태생 단계부터 디지털매체에 최적화된 디지털문화콘텐츠가 등장하여 곧바로 성행한 시기이다. 동시에 2000년대는 이전 시기 문화콘텐츠가 매체전환을 통해 디지털문화콘텐츠로 대거 재매개화 됨으로써 전성기를 맞은 시기이기도 하다. 웹툰의 성공으로 1940년대부터 시작되어 B급 활자·출판매체콘텐츠의 총아로 군림해 왔던 출판만화의 디지털매체화가 이루어지기도 했다. 한편, 1940·50·60년대 이후로 대표적인 대중문화콘텐츠로 각광받았던 영화·드라마[67]·애니메이션[68]이 방송·전파

66) 1996년에 최초의 그래픽 기반 MMORPG인 <바람의 나라>(넥슨)이 상용화 되어 세계적인 인기를 끌었다.

67) 2012년 지상파 디지털 방송 전환과 관련하여 텔레비전 드라마는 2012년 말에 디지털로 완전히 전환되었다.

매체콘텐츠에서 디지털매체콘텐츠로 전환되었고, 1920년대 근대시기 이광수의 <무정>·<유정>으로 소급되는 통속적 활자·출판매체콘텐츠의 대명사인 로맨스소설은 1990년대 성행기를 거쳐 2000년대 전후에는 디지털로 매체전환 함으로써 웹소설의 전성시대를 열었다. 1945년 광복 직후인 근대부터 현대까지 오랜 시간 동안 작가주의 문학의 대표격으로 존재해 왔던 순수소설 장르가 2000년대 웹소설의 성행을 계기로 활자·출판매체콘텐츠에서 디지털매체콘텐츠로 재매개화[69] 되기도 했다.

여기서 다시금 초점화 되어야 할 것은 자기 확장·갱생된 문학사의 "현대"와 이들 디지털문화콘텐츠가 조응하는 양상이 장르별로 각기 다르게 나타난다는 사실이다. 즉, "현대"의 자기 확장·갱생 과정에서 기존 매체의 전환에 의해 디지털문화콘텐츠로 재매개화 된 것이 기존 문학사에서 존재하던 문학 장르이냐 아니냐다. 전자에는 근대 이후부터 디지털매체 출현 이전의 "현대"까지 활자·출판매체콘텐츠의 대표 장르로 존재해 왔던 작가주의 소설과 통속소설이 포함될 수 있으며, 후자에는 태생부터 각각 방송·전파매체콘텐츠와 디지털매체콘텐츠로 출발했던 드라마·영화·애니메이션과 온라인게임·웹툰이 속한다. 전자와 관련해서는 기존 문학 장르의 매체전환·재매개화를 문학사 시기구분 체계 속에 어떻게 의미화 시킬 수 있을 것인가가 문제의 초점이 되어야 할 것이고, 후자와 관련해서는 기존 문학사에서 제외되어 있었던 방송·전파·디지털콘텐츠를 문학 장르로 재규정하는 장르 개념론과 방송·전파·디지털콘텐츠로 재생산 되어 있는 고대·중세 문학의 재매개화 문제에 초점이 맞춰져야 할 것이다. 이 양자의 문제를 해결할 수 있는 열쇠가 바로 문학사 시기구분 기준으로서의 매체가 된다.

---

68) 텔레비전 광고의 형태를 한 최초의 한국애니메이션이 제작된 것은 1956년이고, 최초의 극장용 애니메이션이 제작되어 본격적인 성행기를 맞은 것은 1960년대이다.

69) 박범신, <촐라체>, 네이버 블로그 웹소설, 2007. ; 황석영, <개밥바라기별>, 네이버 블로그 웹소설, 2007. ; 공지영, <도가니>, 다음 블로그 웹소설, 2008.

3. 시기구분 기준으로서의 매체와 매체전환에 따른 재매개화 문학사 인식의 뉴패러다임

3.1. 시기구분 기준으로서의 매체

한국문학사의 시대사 중에서 "현대" 자기 확장·갱생성이 가장 현 시점인 2000년대까지 구현되어 있는 김윤식의 『한국현대문학사』를 통해서 국문학사 시대구분 기준으로서 매체의 성립 가능성 문제를 가늠해 보기로 하자.

[자료4] ㉮ 1900~1910년 개화기 시가의 전개:애국계몽기의 소설/근대 문학비평의 여명기
㉯ 1910년대 한국 근대시의 전사:근대소설의 태동기/신파극 시대의 희곡/비평대표적 비평가와 비평 세계
㉰ 1920년대 근대시 전개의 세 흐름:근대소설의 정착과 인식 지평의 분화기/대표적 극작가의 작품세계/1920년대 비평문학
㉱ 1930~1945년 서정, 실험, 제 목소리 담기:소설 경향의 몇 가지 흐름/근대희곡의 기초 확립기/우리 비평의 근대적 성격
㉲ 1945~1950년 민족문학 수립의 모색기:해방 공간의 소설/변혁·전환기의 희곡문학/해방 문단의 비평사
㉳ 1950년대 1950년대의 시적 흐름과 정신사적 의의:전쟁 체험과 1950년대 소설/전란이 남긴 희곡/문학비평의 충격적 휴지기
㉴ 1960년대 순수·참여와 다극화 시대:새 세대의 충격과 1960년대 소설/희곡문학의 다양성/순수·참여론의 대립기
㉵ 1970년대 1970년대의 한국시:1970년대 소설의 몇 갈래/자아 각성의 확산/확대와 심화의 드라마
㉶ 1980년대 1980년대 한국시의 비평적 성찰:폭력의 시대와 1980년대 소설/역사의식의 성장과 새로운 형식의 탐구/화려하고 풍성한 '비평의 시대'
㉷ 1990년대 1990년대 시의 지형:소설사의 전환과 새로운 상상력의 태동/1990년대의 희곡과 연극/거대서사의 해체와 하위주체의 발견

㉮ 2000년대 2000년대 한국시의 세 흐름:시민사회를 꿈꾸는 상상력의 출현/정치성의 회복과 공공성의 화두/대안 담론과 공론성 회복의 흐름

[자료4]의 『한국현대문학사』는 순수소설 · 순수시 · 희곡 · 비평만을 문학사 기술의 대상으로 하고 있다. 이를 통해 화폐교환을 목적으로 하는 문화콘텐츠가 근대 이후의 문학사 속에 기술대상으로 포함되고 있음을 알 수 있다. 여기서 기술대상이 된 문화콘텐츠들의 매체 범주는 활자 · 출판매체다. 『한국현대문학사』와 관련하여 한 번도 평가된 적이 없으나, 한국문학사의 "근대"로서의 시기구분 기준이 매체와 관련되어 있다는 사실을 시사하는 대목이다.

그러나 매체콘텐츠가 문학사 기술대상으로 다뤄지고 있다는 것과 매체를 시대구분 기준으로 인정하고 있다는 것은 다른 차원의 문제다. [자료4]의 『한국현대문학사』는 전자에 가깝다. 이는 활자 · 매체콘텐츠에 대한 『한국현대문학사』의 기술이 일관된 잣대로 이루어지고 있지 않다는 사실에서도 드러난다. 실제로 『한국현대문학사』를 들여다보면 활자 · 매체콘텐츠의 통속 장르에 이중적인 잣대를 적용하고 있다는 사실을 확인할 수 있다.

예컨대, 통속 장르인 1900~1910년대의 신소설([자료4]-㉮), 1910년대의 신파극([자료4]-㉯), 1920년대의 이광수 신문소설([자료4]-㉰), 1930년대 역사소설 · 연애소설([자료4]-㉱)에 대해서는 근대 이후 문학사의 기술대상으로 포함시켜놓고 있으나, [자료4]-㉲~㉮까지에서도 확인되듯이 1940년대부터 2000년대까지 주류 문화 현상으로 존재한 영화 · 드라마 · 애니메이션 · 게임 · 웹툰 · 웹소설에 대해서는 기술을 하지 않고 있다. 대신, 1940년대부터 2000년대까지 영화 · 드라마 · 애니메이션 · 게임 · 웹툰 · 웹소설과 공존한 소설 · 희곡에 대해서는 1900년대부터 1930년대의 그것에서와 같이 통속 양식이라도 모두 문학사 기술대상에 포함시켜 놓고 있다.

이는 영화 · 드라마 · 애니메이션 · 게임 · 웹툰 · 웹소설이 통속 장르라서

1940년대부터 2000년대까지의 문학사 기술대상에서 제외된 것이 아니라는 사실을 말해준다. 같은 통속적 매체콘텐츠라도 전통적인 문학비평 체계에서 문학 진화론의 정점으로 인정받아온 소설·희곡 장르만을 문학사 기술대상으로 포함시켜 놓고 있는 것으로 보아, 근대 의식적 소산인 활자·출판매체콘텐츠를 제외한 여타의 방송·디지털매체콘텐츠는 문학 장르로 인정하지 않겠다는 인식을 읽어낼 수 있다.

이러한 문학사 기술양상에서 확인되는 것은 세계 보편인식 체계에서 문학 진화론의 정점으로 인정받아온 근대 문학기의 소설·시·희곡·비평 장르만을 문학사 기술대상으로 인정하겠다는 사관이다. 이들 [자료4]-㉲~㉸에 거론된 장르들이 비록 모두 매체콘텐츠에 속하기는 하지만 같은 매체콘텐츠라도 영화·드라마·애니메이션·게임·웹툰·웹소설과 소설·희곡은 세부장르가 방송·디지털매체콘텐츠와 활자·출판매체콘텐츠로 각기 구분된다. 같은 통속적 매체콘텐츠라도 영화·드라마·애니메이션·게임·웹툰·웹소설매체를 문학사의 시대 구분기준으로 인정하지 않겠다는 인식이 내재해 있는 것이다. 문학사 시대 구분기준을 문학 내재적인 변화와 관련된 매체에 있지 않고 세계 보편역사 발전에 발맞춘 한국의 역사 발전 단계에 두고 있다는 사실을 확인할 수 있다. 1940년대와 1990년대를 기점으로 이전 시대의 활자·출판매체가 각각 차례로 방송·전파매체와 디지털매체로 교체되어 나갔음에도 불구하고 이러한 매체전환에 따른 문학의 재매개화가 문학사의 시대구분을 야기하는 기준으로 인정되지 않고 있는 이유가 바로 여기에 있다. 즉, 진화론적 문학사관에서 문학발전의 정점으로 인식되어 온 근대문학의 소설·시·희곡·비평이 근대 이후부터 현대까지에도 문화적 주도권을 유지하고 있다는 믿음을 문학사 속에 구현하는 것이 중요하다는 인식을 이들 국문학사들이 여전히 유지하고 있다는 것이다.

이와 같은 인식은 문화현상의 실상과는 괴리된 것이다. 현대의 기점 이후 문화를 지배해 온 방송·디지털 매체를 제외한 채, 변화해가는 시대의식의 변화상만을 반영하는 것만으로 문학사의 시대구분을 할 수 있다는 사관은 이상에 가깝다고 할 수 있다.

게다가 근대이행기소설·근대소설의 대표작으로 거론되는 일부 신소설들과 이광수의 <무정>[70] 같은 작품들이 전근대 시대 문학으로 존재했던 고소설이나 설화 텍스트들을 매체전환에 의해 재매개화 한 결과물로 확인된다는 사실도 문제거리다.

예컨대, 이해조의 신소설 <구의산>[71]은 시대적 배경이나 인명만 다를 뿐 고소설 <조생원전>과 줄거리까지 완전히 일치하는 고소설의 재매개화 작품이며, 이광수의 <무정>은 당대를 풍미한 근대문물의 수용·교화를 배경으로 전근대 시대의 자기 발복적 기녀형 고소설을 재매개화 한 작품이다. <구의산>의 서사원형이 되는 <조생원전>은 필사본 고소설인데, 문학 작품의 개인적 소장과 공유를 목적으로 행해졌다고 생각하기 쉬운 필사(筆寫)는 조선후기에 들어서면서 화폐교환을 목적으로 한 일종의 상업적 민영(民營) 매체로 진화하였다. 돈이나 패물을 받고 책을 빌려주는 세책방(貰冊房)[72]이라는 민간대본소를 통해 화폐와 교환되었으며, 19세기 종로를 중심으로 생성된 서점에을 통해 필사본 서책들이 고가에 팔리기 시작[73]하면서 에서 필사본 고소설은 한 편의 문화콘텐츠로 자리매김 하게 되었다고 할 수 있다. <조생원전>이 세책·판매소설이었는지는 분명치 않으나 <무정>의 창작은 광범위한 필사매체의 활자매체로의 매체전환과 관련되어 있다고 볼 수 있다.

한편, <무정>의 서사원형이 되는 자기 발복적 기녀형 고소설의 대표작

70) 이광수, <무정>, 『매일신보』, 1917.

71) 이해조, <구의산>, 신구서림, 1912.

72) 세책소를 통한 조선후기 서책의 상업적·대중적 유통에 대해서는 이윤석, 『세책 고소설연구』, 혜안, 2003을 참조하기 바람.

73) 『대학』·『중용』은 쌀 21~28말, 『주자대전』은 면포 50필에 판매되었다 하며, <구운몽>·<사씨남정기> 등의 베스트셀러 소설 책값은 더 비쌌다고 한다. 강명관, 『조선시대 책과 지식의 역사』, 천년의 상상, 2014.

에는 <옥단춘전>과 <춘향전> 등이 있다. <옥단춘전>은 원래 필사본 고소설로 창작되었는데, 조선후기 대표적인 세책소설 중의 하나였다. <무정>은 필사를 매체로 한 필사매체콘텐츠인 <옥단춘전>이 활자매체로의 전환을 통해 인쇄매체콘텐츠로 재매개화 된 작품으로 규정될 수 있는 것이다. <춘향전>은 판소리가 정착된 판소리계 소설로 필사본·목판본 등의 고소설로 전개되었는데, <춘향전>역시 <옥단춘전>과 더불어 대표적인 세책소설 중의 하나로 존재[74]했다. 조선후기의 목판인쇄가 상업적 이익을 목적으로 하는 민영화(民營化)[75] 되면서 고소설을 일종의 출판매체콘텐츠로 향유하게 하는 대표적인 인쇄매체로 존재했다는 사실을 고려할 때, <춘향전>은 세책필사매체와 인쇄매체 양단의 매체를 통해 유통된 필사·인쇄매체콘텐츠였다고 할 수 있다. <무정>은 필사매체의 인쇄매체로의 전환과 목판활자매체의 근대인쇄매체로의 전환에 의해 <춘향전>에서 재매개화 된 근대출판매체콘텐츠가 되는 것이다.[76]

그런데 <춘향전>의 경우는 <옥단춘전>에 비해서 매체전환이 복합적이기 때문에 부연설명이 필요하다. 판소리계 소설은 구술(口述)로 공연되고 구연(口演)으로 전승된 판소리가 문자로 정착된 장르다. 판소리는 금전적 이득을 목적으로 한 문예공연으로 향유되었다는 점에서 문화콘텐츠로 존재했었다고 할 수 있으며, 판소리의 구연에 동원된 구술·구비(口碑)는 판소리의 문화콘텐츠적 향유를 가능케 하는 매체가 되었다고 할 수 있다. 구술·구연이 전근대 시대의 독자적인 하나의 매체로 존재했던 사례는 고소설 강담(講談)·강설(講說)의 기술로 돈을 벌어서 생계를 유지했던 직업 강담사(講談師)인

74) 전상욱, <세책 총 목록에 대한 연구>, 『열상고전소설연구』30, 열상고전연구회, 2009, 170·172쪽.

75) 16세기 중반기에 이미 민영출판사가 존재했다. 1554년에 어숙권(魚叔權)이 편찬한 『고사촬요(攷事撮要)』의 1557년 목판본 간기를 보면 간기에 "하한수(河漢水)"라는 출판사명이 등장한다.

76) 1912년 1~7월까지 이해조가 「매일신보(每日申報)」에 연재한 『옥중화(獄中花)』(박기홍 조), 『강상련(江上蓮)』·『연의각(燕의脚)』(심정순 구술), 『토의간』(곽창기·심정순 구술) 등은...

전기수(傳奇叟) · 책비(冊婢)의 직능에서도 확인된다. 전자는 거리나 장터 등 사람들이 많이 오가는 곳에서 청중들을 모아놓고 하는 오늘날의 거리공연과 같은 형태를 띠고 있었으며, 클라이맥스 부분마다 강담을 멈추어서 돈을 던지게 하는 요전법(邀錢法)[77]으로 공연료를 청구했다. 후자는 민영대본소에서 책을 살 돈이 없는 사람들을 대상으로 했으며, 직접 세책한 책을 가지고 개별 가정을 방문하여 강담 · 강설한 뒤에 요금을 받는 형식으로 구연을 했다. 전자의 전기수와 책비는 공연료를 받고 소설책을 구연하는 일종의 상업문화콘텐츠의 직업공연자로 존재했다고 할 수 있으며, 판소리 창자 역시 같은 직능 종사자였다고 할 수 있다.

이처럼 판소리가 문자로 기록된 결과물인 판소리계 소설은 조선후기의 대표적인 상업매체들인 세책필사와 목판인쇄를 통해 대중적으로 유통되었다는 점에서 필사매체콘텐츠인 동시에 인쇄매체콘텐츠로 규정될 수 있다. <춘향전>에서 <무정>으로의 재매개화는 이처럼 구술매체에서 필사 · 목판인쇄매체, 다시 필사 · 인쇄매체에서 근대출판매체로 매체전환 되는 복합단계를 거쳐서 이루어졌던 것이다.

3.2. 매체전환에 따른 재매개화 문학사 인식의 뉴패러다임

이제, 매체를 문학사 시대구분 기준으로 하여 제기될 수 있는 논점을 두 가지 측면으로 좀 더 좁혀보자. 첫 번째는 문학사의 고대까지 소급되는 구술 · 구연에 매체적 기능이 있었다는 사실이 주목되어야 한다는 사실이다. 근대 이전 시기까지 문학 향유의 주요한 도구로 이용되었던 구전(口傳) 혹은 구술(口述)이 매체로 인정될 수 있느냐와 관련되는 문제가 된다. 만약, 구전 · 구술이 활자 · 출판매체가 주도하는 시대로 접어들었음이 인정되는 근

77) <전기수(傳奇叟)>, 『추재기이(秋齋紀異)』, 조수삼 저, 허경진 역, 서해문집, 2008, 92쪽.

대 이후의 문학사에서도 문학 향유 도구의 하나로 나타난다면 전근대 시대의 구전·구술 역시 매체로 인정될 수 있는 당위성이 확보될 수 있게 된다. 구전·구술이 문학사의 전 시대를 지속하는 매체로 존재하는 가운데, 근대 이후 매체의 주도권이 활자·출판으로 이양되는 매체전환 과정을 통해 문학사의 시대구분이 가능해 질 수 있다는 것이다.

두 번째는 내러티브에 퍼포먼스(performance)라는 행위성(行爲性)까지 포함한 구비매체콘텐츠가 역시 고대의 종합공연예술인 서사무가에 기원을 둔 판소리와 같은 중세 문학 장르에까지 소급된다는 사실이다. 퍼포먼스는 일정한 시공간 배경과 공연자가 필요하다는 특성상 활자·인쇄를 단형의 매체로 하는 출판매체콘텐츠와는 관련이 없다. 퍼포먼스로 하여금 문화콘텐츠 내러티브의 주요 주체로 기능하게 하는 것은 구비·방송·디지털 매체의 세 영역으로 한정된다. 여기서 근대이행기와 근대를 제외하고 고대~중세와 현대의 주류 매체로 존재했거나 존재하고 있는 구비매체와 방송·디지털매체가 각각 국문학사의 전반부와 후반부를 점유하고 있다는 사실이 주목될 필요가 있다. 진화론적 문학사관의 정점에 위치해 있다고 인식되어 온 근대문학 장르가 매체를 제3의 기준점으로 한 통시적인 관점에서 보게 되면 실은 예외적인 현상으로 재규정될 수도 있다는 것이다.

이처럼 구비·방송·디지털 매체로 향유되는 공연문화콘텐츠는 근대 이후 문학사에서 유일하게 문학 장르로 인정받아온 희곡 장르와 퍼포먼스의 행위성을 공유한다. 주지하다시피 희곡의 서사는 무대 공간 위의 행위적 실현을 전제로 할 때만이 성립될 수 있다. 즉, 일정한 무대공간을 배경으로 서사를 행위적으로 연기하고 디렉팅하여 구현하는 퍼포먼스에 의해 실현될 뿐 아니라 화폐교환을 목적으로 향유되는 장르라는 점에서, 희곡은 강담·판소리·드라마·영화·애니메이션·게임 등의 구비·방송·디지털 매체콘텐츠와 더불어 공연문화콘텐츠 범주와 공유지점을 갖는다는 것이다. 이 점에서 희곡이니 강담이니 드라마니 하는 층위가 장르의 차원에 위치한다면 퍼포먼스는 이들 장르들 사이를 오가는 혹은 걸쳐있는 일종의 양식 개념이 된다고 할 수 있다. 차이점은 희곡의 퍼포먼스는 대본의 서사구현을 위한 전제 요소로만 존재하는데 비해, 강담·판소리·드라마·영화·애니메이션·게임의 그것은 연기·연출·무대현장 등과 동등한 장르 구성 요소가 된다는 데 있다.

여기서 희곡·강담·판소리·드라마·영화·애니메이션·게임은 퍼포먼스가 제작자와 관객이 직접적으로 대면한 실시간의 현장성으로 구현되느냐 아니냐에 따라 두 부류로 나뉠 수 있다. 전자에는 희곡·강담·판소리가 속하고 후자에는 드라마·영화·애니메이션·게임이 속한다. 전자는 공연장에서 직접적으로 이루어지는 공연진과 관객의 만남을 전제로 이루어지며, 후자는 제작진과 관객이 직접 만나지 않은 상태에서 이루어진 사전 공연이 화면을 매개로 이루어지는 간접적인 만남을 통해 재공연 된다는 특징이 있다. 즉, 후자 공연의 현장성은 일단 관객을 제외하고 진행되었던 사전 현장 공연이 화면의 디스플레잉을 통해 비로소 관객에게 간접적으로 제공됨으로써 성사되는 복합적인 형태로 구성되어 있는 것이다.

그러나 이 경우에도 후자의 관객은 사전 제작 당시로부터 간접화 되고 지연된 공연의 현장성을 화면을 매개로 전달받을 수는 있으나 배우·스텝으로 구성된 공연진을 실시간으로 직접 대면할 수 없다는 점에서 전자와 다른 상황에 놓여 있다. 후자의 드라마·영화·애니메이션·게임 중에서도 드라마·영화는 배우가 진짜 사람이지만 애니메이션·게임은 일종의 아바타 같은 존재라는 점에서 차이점이 존재한다. 뿐만 아니라 게임은 아바타를 매개로 공연진과 관객의 실시간 만남이 이루어질 수 있으며 이를 통해 상호 영향관계 형성이 가능하다는 점에서 서사의 송출자와 수령자가 실시간으로 상호작용하는 강담·판소리 장르와 상대적으로 더욱 친연한 관계에 있다. 국문학사의 통시사를 역순으로 거슬러 올라갈 때, 게임은 희곡을 건너뛰어서 고대에 기원을 둔 중세 이후의 강담·판소리 장르와 상대적인 친

연관계를 맺고 있다는 사실을 확인할 수 있다는 것이다.

공연문화콘텐츠 범주에 속하는 중세 이후의 강담·판소리 장르나 현대 이후의 드라마·영화·애니메이션·게임 장르와 달리, 희곡이 기존 문학사에서 문학의 한 장르로 인정받을 수 있었던 것은 퍼포먼스에서 내러티브만을 따로 떼어 분석의 대상으로 삼았기 때문이다. 이러한 문학사 기술방식이 가능했던 것은 희곡이란 장르가 주로 활자·인쇄매체에 의해 공연과 분리된 대본으로서 향유되어 왔기 때문이다.

기실, 강담공연콘텐츠와 판소리공연콘텐츠에서 문학사의 기술대상으로 인정되어온 것은 퍼포먼스의 일부 구성요소인 내러티브를 기술해 놓은 대본이다. 전자와 후자의 대본이 되는 것이 바로 고소설과 판소리계 소설이 되는 것이다. 너무나 당연하게 문학 작품으로만 인식되어왔기 때문에 이들 고소설과 판소리계 소설이 강담·판소리공연콘텐츠의 대본이기도 하다는 사실이 주목되지 못해왔던 것이라 할 수 있다. 이렇게 본다면 같은 공연문화콘텐츠이되 매체의 속성만 구비냐 아니면 방송·디지털이냐로 차별화 되는 현대의 드라마·영화·애니메이션·게임 장르 역시 문학사 기술대상의 일부로 포함시켜야 한다는 당위성이 성립될 수 있다.

이 점에서 기존 문학사에서 문학 현상들을 매체전환과 재매개화에 따라 계기화 하여 기술해 놓았던 실제가 존재하는가의 유무를 확인하는 작업은 매체를 문학사 시대구분 기준의 하나로 성립시켜 나가기 위한 주요한 논리적 전제 확보라는 의의를 가질 수 있다. 즉, "근대" 이전 혹은 "현대"까지를 다룬 기존의 주도적인 문학사론에서 매체를 문학사 시대구분 기준으로 한 매체전환·재매개화가 실제적인 문학현상의 기술대상으로 존재했음이 확인될 수 있다면 매체전환에 따른 재매개화 문학사 인식의 뉴패러다임을 새롭게 구축해나가는 작업이 일종의 이론적 지지대를 확보해낼 수 있게 된다는 것이다. 매체가 고대·중세·근대이행기의 시대구분과 관련되어 기술되었던 적이 있는가, 그리고 해당 문학사론이 기존 학계에서 주도적인가 아닌가의 문제가 된다.

이러한 관점에서 새삼 주목해 볼 필요가 있는 기존 문학사론이 바로 조동일의 『한국문학통사』이다. 주지하다시피 조동일의 『한국문학통사』는 한국문학사 중에서 가장 최근에 이루어진 통합사론에 해당한다. 편의상 조동일이 근대문학 제1기로 규정해 놓고 있는 1919~1944년까지의 문학사 기술체계[78]를 중심으로 논의를 진행해 보기로 하자.

[자료5] ㉮11.1 근대문학의 방향과 시련:㉠11.1.1 근대문학의 기본 성격 ㉡11.1.2 민족어문학 확립의 길 ㉢11.1.3 시민문학의 사명 ㉣11.1.4 시대상황과의 대결 ㉤11.1.5 문학활동의 여건
㉯11.2 서양문학에서 받은 충격:㉠11.2.1 관계의 기본 양상 ㉡11.2.2 서양문학 수용 방식 ㉢11.2.3. 작품 번역 ㉣11.2.4 해외문학파
㉰11.3 근대시 형성의 기본 과제:㉠11.3.1 근대시의 특징과 위상 ㉡11.3.2 시인의 자세 정립 ㉢11.3.3 율격 창조의 방향
㉱11.4 근대소설을 이룩하는 과정:㉠11.4.1 신소설의 지속과 변모 ㉡11.4.2 근대소설 시험작 ㉢11.4.3 이광수의 신문소설 ㉣11.4.4 김동인과 전영택의 잡지소설 ㉤11.4.5 시인이 쓴 소설
㉲11.5 시의 방황과 모색:㉠11.5.1 주요한·김억·황석우 ㉡11.5.2 <폐허>와 <백조>의 시인들 ㉢11.5.3 <금성> 이후의 변모 ㉣11.5.4 김소월과 한용운 ㉤11.5.5 조명희·김형원·이상화 11.5.6 망명지에서 발표된 시가
㉳11.6 소설의 작품 세계와 문제의식 ㉠11.6.1 나도향 ㉡11.6.2 현진건 ㉢11.6.3 염상섭 ㉣11.6.4 주요섭과 최서해
㉴11.7 희곡 정착을 위한 진통 ㉠11.7.1 민속극·창극·신파극의 위치 ㉡11.7.2 희곡 작품의 출현 양상 ㉢11.7.3 학생극 운동과 김우진 ㉣11.7.4 토월회 시기의 작품 ㉤11.7.5 김정진과 김영팔
㉵11.8 비평과 논쟁의 시대:㉠11.8.1 작가의 발언 ㉡11.8.2 계급문학 논쟁 ㉢11.8.3 전환기의 논란 ㉣11.8.4 해외문학파의 관여 ㉤11.8.5 국문학연구의 사명
㉶11.9 민요시 운동의 방향과 성과:㉠11.9.1 민요의 전승과 기능 ㉡

78) 조동일, 『한국문학통사』5, 지식산업사, 2005.

11.9.2 새 시대 민요의 모습 ㉢11.9.3 민요시를 위한 논란 ㉣11.9.4 민요시의 작품

㉲11.10 시조부흥운동의 전개 양상 ㉠11.10.1 시조가 이어지는 모습 ㉡11.10.2 시조부흥운동의 배경 ㉢11.10.3 시조 부흥 찬반론 ㉣11.10.4 최남선·이은상·이병기 ㉤11.10.5 시조 창작의 다양한 모습 ㉥11.10.6 조운·권구현·신불출

㉳11.11 역사소설·농촌소설·통속소설 ㉠11.11.1 영웅소설에서 역사소설로 ㉡11.11.2 역사 형상화 방법 재정립 ㉢11.11.3 농촌소설에서 제기한 문제 ㉣11.11.4 농촌 생활을 동경한 작품 ㉤11.11.5 통속 연애소설의 기본형 ㉥11.11.6 통속소설과 타협하는 방안

㉴11.12 희곡 창작의 다양한 노선:㉠11.12.1 극예술연구회와 관련된 작가들 ㉡11.12.2 소설가의 극작 참여 ㉢11.12.3 무산계급 연극 ㉣11.12.4 고등신파를 표방한 통속극 ㉤11.12.5 친일연극의 양상 ㉥11.12.6 망명지의 항일 연극

㉵11.13 내면의식을 추구한 시 ㉠11.13.1 시문학파가 개척한 길 ㉡11.13.2 모더니즘 운동의 허실 ㉢11.13.3 생명파의 등장 ㉣11.13.4 유파 밖의 여러 시인 ㉤11.13.5 여성 시인의 작품 세계

㉶11.14 어두운 시대의 상황과 소설 ㉠11.14.1 민족해방 투쟁의 소식 ㉡11.14.2 하층민의 고난을 다루는 방법 ㉢11.14.3 염상섭·현진건·채만식의 사회사소설 ㉣11.14.4 세태소설 ㉤11.14.5 지식인의 수난과 자학 ㉥11.14.6 작가 신변의 관심거리 ㉦11.14.7 서정적 소설의 확산

㉮′11.15 역사와 만나는 시의 번민 ㉠11.15.1 서사시를 위한 시도 ㉡11.15.2 계급문학 시인의 행방 ㉢11.15.3 역사 앞의 절규 ㉣11.15.4 심훈·이육사·윤동주 ㉤11.15.5 일제 패망 직전의 상황

㉯′11.16 주변으로 밀려난 한문학:㉠11.16.1 행방 추적 ㉡11.16.2 작가와 작품 ㉢11.16.3 항일투쟁의 증언

㉰′11.17 문학 안팎의 산문 갈래:㉠11.17.1 전기와 실기 ㉡11.17.2 언론문학 ㉢11.17.3 국내외 기행문 ㉣11.17.4 서간과 수필

㉱′11.18 대중문화로 제공된 문학:㉠11.18.1 야사에서 만담까지 ㉡11.18.2 영화 ㉢11.18.3 대중가요

㉲′11.19 아동문학이 자라나는 모습:㉠11.19.1 신구 아동문학의 관계 ㉡11.19.2 창작동요의 작가와 작품 ㉢11.19.3 동화의 영역

지금까지 단 한 번도 주목되어 온 적이 없지만 [자료5]의 『한국문학통사』는 [자료4] 『한국현대문학사』가 근대문학기로 규정해온 시기를 근대문학 제1기로 재규정하고 있다. 언뜻 보기엔 근대문학기이건 근대문학 제1기이건 다 근대문학 범주에 들어가는 것이니 무슨 차이가 있겠냐고 하기 쉽지만 실상은 그렇지 않다. 여타의 다른 국문학사론들에서 근대문학기로 규정하고 있는 시기를 [자료5]의 『한국문학통사』처럼 근대문학 제1기로 재규정하게 되면 기존에 국문학사를 새로운 관점으로 기술할 수 있는 여지가 열리기 때문에 충분히 문제적인 지점이 된다고 평가할 수 있다.

[자료5]의 『한국문학통사』는 1919년부터 1945년까지를 근대문학 제1기로 규정한 채 국문학사론의 완성을 잠정적으로 유보하고 있는데, 이는 결과적으로 [자료5]의 『한국문학통사』가 1945년 이후의 국문학사를 근대문학 제2기로 규정하고 있다는 사실을 보여준다. 근대문학 제1기 다음에 배치되어야 할 시기는 당연히 근대문학 제2기이다. [자료4] 『한국현대문학사』를 비롯한 다수의 기존 국문학사론들에서 현대문학기로 규정되어온 1945년 이후 시기가 [자료5]의 『한국문학통사』에서는 잠재적으로 근대문학기의 일부로 수직적인 통시축에서 상향 이동된 위치로 전제되어 있다는 사실을 알 수 있다. 이렇게 되면 당연히 [자료5]의 『한국문학통사』의 현대문학기는 [자료4]의 『한국현대문학사』를 비롯한 다수의 기존 국문학사론들 보다 상대적으로 수직적인 통시축에서 하향 이동된 위치에 배치될 수밖에 없게 된다. 기본적으로 [자료5] 『한국문학통사』는 현대를 미래로 열어놓고 있는, 현대의 자기확장성을 실현한 국문학사가 되는 것이다.

매체적인 관점에서 접근하게 되면 『한국문학통사』([자료5])의 이러한 근대문학기 규정 방식은 더욱 더 문제적이다. 앞서 지적했다시피 지금까지 대다수의 국문학사론에서 현대문학기의 기점으로 규정되어온 1945년은 1940년대부터 1990년대까지 지속된 방송·전파매체기에 해당된다. [자료5]의 『한국문학통사』가 잠정적인 근대문학 제2기로 규정하고 있는 1945년 이후기는 근대의 대표적인 매체로 널리 인정되는 활자·출판매체가 방송·전파매체로 전면 전환되어 전성기를 구가한 시기와 맞물리게 되는 것이다.

영화([자료5]-㉣′-㉠)·대중가요([자료5]-㉣′-㉢)를 비록 주류문학은 아니지만 근대문학 제1기에 속하는 한 대상으로 거론하고 있는 것도 [자료5]의 『한국문학통사』가 방송·전파매체에 의한 문학의 변모를 1945년 이후의 중요한 문학사 전변 중의 하나로 취급할 가능성을 열어둔 사례가 된다고 할 수 있다. 물론, 이와 관련하여 [자료5]의 『한국문학통사』에서 확인되는 영화·대중가요에 대한· 고려가 매체의 차원이 맞는지 아니면 단순히 [자료4]의 『한국현대문학사』에서 철저히 배제되어 있었던 통속성을 포함하는 차원에서 이루어진 것인가 하는 문제는 세부적으로 더 따져봐야 할 여지가 있다. 예컨대, [자료5]-㉧-㉠을 보면 [자료4]의 『한국현대문학사』에서는 제외되어 있었던 신파극과 통속소설이 영화·문학 제2기에 속하는 문학 장르로 제시되어 있다는 사실이 지적될 수 있다. 신파극·통속소설은 근대의 대표적인 상업적 통속대중 장르에 속한다. 특히, 신파극의 대본이나 통속소설은 활자·출판매체콘텐츠에 해당하는 것으로 통속성이라는 공유지점만 제외한다면 영화·대중가요의 방송·전파와는 매체 귀속 지점이 다르다. 이 때문에 영화·대중가요가 매체의 차원이 아니라 단순히 통속성의 차원에서 신파극·통속소설과 함께 근대문학 제2기의 한 장르로 언급된 것이 아니냐는 의문이 충분히 제기될 수 있는 것이다. [자료4]의 『한국현대문학사』에서와는 달리 통속 양식이 문학사 기술 대상의 하나로 인정되고 있다는 것이다.

어차피 [자료5]의 『한국문학통사』에는 매체가 사론의 일부로 언급되지 않기 때문에 영화·대중가요의 포함이 신파극·통속소설과 같은 통속성 고려의 층위가 아니라 활자·인쇄와 구분되는 매체의 본격적인 고려 차원에서 이루어진 것이라고 규정하는 것은 불가능하다. 중요한 것은 매체를 문학사 시기구분 기준의 하나로 규정할 가능성이 [자료5]의 『한국문학통사』 속에서 적극적으로 열려 있다는 사실을 확인하는 작업이 된다고 할 수 있다. 새로운 이론 체계의 정립이 전대 연구사와의 대화를 통해 이루어진다고 할진대, 매체를 문학사 시기구분 기준의 하나로 구축하기 위한 전제적 기반을 [자료5]의 『한국문학통사』에서부터 찾을 수 있다는 것은 의미 있는 하나의 입점이 될 수 있기 때문이다.

결론부터 제시하자면 『한국문학통사』의 근대문학 제1기에서 확인되는 신파극・통속소설・영화・대중가요의 존재에는 통속성이라는 공통분모 못지않게 시기구분 기준으로서의 매체적 차별성이 이론적으로 적용될 수 있는 가능성이 잠정적으로 내재해 있다고 할 수 있다. 왜냐하면 신파극・통속소설의 통속성은 『한국문학통사』가 근대이행기문학 제1기로 규정하고 있는 조선후기의 주도매체인 활자・인쇄매체의 그것과 동궤에 있는 동시에, 근대문학 제2기를 잠정적으로 주도할 영화・대중가요와 같은 방송・전파매체의 그것으로 매체전환 되기 직전단계에 위치하고 있기 때문이다.

이 점에서 [자료5]의 『한국문학통사』가 근대이행기문학 제1기로 규정하고 있는 조선후기는 근대문학 제1기로 범주화 된 시기와 마찬가지로 활자・출판매체의 전성기임이 주목될 필요가 있다. 조선후기는 8세기 통일신라의 『무구정광대다라니경(無垢淨光大陀羅尼經)』에서 최초로 시작된 목판인쇄술[79]이 정부 혹은 사찰을 중심으로 한 공공출판의 형태로 한정되었던 고려시기를 거쳐 방각출판(坊刻本) 출판이란 형태로 본격화된 상업화・대중화를 이룬 시기이다. 화폐교환을 목적으로 한 상업적 방각인쇄의 존재가 기록상 확인되는 것은 『고사촬요(攷事撮要)』(1576)를 하한수가(河漢水家)라는 서울의 개인 방각본 출판사에서 가각판(家刻板) 간행[80]이지만, 이것이 본격적으로 활성화 된 것은 임진왜란・병자호란이라는 휴지기를 거친 17세기 중엽 이후인 조선후기다. 방각출판의 대중적 활자・인쇄매체기는 [자료5]의 『한국문

79) 오성상, 『인쇄의 역사』, 커뮤니케이션북스, 2013.

80) "萬曆四年七月, 水標橋下, 北邊二第里門, 河漢水家刻板, 買者尋來.", 『攷事撮要』, 宋錫夏 藏本, 1657.

학통사』가 근대이행기문학 제1기의 기점으로 잡고 있는 임진왜란 이후의 조선후기와 정확히 일치하고 있는 것이다. 이렇게 본다면 『한국문학통사』의 근대이행기문학 제1·2기와 근대문학 제1기는 대중적인 매체를 시기구분의 기준점으로 삼게 될 때, 활자·인쇄매체가 주도한 활자·인쇄매체기로 재범주화 되어 근대문학 제2기로 잠정 예비 될 수 있는 방송·전파매체기와 분립되어 통시적으로 계기화 될 수 있다.

같은 관점에서 근대이행기문학 제1·2기의 활자·인쇄매체기 보다 통시적으로 앞서 존재한 중세전·후기문학은 한문·이두·향찰을 기반으로 한 전근대적 필사매체가 고대문학기를 주도한 구비·구연·강담매체에 대하여 뉴미디어(new media)로 대두된 필사매체기로 규정될 수 있으며, 중세문학기의 올드미디어(old media)가 된 구비·구연·강담매체에 의하여 주도된 고대문학기는 구비·구연·강담매체기로 범주화될 수 있다. 여기서 한 가지 분명히 지적해 둘 것은 매체전환을 주도한 뉴미디어에 의해 새로운 매체시대가 도래했다고 해서 이전 시기를 주도했던 매체에 의한 문학향유 형태가 사라지는 것은 아니라는 사실이다. 현 시점의 주도적인 대중매체가 방송·전파에 대응하여 매체전환을 야기한 디지털매체라고 하더라도 여전히 방송·전파매체에 의한 문학향유가 지속되고 있을 뿐 아니라, 심지어 방송·전파매체기 이전 단계에 매체전환을 주도했던 활자·인쇄매체에 의한 문학향유 역시 디지털매체에 의한 그것과 공존하고 있다는 사실을 상기해주기 바란다. 매체전환을 초래한 뉴미디어는 매체전환 이전 단계의 올드미디어와 공존한다는 것이다. 당연히 뉴미디어에 의한 문학현상 역시 올드미디어에 의한 그것과 공존할 수 있음이 고려되어야 한다. 다만, 뉴미디어의 도래에 의해 올드미디어의 향유층이 상층에서 하층 혹은 지식층에서 일반대중으로 하향이동 하는 양상은 중요하게 다루어져야만 할 필요가 있다. 실제로 필사매체가 중세문학기에는 상류 지배층 혹은 지식인층에 의해서 주도되었으나 근대이행기 제1기부터 근대문학 제1기를 주도한 활자·인쇄매체기에 이르러 일반대중으로 하향이동 했던 문학현상이 여기에 해당하는 사례가 될 수 있다.

이상에서 볼 때, [자료5]의 『한국문학통사』는 방송·전파로 확장된 매체 전환까지 포괄할 수 있는 가능성이 열려있는 국문학사론이 된다는 사실이 확인되었다고 할 수 있겠는데, 매체를 시기구분 기준으로 한 새로운 재매개화 국문학사론의 정립 필요성은 역으로 이처럼 매체에 대하여 미분화 된 상태로 남아있는 『한국문학통사』의 사관 속에부터 제기될 수 있다. 예컨대, [자료5]의 『한국문학통사』가 근대문학사의 대상으로 포함시켜놓고 있는 것은 영화·대중가요에 수용되어 있는 문학 텍스트이지 영화·대중가요가 아니라는 사실이 지적될 수 있다.

[자료5]-㉣′에서 영화·대중가요를 "대중문화로 제공된 문학"으로 규정해 놓고 있는 데서도 알 수 있듯이 [자료5]의 『한국문학통사』가 근대문학사 기술대상으로 포함시켜 놓고 있는 것은 엄밀히 말해서 영화·대중가요와 같은 대중문화에 수용되어 있는 전대의 문학 텍스트다. [자료5]의 『한국문학통사』가 이론적으로 견지하고 있는 사관은 매체를 시기구분 기준으로 설정하고 있지 않기 때문에 매체에 의해 재매개화 된 전대 문학 텍스트는 문학사 기술 대상으로 포함해도 전대 문학을 재매개화 한 결과 탄생한 재매개화콘텐츠는 문학사 기술 대상에서 여전히 배제되고 있다는 것이다. 즉, 영화·대중가요와 같은 방송·매체콘텐츠 속에 재매개화 되어 있는 전대 문학은 근대문학사의 기술대상 속에 포함시키면서도 정작 재매개화콘텐츠인 영화·대중가요를 문학이 아닌 대중문화의 영역으로 한정하고 있는 것은 매체를 문학사 시기구분 기준으로 규정하지 않는 [자료5] 『한국문학통사』의 사관이 반영된 결과라는 것이다. 거꾸로 말하자면 [자료5]의 『한국문학통사』는 매체를 어디까지나 대중문화의 창작 원리로만 한정짓는 사관을 견지하고 있다는 것이 된다. 매체에 의한 통시적인 재매개화는 문학사 전개를 위한 일률적인 작동원리로 고려되지 않고 있다는 것이다.

따라서 이러한 한국문학사 기술체계의 한계에 대한 인식에서부터 재매개화 국문학사 기술의 새로운 패러다임 구축에 대한 내재적인 필요성이 제기될 수 있다고 할 수 있다. 매체를 시기구분 기준으로 하되 기존 국문학사 시대구분 기준들과 통시적으로 연동될 수 있는 재매개화 국문학사 기술을 위한 연구를 이 지점에서부터 입론할 수 있다는 것이다. 이후 전개될 재매개화 국문학사의 개략적인 기술체계는 앞서 논의했던 바와 같이 구비·구연·강담매체기, 필사매체기, 활자·인쇄매체기, 방송·전파매체기, 인터넷·디지털매체기로 계기화 될 수 있을 것이다.

4. 나오는 말

본 연구가 제기해 보고자 한 아젠다는 새로운 문학사 시대구분 기준으로서의 매체에 대한 새로운 인식적 패러다임이다. 현재의 한국문학계는 디지털매체(digital media)란 뉴미디어(new media)가 등장하기 이전 시기까지 전개되었던 문학 작품들이 디지털문화콘텐츠(digital cultural contents)로 재생산 되는 재매개화(remediation)의 시대로 진입해 있다. 즉, 디지털시대 이전 단계에 존재한 매체에 얹혀서 창작되었던 문학 작품들이 해당 내용을 전달할 매체를 디지털로 전환하여 디지털문화콘텐츠로 재창작되는 흐름이 봇물을 이루고 있는 것이다. 이러한 재매개화문학에 대한 연구는 이미 상당 부분 축적되어 있는 상태다.

해당 최신의 선행연구 결과물들이 확고히 인정받기 위해서는 이들 고대·중세 문학작품들의 디지털문화콘텐츠화가 근대 이후 문학 작품들의 그것과 같은 매체전환에 의한 재매개화의 결과물임이 문학사적으로 입증될 필요가 있다. 즉, 고대·중세 문학 작품들의 매체전환에 따른 재매개화와 근대이행기·근대·현대 문학 작품들의 그것이 같은 차원에서 이루어진 것이라면, 매체를 다섯 번째 시기구분 기준으로 한 문학사의 기술을 위한 인식적 전환이 요구된다는 것이다. 이때, 매체에 따른 새로운 문학사의 시기구분론은 기존 문학사론에서 성립되어 있는 장르 및 갈래 이론의 체계와 유기적으로 설명될 수 있어야만 국문학사론의 연구사 속에서 논리적 정합성을 인정받을 수 있을 것이다.

이러한 문제의식을 해결하기 위해 본 연구에서는 다음과 같은 두 가지 방식으로 논의가 진행되었다. 첫 째는 "현대"란 것이 문학사의 자기 확장·갱생성에 의해 상시적으로 재규정되는 것을 본질로 한다는 것으로, 디지털 문화콘텐츠는 이렇게 상시적으로 재규정되는 "현대"의 자기 확장·갱생 과정 속에 하나의 "현상"으로 존재하는 것임을 입증하는 작업이다. 두 번째는 시기구분 기준으로서의 매체의 성립 가능성을 기존 문학사의 기술상 한계와 관련하여 비판적으로 반증하는 작업이다. 상기 두 작업을 통해 매체전환에 따른 재매개화가 문학사의 실제적 현상으로 존재하는 것임을 기존 문학사의 시기구분 양상과 기술내용을 통해 입증할 수 있었으며, 재매개화 국문학사 기술의 새로운 패러다임 구축에 대한 내재적인 필요성을 기존 한국문학사론의 연구사 내부에서부터 정립할 수 있게 되었다.

참 고 문 헌

권도경, <고전서사문학·디지털문화콘텐츠의 서사적 상관성과 고전서사원형의 디지털 스토리텔링화 모듈 개발>, 2005년도 솔벗학술재단 한국학연구지원사업계획서, 2005.

권도경, <고전서사문학·디지털문화콘텐츠의 서사적 상관성과 고전서사원형의 디지털 스토리텔링화 가능성>, 『동방학지』155, 연세대학교 국학연구원, 2011.

권도경, <대무신왕신화>의 영웅일대기와 게임 <바람의 나라>의 영웅육성시스템, 그 서사적 상관성과 신화성>, 『한국학연구』42, 고려대학교 한국학연구소, 2012.

권도경, <병란(丙亂) 트라우마 대응 고소설에 나타난 향유층의 집단서사와 영화 <최종병기 활>>, 『고전문학과교육』24, 한국고전문학과교육학회, 2012.

권도경, <고소설 <장화홍련전> 원형서사의 서사적 고정관념과 영화 <장화, 홍련>에 나타난 새로쓰기 서사전략>, 『비교문학』61, 한국비교문학회, 2013.

권도경, <애정전기소설의 서사코드와 한류드라마 <가을동화>-한국언어문화의 형질에 대한 새로운 이해와 교육을 위하여>, 『고전문학연구』43, 한국고전문학회, 2013.

권도경, <아기장수전설의 서사가지(narrative tree)와 역사적 트라우마 극복의 선택지, 그리고 드라마 <각시탈>의 아기장수전설 새로 쓰기>, 『국어국문학』163, 2013.

권도경, <동남아 한류드라마의 한국고전문학 재생산과 한(韓)·동남아(東南亞) 서사코드>, 『아태연구』제20권제1호, 경희대학교 아태연구소, 2013.

권도경, 『한국고전서사원형과 문화콘텐츠』, 박이정, 2014.

권도경, <한국고전영웅서사원형의 재생산과 코리안 슈퍼 히어로물의 탄생, 그리고 헐리우드 슈퍼히어로물과의 서사코드적 차이>, 『비교한국학』제22권제1호, 2014.

권도경, <여우여신의 남신화에 따른 반인반호(半人半狐) 남성영웅서사의 탄생과 드라마 <구가의 서>의 인간화 욕망 실현의 이니시에이션>, 『한국학연구』48, 고려대학교 한국학연구소, 2014.

권도경, <영화「광해」에 나타난「옹고집전」서사원형의 재생산과 실전(失傳) 판소리의 질적 제고 원리>, 『어문논집』57, 중앙어문학회, 2014.

권도경, <건국신화적 문화영웅일대기와 드라마 <뿌리 깊은 나무>, 『국제어문』60, 국제어문학회, 2014.

권도경, <동북아(東北亞) 한류드라마 원류로서의 한국고전서사와 한(韓)·동북아(東北亞)의 문학공유 경험>, 『동아연구』제33권제1호, 서강대학교 동아연구소, 2014.
권도경, 가문소설계 한류드라마에 나타난 3세대 확대가족 서사원형의 관념적 항구성과 중국 내부의 차별적 향유배경>, 『한국학연구』53, 고려대학교 한국학연구소, 2015.
김동욱, 『*History of Korean Literature*』, Toyobunko, 1980.
김미영, <'移植' 논의를 통해 본 林和의 新文學史論>, 『한국문화』49, 한국학연구원, 2010.
김사엽, 『조선국문학사』, 정음사, 1948.
김사엽, 『개고국문학사』, 정음사, 1954.
김사엽·조연현, 『한국문학사』, 북망사, 1971.
김석하, 『한국문학사』, 신아사, 1975.
김시태, <조연현의 문학사 기술방법-문학사가로서의 조연현>, 『한국문학연구』15, 한국문학연구소, 1992.
김영, <통일을 대비한 한국문학사 서술방향 연구>, 『국어국문학』130, 국어국문학회, 2002.
김외곤, <임화의 '신문학사'와 오리엔탈리즘>, 『한국문학이론과 비평』5, 한국문학이론과 비평학회, 1999, 73-94쪽.
김윤식, <한국문학사와 장르의 문제>, 『국어국문학』61, 국어국문학회, 1973.
김윤식, 『한국현대문학사(초판)』, 현대문학, 1984.
김윤식, 『한국현대문학사(증보판)』, 현대문학, 2002.
김윤식, 『한국현대문학사(개정증보판)』, 현대문학, 2005.
김윤식·김우종, 『한국현대문학사(최신개정판)』, 현대문학, 2014.
김재용, <북한문학사 검토와 서술방향>, 『한국문학사 어떻게 쓸 것인가』, 한길사, 2001.
김재철, 『조선연극사』, 조선어문학회, 1933.
김종회, <한민족 문학사의 통시적 연구와 기술의 방향성>, 『외국문학연구』56, 2014.
김태준, 『조선한문학사』, 조선어문학회, 1931.
김태준, 『조선소설사』, 청진서관, 1933.
김현·김윤식, 『한국문학사』, 민음사, 1973.
김현양, <민족주의 담론과 한국문학사>, 『민족문학사연구』19, 소명출판, 2001.
박상준, <임화 신문학사론의 문학사 연구 방법론적 성격에 대한 연구>, 『외국문학연구』28, 2007.
백철, 『조선신문학사조사』, 수선사, 1947.
서영빈, <통일문학사 서술 시각에서 본 중국 조선족문학>, 『한국문학이론과 비평』32,

2006.
신동욱, <현대 문학의 연구>, 『나라사랑』21, 외솔회, 1975.
신동욱, 『한국현대문학사』, 집문당, 2004.
안확, 『조선문학사』, 한일서점, 1922.
여증동, 『한국문학사』, 형설출판사, 1973.
여증동, 『한국문학역사』, 1984.
오성상, 『인쇄의 역사』, 커뮤니케이션북스, 2013.
우리어문학회, 『국문학사』, 수로사, 1948.
이명구, <도남 선생의 국문학사 저술에 대한 재평가>, 『문학한글』6, 한글학회, 1992.
이명선, 『조선국문학사』, 1948.
이병기・백철, 『국문학전사』, 신구문화사, 1957.
이윤석, 『세책 고소설연구』, 혜안, 2003.
이재봉, <지역문학사 서술의 가능성과 방향>, 『국어국문학』 144, 2006.
이희환, <식민지 체제하, 자국문학사의 수립이라는 난제:안자산의 『조선문학사』가 놓인 동아시아 문학사의 맥락>, 『국학연구』17, 2010.
임화, <조선 신문학사론 서설>, 『조선중앙일보』, 1935.10.09.~11.13.
임화, <개설 신문학사>, 『조선일보』, 1939.09.02.~11.25[43회].
임화, <신문학사>, 『조선일보』, 1939.12.05.~12.27)[11회].
임화, <속 신문학사>, 『조선일보』, 1939.12.05.~12.27)[11회].
임화, <개설 조선 신문학사>, 『인문평론』, 1940.11.~1941.04[4회].
임화, <조선문학 연구의 일 과제-신문학사 방법론>, 『동아일보』, 1940.01.13.~01.20.
임화, <신문학사의 방법>, 『문학의 논리』, 학예사, 1940.
임화, <소설 문학의 20년>, 『동아일보』, 1940.04.12.~04.20.
임화, <「<백조>의 문학사적 의의-일 전형기의 문학>, 『춘추』22, 1942.11.
장덕순, 『한국문학사』, 동화문화사, 1975.
전상욱, <세책 총 목록에 대한 연구>, 『열상고전소설연구』30, 열상고전연구회, 2009.
전병욱, <고전 문학 연구는 어디까지 와 있는가>, 『나라사랑』21, 외솔회, 1975.
조규익, <桂奉瑀 『조선문학사』 의 의미와 가치>, 『국어국문학』155, 2010, 159-191쪽.
조동일, <한국문학사 서술의 양상과 과제>, 『국어국문학』93, 국어국문학회, 1985.
조동일, 『한국문학통사』, 지식문화사, 1988.
조동일, <조윤제의 사상과 학문>, 『어문연구』90, 1996.
조동일, <동아시아문학사와 한국문학사>, 『어문학』83, 2004.
조윤제, 『조선시가사강』, 동광당, 1937.
조윤제, 『국문학사』, 동방문화사, 1949.
조윤제, 『교육국문학사』, 1949.

조윤제, 『한국문학사』, 1963.
조윤제, 『국문학사개설』, 1965.
차승기, <민족주의, 문학사, 그리고 강요된 화해>, 김철 · 신형기 외, 『문학 속의 파시즘』, 삼인, 2001.
허병식, <한국문학사 서술의 정치적 무의식>, 『한국근대문학연구』21, 한국근대문학회, 2010.

구인회(九人會) 연구의 토대이자 지평이 되다

-서준섭, 『한국 모더니즘 문학 연구』, 일지사, 1988-

현순영*

1. 『한국 모더니즘 문학 연구』에 대해 쓰는 이유

『한국 모더니즘 문학 연구』는 1930년대 한국 모더니즘 문학의 사회·역사적 생산 조건, 이론과 이데올로기, 작품, 수용 양상 등을 밝힌 책이다. 1930년대 모더니즘 문학에 관한 연구가 활발해지면서도 세분화되어 가던 때에 저자는 이 책을 통해 궁극적으로 1930년대 모더니즘의 총체적 개념과 성격을 규정하려 하였다.

그런데 저자가 밝혔듯이 그리고 책의 내용으로 판단할 수 있듯이, 이 책은 부분적으로는 구인회(九人會), 구인회 세대에 관한 연구서이기도 하다. 필자는 오랫동안 단체로서의 구인회를 연구해 왔는데, 이 책에서 많은 영감과 힘을 얻었다. 즉 필자는 이 책에서 저자가 1930년대 한국 모더니즘 문학의

---

* 전북대학교 국어교육과

사회·역사적 생산 조건들 가운데 하나로 구인회의 결성과 활동을 밝힌 대목을 특히 여러 번 읽으며 연구 과제들을 발견하고 연구의 방향을 찾을 수 있었다. 그 과정에서 필자는 수많은 구인회 연구 문헌들 중 이 책을 가장 깊이 있고 독보적인 구인회 연구서로 판단하게 되었다.

이 글에 필자는 『한국 모더니즘 문학 연구』가 구인회 연구서로서 갖는 연구사적 의의에 관해 자세히 쓰려고 한다. 그리고 이 책의 어디에서 필자가 연구의 영감과 힘을 얻었는지, 그리하여 무엇을 어떻게 연구했는지에 관해서도 쓰려고 한다.[1)]

필자는 구인회에 관해 연구한 결과를 정리하여 최근에 『구인회의 안과 밖』(소명출판, 2017)이라는 책을 발간했다. 책 원고를 한창 고치고 있을 때에 강원대 국어교육과에서 『한국 모더니즘 문학 연구』의 저자이신 서준섭 교수님의 퇴임 기념 논총 및 문집 발간에 참여할 의사가 있는지를 물어 주셨다. 『한국 모더니즘 문학 연구』에서 큰 가르침과 많은 도움을 받은 필자는 그 사정에 관한 글을 꼭 쓰고 싶었다. 필자가 구인회 연구자로서 느끼고 간직해 온 『한국 모더니즘 문학 연구』에 대한 경이와 신뢰 그리고 서준섭 교수님에 대한 감사와 존경을 이 글의 행간에서 교수님과 독자들이 읽어 내어 주신다면 정말 기쁘겠다.

---

1) 이 글에는 부분적으로 다음과 같은 논저들의 내용이 수정·요약되어 반영되었다. 현순영, 「회고담을 통한 구인회 창립 과정 연구」, 『비평문학』 30호, 한국비평문학회, 2008.12; 현순영, 「구인회의 활동과 성격 구축 과정」, 『한국언어문학』 제67집, 한국언어문학회, 2008.12; 현순영, 「구인회와 카프(1) - 선행 연구 검토」, 『비평문학』 31호, 한국비평문학회, 2009.3; 현순영, 「구인회에 대한 카프계의 논평 - 구인회와 카프(2)」, 『한국현대문학이론연구』 제37집, 현대문학이론학회, 2009.6; 현순영, 「구인회 연구의 쟁점과 과제」, 『인문학연구』 제38집, 조선대 인문학연구원, 2009.8; 현순영, 「구인회 연구」, 고려대 박사논문, 2010; 현순영, 「김유영론1 - 영화계 입문에서 구인회 결성 전까지」, 『국어문학』 제54집, 국어문학회, 2013.2; 현순영, 「김유영론2 - 구인회 구상 배경과 결성 의도」, 『한국문학이론과 비평』 제63집, 한국문학이론과비평학회, 2014.6; 현순영, 「저널리즘의 상업성과 구인회 - 이태준의 「성모」를 중심으로」, 『백록어문』 제28집, 백록어문학회, 2015.2; 현순영, 「김유영론3·카프 복귀에서 <수선화>까지」, 『한민족어문학』 제70집, 한민족어문학회, 2015.8; 현순영, 『구인회의 안과 밖』, 소명출판, 2017.

2. 구인회가 1930년대 모더니즘 문학의 주체임을 실증하다

『한국 모더니즘 문학 연구』를 구인회 연구서로 읽고 평가하기 전에 이 책의 전체 내용을 파악할 필요가 있다. 그렇게 해야 저자가 이 책에서 구인회를 왜, 어떤 관점에서 논했는지 이해할 수 있을 것이기 때문이다. 또, 구인회에 대한 이 책의 논의가 왜 중요한지를 알 수 있을 것이기 때문이다. 앞에서 말했듯이, 『한국 모더니즘 문학 연구』에서 저자는 1930년대 한국 모더니즘 문학의 사회·역사적 생산 조건, 이론과 이데올로기, 작품, 수용 양상을 순서대로 밝혔고 그것을 토대로 하여 1930년대 한국 모더니즘 문학의 총체적 개념과 성격을 규정하였다.

먼저, 저자가 1930년대 한국 모더니즘 문학의 사회·역사적 생산 조건, 이론과 이데올로기, 작품, 수용 양상을 규명한 내용을 요약하면 다음과 같다.

첫째, 저자는 1930년대 한국 모더니즘 문학의 사회·역사적 생산 조건으로 당시 정치적 상황의 악화에 따른 리얼리즘 문학의 침체, 도시 세대 집단인 구인회의 결성과 활동, 구인회를 중심으로 한 모더니즘 시인, 작가들의 서구 현대 예술-회화와 영화-수용 등을 들었다.

둘째, 저자는 1930년대 한국 모더니즘 문학의 이론을 정리하고 그 이데올로기에 대해 논했다. 먼저, 1930년대 모더니즘 문학의 이론으로는 김기림의 시론과 박태원, 이태준, 이효석 등의 소설론을 정리했다. 그리고 김기림이 모더니즘 문학을 주장하면서도 '신민족주의 문학 운동'과 '조선주의'에 관심을 보였다는 사실, 모더니즘 문학과 민족주의 문학의 결합에 대한 김기림의 논리를 주로 정리하고 비판함으로써 1930년대 모더니즘 문학이 민족적 이데올로기를 내면화하고 있었음을 밝혔다.

셋째, 저자는 1930년대 모더니즘 시·소설 작품들을 도시 문학으로 보고 분석하였다. 구체적으로는 정지용·김기림·김광균·오장환의 시, 이상의 시와 소설, 이효석·박태원·이상·최명익의 소설들을 분석했다. 즉 이들 시인, 작가들이 당대 도시와 어떤 관계를 맺었고 도시를 어떻게 수용했는지, 그 결과 그들의 작품은 어떻게 변모했는지를 검토하였다.

넷째, 저자는 김기림과 임화가 벌였던 이른바 '기교주의 논쟁', 「날개」와 「천변풍경」의 해석을 둘러싸고 최재서, 임화, 백철 등이 벌였던 논쟁을 비판적으로 검토하여, 1930년대 한국 모더니즘 문학이 당대에 어떻게 수용되고 평가되었는지를 밝혔다.

이러한 내용을 바탕으로 하여, 저자는 1930년대 한국 모더니즘 문학을 '근대 파시즘 하에서의 도시 세대 문인들의 문학적 모험', '근대 도시 세대 문인들이 일본 자본주의 난숙기의 사회·문화적 충격에 대해 문학적으로 반응한 형식'이라고 규정했다. 그리고 그 구체적인 성격 및 특징을 제시했는데, 그 내용을 정리하여 요약하면 다음과 같다.

첫째, 1930년대 한국 모더니즘 문학은 한국 근대사의 특수한 상황이 계기가 되어 1930년대라는 특정한 시대에 나타났던 문학이다. 즉 1930년대 한국 모더니즘 문학은 정치적 상황의 악화에 따른 20년대 이래 '카프(KAPF)' 중심 리얼리즘 문학의 상대적 침체, 급격한 도시화 과정 속에서 자라난 도시 세대 집합체인 '구인회'의 결성과 그들의 새로운 문학운동, 서구 대도시를 중심으로 하여 일어난 모더니즘 운동(전위예술 운동)의 국내 확산 등이 복합적으로 작용하는 가운데 나타났다.

둘째, 1930년대 한국 모더니즘 문학은 문예사조적이라기보다는 이론적이었다. 즉 그것은 사회 변화와 문학 형식에 대한 날카로운 인식을 바탕으로 제기된 문학 이론으로서의 성격이 강했다. 1930년대 한국 모더니즘 문학이 이론적이었다는 말은 그것이 운동의 성격을 띠었다는 것을 뜻하기도 한다. 다시 말하면, 1930년대 한국 모더니즘 문학은 이론에 바탕을 두어 전개되는 문학 운동의 양상을 띠었다.

셋째, 1930년대 한국 모더니즘 문학은 문학 자료의 미적 가공 기술 및 창작 기술의 혁신과 언어의 세련을 추구한, 이미지즘, 주지주의, 초현실주의, 신감각파, 심리주의 등 여러 가지 경향의 시와 소설들을 포괄한다. 구체적으로는 김기림 · 정지용 · 이상 · 김광균 · 오장환의 시와 박태원 · 최명익 · 이효석 · 이상 등의 소설이 1930년대 한국 모더니즘 문학 작품에 해당한다. 물론 전자의 시에 비해 후자의 소설들 중에는 모더니즘적 성격이 다소 모호한 경우가 있다. 그러나 그들의 소설들도 모더니즘 작품으로 보아야 한다. 무엇보다도, 그들이 당대에 모더니즘 작가로 인식되었기 때문이고 작품에서 미적 가공 기술의 혁신을 추구했기 때문이다. 또 그들을 모더니즘 작가로 볼 때 1930년대 한국 모더니즘 문학의 개념이 더욱 분명해지기 때문이다.

넷째, 1930년대 한국 모더니즘 문학은 도시를 중심으로 하여 전개된 도시 문학이다. 즉 그것은 당시의 급격한 도시화와 그 과정 속에서 성장한 도시 세대 시인, 작가들의 등장과 관계가 있으며 당시 서울에 거주하던 시인, 작가들에 의해 전개되었다. 1930년대 한국 모더니즘 문학의 주체인 근대 도시 세대 시인, 작가들은 현대 문명과 함께 호흡하고자 했으며 서울을 중심으로 한 도시의 실상을 인식하고 표현하는 다양한 관점과 태도를 보여주었다.

다섯째, 구인회는 1930년대 한국 모더니즘 문학의 중심 단체였다. 구인회는 당시 근대 도시 세대 문인들의 집합체였다고 할 수 있는데, 정지용, 김기림, 이효석, 박태원, 이상 등이 모두 구인회 회원이었다. 구인회가 모더니즘에 대한 이론을 체계화하는 한편, 모더니즘 작품을 적극적으로 창작 · 발표하면서 모더니즘은 당시 문단의 중심적인 문학 양식으로 부상했고 문학 운동의 성격을 띠게 되었다. 당시 모더니즘이 문단에서 그 위치를 정립하고, 창작 방법의 면에서 이후의 시인, 작가들에게 큰 영향력을 행사할 수 있었던 것은 구인회의 결성과 역할 때문이었다.

이 책의 전체 내용에 대한 개관에서 드러나듯이, 저자는 구인회의 결성과 활동을 1930년대에 모더니즘 문학이 부상하게 된 요인 중의 하나로 파악했다. 즉 저자는 구인회는 근대 도시 제1세대 시인, 작가들의 집단이었고 구인회의 결성으로 1930년대 모더니즘 문학은 본격적인 운동기에 접어들었으며 구인회가 그 활동을 통해 1930년대 모더니즘 문학 운동을 주도(매개)했다고 판단했다.

그런데 저자가 구인회에 대해 밝히거나 논한 내용의 핵심은 구인회가 어떻게 모더니즘 문학 난체로서의 성격을 구축(構築)해 갔느냐 하는 것이다. 좀 달리 말하면, 구인회가 어떻게 모더니즘 문학 운동을 주도해 갔느냐 하는 것이다.

저자는 초기의 구인회는 모더니즘 문학 단체로 보기 어렵다고 판단했다. 초기 구인회 회원들의 문학 경향이 (모더니즘으로 하나로) 일치하지 않았고[2] 그들의 예술 장르도 시, 소설, 연극, 영화 등으로 다양했기 때문이라는 것이 그 이유이다. 저자는 그러나 구인회가 일련의 활동과 인적 변동을 통해 순수 모더니즘 문학 단체로서의 성격을 구축해 갔다고 파악했다.

저자는 구인회가 한 달에 한 번 회원 작품 합평회를 열었고, 저널리즘을 통해 집단적으로 의사를 표명했고, 공개 문학 강연회를 두 차례 열었고, 적극적으로 작품을 발표했으며, 『시와 소설』을 발간하는 등의 활동을 벌였다고 정리했다. 저자는 그 활동들 중 「격(檄)! 흉금(胸襟)을 열어 선배(先輩)에게 일탄(一彈)을 날림」(『조선중앙일보』, 1934.6.17~29)을 통해 구인회는 그 본질이라 할 수 있는 강렬한 세대의식을 드러냈다고 말했다. 그리고 구인회가 두 차례 개최한 문학 강연회를 통해 그 세대의식의 문학이론상의 거점이 언어

2) 저자는 이에 대한 근거로 카프와 직·간접적으로 관계를 맺고 있던 김유영, 이종명이 애초에 구인회의 결성을 발의했다는 점, 구인회는 처음에 저널리즘을 확보하려는 의도로 회원을 모았는가 하면, 카프계가 동반자적 작가로 인식하던 이무영, 유치진, 이효석을 참여시켰고, 중견작가인 염상섭을 리더로 끌어들이려 했다는 점을 들었다. 저자는 이 근거들을 주로 조용만의 구인회 회고담에서 추출했다.

에 대한 자각과 기술중심주의로 요약되는 모더니즘이라는 것이 분명히 드러났다고 판단했다. 특히 제2차 강연회였던 '조선신문예강좌'에서 박태원이 이태준과 함께 2회 강연을 하는 등 중요한 역할을 한 점, 강연의 주제가 시의 근대성, 언어, 시의 형태, 소설의 기술 또는 기교, 문장 작법 등에 관한 것이었는데 김기림, 이상, 이태준, 박태원이 그러한 주제를 특히 두드러지게 다룬 점 등을 보면 구인회의 문학 이론이 모더니즘이었음을 확실히 파악할 수 있다고 했다. 또, 저자는 구인회가 지속적인 회원 변동 과정을 거치면서 모더니즘 시인, 작가들이 주도하는 단체가 되었다고 말했다. 즉 이태준, 김기림, 정지용, 박태원과 뒤늦게 가입한 이상 등 모더니즘 시인, 작가들이 구인회의 실질적인 주역이었다고 했다.

저자는 결론적으로 구인회는 우여곡절을 거쳐 정립되어 간 모더니즘 문학 단체로서 이론과 실천을 겸비하여 1930년대 모더니즘 문학 운동을 주도했다고 판단했다. 그리고 1930년대 모더니즘 문학 운동에서 구인회가 한 역할을 다음과 같이 함축적으로 평가했다.

> 구인회가 없었다면 김기림 · 정지용 · 이상 · 박태원 · 이태준의 관계 정립이 어려웠을 것이며, 작품활동을 위한 저널리즘 확보도 곤란하였을 것이다. 그것은 동인들의 문학적 비상을 가능하게 한 '활주로'요, 문학 '캠프'이다. 그것을 매개로 하여, 다시 말해 그 힘을 바탕삼아, 김광균 · 오장환 등등의 신인들에게 비평적 영향을 행사할 수 있었고 드디어 모더니즘의 문단전파를 실현시키게 된다. 『단층』지와의 관계도 마찬가지이다. 『시와 소설』의 종간은 『단층』(1937)지의 출현으로 이어졌고 『시인부락』(1936) 『자오선』(1937) 등의 동인지도 그런 측면에서 파악되어야 한다. 구인회를 빼놓고서는 1930년대 후반의 문학 동향을 제대로 설명하기 어렵게 되어 있다. (49면)

중요한 것은 저자가 1930년대 모더니즘 문학과 구인회의 관계를, 다시 말해, '1930년대 모더니즘 문학의 주체가 구인회였음'을 '실증'했다는 점이다. 물론 저자 이전의 연구자들도 구인회가 순수문학이나 모더니즘의 기수였음을 주장했다. 그러나 그들은 그 주장을 뒷받침하는 구체적인 근거를 충분히 제시하지 않았다. 그에 반해 저자는 자본주의 난숙기의 도시화라는 구인회 결성의 사회·역사적 배경을 제시하고 구인회의 활동 내용을 구체적 문헌 자료를 통해 밝힘으로써 '구인회가 1930년대 한국 모더니즘의 주체였음'을 '실증'했다. 이것이 구인회에 대한 저자의 고찰을 중요하게 여겨야 하는 첫 번째 이유이다.

3. 구인회를 구체적이고도 새롭게 보다

앞에서 살핀 대로, 저자는 1930년대 한국 모더니즘 문학을 전체적으로 밝히는 과정의 일부로 구인회를 고찰했다. 하지만 구인회에 대한 저자의 고찰은 하나의 구인회 연구로서도 손색이 없으며 연구사적으로도 매우 중요한 가치가 있다. 필자는 특히 두 가지 면에서 그 가치를 자세히 논하고 싶다.

첫째, 선행 연구자들이[3] 주로 구인회 창립에 관한 기사와 조용만이 쓴 구인회 회고담 등 소수의 자료들만을 근거로 삼아 논의를 펼쳤던 것과는 달리, 저자는 구인회의 결성·활동·회원 변동·회원들의 이력에 관한 자료들을 발굴·제시하여 구인회를 구체적 실체로 인식할 수 있게 했다.

먼저, 저자는 1934년 6월 25일자 『조선중앙일보』에 실린 기사, 「문단의 일성사(一盛事)! '시와 소설의 밤' - 구인회 주최와 본사 학예부 후원」을[4] 발

3) 백철, 『조선신문학사조사(현대편)』, 백양당, 1949; 조연현, 「한국현대문학사(제32회)」, 『현대문학』 제38호, 1958; 백철, 「구인회 시대와 박태원의 '모더니티'」, 『동아춘추』, 제2권 제3호, 1963; 김우종, 『한국현대소설사』, 선명문화사, 1968; 김시태, 「구인회 연구」, 『논문집』 제7집(인문·사회과학편), 제주대학교, 1975; 김윤식, 『이상 연구』, 문학과사상사, 1987.

4) 저자는 이 기사의 게재 일을 1934년 6월 24일이라고 썼다. 그런데 필자가 확인해 보니, 이 기사의 게재 일은 1934년 6월 25일로 보아야 할 것 같다. 『조선중앙일보』에는 '시와 소설의 밤'과 관련해서 1934년 6월 25일자에 이 '기사'가 처음 실렸고, 1934년 6월 26·27·28·30일

굴해 제시하고 그것을 근거로 하여 구인회가 1933년 8월 15일에 조직되었다고 했다. 또, 저자는 『조선문학』 1933년 10월호에 실린 김인용의 「구인회 월평 방청기(傍聽記)」를 통해 구인회 작품 합평회의 실상을 확인하였다. 그뿐만 아니라, 1934년 1월 1일부터 25일까지 『조선일보』에 연재된 「1934년 문학 건설 - 창작의 태도와 실제」 중 당시 구인회 회원이었던 이태준, 이무영, 이종명, 이효석, 유치진이 쓴 글들, 1934년 6월 17일부터 29일까지 『조선중앙일보』에 연재된 「격! 흉금을 열어 선배에게 일탄을 날림」 중 당시 구인회 회원이었던 이무영, 이종명, 박태원, 조용만, 김기림이 쓴 글들을 발굴·제시하여, 구인회가 저널리즘을 통해 문학 문제에 대해 적극적으로 의사를 표명하는 활동을 벌였음을 밝혔다. 또, 저자는 『조선중앙일보』에 실린 「문단의 일성사! '시와 소설의 밤' - 구인회 주최와 본사 학예부 후원」과 함께 『조선중앙일보』 1935년 2월 17일자에 실린 광고, 「조선신문예강좌」를 발굴·제시하며 구인회가 두 차례에 걸쳐 문학 강연회를 개최했다는 사실과 각 문학 강연회에서 누가 어떤 제목으로 강연했는지를 밝혔다. 나아가, 저자는 기타의 자료를 찾아 이태준, 박태원, 김기림의 강연 내용을 추정하는 데까지 나아갔다.[5)]

저자의 이러한 작업은 구인회에 대한 실증적 연구의 토대를 다진 것으로서 구인회 연구사에 획을 긋는 것이었다고 할 수 있다. 저자 이후의 구인회 연구자들이 새로운 자료를 발굴하는 노력을 다소 아꼈기 때문에 저자의 작업은 더 소중한 것일 수밖에 없었다.

둘째, 저자의 구인회 고찰은 구인회와 카프의 관계를 보는 새롭고 타당한 관점을 제시했다는 점에서 연구사적 가치가 있다. 저자 이전의 구인회

자에는 '광고'가 실렸다.

5) 저자는 두 강연회에서 이태준, 박태원, 김기림이 강연한 내용이 다음과 같은 글들에 담겨 있을 것이라고 판단했다. (서준섭, 『한국 모더니즘 문학 연구』, 일지사, 1988, 44·79~80면; 서준섭, 「구인회와 모더니즘」, 회강이선영교수화갑기념논총위원회 편, 『1930년대 민족문학의 인식』, 한길사, 1990, 741면. 참고)

연구자들은 카프가 퇴조하자 구인회가 순수문학의 패러다임을 내세우며 등장했다고 보아 왔다. 즉 구인회와 카프를 배타적으로 파악해 왔던 것이다. 구체적으로, 백철은 카프가 퇴조한 뒤 구인회가 등장하여 두 집단은 공존하지도 상호작용하지도 않았다고 보았다.[6] 김시태는 카프가 구인회에 대해 지속적으로 시비를 걸고 공격했지만 구인회가 대응하지 않아 구인회와 카프는 공존하면서도 상호작용하지 않았다고 보았다.[7] 그러나 저자는 카프 중심 리얼리즘 문학의 침체를 구인회 중심 모더니즘 문학의 등장 배경으로 파악하면서도 카프 중심의 리얼리즘 문학과 구인회 중심의 모더니즘 문학이 공존하면서 상호작용했던 것으로 판단했다고 말할 수 있다. 또, 그러한 판단의 근거로 저자는 김기림과 임화가 벌였던 이른바 '기교주의 논쟁'을[8]

강연자	강연회	강연 제목	강연 내용 관련 자료
이태준	시와 소설의 밤	창작의 이론과 실제	「글 짓는 법 A·B·C(1)」, 『중앙』, 1934.6.
	조선신문예강좌	소설의 제재 소설과 문장	
박태원	시와 소설의 밤	언어와 문장	「표현·묘사·기교」, 『조선중앙일보』, 1934.12.17~31.
	조선신문예강좌	소설과 기교 소설의 감상	
김기림	시와 소설의 밤	시의 근대성	「포에시와 모더니티」, 『신동아』, 1933.7.
	조선신문예강좌	시의 음향미	「현대시의 기술」, 『시원』 제1호, 1935.2. 「오전의 시론 기술편(6·7)」, 『조선일보』, 1935.9.27; 10.1.

필자는 위의 내용을 토대로 삼고 다른 자료들을 확충·확인하여, 구인회가 주최한 두 차례 문학 강연회에서 행해진 강연의 내용들을 좀 더 구체적으로 추정해 보았다. 현순영, 『구인회의 안과 밖』, 소명출판, 2017. 129~154면.

6) 백철, 앞의 글.

7) 김시태, 앞의 글.

8) 저자가 '기교주의 논쟁'의 텍스트로 고찰한 글들의 원래 서지를 밝히면 다음과 같다. 김기림, 「시에 있어서의 기교주의의 반성과 발전(상·중·하)」, 『조선일보』, 1935.2.10·13·14; 김기림, 「시대적 고민의 심각한 축도」, 『조선일보』, 1935.8.29.; 임화, 「담천하(曇天下)의 시단 일 년」, 『신동아』, 1935.12; 박용철, 「을해(乙亥) 시단 총평(1~4)」, 『동아일보』, 1935.12.24·25·27·28; 김기림, 「시인으로서 현실에의 적극 관심(1~3)」, 『조선일보』, 1936.1.1·4·5; 임화, 「기교파와 조선 시단」, 『중앙』, 1936.2.

들었다고 할 수 있다. 저자는 '기교주의 논쟁'을 사실상 구인회의 대표적 비평가였던 김기림과 카프계의 이론적 지도자 중 한 사람이었던 임화의 논쟁으로 이해했다. 즉 그 논쟁을 20년대 이래의 사실주의적인 신경향파 시(프롤레타리아시)를 근대시의 정통으로 인식했던 임화(카프)와 모더니즘 시를 근대시로 보았던 김기림 (구인회) 간의 이론적 갈등이 표면화되었던 사건으로 파악했다.

구인회와 카프의 관계에 대한 저자의 관점이 연구사적으로 중요한 이유는 그것이 기존의 관점과 다른, 새로운 관점이었기 때문만은 아니다. 그 관점은 타당했기 때문에 중요하다. 필자는 구인회를 연구하는 과정에서 그 관점의 타당성을 확인할 수 있었다. 구인회는 1933년 8월에 창립되었고 1936년 10월쯤에 소멸했다. 한편, 카프는 1925년 8월에 정식으로 발족되었고 1935년 5월에 해체되었다. 그러니까 구인회와 카프는 1933년 8월부터 1935년 5월까지는 공존했다고 말할 수 있다. 구인회와 카프는 그 시기 동안에 공존했을 뿐만 아니라 상호작용했다. 필자는 김기림과 임화의 '기교주의 논쟁'[9] 외에 구인회의 결성 과정, 구인회에 대한 카프계의 논평, 카프계의 논평에 대한 구인회의 대응 등도 구인회와 카프가 공존했고 상호작용했다는 것의 근거가 될 수 있다고 판단했다.[10] 근거가 풍부한 만큼 구인회와 카프가 공존했고 상호작용했다고 보는 저자의 관점은 타당한 것이었다고 말할 수 있다.

요컨대, 저자는 김기림과 임화의 '기교주의 논쟁'을 근거로 하여 구인회와

9) 물론 '기교주의 논쟁'이 벌어졌던 시점이 카프가 해체된 후였다는 점을 감안하면, 그 논쟁에서 임화가 편 주장은 카프의 문학관을 대변하는 것이었다기보다는 반성하는 것이었다고 말할 수 있다. 또, 김기림이 논쟁에서 드러낸 시적 인식이 구인회 전체의 것이었다고 말하기도 어렵다. 그러나 김기림이 기교주의라고 명명했던 시적 경향은 정지용, 이상과 같은 구인회 소속 시인들의 주된 시적 경향이었다. 그리고 역시 구인회 소속이었던 김기림 자신이 시의 기교주의적 경향을 반성하며 그 대안으로 '전체시론'을 제시하고 그 시론에 맞는 시 창작을 시도했다. 그런 점에서, 기교주의 논쟁에서 드러난 김기림의 시적 인식은 구인회의 시 의식이 반성적으로 이론화된 것이었다고 말할 수 있다.

10) 현순영, 앞의 책, 180~276면.

카프가 공존하면서 상호작용한 것으로 파악했다고 말할 수 있다. 그런데 그 논쟁은 모더니즘 문학과 리얼리즘 문학의 관계를 사유하는 데에 유용한 하나의 참조 항이 된다는 점에서 중요하다. 즉 저자는 김기림과 임화의 '기교주의 논쟁'을 고찰하면서 문학사의 중요한 한 장면, 구인회 중심의 모더니즘 문학과 카프 중심의 리얼리즘 문학이 상대방을 비판하면서 동시에 스스로를 반성했던 드문 장면, 카프 중심의 리얼리즘 문학과 구인회 중심의 모더니즘 문학이 의견의 일치를 보였던 희귀한 장면을 예리하게 포착해냈다.

저자는 김기림과 임화가 벌였던 기교주의 논쟁의 성과를 다음과 같이 논하였다.

> 김기림이 이 논문에서[11] 내용 우위론의 무기교성을 들어 신경향파 시를 비판하고, 내용과 형식을 조화시킨 全體詩(전체주의적 詩)를 새로운 대안으로 내세운 것은, 문학의 자율성을 무시하려는 '카프'측의 이론에 대한 비판이자, 정지용 등 매개 없는 자율성론에 기울어졌던 '구인회' 동인들에 대한 반성을 촉구한 것이라 하겠다. 그는 구인회 시인들에게 右로부터 기울어지는 전체시의 구현을 요구하면서 경향파 시인들에게도 내용과 형식의 조화를 위한 노력을 요청한다. … (중략) …
>
> 이에 임화가 다시 「기교파와 조선시단」(『중앙』, 1936.2)을 발표하여 김기림이 지적한 신경향파시의 무기교성을 인정, 변명하면서 김기림이 제시한 '전체시' 모델을 형식과 내용의 형식논리적인 종합이 아니라 변증법적 종합으로 수정하여 수용하면서 형식에 대한 관심을 표명한 것은 이 논쟁에 진전이 있었음을 뜻하는 것이다. (204면)

그래서 이 논쟁은 김기림이 임화의 신경향파 시가 드러내고 있는, 시의 형식과 기교 문제에 대한 무자각을 비판하고 임화가 이를 인정하는 것으로 귀결되었다. 이 과정에서 김기림은 그가 지금까지 공격해 온 신경향파 시를 인정하게 되며, 그 결과가 두 사람이 시의 내용과 형식에 대한 재인식으로 나타났음은 앞에서 이미 말한 바와 같다. 이 논쟁은 시의 미적 가공기술의 혁신 쪽에 근대성을 부여해 온 모더니즘 시와 사회적 현실의 반영 쪽에 근대성을 두

11) 김기림, 「시인으로서 현실에의 적극 관심(1~3)」, 『조선일보』, 1936.1.1・4・5.

> 고자 하는 신경향파 시 사이의 이론적 대결이었다 할 수 있는데, 논쟁 당사자들이 서로의 작품 성과의 미흡함을 드러내면서도 상대방의 문학과 그 현실적 근거를 어느 정도 인정하게 된 것은 이 논쟁의 또 하나의 의의이다. (211~212면)

말하자면, '기교주의 논쟁'에서 임화와 김기림은 기교주의 시를 각자의 관점과 방식으로 비판했다. 그들이 기교주의 시에 대해 취했던 관점과 방식의 차이는 본질적으로 근대시사에 대한 관점의 차이에서 비롯된 것이었다. 김기림은 근대시사에서 프롤레타리아 시를 배제하거나 간과한 반면, 임화는 프롤레타리아 시에 의해 진정한 근대시의 역사가 시작되었고 근대시의 완성 또한 프롤레타리아 시의 완성에 의해서만 가능하다고 믿었다.

그러한 차이에도 불구하고, 김기림과 임화의 논쟁은 두 사람의 시적 사유가 교차하는 지점을 보여주었다는 데에 의의가 있다. 즉 시가 현실의 문제를 끌어안아야 한다는 것에 두 사람이 동의했던 것이다. 김기림이 제시한 전체시론의 핵심은 시가 언어의 요소 또는 효과인 음향, 형태, 의미 중에서 음향이나 형태만을 중시하는 기교주의에서 벗어나 의미, 음향, 형태의 조화인 '전체'의 차원으로 나아가야 한다는 것이었다. 물론 의미는 현실과 매개되어 있는 개념이다. 그리고 임화는 시에서 현실에 대한 관심과 행동의 의지를 토대로 하는 내용을 우위로 하여 내용과 형식의 변증법적 통일을 추구해야 한다고 했다. 그리고 그런 관점에서 김기림의 전체시론을 부분적으로 긍정했다. 김기림의 전체시론을 제시했던 지점 그리고 임화가 김기림의 전체시론을 부분적으로 긍정했던 그 지점은 구인회의 문학관과 카프의 문학관이 교차했던 희귀한 지점이라고 할 수 있다.[12] 우리는 문학의 내용과 형식의 종합에 대해, 리얼리즘과 모더니즘의 화해 또는 조화에 대해 생각할 때 문학사에서 그 교차점을 참조하지 않으면 안 된다. 저자는 바로 그 지점

12) 필자는 이런 관점에서 김기림과 임화의 '기교주의 논쟁'을 상세히 고찰한 바 있다. 현순영, 앞의 책, 262~276면.

을 짚어냈던 것이다.

4. 구인회 연구에 영감과 힘을 주다

앞에서 말한 대로, 필자는 단체로서의 구인회를 연구하면서 『한국 모더니즘 문학 연구』에서 많은 영감과 힘을 얻었다. 즉 필자는 이 책에서 구인회와 관련해 연구해 볼 만한, 아니 꼭 연구해야 할 중요한 과제들을 발견했고, 그 과제들을 연구해 왔다. 또, 연구에 대한 회의에 빠졌을 때에도 이 책에 힘입어 그 난관을 통과할 수 있었다. 여기서는 두 가지 경우를 소개하고 싶다.

4.1. 이상은 언제 구인회에 들어갔나?

먼저, 필자가 이 책에서 영감을 얻어 이상(李箱)의 구인회 가입 시기를 연구하게 되었던 일을 이야기해야 할 것 같다.

이 책에는 이런 문장들이 있다.

> 이태준 · 김기림 · 정지용 · 박태원과 뒤늦게 가입한 이상의 활동이 구인회를 대표하는 것이라 할 수 있다. (45면)
>
> 이상은 그가 경영하는 다방 '제비'에서 박태원과 만나게 된 사건이 계기가 되어 1934년 6월 이후에 신입회원으로 가입,……" (46면)
>
> 이상의 이름이 1차 강연회 당시 동인 명단에는 없는 것으로 보아 6월 이후(여름경)에 가입한 것으로 본다. (46면)
> 「오감도」 발표를 계기로 그는 구인회의 회원이 된다. (142면)

이 문장들을 읽고 필자는 이상과 박태원과 구인회와 「오감도」에 대해 알고 있었던 것들을 의심하기 시작했다. 필자는 이상이 박태원과 함께 구인회에 가입했고, 구인회에 가입한 뒤에 당시 조선중앙일보사 학예부장이었던 이태준의 도움으로 그 신문에 「오감도」를 연재했다고 알고 있었고, 그 앎을 별로 의심한 적이 없었다. 많은 사람들이 그렇게 말하고 있었기 때문이다.[13] 그런데 저자는 이 문장들을 통해, 이상은 박태원보다 늦게, 그것도 「오감도」를 발표한 뒤에 구인회에 가입했다고 말하고 있는 것이었다.

확인이 필요했다. 우선, 이상이 박태원과 함께 구인회에 가입했고 구인회에 가입한 뒤에 당시 조선중앙일보사 학예부장이었던 이태준의 도움으로 그 신문에 「오감도」를 연재했다는 앎의 근거가 무엇이었는지를 찾아볼 필요가 있었다. 그 근거는 조용만의 구인회 회고담들이었다. 그런데 그 회고담들은 확실하지 않았다. 조용만이 남긴 구인회 회고담은 11종에 이르렀는데,[14] 모든 회고담의 내용이 일치하는 것은 아니었다. 특히 이상이 「오감도」를 발표한 경위에 대한 회고는 회고담에 따라 많이 달랐다.

조용만은 「나와 '구인회' 시대(4)」(『대한일보』, 1969.10.3)에서는 이상이 1934년에 구인회에 가입하고 나서 이태준에게 부탁해 『조선중앙일보』 학예면에 「오감도」를 발표했다고 했다. 그러나 조용만은 『울 밑에 핀 봉선화야』(범양사 출판부, 1985)에서는 이상이 구인회에 가입하기 전에 「오감도」를 발표했다

13) 김민정, 『한국 근대문학의 유인과 미적 주체의 좌표』, 소명출판, 2004, 97~98면; 박헌호, 「구인회를 어떻게 볼 것인가」, 『식민지 근대성과 소설의 양식』, 소명출판, 2004, 305면; 이중재, 『'구인회' 소설의 문학사적 연구』, 국학자료원, 1998, 55면 등.

14) 조용만이 남긴 구인회 회고담들은 다음과 같다. ①「'구인회'의 기억」, 『현대문학』, 1957.1. ②「측면으로 본 신문학 60년(19) - 구인회」, 『동아일보』, 1968.7.20. ③「구인회 이야기」, 『청빈의 서(書) - 조용만 수필집』, 교문사, 1969.4, 19~21면. ④「나와 '구인회' 시대(1~6)」, 『대한일보』, 1969.9.19·24·30; 10.3·7·10. ⑤「구인회 만들 무렵」, 『구인회 만들 무렵 - 조용만 창작집』, 정음사, 1984.5. ⑥「30년대의 문화계(69~76)」, 『중앙일보』, 1984.10.5~10.18. ⑦『울 밑에 핀 봉선화야』, 범양사 출판부, 1985, 123~139면. ⑧「이상(李箱) 시대 - 젊은 예술가들의 초상(1-3)」, 『문학사상』 174~176호, 1987.4~6. ⑨「이상과 김유정의 문학과 우정」, 『신동아』, 1987.5. ⑩『30년대의 문화예술인들』, 범양사 출판부, 1988, 123-139면. ⑪「이태준 회상기 - 차고 자존심 강한 소설가」, 『상허학보』 제1집, 상허학회, 1993.12.

고 회고했다. 즉 이종명, 김유영, 이효석, 유치진의 구인회 탈퇴가 확실해진 다음 모임을 깨뜨리지 않기 위해 이태준에게 박태원과 이상을 회원으로 추천했고 이태준과 의논하여 그들을 구인회의 세 번째 모임 장소에 데리고 갔는데, 그때 이미 이태준과 이상은 구면이었다고 했다. 이상이 정지용을 통해 이태준을 졸라 『조선중앙일보』에 「오감도」를 발표했던 일로 두 사람은 이미 서로를 알고 있었다는 것이다. 그런가 하면, 조용만은 「이상(李箱)시대 - 젊은 예술가들의 초상(1)」(『문학사상』 174호, 1987.4)에서는 이상이 「오감도」를 『조선중앙일보』에 발표하게 해달라고 정지용, 박태원, 정인택이 이태준을 설복했다고 회고했다. 구인회 회원이 아니었던 정인택이 「오감도」 발표에 관여했다는 조용만의 회고는 「오감도」 발표가 구인회를 통해 이루어진 일이 아닐 수도 있으며 이상이 구인회에 가입하기 전에 이루어진 일일 수도 있다는 가능성을 시사하는 것이었다.

결론적으로, 이상이 박태원과 함께 구인회에 들어갔고 구인회에 들어간 뒤에 「오감도」를 발표했다고 아는 것은 잘못일 수 있었다. 그렇다면, 이상은 언제 「오감도」를 발표했고, 박태원과 이상은 언제 구인회에 들어갔을까? 필자는 조용만의 회고담이 아니라 이상 및 구인회가 활동했던 당시의 문헌 자료들을 찾아 그 물음에 답해 보기로 했다.15)

「오감도」는 『조선중앙일보』에 1934년 7월 24일부터 8월 8일까지 연재되었다. 이 사실은 분명하고도 쉽게 확인할 수 있었다. 그러나 박태원과 이상이 언제 구인회에 가입했는지는 쉽게 알 수 없었다. 필자는 구인회의 회원 명단이 적혀 있거나 회원 변동을 알 수 있는 자료들을 모아 보기로 했다. 그리고 자료들을 모아 분석한 결과, 구인회의 회원 변동 과정과 양상을 다음과 같이 파악할 수 있었다.

15) 필자는 다음과 같은 논저들에서 이상의 구인회 가입 시기를 추정하고 그것을 근거로 구인회가 '인지도와 예술적 성취 수준'을 따져 회원을 입회시켰을 가능성이 있다고 판단했다. 현순영, 「구인회의 활동과 성격 구축 과정」, 『한국언어문학』 제67집, 한국언어문학회, 2008.12; 현순영, 앞의 책, 164~172면. 이 글에서는 그 내용을 좀 더 정확히 고쳐 소개한다.

① 「구인회 창립」, 『조선일보』, 1933.8.30.
「문단인 소식 - 구인회 조직」, 『조선중앙일보』, 1933.8.31.
「구인회 창립」, 『동아일보』, 1933.9.1.
- 회원 명단 : 이태준, 정지용, 김기림, 이효석, 유치진, 이종명, 이무영, 조용만, 김유영 (9명)

② 김인용, 「구인회 월평 방청기」, 『조선문학』, 1933.10.
- 회원 명단 : 이태준, 정지용, 김기림, 이효석, 유치진, 이종명, 이무영, 조용만, 김유영 (9명)

②와 ③ 사이 : 1차 회원 변동 - 김유영 탈퇴. 박팔양, 박태원, 조벽암 가입.

③ 「문단의 일성사! '시와 소설의 밤'」, 『조선중앙일보』, 1934.6.25.
- 회원 명단 : 이태준, 정지용, 김기림, 이효석, 유치진, 이종명, 이무영, 조용만, 박팔양, 박태원, 조벽암 (11명)

③과 ④ 사이 : 2차 회원 변동 - 조용만 탈퇴.

④ S·K생, 「최근 조선 문단의 동향」, 『신동아』, 1934.9.
- 회원 명단 : 이태준, 정지용, 김기림, 이효석, 유치진, 이종명, 이무영, 박팔양, 박태원, 조벽암 (10명)

④와 ⑦ 사이 : 3차 회원 변동 - 이효석, 유치진, 이종명, 이무영, 조벽암 탈퇴. 이상, 김상용, 김유정, 김환태 가입.

⑤ 「조선신문예강좌 - 문예지망인의 절호한 기회!」, 『조선중앙일보』, 1935.2.13.
이상이 강연자 명단에 있음. 이상은 회원으로 추정됨.

⑥ 박승극, 「조선문학의 재건설」, 『신동아』, 1935.6.
구인회 회원은 모두 13명이라고 씀. 이무영과 조벽암의 탈퇴를 언급함.

⑦ 구인회 회원 편, 『시와 소설』, 창문사, 1936.3.

- 회원 명단 : 이태준, 정지용, 김기림, 박팔양, 박태원, 이상, 김상용, 김유정, 김환태 (9명)

⑦과 ⑧ 사이 : 4차 회원 변동 - 박팔양 탈퇴.

⑧ 이상이 1936년 5월 11일에 김기림에게 쓴 편지[16)]
박팔양이 탈퇴했다고 씀.

필자는 위의 내용을 근거로 하여 이상과 박태원이 구인회에 가입한 시기와 이상이 「오감도」를 발표한 시기를 다음과 같이 추정할 수 있었다. 먼저, 이상과 박태원은 구인회에 동시에 가입했다고 보기 어렵다. 박태원이 구인회에 가입한 시기는 1933년 10월 이후 1934년 6월 25일 이전이고, 이상이 구인회에 가입한 시기는 1934년 9월 이후 1935년 2월 13일[17)] 이전이다. 다음으로, 이상이 『조선중앙일보』에 「오감도」를 발표한 것은 구인회에 가입하기 전일 가능성이 크다. 「오감도」는 1934년 7월 24일부터 8월 8일까지 연재되었다. 그리고 앞에서 말한 것처럼, 이상은 1934년 9월 이후 1935년 2월 13일 이전에 구인회에 가입했다.

필자는 이러한 과정을 통해, 이상과 박태원이 동시에 구인회에 가입하지

16) 이상, 「사신(3)」, 김주현 주해, 『증보 정본 이상 문학전집』3 - 수필 · 기타, 소명출판, 2009. 242~243면.

17) 필자는 졸고 「구인회의 활동과 성격 구축 과정」(『한국언어문학』 제67집, 한국언어문학회, 2008.12)에서 이상이 구인회에 가입한 시기를 1934년 9월 이후 1935년 2월 '17일' 이전라고 추정했다. 『조선중앙일보』 1935년 2월 17일자에 실린, 구인회 제2차 문학 강연회 '조선신문예강좌'의 광고, 「조선신문예강좌」에 이상이 강연한다는 정보가 있어 그것을 근거로 이상이 당시 구인회 회원이었을 것이라고 추정한 결과였다. 그런데 그 뒤 필자는 『구인회의 안과 밖』을 쓰던 중, 『조선중앙일보』 1935년 2월 13일자에 실린, '조선신문예강좌'의 개최를 알리는 기사, 「조선신문예강좌-문예지망인의 절호한 기회!」를 발견했다. 그 기사에도 이상이 강연자로 나선다는 정보가 들어 있었다. 따라서 필자는 이상의 구인회 가입 시기를 조금 앞당겨 1934년 9월 이후 1935년 2월 '13일' 이전이라고 고쳐 생각하게 되었다. 그런데 필자는 『구인회의 안과 밖』에서 새로 찾은 자료는 제시하면서도 이상의 구인회 가입 시기는 수정하지 않고 그대로 두는 오류를 범했다(170~171면). 이 자리를 빌려 그 오류를 수정하고자 한다. 요컨대, 이상의 구인회 가입 시기는 1934년 9월 이후 1935년 2월 '13일' 이전으로 추정된다.

않았고 이상은 구인회에 가입하기 전에 「오감도」를 발표했다는 저자의 언급이 맞다는 것을 확인할 수 있었다.

그런데 중요한 것은 이상의 「오감도」 발표 시기와 구인회 가입 시기가 무엇을 뜻하느냐 하는 것이었다. 필자는 이상과 박태원이 동시에 구인회에 들어가지 않았으며 이상은 구인회에 들어가기 전에 「오감도」를 발표했다는 사실이 구인회가 '인지도나 예술적 성취 수준'을 회원 입회 요건으로 삼았을 가능성을 시사한다고 생각했다. 박태원과 이상이 구인회에 가입한 시기 사이에 존재하는 시차(時差)는 무엇을 의미하는 것일까? 박태원이 구인회에 가입한 뒤로부터 이상이 구인회에 가입할 때까지, 그 동안에 이상의 예술적 능력에 대한 구인회의 검증이 이루어졌다고 생각했다. 그 검증은 '「오감도」 발표'와 '「소설가 구보씨의 일일」의 삽화'를 통해 이루어졌을 가능성이 크다. 「오감도」는 비난 속에서 연재가 중단되었으나 이상은 그 사건으로 인해 인기를 얻었다.[18] 한편, 박태원은 1934년 8월 1일부터 9월 19일까지 『조선중앙일보』에 「소설가 구보 씨의 일일」을 연재했는데, 이상이 '하융(河戎)'이라는 이름으로 삽화를 그렸고, 그 삽화는 독자들에게 좋은 반응을 얻었다.[19] 이상이 「오감도」를 연재해 인기를 얻고 「소설가 구보 씨의 일일」의 삽화를 그려 예술적 감각과 능력을 증명해 보인 일이 구인회가 그를 회원으로 받아들이는 결정적인 계기로 작용했을 것이라고 필자는 생각했다.

요컨대, 저자가 쓴 몇 문장들에서 얻은 영감 또는 착상으로 필자는 이상의 구인회 가입 시기를 추정하고 구인회의 회원 입회 조건을 추론하는 데까지 나아갈 수 있었던 것이다.

18) 박태원, 「이상의 편모(片貌)」, 『조광』, 1937.6, 304면; 조용만, 「이상과 김유정의 문학과 우정」, 『신동아』, 1987.5, 558면.
19) 조용만, 「이상 시대 - 젊은 예술가들의 초상(2)」, 『문학사상』 175호, 1987.5, 180면. 참고.

4.2. 김유영은 왜 구인회를 만들었나?

필자는 구인회의 결성을 애초에 발의하고 도모했던 세 사람 중 한 명인 영화감독 김유영에 관해서도 연구하였는데, 그 과정에서 『한국 모더니즘 문학 연구』에 힘입은 바 크다. 그에 대해서도 자세히 얘기하고 싶다.

구인회의 결성 과정 및 김유영의 구인회 결성 의도 등도 역시 조용만이 쓴 구인회 회고담들에 의해 알려져 있었다. 조용만이 김유영에 관해 쓴 내용들을 정리하면 다음과 같다. 김유영은 카프 활동을 하던, 좌익 색채의 영화감독이었는데 카프에서 탈퇴하여 순수예술 쪽으로 선회했다. 그 뒤 김유영은 소설가 이종명과 매일신보사 기자 조용만을 자주 만나면서 순수예술을 지향하는 모임의 결성을 도모했고, 그 결과 구인회가 결성되었다. 김유영은 그 과정에서 매우 적극적이었다.

그런데 필자는 조용만의 회고를 납득하기 어려웠다. 조용만은 구인회 결성 후의 김유영에 대해서도 회고했는데, 구인회가 결성되고 나서 얼마 지나지 않아 김유영은 두 가지 이유 때문에 구인회에서 탈퇴했다고 했다. 즉 김유영은 구인회를 통해 카프에 대항하려 했으나 구인회 회원들의 뜻은 그렇지 않았다는 것이다. 그리고 김유영은 이태준과 정지용이 모임을 주도하는 것에 불만을 느꼈다는 것이다. 조용만의 회고대로라면, 김유영은 짧은 기간 동안에 카프 탈퇴, 구인회 결성, 구인회 탈퇴의 행보를 보였다고 할 수 있다. 그런데 필자는 한 예술가가 예술적 행보를 그토록 쉽게 자주 바꿀 수 있는 것인지 묻지 않을 수 없었다.

김유영이 카프에서 탈퇴했다면, 그 까닭은 무엇인가? 그의 카프 탈퇴는 순수예술로의 전향을 뜻하는 것이었는가? 그가 구인회의 결성을 발의하고 도모한 것은 순수예술을 향한 의지 때문이었는가? 그는 구인회에서 왜 탈퇴했는가? 이런 문제들의 답을 찾기 위해 필자는 김유영이 영화계에 입문한 뒤 타계할 때까지 걸었던 길을 연구하게 되었다.

그런데 연구 과정에서 필자는 수시로 그 연구가 과연 필요한 것인지 회의하지 않을 수 없었다. 좌익 색채를 띠었던 인물, 그것도 영화감독이었던 김유영이 구인회와 같은 모임을 만들려고 했던 것에 대해 관심을 갖거나 연구하는 사람이 아무도 없었기 때문이다. 연구자들은 대개 김유영이 카프 탈퇴 후 순수예술을 지향해 구인회를 결성하게 되었다는 조용만의 회고를 그대로 수용하고 있었다. 달리 말하면, 김유영이 카프 탈퇴 후 순수예술을 지향해 구인회를 결성했다는 조용만의 회고는 카프와 구인회를 배타적으로 보는 관점을 뒷받침하는 구체적이고 설득력 있는 근거로 활용되고 있었다. 필자는 조금 두렵기까지 했는데, 그러던 중 『한국 모더니즘 문학 연구』에서 이런 문장을 발견했던 것이다.[20]

> 김유영의 새로운 문학단체 발의가 그의 전향의 소산인지 아니면 카프 측의 지시에 의한 것인지 분명하게 밝혀져 있지 않다. (39면)

이 문장은 조용만의 회고와는 다른 것이었다. 필자는 이 문장을 읽고 김유영의 구인회 결성 의도는 꼭 연구할 필요가 있는 과제라고 확신하게 되었다. 그리고 오랜 시간 자료들을 모으고 읽고 엮은 결과, 필자는 김유영에 관한 조용만의 회고는 신빙성이 적다는 것을 확인할 수 있었고 김유영이 구인회를 결성한 의도와 구인회에서 탈퇴한 이유도 추정할 수 있었다. 그 내용을 간추려 소개하면 다음과 같다.[21]

---

20) 물론 김유영 등의 구인회 결성 의도에 대한 의문이 『한국 모더니즘 문학 연구』에서 처음 제기된 것은 아니다. 저자 이전에 구인회를 연구했던 김시태도 "그러면 어째서 카프 파 - 더 구체적으로 말하면, 카프 파 및 동반작가 - 출신들에 의해 그들의 그 때까지의 문학적 경향과는 전혀 상반된 성격을 지닌 구인회와 같은 순수문학 집단이 탄생하게 되었는가. 이것이 우리들이 갖게 되는 최초의 관심사 중의 하나이다. 조용만도 이에 대해서는 명확한 진술을 기피하고 있지만"이라고 언급하며 김유영 등의 구인회 결성 경위에 대해 의문을 제기했다. 하지만 그는 곧 "그들이 전향하게 된 그 당시의 상황을 살펴볼 때 아직도 프로문학측이 완강하게 문단의 중심세력을 이루고 있었지만 한편에서는 시대의 흐름을 따라 서서히 붕괴의 과정을 밟고 있었다는 것을 암암리에 가리켜 주는 것이라 하겠다."라고 하며 그 의문을 거둬들였다.(김시태, 앞의 글, 33~34면)

김유영은 1927년 7월경 조선영화예술협회에 연구생으로 들어가면서 영화계에 입문했다. 그리고 1927년 9월경 조선영화예술협회 내 영화인회의 회원이자 간사였고 연구생들을 이끌었던 윤효봉의 권유로 카프에 가입했다. 김유영은 카프에 가입한 뒤, <유랑(流浪)>의 감독을 맡고(1928.1~2), 서울키노를 창립하고(1928.4 또는 5), <혼가(昏街)>의 감독을 맡으면서(1928.5~6) 프롤레타리아영화 감독으로서 자리를 잡았다. 이어서 김유영은 신흥영화예술가동맹의 창립(1929.12.14)을 주도했다. 신흥영화예술가동맹은 김유영을 위시해서 카프 회원이었던 영화인들과 그 밖의 전위적인 영화인들이 모여, 프롤레타리아영화 운동을 조직적으로 펼치기 위해 창립한 단체였다. 신흥영화예술가동맹은 최초로 구체적인 강령, 규약, 조직을 갖춘 프롤레타리아영화 운동 단체였고, 영화 제작과 이론을 망라하는 운동을 추구했다.

김유영이 신흥영화예술가동맹을 중심으로 활발히 활동하고 있을 때, 카프는 그 동맹 측에 해체할 것을 권고했다. 카프는 1930년 4월 26일 중앙집행위원회를 열어 조직의 확대·개편을 결의했다. 카프는 당시 서기국과 기술부를 신설하기로 하고 기술부 아래에 문학·영화·연극·미술·음악 부문 등을 두기로 했다. 기술부의 신설은 카프가 문학인을 위시한 대중 조직에서 전문 예술인들의 조직으로 전환한다는 것을 뜻했다. 즉 카프는 기술부의 신설을 통해 예술 운동의 볼셰비키화라는 운동 노선을 구체화한 것이었다. 카프가 신흥영화예술가동맹에 해체를 권고한 것도 영화 운동의 역량을 카프에 집결시키기 위한 조치였다. 그러나 김유영은 카프의 권고를 거부하면서 카프에서 탈퇴했다(1930.4). 그 이유는 당시 조선 프롤레타리아영화 운동에

21) 필자는 다음과 같은 논저들을 통해 김유영이 영화계에 입문한 뒤 타계할 때까지의 행적을 추적하고 연구한 결과를 정리하였다. 「김유영론1 - 영화계 입문에서 구인회 결성 전까지」, 『국어문학』 제54집, 국어문학회, 2013.2; 「김유영론2 - 구인회 구상 배경과 결성 의도」, 『한국문학이론과 비평』 제63집, 한국문학이론과비평학회, 2014.6; 「김유영론3 - 카프 복귀에서 <수선화>까지」, 『한민족어문학』 제70집, 한민족어문학회, 2015.8; 『구인회의 안과 밖』, 소명출판, 2017, 375~492면. 여기서는 그 내용을 다듬고 간추려 소개한다.

서 신흥영화예술가동맹이 대중과 카프를 잇는 '매개단체'로서 존재할 필요가 있다고 판단했기 때문이다. 그런데 그는 카프에서 탈퇴한 뒤에도 카프를 계속 지지했다. 그가 카프에서 탈퇴한 것은 조선 프롤레타리아영화 운동의 단계와 방법에 대해 카프와 달리 생각했기 때문이지 그 운동의 필요성이나 카프를 부정했기 때문은 아니었다.

김유영은 카프에서 탈퇴한 뒤에 서울키노를 재정비하고(1930.4), 카프의 방침을 받아들이려는 신흥영화예술가동맹에서도 탈퇴했다(1930.5.24 이전). 그리고 조선시나리오라이터협회를 조직했다(1930.5.26). 김유영이 서울키노를 중심으로 조선시나리오라이터협회를 아우르며 벌였던 활동들 중 <화륜(火輪)>의 제작과 상영은 가장 중요한 일이다. 조선시나리오라이터협회 회원들 중 김유영, 이효석, 안석영, 서광제가 『중외일보』에 시나리오 「화륜」을 연재했고(1930.7.19~9.2), 서울키노는 그것을 영화로 만들었던 것이다(1930.10~12). 영화 <화륜>은 성공적이지 못했다. <화륜> 상영 뒤에 김유영은 임화, 서광제와 논쟁을 벌였다(1931.3~4). 그 논쟁은 <화륜>에 관한 것이라기보다 <화륜>으로 말미암은 것이었다. 임화가 김유영과 서광제를 두고 가짜 프롤레타리아영화인이라고 하자, 김유영과 서광제는 각자의 입장에서 반론을 폈고 그 과정에서 몇 가지 사안을 두고 대립했다. '<화륜> 논쟁'은 당시 조선 프롤레타리아영화 운동계의 문제들이 노골적으로 드러나는 하나의 계기였다. 먼저, 임화 대 김유영과 서광제의 대립을 통해 조선 프롤레타리아영화 운동계가 '카프' 대 '비(非)-카프'로 분열되어 있다는 사실이 극명하게 드러났다. 그리고 김유영은 임화와 서광제를 반박하는 과정에서 조선 프롤레타리아영화 운동계가 자본난과 일제의 검열에 시달리고 있다는 것을 증언했다. 중요한 사실은 김유영이 그 논쟁 과정에서 카프와의 불화, 자본난, 검열로 인한 프롤레타리아영화 운동의 한계를 극복하기 어려운 것으로 인식하게 되었다는 것이다.

'<화륜> 논쟁' 즈음부터 김유영의 프롤레타리아영화 운동 양상은 다소 달라진다. 김유영은 영화 <화륜>에 이르기까지 영화 제작과 상영을 요체로 삼는 프롤레타리아영화 운동을 펼쳤다. 그러나 그는 '<화륜> 논쟁' 즈음부터 프롤레타리아영화 제작과 상영을 추구하기보다는 프롤레타리아영화 제작에 관한 이론을 개진하는 일에 몰두한다(1931.3~1932.2).

그러던 중, 김유영은 서광제와 함께 일본 경도(京都) '동활(東活) 키네마'로 유학을 떠났다가(1932.5) 곧 귀국한다(1933.1 이전). 그 일을 계기로 그의 영화 운동은 양상이 한 번 더 바뀐다. 그 전까지 김유영은 영화 제작과 상영을 실천적으로 추구하거나 그것에 관한 이론을 개진했다. 실천에서 이론으로 옮겨 가는 양상을 보이기는 했지만 그의 관심사는 늘 프롤레타리아영화의 제작과 상영이었다. 그런데 그는 귀국 후 구인회를 결성(1933.8)하기 전까지 발표한 글들에서 조선에서 영화를 제작하는 일은 자본이 없어 매우 어렵다는 생각을 적극적으로 토로한다. 그리고 영화 제작 및 상영과 함께 영화 연구와 교육을 중시하는 모습을 보인다. 즉 그는 영화 연구와 교육을 영화 제작 및 상영의 대안으로 삼으면서 영화 연구 단체에 관한 구상을 밝힌다(1933.1). 그렇지만 곧 그는 가난한 조선 영화계에서는 그 구상까지도 말 그대로 구상에 그치고 말 것이라고 회의한다(1933.5).

이와 같이 김유영이 영화계에 입문한 뒤 구인회를 결성하기 전까지 걸었던 길을 추적한 결과, 필자는 조용만의 회고에서 비롯된, 김유영에 관한 질문들에 일단 다음과 같이 답할 수 있었다. 첫째, 김유영은 카프에서 탈퇴했는가? 그렇다면 그 까닭은 무엇인가? 김유영은 1930년 4월 카프가 신흥영화예술가동맹에 해체를 권고하자 그에 불응하면서 카프에서 탈퇴했다. 둘째, 김유영이 카프에서 탈퇴했다는 것은 곧 그가 순수예술 쪽으로 전향했다는 것을 뜻하는가? 그가 구인회의 결성을 발의하고 도모한 것도 순수예술에 대한 의지 때문이었는가? 그렇지 않다. 김유영은 카프에서 탈퇴한 뒤에도 카프를 지지했고 적어도 구인회를 결성하기 직전까지, 방법을 바꾸기는 했지만, 프롤레타리아영화 운동에 매진했다. 따라서 그가 구인회의 결성을 발의하고 도모한 것은 순수예술에 대한 의지 때문이었다고 보기 어렵다.

그렇다면, 김유영은 어떤 의도로 구인회와 같은 모임을 결성하게 되었던 것일까? 필자는 신중한 추론과 추정을 통해 이 물음에 답해 보았다.

김유영이 일본에서 귀국한 후 영화 제작과 상영에 대한 노력을 사실상 중단하고 영화 연구와 교육에 관해 구상하다가 그 구상마저도 회의하기에 이른 것은 그가 일본의 영화 제작 현장에서 조선 영화계의 가난을 새삼 절감했기 때문이었다. 그러나 그러한 절망과 회의가 프롤레타리아영화 운동의 포기 또는 순수예술로의 전향을 암시하는 것은 아니었다. 말하자면, 김유영은 카프와의 불화, 자본난, 검열 등으로 인해 프롤레타리아영화 운동의 한계를 인식하면서 운동의 길에서 잠시 멈춰 섰을 때, 운동의 한계를 타개하기 위해 운동의 본령을 성찰하는 가운데 구인회를 구상하게 되었던 것으로 보인다.

좀 더 구체적으로는 조선 프롤레타리아영화의 시나리오에 대한 문제의식이 김유영이 구인회를 구상하게 된 배경이었다고 말할 수 있다. 김유영은 프롤레타리아영화 운동을 펼치는 과정에서 조선 프롤레타리아영화의 시나리오에 대한 문제의식을 꾸준히 심화·발전시켰다.[22] 그 문제의식은 결국 '계급적 이데올로기를 완전히 파악한 전문적인 시나리오 작가, 각색자, 감독이 연대하여 조선 농촌 또는 농민의 현실을 사실적·객관적으로 반영하는 시나리오'를 마련하는 방법에 대한 관심으로 귀결되었다. 김유영은 그런 방법으로서 구인회의 결성을 생각했던 것 같다.

다음과 같은 세 가지 사실이 이러한 추정을 뒷받침한다.[23] 먼저, 김유영은 이종명과 함께 구인회를 결성하려 했고 이효석을 구인회에 가입시키려 했다. 이종명과 이효석은 그 전 여러 기회에 김유영과 함께 시나리오 작업을 했던 인물들이다. 다음으로, 김유영은 구인회 회원으로서 활동하는 중에

22) 현순영, 앞의 책, 437~440면 참고.
23) 위의 책, 441~448; 456~458면.

도 순수예술을 지향했던 것이 아니라 계급적 이데올로기를 완전히 파악한 작가가 조선 농촌 또는 농민의 현실을 사실적·객관적으로 반영하는 시나리오를 써야 한다는 생각을 간접적으로 드러내었다. 그가 구인회 회원 중 '동반작 작가'로 불렸던 이무영의 사상성과 '희곡'을 논평했던 내용들에서 그러한 생각을 확인할 수 있다. 끝으로, 김유영이 구인회에서 탈퇴한 정황을 그의 구인회 결성 의도를 반증하는 근거로 제시할 수 있다. 김유영은 1934년 5월 2일 이전에 카프계 조직인 조선영화제작연구소의 창립에 동참하면서 카프에 복귀했고 구인회에서 탈퇴한 것으로 보인다. 조선영화제작연구소는 카프의 슬로건 아래에서 계급적 이데올로기를 파악한 전문가들이 시나리오를 쓰고 연구하는 등 영화 제작에 관해 연구하고 나아가 영화를 제작할 수 있는 모양새로 조직되었다. 그런 상황에서, 김유영은 시나리오를 위해 문인들과 연대할 수는 있으나 그들의 계급적 이데올로기를 계속해서 문제 삼아야 할지도 모를 구인회에 더 머물 이유가 없었을 것이다. 그래서 그는 구인회에서 탈퇴한 것으로 추정된다. 김유영이 구인회와 같은 모임을 만들려고 했던 이유와 구인회에서 탈퇴한 이유는 결국 같은 것이었다.

『한국 모더니즘 문학 연구』에서 저자는 "김유영의 새로운 문학단체 발의가 그의 전향의 소산인지 아니면 카프 측의 지시에 의한 것인지 분명하게 밝혀져 있지 않다."라고 말했는데, 필자의 연구 결과에 의하면, 김유영이 구인회의 결성을 발의하고 도모했던 것은 전향의 결과나 카프 측의 지시에 의한 일은 아니었던 것 같다. 필자는 김유영이 프롤레타리아영화 운동의 필요성을 인정하면서도 카프와는 조금 다른 방식으로 그 운동을 전개하는 과정에서 구인회를 결성하게 되었던 것이라고 판단했다. 중요한 것은 필자가 『한국 모더니즘 문학 연구』의 한 문장, "김유영의 새로운 문학단체 발의가 그의 전향의 소산인지 아니면 카프 측의 지시에 의한 것인지 분명하게 밝혀져 있지 않다."에 힘입어 김유영의 구인회 결성 의도를 추정하는 데까지 연구해 나갈 수 있었고, 그 연구 결과를 근거로 구인회와 카프의 관계를 배타적으로 보아 왔던 기존의 관점에 구체적으로 문제를 제기할 수 있게 되었다는 사실이다.

5. 구인회 연구의 토대이자 지평이 되다

이처럼 필자는 구인회를 연구하면서 『한국 모더니즘 문학 연구』에서 많은 영감과 힘을 얻었다. 『한국 모더니즘 문학 연구』 이후에 구인회 연구는 어떤 면에서는 답보 상태에 있었다고 해도 과언이 아니다. 구인회 회원이었던 시인과 작가들의 작품에 대한 연구는 심화되고 있었지만 단체로서의 구인회에 대한 연구는 좀처럼 진척되지 않고 있었다. 그러나 『한국 모더니즘 문학 연구』가 있어 필자는 단체로서의 구인회에 대한 연구를 아주 조금은 진척시킬 수 있었다고 생각한다. 『한국 모더니즘 문학 연구』는 필자에겐 발디딜 수 있는 토대였고, 도달해야 할 지평(地平)이었다. 지금도 그렇다. 또, 이것은 필자에게만 국한되는 일은 아닐 것이다. 구인회에 대해, 1930년대 한국 모더니즘에 대해 관심을 갖는 연구자들 나아가 한국의 근대 문학을 깊고 넓게 보려는 연구자들은 『한국 모더니즘 문학 연구』를 곁에 두고 정독할 것이며 이 책에서 길을 찾아갈 것이라 믿어 의심치 않는다.

참 고 문 헌

1. 자료
「구인회 창립」, 『동아일보』, 1933.9.1.
「구인회 창립」, 『조선일보』, 1933.8.30.
「문단인 소식 - 구인회 조직」, 『조선중앙일보』, 1933.8.31.
「문단의 일성사! '시와 소설의 밤' - 구인회 주최와 본사 학예부 후원」, 『조선중앙일보』, 1934.6.25.
「시와 소설의 밤」, 『조선중앙일보』, 1934.6.26 · 27 · 28 · 30.
「조선신문예강좌」, 『조선중앙일보』, 1935.2.17.
「조선신문예강좌 - 문예지망인의 절호한 기회!」, 『조선중앙일보』, 1935.2.13.
구인회 회원 편, 『시와 소설』, 창문사, 1936.3.
김기림, 「'포에시'와 '모더니티'」, 『신동아』, 1933.7.
김기림, 「현대시의 기술」, 『시원』 제1호, 1935.2.
김기림, 「시에 있어서의 기교주의의 반성과 발전(상 · 중 · 하)」, 『조선일보』, 1935.2.10. · 13 · 14.
김기림, 「시대적 고민의 심각한 축도」, 『조선일보』, 1935.8.29.
김기림, 「오전의 시론 - 기술편(1~9)」, 『조선일보』, 1935.9.17~19 · 22 · 26 · 27; 10.1 · 2 · 4.
김기림, 「시인으로서 현실에의 적극 관심(1~3)」, 『조선일보』, 1936.1.1 · 4 · 5.
김인용, 「구인회 월평 방청기」, 『조선문학』, 1933.10.
박승극, 「조선문학의 재건설」, 『신동아』, 1935.6.
박용철, 「을해 시단 총평(1~4)」, 『동아일보』, 1935.12.24 · 25 · 27 · 28.
박태원, 「소설가 구보 씨의 일일」, 『조선중앙일보』, 1934.8.1.~9.19.
박태원, 「창작여록(1~10) - 표현 · 묘사 · 기교」, 『조선중앙일보』, 1934.12.17.~20 · 22 · 23 · 27 · 28 · 30 · 31.
박태원, 「이상의 편모」, 『조광』, 1937.6.
이상, 「오감도」, 『조선중앙일보』, 1934.7.24~8.8.
이상, 「사신(3)」, 김주현 주해, 『증보 정본 이상 문학전집』3 - 수필 · 기타, 소명출판, 2009.
이태준, 「글 짓는 법 A · B · C(1~8)」, 『중앙』, 1934.6~1935.1.
이태준 외, 「1934년 문학 건설 - 창작의 태도와 실제」, 『조선일보』, 1934.1.1~25.
임린 외, 「격(檄)! 흉금(胸襟)을 열어 선배(先輩)에게 일탄(一彈)을 날림」, 『조선중앙일보』,

1934.6.17～29.
임화, 「기교파와 조선 시단」, 『중앙』, 1936.2.
임화, 「담천하의 시단 일 년」, 『신동아』, 1935.12.
조용만, 「'구인회'의 기억」, 『현대문학』, 1957.1.
조용만, 「측면으로 본 신문학 60년(19) - 구인회」, 『동아일보』, 1968.7.20.
조용만, 「구인회 이야기」, 『청빈의 서 - 조용만 수필집』, 교문사, 1969.4.
조용만, 「나와 '구인회' 시대(1～6)」, 『대한일보』, 1969.9.19·24·30; 10.3·7·10.
조용만, 「구인회 만들 무렵」, 『구인회 만들 무렵 - 조용만 창작집』, 정음사, 1984.5.
조용만, 「30년대의 문화계(69～76)」, 『중앙일보』, 1984.10.5～10.18.
조용만, 『울 밑에 핀 봉선화야』, 범양사 출판부, 1985.
조용만, 「이상 시대 - 젊은 예술가들의 초상(1-3)」, 『문학사상』 174～176호, 1987.4～6.
조용만, 「이상과 김유정의 문학과 우정」, 『신동아』, 1987.5.
조용만, 『30년대의 문화예술인들』, 범양사 출판부, 1988.
조용만, 「이태준 회상기 - 차고 자존심 강한 소설가」, 『상허학보』 제1집, 상허학회, 1993.12.
S·K생, 「최근 조선 문단의 동향」, 『신동아』, 1934.9.

2. 논저
김민정, 『한국 근대문학의 유인과 미적 주체의 좌표』, 소명출판, 2004.
김시태, 「구인회 연구」, 『논문집』 제7집(인문·사회과학편), 제주대학교, 1975.
김우종, 『한국현대소설사』, 선명문화사, 1968.
김윤식, 『이상 연구』, 문학과사상사, 1987.
박헌호, 「구인회를 어떻게 볼 것인가」, 『식민지 근대성과 소설의 양식』, 소명출판, 2004.
백철, 『조선신문학사조사(현대편)』, 백양당, 1949.
백철, 「구인회 시대와 박태원의 '모더니티'」, 『동아춘추』, 제2권 제3호, 1963.
서준섭, 『한국 모더니즘 문학 연구』, 일지사, 1988.
서준섭, 「구인회와 모더니즘」, 회강이선영교수화갑기념논총위원회 편, 『1930년대 민족문학의 인식』, 한길사, 1990.
이중재, 『'구인회' 소설의 문학사적 연구』, 국학자료원, 1998.
조연현, 「한국현대문학사(제32회)」, 『현대문학』 제38호, 1958.
현순영, 「회고담을 통한 구인회 창립 과정 연구」, 『비평문학』 30호, 한국비평문학회, 2008.12.
현순영, 「구인회의 활동과 성격 구축 과정」, 『한국언어문학』 제67집, 한국언어문학회, 2008.12.

현순영, 「구인회와 카프(1) - 선행 연구 검토」, 『비평문학』 31호, 한국비평문학회, 2009.3.
현순영, 「구인회에 대한 카프계의 논평 - 구인회와 카프(2)」, 『한국현대문학이론연구』 제37집, 현대문학이론학회, 2009.6.
현순영, 「구인회 연구의 쟁점과 과제」, 『인문학연구』 제38집, 조선대 인문학연구원, 2009.8.
현순영, 「구인회 연구」, 고려대 박사논문, 2010.
현순영, 「김유영론1 - 영화계 입문에서 구인회 결성 전까지」, 『국어문학』 제54집, 국어문학회, 2013.2.
현순영, 「김유영론2 - 구인회 구상 배경과 결성 의도」, 『한국문학이론과 비평』 제63집, 한국문학이론과비평학회, 2014.6.
현순영, 「저널리즘의 상업성과 구인회 - 이태준의 「성모」를 중심으로」, 『백록어문』 제28집, 백록어문학회, 2015.2.
현순영, 「김유영론3 - 카프 복귀에서 <수선화>까지」, 『한민족어문학』 제70집, 한민족어문학회, 2015.8.
현순영, 『구인회의 안과 밖』, 소명출판, 2017.